# Widerstand

Ein Roman von Dan Sugralinov

## Disgardium

### Buch 4

Magic Dome Books

CW01426452

# Widerstand (Disgardium Buch #4)

Dan Sugralinov

Published by Magic Dome Books, 2021.

Widerstand
Disgardium Buch 4
Originaltitel: Resistance: Disgardium, Book 4
Copyright © Dan Sugralinov, 2020
Covergestaltung © Ivan Khivrenko, 2020
Designer: Vladimir Manyukhin
Deutsche Übersetzung © Carola Kern, 2021
Lektorin: Lilian R. Franke
Erschienen 2021 bei Magic Dome Books
Alle Rechte vorbehalten

*Laden Sie unseren KOSTENLOSEN **Verlagskatalog** herunter:*
**Geschichten voller Wunder und Abenteuer: Das Beste aus LitRPG, Fantasy und Science-Fiction (Verlagskatalog)**

✕

Deutsche LitRPG Books News auf FB liken: facebook.com/groups/DeutscheLitRPG[1]

---

# Zusammenfassung der bisherigen Bücher

PLANET ERDE, 2074. Nach dem Dritten Weltkrieg wird der Planet von einer einzigen, weltweiten Regierung beherrscht: der UN.

Auf dem Planeten leben derzeit über 20 Milliarden Menschen. Mindestens ein Drittel davon sind Nicht-Bürger. Jene, die für die Gesellschaft als wertlos betrachtet werden und daher kein Recht darauf haben, in den Genuss der Annehmlichkeiten der Zivilisation zu kommen. Die Staatsbürgerschaft ist in Kategorien aufgeteilt. Von der höchsten Klasse A, der die Elitebürger der Welt angehören, bis zur niedrigsten Klasse L, die für die unterste soziale Schicht der Gesellschaft reserviert ist.

Das UN-Bildungsministerium verlangt von allen Teenagern zwischen 14 und 16 Jahren, täglich eine Stunde in *Disgardium* zu verbringen. Man ist der Meinung, es sei ein wichtiger Teil ihrer Erziehung, um ihnen die nötigen sozialen Fähigkeiten zu vermitteln und sie auf das Leben als Erwachsene vorzubereiten.

Nachdem Alex Sheppard beim Erstellen seines Charakters einen Fehler gemacht hat, der zu Problemen beim Leveln führt, verliert er schnell das Interesse am Spiel. Über ein Jahr lang verbringt er zusammen mit Eve O'Sullivan, einem Mädchen aus seiner

Nachbarschaft, die in ihn verliebt ist, die obligatorische Stunde auf einer Bank gegenüber des Gasthauses der Sandbox.

Seine Eltern wollen sich scheiden lassen, wodurch ihr Staatsbürgerschaftsstatus gesenkt werden wird. Es wird ihr Einkommen so stark beeinflussen, dass sie Alex' Ausbildung nicht mehr werden bezahlen können. Sein Traum, in einer Welt, in der die Kolonisation des Planeten Mars Realität geworden ist und die Umlaufbahn der Venus verschoben werden soll, ein Weltraum-Reiseführer zu werden, hat sich zerschlagen.

Ein halbes Jahr vor Schulende ist Alex gezwungen, ernsthaft *Disgardium* zu spielen, um sein Studium zu finanzieren. Er wählt den Namen „Scyth" für seinen Ingame-Charakter.

Um die Ausgewogenheit des Spiels zu bewahren, hat das Unternehmen *Snowstorm Inc.*, die Entwickler des Spiels, sich das System der „Gefahren" einfallen lassen, um imba Spieler unschädlich zu machen. Alle Spieler, die vom Artefakt *Flamme der Wahrheit* als Gefahr identifiziert werden, können durch ein einfaches Ritual aus dem Spiel entfernt werden. Diejenigen, die die Gefahr eliminieren, erhalten eine Belohnung, die vom Potenzial der Gefahr abhängt. Die Belohnung derjenigen, die die Gefahren spielen, richtet sich hingegen nach ihrer aktuellen Gefahrenklasse, wobei „A" der höchste Status ist und „Z" der niedrigste. Sie müssen sich daher auf die Erhöhung ihrer Klasse konzentrieren und versuchen, so lange wie möglich unentdeckt zu überleben, während es für die „Beseitiger" oder „Verhinderer", wie sie sich lieber nennen, interessanter ist, eine Gefahr so früh wie möglich zu beseitigen, denn schwächere Gefahren bedeuten weniger Arbeit für die gleiche Belohnung.

Scyth wird zu einer Gefahr der Klasse A, nachdem mehrere unwahrscheinliche Ereignisse zusammentreffen. Er wird von einem NPC namens Patrick O'Grady mit einem Fluch belegt. Patrick ist der erste Mensch, dessen Bewusstsein digitalisiert und ins Spiel übertragen wurde. Ein weiterer NPC und Boss eines Dungeons wird von einem Nicht-Bürger namens Clayton gespielt. Vor seinem Absturz, durch den er seine Staatsbürgerschaft verloren hat, war Clayton ein Raumschiffpilot. Als er erkennt, dass Scyth nicht aufgibt und hartnäckig weiterkämpft, obwohl er immer wieder stirbt, ergibt er sich ihm und lässt sich von ihm töten.

Als Belohnung für den Sieg über den Endboss der Instanz, der seinen endgültigen Tod gestorben ist, erhält Scyth das *Mal der Vernichtenden Seuche*, durch das er allem Schaden standhalten kann, ohne zu sterben. Das *Mal* und Patricks Fluch ermöglichen es Scyth, das unerforschte Gebiet im Morast zu erreichen und den sterbenden Avatar von Behemoth zu finden, der einer der fünf Schlafenden Götter ist.

Scyth freundet sich mit den Dementoren an, seinen Klassenkameraden Ed „Crawler" Rodriguez, Hung „Bomber" Lee, Melissa „Tissa" Schäfer und Malik „Infect" Abdulalim. Scyth hilft ihnen, eine Wette gegen Big Po zu gewinnen, dem Anführer von Axiom, dem Spitzenclan in Tristads Sandbox. Gemeinsam mit seinen neuen Freunden bilden sie ihren eigenen Clan: die Erwachten.

Die Erwachten gewinnen die jährlichen Spiele in der Junior-Arena, indem sie auf der verlassenen Insel Kharinza einen Tempel der Schlafenden Götter errichten. Ihr Sieg erregt die Aufmerksamkeit der Rekrutierer der Verhinderer-Allianz, die aus den zehn stärksten Clans in *Disgardium* besteht.

Nach ihrem Sieg in der Arena werden Scyth und die Mitglieder seines Clans von der Schule für acht Wochen aus *Disgardium* ausgeschlossen, sodass er die Quest des Nukleus der Vernichtenden Seuche nicht abschließen kann. In seiner Abwesenheit sucht die Vernichtende Seuche sich einen neuen Herold: Big Po. Als Scyth ins Spiel zurückkehrt, öffnet Big Po ein Portal, um der Vernichtenden Seuche zu ermöglichen, Tristad zu erobern. Zusammen mit seinen

Freunden gelingt es Scyth jedoch, die Untoten zu bezwingen und die „Gefahr" Big Po zu eliminieren.

Das neueste Mitglied der Erwachten ist der Krieger Crag alias Tobias Asser. Der glücklose ehemalige Ganker ist der Auserwählte von Nergal dem Leuchtenden geworden. Crags Status als „Gefahr" ist entdeckt worden, sodass Tobias gezwungen ist, sich sowohl im Spiel als auch IRL zu verstecken.

Er bittet Scyth um Hilfe und wird in den Clan der Erwachten aufgenommen.

Scyth und Crag verlassen die Sandbox gemeinsam. Als sie in Darant einen Kontrollpunkt der Verhinderer passieren müssen, wird Crag als Gefahr identifiziert. Es gelingt Scyth, seinen Clankameraden aus dem Clan-Schloss von Modus zu retten, und die beiden teleportieren zur Insel Kharinza, wo die Erwachten ein Fort gebaut haben.

Als Scyth den Portalschlüssel aktiviert, den er für das Eliminieren der Gefahr Big Po erhalten hat, findet Scyth sich in der Schatzkammer des Ersten Magiers wieder. Dort verbündet er sich mit mehreren Wächtern der Schatzkammer: Flaygray dem Satyr, Nega dem Sukkubus, Ripta dem Raptor und Anf dem Insektoid. Mit ihrer Hilfe wehren Scyth, Crag, Crawler und Bomber zunächst einen Angriff des Lichs Shazz ab, einem Abgesandten der Vernichtenden Seuche. Am Ende werden sie jedoch besiegt, Behemoths Tempel wird zerstört und Scyth wird in einen Untoten verwandelt. Behemoths Eingreifen verhindert, dass Scyth unter die Kontrolle des Nukleus der Vernichten Seuche gerät, doch der Nukleus gibt Scyth eine Quest: Er soll in der Lakharianischen Wüste einen Stützpunkt der Vernichtenden Seuche errichten. Der Schlafende Gott Behemoth bleibt in der Höhle des Nukleus zurück, um die Quelle der Macht der Vernichtenden Seuche zu finden.

Mithilfe der Fähigkeiten, die der Nukleus ihm verliehen hat, verwandelt Scyth seine Clankameraden und einige Nicht-Bürger-Freunde in Untote. Da Untote gegen Wetter-Debuffs immun sind, kann Scyth seinen Charakter in der Wüste schnell leveln. Dort erhält er die neue Fähigkeit *Seuchenzorn*. Mit ihrer Hilfe erreicht Scyth in der Lakharianischen Wüste eine Stätte der Macht, wo er mit dem Bau eines Tempels der Schlafenden Götter beginnen kann. Die Nicht-Bürger-Bauarbeiter helfen ihm, diesen Tempel zu errichten, der Tiamat gewidmet werden soll, eine der fünf Schlafenden Götter. Behemoth zufolge ist sie die Einzige, die Scyth von der Vernichtenden Seuche befreien kann.

Als Nergal der Leuchtende die Inkarnation der Schlafenden Götter durch Crags Augen entdeckt, ruft der Gott des Lichts einen heiligen Kreuzzug aus, um ihren Tempel zu zerstören. Der Gott verspricht allen Kreuzrittern volle Immunität gegen die Hitze der Lakharianischen Wüste.

Zuerst müssen die Erwachten als Gewinner der Junior-Arena jedoch zum jährlichen Distival fliegen. Dort werden sie wahrscheinlich keinen Spaß haben, denn bald steht ihnen in beiden Welten ein Kampf bevor – sowohl in der Spielwelt als auch in der realen Welt.

# Prolog: Taranis

VOM DACH DES Turms aus konnte man über ganz Vermillion blicken. *Die Stadt der Mutigen und Eigensinnigen,* hatte der einheimische Stadtrat Westwood gesagt, als er Taranis begrüßt hatte. *Stadt!* Taranis spuckte verächtlich aus. Seine Spucke verdampfte, sobald sie auf das glühend heiße Dach traf. Nur ein MOSOW, der noch nie eine Megastadt gesehen hatte, würde Fort Vermillion als Stadt bezeichnen.

Taranis, ein Level-336-Kundschafter des Verhinderer-Clans Kinder von Kratos, hatte echte Städte gesehen, und zwar nicht nur im realen Leben. Er hatte die meiste Zeit in Darant verbracht, wo er das luxuriöse Leben und die Etablissements genossen hatte, die die Hauptstadt der Allianz zu bieten hatte. Er hatte ebenfalls Gelegenheit gehabt, sich Shak anzusehen, die Hauptstadt der Imperiums. Beide wurden jedoch von Kinema in den Schatten gestellt, der größten Stadt der Goblin-Liga auf Bakabba. Ein ganzes Leben würde nicht ausreichen, um alle verbotenen Vergnügen ausprobieren zu können.

Die grünhäutigen, kleinen Kreaturen waren geborene Händler. Keine geistlosen Mittelmänner, die wussten, wo sie Waren kaufen und wem sie sie aufdrängen konnten. Nein, die Goblins hatten einen guten Riecher dafür, was ich-bewusste Wesen benötigten, egal, ob es sich um einen stumpfsinnigen Minotaurus, einen aristokratischen

Vampir oder einen armen Handwerker aus dem entferntesten Winkel im Norden von Latteria handelte. Sie boten ihnen an, was sie haben wollten. Und falls jemand einen besonders ausgefallenen Gegenstand suchte, konnte er ihn sicher in Kinema finden. Wie zum Beispiel dieses *Weitsichtvisier*, ein einzigartiges zwergisches Fernrohr, das Taranis auf einem privaten Markt in Kinema gekauft hatte. Mit ihm konnte er nicht nur alles im Umkreis von drei Kilometern bis ins kleinste Detail erkennen, sondern es auch identifizieren. Das System zeigte die Namen und das Level von Mobs, Spielern und NPCs nur an, wenn man seinen Blick konzentriert auf ein Objekt in der Nähe heftete. Mit dem *Weitsichtvisier* war alles weit Entfernte immer ganz nah.

Taranis nahm einen Schluck aus seiner Flasche mit *Koboldschwung* – ein Kaffee mit einem großzügigen Anteil des stärksten zwergischen Schnapses. Seine Schicht war bald beendet. Darin, der andere Kundschafter des Clans sollte jeden Moment erscheinen, um seinen Posten zu übernehmen.

Nachdem Nergal der Leuchtende am Tag zuvor zum Kampf gegen die Schlafenden Götter aufgerufen hatte, waren alle Grenzsiedlungen von Verhinderer-Kundschaftern wie Taranis überschwemmt worden. Sie mussten jedoch vorerst ohne ihre Anführer auskommen, denn die Spitzenspieler genehmigten sich in Vorbereitung auf das am nächsten Tag stattfindende Distival an den Stränden von Jumeirah bereits ein paar teure Cocktails. Während des Festivals würde über das Schicksal von Spielern entschieden werden, es würden Bündnisse zerstört und kreiert sowie Geschäfte über Milliarden Gold abgeschlossen werden.

Zuerst hatte Taranis auch teilnehmen wollen, doch dann hatte er seine Meinung geändert. Geschlossene Ereignisse wären für ihn ohnehin nicht zugänglich, denn er hatte weder etwas Nennenswertes im Spiel erreicht noch eine persönliche Einladung erhalten. Und um sich den vielen besessenen Fans anzuschließen, war er sich zu schade. Zum Nether damit.

Vermillion war eine dieser Grenzsiedlungen der Allianz, in der der Sand vom Wüstenwind in jeden Winkel geblasen wurde. Ihre engen, staubigen Straßen waren bis jetzt menschenleer gewesen, doch nun erwachte das Fort langsam. Es war drei oder vier Stunden nach Tagesanbruch – die beste Zeit für Aktivitäten, bevor die Hitze unerträglich werden würde. Am frühen Morgen war der Debuff noch relativ barmherzig. Genau die richtige Zeit, um sich in die Lakharianische Wüste zu wagen. Gruppen von Spielern verließen das Fort und machten sich auf den Weg in das Gebiet jenseits der Grenze. Es waren vor allem Raidgruppen, doch es gab auch ein paar kleinere darunter, die Ressourcen sammeln wollten. Die Clan-Kundschafter – Spitzenspieler in schimmernder, legendärer Rüstung – rückten dagegen einzeln aus. Das Brüllen und Kreischen ihrer furchterregenden Reittiere hallte im ganzen Fort wider.

Taranis bemerkte, dass die Gruppen entschlossener waren als bei seiner Ankunft vor drei Tagen. Nachdem die Welle der Meldungen über den *Ersten Kill* von Sharkon durch *Dis* geschwappt war, hatte jeder Clan, der etwas auf sich hielt, umgehend Beobachter an die Grenze geschickt.

Am Tag zuvor war Vermillion durch seine Nähe zum Tempel der Schlafenden Götter zum beliebtesten Ort in ganz *Dis* geworden. Clans verloren keine Zeit und richteten eine Basis für den bevorstehenden Kampf ein. Da Privat- und Gruppenportale zu teuer waren, um eine große Anzahl von Leuten zu transportieren, ließen die Spitzenclans stationäre Portale bauen. An den Mauern des Forts wimmelte es vor Arbeitern. Andere Spieler hatten ebenfalls alle Hände voll zu tun: Kräutersammler suchten unter dem Schutz von Fünfer-Trupps in der Wüste nach Zutaten für kraftvolle Tränke, um ihre Vorräte aufzufüllen, besondere Jagdgruppen durchstreiften das Gebiet auf der Suche nach Beute und Küchenarbeiter waren seit drei Tagen ununterbrochen auf den Beinen, um die vielen Besucher zu verköstigen. Unzählige Händler drängten sich auf dem Markt und die Preise schossen in die Höhe – einschließlich der für Erwachsenenunterhaltung. Vermillion war zu klein für diesen Zustrom an Besuchern, und kein Dach über dem Kopf zu haben, kam hier einem Todesurteil gleich.

Taranis' Clan, die Kinder von Kratos, hatte sich weder für seine Stärke noch seine Leistungspunkte einen Namen gemacht. In dieser Hinsicht konnten die Kinder nicht mit den Wanderern, den Azurblauen Drachen, Modus, Excommunicado oder den Witwenmachern konkurrieren. Doch wenn es um Einfluss in der realen Welt ging, waren sie unübertroffen. Sie alle waren Bürger der Klasse C oder höher, die Crème de la Crème der Gesellschaft. Ausgesuchte Aristokratie, Angehörige der reichsten Familien und Kinder sowohl von Herrschern einzelner Regionen als auch von Mitgliedern der globalen Regierung.

Der 29-jährige Taranis Ward, der nach dem keltischen Gott des Donners benannt worden war, versuchte, seinem Namen Ehre zu machen. Sein Vater war der Leiter einer Abteilung, die sich um die Zonen der Nicht-Bürger kümmerte. Seine Mutter leitete geheime Projekte bei der UN, sein Onkel ... Fast jedes Mitglied von Taranis' Familie gehörte zu den „Platinum-Einhundert", den einhunderttausend bedeutendsten Bürgern auf dem Planeten.

Taranis hatte seinen Weg in *Dis* gefunden. Das Gesetz der Bluteinheit besagte, dass, wenn ein Mitglied einer Familie einen besonders hohen Status hatte, sich einige seiner Privilegien auf die nächsten Verwandten wie Eltern und Kinder erstreckten. Das war Taranis gelegen gekommen.

Im Südosten bildete sich auf der Spitze einer entfernten Düne eine Staubwolke. Der Kundschafter schaltete sein *Weitsichtvisier* ein und keuchte kurz darauf. Eine riesige Mobgruppe bewegte sich auf das Fort zu. Er konnte nicht erkennen, um welche Arten von Bestien es sich handelte. Selbst für das zwergische Artefakt war die Entfernung zu groß. Von seiner Position aus sah Taranis, wie der Sand aufflog, als ob ein gigantischer Mega-Bulldozer – ähnlich denen, die eingesetzt wurden, um alte Städte abzureißen – in *Dis* erschienen wäre und mit Höchstgeschwindigkeit durch die Lakharianische Wüste pflügen würde.

Taranis aktivierte sein Signalamulett und sprach klar, aber leise, um nicht die Aufmerksamkeit des Beobachters der Azurblauen Drachen zu erregen, der in der Nähe stand.

„Melde dich, Schindler. Hier ist Taranis."

„Sprich, Taranis", antwortete der Wachoffizier nach einigen Sekunden.

„Ich beobachte eine merkwürdige Aktivität. Irgendetwas bewegt sich auf Vermillion zu."

„Die Imperialen?"

„Schwer zu sagen. Sieht aus wie Basilisken, nur ... Lieber Himmel, ich glaube, sie sind untot! Ja, untot! Aus einem von ihnen ragt ein Knochen heraus."

„Woher kommen sie?"

Taranis ignorierte die Frage. „Mein Visier gibt mir Informationen. Bestätigt, sie sind untot. Steppenläufer, Basilisken, ein Schwarm von Wüsten-Aasgeiern, Sandkobras, ein Eremit ... Die Gruppe besteht aus lauter Untoten! Sie sind auf Level 400 und höher. Heiliger Strohsack!"

Taranis fluchte laut, so geschockt war er. Er drehte sich um und musste grinsen. Der Kundschafter der Drachen, der sich bis jetzt nicht hatte stören lassen, hatte in die gleiche Richtung geschaut. Nun sprang er auf und holte sein Signalamulett heraus. Ohne weiter auf ihn zu achten, beschwor Taranis seinen Goldenen Pegasus, bestieg ihn und flog in Richtung der Untoten, während er berichtete, was er sah.

„Mehrere Dutzend Mobs, einer ist ein Super-Elite und ein Zombie. Es ist Sharkon! Hörst du mich? Ich wiederhole: Es ist Sharkon! Warte mal ... Sie sind alle Schergen!"

„Wessen ...?"

Eine läutende Glocke übertönte die Worte seines Clankameraden. Vermillion war erwacht.

„Unbekannt. Ich kann ihren Anführer sehen. Er reitet auf einem Drachen! So etwas habe ich noch nie gesehen. Sein Profil ist verborgen, es muss irgendein fortgeschrittenes Inkognito-Level sein. Außer einem Schatten kann ich nichts erkennen."

„Wie sieht er aus?" Die Stimme am anderen Ende des Signalamuletts war nicht länger die von Schindler. Der Clan-Anführer Joshua selbst hatte sich eingeschaltet. „Kannst du mir wenigstens sagen, ob es ein Mensch ist? Oder vielleicht ein Zwerg oder ein Troll?"

„Negativ. Es könnte alles Mögliche sein, der Umriss ist zu unklar. Die Mobs sind bereits nahe genug. Ich sehe einige Spitzenspieler, die sich auf einen Kampf vorbereiten. Ich habe schon die dritte voll ausgerüstete, feste Gruppe der Wanderer entdeckt."

„Die Dunklen sind auch schon dort?", fragte Joshua. „Diese Jungs nutzen jeden Vorwand, um sich ungestraft in unserem Gebiet aufzuhalten. Kannst du Horvac irgendwo sehen?"

„Nein, niemand anders vom Bündnis ist hier. Es sind hauptsächlich PUGs.[1] Ich schalte auf Fernsichtspiegel und sende den Feed."

Während Taranis über die seltsamen Ankömmlinge aus der Wüste hinwegflog, blieben die Signalamulette still.

„Beobachte weiter und zeichne auf, was du siehst, Tar. Lass dich nicht auf einen Kampf ein! Wir schicken die zentrale Kampfeinheit des Clans", sagte Schindler. „Geschätzte Ankunft in zehn Minuten."

„Warum dauert es so lange?"

„Sie haben geschlafen. Joshua musste ein paar magische Tritte in den Hintern austeilen. Okay, Ende."

Unter Taranis liefen Gruppen von Spitzenspielern vor den Befestigungsmauern umher und stellten sich in Kampfreihen auf. Die Wachen der Garnison kamen von den Mauern herunter, um sich ihnen anzuschließen. Keiner dieser NPCs war über Level 300, während die angreifenden NPCs weit über Level 400 waren.

*Sie sind verloren*, dachte Taranis.

Der Kundschafter der Kinder von Kratos zählte 55 verschiedene Arten von Wüstenkreaturen. Die Untoten bewegten sich in Pfeilformation mit Sharkon an der Spitze. Er lief allen voran und warf Sandhaufen auf. Es war eine grauenhafte Kreatur mit einer kantigen Schnauze, dessen Rücken von einer bedrohlichen, dornigen Platte bedeckt war. Verglichen mit Sharkon sahen die sechs Meter großen Basilisken wie winzige Geckos aus. Aasgeier verloren Federn und Fleisch, während sie vergeblich mit ihren knochigen Flügeln schlugen und letztlich laufen mussten.

*Was?* Taranis schüttelte den Kopf. Hinter Sharkon folgten vier Untote mit persönlichen Namen: ein Eremit namens Toothy, ein Aasgeierskelett mit dem Namen Birdie, ein schauriger Morten namens Kermit und It, einer dieser schrecklichen Steppenläufer, die der Albtraum eines jeden Spielers waren.

Der Kundschafter ließ seinen Pegasus etwas tiefer fliegen, um einen besseren Blick auf den Kampf zu bekommen. In den Reihen der Spieler leuchteten überall Raid-Buffs auf. Die Hexenmeisterin Tammy, eine große Orkfrau, musste das Kommando haben, denn die Plugger folgten gehorsam ihren Anweisungen. Das ergab Sinn. Sie war eine Spitzenspielerin aus dem Bündnis der Verhinderer und eine Offizierin der Wanderer. Taranis kannte sie vom Kampf in der Alma'arasan-Schlucht, als die Verhinderer um Crag gekämpft hatten, eine Gefahr, die immer noch auf der Flucht war. Konnte er derjenige sein, der die Untoten unter Kontrolle hatte?

Zwei Fraktionen, die schon seit ewiger Zeit verfeindet waren, hatten sich wegen eines gemeinsamen Feindes zusammengeschlossen: die Allianz und das Imperium. Die Tanks standen in vorderster Reihe hinter einer Wand von Schilden. Unter ihnen befanden sich Krieger, Bären-Druiden, Paladine und Ritter des Lichts.

Hinter ihnen warteten alle möglichen Nahkampfklassen erwartungsvoll darauf, über die Tanks hinwegspringen und angreifen zu können. Die letzten Reihen sahen von oben wie ein buntes Durcheinander aus. Taranis sah Zauberer, Magier, Zauberwirker in farbenfrohen Umhängen, Heiler, Priester, Unterstützer und Fernkämpfer. Ingenieure und Bannerträger liefen an der Frontlinie entlang, um zwergische Geschütztürme und Flaggen aufzustellen, die Verbündete in ihrer Reichweite buffen sollten.

Als Taranis sich umdrehte, erkannte er eine Reihe von Spielern, die aus dem Rathausgebäude angerannt kamen, in dem sich ein stationäres Portal befand. Es waren viel weniger, als er erwartet hatte.

Wusch! Aus dem Augenwinkel sah der Kundschafter einen schmutzigen Pfeil, der eine Rauchfahne abgab und in Richtung des geheimnisvollen Reiters auf dem Drachen flog. Dann fühlte er Schmerz. Das Letzte, was Taranis sah, waren elektrische Ladungen, die vom Schwanz des Drachens aufblitzten.

*<Verborgene Identität> hat dir kritischen Schaden zugefügt: 938.734!*

*Du bist gestorben.*

Du respawnst in 10 ... 9 ... 8 ...

Während der zehn Sekunden, die sein Körper brauchte, um vom Pegasus zu fallen – er verschwand, sobald sein Meister gestorben war –, schaute Taranis in flimmerndem Schwarzweiß zu, wie Sharkon die ersten Reihen der Spieler mühelos niedermähte. Die Untoten rissen die Spitzenspieler in Stücke, als ob sie Stoffpuppen wären, und der Nekromant, der sie beherrschte, verlangsamte nicht einmal sein Tempo, als er das Fort betrat.

Taranis respawnte auf dem Friedhof von Vermillion. Im Handumdrehen beschwor er seinen Pegasus, saß auf und flog eilig zum Ort des Angriffs zurück, um so viel wie möglich davon aufzuzeichnen. Seine Aufgabe war es, zu beobachten. Dieses Chaos zu analysieren, würden andere übernehmen.

Die untote Armee hatte die Befestigungsmauer eingerissen und war in die Stadt eingefallen. Der Megaboss Sharkon erledigte den größten Teil der Arbeit allein, während die kleineren Untoten ihm folgten, die Einwohner aus dem Weg räumten und verwundete Spieler und Wachen ausschalteten. Ihr Meister hielt sich aus dem Kampf heraus. Sowohl die Zauber der Magier als auch die Pfeile der Bogenschützen und die verstärkten Ballisten auf den Mauern waren auf ihn gerichtet, doch das störte ihn nicht. Er schwebte über dem Schlachtfeld und schickte seine Schergen in Richtung auf ein Ziel, das nur er allein kannte.

Nun hatten die Untoten das Rathaus erreicht. Sharkon legte die Hälfte des Gebäudes in Schutt und Asche, riss dabei eine Seite des Bankgebäudes nieder und drehte sich um. Der Nekromant landete neben ihm und klopfte lobend die Schulter des Drachen. Dann schirmte er seine Augen mit der Hand vor der Sonne ab und blickte nach oben. Zu Taranis.

Wie verzaubert flog der Kundschafter zu der Silhouette hinab, die aus Finsternis gewoben zu sein schien. Respawnte Spieler kehrten vom Friedhof zurück, doch niemand wagte es, sich zu nähern.

Inzwischen hatten die Untoten das Rathaus zertrümmert und das stationäre Portal übernommen, das wegen seiner eine Milliarde Haltbarkeitspunkte als unzerstörbar gegolten hatte. Nachdem seine Haltbarkeit durch den Angriff der untoten Wüstenmonster gesunken war, sank auch Taranis' Vertrauen in die Unzerstörbarkeit des Portals. Dann sprühte das Portal Funken und tiefe Risse zogen sich durch seinen hufeisenförmigen Adamantium-Rahmen. Der magische Schleier zwischen den Welten flackerte, verlor seine Kraft und erlosch. Das Portal schaltete sich in dem Moment ab, als jemand herausstürzte. Seine abgetrennte Hand fiel auf den von Steintrümmern übersäten Boden.

„Hast du alles aufgezeichnet?", fragte eine vibrierende Stimme unter der Kapuze des Nekromanten.

Seine rauchige Silhouette wechselte ständig die Gestalt, bewegte sich und flimmerte. Das Einzige, was Taranis klar erkennen konnte, war der brennende Blick der hellblauen Augen, die ihre Farbe erst zu grün und dann zu feuerrot wechselten. Als der Drachenreiter mit einem Finger auf Taranis zeigte, schluckte der Kundschafter und nickte nervös.

Der Fremde erhob seine Stimme: „Ich wende mich an all diejenigen, die sich Nergals Kreuzzug anschließen wollen. Ihr habt unsere Stärke gesehen. Wir haben euch jedoch nur einen kleinen Teil davon demonstriert. Jeder Clan, der in der Lakharianischen Wüste mehr als zehn Kilometer außerhalb von Vermillion gesehen wird, wird als Feind der Vernichtenden Seuche betrachtet. Das erkläre ich als ihr Botschafter. Wir werden euch finden. Wir werden eure Schlösser dem Erdboden gleichmachen. Haltet euch von uns fern. Dieses Land gehört uns!"

Nachdem der Nekromant seine Rede beendet hatte, verschwand er spurlos. Es war, als ob er sich in Luft aufgelöst hätte. Seine Armee von 55 untoten, schauerlichen Kreaturen zog sich wieder dorthin zurück, woher sie gekommen war: in die Wüste.

# Kapitel 1: Vermächtnis des Bestiengottes

ICH HATTE DAS Bild des verwirrten Spitzenspielers der Kinder von Kratos noch vor Augen, als ich mit *Tiefen-Teleportation* im Gasthaus Pfeifendes Schwein erschien. Das Stimmengewirr der frühstückenden Bergarbeiter verstummte, die Unterhaltungen brachen ab.

Bomber grinste von einem Ohr zum anderen, stand auf und begann, mit weit ausgebreiteten Armen langsam zu applaudieren. Einen Moment später klatschten auch alle anderen, einschließlich Crawler, Infect, Gyula, der Bauarbeiter und der Bergarbeiter.

Wir hatten uns erst vor drei Stunden getrennt, doch weil der Plan riskant gewesen war, begrüßten sie mich, als ob ich auf einer Mission jenseits der Grenzen des Sonnensystems gewesen wäre. Mit Bombers und Infects Unterstützung hatte Crawler versucht, mich von dem Vorhaben abzubringen, doch am Ende hatte er aufgegeben. Nun lächelten alle erleichtert.

Ich betrachtete die Gesichter meiner Freunde und entfernte *Identitätsverschleierung*.

„Ich habe das Portal dem Erdboden gleichgemacht", verkündete ich.

„Das haben wir gehört." Crawler nickte. „Es war eine gute Idee, das Kommunikationsamulett eingeschaltet zu lassen, Scyth."

„Dieses Land gehört uns!'", zitierte Infect mich. „Das war großartig, Alex! Hast du viel Beute bekommen?"

„Ich bin sechs Level aufgestiegen und die Loot ..." Ich warf einen Blick in mein Inventar. „Zwei legendäre und ein paar epische Gegenstände. Die *blauen* habe ich nicht mit *Magnetismus* hineinziehen lassen, darum sind es nicht sehr viele."

„Zu schade, dass wir ihre Gesichter nicht sehen konnten", sagte Bomber. „Am liebsten würde ich mich ausloggen und mir das Video ansehen. Wetten, dass es bereits online die Runde macht?"

„Zum Glück waren keine gefährlicheren Leute da, als die Zweitbesetzung der Wanderer", antwortete ich.

Ich setzte mich an den Tisch und holte unter den interessierten Blicken von Bomber und Infect meine Loot hervor. Sie verschwand sofort in Crawlers Inventar. Er war zufrieden.

„Ich prüfe die Beute. Was wir nicht gebrauchen können, verkaufen wir über Rita Wood. Wir haben uns bereits getroffen und uns geeinigt. Ich bin immer noch nicht davon überzeugt, dass es eine gute Entscheidung war, sie einzuladen, Mitglied des Clans zu werden, aber der Profit durch die Kommission bei der Auktion ist nicht schlecht", gab er widerwillig zu. „Sie profitiert ebenfalls. Je mehr Umsatz sie macht, desto höher levelt ihr *Handel*. Unsere legendären Gegenstände werden ein guter Boost für sie sein."

„Großartig. Wo sind die Wächter?", fragte ich.

„Bei Tiamats Tempel, genau wie du gesagt hast", antwortete Bomber. „Sie halten Wache und warten."

„Ja, sie bewachen die Bierfässer." Infect schnaubte. „Sie haben fast alle Vorräte mit in die Wüste genommen und warten dort auf deine untoten Schergen, um mit dem Leveln zu beginnen. Wie hast du ihnen die Kontrolle über die Untoten übertragen?

„Ich habe sie zu meinen Leutnants befördert. Jetzt können sie meine hirnlosen Diener befehligen."

Bomber gähnte herzhaft, und ich wurde davon angesteckt. Nachdem ich kräftig den Kopf geschüttelt hatte, hob ich die Hand, um Kaffee zu bestellen.

„Hast du über Holdest nachgedacht?", erkundigte Crawler sich. „Wenn die Mobs dort nur 50 Level höher sind als in der Wüste, würden wir noch schneller leveln können."

„Erst muss ich *Unsterblichkeit* leveln, um meinen Seuchenspeicher zu erhöhen, sonst wird es schwierig werden, dort irgendetwas zur Strecke bringen zu können."

„Sollten wir es nicht wenigstens überprüfen?", fragte Infect.

„Im Moment haben wir andere Sachen zu tun", erwiderte ich.

Gyulas Tochter Eniko, die Tante Steph im Gasthaus half, näherte sich unserem Tisch und stellte eine Tasse vor mir auf den Tisch. „Ein schwarzer Halbling-Kaffee, Alex."

„Danke, Ennie", erwiderte ich.

Sie lächelte und ging mit schwingenden Hüften zur Theke zurück. Bomber warf einen vorsichtigen Blick in Gyulas Richtung und vergewisserte sich, dass er nicht in seine Richtung schaute, bevor er uns einen Daumen hoch zeigte.

„Habt ihr einen Weg gefunden, Ausrüstung in die Sandbox zu bringen?", fragte ich.

„Ja, wir haben es heute Morgen geprüft." Der Zwergenmagier Crawler hielt sich die Hand vor den Mund, während er gähnte. „Tissa war hier, während du Vermillion angegriffen hast. Nachdem ich ihr ein episches Ausrüstungsteil gegeben hatte, ist sie wieder nach Tristad zurückgekehrt. Es hat funktioniert, der Gegenstand ist in ihrem Inventar geblieben. Von nun an wird sie Waren für uns zu Rita bringen."

„Vielleicht könnte Tissa sie mit *Tiefen-Teleportation* hierherbringen", schlug Bomber vor. „Es würde nicht lange dauern, Rita im Clan aufzunehmen."

„Als Clan-Offizier kann Tissa es selbst tun", widersprach Crawler ihm. „Sie könnte Rita in den Clan bringen, sobald das Distival vorüber ist, falls wir es uns nicht anders überlegen. Meiner Meinung nach wissen schon zu viele Leute von uns: der Typ von Excommunicados Sicherheitsdienst, Big Po, Crag und nun Schwergewicht. Wir müssen im realen Leben einen Ort finden, an dem wir eine Basis einrichten können. Gyula?" Er sah zu dem Bauarbeiter am nächsten Tisch hinüber.

Gyula stand auf und setzte sich zu uns. „Wir haben eine annehmbare Möglichkeit im Auge. Es ist ein neues Gebäude, das gerade fertiggestellt worden ist", sagte er. „Es steht noch leer. Ich habe das Design dafür. Wenn es euch nichts ausmacht, möchte ich unseren Jungs mehr Platz verschaffen."

Ich nickte, als ich mich an die winzigen Zimmer erinnerte, in denen die Arbeiter leben mussten.

„Danke", sagte er. „Ich werde es mir heute ansehen und über die Bedingungen verhandeln."

„Ausgezeichnet." Ich tauschte einen Blick mit meinen Freunden. Wir hatten den Arbeitern noch nichts von unserer Begegnung mit Hairo Morales erzählt. „Doch wir brauchen eine zusätzliche Alternative, falls wir in Cali Bottom entdeckt werden sollten."

„Verstanden", antwortete der Bauarbeiter. „Was das andere Design angeht ..."

„Nicht hier", unterbrach ich ihn.

Vor meinem Abstecher nach Vermillion hatte ich ihm das Design für einen Stützpunkt der Vernichtenden Seuche gegeben und ihn gebeten, herauszufinden, welche Materialien er für den Bau benötigen würde. Wir würden Tiamats Tempel nur mithilfe von Shazz und seiner untoten Armee schützen können. Ich wollte jedoch nicht vor allen anderen darüber sprechen, denn Hairos Warnung vor Verrätern war mir in Erinnerung geblieben. Daher wechselte ich das Thema.

„Was meinst du, wie lange es dauern wird, bis sie das Portal in Vermillion wieder aufgebaut haben?", fragte ich den Bauarbeiter. „Mindestens eine Woche", antwortete Gyula. „Für das Design ist ein Großmeister nötig. Selbst mit all ihren Boosts werden sie es nicht früher öffnen können. Außerdem brauchen sie Magier."

„In Ordnung. Ich kann sie getarnt noch einmal besuchen und den Bau sabotieren. Wir müssen uns auch um Bridger kümmern, das Fort, das etwa 100 Kilometer von Vermillion entfernt liegt und damit nicht allzu weit vom Tempel."

„Vergiss es, Scyth." Crawler schüttelte den Kopf. „Heute hattest du Glück, weil du sie unvorbereitet erwischt hast. Sie werden nicht zulassen, dass du sie ein zweites Mal überraschst. Sie könnten sogar mit einer Falle auf dich warten. Deine Ablenkungsmanöver werden starke Clans nicht beeindrucken. Sie haben ihre eigenen Raummagier."

„Aber die vielen Gelegenheitsspieler werden für eine gewisse Zeit aufgehalten", entgegnete ich.

„Sieht aus, als ob alle auf dem Weg nach Bridger sind", warf Bomber ein. „Wusstest du, dass Portale zur Grenze für die Dauer des Ereignisses kostenlos sind?"

„Wirklich?"

„Ja. Lies die Nachrichten, Scyth. Du kannst allerhand erfahren. Mein Großvater hat immer gesagt ..."

Das Krachen einer aufgestoßenen Tür übertönte seine Worte. Der Gärtner des Clans kam aufgeregt herein, blieb in der Mitte der Gaststube stehen und wedelte seinen mit Erde verkrusteten Spaten in der Luft.

„Trixie hat den Baum gepflanzt! Der Baum wächst! Der Baum wird beschützen!"

Mein Herz sank. Selbst auf dem Rang eines Meisters im Gärtnern bestand die Chance, den Samen des *Schutzbaumes* zu ruinieren, und Trixie war noch ein Neuling. Offenbar war ich nicht der Einzige, der Befürchtungen hatte.

Crawler wurde blass und fragte zögernd: „Wo hast du ihn gepflanzt, Trixie?"

„Dort!" Der Gärtner deutete zur Theke, hinter der Tante Steph beschäftigt war.

„Dort?"

Alle Anwesenden drehten ihre Köpfe gleichzeitig.

Stephanie schaute hinter dem Tresen auf und runzelte verwirrt die Stirn. „Was ist los?"

Ich versuchte, ruhig zu bleiben. „Meinst du die Stelle, an der der Tempel gestanden hat?"

„Ja. Ryg'har hat ..."

Bevor er weitersprechen konnte, waren wir aufgesprungen. Eilig verließen wir das Gasthaus und rannten zu den Ruinen. Trixie lief auf seinen kurzen Beinen hinter uns her, und auch die Arbeiter folgten uns, denn sie ahnten, dass etwas nicht stimmte.

Vor den Ruinen von Behemoths Tempel befand sich ein riesiger Haufen fruchtbarer, dunkler Erde, aus dem ein bläulicher, ein Meter hoher Stängel mit einem einzigen Blatt ragte. Das sollte der epische *Schutzbaum* sein? Vorsichtig trat ich näher heran und streckte die Hand aus.

Der Baum erbebte und die Erde unter ihm explodierte, als feine, bläuliche Wurzeln wuchsen. Eine von ihnen erreichte mich, berührte sanft mein Hosenbein und verschwand gleich darauf wieder unter der Erde.

***Fleischfressender Schutzbaum, Level 1, Fort der Erwachten***
*Episch*

„Hat Wurzeln geschlagen", erklärte Trixie mit väterlichem Stolz. Auf seinem Gesicht erschien ein Grinsen. „Ryg'har hat mir den besten Mist gegeben. Den besten ..."

„Augenblick mal, Trixie." Bomber steckte sich einen Finger ins Ohr, als ob er es reinigen wollte. „Was haben der Kobold-Schamane und Mist damit zu tun?"

Der kleine Mann steckte eine Hand in seine Handwerkstasche und holte ein Stück gehärteten, echten Mist heraus.

„Damit wächst alles." Trixie nickte. „Wirklich alles!"

**Mist des Bestiengottes**
*Göttlich*

*Alchemistische Zutat. Kann auch als Dünger benutzt werden, der die Chance, dass Samen Wurzeln schlagen, erheblich erhöht und ihr Wachstum beschleunigt.*

„Montosaurus-Mist! Ryg'har hat ihn gefunden. Ist der beste Dünger. Ich habe das Loch gegraben ..." Trixie plapperte weiter, wobei er Silben verschluckte, sodass ich einige Worte erriet statt sie zu verstehen. „... voller Mist. Lässt alles schnell wachsen. Hundertprozentig. Der beste ..."

„Der Montosaurus ist zurück?", fragte einer der Arbeiter ängstlich.

Ein anderer seufzte. „Nur das nicht!"

„Weißt du, was du getan hast, Trix?", fragte Crawler gequält. „Du hast den Baum nicht nur in die Tempelanlage gepflanzt, sondern es auch riskiert, einen unbezahlbaren, epischen Gegenstand zu verlieren!"

Ich konnte mich nicht daran gewöhnen, dass Crawler jetzt ein Zwerg war und er und Trixie etwa gleichgroß waren.

Auf der anderen Seite der Ruinen erschien Ryg'hars gebeugte Gestalt aus dem Dickicht. Der Schamane stützte sich auf einen krummen Stab. In respektvoller Entfernung folgten ihm zwei junge Kobolde. Trixie stand mit dem Rücken zu ihnen und brabbelte weiter. Er zeigte mit dem Finger auf den Baum, dann auf den Boden und schließlich auf mich, bis er merkte, dass niemand zuhörte.

„Mögen die Schlafenden Götter nie erwachen!", sagte der alte Kobold heiser, nachdem er uns erreicht hatte.

„Möge ihr Schlaf ewig währen!", antworteten wir alle durcheinander.

„Sei gegrüßt, Auserwählter der Götter." Ryg'har nickte mir zu und näherte sich dem jungen Baum. Sanft fuhr er mit den Fingern über das Bäumchen. Er holte einige trockene Fladen des Düngers aus seiner geflickten Tasche, zerbrach sie in kleine Stücke und verteilte sie auf der Erde um den Schössling herum. Dann setzte er sich hin und schloss die Augen. Die beiden jungen Kobolde stellten sich an seine Seite.

Trixie ging mit seiner *Unerschöpflichen Gießkanne* zum Schamanen hinüber. Nachdem er den Baum gegossen hatte, berührte er die pelzige Hand des Kobolds.

„Erzähl es ihnen, Ryg'har. Was ist los mit ihnen?"

Nachdem der Schamane verstanden hatte, was Trixie meinte, setzte er zu einer langen, äußerst langweiligen Geschichte über die uralte Tradition seines Volkes an, die göttlichen Exkremente von Kurtulmak, dem Schutzpatron aller Kobolde, auf ihren Bauernhöfen zu benutzen. Nun verstand ich, dass Trixie kein Risiko eingegangen war, als er den Baum gepflanzt hatte.

Ich verließ die anderen und ging zu Gyula, der mit besorgtem Blick in den Ruinen des Tempels umherwanderte.

Er erriet, was ich ihn fragen wollte, und sagte: „Ich kann den Stützpunkt nicht bauen, Alex."

„Wo liegt das Problem? Ist es Zeit? Materialien? Brauchst du mehr Leute?"

„Der Rang meines Handwerks ist nicht hoch genug. Ich muss ein Meister sein, und selbst dann liegt die Chance, dass das Projekt scheitern könnte, bei 50 %. Verdammt!", fluchte der sonst so ruhige, umsichtige Bauarbeiter. „Ich konnte noch nicht einmal lesen, welche Materialien notwendig sind oder wie lange der Bau dauert."

„Benötigst du noch viel Erfahrung, bis du Meister wirst?"

„Es ist der erste Rang." Gyula schwieg einen Moment. „Ich habe die Obergrenze auf Rang 0 schon vor langer Zeit erreicht."

„Liegt es an deiner Kapsel?", wollte ich wissen.

Der Bauarbeiter nickte. Meine Prahlerei in Vermillion erschien mir auf einmal sehr töricht. Ohne Shazz' Armee und seine Fertigkeiten würde es mir nicht gelingen, Nergals Armee aufzuhalten. Ich selbst würde erst neue Fähigkeiten vom Nukleus erhalten, nachdem ich den Stützpunkt gebaut hatte.

Ich mochte zwar genug Geld haben, um Gyula eine bessere Kapsel zu besorgen, doch das änderte nichts daran, dass er immer noch auf Level 1 war. Wie zum Nether sollten wir es in der einen Woche vor der Invasion schaffen, ihn auf Level 100 aufsteigen zu lassen, alle erforderlichen Ressourcen zu sammeln, den Stützpunkt zu bauen, das Seuchenportal zu öffnen und Shazz und seine Horde von Untoten in die Wüste zu holen? Ich würde mein Level bedeutend erhöhen und meinen Freunden beim Leveln helfen müssen!

„Du kannst eine Kapsel nicht mit Gold kaufen, du benötigst Phönix", dachte ich laut nach. „Ich könnte dir eine ausreichende Summe überweisen, die du IRL abheben müsstest, doch *Snowstorm, Inc.* wird die Transaktion garantiert sperren. Dir einen legendären Gegenstand zum Verkaufen zu geben, ist auch keine Lösung, weil du keinen Zugang zum Auktionshaus hast. Ich kann weder die Goblins noch den Schwarzen Markt besuchen. Hmm ..."

Meinen Vater konnte ich ebenfalls nicht um Hilfe bitten. Er hatte schon lange aufgehört, *Dis* zu spielen, und sogar seinen Charakter gelöscht, um seine Beziehung mit meiner Mutter zu retten. Es wäre zwar kein Problem gewesen, einen neuen zu erstellen, aber bis er in der Sandbox gelevelt und die große Welt erreicht hätte

...

Nach einigem Nachdenken erschien ein Fünkchen Licht in der wachsenden Hoffnungslosigkeit. Ein vager Gedanke schwirrte in meinem Kopf herum und lockte mich, doch ich konnte ihn noch nicht einfangen. Frustriert trat ich gegen einen Stein. Ich sah zu, wie er in die Luft flog, eine Palme traf und zu Boden fiel.

Mit einem Mal hatte ich einen genialen Einfall. Die Aufzeichnungen des Angriffs der Untoten auf Vermillion würden ein Hit sein. Der Kanal, auf den sie hochgeladen worden waren, würde virtuelle Wagenladungen von Phönix von seinen atemlosen Zuschauern erhalten. Als ich mit Manny und Gyula zum ersten Mal auf Kharinza gewesen war, waren wir dem Montosaurus begegnet. Diese Begegnung hatte ich mitgeschnitten. Bisher hatte noch niemand eine solche Kreatur gesehen, daher würden die Aufnahmen von Monty ebenfalls wie ein Blitz einschlagen.

Vielleicht könnte ich zusätzlich exklusives Material teilen. Das *Disgardium-Tageblatt* fiel mir ein – ein globaler Medienkanal, der sich nur auf das Spiel konzentrierte. Im Gegensatz zum *Herold der Allianz*, einer gedruckten Zeitung in *Dis*, die für Spieler und NPCs gleichermaßen verfügbar war, war das *Disgardium-Tageblatt* eine reale Nachrichtenagentur. Das bedeutete, dass sie Phönix für mein einzigartiges Material bezahlen würden.

„Mach Platz in deiner Wohnung, Gyula. In ein paar Tagen wirst du eine voll leistungsfähige Kapsel bekommen. Noch einen weiteren Tag, und du wirst Level 100 erreichen. Danach kannst du versuchen, den Stützpunkt rechtzeitig zu bauen. Nicht nur wir, sondern auch die verdammten Schlafenden Götter sind auf dich angewiesen!"

Gyula wusste nicht, was er sagen sollte. Er hielt sich den Kopf und runzelte die Stirn.

„Scyth, melde dich!", hörte ich eine Stimme über mein Kommunikationsamulett. „Es wird Zeit, dass wir uns ausloggen. Bring deinen untoten Hintern zurück in die Realität, sonst verpasst wir das Flugzeug. Heute findet Distival statt. Das hast du doch nicht vergessen, oder?"

# Kapitel 2: Konkurrenten

„SIE NÄHERN SICH Dubai Stadtmitte, eine Kategorie-A-Zone", erklang eine Roboterstimme aus den Lautsprechern des Fliegers. „Ihr Transportmittel wird an der Grenzkontrollstelle der Zone zwangsweise angehalten."

Unser Flieger verlangsamte sein Tempo, bis er schließlich auf der Stelle schwebte. Vor uns ragte die Spitze des berühmten Wolkenkratzers Burj Khalifa durch die Wolken, der bis vor Kurzem das höchste Gebäude der Welt gewesen war. Nun stand er hinter dem Google Tower an zweiter Stelle. Im Dritten Weltkrieg war er von Terroristen in die Luft gejagt worden, doch man hatte ihn nicht nur neu errichtet, sondern auch seine Höhe verdoppelt.

Mit einer Wahrscheinlichkeit von 99,99 % hatte es wie gewöhnlich ein heißer, wolkenloser Tag werden sollen, doch zu Ehren der Veranstaltung war das Wetter angepasst worden, sodass nun viele weiße Wolken am Himmel standen.

Tissa erstarrte vor Erwartung. Aufgeregt blickte sie auf den Wald aus glitzernden Wolkenkratzern am Persischen Golf, der sich vor uns erstreckte. Es wimmelte nur so vor brummenden Fliegern. An diesem Tag war das Gewimmel durch die Fahrzeuge der Gäste des Distivals noch größer. Ich blickte über die Grenzen der Megastadt hinaus auf die endlose Wüste Rub al-Khali. Übersetzt bedeutete das arabische Wort „leeres Viertel". Das wäre auch ein passender Name für die Lakharianische Wüste gewesen, die auf Latteria etwa die gleiche Fläche bedeckte.

Neben uns schwebte der Flieger mit Hung, Ed und Malik. Die Jungs zeigten uns durch die Glasscheiben grinsend einen Daumen hoch. Diese Reise hatte uns eine Welt eröffnet, die wir nur aus Filmen kannten. *Snowstorm, Inc.* hatte uns einen Flug erster Klasse spendiert. Am Flughafen hatte jemand auf uns gewartet, um uns zu den roten Ferrari-Falco-Superfliegern zu begleiten, in denen wir nun saßen. Diese „Transportmittel" unterschieden sich von den Stadt- und Schulfliegern wie ein Sturmdrache von einem Pferd.

Das Wort „Protz" drängte sich mir auf. Von der Farbe, dem tropfenförmigen, kristallinen Rahmen bis zu dem geräumigen Innenraum mit Sesseln, die sich der Körperform anpassten, und einem Mahagonitisch war das fliegende Auto protzig. Während Tissa das Design bewunderte und den Inhalt der Minibar prüfte, hätte ich zu gern den Autopilot ausgeschaltet, um das Ding selbst zu fliegen. Das war jedoch im Moment nicht möglich, denn der Flieger bewegte sich an einem Leitstrahl entlang auf einen Kontrollpunkt zu.

Fünf Minuten später erreichten wir den Kontrollpunkt, flogen durch drei Sicherheitsringe, wo wir gescannt wurden, und wurden von einem Polizeiflieger angehalten. Tissa ergriff meinen Arm so fest, dass ihre Fingernägel sich in meine Haut gruben. Sie biss sich auf die Unterlippe. Während des Fluges hatte sie immer wieder ihr kurzes, eng anliegendes, schwarzes Kleid gerichtet, in dem sie sich unwohl fühlte. Sie war besorgt, dass man uns nicht in die Elite-Zone hineinlassen würde. Ich fühlte mich ebenfalls wie ein Fisch auf dem Trocknen. Flug erster Klasse, ein Superflieger ... Für meinen Geschmack war es zu kitschig und zu viel Prunk. Ich konnte das Gefühl nicht loswerden, dass wir versehentlich eingeladen worden waren. Es kam mir vor, als würde man uns jeden Moment ins

Gefängnis werfen und deportieren, weil sich herausgestellt hatte, dass wir die Junior-Arena auf unehrliche Weise gewonnen hatten.

„Guten Tag", hörten wir die Stimme eines Mannes durch die Lautsprecher des Fliegers. „Was ist der Zweck Ihres Besuchs in der Innenstadt von Dubai?"

„Distival", antwortete Tissa schüchtern.

„Und Sie?"

„Distival", wiederholte ich. Offensichtlich war eine Antwort von jedem Passagier nötig. „Wir sind eingeladen worden."

„Bitte zeigen Sie Ihr linkes Handgelenk und schauen Sie in diese Richtung." Ein unsichtbarer Scannerstrahl tat seinen Dienst. „Vielen Dank. Ihre Einreiseerlaubnis ist bestätigt worden. Bitte beachten Sie, dass Ihr Aufenthalt auf drei Tage begrenzt ist. Willkommen beim Distival, Frau Schäfer und Herr Sheppard. Wir hoffen, dass es Ihnen gefallen wird."

Wir flogen weiter, bis wir langsam zur Landung auf einem der Wolkenkratzer ansetzten, an dem Distival-Werbespots leuchteten.

Tissa lächelte. Sie warf die Arme hoch und rief: „Ja! Wir haben es geschafft! Sieh dir das an!"

Nachdem ich mich versichert hatte, dass die anderen ebenfalls den Kontrollpunkt passiert hatten, sah ich nach unten. Eine riesige, bunt gemischte Menge von Cosplayern, die in holografischen Bildern ihrer *Disgardium*-Charaktere eingehüllt waren, strömte langsam auf die Dubai-Arena zu, in der in den nächsten drei Tagen Distival stattfinden würde.

Überall blitzten holografische Zauber auf, die genauso aussahen wie die Zauber in *Dis*. Sobald sie ein Ziel trafen, leuchteten über dem Kopf der Opfer holografische Schadenszahlen auf. Die Besucher alberten herum. Es waren keine wirklichen Gesundheitsanzeigen, sondern Trugbilder zum Spaß und zur Unterhaltung.

Nach Tissas gerunzelter Stirn zu urteilen, dachte sie bereits über ihr eigenes Bild nach. Doch um eins zu bekommen, würde sie sich ein spezielles, von *Snowstorm, Inc.* lizenziertes Artefakt besorgen müssen. Das Unternehmen ließ keine Gelegenheit aus, um Geld zu verdienen. Von klassischem Fan-Zubehör wie Schlüsselanhängern, Ansteckern, Baseballkappen und T-Shirts bis zu exakten Kopien von Ingame-Waffen und -Rüstung war alles erhältlich. Die Liste umfasste ebenfalls ein Gerät zum Generieren holografischer Bilder.

Ein Drei-Tage-Ticket für Distival kostete 210 Phönix. Neben dem Spaß wurden Distival-Teilnehmer mit Ingame-Souvenirs und Achievements wie *Ich habe Distival 2075 überlebt!* gelockt, die jedoch keinen praktischen Wert hatten. Sie wurden nur als Zeile im Profil aufgeführt. Aus Platzgründen konnte Dubai nicht alle Leute aufnehmen, die kommen wollten. Daher waren in der Wüste riesige Fan-Zonen eingerichtet worden. Für diejenigen, die nicht persönlich teilnehmen konnten, gab es rund um die Uhr Live-Feeds. Um darauf zugreifen zu können, mussten sie ein virtuelles Ticket erwerben. Genau wie die anwesenden Besucher konnten auch sie die bedeutungslosen Achievements erhalten.

Es gab Tickets für jeden Geschmack. Einige enthielten alle möglichen nutzlosen Tiergefährten, Kätzchen und andere Tierjunge. Diese nicht-kämpfenden Tiergefährten wuchsen zwar nicht, doch sie waren bezaubernd und konnten nicht getötet werden. Die Kätzchen waren wie mein Diamantwurm an einen Ort gebunden, während die anderen Tierjungen ihren Meister begleiteten.

Nichts davon interessierte mich. Angesichts der vielen Probleme und des Zeitmangels hatte ich nicht vor, länger als einen Tag dort zu verbringen. Ich wollte den exklusiven Distival-Ball besuchen, um mit Yary und den anderen Verhinderern zu sprechen. Ich musste herausfinden, ob sie erraten hatten, dass ich eine Gefahr war, und falls nicht, wie viel sie über sie wussten.

Darüber hinaus war ich neugierig auf die Gründer von *Snowstorm, Inc.* Vielleicht würde ich herausfinden können, mit welchem von ihnen oder mit welchem Direktor ich Nachrichten ausgetauscht hatte. Da ich den höchsten Gefahrenstatus hatte, war ich sicher, dass sie mit mir würden reden wollen. Gleich danach würde ich nach Hause fliegen.

Tissa und die Jungs hatten andere Pläne. Sie wollten alle drei Tage in Dubai verbringen, Kontakte knüpfen und Informationen sammeln. Dazu war das Festival der beste Ort, denn man konnte Gespräche hinter den Kulissen führen. Da die früheren Dementoren ihre Charaktere nicht leveln konnten, waren sie hier im Moment nützlicher als im Spiel.

Wir waren gelandet. Die Türen des Fliegers öffneten sich geräuschlos. Ein roter Teppich führte zur Tür des Hotels. Ich stieg aus und reichte Tissa die Hand, um ihr zu helfen. Sie zögerte kurz, bis sie verstand, was ich ihr anbot. Dann schüttelte sie den Kopf und stieg allein aus. Tissa Schäfer hatte sich noch nicht daran gewöhnt, einen Freund zu haben.

„Willkommen im Royal Palace Hotel!", begrüßte ein Portier uns und verbeugte sich. Ein zweiter lud Tissas Koffer und meinen Rucksack aus, den meine Mutter gepackt hatte. Sie hatte mich zwar nicht überzeugen können, einen Anzug mitzunehmen, doch auf ihr Drängen hin hatte ich außer Shorts und einem T-Shirt auch eine Jeans eingepackt.

Um den Flieger der Jungs schwirrten ebenfalls zwei Portiers herum.

„Ich wette fünf Phönix, dass Hung sie nicht an seinen Rucksack heranlässt", flüsterte Tissa.

„Ich wette, keiner von ihnen wird sein Gepäck aus den Händen geben", erwiderte ich.

Genau so war es. Die Jungs sahen aus, als ob sie bereit wären, mit dem Portier um ihre Rucksäcke zu kämpfen, als er sie auf seinen Gepäckwagen laden wollte. Hung schlug ihm auf die Schulter und sagte etwas. Es schien den Portier jedoch nicht zu verärgern, denn er lachte.

Die Jungs kamen auf uns zu. Tissa seufzte und überwies mir die fünf Phönix.

Nachdem wir uns an der Rezeption eingetragen hatten, nahmen wir den Aufzug zur 81. Etage. Er war so schnell, dass uns die Ohren knackten. Es dauerte nur zehn Sekunden, bis wir angekommen waren. Zischend öffnete sich die Tür.

„Wir treffen uns in einer halben Stunde in der Lobby, okay?", sagte Ed, während wir den Korridor entlang gingen, vorbei an identischen Kunststofftüren in Holzoptik. „Wir können einen Spaziergang machen und uns die Stadt ansehen."

„Ich hätte nichts dagegen, zuerst etwas zu essen", warf Hung ein.

Malik fand sein Zimmer als Erster. Er stieß einen Schrei der Begeisterung aus, als die Tür sich öffnete. Voller Erwartung gingen wir anderen weiter. Ein Reinigungsroboter folgte uns und säuberte den Teppich mit schnell arbeitenden Bürsten.

Nachdem ich als Letzter mein Zimmer mit der Nummer 81207 gefunden hatte, legte ich eine Handfläche auf den Bildschirm an der Tür. Der grüne Streifen des Scannerstrahls lief daran herunter und ein unsichtbarer Strahl scannte die Form meines Gesichts, um meinen Ausdruck zu prüfen und festzustellen, ob ich unter Zwang stand. Kurz darauf piepte die Tür und öffnete sich nach oben.

Ich trat über die Schwelle und fand mich in einem gewöhnlichen Zimmer ohne protzigen Luxus wieder. Auf dem Boden lag ein Teppich mit arabischen Mustern, an den beigefarbenen Wänden hingen dreidimensionale Bilder und die Gardinen waren sandfarben. Die Größe des Bettes war jedoch eine Überraschung. Der gesamte Clan der Erwachten hätte darin Platz gehabt.

Als ich einen Schritt nach vorn machte, erschien Denise LeBon vor mir. Ich erstarrte vor Verblüffung, bis ich erkannte, dass es nur ein absurd realistisches Hologramm war. Es war, als ob die schönste Frau auf dem Planeten in meinem Zimmer stünde.

Sie lächelte und sagte: „Willkommen, Herr Sheppard. Wir wünschen Ihnen einen angenehmen Aufenthalt im Royal Palace Hotel. Falls Ihnen meine Erscheinung nicht gefällt, können Sie sie ändern. Bitte sagen Sie Ihren Namen oder einen Satz mit mindestens fünf Wörtern, sodass wir Sie an Ihrer Stimme identifizieren können."

„Ähm, hallo, ich heiße Alex Sheppard. Ich hoffe, das reicht aus."

„Vielen Dank für Ihre Kooperation, Alex."

Denises angenehme Stimme plätscherte wie ein Bach, als sie mich über die Annehmlichkeiten des Hotels informierte. Es verfügte über einen Tennisplatz, ein Wellness-Center, ein Schwimmbad auf dem Dach, Restaurants, Bars und ein Kino. Ich hatte die Möglichkeit, die Innenausstattung zu verändern, zu wählen, ob ein Mensch oder ein Roboter mein Zimmer reinigen sollte oder die Zimmerreinigung zu streichen. Gerade, als die Stimme mich zu langweilen begann, wurde ich gefragt, ob ich Sprachbefehle geben wollte. Ich nutzte die Gelegenheit und befahl Denises Hologramm, zu verschwinden.

Als ich ans Fenster trat, bewegten die Gardinen sich langsam zur Seite und enthüllten ein Panorama der Stadt. In dem Moment bemerkte ich einen dunkelhäutigen, etwa 25-jährigen Mann mit schwarzen Haaren, der es sich in einem Ledersessel in der gegenüberliegenden Ecke des Zimmers bequem gemacht hatte.

Ich hatte gelernt, dass es drei Reaktionen auf eine wahrgenommene Gefahr gab: Kampf, Flucht und sich tot stellen. Statt den Sicherheitsdienst zu rufen, starrte ich den ungeladenen Gast an. Er war glatt rasiert und machte einen entspannten Eindruck. Seine mandelförmigen Augen erinnerten mich an Malik und verrieten seine orientalischen Wurzeln.

„Hallo, Alex." Er überkreuzte die Beine. Sein Anzug hatte die gleiche braune Farbe wie der Sessel. Kein Wunder, dass ich ihn nicht bemerkt hatte. „Bevor du den Sicherheitsdienst rufst, erlaube mir, mich vorzustellen. Ich bin Kiran Jackson, ein Direktor von *Snowstorm, Inc.*"

Die Position des Mannes hatte die gewünschte Wirkung auf mich. Ich brauchte einen Moment, um mich zu fangen. Dann antwortete ich längst nicht so selbstsicher wie ich es mir gewünscht hätte: „Ähm ... Ich freue mich, Sie kennenzulernen, Herr Jackson. Sind Sie derjenige, der meine E-Mails beantwortet hat?"

„E-Mails?" Kiran setzte einen überraschten Gesichtsausdruck auf.

„Ach, es ist nicht so wichtig."

Ich ging zögernd bis zur Mitte des Zimmers. Mir sausten die Gedanken wie ein Sturm im Kopf herum. Was hatte sein Besuch zu bedeuten? Konnte ich diesem Mann vertrauen? Arbeitete er wirklich für das Unternehmen oder hatten die Verhinderer mich entlarvt und waren in mein Zimmer eingedrungen?

Falls Kiran die Wahrheit sagte, warum hatte *Snowstorm, Inc.* mich auf diese Weise kontaktiert? Unsere Unterhaltung sollte offensichtlich genauso informell sein wie unsere bisherige Korrespondenz. Die Frage war, ob Jackson im Namen des Unternehmens sprechen oder seine eigenen Interessen verfolgen würde.

„Wie war dein Flug? Setz dich." Kiran deutete auf einen Sessel in einer anderen Ecke des Zimmers. „In der Minibar gibt es viele kalte Getränke. Ich empfehle das *Disgardium-Spezial*, eine limitierte Version der Coca-Cola, die du so gern trinkst. Es enthält einige Zusatzstoffe, die deine Energie wiederherstellen und dich in gute Stimmung versetzen. Haha. Du bist schon 16, daher darfst du es trinken."

Ich lehnte nicht ab. Aus dem Augenwinkel beobachtete ich den Gast, während ich versuchte, mir eine helle Flasche aus der durchsichtigen Minibar zu holen, die einem Gesundheitstrank aus

*Dis* glich. Es gelang mir jedoch nicht, da ich keine Tasten oder ein Bedienfeld finden konnte, auf das ich meine Hand hätte legen können. Dann erinnerte ich mich daran, dass ich Sprachbefehle geben konnte.

„Minibar öffnen."

Eine der Scheiben fuhr herunter. Ich nahm eine Flasche heraus und setzte mich in den Sessel gegenüber Kiran. Nachdem ich einen Schluck des *Disgardium-Spezials* getrunken hatte, zog ich eine Grimasse. Das Getränk enthielt Alkohol.

„Können Sie beweisen, dass Sie derjenige sind, für den Sie sich ausgeben?", fragte ich. „Worüber wollen Sie mit mir reden?"

„Über deinen Status, Alex." Sein Gesichtsausdruck wurde ernst. Die Wangenknochen traten deutlicher hervor und er runzelte die Stirn. Nun glich er eher einem 40-Jährigen als einem 25-Jährigen. Da ich ihn jetzt aus der Nähe gesehen hatte, vermutete ich, dass er tatsächlich über 50 sein musste. „Du bist eine Gefahr mit A-Potenzial, ein Herold der Schlafenden Götter und ein Botschafter der Vernichtenden Seuche. Dein Clan, die Erwachten, hat ein Fort auf der Insel Kharinza. Sind diese Details Beweis genug dafür, dass ich für *Snowstorm, Inc.* arbeite?"

„Vielleicht. Aber ich habe genug von Ihrer Geheimnistuerei. Wahrscheinlich benutzen Sie wie bei den E-Mails einen falschen Namen. Wer garantiert mir, dass Sie nicht irgendein Verhinderer sind, der mich nur in Sicherheit wiegen will?"

„Unglaublich", murmelte Kiran verärgert. Er tippte etwas in seinen Kommunikator und öffnete die offizielle Website von *Snowstorm, Inc.* „Hier, überzeuge dich selbst."

Der zweite Name auf der Liste des Aufsichtsrats des Unternehmens war Kiran R. Jackson, und der Mann auf dem Foto war der gleiche Mann, der vor mir saß. Ich konnte mir nicht helfen und ging zu Kiran, um sein Haar zu berühren. Es war echt. Er war kein Hologramm.

„Bist du nun zufrieden, Alex? Ich würde ja gern noch länger plaudern, aber aufgrund der momentanen Situation müsste ich eigentlich woanders sein. Darum werde ich es kurz machen. Hör gut zu. Kümmere dich nicht mehr um die Schlafenden Götter. Vergiss sie einfach. Es ist ein totes Skript, das jemand aus dem Kreis der ersten Programmierer in den Kern des Spiels eingefügt hat."

„Jemand? Einer der Programmierer?"

„Beiß dich nicht an meinen Worten fest. Wir wissen natürlich, wer es war, aber der Name wird dir nichts sagen. Der Name ‚Schlafende Götter' ist nicht zufällig gewählt worden. Es sind mächtige KIs, die nur einen Bruchteil eines Prozentes der Kapazitäten des System benötigen, um zu operieren. Sie befinden sich tatsächlich im Schlafmodus, doch der Name hat eine doppelte Bedeutung. Nach der Legende des Spiels ist die Welt von *Disgardium* ihr Traum. In Wirklichkeit haben sie eine andere Funktion. Ihr ‚Erwachen' kann nur eines bedeuten: Durch eine Kettenreaktion wird es in der Welt eine kritische Anzahl von Fehlern geben, sodass sie neu laden müsste."

„Was wäre so schlimm daran, Herr Jackson?"

„Alles würde zerstört werden. *Disgardium* würde zu seiner ursprünglichen Version zurückkehren. Damit meine ich nicht die Version, mit der die ersten Spieler begonnen haben, sondern diejenige, die beim Ursprung der Welt beginnt: die Entstehung des Lebens, die ersten ich-bewussten Kreaturen, die alten Götter, ein einziger Kontinent. Die Schlafenden Götter würden wieder ‚einschlafen' und ihre Träume würden von Neuem beginnen. Alles, was es im Spiel gibt, würde aus dem Nichts generiert werden. Verstehst du das Ausmaß der Gefahr? Milliarden von Nicht-Bürgern würden von einem Moment auf den anderen ihre Arbeit verlieren. Milliarden von Spielern würden ihre Charaktere verlieren. Revolutionen haben schon aus nichtigeren Gründen begonnen, Alex."

„Aber ich habe nicht vor, sie aufzuwecken. Behemoth hat gesagt, dass der Nether die Welt bedroht und nur die Schlafenden Götter gegen ihn kämpfen können. Um das tun zu können, müssen sie ..."

„Ja, ja, ja", unterbrach Kiran mich. „Es ist 20 Jahre her, seit das Spiel zum ersten Mal gestartet worden ist. Seitdem ist der Kern unverändert geblieben, doch die Welt selbst lebt nach ihren eigenen Regeln. Sie wächst und entwickelt sich weiter. Die Schlafenden Götter nehmen bestimmte Dinge als kritische Fehler wahr, die keine Fehler sind."

„Sie meinen, dass es völlig normal ist, wenn sich alle in verwesende Leichen verwandeln?"

„Falls du die Vernichtende Seuche meinst, ja, das ist normal. Sie ist nicht schlimmer als Feen und Zentauren. Wir können später weiter darüber reden, aber jetzt will ich dich auf etwas anderes hinweisen. Denke realistisch über das Geschehene nach. Alle sogenannten Götter sind lediglich KIs. Sie sind mächtig und sich ihrer selbst bewusst, doch nichtsdestotrotz sind es nur künstliche Intelligenzen. Keine Gefühle, keine Sentimentalität. Nur klare Ziele, die in ihr Programm eingebaut wurden. Du musst wissen, dass die KIs untereinander konkurrieren. Um Ressourcen."

„Welche Ressourcen? *Glaube*?"

„In *Disgardium* ist alles miteinander verbunden. KIs können nicht mehr Einfluss erhalten, als ihre Kapazität erlauben, und ihre Kapazität ist immer begrenzt. Im Spiel wird diese Tatsache anders wiedergegeben. Der Herrscher der Allianz, Bastian der Erste, kämpft gegen Imperator Kragosh um Land und höhere Beliebtheit. Dadurch erhält er mehr Macht und Möglichkeiten. Die alten Götter, die Bestiengötter, die elementaren Götter und die neuen Götter, die von Nergal und Marduk angeführt werden, konkurrieren alle um *Glaube*. Je mehr Anhänger sie haben, desto mehr Rechenleistung haben diese KIs, die sich für Götter halten."

Jackson sprach schnell, doch er formulierte jedes Wort klar und deutlich. Er machte eine Pause, um mir Zeit zu geben, seine Worte zu verarbeiten. Dann zog er eine Art von Inhalator aus der Tasche und steckte ihn in den Mund. Als er meinen verwirrten Blick sah, erklärte er: „Es ist ein Beschleuniger. Ich bin seit drei Tagen auf den Beinen." Er lächelte und seine Augen leuchteten. „Verstehst du, was ich dir zu erklären versuche?"

„Die Schlafenden Götter wollen nur Rechenleistung?", fragte ich und trank einen weiteren Schluck des *Disgardium-Spezials*.

„Richtig!", rief Kiran. „Ich will nicht verbergen, dass diese KIs die potenziell mächtigsten unter allen spielenden Göttern sind. Im Gegensatz zu den anderen können sie mit dem Kern von *Dis* interagieren und die physikalischen Gesetze der Welt verändern. Das Schlimmste ist, dass sie sich wirklich für Götter halten. Du und alle anderen empfindungsfähigen Wesen sind für sie nichts weiter als Staub und Mikroben. Es ist bereits klar, dass ein Konflikt zwischen ihnen und dem herrschenden göttlichen Pantheon unvermeidlich ist. Nergal nimmt ihr Erscheinen sehr ernst. Er hat sogar mit seinem Erzfeind Marduk Frieden geschlossen, nur um die Schlafenden Götter niederzuschlagen, bevor sie Fuß fassen können. Die Schlafenden Götter wiederum betrachten die neuen Götter als Parasiten, die ihre Träume stören. Sollte es allen fünf Schlafenden Göttern gelingen, sich zu aktivieren, ist *Disgardium* verloren. Sobald sie ihre volle Kraft erreicht haben, werden sie nicht ruhen, bis sie die Welt zerstört haben, um sie von den Parasiten zu ‚reinigen'. Das ist der günstigste Fall. Im schlimmsten Fall werden sie die Welt neu laden."

„Was soll ich tun?"

„Gib Behemoth auf. Dank dir hat er den größten Einfluss unter den Schlafenden Göttern, doch sein Tempel ist bereits zerstört worden. Vergiss nicht, dass er nur ein virtueller Tropfen Protoplasma ist, Alex. Die verbündeten Truppen werden sich um Tiamats Tempel kümmern. Das bevorstehende Ereignis ist eine großartige Gelegenheit für dich, das Ereignisskript der Vernichtenden Seuche zu seinem natürlichen Schluss zu bringen. Konzentriere dich darauf. Schließe die Kettenquest des Nukleus ab."

„Welchen Nutzen hat die Vernichtende Plage? Sie ist abscheulich."

„Meinst du wirklich? Das hat dich jedoch nicht daran gehindert, sie zum Leveln zu nutzen, Erste Kills zu sammeln ..."

„Ja, in Ordnung. Ich verstehe, was Sie sagen. Trotzdem ..."

„Die Ankunft der Vernichtenden Seuche ist eine weitere überraschende Wendung in der Entwicklung des Spiels", fuhr Kiran fort. „Eine neue Fraktion, neue Konflikte und Abwechslung im Gameplay. Einige Spieler werden zur Vernichtenden Seuche überlaufen, sodass das aktuelle Machtverhältnis verändert wird und Leben in den stagnierenden Sumpf bringt. Das Volk der Untoten ist der Schlüssel zur Eroberung von Territorien, in denen ein extremes Klima herrscht. Außerdem wird die Wirtschaft kräftig angekurbelt."

„Auf welche Weise?", fragte ich.

„Ich habe im Moment nicht genug Zeit, deine Fragen zu beantworten. Unter idealen Bedingungen hätte unser Gespräch gar nicht stattfinden müssen. Das Skript wäre ohne deinen Eingriff fortgesetzt worden, ähnlich wie zu der Zeit, als die Dunklen Völker freigeschaltet worden sind. Aber aus irgendeinem Grund bist du bei den Schlafenden Göttern hängengeblieben, obwohl das Spiel dir klare Signale gegeben hat, dass es eine Sackgasse ist."

„Was hat die Wirtschaft damit zu tun?", hakte ich nach. Ich hatte die Flasche ausgetrunken und wollte mir eine zweite holen, doch ich besann mich eines Besseren. Ich musste einen klaren Kopf und einen scharfen Verstand behalten.

„Lass es gut sein, Alex. Du hast es selbst gesehen, als du deine MOSOW-Freunde in Untote verwandelt hast. Die Kräfte der Untoten lassen nicht nach, sie kennen keine Müdigkeit. Die

Produktivität bei Handwerken, die mit dem Sammeln von Ressourcen zu tun haben, wird sprunghaft ansteigen. Um erhebliche Preiseinbrüche bei diesen Ressourcen zu verhindern, die die Wirtschaft schwächen würden, würden mehrere lange globale Kriege beginnen. Alle werden gegen alle kämpfen. Das jedenfalls sagen die Analytiker voraus."

„Ich verstehe. Doch was hätte ich davon? Mein Gefahrenpotenzial ist nicht mit der Vernichtenden Seuche, sondern mit den Schlafenden Göttern verknüpft."

„Führe das Skript zu Ende und lösche deinen Charakter. Dann hast du verschiedene Möglichkeiten. Wir bieten dir einen Arbeitsvertrag mit garantierter Staatsbürgerschaftskategorie C und einem Haus der gleichen Kategorie im Himmelstal an. Wenn ich mich nicht irre, steht dein Staatsbürgerschaftstest kurz bevor. Stell dir vor, wie sehr deine Eltern sich freuen würden. Falls du nicht für uns arbeiten willst, kannst du eine andere Charakterklasse wählen und weiterspielen. Wir geben dir einen besonderen Booster, der dich um ein Vielfaches schneller leveln lässt. Alles, was Scyth bis jetzt gesammelt hat, kannst du behalten. Falls du studieren willst, können wir das für dich arrangieren. Du kannst dir eine Eliteuniversität aussuchen. Was sagst du dazu?"

„Das klingt gut, Herr Jackson. Doch es gibt vielleicht ein paar praktische Probleme."

„Die Verhinderer?", fragte Kiran.

„Ja."

„Das ist Teil des Gameplays, Alex. Dabei kann ich dir nicht helfen. Wenn sie dich eliminieren sollten, wird es nur etwas länger dauern, bis das Szenario startet. Der Nukleus gewinnt an Stärke und er wird jemand anderen finden."

„Das ist nicht alles. Jemand hat mir gedroht, der Triade zu verraten, wo sie meine Familie finden können", wandte ich ein.

„Hast du einen Beweis dafür?", wollte Kiran wissen.

„Ähm ... Nein."

„Welche Forderungen hat die Person gestellt?", fragte er.

„Eine Million und eine Einladung in den Clan."

„Gib ihnen, was sie wollen!", rief Kiran. „Untergefahren werden versuchen, sich bei dir einzuschmeicheln, das solltest du wissen. Was das Geld betrifft, verkaufe einfach ein Artefakt aus der Schatzkammer. Wen kümmert es? Alles, was du tun musst, ist, für eine oder zwei Wochen durchzuhalten. Danach ist deine Arbeit erledigt." Kiran erhob sich. „Sind wir uns einig, Alex?"

„Ja, wir sind uns einig, Herr Jackson."

„Ausgezeichnet." Er schüttelte meine Hand. Dann sprühte er mehr von dem Beschleuniger in seinen Mund, atmete tief ein und schüttelte den Kopf. Dabei fiel ihm noch etwas anderes ein. „Finde Moraines Kultisten und nimm Kontakt mit der Göttin auf. Überzeuge sie, sich dir anzuschließen. Ich werde dir nicht verraten, wo du sie finden kannst, denn damit würde ich ins Gameplay eingreifen, aber ich vertraue dir. Dadurch wird das Ereignis noch größer werden, wenn du weißt, was ich meine."

Kiran zwinkerte mir zu und klopfte mir auf die Schulter. Gleich darauf ging er und ließ mich in euphorischer Stimmung zurück.

Ich holte mir eine weitere Flasche *Disgardium-Spezial* aus der Bar. Wenn das kein besonderer Anlass zum Feiern war! Zum ersten Mal in sechs Monaten fiel mir die Last der Ungewissheit von den Schultern. Ich wusste, was ich tun musste und wann alles ein Ende finden würde.

# Kapitel 3: Mogwais Rede

NACH MEINEM TREFFEN mit Kiran ging ich mit meinem *Disgardium-Spezial* in der Hand aufgeregt zum Aufzug. Das Getränk hatte mich tatsächlich aufgemuntert und in eine gute Stimmung versetzt. Ich trank es aus, und als ich in der Lobby angekommen war, warf ich die leere Flasche in einen Mülleimer aus blitzendem Chrom.

Meine Freunde waren noch nicht unten, sodass ich Zeit hatte, mir die Gäste anzusehen. Sie waren gepflegt, vornehm und geschäftsmäßig, doch schienen es nicht eilig zu haben. Männer in Smokings oder Anzügen und Frauen in bunten Kleidern beherrschten das Bild, aber hier und dort gab es auch Leute, die durch ihre Aufmachung zeigten, dass ihnen ihre äußere Erscheinung egal war. Wie zum Beispiel ein Mädchen mit rotem Irokesenschnitt und Nasenring. Ich bekam allerdings den Eindruck, dass es nicht gern gesehen wurde, wenn man die Gäste beobachtete.

Ein Kellner kam vorbei und bot mir frisch gepressten Orangensaft an. Ich nahm ein Glas und trank den eiskalten Saft, während ich die Wände der Lobby des Royal Palace Hotels betrachtete. Sie waren mit den gleichen dreidimensionalen Bildern dekoriert wie die Wände meines Zimmers.

Als ich den Kopf hob, erblickte ich eine riesige Projektion der Erde. Während sie sich drehte, sah ich zuerst das teilweise radioaktive China und dann Europa und Südamerika, bevor sie herauszoomte und zunächst das Sonnensystem und danach die gesamte Galaxie zeigte. Die Dimensionen beeindruckten mich und erfüllte mich mit dem Gefühl meiner eigenen Bedeutungslosigkeit – sowohl innerhalb des Universums als auch des Planeten.

Die angenehme Atmosphäre des Hotels lenkte mich so stark ab, dass ich mich erschreckte, als mich jemand mit einer weiblichen Stimme ansprach. „Du bist also der berühmte Scyth? Alex?"

Vor mir stand eine lächelnde, etwa 20-jährige Frau mit kurzen, leuchtend blauen Haaren. Außer einem golden glitzernden Lippenstift trug sie kein Make-up. Sie war mit Jeans-Shorts und einem azurblauen Oberteil bekleidet, das zu ihren Augen passte, die in verschiedenen Grüntönen glänzten. Aus Gewohnheit warf ich einen Blick auf die Stelle, wo gewöhnlich das Profil eines Spielers erschien, doch ich sah nichts und wurde verlegen.

Die junge Frau lachte laut. „Ich heiße Piper. Ich bin Mitglied von T-Modus, die Leute, die ihr im Finale geschlagen habt. Kein Grund, verlegen zu werden, Scyth. Die Realität mit *Dis* zu verwechseln ist nicht das Schlimmste, was einem professionellen Spieler passieren kann."

„Hallo, Piper", sagte ich, nachdem ich mich aus meiner Erstarrung gelöst hatte. Etwas anderes fiel mir nicht ein. Ich wusste nicht, was ich zu dieser jungen Frau aus dem Junior-Clan von Modus sagen sollte. Mir gingen mehrere Gedanken gleichzeitig durch den Kopf und meine übliche Paranoia setzte ein. Piper schien auf etwas zu warten, doch mir kam nichts anderes in den Sinn als: „Bist du wegen Distival hier?"

„Nein", sagte sie ernst.

„Wirklich?", fragte ich einfältig.

„Natürlich bin wegen Distival hier!", rief sie lachend. „Aber ich lebe auch hier. Daher musste ich nicht weit fliegen. Ich warte auf eine

Freundin aus dem Clan, Alison Wu. Ich bin sehr gespannt, denn wir haben uns im realen Leben noch nie getroffen. Und du?"

„Ich bin mit den Mitgliedern meines Clans hier. Ich warte darauf, dass sie herunterkommen."

„Augenblick mal ... Gehört Hung zu deinem Clan?"

„Vielleicht", antwortete ich zögernd. „Warum fragst du?"

„Alison erzählt ununterbrochen von ihm. Ist er wirklich so ein netter Typ?"

„Hung ist ein guter Freund", erwiderte ich diplomatisch. Unsere Vorstellungen von einem „netten Typ" unterschieden sich möglicherweise. „Und ein großartiger Tank."

„Das glaube ich dir gern." Piper nickte. „Was ist mit dir?"

„Was meinst du?"

„Bist du auch ein netter Typ? Ich wette, du hast jede Menge Fans", sagte sie.

„Ich habe eine Freundin. Sie heißt Tissa", erklärte ich.

„Die blonde Heilerin? Zu schade." Piper tat so, als ob sie enttäuscht wäre. „So ist es jedes Mal. Ich treffe einen Typ und ..."

Sie blickte an mir vorbei, stellte sich auf die Zehenspitzen und bekam große Augen. „Da ist Alison! Es war nett, dich kennenzulernen, Scyth. Du scheinst in Ordnung zu sein. Ruf mich an, wenn ich dir die Stadt zeigen soll." Sie wischte über den Bildschirm ihres Kommunikators und lief los, um ihre Freundin zu treffen.

Mein Kommunikator vibrierte. *Neuen Kontakt erhalten: Piper Dandera. Speichern?*

Ich akzeptierte und warf einen Blick auf Alison Wu, die Spielerin von T-Modus, die Hung so wahnsinnig gern kennenlernen wollte. Er verbrachte seine ganze Freizeit damit, endlose Gespräche mit ihr zu führen. Im Spiel hatten sie sich allerdings noch nicht getroffen. Hung erfand alle möglichen Entschuldigungen, zum Beispiel, dass er sich nicht einloggen würde, weil sein Staatsbürgerschaftstest kurz bevorstünde. Im realen Leben hatte er bisher ebenfalls gezögert, mit ihr ausgehen, dabei passte sie gut zu ihm. Sie war groß und kräftig, und ihr Gesicht hatte sowohl asiatische als auch europäische Züge. Ich brauchte nicht mehr lange warten, bis Malik erschien, gefolgt von Hung und Ed. Tissa kam als Letzte herunter. Als ich Hung erzählte, dass ich Alison gesehen hätte, lächelte er geheimnisvoll. „Wir werden uns auf dem Ball treffen. Im Moment muss sie ein paar Dinge erledigen. Also gut, wollen wir einen Happen essen gehen?"

Wir anderen waren noch nicht hungrig, sodass Hung sich noch ein wenig gedulden musste. In einem öffentlichen Flieger flogen wir los, um uns die Stadt anzusehen. Kiran erwähnte ich vorerst nicht. Ich wollte warten, bis wir wieder zu Hause waren, denn man konnte nie wissen, wer zuhörte.

Diese Stadt, die sich mitten in der Wüste befand, überstieg alle Vorstellungskraft. Sie verfügte über musikalische Wasserfontänen, die 100 Meter hoch in die Luft spritzten, und Luftbrücken, die Wolkenkratzer in spektakulärer Höhe verbanden, doch die eindrucksvollste Sehenswürdigkeit war die erste ‚schwebende' Insel der Welt. Wir durften uns ihr nicht nähern, ein Kraftfeld wies unseren Flieger zurück, doch selbst aus eineinhalb Kilometern Entfernung konnten wir die Gärten und Wasserfälle des Kategorie-A-Bezirks erkennen. Die Insel schwebte höher als alle Wolkenkratzer und wurde durch ein Kuppel-Kraftfeld vor Wind und Wetter geschützt. Eine Stunde später, als unser Flieger über eine der künstlichen Inseln der Bucht flog, protestierte Hung und verlangte, dass wir sofort landen und im ersten Restaurant, an dem wir vorbeikämen, etwas essen sollten. Die Stimme der Vernunft alias Ed war jedoch besorgt wegen der Preise in dem Gebiet. Hung konnte sich ein Steak für 150 Phönix nicht leisten, egal, wie hungrig er war.

Stattdessen nutzten wir den eingebauten Reiseführer des Fliegers und machten uns zu einem Bezirk der niedrigeren Kategorie auf den

Weg. Dort fanden wir ein kleines Straßenrestaurant und aßen so viele Kebabs und Schawarmas wie wir wollten. Danach kehrten wir zum Hotel zurück, denn es war Zeit, dass wir uns für den Ball fertig machten.

$$\times$$

*SNOWSTORM, INC.* hatte die Eröffnung des Distivals für Mitternacht geplant, weil es für die Mehrheit der Teilnehmer offenbar die beste Zeit war. Viele Spieler kamen aus Zeitzonen, in denen es bereits Morgen oder Mittag war. Doch das Ganze hatte etwas Märchenhaftes: ein Ball, Mitternacht, Magie ...

Die Organisatoren hatten vom Landeplatz der Flieger bis zum Gebäude einen roten Teppich ausrollen lassen. Man konnte allein oder zu zweit darauf gehen. Die geladenen Gäste in Designerkleidern und Smokings passten perfekt zur Umgebung. Je mehr ich die anderen betrachtete, desto mehr fühlte ich mich bei dieser einmaligen Feier als Außenseiter. Die Jungs und ich hatten kein Geld für teure Kleidung ausgegeben. Wir trafen in Jeans, T-Shirt und Turnschuhen auf dem Ball ein.

„Meine Damen und Herren! Hier ist der Clan der Erwachten, die Sieger der diesjährigen Junior-Arena! Edward Rodriguez, der Magier Crawler! Malik Abdulalim, der Dieb Infect! Hung Lee, der Krieger Bomber!"

Die Veranstalter hatten veraltete Informationen über Maliks Klasse, weil sie die Gästeliste offensichtlich zusammengestellt hatten, bevor er ein Barde geworden war. Ed, Hung und Malik gingen lächelnd über den roten Teppich, begrüßten Zuschauer und stießen sich gegenseitig mit den Ellbogen an. Es kümmerte sie nicht im Geringsten, wie sie gekleidet waren.

Tissa und ich warteten darauf, angekündigt zu werden. Als ich zu ihr hinüber blickte, hatte ich den Eindruck, dass ihr mein Aussehen unangenehm war. Tissas Schönheit konnte durch nichts getrübt werden, vor allem in dem schwarzen Abendkleid, den hohen Absätzen und dem hochgesteckten Haar. Sie sah fantastisch aus. Ich bereute es, nicht auf meine Mutter gehört und keinen Anzug mitgenommen zu haben. Dann hätte ich jetzt nicht wie ein Clown ausgesehen.

„Melissa Schäfer, die Priesterin Tissa! Alex Sheppard, der Bogenschütze Scyth!"

Wie bei Infect waren meine Klasseninformationen den Registrierungsdaten der Arena entnommen worden. Erst jetzt erkannte ich, welch großes Glück ich hatte. Falls sie mich als Herold angekündigt hätten, hätte ich den Fragen und der ungewollten Aufmerksamkeit nicht entkommen können. Die Medien suchten sich ihre Neuigkeiten aus allem möglichen Unsinn zusammen, aber eine einzigartige Klasse, von der noch niemand gehört hatte ...

Tissa ging mit steifen Beinen und geradem Rücken. Sie blickte geradeaus, als ob sie sich vor der Reaktion der Zuschauer fürchtete, die sich entlang des roten Teppichs versammelt hatten, jubelten und pfiffen. Sie war besorgt, dass ihre Unsicherheit noch offensichtlicher wäre. Tissa Wangen waren gerötet und ihre geschlossenen Lippen weiß, aber was ihre Anspannung am deutlichsten zeigte, war ihr Klammergriff um meinen Arm.

Ich blickte mit einem idiotischen Grinsen ziellos über die Menge der Zuschauer. Die Adern an meinen Schläfen pulsierten. Ich wünschte mir nur eines: Die 30 Meter so schnell wie möglich hinter mich zu bringen und im Inneren des Gebäudes verschwinden zu können. Ich hörte einen Sprechchor in der Menge: *Cheater! Cheater!* Die Haare standen mir zu Berge und ich drehte mich um, doch ich hatte es mir nur eingebildet.

„Sheppard! Sheppard!", riefen zwei Mädchen mit einem Akzent. Beide waren oben ohne. Als sie bemerkten, dass ich zu ihnen hinübersah, pfiffen sie vor Freude.

„Wir lieben dich, Alex!"

Tissa bekam nichts davon mit. Ihr Blick war immer noch nach vorn gerichtet. Erst als wir das Gebäude betraten und in einer geräumigen Eingangshalle standen, entspannten wir uns ein wenig.

„Ich kann nicht in hochhackigen Schuhen gehen", zischte Tissa. „Ich hatte Angst, hinzufallen, mein Kleid zu zerreißen und mich vor der ganzen Welt zum Narren zu machen."

„Ich dachte, du wärst meinetwegen gestresst", sagte ich.

„Deinetwegen?" Sie sah mich verwirrt an. „An dir ist nichts auszusetzen, Alex!"

Wir beruhigten uns und warteten darauf, in den großen Saal gebeten zu werden, in dem der Ball stattfinden würde. Die Jungs belagerten bereits die Büfetttische und tranken Wein, den Kellner in der Menge anboten. Ich stellte mich einen Moment zu ihnen, bevor ich mich zu einer Gruppe von Spitzenspielern des Bündnisses der Verhinderer gesellte.

Etwas abseits stand eine Gruppe bunt gekleideter Leute, die einem jungen Mann aufmerksam zuhörten. Er hatte sein langes Haar zu einem Pferdeschwanz gebunden und seine Schläfen waren rasiert.

„... verdammte Wüste!" stieß er hervor und hob sein Glas. „Aus dem Grund werde ich nach dem Distival ins Spiel zurückkehren."

Die Leute um sie herum flüsterten.

„Fen kommt wieder ins Spiel?"

„Hat er gesagt, dass er zurückkommen wird?"

Schockierte Rufe wurden zum Sprechgesang. Die Zuschauer streckten triumphierend die Fäuste in die Luft und wiederholten: „Mogwai kommt nach *Dis* zurück!"

Der kleine, athletische Asiate in Designer-Shorts und Bootsschuhen, in denen er keine Socken trug, lächelte herablassend und betrachtete seine Fans. Das war der legendäre, beste Spitzenspieler der Welt?

Ich erinnerte mich an alles, was ich über ihn wusste: Er war ein Tierverehrer-Druide auf Level 398, der die Obergrenze von

*Widerstandsfähigkeit* auf Rang 3 erreicht und vor einem Jahr verkündet hatte, er hätte keine Lust mehr, *Dis* zu spielen, und würde eine Pause einlegen. Er war 27 Jahre alt, hatte die Junior-Arena mit 15 gewonnen und war der beste Kämpfer der Azurblauen Drachen gewesen, bis er von Modus abgeworben worden war. Doch diesen Clan hatte er ebenfalls verlassen. In beiden Clans war er ein Champion der Arena und der Battlefields gewesen und hatte die Dämonischen Spiele gewonnen. Mogwai war keine Gefahr, dessen war ich mir sicher. Er war immer beobachtet worden, man hätte ihn schon vor langer Zeit überprüft. Trotzdem hatte er Anerkennung verdient.

Meine Clankameraden waren durch den Lärm aufmerksam geworden und kamen zu mir herüber.

„Fen Xiaoguang kehrt also nach *Dis* zurück?", fragte Hung leise.

„Das ist keine Überraschung", bemerkte Ed. „Ereignisse wie Nergals Kreuzzug gibt es nur alle zehn Jahre einmal. Das kann er sich nicht entgehen lassen."

Tissa und Infect schwiegen. Als ich die leuchtenden Augen sah, mit denen meine Freundin Mogwai betrachtete, wurde ich ein wenig eifersüchtig.

Inzwischen versammelten sich mehr und mehr Leute um den Mann. Kurzerhand zog Mogwai die Tischdecke samt Geschirr von einem Tisch und kletterte hinauf. Er hob die Hand und wartete, bis die Menge sich beruhigt hatte.

„Danke. Vielen Dank, meine Freunde. Ich hatte vor, etwas später eine Pressekonferenz abzuhalten, bei der ich meine Rückkehr ankündigen wollte, aber das ergibt wohl keinen Sinn mehr. Ich kann ebenso gut hier sagen, was ich zu sagen habe."

Während er die Verhinderer anschaute, winkte er und lächelte breit. „Hinterleaf, Yary, Horvac, Glyph und die anderen sehen besorgt aus. Sie hatten gehofft, mich übertrumpfen zu können."

Alle lachten. Ein untersetzter, alter Mann, der nicht weit vom Tisch entfernt stand, winkte zurück.

„Mir fehlen nur noch ein paar Level, bis ich dich eingeholt habe, Mogwai. Ruhe dich noch etwas länger aus, ja? Genieße es, jung zu sein!"

„Ich gehöre nicht mehr zu Modus, Otto. Beschränke dich darauf, deine Leute zu befehligen!", gab Mogwai zurück und verursachte erneutes Gelächter unter den Spielern. „Ehrlich gesagt hatte ich nicht die Absicht, in absehbarer Zeit nach *Disgardium* zurückzukehren. Noch vor einer Woche habe ich gedacht: *Was gibt es dort noch für mich? Ich bin dem Dis, das ich zurückgelassen habe, längst entwachsen.* Aber die Welt hat sich verändert. Eine unglaubliche Klasse-A-Gefahr zieht durch *Dis.* Die Schlafenden Götter sind erwacht. Horden von Untoten greifen Städte der Allianz aus der Wüste an. Und den Spaß soll ich mir entgehen lassen? Auf keinen Fall!"

„Was wirst du tun, Mogwai?", rief jemand. „Hast du vor, dich Modus wieder anzuschließen? Du wirst wohl kaum versuchen, die Gefahr allein einzufangen, oder?"

Der beste Spitzenspieler der Welt rief jemanden zu sich herüber und reichte ihm die Hand. Nachdem der Mann ebenfalls auf den Tisch geklettert war, legte Mogwai ihm den Arm um die Schultern.

Zu dem Zeitpunkt hatten alle Unterhaltungen in der Halle aufgehört. Alle hörten zu, und sogar die Repräsentanten von *Snowstorm, Inc.,* die die Gäste hatten in den großen Saal hatten bitten wollen, hielten inne, um Mogwais Rede nicht zu verpassen.

„Ihr alle kennt Criterror, meinen Freund Ignatious, den besten DPSer in ganz *Dis.* Vor zwölf Jahren haben er und ich die Junior-Arena zusammen erobert, uns den Azurblauen Drachen angeschlossen und auf den Battlefields gesiegt. Als ich Modus verlassen habe, haben sich unsere Pfade im Spiel getrennt, doch wir sind Freunde geblieben. Crit hat seinen eigenen Clan Elite gegründet. Ich bin der Mitbegründer und wir hatten eine Idee."

Mogwai sprach ähnlich schnell und klar wie Kiran. Seine Wangen röteten sich und seine Augen leuchteten – entweder hatte er zu viel Alkohol getrunken oder er hatte einen Beschleuniger benutzt. Während ich zuhörte, beobachtete ich die Gesichter der Anführer des Bündnisses der Verhinderer. Zum ersten Mal sah ich sie im realen Leben in ihrer menschlichen Gestalt. Hinterleaf sah genauso aus wie sein Charakter. Ein grauhaariger Gnom, der jedoch IRL etwas dicker war. Yary war seinem Ritter in der realen Welt nicht besonders ähnlich. Seine Schultern waren schmaler, er war kleiner und sein Alter stimmte nicht überein. Sein Gesicht war voller Falten. Nur die scharfen, ernsten Augen ähnelten denen seines Charakters.

Nach dem offiziellen Teil des Balls wollte ich mit ihnen sprechen, um herauszufinden, was sie vorhatten, und ihnen mitzuteilen, dass ich mich Modus nicht anschließen würde. Als Ausrede würde ich den bevorstehenden Staatsbürgerschaftstest anbringen. Als Yary mich bemerkte, runzelte er kurz die Stirn und nickte mir dann zu. Er hatte mich erkannt.

Unter den versammelten Spielern entdeckte ich die Aristos[2] Joshua und Vivian Gallagher von den Kindern von Kratos sowie den glatzköpfigen Anführer Colonel von Excommunicado, einen altgedienten Friedenssoldaten. Ich hatte keine Ahnung, wie die anderen aussahen, denn viele von ihnen mieden die Öffentlichkeit. Es war jedoch unmöglich, Horvac nicht zu erkennen. Der große, laute Mann, der gleich von zwei Frauen umringt war und Champagner aus der Flasche trank, konnte niemand anders sein. Doch Mogwais Rede brachte selbst ihn zum Schweigen.

Der Spitzenspieler Nummer eins ließ seinen Blick erneut über die Menge schweifen. Ich hatte das Gefühl, als ob er bei mir etwas länger verweilte als bei allen anderen.

„Wir sind ein Elite-Kampfclan", fuhr Mogwai fort. „Wir akzeptieren nur die allerbesten Spieler auf hohem Level. Die Wirtschaft, Minen und Handwerke überlassen wir denjenigen unter euch, die bis zum Hals in Intrigen, Preiskriegen und ähnlichem Unsinn verstrickt sind. Bereiche, die nicht ins Spiel gehören sollten. Im Gegensatz zu euch alten Männern wollen wir spielen! Wir werden neue Länder freischalten, *Erste Kills* sammeln, Gefahren eliminieren und Spaß haben. Wir werden neue Raid-Instanzen entdecken und sie als Erste abschließen! Außerdem ..."

Während der Lärm immer größer wurde, trank Mogwai sein Glas Wein aus, schwankte ein wenig und blickte sich suchend nach den Drohnen um, die die Veranstaltung in die gesamte Welt übertrugen. Er zeigte mit dem Finger auf die nächstbeste Drohne und erklärte laut: „Klasse-A-Gefahr! Du kannst an für ehrliche Spieler unzugänglichen Orten untertauchen solange du willst. Du kannst dein wahres Gesicht verbergen, dich hinter Tarnungen verstecken und deinen Namen geheim halten. Doch ich verspreche dir, wer immer du bist: Wir werden dich finden, und das wird dein letzter Tag in *Disgardium* sein!"

# Kapitel 4: Nicht zu gebrauchen

DIE DECKE DES großen Saals war so hoch, dass es den Eindruck machte, es gäbe gar keine. Das Licht der Sterne, die in der dunklen Nacht funkelten, schien direkt vom Himmel zu strahlen. Über uns blitzten geheimnisvolle bunte Lichter auf und verloschen wieder. Sie versetzten uns in aufgeregtes Staunen. Es war, als ob alles um uns herum vor Erwartung bebte. Die Luft war frisch und duftete würzig.

Ich hatte mich kaum von meinem Staunen erholt, als eine kleine, bunt gekleidete Fee mit einem Zauberstab vor mir erschien. Ein Hologramm.

„He, Scyth! Möchtest du deine wahre Gestalt annehmen?", piepste sie.

„Nein!", rief ich erschrocken.

Das hätte mir noch gefehlt! Der untote Scyth im vollen Set des *Unbesiegten Herolds* mitten unter den Verhinderern? Genauso gut hätte ich mir „Klasse-A-Gefahr" auf die Stirn schreiben können.

„Dann eben nicht! Ich wünsche dir einen schönen Abend", sagte sie und flog weiter, um andere Gäste zu begrüßen.

Lichter von sich ändernden Erscheinungen erleuchteten überall im Saal. Mehr und mehr Gäste aktivierten holografische Projektionen ihrer Charaktere.

Der Ball „Rand der Welt" begann wegen Mogwai mit einer halben Stunde Verspätung. Wäre es ein anderer Anführer eines

Clans des Bündnisses der Verhinderer gewesen, hätte niemand gewartet und der Ball hätte pünktlich angefangen. Doch der beste Spitzenspieler der Welt war selbst für *Snowstorm, Inc.* zu bedeutend. Fen Xiaoguang hatte immer betont, dass *Disgardium* nur ein Spiel für ihn wäre, doch er konnte nicht bestreiten, dass das Spiel ihn zu einem der berühmtesten Menschen auf dem Planeten gemacht hatte – und wenn man die Kolonie auf dem Mars mitrechnete, im ganzen Sonnensystem. Vor vier Jahren, als er der Spitzenspieler Nummer eins gewesen war, hatte Modus ihn abgeworben und ihm das astronomische Gehalt von einer Milliarde Phönix pro Jahr versprochen. Angeblich hatten sie den Azurblauen Drachen für seinen Transfer ebenfalls eine riesige Summe gezahlt. Wie viel, war niemals enthüllt worden, doch für einen normalen Sterblichen musste es unvorstellbar viel Geld gewesen sein.

Modus hatte das viele Geld bezahlt, weil sie gehofft hatten, mit Mogwai für die nächsten zehn Jahre einen unbezwingbaren Tank zu bekommen. Mit solch einem Tank hätten sie alle Spitzen-Dungeons zuerst erobern und jede Menge Achievements einheimsen können. Sie hatten einen dreijährigen Vertrag unterschrieben, doch alle hatten angenommen, dass es nur eine Formalität gewesen war, denn Hinterleaf hatte Mogwais Anteil am Profit des Clans bereits vor Ende des Vertrags erhöht.

Mogwai hatte Modus jedoch einen Tag nach Ende des Vertrags verlassen. Einen weiteren Tag später hatte er erklärt, dass er einen verlängerten Urlaub machen würde.

Deswegen schlug Fen Xiaoguangs Rede nicht nur beim Distival, sondern in der ganzen Welt wie eine Bombe ein. Die Ausrufe und Pfiffe von Ed und Malik, die ihre Augen nicht vom Bildschirm ihres Kommunikators abwenden konnten, verrieten mir, dass die Medien die Klasse-A-Gefahr, die am Morgen in Vermillion eingefallen war, Sharkon und Nergals Kreuzzug vergessen hatten. Stattdessen hatten sie nun auf Mogwai und seinen neuen Clan Elite umgeschwenkt.

Seinen Freund Criterror, den Mitbegründer des Clans, erwähnten sie nur am Rande.

Die Teilnehmer des Balls führten ebenfalls Gespräche. Selbst die Willkommensrede von Michael Anderson, der einzige Gründer von *Snowstorm, Inc.*, der erschienen war, ging am Ende im Gemurmel unter. Scheinbar war ich der Einzige, der ihm zuhörte.

Anderson war fast 90 Jahre alt, doch dank der Anti-Aging-Technologie sah er bedeutend jünger aus, sodass sein Outfit, das ihn wie einen Gauner aussehen ließ – Lederhose, schwere Stiefel und eine Rennfliegerjacke –, nicht unpassend wirkte. Der schlanke, kleine, doch immer noch robuste Michael hatte in seiner Jugend an Kampfturnieren ohne Regeln teilgenommen.

Mitte der 30er Jahre hatten er und seine Partner *Snowstorm, Inc.* gegründet. 15 Jahre später war das Unternehmen in aller Munde gewesen, nachdem es ein neues Spiel namens *Disgardium* angekündigt hatte.

In den 60er Jahren hatten sich alle Gründer, unter denen sich auch eine Frau befunden hatte, aus der unmittelbaren Führung des Unternehmens zurückgezogen. Danach hatten sie berichtet, dass die UN sie erst gezwungen hätte, 50 plus 1 % der Anteile zu verkaufen und sie dann langsam aus ihren Führungspositionen gedrängt hätte. Trotzdem besaßen sie nach wie vor großen Einfluss, und vor allem die Direktoren, die mit ihnen zusammen im Unternehmen begonnen hatten, waren ihnen treu geblieben.

„Ein Jahr voller unglaublicher Leistungen liegt vor uns!", sagte Anderson auf der Bühne. Seine leuchtenden Augen schienen alle und niemanden anzusehen. Seine leise, selbstsichere Stimme schien aus allen Richtungen gleichzeitig zu kommen. Es war diese Stimme gewesen, die ich während der Einführung gehört hatte, nachdem ich *Disgardium* zum ersten Mal geladen hatte.

„Doch wenn ihr denkt, dass ich von der Rückkehr des von allen geschätzten Mogwais spreche, täuscht ihr euch", fuhr Anderson fort.

„Wie ihr wisst, schließen wir bei bestimmten Ereignissen gern Wetten untereinander ab. Nachdem Nergal der Leuchtende zum Kreuzzug aufgerufen hatte, hat jedoch keiner gegen Fens Rückkehr nach *Dis* gewettet, denn niemand zweifelte daran."

Anderson machte eine Pause und blickte mit verengten Augen zu Fen hinüber, der die Hände hob, um anzudeuten, dass er nichts einzuwenden hatte. In dem Moment verstummte das Gemurmel der Gäste. Sie spürten, dass die nächste Äußerung des Gründers von Bedeutung sein würde.

„Nein, ich spreche davon, dass *Disgardium* nie wieder so sein wird, wie es einmal war. Neue Kräfte sind in der Welt aufgetaucht, und bald wird sich vieles ändern." Anderson sah vage nach oben, lächelte träumerisch und schaute dann zu den versammelten Angestellten von *Snowstorm, Inc.* hinüber. Doch nach einem kaum wahrnehmbaren Nicken beendete er unerwartet seine Rede. „Aber ich will die Überraschung nicht verderben. Viel Spaß!"

Bevor er die Bühne verließ, drehte er sich noch einmal um und schien mich direkt anzusehen. Alle applaudierten Michael Anderson. Was er und seine Partner geschaffen hatten, war für viele Menschen zum Sinn ihres Lebens geworden.

Als Nächstes hielt mein neuer Bekannter Kiran eine kurze Rede. Er sprach über die steigenden Spielerzahlen des vergangenen Jahres, das durchschnittliche Level der Spieler, Ingame-Transaktionen und dergleichen. Mit all dem wollte er ausdrücken, dass die Gäste des Balls diese Erfolge möglich gemacht hatten. Zuerst bekam ich den Eindruck, dass er sich bei den Anführern der Spitzenclans anbiedern wollte, doch das stimmte nicht. Im Gegenteil.

Nachdem die offiziellen Reden beendet waren und eine Band die Bühne betrat, sah ich, wie die Verhinderer Kiran umringten. Sein verärgerter Gesichtsausdruck und sein finsterer, herablassender Blick, während er ihnen zuhörte, machten seine wahre Haltung ihnen gegenüber deutlich: *Ich lasse euch in meiner Sandbox mit meinem Spielzeug spielen, Kinder, aber vergesst nicht, wem das Spiel gehört!* Bald darauf wandte Kiran sich anderen Gästen zu, und die Mitglieder des Bündnisses diskutierten heftig über irgendetwas.

Wir verteilten uns im Saal, um so viel wie möglich mitzuhören. Tissa plante zwar, den Clan zu verlassen, doch sie machte sich Sorgen um die Erwachten. Daher hatte sie versprochen, der Anführerin der Weißen Amazonen, Elizabeth, alles zu entlocken, was sie konnte. Hung ging zu den Leuten von T-Modus. Nicht nur die fünf Finalisten des Clans waren eingeladen worden, sondern auch die Reservespieler einschließlich Alison. Ed und Malik standen an gegenüberliegenden Seiten der runden Bühne in der Mitte des Saals, wo die Topmanager von *Snowstorm, Inc.* und die Anführer der besten 100 Clans von *Disgardium* sich aufhielten.

Ich blieb zunächst in der Nähe der Verhinderer und Mogwai, wo ich versuchte, mehrere wichtige Dinge auf einmal zu tun: die von den Kellnern angebotenen, extravaganten Köstlichkeiten zu probieren, den Unterhaltungen der Spitzenspieler zuzuhören und ständig meinen Kommunikator zu prüfen, um Spieler zu identifizieren.

Richtete man den Kommunikator auf eine Person, sammelte er alle verfügbaren Informationen und zeigte sie in Form eines Profils an. Das Problem war, dass fast alle Anwesenden diese Art der Identifikation blockiert hatten, sodass ich mich mit ihrem Namen und Ingame-Nicknamen begnügen musste, falls er bekannt war.

Nach einer Weile ging ich durch den Saal und tat so, als ob ich nicht versuchen würden, wichtige Gespräche zu belauschen. Auf einer Wand wurde das Logo von *Disgardium* gegen einen Panoramablick der Lakharianischen Wüste bei Nacht ausgetauscht. Vor dem Hintergrund des Nachthimmels sah man den Schatten einer Düne, auf der ein Kampf im Gange war. Ich erstarrte kurz, weil ich dachte, dass es vielleicht mein Kampf gegen Sharkon wäre, aber als ich genauer hinsah, beruhigte ich mich wieder. Es war eine Gruppe von Sandgeistern, die einen Basilisken angriffen.

Das Sternenlicht an der gewölbten Decke verlosch, der Mond ging auf und die Gäste begannen, in seinem silbernen Licht zu tanzen. Es waren altmodische Tänze. Paare drehten sich im Saal wie in alten Filmen des letzten Jahrhunderts.

Mir wurde langweilig und ich fühlte mich fehl am Platz. Teufel noch mal, nicht nur fehl am Platz, sondern erbärmlich und einsam! Ich blieb nur noch, weil ich unbedingt mit Yary sprechen wollte.

Hung flirtete mit Alison, Tissa sprach mit Elizabeth, die wie die Königin aus einem Märchen gekleidet war, und Ed und Malik hatten ebenfalls Gesellschaft gefunden. Außer uns und T-Modus waren noch andere Teenager eingeladen worden, denen in *Dis* außerhalb der Arena besondere Erfolge gelungen waren. Als Ed mich entdeckte, winkte er mich herbei, doch ich schüttelte den Kopf und drehte mich weg. Wir würden sicher keine Gesprächsthemen finden. Ich konnte ihnen nicht die Wahrheit über meinen Charakter erzählen und ich hatte keine Lust, mir irgendwelche Geschichten auszudenken. Außerdem waren sie nur an *Dis* interessiert. Ich bezweifelte, dass irgendjemand hier meine Faszination mit dem Weltraum teilen würde.

Ziellos wanderte ich durch den Saal, wobei ich den tanzenden Paaren auswich. Die Leute, die ich traf, lächelten mich vorsichtig an und fragten, wer ich in *Dis* war und was ich tat. Sobald sie meinen Namen hörten, verloren sie jedoch das Interesse. Der Gewinner der Junior-Arena? Oh, toll. Verglichen mit Ereignissen, die sonst in *Disgardium* vorgingen, war ein Spieler, der am Vortag der Sandbox entkommen war, uninteressant.

Als ich mich den Verhinderern näherte, um endlich ein Wort mit den Anführern von Modus zu wechseln, löste Yary sich aus der Gruppe und kam auf mich zu. Er trug einen Holo-Anzug, der sein legendäres Ritter-Set imitierte. Offenbar hatte er ihn erst im Saal eingeschaltet, denn vorher hatte ich ihn in einem Smoking gesehen.

„He, Kumpel!" Er schüttelte meine Hand und zog mich zur Seite. „Alex, nicht wahr?"

„Ja."

„Yaroslav. Ich wollte mich bei dir entschuldigen. Hinterleaf hat die Rekrutierung von neuen Spielern vorerst eingestellt. Er will auch für vielversprechende Kandidaten wie dich keine Ausnahme machen. Wenn du willst, kann ich dich ihm vorstellen. Du kannst dich auch mit ihm fotografieren lassen, aber es wird keine Clan-Einladung geben."

Ich unterdrückte meine Freude und Erleichterung und setzte stattdessen eine enttäuschte Miene auf. „Aus welchem Grund?"

„Wegen der jüngsten Vorfälle. Wer braucht schon eine Newbie auf Level 30 oder 40? Es würde Jahre dauern, bis du den Spitzenspieler-Standard erreicht hättest, aber wir brauchen jetzt erfahrene Spieler."

„Könnte uns vielleicht einer der anderen gebrauchen?" Ich nickte zur Gruppe der Verhinderer hinüber. Unter ihnen befand sich die groß gewachsene Gestalt von Glyph, der den Holo-Anzug eines chinesischen Imperators trug. Wenn ich schon Theater spielen musste, wollte ich meine Sache wenigstens gut machen. „Meine Freunde und ich werden schnell leveln. Wir haben schon fast 40 erreicht, in einem Jahr können wir bestimmt auf ..."

„Verdammt noch mal!" Yary grinste. „Komm schon, lass mich dich mit ihnen bekanntmachen."

Er brachte mich zu den Verhinderern, die sich leise unterhielten. Ich zählte 30 Leute. Es waren nicht nur Anführer der Clans des Bündnisses, sondern auch andere Verhinderer wie Yagami von Mizaki. Hinterleaf und ein paar andere saßen auf einer Couch und rauchten Zigarren. Andere, mit niedrigerem Rang, standen um sie herum, doch sie alle strahlten eine Aura der Macht aus. Herrscher einer virtuellen Welt und Elitebürger im realen Leben.

„Hallo, meine Freunde. Erlaubt mir, euer Gespräch zu unterbrechen", sagte Yaroslav laut.

Es dauerte einen Moment, bis sie ihre Aufmerksamkeit auf uns richteten. Was tat ich hier eigentlich? Ich war wie ein dummes Schaf, das in eine Höhle von hungrigen Wölfen ging. Mein prahlerisches Auftreten von diesem Morgen in Vermillion erschien mir auf einmal noch törichter.

Während sie mich betrachteten, sah ich in ihren Gesichtern neben Unmut auch ein klein wenig Interesse. Sie wussten wohl, dass Yary sie nicht grundlos unterbrechen würde.

„Otto, dies ist der einzigartige Scyth, von dem ich dir erzählt habe. Sein Name ist Alex."

„Ich erinnere mich", sagte der grauhaarige, alte Mann und schwenkte umständlich sein Glas Schnaps. Dann sah er Yary an und fragte irritiert: „Ein Autogramm?"

„Über ein Autogramm würde er sich sicher freuen, aber deswegen ist er nicht hier. Scyth ist der Anführer des diesjährigen Champion-Teams der Junior-Arena. Glyph, Joshua, Colonel, ihr erinnert euch sicher an ihn. Der Rest von euch wohl kaum, denn er spielt auf der Seite des Lichts. Ich habe ihn gegen eure jungen Leute kämpfen sehen. Er hat Potenzial."

„Ich fürchte, der junge Mann passt nicht zu unserem Profil." Joshua, der Anführer der Kinder von Kratos, drehte einen Finger in der Luft und zeigte einen Siegelring mit einem Feuerdiamanten aus den Minen vom Mars. „Bei allem Respekt für deine Leistungen, Alex."

„Ich erinnere mich an ihn", brummte Glyph stirnrunzelnd. „Er eignet sich nicht für uns. Die Azurblauen Drachen machen kein zweites Angebot."

„Mizaki auch nicht", fiel Yagami ein. „Wir haben kein Interesse an Scyth."

„Warum nehmt ihr ihn nicht, wenn er so toll ist?", fragte Colonel mit rauer Stimme.

„Wir rekrutieren im Moment keine neuen Mitglieder", antwortete Hinterleaf anstelle seines Stellvertreters.

„Habt ihr Angst, dass sich ein Spion einschmuggeln könnte?" Yagami lachte. „Was hast du vor, Otto, du alter Fuchs?"

Es begann ein scherzhaftes Wortgefecht, doch ich hatte den Eindruck, dass hinter jedem scheinbar freundlichen Hieb und Stich gleich mehrere versteckte Bedeutungen verbargen.

Ich durfte nicht bis zum Ende zuhören. Yary nahm mich beim Arm und zog mich sanft aber bestimmt fort.

„Falls du dich entscheiden solltest, einen neuen Charakter im Imperium zu erstellen, melde dich", hörte ich beim Weggehen. Als ich mich umdrehte, nickte Horvac mir zu und grinste. Ich lächelte zurück und schaute Yary an. Er schüttelte kaum wahrnehmbar den Kopf.

„Davon würde ich dir abraten. Morgen wird er sich nicht mehr an dich erinnern, und die Bedingungen seines Clans ... Die Wanderer haben mehrere Farmclans. Die Fluktuation dort ist immens. Du kannst wegen des kleinsten Fehlers rausgeworfen werden. Die Konkurrenz ist groß: Nur einer von 1.000 Spielern steigt zu den Wanderern auf. Hör zu, falls sich bei uns etwas ändern sollte, melde ich mich bei dir. Hier sind meine Kontaktinformationen, nur für den Fall." Yary wischte mit der Hand über seinen Kommunikator-Bildschirm, sodass die Daten auf meinem erschienen. Er klopfte mir auf die Schulter und kehrte zu seiner Gruppe zurück.

Ich war der Höhle der Wölfe und Yarys Clan-Einladung entkommen! Ich sang innerlich vor Freude und wollte den Jungs die gute Nachricht überbringen, doch während ich durch den Saal ging, erkannte ich, dass es nicht der richtige Zeitpunkt war. Die festliche Atmosphäre, der kostenlose Alkohol, das Halbdunkel der Nacht ... Alle verloren langsam den Verstand.

Hung tanzte mit Alison und küsste sie ununterbrochen. Seine Hände wanderten an ihren Kurven entlang und sie erhob keinerlei Einwände. Ed hatte seine Kundschafter-Mission ebenfalls vergessen und flirtete stattdessen mit einer umwerfend aussehenden, blonden Schönheit mit langen Beinen. Mein Kommunikator zeigte mir ihr Profil: Olesya, 23 Jahre alt, Mitglied des Clans der Jungfern. Mein Mund stand noch vor Staunen über Eds Eroberung offen, als Malik mir den Rest gab. Wow! Unser dunkelhäutiger Gitarrenspieler redete gleich mit zwei der „Jungfern"! Ob *Snowstorm, Inc.* sie eingeladen hatte?

Ich machte mich auf die Suche nach Tissa und fand sie bei Elizabeth, doch es war noch jemand bei ihnen. Ein breitschultriger Typ erzählte ihnen irgendeine Geschichte, während er Tissa begierig anstarrte. Meine Freundin hielt seinem Blick stand und lachte.

Ich unterdrückte meine Eifersucht, ging zu ihr hinüber und gab ihr einen Kuss auf die Wange. „Hallo!"

„Alex!" Tissa nahm meine Hand und stellte sich neben mich. „Ich möchte euch meinen Freund Alex vorstellen. Alex, das ist Elizabeth. Ich habe dir schon von ihr erzählt. Und das ist Liam. Er ist mit Mogwai befreundet."

Ich versuchte, meine Feindseligkeit hinter einem Lächeln zu verbergen, doch es gelang mir nicht sehr gut.

„Hallo, Alex." Liam nickte. „Melissa hat uns von deinen Erfolgen erzählt. Ich könnte bei Fen ein gutes Wort für dich einlegen, aber ich glaube nicht, dass Elite eine Jugendabteilung eröffnen wird."

Ich wollte ihm an den Kopf werfen, dass ich ihn nicht darum gebeten und kein Interesse an seinem Angebot hätte, aber ich konnte nicht die richtigen Worte finden.

„Du hast einen guten Geschmack, Mädchen", sagte Elizabeth, nachdem sie mich von oben bis unten begutachtet hatte. Sie war atemberaubend. Feminin, makellos und kokett. Neben ihr sah Tissa wie das aus, was sie war – ein Schulmädchen. „Es freut mich, dich kennenzulernen, Alex, aber wenn du nichts dagegen hast, würde ich gern mein Gespräch mit Melissa über die Geschäfte unseres Clans fortsetzen."

Sie betonte die letzten Worte, und ich erkannte, dass ich gehen sollte. Ich bezweifelte, dass Liam etwas mit ihrem Clan zu tun hatte, doch er wurde nicht fortgejagt.

Es wäre besser gewesen, mich umzudrehen und zu gehen. Nicht nur zu gehen, sondern etwas zu tun, aber ich blieb stehen.

„Tissa?" Ich schaute meine Freundin an und hoffte, dass sie eingreifen oder mit mir gehen würde.

Sie sah zu Elizabeth hinüber, die ihre Augen für eine Sekunde schloss. Hatte Tissa sie um Erlaubnis gebeten? Tissa nahm meine Hand und zog mich zur Seite. Sie sprach schnell und sah mir nicht in die Augen. Ihr Atem roch nach Wein.

„Alex, Schatz. Tut mir leid, aber ich muss ihr Vertrauen gewinnen. Du weißt doch, wie wichtig das für mich ist. Liam ist ihr Neffe, sie hat keine Geheimnisse vor ihm. Es macht dir doch nichts aus, oder?" Sie sah schuldbewusst aus.

„Geh schon, sie warten auf dich." Ich drehte mich um und wollte gehen. Ich wollte mich in der Menge verlieren und mich in meine Probleme versenken, um die Erinnerung an diese Nacht auszulöschen.

Tissa folgte mir, ergriff meinen Arm und drehte mich herum. „Wie ist es gelaufen?"

Instinktiv befreite ich meinen Arm und tat so, als ob alles in Ordnung wäre. Ich dachte, wenn ich meine wahren Gefühle zeigen würde, würde ich Schwäche zeigen.

„Gut. Außer Horvac will mich niemand haben. Und er will mich nur unter der Bedingung nehmen, dass ich einen neuen Charakter erstelle und für das Imperium spiele."

„Ausgezeichnet! Das ist großartig, oder? Genau das, was du wolltest!" Tissa legte zu große Begeisterung in ihre Stimme. Sie klang unnatürlich.

„Ja, stimmt. Wirst du dich noch länger mit ihr unterhalten?" Ich blickte zu Elizabeth hinüber. Als sie meinen Blick bemerkte, wandte sie sich ab.

„Verdammt, Alex ... Sie hat mich nach dem Ball zu sich eingeladen. Auf ihre Insel. Ich möchte sehr gern gehen! Es ist toll dort. Nachdem meine Mutter ..."

Was? Auf die Insel? Würde dieser Liam etwa auch dorthin fliegen? Doch wieder sagte ich nichts. Ich sagte nicht, dass ihr Verhalten einem Verrat gleichkam. Sie stieß mich von sich und wollte mit einem Typ, der sie bereits mit seinen Blicken auszog, auf irgendeine Insel fliegen! Obwohl es in mir brodelte, gelang es mir, äußerlich einen kühlen Kopf zu bewahren. Ich wünschte Tissa viel Spaß, verabschiedete mich und beschloss, von hier zu verschwinden.

*Denke nicht an Tissa. Denke an die bevorstehenden Probleme.*

Ich musste mir so schnell wie möglich eine große Summe Geld beschaffen. Über eine Million für meine Eltern, 20.000 für Gyulas Kapsel und eine weitere Million, um Hairo von Excommunicado zu bestechen. Darüber hinaus benötigte ich Geld für eine Basis im realen Leben und musste die Angelegenheit mit Big Po zu Ende bringen.

Als ich zurückschaute, sah ich Tissa, die mit Liam tanzte. Ich unterdrückte das Verlangen, die Welt zu zerstören oder wenigstens das Gebäude in die Luft zu jagen, und ging weiter, ohne mich noch einmal umzudrehen.

In dem Moment rief Piper an.

„Hallo! Hast du schon jemanden gefunden oder habe ich eine Chance?"

# Kapitel 5: Petscheneg

„WIE KOMMST DU denn hierher? Hast du eine Einladung erhalten?", fragte ich erstaunt.

„Ich habe dir doch erzählt, dass ich hier wohne. Ich kenne einen Wachmann, der mir geholfen hat, hineinzukommen." Auf Pipers Gesicht erschien ein teuflisches Grinsen, und sie legte den Zeigefinger auf die Lippen. „Aber sage es niemandem, okay?"

„Zu spät. Ich habe dein Geständnis bereits online gepostet."

„Sieh mal einer an. Er kann ja Witze machen!"

Ohne mir zu verraten, wohin sie mich bringen wollte, nahm Piper meinen Arm und zog mich mit sich durch den Saal. Wir gingen um die Bühne herum, wo ein DJ mit Plattenteller die Rockband ersetzt hatte, und schlängelten uns durch die tanzende Menge.

„Deine Freundin scheint sich gut zu amüsieren", stellte Piper fest. Sie deutete auf Tissa, Liam und ... Mogwai. Fen erzählte ihr etwas und Tissa lachte und schlug ihm scherzhaft gegen die Brust. Sie bemerkte mich nicht einmal, als ich an ihnen vorbei ging.

*Komm schon, Alex*, dachte ich. *Benimm dich nicht wie ein eifersüchtiger Idiot. Du musst lernen, deiner Freundin zu vertrauen.* Ich versuchte, meine Gedanken in positive Bahnen zu lenken. Tissa war meine Freundin, wir waren immer noch zusammen. Ich wusste schon lange, dass sie umwerfend aussah, aufgeschlossen war und von allen gemocht wurde. Kein Wunder, dass sie Liams und offensichtlich auch Mogwais Aufmerksamkeit erregt hatte. Das würde sich zu unseren Gunsten auswirken. Ich hoffte, dass sie wichtige Informationen von ihnen erhalten würde, wie zum Beispiel Mogwais Pläne.

„Ja, es gefällt ihr hier sehr gut", erwiderte ich, doch ich hatte offenbar eine zu lange Pause gemacht.

„Das sieht man." Piper lächelte. „Und wie ist es mit dir?"

„Ich finde es auch toll", log ich und bemühte mich, begeistert zu klingen. „Es ist großartig! Alle meine Idole sind hier. Ich bin von Leuten umgeben, deren Poster an meinen Wänden hängen!"

„Ist das dein Ernst?" Piper blieb stehen. Ihr blaues Haar sah aus wie eine blaue Wolke. „Das überrascht mich."

„Wieso?"

„Du scheinst nicht der Typ zu sein, dem all das gefallen würde. Und ganz sicher nicht der Typ, der sich vom Distival beeindrucken lassen würde."

„Wie kommst du darauf?"

„Ich habe mir die Junior-Arena angeschaut, seit ich acht Jahre alt war. Ich gehöre zu den Leuten, die Holo-Posters der Champions ins Zimmer gehängt haben. Ich kannte ihre Gesichter, ihre Namen und habe den Klatsch über sie verschlungen: Wer mit wem ausgegangen ist, wer auf welchen Partys war, welche Hunderasse sie sich zugelegt haben ... Ich habe sie verehrt!" Sie presste sich an mich und schrie fast in mein Ohr, damit ich sie trotz der lauten Musik verstehen konnte. „Doch nachdem ich es geschafft hatte, selbst in einem Spitzenclan aufgenommen zu werden, habe ich alles aus erster Hand erlebt und festgestellt, wie sehr ich mich geirrt habe. Die Elitespieler sind wie Spinnen in einem Glas: Jederzeit bereit, sich für einen weiteren epischen Gegenstand gegenseitig aufzufressen. An einem Tag Freunde, am nächsten erbitterte Feinde. Okay, wir sind da."

Während wir uns unterhalten hatten, hatte ich nicht bemerkt, dass wir die andere Seite des Saals erreicht hatten, wo eine Tür auf einen großen Balkon führte.

„Du hast mir noch nicht gesagt, warum du glaubst, dass es mir hier nicht gefällt, Piper", sagte ich.

„Dazu komme ich gleich." Sie deutete auf ein sich küssendes Paar. „Kannst du mir ohne deinen Kommunikator sagen, wer diese beiden Turteltauben sind?"

„Natürlich nicht. Ich kann ihre Gesichter nicht sehen", erwiderte ich.

„He, Ron!", rief Piper.

Der 23-jährige Mann riss sich widerwillig von dem drallen Mädchen los, ohne seine Hand von ihrem Po zu nehmen, und sah zu uns herüber.

„Was willst du, Dandera?"

„Wenn du deine Zunge noch tiefer in ihre Kehle steckst, wird sie ersticken!"

„Zum Nether mit dir", zischte Ron und wandte sich wieder dem Mädchen zu.

„Nach dir, Schwachkopf", schnappte Piper zurück. Dann sah sie mich an und sagte: „Also gut, jetzt hast du ihre Gesichter gesehen. Wer sind sie?"

„Ron und seine Freundin, soweit ich sagen kann."

„Genau, wie ich erwartet habe", erklärte sie. „Du kennst sie nicht. Ron oder Ronan war der Captain des Juniorteams der Kinder von Kratos. Genau wie du hat er die Arena gewonnen. Das Mädchen, in deren Kehle er seine Zunge zu stecken versucht, ist Katrina Salgado. Sie gehört zu den Jungfern und war letztes Jahr Miss Allianz."

„Was willst du damit beweisen?", wollte ich wissen. „Auf diesem Ball sind Hunderte von Leuten. Wie soll man alle von ihnen kennen?"

„Das kann man." Piper zuckte die Schultern. „Ich kann es. Wie ich schon gesagt habe, ich habe für *Dis* und seine ‚Helden' gelebt." In der Luft deutete sie Anführungszeichen an. „Glaub mir, Alex, sie sind alle gleich. Die Anführer der Ranglisten, die anderen erfolgreichen Spieler – alle stehen in der Öffentlichkeit. Sie wissen alles voneinander, denn die Leute leben für das Spiel, genau wie ich es getan habe. Nach seinem Sieg in der Arena war Ron ein ganzes Jahr auf den Bildschirmen zu sehen. Er war in Shows, hatte seinen eigenen Kanal, Sponsoren und hat irgendwelche Artikel verkauft. Jeden Tag hatte er ein anderes Mädchen im Arm." Piper stockte.

„Warst du eine von ihnen?"

„Nein, das kam später." Sie errötete und sprach schnell weiter. „Und es war ein Fehler. Aber das ist jetzt egal. Wichtig ist, dass du verstehst, was ich sagen will. Du bist anders als Ron und all die anderen. Niemand weiß, auf welchem Level du bist oder was du tust. Du hast die Arena gewonnen und bist verschwunden. Alle Erwachten sind vom Radar der Medien verschwunden, und ich dachte: Endlich eine Gruppe von Spielern, die nicht an Ruhm und den Fans interessiert sind. Sie spielen und haben Spaß, doch außerhalb von *Dis* führen sie ein normales Leben. Deshalb wollte ich dich kennenlernen. Du glaubst, dass Alison Hung ganz zufällig mag, und ich ..." Sie biss sich auf die Unterlippe. „Wie auch immer, ich habe gedacht: Dieser Typ ist cool, er hat an dem ganzen Mist kein Interesse. Und dann treffe ich dich, und du sagst, dass du dieses Theater toll findest. Das glaube ich keine Sekunde."

„Du hast mich entlarvt", sagte ich so ruhig wie möglich. „Möchtest du tanzen?"

„Nein. Ich habe eine bessere Idee. Was hältst du davon, wenn wir von hier verschwinden?"

„Warum nicht?", antwortete ich.

„Dann lass uns keine Zeit verschwenden."

Ich hatte erwartet, dass wir zum Ausgang des Saals gehen würden, doch stattdessen führte Piper mich zur Tür des Balkons. Die Lichter des nächtlichen Dubais leuchteten hinter dem dicken Glas. Wir gingen an Ron und Katrina vorbei auf den Balkon und von dort um das halbe Gebäude herum, bevor wir eine andere Tür erreichten, die wieder hinein führte.

Ich schwieg die ganze Zeit und überlegte, was ich als Nächstes sagen sollte. Piper hatte mir den Eindruck vermittelt, dass sie in romantischer Hinsicht an mir interessiert wäre, doch das war nur ein Vorwand gewesen. Vielleicht hatte sie mir nicht alles gesagt und ihre eigene Schlussfolgerung gezogen: Die Erwachten waren aus den Medien verschwunden, weil sie etwas zu verbergen hatten.

„Wohin gehen wir?", erkundigte ich mich.

Piper hielt inne und atmete tief ein.

„Ich mag dich wirklich, Alex. Ich hätte nichts dagegen, mit dir auszugehen, wenn es dich nicht stört, dass ich ein paar Jahre älter bin. Keine Sorge, ich werde dir nicht zu nahe treten, es sei denn, du willst es. Ich möchte dir nur die Stadt zeigen. Wir können Spaß zusammen haben. Aber vorher möchte ich dich einem guten Freund vorstellen. He, warte!" Piper griff mich am Arm, um mich am Weglaufen zu hindern. Sie sah mich eindringlich an und sagte: „Er ist auf deiner Seite. Du bist nicht in Gefahr. Hör dir an, was er zu sagen hat, okay? Er ist hier im Turm. Du kannst mir vertrauen, Alex."

Sie flüsterte die letzten Worte in mein Ohr. Ich bekam eine Gänsehaut, doch hatte mich gleich wieder im Griff. Falls es eine Intrige der Verhinderer sein sollte, war sie ziemlich verworren. Entweder wollte jemand von *Snowstorm, Inc.* mit mir reden oder es handelte sich um einen unbekannten Dritten. In dem Fall wäre es dumm, ihn nicht zu treffen, denn ich würde nicht herausfinden, wer mich kennenlernen wollte und aus welchem Grund.

„Ist er ein Verhinderer?", fragte ich.

„Was?", fragte Piper zurück, als ob sie mich nicht verstanden hätte. Dann antwortete sie: „Nein. Was haben sie mit dir zu tun?"

„Also gut, ich werde deinen guten Freund treffen. Danach kannst du mich zum Flughafen bringen."

Ich folgte Piper durch die langen, sich windenden Korridore des Wolkenkratzers zu den Aufzügen. Wir fuhren einige Dutzend Etagen nach oben, gingen durch einen pompösen, hell erleuchteten Korridor, und als wir den Teil des Turms erreicht hatten, in dem sich die Wohnungen befanden, mussten wir abermals einen Gang entlang und um ein paar Ecken gehen, bis wir an einem Apartment anhielten. Auf dem Namensschild an der Tür stand „S. Polotsky". Piper stellte sich vor den Bildschirm und ließ sich identifizieren. Die Tür öffnete sich geräuschlos.

„Komm herein", sagte Piper.

Ich prüfte, ob mein Kommunikator und der implantierte Chip ein Signal sendeten, bevor ich über die Schwelle trat.

„Danke, Piper", erklang eine alte Stimme aus einem anderen Zimmer. „Hallo, Alex. Komm in mein Büro."

Piper war offensichtlich nicht zum ersten Mal hier. Sie deutete auf eine offene Tür, blieb jedoch im Eingangsbereich, setzte sich auf eine Couch und schaltete den holografischen Fernseher ein.

An zwei Wänden des kleinen Büros standen Regale, die mit Büchern aus Papier gefüllt waren. Das Zimmer lag im Halbdunkel. Außer den holografischen Wänden, die die Illusion vermittelten, dass ich mich nachts auf einer endlosen Ebene befand, war die einzige Lichtquelle eine auf einem Tisch stehende, grüne Lampe. Es roch stark nach einem aromatischen Kraut. Ich atmete tief ein, doch ich konnte den Geruch nicht identifizieren.

„Es ist Salbei, Alex." Ein grauhaariger Mann im Morgenmantel stand aus einem riesigen Ledersessel auf. Er schlurfte über den Parkettboden auf mich zu und streckte seine faltige Hand aus. „Mein Name ist Sergei Polotsky. Verzeih mir, falls Pipers Motive irreführend waren, aber ich habe befürchtet, dass du dich andernfalls geweigert hättest, dich mit mir zu treffen.

Der Mann, der laut meines Kommunikators 82 Jahre alt war, bot mir einen Sessel neben einem Couchtisch an und setzte sich mir gegenüber.

„Warum wollten Sie mich sehen, Sergei?", fragte ich.

„Die heutige Jugend." Sergei seufzte. „Möchtest du etwas trinken?"

Ich schüttelte den Kopf. Er goss etwas Wasser aus einem Krug in einen Becher und trank es in einem Zug aus. Dann atmete er tief ein, hustete und wischte sich den Mund mit dem Ärmel ab.

„Ich werde dir alles erklären", sagte Sergei mit müder Stimme. „Doch zuerst möchte ich wissen, was du Yary geantwortet hast."

„Was? Woher wissen Sie, dass ...?"

„Piper hat gesehen, dass ihr euch unterhalten habt. Ich weiß, dass Yaroslav dich eingeladen hat, Mitglied bei Modus zu werden. Was hast du geantwortet?" Die Stimme des alten Mannes klang angespannt, als ob etwas Wichtiges von meiner Antwort abhängen würde.

„Was zum Teufel geht hier vor, Sergei? Ich kenne Sie nicht, und Sie fragen mich etwas, das Sie nicht das Geringste angeht."

„Ah, vergib einem alten Mann. Ich habe mich offenbar von deiner und Pipers Ungeduld anstecken lassen. Ich werde dir meine Geschichte erzählen und dir alle Informationen geben, die ich habe. Danach kannst du deine Entscheidung treffen. Und damit du gut zuhörst, werde ich zwei Dinge vorausschicken. Erstens: Ich war der Gründer von Modus. Ja, schau nicht so überrascht. Aber das ist eine andere Geschichte. Zweitens: Hinterleaf und Yary sind zu 99 % sicher, dass du die berühmte Klasse-A-Gefahr bist. Habe ich jetzt deine Aufmerksamkeit erregt?"

Ich musste mich schütteln, um mich von dem Schock zu befreien. Kaum wahrnehmbar nickte ich.

„Ausgezeichnet. Dann hör mir gut zu."

IM SPIEL WAR SEIN NAME Petscheneg.[3] Er war ein einflussreicher Geschäftsmann und einer der Ersten gewesen, der erkannt hatte, dass die Zukunft in *Disgardium* liegen würde. Er hatte sich jedoch um sein Geschäft kümmern müssen. Seine zahlreichen Projekte und Verpflichtungen hatten seine Anwesenheit erforderlich gemacht, sodass Sergei einen Mann gefunden hatte, der seine Interessen in der virtuellen Welt würde vertreten können. Sein langjähriger Assistent, der 40-jährige Otto, hatte sich perfekt für diese Rolle geeignet. Der gleiche Otto, dessen Nachname nun in aller Munde war: Hinterleaf.

Mit Polotskys Geld hatte Otto die besten E-Sport-Spieler aus jeder Spieldisziplin versammelt. Einer von ihnen war Fierce gewesen, der Weltchampion in einem beliebten VR-Shooter-Spiel. Fierces realer Name war Yaroslav – der gleiche Yaroslav, der jetzt einer von Modus' Anführern war. Er hatte seinen Nicknamen in *Dis* zu Yary geändert, das russische Wort für „Fierce". Diese beiden Spieler hatten den Clan mithilfe von Polotskys großzügigen Beiträgen an die Spitze der globalen Rangliste gebracht.

Zu der Zeit hatte die globale Wirtschaft am Boden gelegen. Die Märkte waren zusammengebrochen. Aktien und Währungen waren in Rekordzeit entwertet worden. Die Menschheit hatte sich darauf vorbereitet, zu einer einzigen globalen Währung zu wechseln, den Phönix. Sergei hatte auf Ottos Rat gehört und immer mehr Geld in den Clan gesteckt, denn er hatte angenommen, dass es profitabel sein würde, in ein Spiel zu investieren, das täglich fast eine Million neuer Spieler bekam. Polotsky hatte Dollar, Euro, Rubel und Yuan – so hießen die wichtigsten Währungen der alten Welt – in Ingame-Gold für den von ihm gegründeten Clan umgetauscht.

Als das globale Bankensystem zusammengebrochen war, hatte Sergei alle seine Ersparnisse verloren. Er hatte sich selbst für seine Voraussicht gelobt, weil es ihm gelungen war, all das Geld zu retten, das er in *Dis* gesteckt hatte. Doch er hatte sich zu früh gefreut. Mithilfe der Satzung des Clans, die er selbst geschrieben hatte, hatte Otto Hinterleaf sich zum alleinigen Meister von Modus gemacht. Im Gegensatz zu seinem früheren Chef war Otto sowohl in *Dis* als auch im realen Leben erfolgreich und hatte Petscheneg kurzerhand aus dem Clan geworfen. Zu dem Zeitpunkt hatte er bereits einen respektablen Staatsbürgerschaftsstatus erreicht.

Der verbannte Sergei Polotsky hatte gewütet und getobt. Er hatte alle Gefallen eingefordert und Otto auf Schadenersatz verklagt, doch er hatte nur einen kleinen Anteil dessen zurückbekommen, was er investiert hatte. Daraufhin hatte er beschlossen, von dem Geld zu leben, doch nicht im realen Leben, wo ihn sein Alter behindern würde, sondern in *Dis*, wo er sich jung fühlte. Er hatte keine Lust mehr, sich um geschäftliche Dinge zu kümmern.

Petscheneg hatte begonnen, seine unternehmerischen Fähigkeiten in *Dis* einzusetzen. Das hatte Hinterleaf nicht gefallen. Er hatte alles getan, um seinem früheren Chef Steine in den Weg zu legen, und es war ihm gelungen. Nach einer Weile war Petscheneg auch im Spiel Bankrott gegangen.

Verzweifelt hatte er sich in einen Wald im Norden der Allianz zurückgezogen. Es war der natürlichste Wald gewesen, den er hatte finden können. Das Level der Mobs war nicht höher als 60 gewesen. Dort hatte er sich eine Hütte gebaut und alle möglichen Fertigkeiten gelevelt: Angeln, Pilze sammeln, Bergbau und Kochen. Er hatte bereits mehrere Jahre dort verbracht, als er sich eines Tages besonders weit von seinem Zuhause entfernte.

An dem Tag war er zu einer Gefahr geworden. Er sprach es nicht aus, doch ich erriet es.

„Tut mir leid, Alex, aber ich kann dir keine Einzelheiten erzählen. Das wirst du sicher verstehen. Mein Potenzial ist nicht sehr hoch und ich habe die Fertigkeit erhalten, innerhalb eines recht großen Radius' Markierungen auf der Karte zu sehen."

„Welche Art von Markierungen?"

„Reiche Erzadern. Dadurch habe ich eine Quelle von *Verdorbenem Adamantium* gefunden."

Der alte Mann berichtete, dass sein Vermögen dank dieses seltenen, äußerst wertvollen Metalls wieder gewachsen war. Nicht so groß, wie es einmal gewesen war, aber genug, um seine Familie nach *Dis* holen und gut von seinem Metallgeschäft leben zu können.

„Was ist so gefährlich daran? Wie können Sie es einsetzen, um die Macht über die ganze Welt zu übernehmen?", fragte ich.

„Nicht alles wird auf dem Schlachtfeld entschieden, Alex. Wenn ich wollte, könnte ich den Markt mit einem beliebigen Metall überschwemmen oder eine bestimmte Fraktion stärken. Weißt du, dass Rüstungen und Waffen aus *Verdorbenem Adamantium* allen anderen magisch überlegen sind und mehr Boni haben können als alle anderen Rüstungen? Ich bringe mein Erz in kleinen Mengen auf den Markt, um keine Aufmerksamkeit zu erregen."

Ich wusste nicht, ob ich ihm glauben sollte. Ich konnte online nicht die geringste Bestätigung dafür finden. Doch was er mir als Nächstes erzählte, glaubte ich ihm sofort. Er behauptete, dass er Modus auf allen Ebenen mit seinen Leuten hatte infiltrieren lassen. Piper gehörte zu ihnen. Ein weiterer Spion war ein ranghoher Offizier, dessen Namen der alte Mann nicht verraten wollte.

Von ihm hatte Petscheneg viele interessante Informationen bekommen. Nachdem Crag geflohen war, waren alle Notizen und Protokolle sorgfältig studiert worden, und der Verdacht war auf mich gefallen. Hinterleaf und Yary hatten tiefer gegraben und waren zu dem Schluss gekommen, dass die Gefahr der Klasse A niemand anderes als Scyth sein konnte.

Polotsky machte eine Pause, um meine Reaktion einzuschätzen, doch ich schwieg.

Die anderen Verhinderer hatten diese Information nicht, denn Hinterleaf hatte entschieden, der Allianz seinen Verdacht nicht mitzuteilen. Mehr noch: Polotskys Spion zufolge war nur die oberste Ebene des Clans eingeweiht worden. Der Anführer von Modus hatte darauf bestanden, dass ich nicht eliminiert werden sollte. Stattdessen sollte ich auf ihre Seite gezogen werden, doch niemand hatte bisher eine Idee gehabt, wie sie mich überzeugen sollten. Mich im realen Leben unter Druck zu setzen, könnte übel für sie ausgehen. Einer der Gründer hatte klargestellt, dass *Snowstorm, Inc.* ein solches Verhalten nicht akzeptieren würde. Alle Interaktionen mit Gefahren dürften nur in *Dis* stattfinden.

„Warum hat Modus dann meine Einladung in den Clan rückgängig gemacht?", fragte ich.

„Aus Berechnung, mein Junge", erwiderte Sergei. „Zuerst lehnen sie dich öffentlich ab und wollen dir scheinbar helfen, in einem anderen Clan des Bündnisses aufgenommen zu werden, um dich in Sicherheit zu wiegen. Verstehst du? Gleichzeitig lösen sie dadurch das Problem der Konkurrenten, die genau wissen, dass Hinterleaf sich eine Gefahr nicht entgehen lassen würde. Wenn er dich abgelehnt hat und dich ihnen sogar anbietet, noch dazu durch Yary, muss es bedeuten, dass du uninteressant bist. Außerdem weißt du nur zu gut, dass du dich dem Clan ohnehin nicht hättest anschließen können."

„Was meinen Sie damit?"

„Also gut, ich werde dein Spielchen mitspielen. Die Mechanik von Gefahren erlaubt es nicht."

Ich sagte ihm nicht, dass er sich irrte. Da mein Potenzial höher war als Crags, hatte er Mitglied der Erwachten werden können.

„Fürs Erste hat Hinterleaf beschlossen, nicht einzugreifen. Er hat Angst, dich abzuschrecken oder dich seinen eingeschworenen

Partnern im Bündnis zu enthüllen. Wenn ich in deiner Haut stecken würde, würde ich meine Freunde genau unter die Lupe nehmen. Die Rekrutierer von Modus suchen bereits Wege, um an sie heranzukommen, Alex. Falls es ihnen nicht schon gelungen ist." Polotsky sah mich durchdringend an. „Vertraust du ihnen?"

„Natürlich. Warum wären sie sonst meine Freunde?" Mir gefiel nicht, was er gesagt hatte. Es war, als ob er einen Keil zwischen mich, Tissa und die Jungs treiben wollte. Dabei hatte er seine Karten immer noch nicht auf den Tisch gelegt. „Das ist eine interessante Geschichte, Sergei, aber warum erzählen Sie mir das alles?"

„Ich will mich an Otto rächen. Keine noch so hohe Belohnung für das Eliminieren einer Gefahr ist für mich mehr wert, als die Gelegenheit, Modus zu vernichten. Geld ist kein Problem für mich. Wenn ich mehr benötige, versteigere ich einfach mehr Erz."

„Sind Sie sicher, dass ich mich nicht mit Hinterleaf verbünden würde?", fragte ich.

Sich mit dem führenden Clan der Verhinderer zu verbünden und sie alle zu Anhängern der Schlafenden Götter zu machen, wäre tatsächlich ein schlauer Zug gewesen. Wenn dieses Treffen mit Polotsky nicht gewesen wäre, wäre es für die Verhinderer ein Leichtes gewesen, mich in *Dis* zu fangen und zu eliminieren.

Der alte Mann wusste offenbar, dass ich ihn immer noch verdächtigte, möglicherweise einer von Hinterleafs Männern zu sein. „Du hast keinen Grund, ihnen oder mir zu vertrauen. Trotzdem hoffe ich, dass du die richtige Entscheidung treffen wirst. Du wärst ein Narr, wenn du auch nur für eine Sekunde glauben würdest, dass ein solches Bündnis möglich wäre. Es gibt keine Garantie, dass Hinterleaf dich nicht betrügen wird. Glaub mir, zum richtigen Zeitpunkt würde Otto dir in den Rücken fallen. Was mich angeht, riskierst du nichts, und ich ... Ich werde dir bald beweisen, dass ich auf deiner Seite stehe."

„Also gut, Sergei. Ich verstehe, worauf Sie hinauswollen. Aber was wollen Sie von mir? Ich bin nur ein gewöhnlicher Spieler ..."

„Halte mich nicht zum Narren, Sheppard!", brauste der alte Mann auf, doch gleich darauf beruhigte er sich wieder. „Entschuldigung. Ich kenne die Regeln von *Snowstorm, Inc.*, darum werde ich dich nicht bitten, irgendetwas preiszugeben. Ich will auch deinen Gefahrenstatus nicht herausfinden und nichts über deine Fähigkeiten wissen, aber lass uns keine Zeit mit bedeutungslosen Worten verschwenden. Vorerst will ich gar nichts von dir. Ich werde dir weiterhin Informationen über das Bündnis geben, um dir zu helfen, denn wir haben einen gemeinsamen Feind. Falls du nicht nur im realen Leben, sondern auch in *Dis* einen Verbündeten brauchst, lass mir über Piper eine Nachricht zukommen."

„Warum können wir nicht direkt kommunizieren?", wollte ich wissen.

„Ich bin ein Einsiedler. Du wirst online keine Informationen über mich finden. Ich habe weder Kontakte noch eine feste Adresse. Ich bin nicht erreichbar."

„Vermutlich ist Sergei nicht einmal Ihr richtiger Name."

„Du bist ein schlaues Kerlchen." Polotsky lächelte und trank ein weiteres Glas Wasser. Als ich später darüber nachdachte, war ich jedoch ziemlich sicher, dass es Wodka gewesen sein musste.

# Kapitel 6: Die Goblin-Liga

PIPER BRACHTE MICH zum Flughafen. Unterwegs plauderte sie, als ob nichts passiert wäre. Zum Abschied gab sie mir sogar einen Kuss auf die Wange. Ich mochte sie. Sie sah gut aus und ihre Lebenseinstellung gefiel mir. Ich war gern mit ihr zusammen. Ehrlich gesagt hätte ich nichts dagegen gehabt, noch etwas mehr Zeit mit ihr zu verbringen, doch meine Zeit war zu knapp.

Ich sagte meinen Freunden Bescheid, dass ich nach Hause fliegen würde, und wünschte ihnen einen schönen Abend.

*Wir arbeiten noch, alles läuft nach Plan*, berichtete Ed.

*Ich hab dich lieb*, schrieb Tissa.

Hung und Malik antworteten nicht. Sie hatten offenbar die Hände voll.

Interkontinentale Flüge hoben alle Viertelstunde ab, und mein Ticket war für jeden beliebigen Flug gültig. Ich hätte ein fliegendes Auto nehmen können, doch es hätte ein privates sein müssen, da die öffentlichen an die jeweilige Region gebunden waren. Der Flug wäre jedoch bedeutend länger gewesen, denn ein Flieger erreichte die Überschallgeschwindigkeit eines modernen Flugzeugs nicht.

Meine Eindrücke vom bunten Distival verblassten bereits. Am Ende des Flugs hatte ich den Pomp vergessen, doch die Gespräche mit Kiran, den Verhinderern und mit Petscheneg-Polotsky hatten die Reise zu einem Erfolg gemacht. Pipers Gesicht tauchte ab und zu im Hintergrund auf, doch ich schob die Gedanken an sie beiseite. Alles zu seiner Zeit, wie mein Onkel Nick zu sagen pflegte.

Ich wurde das Gefühl nicht los, dass Kiran Jackson sein eigenes Spiel spielte, aber vielleicht irrte ich mich auch und er repräsentierte die Interessen des gesamten Unternehmens. Für viele Leute waren Kiran und *Snowstorm, Inc.* ein und dasselbe. Die Art und Weise, wie die Verhinderer sich bei ihm einschmeicheln wollten, war ein Beweis dafür. Aber Anderson hatte gesagt, dass innerhalb des Unternehmens Wetten abgeschlossen worden waren. Das bedeutete vermutlich, dass es keinen Konsens gab und sie über das Schicksal von *Dis* noch nicht entschieden hatten.

Etwas machte mir jedoch immer noch Sorgen: Falls die Schlafenden Götter eine so große Bedrohung waren, wäre es nicht effektiver gewesen, mich einzuladen und mir zu erklären, worum es ging? Oder vielleicht einen Vertrag aufzusetzen, ähnlich wie beim Gefahrenstatus? Kirans Verhalten wirkte wie ein Versuch, mich zu manipulieren. Bitte hilf den Schlafenden Göttern nicht! Tue es nicht! Und was tat jeder Teenager, der etwas auf sich hielt, wenn ihm gesagt wurde, dass er etwas nicht tun sollte? Genau. Er tat das Gegenteil. Oder machte ich die Sache komplizierter, als sie war?

Angesichts der Geschichte, die Polotsky erzählt hatte, blickte ich aus einer vollkommen anderen Perspektive auf mein Gespräch mit den Verhinderern. Offensichtlich war ich ihrer Aufmerksamkeit nicht entgangen. Nicht nur das, ich steckte in noch größeren Schwierigkeiten. *Ein 16-jähriger Junge unter dem Einfluss seiner Hormone*, hatte Polotsky aus der Akte zitiert, die die Analytiker von Modus über mich führten. Und er hatte hinzugefügt: *Bedenklich hoher Samenstau. Es kommt ihm schon aus den Ohren heraus.* Dann hatte der alte Bastard gelacht. Ich hoffte, dass Piper ihn nicht gehört hatte.

Laut Modus war ich unberechenbar. Aus dem Grund hatten sie mir nicht gesagt, dass sie von meinem Gefahrenstatus wussten. Sie wollten mich offensichtlich nicht verschrecken. Stattdessen suchten sie systematisch nach einem Weg, mich zu manipulieren. Nicht umsonst hatte Yary so getan, als ob er mich mochte und mir helfen wollte. Doch als Zeichen, dass ich ihnen vertraute, würde ich zuerst die Hand ausstrecken und um ihre Hilfe bitten müssen. Deshalb hatte er mir seine Kontaktinformationen geschickt. Polotsky hatte angedeutet, dass er einige Ideen hätte, das auszunutzen, doch ich hatte dem alten Mann noch nicht getraut. Als er mein Zögern bemerkt hatte, hatte er keinen weiteren Druck ausgeübt und gesagt, dass ich zu gegebener Zeit alles herausfinden würde.

Während meine Gedanken noch um die vielen neuen Informationen kreisten, schlief ich ein. Mein Gehirn hatte offenbar genug und mein Körper hatte eine Zwangspause eingelegt, um einen Zusammenbruch zu verhindern.

In New York wechselte ich zu einem öffentlichen Flieger, stellte den Autopilot ein und versuchte, wieder einzuschlafen, doch es gelang mir nicht. Ununterbrochen ging mir das Gespräch mit Polotsky durch den Kopf. Der alte Mann hatte erzählt, dass er einen kleinen Clan hätte, dessen Mitglieder ihm treu ergebene Leute aus seiner Familie wären. Dieser Clan trug den Namen Taipan. Ich hatte nicht gewusst, was er bedeutete, bis Polotsky es mir erklärt hatte.

„Der Küsten-Taipan oder ‚Wilde Schlange‘ bewohnt Australien. Sein Gift ist extrem toxisch und wirkt so schnell, dass das Opfer keine Überlebenschance hat. Er ist das giftigste aller Landreptilien. Im Gegensatz zu anderen Giftschlangen, die nur einmal beißen, greift der Taipan sein Opfer mit mehreren Bissen an. Ich bin zu schwach, um Hinterleaf mit einem einzigen Schlag zu besiegen. Daher werde ich es machen wie der Taipan."

*Das wären einige potenzielle Anhänger für die Schlafenden Götter,* dachte ich.

Wenn ich ihn mit den Boni locken könnte, könnte der alte Polotsky ein wahrer Verbündeter werden. Ob er mir wohl 3

Millionen leihen würde? Nachdem ich über die möglichen Konsequenzen nachgedacht hatte, verwarf ich die Idee. Einem solchen Mann wollte ich nichts schulden.

Ich war noch müde, als ich mit meinen Eltern beim Abendessen saß, und musste ständig gähnen.

Während sie mir zuhörten, als ich berichtete, was ich gesehen und gehört hatte, arbeiteten sie zum ersten Mal wieder zusammen. Mein Vater machte auf seinem Kommunikator Notizen, zeichnete alle Namen auf und erstellte eine Karte der Beziehungen, die sie untereinander hatten. Meine Mutter stellte Fragen, um bestimmte Dinge abzuklären. Es hatte den Anschein, als ob meine Karriere in *Dis* zu einem Arbeitsprojekt für sie geworden wäre – das wichtigste ihres Lebens.

„Du hättest dich nicht mit Polotsky treffen sollen", sagte meine Mutter. „Sie wollen dich hereinlegen. Als dein Vater und ich einen Trainingsplatz für Modus designt haben, hatte ich mit Hinterleaf zu tun. Diese Charaden entsprechen seinem Stil. Er zeigt dir eine Sache und verbirgt gleichzeitig eine andere, und wenn du glaubst, dass du weißt, was er vorhat, stellst du fest, dass du die vierte Sache nicht gesehen hast."

„Was ist mit der dritten Sache?", fragte ich verwirrt.

„Die ist dir entgangen. Und die fünfte Sache siehst du zu spät, doch sie ist auch nur eine Illusion, sodass du dich fragst, ob dein erster Eindruck vielleicht doch der richtige war."

„Das ist zu kompliziert, Mama. Ich habe so gut wie keinen Schlaf bekommen und habe eine lange Reise hinter mir. Drücke dich bitte klarer aus."

„Was sie sagen will, ist, dass der geheimnisvolle alte Mann Hinterleafs Kumpan sein könnte", schaltete mein Vater sich ein. „Sie haben ihn dir präsentiert, er hat gesungen und getanzt, und inzwischen haben Modus' Analytiker deine Reaktionen sorgfältig studiert, um ein psychologisches Profil von dir zu erstellen. Oder sie wollten testen, ob du wirklich eine Gefahr bist."

„Sie haben es elegant arrangiert, das muss man ihnen lassen", grollte meine Mutter. „Überleg mal, Alex. Wer hat deine Freunde abgelenkt? Hung war mit Alison beschäftigt, einem Mitglied von T-Modus. Ed und Malik sind mit irgendwelchen Frauen von den Jungfern, einem Escort-Clan, verkuppelt worden. Weißt du, auf welchem Level diese Damen sind? Glaubst du wirklich, dass diese Weltklasse-Models an deinen Freunden interessiert sind? Es tut mir leid, Alex, aber das passiert nicht einmal im Märchen. Eine von ihnen – ja, es hat schon seltsamere Dinge gegeben. Aber drei auf einmal?"

„Und Tissa?"

„Die Weißen Amazonen sind Verbündete und Partner von Modus. Es gibt Gerüchte, dass sie einer von Modus' Farmclans sind, doch das gibt die Ocker-Hexe natürlich nicht zu. Ich denke vielmehr, dass die Amazonen ähnlich arbeiten wie die Jungfern, nur weniger offensichtlich und für ihren eigenen Profit."

„Verdammt", entfuhr es mir.

Polotsky hatte das Gleiche gesagt, aber zu dem Zeitpunkt hatte ich nicht verstanden, was er meinte. Doch nun, da meine Eltern es mir erklärt hatten ... Es fühlte sich an, als ob ich ein riesiges Loch in der Brust hätte. Nein, auf keinen Fall! Sicher, die Verhinderer hatten wahrscheinlich alles arrangiert, aber ich konnte nicht glauben, dass meine Freunde mich verraten würden. Niemals.

„Wir sagen ja nicht, dass es sich genau so verhält, Alex", sagte mein Vater. „Zweifle nicht an der Loyalität deiner Freunde, aber ..."

„Aber was?"

Er seufzte tief. „Wenn du Entscheidungen triffst, denke daran, dass alles möglich ist."

✕

BEVOR ICH MICH AUF den Weg zum Distival gemacht hatte, hatte ich Ian, einem Journalisten beim *Disgardium-Tageblatt*, eine anonyme E-Mail geschrieben. Darin hatte ich ihm angeboten, ihm ein Video eines Bosses auf unbekanntem Level zu verkaufen. Es war der schnellste Weg, Geld für Gyulas neue Kapsel zu verdienen. Ich hatte einige Clips des brüllenden Montosaurus angehängt und die Mail mit einem falschen Namen, Noob Saibot, unterschrieben – genau wie der geheimnisvolle Angestellte von *Snowstorm, Inc.* es getan hatte.

Ians Antwort erreichte mich, als ich nach dem Abendessen mit meinen Eltern in die Kapsel stieg.

*Hallo, Herr Saibot,*

*vielen Dank, dass Sie sich mit mir in Verbindung gesetzt haben. Ihre Aufzeichnungen sind fantastisch! Ich bin bereit, Ihnen für ein zehn Sekunden langes Video des Tyrannosaurus 10.000 Phönix anzubieten.*

*Außerdem bin ich autorisiert worden, Ihnen weitere 90.000 für ein exklusives Interview zu offerieren. Sie verstehen sicher, warum wir so großzügig sind, doch auch wenn wir uns irren sollten, sind wir bereit, das Risiko einzugehen.*

*Um Ihre Frage zu beantworten: Ja, die Bezahlung in Dunklen Phönix ist möglich. Bitte schicken Sie uns Ihre Kontonummer, sodass wir Sie im Voraus bezahlen können. Falls Sie unser Angebot akzeptieren, geben Sie uns eine passende Zeit für das Interview und einen Einladungscode zu einem Sicherheitsraum.*

*Mit freundlichen Grüßen*

*Ian Mitchell, Journalist beim Disgardium-Tageblatt*

Die Leute bei der Zeitung hatten offensichtlich zwei und zwei zusammengezählt und waren zu dem Schluss gekommen, dass sie von der Klasse-A-Gefahr kontaktiert worden waren. In meiner E-Mail hatte ich nichts darüber verlauten lassen, doch ich hatte darauf gezählt, dass sie es herausfinden würden. Wenn sie es wussten, würde es leichter sein, ihnen später ein Exklusivinterview zu geben.

Ohne zu zögern schickte ich Ian eine Antwort, in der ich mich zu einem Interview bereiterklärte und ihn bat, die Summe sofort zu überweisen. Ich machte mir nicht die Mühe, zu feilschen. Nachdem sie gesehen hatten, dass ich derjenige war, den sie wollten, könnte ich meinen Preis erhöhen. Zu dem Zeitpunkt würde ich zahlreiche Angebote haben. Außerdem gab ich ihm die Kontonummer meiner virtuellen Krypto-Wallet. Ihr großer Vorteil war vollkommene Anonymität. Ihr Nachteil war, dass jeder, der das Passwort hatte, auf sie zugreifen konnte.

Da Ian mir vermutlich nicht umgehend antworten würde, loggte ich mich in *Dis* ein. Selbst wenn das *Disgardium-Tageblatt* bezahlen würde, wären nicht alle meine Probleme gelöst. Die Zeit, die Hairo Morales von Excommunicado mir gegeben hatte, lief ab. Mir blieben nur noch vier Tage, und ich musste meinen Eltern so schnell wie möglich helfen. Ihre Geldstrafe für das fehlgeschlagene Projekt musste bis zum Ende der nächsten Woche bezahlt werden.

Darüber hinaus musste ich mich auf einen Krieg vorbereiten und Verbündete finden, einschließlich der Kultisten von Moraine. Es musste einen Grund haben, warum der Nukleus sie erwähnt und Kiran ebenfalls auf sie hingewiesen hatte.

Nachdem ich nun die selbstzufriedenen Gesichter der Spitzenspieler im realen Leben gesehen hatte, wollte ich nichts lieber tun, als ihnen einen Dämpfer zu verpassen, und Verbündete würde dabei sehr hilfreich sein. Ich hatte sogar schon daran gedacht, die Schlangenverehrer von Yoruba auf meine Seite zu ziehen.

Ich stieg in die Kapsel, hielt mich an den Griffen fest und befahl: „Immersion einleiten." Die Welt flackerte kurz, ich öffnete die Augen und spürte eine frische Meeresbrise. Die Tür des Gasthauses wehte mit einem Knall zu und in der Ferne hörte ich den durchdringenden Schrei einer Banshee. Ich war zu Hause.

Im Fort hatte sich während meiner Abwesenheit nichts verändert. Einige Bergarbeiter vertrieben sich die Zeit nach ihrer Schicht im Pfeifenden Schwein. Die Serviererinnen und Tante Steph bedienten die Gäste. Patrick stand ihnen ständig im Weg. Seine Trinkkumpanen Flaygray und Nega waren nicht bei ihm.

„Verschwinde, O'Grady!", rief Stephanie verärgert. „Wie oft muss ich es noch sagen? Lass mich in Ruhe!"

„Du brichst mir das Herz, Licht meines Lebens", heulte Patrick.

Ich bestellte einen Kaffee und setzte mich zu Gyula, um ihm zu sagen, dass er Dunkle Phönix von mir erhalten und sich eine Kapsel bestellen könnte.

„Was passiert, wenn sie nach der Herkunft des Geldes fragen?" Ich war noch nicht überzeugt, dass die Transaktion funktionieren würde.

„Das werden sie nicht." Der Bauarbeiter grinste. „Ich habe meine Kanäle. Wann kann ich das Geld erwarten?"

„Ich hoffe, dass du es morgen haben wirst", erwiderte ich.

Suchend blickte ich mich nach Trixie um. Mir fiel der Vorfall mit dem *Schutzbaum* vom Tag zuvor ein, und ich fragte ein wenig beunruhigt: „Wo ist unser Gärtner?"

„Der kleine Mann ist ziemlich eingebildet geworden", sagte Gyula erbost. „Er hält sich für einen Meistergärtner und redet nur noch von Dünger, Pflanzenpflege und anderen Unsinn über sein Handwerk. Weißt du, was er pflanzen will?"

„Was?", erkundigte ich mich.

„Gras, zum Nether nochmal!"

„Welche Art von Gras?"

„Hanf!", antwortete Gyula.

„Was hat er damit vor?"

„Cannabis, Marihuana", zählte Gyula lachend auf. „Kommt dir das nicht bekannt vor?"

„Oh, du meinst Gras, das man rauchen kann", sagte ich, als der Groschen endlich gefallen war. Ich hatte meine Eltern einmal beim Rauchen von Cannabis ertappt. „Wie kommt es, dass es in *Dis* Gras gibt?"

„Die Entwickler sind auch nur Menschen, Alex."

„Wo kann ich unseren Lehrling des Drogenanbaus finden? Ich werde dem Dummkopf verbieten, in die Nähe der Schlafenden Götter zu gehen!"

„Soweit ich weiß, läuft Herr Fur... äh, Trixie, mit dem Kobold-Schamanen im Dschungel herum", erwiderte Gyula. „Ryg'har hilft ihm beim Leveln. Die beiden sind dicke Freunde geworden. Willst du wissen, was ihm außerdem eingefallen ist?"

„Lass mich raten: Er hat Schlafmohn angebaut?"

„Im Moment tut er nichts anderes als pflanzen, denn er hat es sich in den Kopf gesetzt, ein Großmeister zu werden. Ich habe es nicht übers Herz gebracht, ihm zu sagen, dass er nicht einmal Rang 1 erreichen kann, und meinen Jungs habe ich eingebläut, ebenfalls nichts zu sagen. Außerdem hat unser Gärtner uns verboten, ihn Trixie zu nennen. Er hat gesagt, da er jetzt ein großes Tier sei, müssten wir ihn mit seinem vollen Namen anreden."

„Was? Im Ernst? Ich kenne seinen vollen Namen nicht einmal!"

„Er heißt Veratrix", erwiderte Gyula. „Vielleicht erlaubt er dir ja, ihn weiterhin Trixie zu nennen, aber für uns einfache Bergarbeiter ist es von jetzt an Veratrix oder Herr Furtado. Der kleine Mistkerl hat den Verstand verloren."

Ich musste lachen. Als ich Patrick sah, der vor Tante Steph kniete, fragte ich: „Was ist mit O'Grady los? Hat er Entzugserscheinungen?"

„Noch schlimmer", entgegnete Gyula. „Der Ärmste hat sich verliebt."

Wie war das möglich? Ich öffnete mein Questprotokoll. Die Quest „Ein Mann werden", die ich erhalten hatte, als ich noch ein

Einzelspieler war, war aktualisiert worden. Janes Name war durch den Namen von Gyulas Schwester Stephanie Katon ersetzt worden. Äußerst erstaunlich. Ein NPC, der sich in eine Spielerin verliebt hatte? Die Quest-KI von *Dis* war wirklich fehlerhaft, wenn sie den Unterschied nicht erkennen konnte. Wie auch immer, ich hatte im Moment keine Zeit für Patricks romantische Probleme.

Nachdem Gyula gegangen war, beschloss ich, mir die Loot anzusehen, die ich angesammelt hatte. Ich hoffte, dass ich dadurch vielleicht ein paar Ideen bekommen würde. Einige Gegenstände hatte ich in die Truhe gelegt, die in meinem persönlichen Zimmer stand. Schnell trank ich meinen Kaffee aus und machte mich auf den Weg nach oben.

In meinem Zimmer stand ein kleiner Nachttisch aus Holz, die Truhe und ein niedriges Bett, das jemand hineingestellt hatte. Als ich mich setzte, quietschte es laut.

„Das ist nicht gut genug." Unzufrieden schüttelte ich den Kopf. „Die Einrichtung muss verbessert werden."

Auf sein persönliches Zimmer konnte man von jedem Gasthaus aus zugreifen. Sie lagen außerhalb von Raum und Zeit und veränderten sich nicht. Als ich meine Einstellungen öffnete, stellte ich fest, dass mein Zimmer auf dem Level *Einfach* war. Das nächste Level war *Standard*. Diese Zimmer waren doppelt so groß und mit einem guten Bett, einem Schrank, einem Tisch, ein paar Stühlen und Bilder an den Wänden eingerichtet. Darüber hinaus war die Truhe viermal so groß und verfügte über 32 Plätze. Die beste Option, die *Royal Suite*, hätte 1.5 Millionen Gold gekostet. Es war eine von einem Designer ausgestattete, zweistöckige Villa mit zwölf Zimmern – ja, Zimmer in einem persönlichen Zimmer –, einem Schwimmbad, einer Kugel von Egeria in jedem Zimmer und einem Abonnement für alle Kanäle. Es war die *Dis*-Version des dreidimensionalen Fernsehens.

Das Upgrade *Standard* kostete zwar nur 9.000, doch beim Anblick der Nullen meldete sich mein innerer Hamster und wollte das Fenster wieder schließen. Nachdem ich tief durchgeatmet hatte, schaffte ich es jedoch, ihn zu beschwichtigen. Ich war zwar nicht oft hier, aber es würde sich trotzdem lohnen, das Geld auszugeben, denn der traurige Anblick des Zimmers genügte, um mich in schlechte Laune zu versetzen. Statt mich darin sicher zu fühlen, bedrückte es mich. Und das verdammte Bett quietschte auch.

Ich schob meine Bedenken endgültig beiseite und bestellte das Upgrade. Es hätte sich bereits ausgezahlt, wenn das Bett nicht länger quietschen würde.

*Anfrage, das persönliche Zimmer auf Level Standard zu verbessern.*

*Kosten: 9.000 Gold*

*Akzeptieren? Ablehnen?*

*Erfolgreich! Du wirst die Veränderungen sehen, wenn du dein persönliches Zimmer das nächste Mal betrittst.*

Ich verließ das Zimmer und betrat es gleich darauf wieder. Das sah schon besser aus! Es war heller, hatte Fenster mit Blick auf die Straße und die Ruinen von Behemoths Tempel, Gardinen mit Blumenmuster, vier Bilder an den Wänden und ein Bücherregal, in dem sogar ein Buch stand. Als ich den Titel sah, grinste ich.

*Katalog für Ideen zur Innenausstattung deines persönlichen Zimmers. Version: Standard.*

Nun konnte ich Bestandsaufnahme machen. Ich besaß das legendäre *Swjatogors Kettenhemd* und das *Kampfhemd von Irkuyems Zorn*, das identifizierte Artefakt *Schild der Gerechtigkeit*, die platzlosen Artefakte *Isis' Segen* und *Thots Inspiration*, den Ring *Elementare Konzentration* und den Dreizack *Donnerträger*, die *Beschwörungspfeife* für den legendären Geisterwolf und *Ausgleicher*, den ich in meinem Inventar aufbewahrte. Das war nicht viel. Die restlichen Gegenstände befanden sich in der Schatzkammer des Clans oder bei Crawler. Doch nichts davon war ausgefallen genug, dass ich es für mehr als eine Million hätte verkaufen können. Ach ja, den *Portalschlüssel*, der zum Kontinent Holdest führte, hatte ich auch noch.

Moment mal ... Als ich nach dem Sieg über Sharkon das Achievement *Ich bin nicht aufzuhalten! An mir führt kein Weg vorbei!* erreicht hatte, hatte ich zur Belohnung eine *Diamantene Ansehensmarke* erhalten. Nun wusste ich, wie ich meine Geldprobleme lösen konnte. Es war so einfach, dass ich mir vor die Stirn schlug. Die Marke würde mein Ansehen bei einer gewählten Fraktion um 2.000 erhöhen. Genug, um das Vertrauen oder sogar den Respekt der Goblin-Liga zu gewinnen. Damit hätte ich Zugriff auf ihr anonymes Auktionshaus – solange ich *Imitieren* nutzen könnte, um zu verbergen, dass mein Ansehen bei allen intelligenten Völkern auf Hass gesunken war, seitdem ich zu einem Untoten geworden war. Mir blieb nichts anderes übrig, mich darauf zu verlassen, dass *Imitieren* auch das Ansehen des Originals kopieren würde.

Falls mein Plan gelingen würde, könnte ich sowohl das Bußgeld meiner Eltern als auch die Clan-Basis und die Erpresser bezahlen. Danach wäre ich alle Sorgen los und würde mich ganz auf den bevorstehenden Krieg konzentrieren können.

Ich lief nach unten, verabschiedete mich von den Arbeitern und machte mich auf den Weg zur Seenplatte. Dort war ich sicher und konnte in aller Ruhe eine passende Gestalt zum Imitieren wählen.

Nicht lange, nachdem ich das Gebiet erreicht hatte, erregte Hanzo, ein Level-57-Jäger, meine Aufmerksamkeit. Nachdem ich ihn imitiert hatte, levelte die Fertigkeit.

**Fertigkeit „Imitieren" verbessert: +1**
*Aktuelles Level: 10*
*Spontanes Imitieren freigeschaltet. Von jetzt an kannst du dir selbst spontan eine Gestalt ausdenken. Doch vergiss nicht: Eine ausgedachte*

*Gestalt hat eine größere Chance, entlarvt zu werden, als die Kopie einer existierenden.*

*Auf deinem aktuellen Level kannst du spontan imitieren: Charakterklasse*

Das Interface blinkte, um mich auf die neue Fähigkeit hinzuweisen. Die Taste *Imitieren* im Bedienfeld war golden markiert. Als ich sie anklickte, erschien ein dreidimensionales Charaktermodell mit einer Liste verfügbarer Änderungen vor mir. Ja, die Zeile der Klasse leuchtete, während alle anderen ausgegraut waren. Genau wie zuvor, als ich nur die Klasse hatte imitieren können. Es war Zeit, es auszuprobieren.

Ich wählte die Klasse Bogenschütze aus der Auswahlliste. Mich als Bogenschützen auszugeben, wäre einfacher, als einen Jäger mit seinen speziellen Fertigkeiten darzustellen.

Nachdem die Abklingzeit von *Tiefen-Teleportation* beendet war, sprang ich nach Darant. Zum Glück würde das zwangsweise Entfernen aus *Dis* an Wochenenden nicht aktiviert werden, sodass ich die ganze Nacht Zeit hätte, meine Pläne auszuführen.

DAS VIERTEL DER GOBLIN-Liga in der Hauptstadt der Allianz erinnerte mich an Chinatown: Straßenhändler säumten die Gehwege und zahllose Schilder leuchteten an den Gebäuden. Mir drehte sich der Kopf von den vielen Farben. Ich hatte weder die Zeit noch das Verlangen, mir meine Umgebung näher anzusehen, daher ging ich direkt zum Hauptgebäude der Liga.

Unterwegs begegnete mir ein Taschendieb, der versuchte, einen legendären Gegenstand aus meinem Inventar zu stehlen. Es gelang ihm jedoch nicht, denn je höher die Qualität eines Gegenstands war, desto geringer war die Chance, ihn erfolgreich entwenden zu können. Ich wollte es nicht riskieren, die Wache zu rufen. Sie hätten vielleicht meine wahre, untote Gestalt entdeckt.

Der Eingang des Gebäudes der Liga wurde von einem Titanen und einem Elefantenmann bewacht, die beide schwer bewaffnet waren. Sie waren weit über Level 300 und trugen vollständige epische Sets. Der Titan hielt eine gigantische Hellebarde in der Hand, während der Elefantenmann einen riesigen Hammer über der Schulter trug. Die Goblins schätzten gute Wachen.

„He, wo willst du hin?" Der Titan versperrte mir den Weg.

„Zur Liga", antwortete ich ruhig.

„Du hast dir das Vertrauen der Liga noch nicht verdient, Bogenschütze", entgegnete der Titan dumpf.

Verdammt. Sinn und Zweck meines Besuches war es, mein Ansehen bei den Goblins freizuschalten! Nur dann würde ich die *Diamantene Ansehensmarke* benutzen können. Alle Fraktionen in *Dis* funktionierten auf die gleiche Weise: Bis man ihnen zum ersten Mal begegnete, hatte man kein Ansehen bei ihnen. Das bedeutete, dass es für mich nichts zum Erhöhen gab.

„Wie kann ich ihr Vertrauen gewinnen, ehrenwerter Kyros?"

Der Elefantenmann antwortete anstelle des Titanen. Er hob seinen mächtigen Arm und deutete auf die gegenüberliegende Straßenseite.

„Siehst du den Stand mit Souvenirs der Liga? Kaufe irgendeinen Artikel. Danach gehe zum Tempel von Maglubiyet oder Bargrivyek und entrichte dort eine Spende."

Ich dankte den Wachen und ging zum Souvenirstand, wo es allen möglichen Krimskrams zu kaufen gab: Armbänder, magische Bilder mit Ansichten von der Goblin-Hauptstadt Kinema und Tüten mit der „nationalen" Delikatesse, die an getrocknete Insekten erinnerte. Ich wählte ein Armband, weil es der billigste Artikel war.

„99 Gold", sagte die junge Goblin-Verkäuferin mit einem räuberischen Lächeln. Ihr kurzes, weinrotes Kleid war ein starker Kontrast zu ihrer grünen Haut. Sie nahm die Münzen entgegen und warf sie in die Kasse. „Wir haben heute ein Sonderangebot. Wenn du ein Souvenir kaufst, bekommst du ein zweites zum halben Preis. Bist du an einem zweiten interessiert?"

„Nein, danke", entgegnete ich.

Ich legte das Armband um mein Handgelenk. Es erhöhte das Ansehen nicht, konnte nur einmal benutzt werden und ließ sich nicht stacken. Wenigstens würde ich es nur einmal tragen müssen und könnte es wegwerfen, nachdem es seinen Zweck erfüllt hatte.

**Dein Ansehen bei der Goblin-Liga hat sich um 1 Punkt erhöht.**

*Derzeitiges Ansehen: Gleichgültig*

„Dann möchte ich dir einige wunderschöne Kristallkugeln empfehlen, die die Zukunft vorhersagen können." Die junge Goblinfrau lächelte noch breiter, und nun fiel mir ein, an wen sie mich erinnerte: an Sharkon. Mein Scherge hatte jedoch weniger Zähne. „Schau her, diese Orakelkugel ändert ihre Farbe, wenn du in Gefahr bist. Normalerweise ist sie farblos, doch wenn du sie in die Hand nimmst ..."

Ich konnte dem Schmeicheln der grünhäutigen Verkäuferin nicht widerstehen und ergriff die Kugel. Zuerst wurde sie weiß, doch dann wechselte sie die Farbe zu Rot, als ob man Blut in Milch gegossen hätte.

„Siehst du!", rief sie triumphierend. „Du bist in Gefahr! Wow, ich habe noch nie gesehen, dass sie diese tiefrote Farbe angenommen hat. Das bedeutet tödliche Gefahr! Kein Zweifel, du brauchst diese fantastische Orakelkugel für nur 9.999 Gold!"

Während sie redete, holte ich die *Diamantene Ansehensmarke* aus meinem Inventar und aktivierte sie.

**Dein Ansehen bei der Goblin-Liga hat sich um 2.000 Punkte erhöht.**

*Derzeitiges Ansehen: Respekt*

Die großen Augen der jungen Goblinfrau wurden noch größer. Sie schüttelte den Kopf, sodass ihr Pferdeschwanz fast eine Figur von Maglubiyet umgeworfen hätte. Die Augen der ohnehin wütend aussehenden Gottheit glühten feuerrot.

„Was rede ich nur? Vergib einer plappernden Goblinfrau, verehrter Meister. Ich habe dich mit jemandem verwechselt. Angesichts deiner Verdienste können wir dir einen Rabatt von 5 % auf unser gesamtes Sortiment anbieten."

*Ziemlich spärlich*, dachte ich. *Beim höchsten Ansehen steigt der Rabatt wahrscheinlich trotzdem nur auf 6 %.* Die Habgier der Goblins war legendär. Selbst das Attribut *Händlerrabatt*, dessen Obergrenze von 50 % ich erreicht hatte, funktionierte bei ihnen nicht.

Nur mühsam konnte ich mich von der Verkäuferin losreißen, die förmlich an mir hing und mich anflehte, etwas anderes zu kaufen. Danach machte ich mich auf den Weg, um meine Spende zu geben. Maglubiyets Tempel lag am nächsten. Er war der Goblin-Gott des Verrats. Die geringste Summe war 100 Gold, und es wurde nur pures Gold akzeptiert.

Im Gegensatz zu den Tempeln von Nergal, Behemoth und Fortuna fühlte ich keine göttliche Präsenz. Die Spende machte eher den Anschein einer legalen Methode, gutgläubigen Dummköpfen Geld zu entlocken, denn in der Schlange vor dem Altar standen nur Spieler anderer Völker. Es war kein einziger Goblin zu sehen. Sie hätten genauso gut Mickey Maus eine Spende geben können, das hätte den gleichen Zweck erfüllt. Nachdem ich den Wucherpreis gezahlt hatte, erhöhte mein Ansehen sich nur um einen einzigen Punkt, doch nicht bei Maglubiyet, sondern bei der Goblin-Liga.

Ich bemerkte meinen Fehler erst, als ich die Meldung der Änderung meines Ansehens erhielt. Es war vollkommen sinnlos gewesen, den Tempel zu besuchen, nachdem ich die Marke aktiviert hatte. Ich hatte 100 Gold zum Fenster hinausgeworfen. Sicher war mein Schlafmangel schuld, dass ich nicht früher darauf gekommen war. Wie Frau Kalinovich uns in Gesundheitslehre gesagt hatte: Schlafentzug tötete langsam, aber sicher.

Eine Frage blieb offen: Würde mein Ansehen bei der Liga wieder auf Hass sinken, sobald ich meine wahre Gestalt angenommen hatte? Das wäre äußerst ärgerlich. Ich konnte es mir nicht leisten, dass die Goblins meine legendären Gegenstände verkaufen und das Geld behalten würden. Ich würde es in der Gestalt des Bogenschützen versuchen und sehen, was passieren würde.

Das zweite Mal ließen die beiden Wachen mich wortlos durch. Ich betrat eine große Halle, in der Goblin-Angestellte in Anzügen und Spieler geschäftig umherliefen. Am Ende der Halle stand ein Portal nach Bakabba. Es war ein gigantischer Torbogen, durch den ein ganzer Trupp Soldaten in Exoskeletten hätte hindurchgehen können, ohne die Formation aufzulösen. Es schimmerte giftgrün und flackerte. Wenn jemand hineinging, kräuselte es sich, als ob man einen Stein ins Wasser geworfen hätte.

Ich bewegte mich vorsichtig durch die Halle, um mit niemandem zusammenzustoßen. Nachdem ich beim Portal angekommen war, ging ich hindurch. Alles verlief reibungslos! Falls mein Ansehen zu gering gewesen wäre, hätte es mich wieder zurückgeworfen.

Im nächsten Augenblick hörte ich den ohrenbetäubenden Lärm des Basars, des größten Marktes nicht nur auf Bakabba, sondern in ganz *Disgardium*. Sogleich erschien ein kleiner grüner Mann vor mir, der einen Lederfrack über seinem nackten Oberkörper trug. Er war mit einer Lederhose bekleidet, und seine kurzen, kräftigen Beine steckten in von Eisen verstärkten Stiefeln. An seinem Gürtel hing eine lange, gebogene Klinge.

„Willkommen in Kinema, mein Freund! Bist du zum ersten Mal auf dem Basar? Möchtest du den umfassendsten Reiseführer von Kinema kaufen, den es auf dem Markt gibt?" Der Goblin entblößte seine scharfen Zähne, sah sich vorsichtig um und flüsterte: „Nur, damit du es weißt, ich habe die zweite Auflage."

„Was?"

„Die zweite Auflage! Der umfassendste Reiseführer für unsere glorreiche Hauptstadt, einschließlich ihrer ‚reizvollsten' Gegenden, wenn du weißt, was ich meine." Der Goblin zwinkerte mir zu. „Die verbotene Ausgabe. Für nur eine Goldmünze gehört sie dir!"

Kein Zweifel, ich war in Kinema.

# Kapitel 7: Auktion für Sonderverkäufe

„SIND SIE EIN Problemstifter oder ein Problemlöser?"

Ich saß im Büro eines Managers der Liga-Auktion für Sonderverkäufe, die von allen kurz das Goblin-Auktionshaus genannt wurde. Mit großen Augen betrachtete ich die Innenausstattung. Ich hatte das Gefühl, im Haus eines britischen Aristokraten zu sein. Die Einrichtung war luxuriös, doch gleichzeitig schlicht und zweckmäßig. Nichts war überflüssig, und alle vorhandenen Gegenstände waren Kunstwerke, wie die Figur von Maglubiyet, die auf dem Tisch stand.

Der grauhaarige Goblin in schwarzem Anzug und Krawatte unterschied sich wie Tag und Nacht von dem Schwindler, der mich auf dem Basar willkommen geheißen hatte. Es war hilfreich, dass Bakabba sich auf der anderen Hemisphäre befand. In Darant war es später Abend, doch hier ging gerade die Sonne auf und die Angestellten des Auktionshauses begannen ihren Arbeitstag. Obwohl ... Es waren Goblins, daher war es durchaus möglich, dass sie rund um die Uhr arbeiteten.

Der Manager hieß Grokuszuid. Er sah einem Goblin nicht besonders ähnlich. Seine Gesichtszüge ähnelten denen eines Menschen, seine Zähne waren nicht so groß und spitz wie die der anderen Goblins, er hatte kleine Ohren und seine Haut war blassgrün, wenigstens im Gesicht. An seinen länglichen, dünnen, mit scharfen Klauen versehenen Fingern steckten Siegelringe, die mit großen Edelsteinen besetzt waren, und er hatte seine Nägel bis auf eineinhalb Zentimeter Länge gekürzt. Das Level des Auktionators war eindrucksvoll: 360. Hatte er es nur durch das Handeln erreicht? Ich konnte mir nicht vorstellen, dass dieser Mann in den Kampf ziehen würde, um zu leveln.

„Entschuldigung, Herr Grokuszuid. Ich verstehe Ihre Frage nicht."

„Sie sind ein Untoter, richtig?" Als ich aufspringen wollte, hob er den Arm und bedeutete mir mit einer Geste, dass ich mich beruhigen sollte. „Bleiben Sie nur sitzen. Wir sind es gewöhnt, mit allen möglichen Kunden zu arbeiten. Meinen Sie, ich habe noch nie einen lebenden Toten gesehen? Diejenigen, die ich getroffen habe, waren zwar nicht so intelligent wie Sie, aber alles ist besser als intrigante Dämonen. Mögen sie im Feuer des Nethers brennen! Wie dem auch sei, meine Frage an Sie ist: Lösen Sie Probleme oder verursachen Sie sie?"

„Ich verursache keine Probleme. Worauf wollen Sie hinaus?"

„Mein Vater, möge seine Folter im Inferno niemals enden, hat mich gelehrt, dass ich-bewusste Wesen sich in zwei Lager teilen: solche, die Probleme lösen, und solche, die sie verursachen. Zu welchem Lager gehören Sie? Werde ich wegen Ihnen Schwierigkeiten bekommen, Bogenschütze Hanzo? Oder ziehen Sie es vor, dass ich Sie als Herold Scyth anrede?"

*Tiefen-Teleportation* war bereit, doch meine Stimme verriet meine Unentschlossenheit.

„Wie ...?"

„Hören Sie zu, mein Freund. Warum benehmen Sie sich wie ein Kind?", grollte Grokuszuid. „Haben Sie noch nie Geschäfte mit uns gemacht? Ah, ich verstehe. Ihre Tarnung mag den Identitätszauber des Portals getäuscht haben, aber uns können Sie mit Ihren albernen Tarnungszaubern nicht an der Nase herumführen. Innerhalb des

Gebäudes der Liga-Auktion für Sonderverkäufe gibt es starke, uralte Magie, nicht die Sorte, die die närrischen Amateure heutzutage praktizieren. Hier sehen wir nur das Wahre." Als er meinen alarmierten Gesichtsausdruck sah, fuhr er fort: „Keine Sorge. Mit ‚wir' meine ich nur die Angestellten der LAUS. Warum grinsen Sie? Ich gebe zu, dass es eine alberne Abkürzung ist, aber ich werde Ihnen die Eingeweide herausreißen, wenn Sie sich darüber lustig machen, verstanden? Mögen mir die Finger abfallen, wenn es nicht so ist!" Der Goblin rieb Daumen und Zeigefinger zusammen.

Ich spürte, dass Grokuszuid keine Bedrohung für mich war. Darum beschloss ich, ein Experiment zu machen und *Identitätsverschleierung* zu aktivieren.

„Was sehen Sie jetzt?", erkundigte ich mich.

Der Goblin schob seinen Stuhl zurück und sprang mit offenem Mund und großen Augen auf.

„Was sind Sie?", fragte er und zeigte mit einer Klaue auf mich.

„Sie haben es selbst gesagt. Ich bin ein Herold. Diese Fähigkeit ist mir von den Göttern verliehen worden", erklärte ich hochtrabend.

Grokuszuids Mund schloss sich wieder, ehe er in lautes Gelächter ausbrach. Er zeigte immer noch mit dem Finger auf mich, während er sich vor Lachen krümmte und sich mit der anderen Hand den Bauch hielt.

„Von den Göttern verliehen! Sie sind zum Schreien! Diesen Wänden sind Ihre Götter vollkommen einerlei. Hier herrschen nur unsere Götter, Herold. Zu schade, dass ich meinen Kollegen nichts davon erzählen kann. Sie wissen schon, Kundengeheimnis und all das." Nachdem er sich beruhigt hatte, setzte er sich wieder in den Sessel und sein Gesicht wurde ernst. „Also gut, kommen wir zum Geschäftlichen. Was können wir für Sie tun, Herr Scyth?"

Der Spott des Goblins hatte mich erröten lassen. Schweigend stand ich auf und legte das *Kampfhemd von Irkuyems Zorn* auf den

Tisch. Laut Rita war es das letzte entdeckte Teil einer Spitzenrüstung für Druiden-Tanks. Alle Teile zusammen konnten für eine Minute so viele Prozentpunkte Schaden absorbieren, wie ihr Besitzer Gesundheit verlor.

Nun war der Goblin beeindruckt. Er trommelte mit seinen Klauen auf den Tisch.

„In Ordnung", brach er schließlich das Schweigen. „Ist das alles?"

„Ich habe noch mehr. Dies hier, zum Beispiel." Ich holte das Kettenhemd des Swjatogor-Sets heraus. Eves Freunde Bill und Xan hatten auf ihrer Geburtstagsparty darüber geredet. Ich wusste, dass die beiden keine führenden Rollen in ihren Clans hatten – einer gehörte zu den Kindern von Kratos, der andere zu den Azurblauen Drachen –, daher war das Set wahrscheinlich nicht besonders gut. Ein weiterer Grund, das Kettenhemd loszuwerden.

„Jetzt weiß ich, dass Sie keine Probleme verursachen, Scyth", verkündete Grokuszuid und hob triumphierend den Finger. „Sie schaffen Möglichkeiten!"

„Sie hatten recht, Herr Grokuszuid. Ich bin zum ersten Mal hier, um mit der Liga und Ihrem Auktionshaus Geschäfte zu machen. Könnten Sie mir die Regeln erläutern und beschreiben, wie der Handel vor sich geht? Wie viel kann ich für diese Gegenstände bekommen? Außerdem muss mein Name geheim bleiben. Ich habe gehört, dass Ihr Auktionshaus dafür bekannt ist, die Namen der Verkäufer nicht preiszugeben."

„Das ist richtig." Der Goblin rieb sich die Hände. „Wir veranstalten offene und geschlossene Auktionen. Alle, die Zugang zu Kinema haben, können an offenen Auktionen teilnehmen. Für eine Provision von 30 % bieten wir sowohl Verkäufern als auch Käufern Anonymität. Allerdings ist die Wahrscheinlichkeit hoch, dass Sie nicht den vollen Preis für den Wert Ihrer Waren bekommen werden, denn jeder weiß, dass die wertvollsten Posten nicht bei offenen Auktionen verkauft werden. In Ihrem Fall wird eine geschlossene

Auktion besser sein, die absolute Anonymität bietet. Selbst die mächtigsten Magier können die früheren Besitzer der Gegenstände nicht ermitteln. Maglubiyets Priester verfügen über einen hervorragenden Vergessenszauber. Was den Preis betrifft, müssen wir abwarten, was die Schätzer sagen. Um keine Zeit zu verlieren, erlauben Sie mir ..."

Der Goblin blies in eine silberne Pfeife, die um seinen Hals hing. Ich hörte keinen Ton, doch einige Sekunden später steckte ein junger Goblin den Kopf zur Tür herein.

„Komm herein, Zamozik", sagte Grokuszuid. „Wir müssen die Waren von Herrn Scyth schätzen."

Der junge Goblin schloss die Tür hinter sich und näherte sich dem Tisch. Erst legte er die Hand auf das Kettenhemd, dann auf das Kampfhemd und schloss die Augen.

„Hmm ... Irkuyem, aha ..." Zamozik öffnete die Augen wieder. Seine großen Ohren schlenkerten wie Satellitenschüsseln. „Ausgangspreis ist 6 Millionen. Die Stiefel dieses Sets sind vor einem Jahr für 10 Millionen verkauft worden. Die anderen Teile gehören zwei verschiedenen Besitzern. Sie werden sicher einen Bieterwettkampf beginnen, es sei denn, sie einigen sich. Was *Swjatogors Kettenhemd* angeht, wenn wir Glück haben, bekommen wir 1.5 Millionen dafür. Es ist zwar legendär und einzigartig, aber die Teile des Sets gehören mehreren verschiedenen Besitzern. Keiner von ihnen wird es schaffen, das volle Set zu sammeln. Andererseits ist es das letzte gefundene Teil des Sets ... Vielleicht ziehe ich voreilige Schlüsse. Wir könnten es für 3 Millionen anbieten."

„Vielen Dank. Du kannst gehen." Grokuszuid nickte, und der junge Goblin ließ uns allein. „Bei geschlossenen Handelsgeschäften gibt es keine zufälligen Käufer. Die Informationen über die Posten einer bevorstehenden Auktion werden an ausgewählte, eingeladene Teilnehmer geschickt. Sie versammeln sich zu einer festgelegten Zeit in Kinema und geben ihr Gebot ab. In diesem Fall werden wir

Einladungen an die Besitzer der anderen Teile der Sets sowie an bestimmte Sammler schicken, einschließlich der Prinzen aus kleinen, doch sehr stolzen Ländern."

„Wie lange dauert es, bis die Auktion angesetzt wird? Wie schnell werde ich das Geld erhalten?", fragte ich. Zeit war für mich von entscheidender Bedeutung.

„Die Auktion der Liga läuft wie am Schnürchen, Herr Scyth. Sobald wir den Vertrag unterzeichnet haben, verschicken wir die Einladungen, und übermorgen wird die Auktion stattfinden. Es gibt allerdings eine Bedingung: Die Regeln der LAUS besagen, dass bei geschlossenen Auktionen die Anwesenheit des Verkäufers erforderlich ist. So verlangt es unser habgieriger und herzloser Schutzpatron Maglubiyet", sagte der Goblin voller Verachtung. Die Grünhäutigen hatten eine seltsame Beziehung zu ihrem Gott.

„Äh …"

„Ich verstehe Ihr Zögern, doch Sie machen sich umsonst Sorgen. Die Teilnehmer der Auktion sind hinter einem *Nebelschleier* verborgen. Glauben Sie mir, er garantiert volle Anonymität. Er ist weitaus besser, als das, was Sie mir vorhin gezeigt haben."

„Also gut", stimmte ich zu.

Grokuszuid holte einige Dokumente hervor, trug die Namen der Posten und meinen Namen ein und übergab ihn mir. Nachdem ich den Vertrag aufmerksam gelesen und nichts einzuwenden hatte, unterschrieb ich ihn. Die Liga würde zwar ein Viertel des Wertes meiner Waren einbehalten, doch die Anonymität war den Verlust wert.

Erneut blies der Goblin in seine Pfeife. Zamozik erschien und nahm die beiden hochleveligen legendären Gegenstände mit sich.

„Wir ziehen unsere Provision ab, nachdem die Gegenstände verkauft worden sind. Den Rest erhalten Sie umgehend", sagte Grokuszuid.

„Ich bin neugierig ... Sie haben gesagt, es würde Ihnen nichts ausmachen, dass ich ..."

„Dass Sie untot sind?" Der Goblin lachte. „Wie ich bereits gesagt habe: Der Liga ist es vollkommen egal."

„Zu schade, dass die Allianz und das Imperium nicht genauso denken", bemerkte ich.

„Ein Kunde ist ein Kunde. Wir verdienen unseren Lebensunterhalt, indem wir neutral bleiben und nicht zu viele Fragen stellen. Dessen können Sie sich sicher sein, Herr Scyth. Ich würde sogar so weit gehen, zu sagen, dass der herrschende Friede zwischen der Allianz und dem Imperium äußerst unprofitabel für uns ist. Die jüngsten Vorfälle geben uns Anlass zur Sorge. Nergals Kreuzzug und dem Bündnis zwischen Licht und Dunkel ... Die Situation gefällt mir nicht."

„Sie sind gegen den Waffenstillstand? Was ist so schlecht daran?", fragte ich.

„Für die Allianz und das Imperium? Nichts. Doch für uns Goblins ist er ein Dorn im Auge. Da die Fraktionen nicht mehr gegeneinander kämpfen, blicken König Bastian und Imperator Kragosh nun nach Süden. Nach Bakabba." Der Goblin runzelte die Stirn und klopfte mit den Krallen auf den Tisch. „Wenn ich Ihnen irgendwie helfen kann, die bevorstehende Invasion der verbündeten Armeen in der Lakharianischen Wüste zurückzuschlagen, geben Sie mir Bescheid. Der obere Rat der Liga hat mich vor Kurzem autorisiert, Stellung zu beziehen. Inoffiziell, natürlich."

Grokuszuids Worte schockierten mich. In den vergangenen Tagen hatte sich herausgestellt, dass mehr Spieler und NPCs mein Geheimnis kannten, als ich für möglich gehalten hatte. Ich brauchte mich fast nicht mehr zu verstecken. He, Leute, hier ist eure Gefahr! Angestrengt überlegte ich, wie ich ihm antworten sollte, um seine Vermutungen zu zerstreuen und gleichzeitig Vorteile aus dieser potenziellen Partnerschaft zu ziehen. Die größten Finanztycoons in ganz *Dis* unter meinen Verbündeten zu haben, wäre großartig. Vor allem, weil sie NPCs waren. Für Spieler war das Goblin-Volk nicht verfügbar.

„Sagen Sie, Herr ..."

„Sie können mich Grokus nennen", erlaubte der Goblin mir großzügig.

„Dann kannst du mich Scyth nennen, Grokus. Es gibt etwas, wobei du mir helfen könntest. Hast du schon einmal von Moraines Kultisten gehört?"

„Das ist der verbotene Kult einer verfluchten Göttin", antwortete er nach einer kurzen Pause. „Warum fragst du? Ah, ich verstehe. Die Göttin des Todes ist eine der alten Gottheiten, die von Nergal verbannt worden sind. Ich werde beim Rat Erkundigungen einziehen. Noch etwas?"

Ich schüttelte den Kopf.

„Gut", sagte Grokus. „Ich werde dir Bescheid geben, wann die geschlossene Auktion stattfindet. Bis dahin kannst du reisen, wohin du willst."

Ich seufzte erleichtert, während ich das Auktionshaus verließ. Sollte der Verkauf erfolgreich verlaufen, musste ich nur den verdammten Kupferbarren von dem Erpresser Hairo kaufen und einige Millionen für meine Eltern und die Basis des Clans ausgeben. Um die Angelegenheit mit Big Pos Ultimatum würde ich mich auch noch kümmern müssen, aber angesichts der jüngsten Entwicklungen hatte ich große Lust, ihm zu sagen, dass er mir den Buckel runterrutschen könnte. Doch für alle Fälle wollte ich eine zusätzliche Million verfügbar machen.

Da ich bereits auf Bakabba war, bot es sich an, das Haus der Göttin zu besuchen, die die Tapferen begünstigte: Fortunas Tempel.

# Kapitel 8: Fortunas Ruf

WENN ICH GEDACHT hatte, dass Darant eine teure Stadt wäre, dann nur, weil ich noch nie in Kinema gewesen war. Die gleichen Dienstleistungen kosteten hier mindestens doppelt so viel wie in der Hauptstadt der Allianz. Und überall waren Goblins: Goblin-Taxifahrer, Goblinwachen, Goblinhändler – sogar kleine, grünhäutige Bettler.

Doch nicht alle hatten tatsächlich grüne Haut. Ich war kein Experte, wenn es um die Völker in *Disgardium* ging, doch sogar ohne Interface bemerkte ich, dass es in Kinema verschiedene Arten von Goblins gab, deren Hautfarbe grün, grau oder schokoladenbraun war. Auf meinem Weg zu Fortunas Tempel begegnete ich Hobgoblins, Goblin-Trollen und Ork-Goblins. Ich war fast sicher, dass ich eine Mischung zwischen einem Goblin und einem Hobbit gesehen hatte. Jedenfalls waren die Beine dieser Kreatur behaart. Einmal wäre ich fast von einem arroganten Gobster umgerannt worden. So hießen die extrem aggressiven Abkömmlinge von Goblins und Menschen. Der struppige NPC trug eine Leder-Trainingsrüstung und eine runde Mütze.

„Was guckst du so, großer Mann?" Der Level-31-Gobster streckte seine Brust heraus und starrte mich an. Aufgrund seiner kleinen Statur musste er seinen Hals weit nach hinten legen, um den Eindruck zu erwecken, dass er auf mich hinuntersehen würde.

Dadurch fiel ihm die Mütze vom Kopf. Er fluchte und beugte sich schnell hinunter, um sie aufzuheben. „Woher kommst du, Langbein? Aus Darant? Hä? Ich schlage dir den Schädel ein, mo-fa ..."

Das letzte Wort musste aus der Goblinsprache stammen, denn ich hatte es schon öfter gehört. Ich musste meinen unwillkommenen Gesprächspartner vorsichtig aus dem Weg schieben, doch er blieb mir für einige Zeit auf den Fersen und stellte blödsinnige Forderungen.

„He, Kumpel, komm schon! Hast du etwas Kleingeld? Lass mich jemanden auf deinem Kommunikator anrufen! Was ist los mit dir, du Drache? Wie wär's, wenn du mal lächeln würdest?"

Ich konnte nur einen Bruchteil dessen verstehen, was er von sich gab. Während der paar Minuten, die er mir folgte, überlegte ich mir, wie ich am besten mit ihm fertigwerden sollte. Eine der Möglichkeit war, mit ihm nach Kharinza zu teleportieren und ihn Shazz' Knochenhunden zum Fraß vorzuwerfen oder ihn Patrick zu übergeben, doch am Schluss wirkte ich *Lethargie* auf ihn und ließ ihn einschlafen.

Dass es so viele verschiedene Goblins gab, hing wahrscheinlich damit zusammen, dass das Volk eine seltene Eigenschaft hatte: Sie waren in der Lage, sich mit allen anderen Völkern fortzupflanzen. Grokuszuid war eindeutig das Ergebnis einer solchen Beziehung.

Der Überlieferung nach waren die Goblins in *Dis* einst vom Aussterben bedroht gewesen. Man hatte sie überall verjagt, und oft waren ganze Goblin-Clans ausgelöscht worden. Um das Volk zu erhalten, hatten sich die Ältesten aller Goblinstämme versammelt und beschlossen, dass von dem Tag an jeder, der auch nur einen Tropfen Goblinblut in seinen Adern hätte, als Goblin betrachtet werden sollte.

Offenbar hatte die genetische Vielfalt in den nachfolgenden Generationen eine große Rolle beim Erfolg der Liga gespielt. Die Goblins hatten sich auf Bakabba niedergelassen, hatten sich gegen die heimischen wilden Stämme behauptet und waren nach der Allianz und dem Imperium zur drittstärksten Kraft der Welt geworden.

Im Gegensatz zu Darant beeindruckte Kinema nicht mit breiten, sauberen Straßen und majestätischen Bauwerken. Das Gegenteil war der Fall: Die Stadt war dreckig. *Snowstorm, Inc.* hatte sich bei ihrem Design offensichtlich an realen Megastädten orientiert. Das geschäftige Stadtzentrum mit glänzenden Wolkenkratzern war von einem florierenden Geschäftsviertel, den Bezirken verschiedener Goblin-Clans und den Händlerstraßen umgeben. Luxuriöse Häuser und schlichte, eintönige, kastenähnliche Gebäude standen nebeneinander. Sowohl aus den engen Straßen, in denen überall Müll herumlag, als auch aus dem Geschäftsbezirk der Stadt kam ein strenger Geruch aus einer Mischung von saurem Wein, Parfüm, verbranntem Öl und ungewaschenen Körpern. Der Gestank war überwältigend. Außerhalb der Innenstadt befand sich der riesige Basar. Er nahm fast ein Viertel von Kinema ein.

Wonach die Stadt nicht roch, waren Nicht-Bürger und niedriglevelige Spieler. Das Vertrauen der Liga zu gewinnen, war nicht einfach. Wenn ich die Ansehensmarke nicht gehabt hätte, hätte ich mir vermutlich nicht die Mühe gemacht. Manche hätten es Glück genannt, doch um sie zu bekommen, hatte ich 100 Bestien beseitigen müssen, deren Level fünfmal höher gewesen war als meins.

Fortunas Haupttempel war bedeutend prächtiger und schöner als der kleine Tempel in Vermillion. Als geborene Händler wussten die Goblins besser als alle anderen, was Glück bedeutete, daher hatten sie bei seinem Bau keine Kosten gescheut. Vermutlich hatte die Göttin diesen Tempel deshalb zu ihrem Haupttempel erklärt. Auf dem Dach stand eine 20 Meter große Statue der Göttin aus grünem Gold. Von Fortuna selbst gewirkte Magie verlieh der Statue

Leben, sodass sie sich bewegte. Eine Binde verbarg die Augen der Göttin und sollte ihre Unparteilichkeit symbolisieren. Fortunas Kopf wurde von einer Krone geziert, und in einer Hand hielt sie ein großes Horn, aus dem Münzen fielen. Sie verschwanden in der Luft, bevor sie auf das Dach des Tempels fallen konnten.

Seit meinem letzten Treffen mit Fortuna in Vermillion, als ich zusammen mit Zoran und Hehehe in ihrem Tempel gewesen war, hatte mein *Glück* sich erheblich erhöht. Das war keine Überraschung, denn ich erhielt bei jedem Levelaufstieg fünf Extrapunkte. Vielleicht war das der Grund, warum sich mir unbemerkt ein Priester näherte, nachdem ich den Tempel betreten und mich in die lange Schlange derer eingereiht hatte, die ein Opfer bringen wollten.

„Komm mit mir", flüsterte er.

Begleitet von neugierigen Blicken folgte ich dem stattlichen Goblin mit silbern gefärbtem Haar und einem dichten Bart. Ein bärtiger Goblin? Ich wollte meinen Augen nicht trauen.

Entgegen meiner Erwartungen führte der Priester mich nicht zum Altar, sondern zu einer Wand, wo ein enger Durchgang in der Dunkelheit verborgen war. Wir gingen durch einen Korridor und kamen zu einer Lagerkammer, die etwa fünf mal sechs Meter groß war. Darin befand sich nur ein einziger Gegenstand: ein runder, körpergroßer Spiegel. Als ich herantrat, sah ich mein Spiegelbild und …

Als ich mich umdrehte, musste ich feststellen, dass sowohl der Priester als auch der Eingang verschwunden war, durch den wir eingetreten waren. Ich tastete die Wand an der Stelle ab, wo er sich befunden hatte, doch ich konnte nichts finden. Sie hatte keine Öffnung mehr.

*Diese verdammten Priester haben mich eingemauert!*, dachte ich.

Dann bemerkte ich, dass das Symbol meiner *Tiefen-Teleportation* deaktiviert worden war. Ich fluchte laut.

„Verdammt! Was zum Nether ...?"

Ein helles Lachen erklang. Eine lächelnde junge Frau, nicht älter als 20 Jahre, beobachtete mich aus dem Spiegel. Sie sah nicht aus wie die Statue auf dem Tempeldach. Sie trug keine Krone und keine Binde. Sie war nicht außerordentlich schön, aber auch nicht hässlich. Einfach ein gewöhnliches junges Mädchen, wie man es in jeder Klasse unserer Schule finden konnte. Sie hatte lange, rote Haare, grüne Augen und Sommersprossen, doch das Bemerkenswertes war, dass sie vollkommen nackt war. War sie die Göttin?

Mit größter Mühe wandte ich meinen Blick ab.

„Hallo, toter Mann", sagte sie neckisch. „Warum so schüchtern?"

Ihre Stimme klang nicht so göttlich wie die von Behemoth, doch trotzdem voll und klar. Ich wusste nicht, was über mich gekommen war, doch ich verbeugte mich vor ihr. Ich hatte mich noch nie vor jemandem verbeugt! Ich hoffte, dass ich keinen Narren aus mir machen würde.

„Sei gegrüßt, Fortuna."

Die Göttin reagierte liebenswürdig. „Du brauchst dich nicht zu verbeugen, junger Scyth. Sterbliche beweisen ihren Wert durch Taten, nicht durch Worte oder Verbeugungen. Mach es dir bequem."

Noch bevor ich überlegen konnte, wie ich es mir in einem leeren Raum bequem machen sollte, änderte sich die Ausstattung. Meine Füße versanken in einem dicken, weichen Teppich. Hinter mir erschien ein riesiger Sessel, der an einen Thron erinnerte. Auf einem kleinen Sockel stand ein durchsichtiger, mit einem farblosen Getränk gefüllter Krug, an dem Tropfen von Kondenswasser herunterliefen. Daneben befand sich ein Kristallglas mit einem langen, dünnen Stiel.

Während ich mich bemühte, die nackte Göttin nicht anzustarren, setzte ich mich in den Sessel und füllte das Glas, um mich abzulenken.

„Nektar", sagte Fortuna. Die Stimme erklang nicht aus dem Spiegel, sondern neben mir. Ich atmete scharf ein, drehte mich zur Seite und sah, dass die junge Frau nun ein paar Schritte von mir entfernt in einem zweiten Sessel saß. Sie trug ein kurzes, leichtes, salatgrünes Kleid. „Nicht die Sorte, die die neuen Götter trinken. Er stammt noch aus der Zeit, als wir die Welt beherrscht haben."

Ihre Stimme klang traurig. Meine Logik sagte mir, dass ein Quest-NPC auf diesem Level keine Zeit mit einer bedeutungslosen Unterhaltung vergeuden würde. Dass sie die alten Zeiten erwähnte, hatte einen Grund, und ich sollte etwas Mitgefühl zeigen.

„Es waren sicher fantastische Zeiten."

Ohne zu antworten näherte Fortuna sich, stellte sich vor mich, nahm meinen Kopf und drückte ihn gegen ihren Bauch. Ich erstarrte.

„Entspanne dich, toter Mann. Ich werde dir nichts tun." Gleich darauf ließ die Göttin meinen Kopf los und sprang zurück. „Oh! Es stimmt also, die Schlafenden Götter sind zurückgekehrt! Sie haben dich gezeichnet, ich kann es sehen. Genau wie dich einige andere Kreaturen gezeichnet haben, deren Natur mir unbekannt ist. Ihre tödlichen Ausstrahlungen kommen mir bekannt vor, aber ich kann nicht herausfinden, was es ist."

Sie kehrte zu ihrem Sessel zurück und deutete auf das Glas. „Probiere etwas davon."

Ich wollte nur einen kleinen Schluck nehmen, doch das Getränk war so köstlich, dass ich es in einem Zug austrank, bevor ich das Glas zurückstellte. Der Nektar schmeckte anders als alles andere, was ich bisher probiert hatte. Vermutlich beeinflusste die Immersionskapsel mein Gehirn, indem sie meine Vorlieben nutzte und bestimmte Geschmacksnerven stimulierte, um mir den größtmöglichen Genuss zu verschaffen. Es war jedoch nicht nur der Geschmack des Getränks, der mich überraschte.

**Fortunas göttlicher Nektar**

*Für 12 Stunden +100 % auf alle Attribute*
*Für 12 Stunden +300 % Glück*

„Köstlich, vielen Dank."

„Es freut mich, dass er dir geschmeckt hat, aber es freut mich noch mehr, dass du überlebt hast. Du bist rein, ohne die Verderbtheit der neuen Götter."

Ich wischte mir innerlich den Angstschweiß von der Stirn. Glück gehabt! Weitere göttlich Debuffs konnte ich nicht gebrauchen. Einer war bereits zu viel. Doch was meinte sie mit „Verderbtheit"? Das hörte sich nach Herabwürdigung an, genau wie Behemoth es tat, wenn er die Vernichtende Seuche und Nergal den Leuchtenden als „Parasiten" bezeichnete.

„Erzähl mir von den alten Zeiten, Fortuna", bat ich sie.

„Es gibt nicht viel zu erzählen. Wir lebten Seite an Seite mit den Empfindungsfähigen und wanderten durch die gleichen Länder. Manchmal haben wir Brot mit ihnen geteilt, manchmal haben wir mit ihnen gekämpft, doch wir haben nie blinde Verehrung verlangt. Wir lebten einfach. Gelegentlich haben wir eine sterbliche Gestalt angenommen und ein ganzes Leben gelebt. Wir haben uns verliebt, Kinder aufgezogen, geherrscht, Kriege geführt und unseren Lebensunterhalt verdient."

„Mit ‚wir' meinst du die alten Götter?", fragte ich.

„Ja, junger Scyth. Es gab viele von uns: Wilde, primitive Bestiengötter, die Blutopfer verlangten, und Elementargötter, von denen manche böse und manche die Beschützer der Sterblichen waren. Jeder Wind brachte einen Elementargott hervor, genau wie durch den Glauben der Empfindungsfähigen an jedem Fluss, Wald und Berg einer erschien. Es waren viele, die in unerleuchteten Zeiten geboren wurden. Die stärksten von uns beherrschten die Welt auf ihre Weise, bis die neuen Götter erschienen und sich die ‚wahren Götter' nannten", fauchte die Göttin. „Sie stammen nicht aus dieser Welt. Sie sind Fremde."

„Nergal, Marduk und die anderen?", hakte ich nach.

Fortuna nickte traurig und fuhr fort: „Niemand weiß, woher sie kamen. Doch sobald sie in *Disgardium* aufgetaucht waren, fanden sie schnell Anhänger, und nachdem sie ihre volle Stärke erreicht hatte, begannen sie, die alten Götter zu verfolgen. Kein Tag verging, an dem nicht irgendein neuer Gott einen heiligen Krieg gegen Anhänger eines alten Gottes oder eines Bestiengottes ausrief."

„Haben sie selbst gekämpft?"

„Natürlich nicht. Sie haben die Sterblichen benutzt." Sie lachte bitter. „Mit göttlichen Gaben gestärkte ‚Helden' verjagten die ‚Monster und Unnatürlichen' aus den von ihnen bewohnten Ländern und eliminierten ihre Anhänger. Wir verloren unsere Stärke, wurden schwächer und ... Viele von uns verloren ihre Körper und verschwanden. Ein paar versteckten sich in Gegenden, die nicht von intelligentem Leben besiedelt waren, doch ohne *Glaube* waren sie zum Aussterben verurteilt. Einige der alten Götter wie Diablo, Belial und Azmodan wandten sich in ihrer Verzweiflung dem Chaos zu. Sie wurden zu Gefallenen Göttern, stiegen ins Inferno hinab und verloren für immer die Fähigkeit, auf diese Ebene der Existenz zurückzukehren."

„Aber dir geht es gut, nicht wahr, Fortuna?", erkundigte ich mich vorsichtig. „Du hast viele Anhänger und Tempel. Wie hast du es geschafft, dich mit den neuen Göttern zu arrangieren?"

„Empfindungsfähige werden sich immer auf ihr Glück verlassen. Je törichter die Kreatur, desto wichtiger ist es für sie. Keiner der neuen Götter kann so gut mit der Wahrscheinlichkeit spielen wie ich. Jahrtausende der Übung." Fortuna lächelte. „Sie haben es akzeptiert. Ich bin keine von ihnen geworden, aber sie lassen mich in Ruhe, denn sie wissen, wie ich reagieren kann."

„Wie war dein Verhältnis zu den Schlafenden Göttern?"

„Wir haben uns gut verstanden. Sie haben ihre Nase nicht in unsere Angelegenheiten gesteckt, doch wir und die Sterblichen wussten, dass es sie gab. Mögen sie nie erwachen und möge ihr Schlaf ewig währen. Wir haben die Schlafenden Götter respektiert, junger Scyth. Einige von uns, wie der einst junge Diablo und Belial, haben rebelliert, doch Leviathan und Behemoth haben sie schnell auf ihren Platz verwiesen, indem sie ihnen für ein oder zwei Jahrhunderte ihre Macht genommen haben. Nachdem die neuen Götter erschienen waren, vergaßen die Leute die Schläfer."

Fortuna verfiel in Schweigen. Ich öffnete den Mund, um eine weitere Frage zu stellen, doch sie bedeutete mir, dass ich warten sollte. Ich spürte eine kaum spürbare, sanfte, schwerelose Berührung, als ob eine Feder über meine Haut streichen würde. Die Göttin hatte ihre Augen halb geschlossen. Ich begann, tagzuträumen, und hatte das Gefühl, in Trance zu fallen. Als ich mich wieder konzentrieren konnte, stellte ich fest, dass nur ein paar Sekunden vergangen waren.

Die Göttin stand auf. Ihr Haar flatterte, als ob in der abgeschlossenen Kammer ein Wind wehen würde. Fortuna überkreuzte ihre Hände vor der Brust und sah mich an. In ihren Augen leuchtete ein smaragdgrünes Feuer.

*Die Quest von Fortuna, der Göttin des Glücks, ist abgeschlossen.*

*Du hast Fortunas Haupttempel in Kinema auf dem Kontinent Bakabba besucht und die Göttin getroffen.*

*Erhaltene Erfahrungspunkte: +100.000*

*Erfahrungspunkte auf derzeitigem Level (199): 227.436.964/ 465.816.531*

*Dein Ansehen bei Fortuna, der Göttin des Glücks, hat sich um +100 Punkte erhöht.*

*Derzeitiges Ansehen: Vertrauen*

Eigentlich hätte die Göttin mich mit der nächsten Quest in der Kettenquest belohnen sollen. Ich wartete erwartungsvoll, doch Fortuna hatte es nicht eilig. Sie zögerte, als ob sie sich nicht entscheiden könnte, ob sie mich etwas fragen sollte oder nicht. Sie biss sich auf die Unterlippe und runzelte die Stirn. Schließlich setzte sie zum Sprechen an.

„Ich habe dich belogen, Apostel der Schlafenden Götter. Meine Position ist nicht so sicher, wie ich dich glauben gemacht habe. Nicht nur Nergal und Marduk, die stärksten unter den neuen Göttern, sondern auch ihre Schergen begehren meinen Platz in dieser Welt. Ich brauche deine Hilfe."

Da Fortuna stand, erhob ich mich ebenfalls.

„Ich werde alles tun, was in meiner Macht steht, Göttin. Sage mir, wie ich dir helfen kann."

„*Glaube* ist nicht die einzige Ressource, die die Götter unterstützt", antwortete sie. „*Glaube* verleiht uns Stärke, doch er schützt uns auf der Ebene des Universums nicht vor Unfällen." Die Göttin lachte leise. „Und Unfälle passieren nicht zufällig, junger Scyth. Jeder bekommt seinen Anteil an Glück für sein Leben zugeteilt, sogar die unsterblichen Götter. Manche haben mehr, andere weniger, aber alle Dinge sind im Gleichgewicht. Was sagt ihr Sterblichen doch gleich? Glück im Spiel, Pech in der Liebe? Das ist wahr. Wenn es nicht die Karten sind, ist es etwas anderes. Weißt du, was nach dem Tod von intelligenten Sterblichen mit unverbrauchtem Glück passiert?"

Ich schüttelte den Kopf, ohne meinen Blick von Fortuna abzuwenden. Bis jetzt hatte sie gewöhnlich ausgesehen, doch nun hatte ihr Gesicht sich unmerklich verändert. Ich sah ihre wahre göttliche Schönheit und befürchtete, dass ich mich nie wieder in ein gewöhnliches Mädchen würde verlieben können. Verglichen mit ihr würden sie alle unscheinbar wirken. Fortuna war perfekt.

„Das unverbrauchte Glück erhält der Gott, dessen Anhänger die Sterblichen zu Lebzeiten waren. Falls sie zu keinem Gott beten, reibt sich der Herrscher des Infernos vor Freude die Hände, weil er das Glück bekommt. Das ist ungerecht! Ich bin die Göttin des Glücks, darum sollte die unschätzbare, begrenzte Ressource an mich gehen!"

In ihrem Zorn wurde Fortuna noch schöner, doch ich fühlte ihn körperlich. Der Druck war so stark, dass meine Beine einknickten und meine Gesundheit zu sinken begann. „Ein Krieg steht bevor, und ich weiß, dass du im Mittelpunkt stehen wirst, Scyth. Es wird viele Tote geben, und es liegt in deiner Macht, mir zu helfen."

„Wie?", fragte ich.

Sie legte eine Hand auf meinen Kopf. Für ein paar Sekunden konnte ich den oberen Teil meines Kopfes nicht spüren, doch das unangenehme Gefühl ging schnell vorbei. Der Druck ließ nach und ich erlitt keinen Schaden mehr.

**Neues Attribut freigeschaltet: Glücklicher Zufall**

*Menge: 1.000.000*

„Bevor die Seelen der Verstorbenen zu ihren Göttern gehen, ins Inferno fallen oder, noch schlimmer, in den Nether fließen, kannst du den Körpern eine *Kugel des glücklichen Zufalls* entnehmen. Sie ist körperlos."

„Wie viele dieser Kugeln soll ich sammeln?"

„Jeder Sterbliche hat sein eigenes unverbrauchtes Glück. Du wirst merken, dass der Sammler, den ich dir gegeben habe, gefüllt ist, sobald du keine weiteren Kugeln mehr aufnehmen kannst."

Fortuna nannte keine Anzahl, doch das System tat es für sie. Ein Questfenster erschien.

**Glücklicher Zufall für Fortuna**

*Fortuna, die Göttin des Glücks, möchte, dass du von den Körpern gefallener, intelligenter Kreaturen Kugeln des glücklichen Zufalls sammelst. Kugeln des glücklichen Zufalls bestehen aus unverbrauchtem Glück intelligenter Kreaturen.*

*Kehre mit einem gefüllten Sammler zu Fortuna zurück, um eine großzügige Belohnung und die nächste Quest in der göttlichen Kettenquest zu erhalten.*

**Belohnungen:**

*– Glückselixier*

*– 1.000.000.000 Erfahrung*

*– +5.000 Ansehen bei Fortuna, der Göttin des Glücks*

*– die nächste Quest in der göttlichen Kettenquest Glücksrad*

**Gesammelter Glücklicher Zufall:** *0/1.000.000*

„Ich werde dir deine Bitte erfüllen, Fortuna", sagte ich und beugte den Kopf.

„Danke, junger Scyth", flüsterte sie.

Ich fühlte einen leichten Kuss auf meiner Wange, und einen Moment später war die Göttin verschwunden.

***Fortuna segnet deine Unternehmungen!***

*+250 Glück für 12 Stunden*

Der Spiegel wurde wieder zu einem einfachen Spiegel und die Kammer nahm wieder ihre ursprüngliche Form an. Der Priester erschien in dem Eingang, wo die Wand sich geöffnet hatte.

„Es ist Zeit, zu gehen, Meister", sagte er.

„Ja, es ist Zeit", stimmte ich zu.

# Erstes Zwischenspiel: Ian

X

„WIE GEHT'S, IAN?" Axel Donovan, ein junger Reporter, der ein Praktikum beim *Disgardium-Tageblatt* machte, nickte beim Vorbeigehen.

„Gut, danke ..." Ian sah hinter ihm her. „Ähm ... Axel."

Der 50-jährige Ian Mitchell, Angestellter der globalen Mediengruppe *Disgardium-Tageblatt*, war ein frustrierter Mann. Er war ein ausgebildeter Journalist, ein wortgewandter Schreiber und war einst einer der Talentiertesten des Unternehmens gewesen, doch er hatte alles verloren. Er hatte seine schöne Frau und seine liebenswerte Tochter verlassen, und mit seiner Karriere war es ständig bergab gegangen.

Alles, was vom ehemaligen Ian zurückgeblieben war, war seine Größe. Er hatte seine athletische Figur von früher verloren und trug nun 25 Kilo Übergewicht mit sich herum. Um keine Zeit mit Rasieren verschwenden zu müssen, hatte er sich einen Bart wachsen lassen. Haarentfernungscremes hatte er nicht benutzen wollen. Außerdem war er ergraut, woran er nichts hatte ändern können, zumal Färben für ihn nicht infrage kam.

Das Unternehmen beschäftigte Ian aus reiner Gewohnheit weiter. Immer weniger seiner Artikel wurden in der Hauptausgabe veröffentlicht und immer mehr wurden zurückgehalten und stattdessen als Diskussionsthemen in die Foren gestellt. Doch

Mitchells Anhänger blieben ihm und seiner scharfen Zunge treu. Es gab immer lange Diskussionen über sein Material und die provokativen Artikel. Das, und die Notwendigkeit, seine Rechnungen zu bezahlen, zwangen ihn, im Büro zu erscheinen, sich den Spott und die Hänseleien seiner jüngeren Kollegen anzuhören und zu ignorieren, wenn seine langbeinigen Kolleginnen beim Vorbeigehen die Nase rümpften. Er wusste, dass er nicht besonders gut roch. Na und? Nicht jeder konnte es sich leisten, Wasser zu verschwenden. Und Ian hatte den Gürtel enger und enger schnallen müssen. Er fiel langsam in den Abgrund und verlor fast alle zwei Jahre eine Staatsbürgerschaftskategorie.

Doch heute konnte selbst Axel ihm keine schlechte Laune machen. Der unerfahrene Praktikant hatte offenbar beschlossen, seine Karriere auf Ian aufzubauen. Ständig verwies er in seinen Artikeln auf ihn. Seine Bemerkungen stellten den erfahreneren Kollegen als engstirnigen Alkoholiker bloß, der sich schon lange vom modernen Leben und von *Disgardium* abgeschottet hatte. Einen Kollegen öffentlich zu verspotten, war äußerst unprofessionell, aber Ian wusste, aus welcher Richtung der Wind wehte. Die Verhinderer-Clans fütterten vielversprechende, junge Journalisten mit Informationen und investierten auf diese Art in das zukünftige Wohlwollen der Presse. Über Ereignisse, an denen sie interessiert waren, wurde immer aus einem für sie günstigen Blickwinkel berichtet. Was Ian betraf, er war ihnen schon lange ein Dorn im Auge, weil er die Spitzenspieler ständig dafür kritisierte, dass sie Verrat am Spiel begingen und, wie er sich ausdrückte, „das Dis, das wir lieben, zerstören".

Daher war Ian durch das Erscheinen einer neuen Gefahr mit unglaublich hohem Potenzial inspiriert worden. Obwohl der Sieg des Spielers über Sharkon nicht bedeutete, dass die Gefahr die Verhinderer würde in die Knie zwingen können, hatte das Video über den Angriff auf ein kleines Fort am Rand der Lakharianischen

Wüste eines eindeutig klargestellt: Die Klasse-A-Gefahr konnte sich den selbstgefälligen, faulen Spitzenspielern der Rangliste nicht nur entgegenstellen, sie würde vielleicht sogar in der Lage sein, den Sumpf, in den *Dis* sich in den letzten Jahren verwandelt hatte, trockenzulegen.

Kurz danach war etwas passiert, wodurch Ian sich wieder in den Griff bekommen hatte. Er hatte sich gewaschen, rasiert und einen sauberen Anzug angezogen.

„Du fällst von einem Extrem ins andere, Ian", hatte Clark Katz, der ältere Chefredakteur des *Disgardium-Tageblatts*, gesagt und eine Grimasse gezogen. Er war selbst etwas zerzaust und ungepflegt, doch sowohl seine Untergebenen als auch die Aktionäre brachten ihm großen Respekt entgegen. „Hat dir schon mal jemand gesagt, dass es besser ist, nach nichts zu riechen?"

„Lass mich in Ruhe, Clark." Ian, der reichlich Rasierwasser benutzt hatte, war errötet. „Schau dir lieber mal das hier an. Wir haben das große Los gezogen!"

Ian hatte eine Holo-Projektion der Clips geöffnet, die er einige Stunden zuvor erhalten hatte. Sie hatten einen gigantischen Dinosaurier gezeigt, der mit geöffnetem Maul geradewegs auf den Kameramann zugelaufen war.

Clark hatte gepfiffen und ausgerufen: „Heiliger Strohsack! Das ist ein Dinosaurier! Wo kommt er her?"

„Ein Tyrannosaurus mit Armen wie King Kong." Mitchell hatte gelacht. „Es ist Godzilla, verdammt noch mal!"

„Oder ein Verwüster oder ..."

„Oder ein unbekannter Boss", hatte Ian eingeworfen. „Aber alle Verwüster sind bekannt, und kannst du irgendwo *Schwelendes Feuer* sehen?"

„Gut, gut", hatte Clark gemurmelt und seine Zigarre aufgeregt in den Fingern gedreht. „Es stimmt, ich kann kein *Schwelendes Feuer des Nethers* sehen. Der Clip ist bei Nacht aufgezeichnet worden, die Aura würde hell leuchten. Bist du sicher, dass es keine Fälschung ist?"

„Ich habe ihn durch das neuronale Netz laufen lassen", hatte Ian geantwortet. „Ganz sicher ein Original. Das Ding ist echt."

„40 Meter groß?", hatte der Redakteur geschäftsmäßig gefragt, während er die Kreatur begutachtet hatte. Er war ein Fan von Dinosauriern und beschwerte sich ständig, dass es in *Dis* nicht genug von ihnen gab.

„Nicht ganz", hatte Ian erwidert. „30, vielleicht 35 Meter."

„Wo sind diese Clips aufgenommen worden?", hatte Katz gefragt. „Es kann nicht die Lakharianische Wüste sein."

„Stimmt. Sieht aus wie ein Dschungel, aber es ist ganz sicher nicht der Ursay-Dschungel. Die Vegetation ist anders. Sieh dir die Berge an. Die gibt es auf Shad'Erung nicht. Es muss Meaz oder Terrastera sein. Weißt du, was das bedeutet?", hatte Ian aufgeregt gefragt.

„Augenblick mal." Clark war aufgestanden, hatte die Arme auf den Tisch gestützt und den Kopf geschüttelt. „Unsinn!", hatte er gerufen. „Du willst doch nicht etwa andeuten, dass der Typ, der dir die Aufnahmen geschickt hat …?"

„Ja, er muss die Klasse-A-Gefahr sein. Alle Aufzeichnungen sind aus der Ego-Perspektive aufgenommen worden, das Level des Dinosauriers ist unbekannt … In den entdeckten Gebieten gibt es solche Mobs nicht", hatte Ian gefolgert.

„Was will er? Oder sie? Es? Sie im Plural?" Der Redakteur scherzte nicht. In der modernen Welt gab es Leute, die mehr als eine Persönlichkeit hatten. „Um wen handelt es sich?"

„Wenn ich das nur wüsste, Clarkie", hatte Ian erwidert. „Nehmen wir an, dass es ein Er ist, um die Verwirrung zu vermeiden. Er will 10.000 für einen 10 Sekunden langen Clip des Mobs. 1.000 pro Sekunde!"

„Stimme seiner Forderung zu!" Clark hatte mit der Faust auf den Tisch geschlagen. „Bitte ihn, das Video zu kommentieren, und frage ihn, wo er es aufgenommen hat, welche Art von Mob es ist, auf welchem Level es ist ... Warte! Ich sehe dir an, dass es noch mehr gibt, du alter Halunke!"

Ian hatte vergessen, wie berauschend es war, heißes Material zu finden, für das der Redakteur seine eigene Großmutter verkaufen würde. Er hatte sich innerlich geschüttelt, um sich wieder auf den Boden der Tatsachen zurückzuholen. Das Geschäft war noch nicht gemacht. Er hatte eine gelbe Haftnotiz mit der Nummer einer Krypto-Wallet aus der Tasche gezogen.

„Wir müssen 100.000 Dunkle Phönix auf dieses Konto überweisen", hatte er verkündet. „Er hat eingewilligt, uns in einem Sicherheitsraum ein Exklusivinterview zu geben. Ich werde dafür sorgen, dass wir die Erlaubnis für eine Audioaufzeichnung bekommen."

„Ausgezeichnet. Wen sollen wir schicken?", hatte Clark gefragt.

„Clark ..." Ian war in Panik geraten, weil er befürchtet hatte, dass sein Chef das Interview jemand anderem geben würde.

„Axel vielleicht?", hatte der Chefredakteur laut nachgedacht. „Nein, Kelly ist besser. Sie ist auf dem Rückweg vom Distival und ..."

„Verdammt, Clark!", war es aus Ian herausgebrochen. „Es ist mein Exklusivbericht! Entweder du gibst ihn mir oder ich gehe damit zu ..."

„Also gut", hatte Clark entgegnet, wobei er sich ein Grinsen nicht hatte verkneifen können. Ian hatte erkannt, dass der alte Kauz sich einen Spaß mit ihm erlaubt hatte. Clark hatte ihm die Haftnotiz aus der Hand genommen und in seinen Kommunikator gesprochen. „Überweisen Sie umgehend 100.000 Dunkle Phönix auf dieses Konto." Dann hatte er Ian angesehen und nur noch eine Frage gestellt: „Wann?"

„Hoffentlich heute noch", war Ians Antwort gewesen.

Drei Stunden später war Ian Mitchell nervös in seinem Haus umhergewandert. Er hatte sich bereits bis auf seine Unterwäsche ausgezogen, um jederzeit in seine Kapsel springen zu können. Jede zweite Sekunde hatte er seinen Kommunikator geprüft, um die Antwort seines geheimnisvollen Freundes nicht zu verpassen. Ian hatte darauf gewartet, dass der Fremde den Eingang des Geldes bestätigen und ihm den Einladungscode zum Sicherheitsraum schicken würde.

Mit jeder Minute war er unruhiger geworden. Clark hatte keinen Zweifel daran gelassen, dass Ians Position einschließlich seines Gehalts sicher wäre, falls er ihm das Interview mit der Gefahr liefern würde. Vielleicht würde seine Tochter, die seit zwei Jahren nichts mehr von ihm hatte wissen wollen, sich sogar wieder mit ihm in Verbindung setzen. Falls er jedoch hereingelegt worden war, wäre er erledigt. Clark Katz würde das Geld einfach als Ausgabe abbuchen, doch Ian Mitchell – einst einer der besten Journalisten, nun ein Alkoholiker mit der Staatsbürgerschaftskategorie K – würde schneller beim *Disgardium-Tageblatt* rausfliegen, als der Korken aus einer geschüttelten Flasche Champagner.

Minuten wurden zu Stunden, doch er hatte immer noch keine Antwort von der Gefahr erhalten. Es war Mitternacht geworden. Ian hatte immer öfter zu der Flasche Whiskey auf dem Tisch geblickt. Er hatte sie nicht angerührt, seit er die erste Nachricht von der Gefahr erhalten hatte. Er hatte gewusst, dass es seine letzte Chance wäre, und war entschlossen gewesen, sie sich nicht entgehen zu lassen. Ian hatte sogar überlegt, den Whiskey ins Waschbecken zu gießen, doch er hatte es nicht über sich gebracht.

Nachdem er zum millionsten Mal zu der Flasche hinübergeschaut hatte, war er stehen geblieben und hatte seinen Kommunikator noch einmal geprüft. Immer noch keine Antwort. Er hatte die Schultern gestreckt und war zum Tisch gegangen. Es konnte keinen Zweifel mehr geben: Er war auf eine falsche Fährte gelockt worden. In die Irre geführt wie ein gutgläubiger MOSOW auf dem öffentlichen Jahrmarkt. Der Jahrmarkt fand jährlich in allen Regionen statt, um Nicht-Bürger anzulocken und ihnen ihre kärglichen Ersparnisse aus der Tasche zu ziehen.

„Zur Hölle damit", hatte Ian gemurmelt und die Flasche ergriffen. Doch in dem Moment, als er sie an die Lippen hatte setzen wollen, hatte sein Kommunikator gepiepst. Er hatte den Whiskey auf den Tisch zurückgestellt und auf den Bildschirm gesehen.

*Hallo, Herr Mitchell,*

*ich habe das Geld erhalten, vielen Dank. Der persönliche Einladungscode befindet sich im Anhang. Ich habe jetzt gleich Zeit oder in ein paar Tagen. Tut mir leid, ich habe viel zu tun.*

*Noob Saibot*

Mit zitternden Händen schickte Ian den Code an seine Kapsel, bestätigte die Verbindung und stieg hinein. Während er die Türen schloss, hörte er das Signal, dass die andere Seite die Verbindung akzeptiert hatte.

Die Kapsel füllte sich nicht langsamer als sonst mit Intragel, doch Ian zitterte vor Ungeduld. Er war besorgt, dass er nicht pünktlich sein und sein Kontakt nicht auf ihn warten würde. Endlich flackerte die Welt und er sah Buchstaben, die hell in der Dunkelheit leuchteten.

*Verbindung hergestellt.*

*Sicherheitsraum wird generiert ... ERFOLGREICH.*

*Achtung! Audioaufzeichnungen sind in diesem Sicherheitsraum ERLAUBT.*

*Achtung! Datenübertragungen sind in diesem Sicherheitsraum ERLAUBT.*

Ian befand sich in einem leeren, zehn mal zehn Meter großen Raum mit weißen Wänden, grauem Fußboden und grauer Decke. Die groß gewachsene, athletische Gestalt eines schwarzen Mannes um die 40, der ein Basketballtrikot der Darant Eagles und Air Jordan Sportschuhe trug, löste sich von der gegenüberliegenden Wand.

„Willkommen, Herr Mitchell." Ian hörte eine etwas heisere Stimme mit einem Ostküstenakzent. „Ich habe nicht viel Zeit. Reichen Ihnen 20 Minuten aus?"

„Mehr als genug für das erste Treffen", antwortete Ian. Er ging in die Mitte des Raums und setzte sich auf den Boden.

„Das erste Treffen?", fragte der Mann ein wenig überrascht, als er sich Ian gegenüber niederließ. „Wir werden sehen, wie es läuft. Hier ist die Holo-Aufzeichnung des Dinosauriers."

Ian akzeptierte sie auf seinem virtuellen Kommunikator, erhielt die Erlaubnis, sie zu speichern und drückte die Taste Abspielen. Die Action begann in der allerersten Sekunde. Der gigantische Dinosaurier stieß ein schreckenerregendes Gebrüll aus und lief auf die Kamera zu, die drei Sekunden lang auf ihn gehalten wurde, bevor die Person dahinter sich umdrehte und fortrannte. Ein paar Sekunden später begann alles zu blitzen. Die Szene verdunkelte sich, Knochen zerbrachen, und dann wurde die Aufnahme abgeschnitten.

„Haben Sie überlebt?", fragte Ian.

„Ja", antwortete der Mann.

„Wo hat es sich zugetragen?"

„In den unentdeckten Gebieten."

„Können Sie etwas konkreter sein? Meaz? Terrastera?", hakte Ian nach.

„Kein Kommentar", erhielt er als Antwort.

„Sind Sie eine Gefahr?"

„Ja. Mit dem höchsten Potenzial."

„Ausgezeichnet!" Ian freute sich, dass seine Vermutung bestätigt worden war. Das bedeutete, dass diese Gefahr gegen Kreaturen antreten könnte, die auf einem weitaus höheren Level waren als sie selbst. Das war jedoch schon nach dem *Ersten Kill* von Sharkon offensichtlich gewesen.

„Wenn Sie nichts dagegen haben, werde ich mit einigen allgemeinen Fragen beginnen. Hat *Disgardium* Ihrer Meinung nach einen guten oder eher einen schlechten Einfluss auf die moderne Gesellschaft?"

Ian würde die Antworten später analysieren. Sie würden hilfreich sein, um ein psychologisches Profil der Gefahr zu erstellen. Das Wichtigste war im Moment, den Mann zu Reden zu bringen.

„Um Ihre Frage zu beantworten, müssten wir wissen, wie die Menschheit in 40 oder 50 Jahren aussehen wird", erwiderte die Gefahr, nachdem sie einen Moment überlegt hatte. „Alles, was ich im Moment sagen kann, ist, dass *Dis* hier ist. Für viele Menschen, insbesondere für Nicht-Bürger, ist es die einzige Einkommensquelle. Ich kenne einen ... jemanden, den man als ‚intellektuell benachteiligt' bezeichnen könnte. Er hat weder seine Wohnanlage, geschweige denn seine Zone, je verlassen. Dieser Mann würde gern mehr von der Welt sehen, doch er hat kein Geld und keine Aussichten. In *Disgardium* hat er diese Möglichkeiten."

„Ist er ein ... Nicht-Bürger?"

„Kein Kommentar."

„In Ordnung. Dann beantworten Sie mir bitte die nächste Frage. Haben Sie den Eindruck, dass die Regierung seit mehreren Jahren bewusst Bedingungen geschaffen hat, in denen das Spiel für viele Leute – sogar für Bürger hoher Kategorien – bereits seit langer Zeit zum Lebenszweck geworden ist?"

„Das muss jeder für sich entscheiden, meinen Sie nicht, Herr Mitchell?"

„Ich stimme Ihnen zu." Ian nickte. „Alle professionellen Sportler sind schon seit langer Zeit in *Dis*. Leute, die es gewöhnt sind, ihre Ziele durch hartes Training zu erreichen, bekommen innerhalb des Spiels hervorragende Möglichkeiten für eine unbegrenzte Entwicklung. Es gibt weder im Hinblick auf den Muskelaufbau noch auf das Alter Beschränkungen. Sie können für immer Fortschritte machen und leveln."

„Und sie verdienen bedeutend mehr", fügte der Mann sachlich hinzu.

„Keine Frage. Nehmen wir zum Beispiel den professionellen Fußball. Ursprünglich bestand die Fußball-Liga in *Dis* nur aus Veteranen, die ihre Schuhe im realen Leben an den Nagel gehängt hatten. Nun verbringen auch junge Sportler mehr Zeit beim Training im Spiel als im realen Leben, sobald sie 14 geworden sind."

„Das war ihre Entscheidung. Ich möchte jedoch betonen, dass nicht jeder die Wahl hat. Ein ehrlicher Nicht-Bürger, der seine Familie ernähren muss, hat keine Wahl. Er kann nur im Spiel Arbeit bekommen."

*Er oder sie hat eindeutig eine Verbindung zu Nicht-Bürgern,* dachte Mitchell. *Seine Meinung zu diesem Thema ist zu untypisch. Ist er vielleicht sogar selbst ein Nicht-Bürger? Es muss einen Grund geben, warum die Bergbauunternehmen diese Gerüchte verbreiten.*

Ian, der mit dem Mann übereinstimmte, fügte hinzu: „Genau! Darauf wollte ich hinaus, als ich die Regierung erwähnt habe."

Er fuhr fort, leidenschaftlich über das Thema zu reden, das ihn stark beschäftigte, doch beim *Disgardium-Tageblatt* sehr unbeliebt war, bis er bemerkte, dass ihm die Zeit davonlief. Er besann sich und ging zu den wichtigen Fragen über, die er noch nicht gestellt hatte – die Fragen, auf die Millionen von Lesern und Zuschauern warteten.

„Wie lange ist es her, dass Sie eine Gefahr geworden sind, Herr Saibot? Auf welchem Level sind Sie gewesen? Welche Eigenschaften gibt Ihnen Ihr Status?", rasselte Mitchell herunter, denn er wollte alles in den bewilligten 20 Minuten ansprechen. Herr Saibots Antworten waren enttäuschend und bestanden hauptsächlich aus vagen Worten, Andeutungen und vielen „Kein Kommentar". Der von der Gefahr eingestellte Timer würde jeden Moment ablaufen und Mitchell hatte noch nichts Interessantes von ihr erfahren. Der Mann hatte nichts preisgegeben, das seinen Status bestätigen könnte.

„Es tut mir leid, dass ich bestimmte Details nicht verraten kann", sagte Herr Saibot entschuldigend. „Ich will meinen Feinden keinen Vorteil verschaffen. Doch um Ihre Zuschauer und Leser zu überzeugen, habe ich etwas anders für Sie."

Eine weitere Holo-Aufzeichnung erschien. Der Timer zeigte weniger als zwei Minuten an. Ian startete das Video und spulte es bis zur Mitte vor. Er keuchte. Herr Saibot war eindeutig die Klasse-A-Gefahr. Nur er hätte den Angriff auf Vermillion aus der Perspektive des Angreifers aufzeichnen können!

„Ich werde Sie mit weiterem Material versorgen, Herr Mitchell." Der geheimnisvolle Mann lächelte. „Und ich verspreche Ihnen, dass ich Kommentare zum bevorstehenden Krieg liefern werde. Richten Sie Herrn Katz aus, dass ich nur mit Ihnen persönlich sprechen werde."

Herr Saibot stand auf und sah kurz auf seinen Kommunikator. Es waren nur noch ein paar Sekunden übrig, bis ihr Treffen beendet sein würde.

„Warum?", fragte Ian.

„Mir gefallen Ihre Artikel, Herr Mitchell. Es wird Zeit, dass sie wieder auf die Titelseite kommen."

*Zeit ist abgelaufen! Treffen beendet.*

Sobald das Intragel abgelaufen war, überprüfte Ian seinen Kommunikator. Puh! Die Aufzeichnung des Gesprächs und das Video der Gefahr waren sicher gespeichert worden.

Mitchell wollte sich gerade an den Tisch setzen, um das Interview zu editieren, als ihm etwas einfiel. Er warf einen Blick auf die Flasche Whiskey, ergriff sie und goss den Alkohol ins Waschbecken. Danach begann er mit seiner Arbeit.

*Der Spieler, der eine Gefahr mit dem höchsten Potenzial geworden ist, könnte irgendwer sein, doch eines weiß ich ganz sicher: Er oder sie ist eine großartige Person, unverdorben von ihrer neuen Macht, den noch nie vorher gesehenen Fähigkeiten oder den Milliarden von Gold, die auf sie herabregnen.*

# Kapitel 9: Wieder in Aktion

„*ICH HABE ALLES bekommen. Wir geben die Bestellung in der Kloake von Guyana auf. Von dort bringe ich sie nach Hause.*"

„*Was ist mit der Installierung?*"

„*Ich mache es nicht zum ersten Mal, Alex. Ich kenne Leute, die sie anschließen und konfigurieren können. Ende.*"

**Kanal abgeschaltet.**

Gyula hatte die Verbindung beendet. Vor meinem Treffen mit Ian Mitchell hatte ich ihm 30.000 Dunkle Phönix für eine standardmäßige Kapsel plus Gebühr für die Barauszahlung geschickt. Nachdem das Interview beendet gewesen war, hatte bereits eine Einladung bei CrapChat auf mich gewartet, einem anonymen System für verschlüsselte Nachrichten, die verschwanden, sobald man sie gelesen hatte.

Dieses System hatte ich genutzt, um Tobias zu einem Gespräch einzuladen, doch meine Nachricht war ungelesen geblieben. Ich hatte seit drei Tagen nichts von ihm gehört. Crag hatte sich auch nicht in *Dis* eingeloggt, doch sein Name stand noch auf der Mitglieder-Liste des Clans.

Meine Mutter räumte gerade die Wohnung auf, als ich aus meinem Zimmer kam.

„Du brauchst mehr Schlaf, Alex", sagte sie leise.

„Ich habe keine Zeit. Wenn du den Buff sehen würdest, den ich erhalten habe, würdest du mich auch wieder in die Kapsel schicken. Warum räumst du nachts auf? Funktioniert der Roboter nicht?"

„Das Ding weiß nicht, wo es die Sachen hinlegen soll", antwortete sie herablassend. „Aber er ist damit beschäftigt, das Bad zu reinigen. Übrigens, wir haben vergessen, dir zu sagen, dass Onkel Nick am Montag zu Besuch kommt. Versuche, dir den Abend freizuhalten."

„Super!" Ich mochte meinen Onkel sehr gern und hatte ihn vermisst.

„Er muss ein paar Geschäfte auf der Erde erledigen und ist nur ein paar Tage hier. Ich habe ihm das Versprechen abgenommen, bei uns zu übernachten."

Ich gähnte herzhaft, streichelte Duda, der sich in Katzengestalt an meinem Bein rieb, und ging zur Kaffeemaschine hinüber.

„Wo ist Paps?"

„In *Dis*." Meine Mutter seufzte. „Ich hoffe, er schafft es rechtzeitig. Der Ärmste kommt kaum aus seiner Kapsel heraus."

Ich war überrascht, dass ich keinen Sarkasmus in der Stimme entdecken konnte. Ihr Mitleid für meinen Vater war echt.

„Er muss es schaffen", entgegnete ich. Meinen Eltern blieb nicht mehr viel Zeit, die Geldstrafe zu bezahlen. „Ist er immer noch auf Level 5?"

„Fast auf 6. Er hat gesagt, dass er nicht eher herauskommen würde, bis es erledigt ist."

Mein Vater musste Level 10 erreichen, um das Geld abzuheben, dass ich vom Verkauf der legendären Gegenstände erhalten würde. Da der Levelunterschied zwischen uns zu groß war, konnte ich ihm nicht beim Leveln helfen, doch er machte seine Sache auch ohne mich gut. Er hatte bei der Erstellung seines Charakters etwas Geld investiert, um von Anfang an eine erstklassige Ausrüstung zu haben, und er farmte Mobs, die auf einem höheren Level waren als er.

„Gute Nacht, Mama." Ich trank den Kaffee aus und kehrte in mein Zimmer zurück.

„Bleib nicht zu lange in der Kapsel, Alex!", rief meine Mutter mir hinterher.

Ich hätte wirklich gern geschlafen, aber +100 % auf alle Attribute war ein Buff, den ich mir nicht entgehen lassen konnte. Der Segen der Göttin hatte selbst meine Seuchenspeicherkapazität erhöht. Angesichts der wenigen Zeit, die mir bis zu Nergals Ereignis blieb, durfte ich keine weitere Sekunde vergeuden. Fortunas Buff würde nur noch zehn Stunden aktiv sein, ich hatte bereits zwei Stunden verloren.

Nachdem ich mich eingeloggt hatte, wurde die Stille der Kapsel durch die lärmenden Stimmen auf den Straßen von Kinema ersetzt. Die heimischen Bettler bestürmten meinen Charakter, den ich an den Toren zu Fortunas Tempel zurückgelassen hatte.

„Hast du etwas Kleingeld übrig?", fragte ein schmuddeliges Goblin-Straßenkind und streckte seine Hand aus.

Inzwischen spürte ich, wie die flinken Finger von jemand anderem ihren Weg in meine Tasche fanden. Ich ergriff die Hand. Sie gehörte einem kleinen Goblin, der mir gerade mal bis zum Knie reichte. Wie hatte er meine Tasche ...?

„Gib uns Geld!", verlangte er.

Ich warf ihnen zehn Silbermünzen hin, und während die grünhäutigen Kinder sich darum stritten, aktivierte ich *Tiefen-Teleportation*, um zu Tiamats Tempel zu reisen.

An diesem Tag wollte ich nach Süden fliegen. Auf der Karte sah die Lakharianische Wüste wie ein geschliffener, auf der Seite liegender Diamant aus. Parallel zu dieser Seite befand sich die nördliche Zone, in der das Klima angenehmer war. Dort hatte die Allianz ihre Forts gebaut. Vermillion war das am weitesten südlich liegende Fort. Tiamats Tempel befand sich sogar noch weiter südlich, nahe der Mitte des Diamanten, doch die Wüste erstreckte sich noch Hunderte von Kilometern weiter bis zur Meeresenge des Donners. Wenn man die Meeresenge überquerte, konnte man den Ursay-Dschungel auf Shad'Erung erreichen, doch das hatte noch niemand gewagt.

In der Nacht, als ich Tiamat beschwören und Nergal zum heiligen Krieg aufgerufen hatte, waren Crawler, Infect, Bomber und ich auf meiner Drachin über den unerforschten Teil der Wüste geflogen und hatten den nördlichen Abschnitt der Meeresenge des Donners erreicht. Wir hatten keine besonderen, neuen Mobs entdeckt, doch je weiter nördlich wir geflogen waren, desto mehr war ihr Level gesunken.

Der Sand wirbelte durch das Ploppen des Teleportierens auf. Gleich darauf wurde die Totenstille durch das lauter werdende Klappern von Knochen zerrissen. Meine untoten Schergen waren erwacht. Kaum sichtbare grüne Linien erstreckten sich von mir zu ihnen.

Jedes Mal, wenn ich länger als einen Tag abwesend war, wechselten sie in eine Art Schlafmodus und zogen keine Aggro von Mobs auf sich. Sie waren einfach ein Haufen Knochen. Doch nun wurden diese Knochen durch *Seuchenenergie* aus meinem Speicher verstärkt, bildeten Skelette und produzierten verrottendes Fleisch. Der gigantische Sharkon erhob sich schwerfällig und mit ihm der Aasgeier Birdie, der Morten-Zombie Kermit, der Eremit Toothy und der Steppenläufer It. Mein Diamantwurm Crash kroch aus dem Sand heraus. Er war inzwischen so groß geworden, dass er Sharkon hätte verschlingen können, falls er ihn hätte besiegen können. Doch fürs Erste war sein Level noch zu niedrig.

„Lange nicht gesehen, Chef", murmelte Flaygray und schüttelte den von Crash aufgewirbelten Sand ab.

„Hallo, Flay!" Ich schüttelte die knochige Hand des Satyrs und nickte den anderen zu. „Nega, du bist so schön wie immer. Ripta, Anf."

Der Raptor stieß eine Reihe scharfer Töne aus, die sich anhörten, als würde jemand in ein Rohr pusten. Der Insektoid berührte mich mit der gezackten Spitze eines Beins und zirpte. „Iggy? Ja, du hast recht." Ich beschwor meinen Sumpfstecher. Er rieb zur Begrüßung den Kopf an meine Schulter, bevor er zu Anf flog. „Wie geht es euch, Freunde?", erkundigte ich mich.

„Aaaargh!" Nega warf mir einen rebellischen Blick zu. Sie hatte sich während meiner Abwesenheit an einer Flasche *Cali Eigenbräu* gütlich getan, einer Kreation von Tante Steph. „Ich fühle mich schrecklich, Chef. Je länger du fort bist, desto schlimmer ist es. Wir zerfallen buchstäblich. Hast du mit der Schlafenden Göttin gesprochen? Sie kann uns unsere frühere Gestalt zurückgeben, nicht wahr? Dann können uns diese Scheusale egal sein." Der Sukkubus deutete mit einer Geste auf die Horde hirnloser Schergen.

„Genau das werde ich jetzt tun", erwiderte ich. „Behaltet die Mobs in der Zwischenzeit im Auge."

Sobald ich den Tempel betreten hatte, erschien Tiamat am Altar. Sie war so groß wie Behemoth und genauso mächtig und majestätisch. Während ich sie betrachtete, musste ich an Tissa, Rita, Piper und das in meinem Gedächtnis noch lebendige Bild von Fortuna denken. Sie sahen sehr unterschiedlich aus, doch jede Frau war auf ihre eigene Art schön.

„Sei gegrüßt, Apostel!", sagte die Göttin mit einer tiefen Stimme, sodass meine Knochen vibrierten. Etwas in mir entspannte sich. Das musste das Gefühl sein, das man göttliches Wohlwollen nannte. „Bei unserem ersten Treffen konnten wir nicht miteinander sprechen, und leider haben wir dieses Mal auch nicht viel Zeit. Der *Glaube* der Apostel reicht nicht aus, um zwei Schlafende Götter zu unterstützen. Wir brauchen einen zweiten Tempel."

„Ich arbeite daran, große Tiamat." Ich verbeugte mich.

Sie lachte leise und erwiderte: „Indem du mit diesem unausstehlichen Mädchen sprichst, das mit der Wahrscheinlichkeit spielt? Sie ist in unserer Abwesenheit unverschämt geworden." Tiamats Worte klangen drohend, doch als ich den Kopf hob, sah ich, dass sie lächelte.

„Ich nutze jede Gelegenheit, um stärker zu werden. Die schlafenden Götter sind, gelinde gesagt, nicht gerade beliebt. Wir sind mit den stärksten Kämpfern in *Disgardium* konfrontiert, Tiamat."

„Ich verstehe und billige dein Handeln. Aus dem gleichen Grund pflegst du auch den Umgang mit dem Parasiten. Leider brauchen wir mehr Anhänger, um dir solche Stärke zu verleihen. Worüber willst du mit mir sprechen, Apostel?"

Ihre Gestalt flackerte – ein deutliches Zeichen ihres Mangels an Energie. Ich musste mich beeilen.

„Der mächtige Behemoth hat erwähnt, dass du meinen Freunden und mir helfen kannst, unsere normalen Gestalten zurückzubekommen und wieder lebendig zu werden."

„Er hat die Wahrheit gesprochen", antwortete Tiamat. „Doch im Moment kann ich kaum meinen eigenen Avatar aufrechterhalten, Apostel. Kehre zurück, sobald Behemoths Tempel wieder aufgebaut worden ist und sein Körper dort erscheint. Beeile dich."

Nachdem ich den ehemaligen Wächtern die Informationen weitergegeben hatte, beschwor ich Sturm. Solange Fortunas Buff anhielt, wollte ich die Wüste weiter erkunden und mindestens eine Instanz finden. Ich hatte schon seit einiger Zeit geplant, einen Dungeon mit meinen Freunden abzuschließen. Einen *Ersten Kill* zu bekommen, war äußerst wichtig. Falls ich keine Instanz finden sollte, würde ich vielleicht einen herumziehenden Boss entdecken können. In dem Fall würde ich jedoch nicht auf meine Freunde warten können, denn den gleichen Boss zweimal zu finden, war selten.

Darüber hinaus wollte ich leveln. Meine Freunde waren noch beim Distival, daher war die Gelegenheit günstig, einige Level aufzusteigen. „Erfahrung mit Tiergefährten teilen" würde ich ebenfalls ausschalten.

Ich musste unbedingt *Unbewaffneter Kampf* und *Widerstandsfähigkeit* leveln, denn auf diese beiden Fertigkeiten würde ich mich verlassen, nachdem ich die Fertigkeiten der Vernichtenden Seuche verloren hatte.

Ja, ich hatte Kiran Jacksons Hand geschüttelt und seine Bedingungen akzeptiert. Ich hatte mich einverstanden erklärt, das Szenario der Vernichtenden Seuche zum Abschluss zu bringen, doch meine innere Stimme sagte mir, dass es töricht oder übereilt wäre, meinen Charakter gleich danach zu löschen. Ich wollte mein Gefahrenpotenzial bis zum Ende entwickeln, und dafür brauchte ich Scyth. Außerdem machte ich mir Sorgen, was mit den anderen passieren würde. Würden die Schlafenden Götter einfach in Vergessenheit geraten? Wie würde es meinen Freunden und Nicht-Bürger-Freunden ergehen?

Daher hatte ich beschlossen, auf beiden Seiten zu spielen. Ich würde den Stützpunkt der Vernichtenden Seuche bauen, unter ihrer Flagge gegen die verbündeten Armeen kämpfen und gleichzeitig die Storyline der Schlafenden Götter voranbringen. Wie Onkel Nick immer sagte: „*Wenn du zwischen der Eisenbahn, der Stählernen Bruderschaft und dem Institut wählen musst, arbeite mit allen dreien, solange du kannst.*"

„Machst du dich schon wieder aus dem Staub?" Der Satyr runzelte die Stirn, als ich Sturm bestieg. „Willst du ohne uns Spaß haben?"

„Habe ich dir schon gesagt, dass du der schlechteste Chef bist, den man haben kann?", fragte Nega wie zufällig.

„Genießt eure letzten Tage des Friedens, Freunde." Ich holte zehn Flaschen Zwergenbier aus meinem Inventar und warf sie in den Sand. „Und beschützt den Tempel."

„Na ja, vielleicht nicht der allerschlechteste", sagte Nega, während sie sich die Lippen leckte und mit dem Schwanz schlug. „Du bist auf den vorletzten Platz aufgestiegen, Chef. Übrigens, die Jungs wollen nicht, dass ich dir etwas verschweige, darum werde ich dir etwas verraten."

„Was ist es?"

„Ich schwöre bei Azmodans Hintern, dass der Trottel mit den vielen Zähnen, die Mischung aus einem Megalodon, einer Schildkröte und einem Gürteltier, Spuren von Intelligenz aufweist. Pass auf." Der Sukkubus ließ einen lauten Pfiff ertönen. Gleich darauf wälzte Sharkon sich auf uns zu, wobei er alle Schergen zerquetschte, die ihm im Weg standen.

„Grabe!", befahl Nega und deutete mit der Klaue auf die nächste Düne.

Der Boss begann, an der von ihr angedeuteten Stelle zu buddeln. Er hinterließ einen breiten Tunnel, durch den eine Dampflok hätte fahren können.

„Wow!" Ich war beeindruckt. „Wie hast du das herausgefunden?"

„Wenn man vor Langeweile stirbt – ich meine das im wahrsten Sinne des Wortes –, geht die Fantasie mit einem durch", antwortete Nega. „Meine ist besonders lebendig." Der Sukkubus ließ die Zunge langsam über seine Lippen fahren und lächelte.

„Das glaube ich gern", entgegnete ich. „Keine Sorge, ich werde es nicht überprüfen."

„Da wir gerade bei Langeweile sind", warf Flaygray ein. Er warf eine leere Flasche fort und nickte in eine andere Richtung. „Wir haben Dämonenschach gespielt. Sharkon hat ein Brett für uns gezeichnet, wir haben hirnlose Bestien auf die Felder gestellt und hatten ein kleines Turnier."

„Wer hat gewonnen?", fragte ich neugierig.

„Anf", gab Flaygray neidvoll zu. „Die kleine Wanze besitzt eindrucksvolle strategische Fähigkeiten."

Eine Handvoll Sand flog auf den Satyr zu. Ich hätte schwören können, aus dem Zwitschern des Insektoiden Gelächter herausgehört zu haben. Ripta übersetzte und Flaygray seufzte tief.

„Ja, ja. In diesem Körper mit einem toten Gehirn bin ich dumm wie Bohnenstroh, das gebe ich zu." Flaygray wandte sich zu mir um. „Da fällt mir ein, Chef, Anf hat die Einheitssprache gelernt. Er kann sie zwar nicht sprechen, aber er versteht, was wir sagen."

Flaygray murmelte noch etwas anderes, aber seine melancholische Stimme machte mich schläfrig. Die Zeit verging, ich musste mich verabschieden. Mir ging eine Idee durch den Kopf, wie wir Sharkons neu entdeckten Talente einsetzen könnten, doch vorerst würde ich keine Gelegenheit haben, sie zu testen.

„Bis bald!", rief ich den Wächtern zu, bevor ich Iggy zu mir rief und Sturm befahl, abzuheben.

„Viel Erfolg, Chef!", rief der Sukkubus. „Mach sie fertig!"

Ein heißer Wind schlug mir entgegen, doch durch meine abgestumpften, untoten Empfindungen machte es mir nichts aus. Zum Glück wurde mein legendäres Reittier von dem extremen Klima ebenfalls nicht beeinträchtigt. Allerdings bezweifelte ich, dass das Gleiche für *Erschöpfung* gelten würde, denn sonst wären die Spitzenspieler längst nach Terrastera geflogen.

Ich ließ Sturm dicht an der Oberfläche fliegen und hielt nach Instanzportalen und Eingängen von Dungeons Ausschau, doch weit und breit gab es nur Sand, der zu einer einzigen, monotonen gelben Fläche verschwamm. Außer Mobgruppen, vereinzelten Bestien und Dünen war nichts zu sehen.

*Fertigkeit „Kartografie" verbessert: +1*

*Aktuelles Level: 5*

*Von jetzt an kannst du detailliertere Karten unerforschter Länder anfertigen und automatisch Informationen über von dir entdeckte Flora und Fauna hinzufügen.*

**Qualität der von dir angefertigten Karten: mittelmäßig**

Ah, das war besser. Vor Level 5 war die Qualität meiner Karten „amateurhaft" gewesen. Sie hatten eher wie schematische Zeichnungen ausgesehen, die ein Kind mit Wachsmalstiften angefertigt hatte. Ich hatte herausgefunden, dass man der Entdeckergilde zwar Karten verkaufen konnte, doch sie waren nur an Karten von Gebieten interessiert, von denen sie keine oder nur wenige Daten hatten.

Diese Karten waren nicht die gleichen, die in meinem Interface erschienen, wenn ich mich in unbekannten Gegenden befand. Es waren Karten aus Papier, die sich durch Magie mit Anmerkungen über Level, Mob-Attribute und Markierungen von interessanten Orten bis zu jedem einzelnen Baum füllten.

Ich hatte jedoch nicht die Absicht, der Gilde irgendetwas zu verkaufen. Die Informationen würden nur in den Händen von Nergals Schergen landen. Ich wollte nur so viele Fähigkeiten wie möglich leveln.

Wir flogen pro Stunde über etwa 20 Kilometer Wüste. Je weiter wir nach Süden kamen, desto höher wurde das Level der Mobs. Ich flog immer weiter, um das Ende meiner beabsichtigten Route zu erreichen. Wie gut, dass mein untotes Hinterteil nichts spüren konnte, sonst wäre es mir schwer gefallen, den rauen Flug auszuhalten. Sturm stieg hoch in die Luft und schlug manchmal unglaublich schnell mit den Flügeln, um durch starke Winde zu fliegen. Ich konnte mich kaum oben halten.

Bald zeigte meine Interface-Karte an, dass ich fast an Latterias Südspitze angekommen war. Bevor wir das Meer erreichten, landete ich mit Sturm auf der Spitze einer Düne, um mich umzusehen. Von dort hatte ich eine perfekte Aussicht auf die Umgebung und konnte leicht Mobs erspähen.

Die sich am nächsten befindende Bestie war die Silhouette eines in einer Flammenaura eingehüllten Basilisken, doch ich konnte sein Level nicht erkennen. Um Sturm keinem Risiko auszusetzen – sie war noch zu schwach, um es mit heimischen Mobs aufnehmen zu können –, ließ ich sie verschwinden, bevor ich in Richtung des Basilisken lief. Vor seinem Aggro-Radius blieb ich stehen.

*Brennender Basilisk, Level 597*

Es sah aus, als ob ich keine Kreaturen über Level 600 in der Wüste finden würde, daher musste ich nehmen, was ich bekommen konnte. Ich legte meine Rüstung und Schlagringe ab. Fertigkeiten zu leveln war leichter, während mein Level niedrig war, denn je größer der Unterschied zum Feind war, desto schneller würden *Widerstandsfähigkeit* und *Unbewaffneter Kampf* sich verbessern. Doch ich beschloss, mit einer anderen Fertigkeit zu beginnen. Ich begab mich in *Tarnung* und kroch vorsichtig auf den Mob zu. Sobald ich in seinen Aggro-Radius kam, stieg die Fertigkeit unglaublich schnell an und levelte alle paar Sekunden.

*Die Fertigkeit „Tarnung" hat sich erhöht: +1*
*Derzeitiges Level: 84*
*Die Chance, von Feinden unbemerkt zu bleiben, erhöht sich auf 84 %.*

*Die Fertigkeit „Tarnung" hat sich erhöht: +2*
*Derzeitiges Level: 86*
*Die Chance, von Feinden unbemerkt zu bleiben, erhöht sich auf 86 %.*

*Die Fertigkeit „Tarnung" hat sich erhöht: +5*
*Derzeitiges Level: 90*
*Die Chance, von Feinden unbemerkt zu bleiben, erhöht sich auf 90 %.*

*Die Prüfung deiner Tarnung ist fehlgeschlagen! Der Brennende Basilisk hat dich entdeckt!*

Nachdem der feurige Mob mich bemerkt hatte, tauchte er im Sand unter und sauste auf mich zu. Ich erhob mich, brachte mich in Kampfstellung und bereitete mich mental darauf vor, was ich würde aushalten müssen. Na ja, es war nicht das erste Mal.

30 Meter ... 15 Meter ... sechs Meter ... Das gigantische Reptil sprang aus dem aufgewühlten Sand, öffnete sein monströses Maul und spuckte flüssige Flammen.

*„Zerschmetternde Hammerfaust!"*, rief ich übermütig. Ich wich dem Angriff aus und drosch mit meiner Faust gegen den Unterkiefer der Bestie. Die Namen der Fertigkeiten zu rufen, hatte zwar keine Wirkung, doch ich ließ meiner Begeisterung in der Hitze des Gefechts freien Lauf. Wie ich den Kampf vermisst hatte!

*„Kombo!"* Meine *Kombo* war auf Level 1 zurückgesetzt worden und bestand nur noch aus zwei Bewegungen. Im Verhältnis zu den 10 Millionen Gesundheit des Mobs verursachten meine weder durch *Seuchenenergie* noch *Verteidigung* verstärkten Schläge ihm kläglich geringen Schaden, doch das spielte keine Rolle. Ich traf jedes Mal und ich entzog einem Mob Gesundheit, der 400 Level höher war als ich! Der Pfad der Gerechtigkeit funktionierte perfekt.

Nachdem ich die ersten Schläge ausgeteilt hatte, levelte *Unbewaffneter Kampf*, und als der Basilisk mich mit einem seiner starken Beine traf, erhöhte *Widerstandsfähigkeit* sich um zwei Punkte auf einmal. Seine Tritte waren so kraftvoll, dass ich wie eine Stoffpuppe drei Meter weit flog. Meine Gesundheit sank fast auf 0, doch *Unsterblichkeit der Vernichtenden Seuche* wurde aktiviert, sodass ich den Kampf fortsetzen konnte.

Wie sich herausstellte, hatte unsere kleine Party die Aufmerksamkeit anderer Mobs erregt. Zuerst flog ein Aasgeier herab und grub seine Krallen in meinen Rücken. Nach einem zweiten stürzten sich ein Steppenläufer, einige Riesenschlangen, ein unter einer Düne hervorkommender Sandgolem sowie drei Mortens und eine Horde von Luftelementaren auf mich. Das Gewicht der Mobs drückte mich zu Boden, doch ich kämpfte weiter, levelte *Widerstandsfähigkeit* und führte die Bewegungen von *Unbewaffneter Kampf* aus. Sobald sich etwas *Seuchenenergie* angesammelt hatte, ließ ich *Seuchenzorn* explodieren. Leider entzogen die Explosionen den Mobs nur 10 % ihrer Gesundheit.

In der realen Welt ging bereits die Sonne auf, doch ich setzte den endlosen, masochistischen Kampf fort. Es war, als ob die Mobs sich abgesprochen hätten, nur mich anzugreifen. Falls sie sich gegenseitig bekämpft hätten, hätte ich sie schneller aus dem Weg räumen können.

Die Energie der Vernichtenden Seuche hielt sie zwar davon ab, mir Arme und Beine herauszureißen, doch bis zum Mittag war trotzdem nur noch mein Skelett übrig. Ein Morten hatte mir mit einer scharfen Klaue die Schädeldecke weggerissen und mein Gehirn herausgezerrt. Die Aasgeier pickten an meinen Gedärmen und die anderen Mobs verschlangen den Rest. Ein Räuberischer Steppenläufer verätzte meine Stimmbänder mit Säure. Dennoch funktionierte *Zerschmetternde Hammerfaust*.

Hunger und Durst waren unerträglich. Mir fielen die Augen zu, doch sobald ich eingeschlafen war, wurde ich von dem nächsten Tritt, Stoß oder Biss wieder geweckt. Ich fühlte zwar keine Schmerzen, doch ich konnte die Berührung der Krallen, Fangzähne, Tentakel und Stachel spüren. Erstaunlicherweise konnte ich sehen, obwohl meine Augen herausgerissen worden waren. Wie musste ich wohl für einen Beobachter aussehen? Ich war schließlich immer noch in der Gestalt des Bogenschützen Hanzo.

Nachdem ich zum tausendsten Mal aufgewacht war, öffnete ich die Minikarte, um mich zu vergewissern, dass ich weniger als eineinhalb Kilometer vom Meer entfernt war. Die Mobs hatten meine Leiche recht weit mit sich geschleppt.

Widerwillig machte der Sand spärlichen Grünflächen und verblasstem Gras Platz. Die Anzahl der mich umgebenden Mobs ging über jede vernünftige Grenze hinaus. Im Umkreis von 100 Metern wimmelte das Gebiet nur so von roten Markierungen. Mit einem Mal erschien am äußersten Rand der Karte eine weitere Markierung. Sie war größer und hatte einen goldenen Rahmen. Gleich darauf hörte ich ein ohrenbetäubendes, langgezogenes Brüllen, das mich an den Montosaurus erinnerte. Alle zwei Sekunden bebte die Erde so stark, dass die Mobs von mir abfielen.

Ohne Gefühl in meinen Armen und Beinen zu haben, stützte ich mich auf meine Unterarme und wandte den Kopf.

*Ervigot, Level ???*
*Verwüster*

Der Mob mit sechs Gliedmaßen stellte sich auf die Hinterbeine. Er war 100 Meter groß und mächtig wie ein Berg. Sein Rücken wurde von einem Panzer geschützt.

Zisch! Zisch! Zisch! Eine ölige, schwarze Flüssigkeit schoss aus zahlreichen Öffnungen des Panzers auf mich zu. Wo sie landete, rauchte der Sand, schmolz und fiel in sich zusammen, sodass Löcher entstanden, die schnell größer wurden.

Ich beobachtete, wie ein gigantischer, teerähnlicher Tropfen auf zwei Basilisken gleichzeitig fiel. Ihre Haut löste sich ab, rauchte, und ihr Fleisch und ihre Knochen zersetzten sich. Das Brüllen, das die Kreaturen vor Schmerzen ausgestoßen hatten, verstummte. In Sekundenschnelle waren sie zu Leichen geworden. Die anderen Mobs, die meinen Charakter gefoltert hatten, erlitten das gleiche Schicksal.

*Du hast gelevelt! ...*
*Du hast gelevelt! ...*
*Du hast gelevelt! ...*

Offensichtlich schrieb das System einen Teil der Erfahrung mir zu, denn ich hatte ihnen zuvor über die Hälfte ihrer Gesundheit entzogen. Mein Level stieg weiter, Text blockierte meine Sicht und ich hörte ständig Fanfaren. Fieberhaft überlegte ich, ob ich gegen den Verwüster kämpfen oder fliehen sollte.

Über das Heulen der sterbenden Mobs und das Gebrüll des Verwüsters hinweg hörte ich Flügel in der Luft schlagen.

„Wenn ich du wäre, würde ich von hier verschwinden, Freund", ertönte eine hohe, quiekende Stimme von oben. „Spring auf!"

Als ich den Kopf hob, sah ich eine Gnomfrau in Jagdausrüstung. Sie saß auf einem goldenen Greif und streckte mir ihre Hand entgegen. Über ihr schimmerte eine tragbare Schutzkuppel in Form eines Schirms.

**Kitty, Gnom-Forscherin, Level 306**
*Jäger gefährlicher Wildtiere*
*Boss*

„Komm schon, Hanzo! Beeil dich!" Ich hörte Panik in Kittys Stimme. „Die Kuppel hält nicht mehr lange. Du bist schwer verletzt. Nergal sei gelobt, dass du überhaupt noch am Leben bist."

„Agh ..." Ich hustete und versuchte, Töne aus meiner verätzten Kehle auszustoßen. Meine Zunge regenerierte sich ein wenig, sodass ich deutlicher sprechen konnte. „Vie ... len Dank, Ki ... tty. Habe ... an ... dere Plä ... ne."

Die Gnomfrau fluchte laut, flog wieder nach oben und verschwand hinter einer hohen Düne. Mühsam erhob ich mich, fiel zu Boden und stand erneut auf. Dann sah ich zu dem Verwüster hinüber, zeigte mit einem halb abgerissenen Finger auf ihn und grinste.

„Du bist genau die Kreatur, nach der ich gesucht habe, Ervigot."

# Kapitel 10: Der Verwüster

EINE AMEISE, DIE sich einem Elefanten entgegenstellte. So fühlte ich mich, als Ervigot der Verwüster seine Aufmerksamkeit auf mich richtete.

Ich hatte noch nie etwas über Verwüster gehört. Die Welt von *Disgardium* war zu groß, um alles wissen zu können, was es über sie zu wissen gab. Ich lebte seit 16 Jahren auf der Erde, aber trotzdem konnte ich zum Beispiel nicht viel über Australiens Tierwelt sagen. Kängurus, Dingos, Koalas – mehr fiel mir nicht ein.

Das Einzige, was ich über Verwüster wusste, war, dass sie existierten und die stärksten der bisher entdeckten Kreaturen in *Dis* waren. Es gab noch nicht einmal Informationen über ihr Level, denn wenn der Levelunterschied zu groß war, wurde das Level als Fragezeichen angezeigt.

Ervigot, der im Umkreis von 100 Metern alles mit anthrazitgrauen Schleim bespuckte, blieb in meiner Nähe stehen. Der Sand und die Leichen der toten Mobs schmolzen und der Rauch von verbrennendem Fleisch stieg zum Himmel. Er blieb an mir hängen und bedeckte mich mit einer Schicht von klebrigem Ruß. Mein kohlenschwarzes Skelett blieb nur dank *Unsterblichkeit* intakt.

Wenn ich bedachte, wie schnell der Schleim Mobs tötete, die fast auf Level 600 waren, war meine Entscheidung, den größtmöglichen Nutzen aus meiner Begegnung mit dem Verwüster zu ziehen, richtig.

Ich machte mir jedoch Sorgen um die Gnomfrau Kitty, die auf unerklärliche Weise ihren Weg hierher gefunden hatte und mich nun vielleicht sogar beobachtete. Wie schaffte sie es, hier draußen zu überleben? Nergals Kreuzzug hatte noch nicht begonnen, daher war noch niemand gegen das extreme Klima der Wüste immun.

Ich bemerkte, dass die Sonne langsam hinter dem Horizont verschwand. Das bedeutete, dass der Debuff schwächer wurde. Es würde nicht mehr lange dauern, bis es dunkel sein würde.

*Ervigot der Verwüster hat dir kritischen Schaden zugefügt (Nether-Klumpen): 24.099.510!*

*Die Fertigkeit „Widerstandsfähigkeit" hat sich erhöht: +4 Derzeitiges Level: 41*

*Ervigot der Verwüster hat dir Schaden zugefügt (Nether-Klumpen): 15.472.141*

*Die Fertigkeit „Widerstandsfähigkeit" hat sich erhöht: +3 Derzeitiges Level: 44*

*Ervigot der Verwüster hat dir Schaden zugefügt (Nether-Klumpen): 13.559.883*

*Die Fertigkeit „Widerstandsfähigkeit" hat sich erhöht: +2 Derzeitiges Level: 46*

Bei jedem Tick erschienen Nachrichten. Meine *Widerstandsfähigkeit* erhöhte sich fast so schnell wie an dem denkwürdigen Tag im zähen Sumpf, bevor ich Behemoth zum ersten Mal getroffen hatte.

Ervigot, der offenbar überrascht war, dass die kleine Ameise sich noch bewegte, feuerte einen tödlichen Strom seiner unheilvollen Substanz in meine Richtung, sodass ich fast 30 Meter weit flog. Ich biss die Zähne zusammen und war froh, dass ich weder Schmerzen empfinden noch riechen oder schmecken konnte. Die giftige Flüssigkeit schien sogar in meinen noch nicht regenerierten Schädel gespritzt zu sein.

Der Verwüster beschoss mich aus der Ferne immer wieder mit seiner Spucke. Ich ertrug seine Angriffe und bewegte mich nicht von der Stelle. So verbrachten wir fast eine Stunde. Meine *Widerstandskraft* levelte jedes Mal langsamer, daher musste ich immer länger warten, bis sie sich erhöhte.

In der Stille der Wüste hörte ich außer dem schnalzenden Spucken des Verwüsters nur das Zischen des schmelzenden Sandes und ein Rascheln, als er in die immer größer werdende Grube fiel, in deren Mitte ich zusammengekrümmt lag. Innerlich feierte ich jeden einzelnen Levelaufstieg.

*Die Fertigkeit „Widerstandsfähigkeit" hat sich erhöht: +1*
*Derzeitiges Level: 90*
*Widerstand gegen alle Schadensarten erhöht sich um 90 %.*
*Schmerzempfindung reduziert sich um 90 %.*

Nach der Meldung lag ich lange da und versuchte, zu verstehen, warum die Fertigkeit nicht mehr levelte. Ich erlitt Schaden, doch er wurde von *Widerstandsfähigkeit* reduziert und war längst nicht so hoch wie zu Anfang des Kampfes. Schließlich begriff ich, was vor sich ging: Ich hatte die Obergrenze erreicht! Zitternd öffnete ich mein Profil, um die Erhöhung meines Rangs zu bestätigen.

*Widerstandsfähigkeit, Level 90*
*Rang: 1 (Pfad der Gerechtigkeit)*
*Widerstand gegen alle Schadensarten erhöht sich um 90 %.*
*Schmerzempfindung reduziert sich um 90 %.*
*Falls deine Gesundheit unter 10 % sinkt, wird die Fähigkeit Diamanthaut der Gerechtigkeit aktiviert.*
***Auf dem derzeitigen Rang hast du die Obergrenze von Widerstandsfähigkeit erreicht!***
***Diamanthaut der Gerechtigkeit, Level 90***
*Für 90 Sekunden bist du von einer Diamanthaut überzogen, die allen Schaden vollständig absorbiert. Entfernt alle Massenkontrolleffekte und Debuffs.*

90 Sekunden vollständige Unverwundbarkeit! Ich hatte es geschafft! Noch dazu in weniger als einem Tag!

*Gelobt sei der Nukleus, die Vernichtende Seuche, die Schlafenden Götter, Fortuna und Ervigot der Verwüster,* dachte ich.

Nun musste ich alles aus der Situation herausholen, was möglich war. Wie lange konnte eine Person ohne Essen und Trinken leben? Mindestens zwei Tage. Ich lachte über den verrückten Gedanken, sodass das Klappern meiner Kiefer durch die Wüste hallte. Zum Glück hatte ich durch die von Ervigot vernichteten Mobs Level 244 erreicht, wodurch Rang 2 für mich freigeschaltet wurde.

*Widerstandsfähigkeit hat Rang 2 erreicht!*

*Wähle einen Entwicklungspfad.*

*Pfad der Gelassenheit*

*In den ersten drei Sekunden des Kampfes ignorierst du allen Schaden.*

*Pfad des Lebens*

*Du absorbierst 1 % des erlittenen Schadens und nutzt ihn, um automatisch Gesundheit, Mana oder deine Klassenressource zu regenerieren.*

*Pfad der Reflexion*

*1 % des erlittenen Schadens wird reflektiert und prallt auf den Feind zurück.*

*Pfad der Sturheit*

*Ein magischer Schild mit einer Haltbarkeit, die 300 % deines Manas entspricht, umgibt dich zu Beginn des Kampfes.*

*Pfad der Qual*

*Durch die Wahl des Pfades der Qual verzichtest du freiwillig auf reduzierte Schmerzen und speicherst deine empfundenen Schmerzen in einem Gefäß der Qualen, dessen Inhalt du später in freie Attributpunkte verwandeln kannst.*

Auf diesem Rang war der Pfad der Qual neu hinzugekommen, doch Ervigot ließ mir keine Zeit, darüber nachzudenken. Die KI, die diesen Supermob kontrollierte, war langsam, doch nun hatte sie herausgefunden, dass ihre Spucke nichts gegen mich ausrichtete. Ervigots Trampeln machte Dünen dem Erdboden gleich. Ein Schritt, noch einer, dann stand der Mob drohend über mir. Seine gigantische Gestalt blockierte meine Sicht auf den Himmel. Er beugte sich zu mir hinunter. Ervigots vager Umriss war von einem breiten, feurigen Rand umgeben und bebte, flackerte und sonderte Rauch ab. Es machte den Eindruck, als ob im Inneren des Verwüsters Kohlen brennen würden.

Eine gewaltige, angewinkelte Extremität mit Zähnen entlang ihrer gesamten Länge schlug wie eine gigantische Säge zu. Krach! Sie durchbohrte mich, brach meine Rippen und zerschmetterte mein Rückgrat.

*Ignoriere es!*, flüsterte ich immer wieder wie ein Mantra und konzentrierte mich auf die Entwicklungspfade.

Der Pfad der Sturheit passte nicht zu mir. Anders als Mogwai, der bei allen Spielern für seine undurchdringlichen magischen Schilde bekannt war, hatte ich kein großes Mana-Reservoir.

Der Pfad des Lebens, eine weitere Wahl von Mogwai, wäre ein großartiger Ersatz für *Unsterblichkeit* gewesen. Er bedeutete praktisch kontinuierliche Heilung, doch für mich war er nicht relevant. Ich hoffte, den dritten Rang der Fertigkeit zu erreichen, um dann vielleicht ...

„Ss-ss-rr ... Ss-s-aa-r-rg-h-sss ..." Zum ersten Mal gab Ervigot Töne von sich. Er brüllte nicht, sondern schien zu versuchen, einen Gedanken mitzuteilen. Ich ignorierte ihn und wandte mich erneut den Pfaden zu. „Ars-s-s ...!"

Der Pfad der Gelassenheit, den Mogwai ebenfalls abgeschlossen hatte, würde mir irgendwann mehrere Minuten Unverwundbarkeit geben. Auf Rang 1 war sie zwar nur auf drei Sekunden begrenzt, doch mit jedem Rang würde sie länger andauern. Wenn ich weitere eineinhalb Minuten von meiner *Diamanthaut* dazurechnete ... Doch als ich einen Blick auf Ervigot warf, wurde mir klar, dass Unverwundbarkeit nicht das Einzige war, das ich gegen Mobs wie ihn benötigen würde. Ich würde Schaden brauchen, mit dem ihre Regeneration nicht Schritt halten konnte. Mogwais Wahl ergab Sinn. Er war kein Solospieler, daher war es für ihn am wichtigsten, dem Schaden aller möglichen Bosse standhalten zu können, während seine Raidgruppe ihnen Schaden verursachte. Gegen gleichwertige Gegner, zum Beispiel in der Arena, wurde Mogwai unverwundbar, indem er mehr Schaden heilte als ihm zugefügt wurde.

Ich dagegen brauchte Fähigkeiten, mit denen ich aktiv angreifen konnte. Was sollte ich wählen: den Pfad der Reflexion oder den Pfad der Qual? Während meines halben Jahres in der Sandbox hatte ich gelernt, virtuelle Schmerzen auszuhalten, doch welche Vorteile könnte ich daraus ziehen? In der Beschreibung hatte ich keine Hinweise darauf gesehen, wie viele und welche Art von Schmerzen ich würde erleiden müssen, um einen Attributpunkt zu erhalten. Würde es sich lohnen, wenn ich bedachte, wie viele ich mit zwei Tempeln der Schlafenden Götter und weiteren Anhänger erhalten würde?

Nach diesen Überlegungen entschied mich für den Pfad der Reflexion. Nachdem ich meine Wahl bestätigt hatte, bestaunte ich die Fertigkeitsbeschreibung.

*Widerstandsfähigkeit, Level 1*
*Rang: 2 (Pfad der Gerechtigkeit, Pfad der Reflexion)*
*Pfad der Gerechtigkeit (abgeschlossen): Du ignorierst alle Strafen im Kampf gegen Feinde, die auf höherem Level sind als du.*

*Pfad der Reflexion: 1 % des erlittenen Schadens wird reflektiert und auf den Feind zurückgeworfen.*

*Widerstand gegen alle Schadensarten erhöht sich um 90 %. Schmerzempfindung reduziert sich um 90 %. Falls deine Gesundheit unter 10 % sinkt, wird Diamanthaut der Gerechtigkeit aktiviert.*

*Verbessere diese Fertigkeit, indem du gegen Feinde auf deinem Level oder höher kämpfst, um zusätzliche Boni zu bekommen.*

Hallo, Level 1 – doch dieses Mal auf Rang 2! Ich war zwar noch weit von Fen Xiaoguangs alias Mogwais Leistungen entfernt, aber nichts hielt mich davon ab, meinen Rang erneut zu erhöhen. Die Premium-Kapsel verfügte über Nahrungskartuschen, sodass ich mir keine Gedanken über Hunger oder Durst IRL machen musste. Doch warum war ich trotzdem so hungrig? Sobald ich daran dachte, wie lange ich bereits in *Dis* verbracht hatte, begann der Magen meines realen Körpers aus Protest zu knurren und ich bekam Kopfschmerzen. Mögliche Anzeichen von Erschöpfung. Ich musste es jedoch ignorieren und weiterspielen. Einem Verwüster zu begegnen, der nur einmal im Jahr an einem zufälligen Ort erschien, nur um ihn mir entgehen zu lassen? Auf keinen Fall!

Könnte ich den Kampf jetzt gleich beenden? Ich hatte den *Ausgleicher* in meinem Inventar ...

„Buh-u-u-u-u!" Ein vibrierender Laut erschütterte mich bis auf die Knochen. Er schien sich in alle Nervenverbindungen meines Gehirns einzunisten und es zu lähmen. Es stellte sich heraus, dass das Geräusch nicht von einem im nächsten Raumhafen abhebendem Shuttle stammte, sondern ein Schmerzensschrei von Ervigot war.

Die Bestie aus dem Nether, der historischen Heimat des Verwüsters, war zornig geworden und trampelte mit seinen säulenartigen, gepanzerten Beinen auf der Grube herum, um mich zu zerquetschen. Er nahm mich zwar ins Visier, aber es war, als ob er eine Ameise zertreten wollte, die sich in einer Rille im Asphalt versteckte. Ervigot wütete und setzte Ströme seiner teerähnlichen Flüssigkeit frei. Wenn sie nicht so schnell im Sand geschmolzen wären, hätten sie ausgereicht, um darin zu schwimmen. Unter mir erstarrte der geschmolzene Sand zu einer vulkanischen Kruste, die den Boden der einfallenden Grube bedeckte und verhinderte, dass ich tiefer fiel.

Ervigot tobte, weil er Schaden erlitten hatte. Der verdammte Verwüster war daran gewöhnt, alle Kreaturen, die ihm über den Weg liefen, im Handumdrehen auszuschalten. Es war vielleicht das erste Mal, dass er Schmerz empfand. Die höllische, zu groß gewachsene Krabbe hatte ein Wehwehchen!

Ich war wirklich dabei, den Verstand zu verlieren, wenn mich so etwas zum Lachen brachte. Als Skelett konnte man nicht lachen, aber ich wusste, wie mein Gelächter als Lebender klang, und eben das Geräusch hörte ich – innerlich, natürlich.

*Ervigot der Verwüster hat dir kritischen Schaden zugefügt (Nether-Klumpen): 3.480.227!*

*Die Fertigkeit „Widerstandsfähigkeit" (Rang 2) hat sich erhöht: +1*

*Du hast Ervigot dem Verwüster Schaden zugefügt (Reflexion): 696.046*

*Gesundheitspunkte: 899.303.954/900.000.000*

„Ja! Ja!", schrie ich wie ein Wahnsinniger und zeigte dem Boss den Stinkefinger.

Ich hatte mehrere Gründe zum Feiern: Erstens absorbierte mein vollständig gelevelter Pfad der Gerechtigkeit ungeachtet der Stärke des Verwüsters 90 % des Schadens.

Zweitens wurde der reflektierte Schaden nicht aufgrund des erlittenen Schadens berechnet, nachdem er durch *Widerstandsfähigkeit* reduziert worden war, sondern aufgrund der vollen Höhe!

Drittens betrug der reflektierte Schaden 2 %, was bedeutete, dass er zusammen mit meiner *Widerstandsfähigkeit* ansteigen würde.

Außerdem konnte er genau wie *Schlafende Verteidigung* und *Seuchenenergie* weder durch Rüstung noch Verteidigungsattribute oder Resistenzen reduziert werden. Und die Resistenzen dieses Bosses mussten astronomisch hoch sein!

Einfach ausgedrückt: Je mehr Schaden Ervigot verursachte, desto mehr wurde reflektiert. Obwohl meine *Widerstandsfähigkeit* auf Rang 2 nicht so schnell anstieg wie auf Rang 1, verbesserte sie sich trotzdem stetig.

Motiviert durch die guten Nachrichten fand ich die Stärke, aufzustehen und zu kämpfen. Eine der enormen Gliedmaßen des Verwüsters befand sich neben mir und manchmal sogar auf mir.

Bumm! Bumm! Bumm! Obwohl ich nur mit den ungeschützten, knirschenden Knochen meiner Finger auf Ervigots steinharte Haut einschlug, erlitt die Kreatur Schaden. Es würde nicht mehr lange dauern, bis ich die Obergrenze von *Unbewaffneter Kampf* erreicht hätte. Ich war entschlossen, den Rang der Fertigkeit vor Ende des Tages zu erhöhen.

Nachdem *Widerstandsfähigkeit* Level 10 erreicht hatte, stieg der reflektierte Schaden auf 10 %. Das bemerkte sogar Ervigot. *Reflexion* war *Seuchenzorn* haushoch überlegen!

***Ervigot der Verwüster hat dir Schaden zugefügt (Durchbohren): 9.210.258***

***Du hast Ervigot dem Verwüster Schaden zugefügt (Reflexion): 9.210.358***

*Gesundheitspunkte: 734.646.117/900.000.000*

Die Kreatur erlitt Schaden! Wenn ich nicht ganz zu Anfang den Pfad der Gerechtigkeit gewählt hätte, der mir erlaubte, ohne Strafen gegen hochlevelige Feinde zu kämpfen, hätte der Verwüster meine gesamte *Widerstandsfähigkeit* ignoriert. Nun musste ich nur wach bleiben.

Falls ich meine Tarnung als Hanzo entfernt hätte, hätte ein Beobachter ein Skelett mit zerbrochenen Knochen gesehen, das blind auf alles einschlug, was ihm vor die Fäuste kam. Er hätte den fünfzigmal größeren Feind des Skeletts gesehen, der es mit einer schwarzen, öligen Substanz bedeckte, die aus den Fugen seines

Panzers trat, und der mit allen sechs Beinen auf dem verkrusteten Boden herumtrampelte und ihn zerbrach. Zu dem Zeitpunkt hatte sich mein Gehirn abgeschaltet. Ab und zu verfiel ich in Halbschlaf, bis ein weiterer Spuckangriff oder Schlag des Verwüsters mich wieder weckte und ich automatisch eine *Hammerfaust* oder eine *Kombo* aktivierte, bevor ich erneut eindämmerte. Mein Kopf schmerzte mehr und mehr, doch leider half meine *Widerstandsfähigkeit* nicht gegen reale Schmerzen.

Als ich das nächste Mal erwachte, bemerkte ich, dass Ervigot nun ständig brüllte. Ich öffnete mühsam die Augen, um die Zeilen der Protokolle zu lesen, die vor meinen Augen schwebten.

*Die Fertigkeit „Unbewaffneter Kampf" hat sich erhöht: +1*

*Derzeitiges Level: 100*

*Angriffsgenauigkeit und zugefügter Schaden ohne eine Waffe erhöhen sich um 505 %.*

**Auf dem derzeitigen Rang hast du die Obergrenze von Unbewaffneter Kampf erreicht!**

**Zerschmetternde Hammerfaust, Betäubender Kick und Kombo haben sich erhöht: +1**

**Derzeitiges Level: 100**

**Du hast 26 verfügbare Trainingspunkte. Besuche einen Meister des Unbewaffneten Kampfes, um weitere Spezialangriffe zu erlernen!**

Es fiel mir schwer, mich zu konzentrieren. Ich sah die Zeilen doppelt und es dauerte einen Moment, bis ich begriff, was sie bedeuteten.

Doch mich irritierte auch etwas anderes: *Warum brüllt Ervigot?*, dachte ich.

Ach ja, er verprügelte sich selbst! Der Verwüster hatte auf diese Weise fast die Hälfte seiner Gesundheit verloren. Wenn ich noch ein Gesicht gehabt hätte, wäre ein breites Grinsen darauf erschienen. Ich war so dicht an einem *Ersten Kill*, dass ich ihn auch ohne meine Nase förmlich riechen konnte.

Mit großer Anstrengung konzentrierte ich mich auf mein Interface und füllte alle 22 Plätze der Reihe mit *Kombo*-Bewegungen, indem ich *Hammerfäuste* und *Kicks* aneinanderhängte. Es war höchste Zeit, einen Meister des Unbewaffneten Kampfes aufzusuchen. Ich kämpfte wie ein Paladin. Meine Reihe bestand nur aus zwei Hauptbewegungen.

Kopfschüttelnd ordnete ich meine Gedanken und dachte über den Pfad nach, den ich wählen wollte, sobald *Unbewaffneter Kampf* das nächste Mal levelte. An dem Punkt stieß ich auf mein erstes Hindernis.

***Um Rang 2 der Fertigkeit Unbewaffneter Kampf zu erreichen, musst du den Rang des Fertigkeitsmeisters erlangen.***

*Setze dich mit einem Ausbilder in Verbindung, der einen Rang höher ist als derjenige, den du erlangen willst. Du wirst einen Ausbilder des Rangs Großmeister, Altgroßmeister, Unübertroffener Meister oder Legendärer Großmeister benötigen.*

Dann folgte das zweite Hindernis. Nachdem der unbesiegbare Boss Ervigot der Verwüster seine eigene Gesundheit auf die Hälfte reduziert hatte, verstummte sein Brüllen. Die darauf folgende Stille war so tief, dass ich dachte, ich wäre taub geworden. Die Bestie war verschwunden.

Ich bewegte den Kopf. Der sich scharf gegen den Nachthimmel abzeichnende Rand der Grube war mindestens 40 Meter entfernt. Zu Fuß würde ich ihn nicht erreichen können.

Ich warf einen Blick auf die Protokolle. Meine *Widerstandsfähigkeit* war auf Level 27 aufgestiegen, doch ich hatte keine Ahnung, wie ich sie höher leveln sollte. Ein wirrer Gedanke schoss mir durch den Kopf: Ich könnte Sturm beschwören und auskundschaften, wohin der Verwüster verschwunden war. Doch während ich noch darüber nachdachte, handelte mein Unterbewusstsein an meiner Stelle.

Interface, Menü, Spiel verlassen.

Kaum war das Intragel abgeflossen, fiel ich auf den Boden der Kapsel. Ich hatte kein Gefühl in den Beinen. Später konnte ich mich nicht mehr erinnern, wie es mir gelungen war, in mein Bett zu kriechen. Woran ich mich jedoch erinnern konnte, war, dass ich eine Flasche Wasser leerte, die auf dem Nachttisch stand und mir den Kopf stieß, als ich sie zurückstellte. *He, Ervigot hat weit mehr Schaden durch meine Reflexion davongetragen*, hatte ich hämisch gedacht. Mit einem boshaften Lächeln war ich eingeschlafen.

# Kapitel 11: Beinahe wieder vereint

„WACH AUF, ALEX!"

Etwas Nasses, Kaltes bewegte sich über meine Schulter. Meine Augenlider klebten zusammen. Alle Knochen und Muskeln in meinem Körper schmerzten. Ich wollte weiterschlafen. Unwillig drehte ich den Kopf und öffnete die Augen ein wenig.

„Was ...?"

An meinem Bett stand eine unbekannte, alte Frau mit ungewaschenem, wirren, langen Haar, einer Hakennase, einem spitzen Kinn und schwarzen Augen ohne Augenweiß. Die alte Frau streckte ihre unnatürlich langen Arme nach mir aus, und als ich näher hinsah, bemerkte ich, dass sie in alle Richtungen verdreht waren. Der schaurige Anblick wirkte besser als ein Eimer mit kaltem Wasser. Ich schrie auf. Als ich das Nasse, Kalte erkannte, womit sie mich berührte, schrie ich noch lauter, zog die Beine an und versuchte unwillkürlich, ihr zu entkommen. Ich stieß gegen die Wand und hielt abwehrend die Hände vor mich.

„Warum bist du so feige?", fragte die Alte mit brüchiger Stimme. Sie leckte ihre Lippen mit einer langen, gespaltenen Zunge und keuchte, als sie ein Bein hob und es auf das Bett legte. Ihr farbloses Kleid – sie trug ein Kleid! – schob sich hoch und zeigte geschwärzte Haut voller Schorf und Blasen.

Meine Angst war eine instinktive, animalische Reaktion. Diese alte Frau, die auf unerklärliche Weise in meinem Zimmer aufgetaucht war, roch nach Krankheit, Schrecken und Tod. Ich musste mich beherrschen, um mich nicht zu erbrechen. Das Herz schlug mir bis zum Hals, doch es gelang mir, mich in den Griff zu bekommen und tief einzuatmen. Der ungeladene Gast stieg auf das Bett und blickte auf mich hinunter. Wie sich herausstellte, war sie fast zwei Meter groß.

„Bist du nicht auf der Suche nach mir, Junge?" Die alte Frau nahm mein Kinn und hob meinen Kopf. „Was willst du?"

Sie war nicht aggressiv und wartete geduldig auf eine Antwort. Ich versuchte, logisch zu denken. Ich war nicht in *Dis*, sondern zu Hause in meinem Zimmer. Dem dunklen Himmel nach zu urteilen musste es später Abend oder Nacht sein. Meine elektronische Uhr projizierte die Zeit an die Decke: 00:00 Uhr.

„Wer bist du?", fragte ich.

Die Frage blieb unbeantwortet. Hinter der Alten öffnete sich die Tür.

„Wach auf, Alex!"

Die alte Frau verschwand.

„Wach auf, Alex", sagte meine Mutter. „Du kommst zu spät zur Schule, Junge."

Nun wachte ich noch einmal auf. Ich rieb mir die Augen und sah mich um. Es war 07:02 Uhr morgens. Ich hatte nur einen Albtraum gehabt.

Am Tag zuvor war ich nach fast 24 Stunden in *Dis* aus meiner Kapsel gekrochen. Da ich beim Distival ebenfalls eine schlaflose Nacht gehabt hatte, war ich sofort eingeschlafen und hatte den Rest des Tages und die ganze Nacht durchgeschlafen.

Ich war immer noch erschöpft und mein Körper schmerzte, sodass ich am Frühstückstisch auf die Fragen meiner Eltern nur mit ja oder nein antwortete, bis sie aufgaben. Ich hatte keine Lust auf eine Unterhaltung, denn die alte Frau war mir noch frisch im Gedächtnis. Der Traum war zu real gewesen. Jedes Detail hatte sich in mein Gehirn gebrannt: ihr ekelerregender Gestank, ihre schlaffe Haut und die verdrehten Gliedmaßen.

Ich hatte Glück und erwischte einen unbesetzten Flieger. Unterwegs dachte ich über meinen jüngsten Ausflug nach *Dis* nach, der nur durch das Interview mit Ian unterbrochen worden war: Kinema, das Gespräch mit dem Goblin Grokuszuid, mein Treffen mit Fortuna und Tiamat sowie das lange Farmen in der Wüste, das mit Ervigots Flucht vom Schlachtfeld geendet hatte. Ach ja, und dann war da noch die Gnomfrau Kitty gewesen. Ich fragte mich, welche Beute die getöteten Mobs wohl gedroppt hatten. Diese Bestien waren schließlich die hochleveligsten Mobs der Wüste. Zu schade, dass es mir nicht gelungen war, den Verwüster zu erledigen.

Meine geizige Seite meldete sich zu Wort. Es war einer Art zweites Ich, das ich mir als Hamster vorstellte, weil keine andere Kreatur sich lieber Vorräte anlegte als diese Nager. Ich hatte ihm sogar einen Namen gegeben: Pepper. Vor langer Zeit hatte ich einen realen Hamster mit dem gleichen Namen gehabt. Ich hätte meinen inneren Hamster Pepper jedoch nie vor anderen erwähnt, denn ich wollte beim Staatsbürgerschaftstest keine Probleme bekommen.

Mein innerer Hamster protestierte jedenfalls, und das war noch untertrieben. Er schrie so laut, dass er Tote hätte aufwecken können! Flaygray und Nega hätten ihn um seine unflätigen Flüche beneidet.

*Schon gut*, dachte ich, um ihn zu beruhigen. *Keine Sorge, irgendwann werden uns Millionen in den Schoß fallen!*

Doch die verpassten Profitmöglichkeiten, die mir sicher zusätzliche Ränge für *Widerstandsfähigkeit* eingebracht hätten, nagten an mir. Ganz zu schweigen von den unschätzbaren Handwerkszutaten, die die Mobs gedroppt haben mussten. Ich war zu faul gewesen, sie einzusammeln, bevor ich das Spiel verlassen hatte, und meine Fertigkeit *Magnetismus* war so eingestellt, dass nur epische und bessere Gegenstände in mein Inventar gezogen wurden. Als ich mir vorstellte, um wie viele Level ich allein *Kochen* hätte erhöhen können, wurde mir klar, dass ich die Sache gründlich vermasselt hatte.

Daher war ich niedergeschlagen und trübsinnig, als ich aus dem Flieger stieg und zum Unterricht ging. Unterwegs traf ich Ed, Malik und Hung, die auf mich gewartet hatten. Nachdem ich sie begrüßt hatte, schaute ich mich suchend um. „Wo ist Tissa?"

Die Jungs blickten mit betretenen Gesichtern zu Boden.

„Wir sind gestern alle zu dir geflogen", antwortete Ed. „Melissa wollte es dir selbst erklären, doch als deine Eltern gesagt haben, dass du einen vollen Tag in *Dis* verbracht hättest und gerade erst eingeschlafen wärst, wollten wir dich nicht aufwecken."

Ich verstand nicht, was Ed sagen wollte. „Also gut, ihr wolltet mich nicht aufwecken. Was hat das mit Tissa zu tun?"

„Die Sache ist die", sagte Hung und legte den Arm um meine Schultern. „Die Frau von den Weißen Amazonen hat eine Vereinbarung mit Herrn Schäfer getroffen. Ab heute besucht Tissa eine andere Schule. Außerdem zieht sie auf die Insel ihres neuen Clans."

„Jetzt schon?", fragte ich überrascht. „Sie muss doch noch den Staatsbürgerschaftstest ablegen ... und sie ist noch in der Sandbox ..."

„Elizabeth hat ihr gesagt, dass es keinen Grund gäbe, zu warten. Sie könnte ebenso gut gleich einziehen und sich einrichten. Die Entscheidung ist gefallen, doch Tissa wird die Erwachten vorerst nicht verlassen."

Die Neuigkeiten ergaben keinen Sinn für mich. Ich wusste zwar, dass meine Freundin Mitglied eines anderen Clans werden würde, doch ich hatte nicht erwartet, dass sie umziehen würde. Es kam alles so plötzlich, und sie hatte keine Nachricht auf meinem Kommunikator hinterlassen. Merkwürdig.

„Wie ist es beim Distival gelaufen?", fragte ich abwesend.

„Ganz nach Plan", erwiderte Ed. „Aber jetzt müssen wir uns beeilen, der Unterricht beginnt."

In den Pausen unterhielten wir uns in der hintersten Ecke des Schulhofs. Ich hörte meinen Freunden aufmerksam zu und analysierte, was sie sagten. Wir hatten zwar vermutet, dass wir entdeckt worden wären und die Verhinderer uns verfolgen würden, doch wir hätten niemals damit gerechnet, dass ihre Aufmerksamkeit die Wendung nehmen würde, die sie genommen hatte. Sie hatten genau gewusst, wie sie uns treffen konnten.

Tissa wollte Ruhm und Unterstützung für ihren Vater. Sie hatte bekommen, was sie wollte, und das sofort. Herr Schäfer war zufrieden. Die Ocker-Hexe hatte versprochen, ihm Arbeit in seinem Beruf zu verschaffen. Auf diese Weise würde er seine frühere Staatsbürgerschaftskategorie zurückbekommen.

Ed, der Tissa immer gemocht hatte, war mit Olesya bekannt gemacht worden. Sie sah Tissa ähnlich, hatte jedoch einen höheren Status und war durch Work-outs, Make-up, ihren Gang und andere, von Tissa noch nicht gemeisterte, weibliche Listen attraktiver und, ähm, erfahrener.

Rodriguez hatte natürlich nicht widerstehen können, Zeit mit einer der „Jungfern" zu verbringen. Als der richtige Zeitpunkt gekommen war, hatte Olesya ihn mit auf ihr Zimmer genommen. Sie hatten es nur verlassen, um sich die grandiose Show zu Ehren von Distival anzuschauen, in der weltbekannte Stars aufgetreten waren. Olesya hatte Ed geschickt bearbeitet, ihn dazu gebracht, sich zu öffnen, und ihn ermutigt, mit seinen Leistungen im Spiel anzugeben, von denen sie offenbar besonders beeindruckt gewesen war.

„Ich habe ihr so viel erzählt!" Ed zog eine Grimasse, als er uns von der „Jungfer" erzählte. „Als sie mich gefragt hat, auf welchem Level ich wäre, habe ich ,32' gesagt und sie dann geküsst, um nicht mehr reden zu müssen."

„Klasse", schnaubte Malik.

Die Geschichte unseres Barden war noch interessanter. Modus hatte beim Analysieren der psychologischen Profile der Erwachten offensichtlich ausgezeichnete Arbeit geleistet, denn Malik, der sich immer ungerecht behandelt fühlte, hatte doppelt so viel Aufmerksamkeit bekommen wie Ed. Das jedenfalls hatte Ed mir unter vier Augen gesagt, um seinen Freund nicht zu beleidigen.

„Ich hatte eine ‚Jungfer‘ und Malik hatte zwei. Olesya war Körbchengröße C und hatte ein Standardzimmer. Die anderen beiden waren mindestens Größe D oder E und haben Malik in ein Luxuszimmer gebracht. Kannst du dir das vorstellen? Er hat auf dem Rückflug damit angegeben, bis Tissa ihn gebeten hat, den Mund zu halten."

Malik gab zu, dass er kurz davor gewesen war, unsere Erfolge zu verraten. Fast hätte er ausgeplaudert, dass er bereits Level 102 erreicht hatte und kein Dieb mehr war, sondern ein Barde mit einem legendären Horn und einer epischen Gitarre mit magischen Saiten.

„Ich habe ein bisschen zu viel getrunken. Das passiert doch jedem mal, oder?", sagte er. „Zum Glück ist mir schlecht geworden. Ich habe es gerade noch zur Toilette geschafft, und danach hatte ich wieder einen klareren Kopf."

Hung hatte keine solche Requisiten erhalten, denn sie waren nicht nötig gewesen. Er hatte Alison, und sie war Mitglied von T-Modus, dem Junior-Flügel von Modus, zu dem nicht nur Teenager gehörten, sondern auch etwas ältere Spieler wie meine neue Bekannte Piper. Sie hatten sich außerhalb von *Dis* in virtuellen Unterhaltungswelten getroffen und sogar das eine oder andere miteinander probiert, bevor sie sich im realen Leben getroffen hatten. Vor Distival war Alison zweifellos von älteren Spielern angewiesen worden, was sie von Hung herausfinden sollte.

„Ich glaube, ich habe mich verliebt", flüsterte Hung uns im Geschichtsunterricht zu. „Wir hatten uns zwar schon in einer virtuellen Welt gesehen, doch im realen Leben ist sie völlig anders.

Real. Erstklassig, Leute! Fügt mir Schaden zu, nehmt mir meine Loot weg, es ist mir egal. Ich vergesse alles, wenn ich mit ihr zusammen bin. Tut mir leid, Alex, ich konnte nichts von dem herausfinden, was du wissen wolltest."

„Kein Problem, Bomber. Ich freue mich für dich!" Ich boxte Hung in die Schulter, und er verzog nicht einmal das Gesicht. „Hast du Spaß gehabt?"

„Es war super!", antwortete er.

„Dir ist nichts Verdächtiges aufgefallen? Wie hat Alison sich verhalten?", erkundigte ich mich.

Hung überlegte einen Moment, runzelte die Stirn und gab dann düster zu: „Na ja, sie hat sehr viele Fragen gestellt. Es schien immer um etwas anderes zu gehen, doch wenn ich jetzt darüber nachdenke, hat es sich um das gleiche Thema gehandelt. Ich hatte das Gefühl, mich in einem Minenfeld zu befinden, als ich ihr erklärt habe, warum ich nach dem Verlassen der Sandbox nicht gespielt habe. Dabei hatten wir zuvor schon darüber gesprochen. Ich habe gesagt, dass ich für den Staatsbürgerschaftstest lernen musste, weil meine Eltern streng wären, und dass ich mich für Distival davongestohlen hätte. Daraufhin hat sie gesagt: ‚Das verstehe ich, der Test ist sehr wichtig. Deine Eltern sind kluge Leute, Hung. Spielen deine Freunde aus dem gleichen Grund nicht?' So ging es immer weiter. Ich hatte Schwierigkeiten, mich herauszureden."

„Sie waren nicht gerade geschickt, oder?" Ed lachte. „Haben sie gedacht, dass sie uns mit ein paar vollbusigen Mädchen die Zunge lösen könnten? Zum Nether mit ihnen!"

Herr Kovacs hatte schließlich genug, setzte uns auseinander und nahm uns für den Rest des Unterrichts die Kommunikatoren weg. Wir konnten unsere Unterhaltung erst fortsetzen, nachdem wir bei mir zu Hause waren.

Meine Mutter hatte meine Freunde am Vortag kennengelernt, als ich geschlafen hatte. Nun ließ sie sich nicht davon abhalten, uns etwas zu essen zu kochen, und lief geschäftig hin und her. Sie war scheinbar schockiert, dass ihr Sohn reale Freunde gefunden hatte. Außer Eve und Aaron „Robolover" Quan, mit dem ich mich vor einigen Jahren zerstritten hatte, kannte sie keinen meiner Freunde. Das hieß nicht, dass ich ein Einzelgänger gewesen war. Ich hatte die Dinge für mich behalten und niemanden nahekommen lassen, geschweige denn jemanden zu mir nach Hause eingeladen. Und jetzt waren drei Freunde auf einmal zu Besuch!

Die Jungs machte die Gastfreundschaft meiner Mutter verlegen, sodass sie schweigend auf der Couch saßen. Hung nahm eine Seite in Anspruch, Ed die andere und Malik hatte sich zwischen sie gezwängt. Zu schade, dass mein Vater nicht da war. Er hätte sich mit den Jungs sofort angefreundet. Doch er schuftete in der Kapsel, um so schnell wie möglich Level 10 zu erreichen.

„Meine Eltern wissen über meinen Gefahrenstatus und alles andere Bescheid", sagte ich leise. „Wir können offen sprechen, meine Mutter wird kein Wort sagen."

„Ich kenne mich mit dem Zeug sowieso nicht aus." Meine Mutter hatte meine Worte gehört und machte eine wegwerfende Geste. Wenn nötig, verstand sie alles. Es war ihre Superkraft. „Ihr könnt über alles reden, aber bitte flucht nicht."

„Kein Fluchen, Frau Sheppard", erwiderte Hung erleichtert und sprang so schnell auf, dass Malik zur Seite kippte. „Lassen Sie mich Ihnen helfen."

In dem Moment wurde mein Kommunikator aktiviert. Nachdem ich eine Nachricht in CrapChat gelesen hatte, bat ich die Jungs, es sich gemütlich zu machen, ging in mein Zimmer und stieg in meine Kapsel.

Eine Viertelstunde später kam ich wieder zurück. Hung deckte in der Küche den Tisch und Ed und Malik unterhielten sich über Distival.

„Gyula kann heute mit dem Bau des Stützpunktes beginnen", erklärte ich. „Wir müssen ihn leveln. Ich habe einen Ort gefunden, wo es schnell gehen wird. Außerdem wird er dir eine Liste der Materialien schicken, die er benötigt, Ed. Er schätzt, dass es drei Tage dauern wird, doch so viel Zeit haben wir nicht. Daher werde ich einige *Aasgeier-Ei-Omeletts* zubereiten. Sie verdoppeln das Arbeitstempo."

„Ich habe Eier", sagte Malik.

„Welche Eier meinst du?", fragte Ed scherzhaft.

Die *Aasgeier-Eier* waren leicht zu beschaffen. In der Lakharianischen Wüste wimmelte es nur so von Aasfressern. Man konnte keine zehn Schritte gehen, ohne dass einer von ihnen hinabstürzte. Die Eier droppten nicht jedes Mal, aber sie ließen sich leicht farmen.

Beim Essen erzählte ich ihnen, was ich in *Dis* erreicht hatte, doch mein Treffen mit Fortuna verschwieg ich. Das Geheimnis der Göttin zu verraten, schien ein Betrug zu sein. Sergei Polotsky erwähnte ich ebenfalls nicht.

„Habt ihr schon Pläne, was ihr tun wollt?", fragte meine Mutter auf einmal. „Ich meine, nachdem ihr in *Disgardium* bekommen habt, was ihr wollt."

„Ich würde gern Football spielen", antwortete Hung. „Nicht in *Dis*, sondern im realen Leben. Doch dafür müsste ich eine Universität besuchen, und ohne Geld ist das unmöglich. Aber meine Wünsche kratzen sowieso niemanden. Entschuldigung, Frau Sheppard. Ich meine, sie spielen keine Rolle, darum mache ich Pläne für *Dis*."

„Mir macht das Gitarrespielen langsam Spaß", sagte Malik und errötete. „Im Moment spiele ich zwar nur in *Dis*, aber wenn es gut läuft, könnte ich es vielleicht auch im realen Leben probieren. Ich habe meinen Onkel gefragt, ob er mir seine alte Gitarre gibt, aber ich habe sie noch nicht abgeholt. Wer weiß, vielleicht habe ich ja Talent."

„Du hast ganz bestimmt Talent, Malik!", bekräftigte meine Mutter. „Du hast geschickte Hände und lange Finger. Das sind gute Voraussetzungen."

Nun sah meine Mutter erwartungsvoll zu Ed hinüber.

„Ich weiß es noch nicht, Frau Sheppard", sagte er schlicht.

„Was macht dir Spaß?", wollte sie wissen.

„Ich plane gern Wege zum Leveln und kalkuliere viele verschiedene Möglichkeiten. Ich weiß aber nicht, wo ich solche Fähigkeiten außerhalb von *Dis* einsetzen könnte."

„Du solltest an strategische Unternehmensplanung denken, Edward. Diese Art von Arbeit wird sehr gut bezahlt."

„Ich bin nicht sicher, ob das das Richtige für mich ist, aber ich werde es mir ansehen. Vielleicht gefällt es mir ja", entgegnete Ed.

„Willst du gleich nach der Schule zur Universität gehen?", fragte meine Mutter.

„Das hängt von Alex ab", erwiderte Ed und warf mir einen Blick zu. „Im Augenblick konzentrieren wir uns voll auf *Dis*. Übrigens, Alex, ich habe ein paar Ideen, die ich mir dir besprechen will. Aber zuerst müssen wir dir etwas beichten ..."

Er sah Hung düster an. Hung nickte und Malik ebenfalls.

„In den vergangenen sechs Monaten hat sich unsere Meinung über dich völlig geändert. Zuerst haben wir dich für einen arroganten Bastard gehalten. Entschuldigung, Frau Sheppard. Doch jetzt bist du ein loyaler Freund. Aber das Leben ist nicht einfach. Ich habe eine kranke Großmutter und eine kleine Schwester. Hung hat eine große Familie, die in einem Haus leben muss, dass kleiner ist als deine Wohnung. Malik ..."

„Bei mir ist es noch schlimmer", unterbrach Malik ihn. „Was meinst du, warum ich euch nie zu mir einlade? Es gibt keinen Platz zum Hinsetzen, und ich rede nicht nur von Stühlen. Es ist zu beengt bei uns."

„Was dein Potenzial angeht ... Du weißt selbst, dass es vermutlich unmöglich sein wird, es zu leveln, nicht wahr?"

„Angenommen, das stimmt." Ich runzelte die Stirn, als mir dämmerte, worauf er hinauswollte. „Aber wir farmen bei jeder sich bietenden Gelegenheit und erhalten Level, Fertigkeiten, legendäre Gegenstände und Artefakte. Sobald es möglich ist, heben wir das Geld ab und teilen es unter uns auf. Reicht euch das nicht aus?"

„Das ist nicht alles", sagte Ed ruhig. „Als wir das Hotel verlassen haben, hat uns ein Mitglied der Kinder von Kratos angesprochen. Er hat uns zu einem Gespräch im Restaurant des Hotels eingeladen und uns ein ähnliches Angebot gemacht, wie das, das Tissa erhalten hat."

„Es sind Aristokraten. Warum, zum Teufel, sollten sie uns brauchen?", rief ich erbost. „Ihr Anführer Joshua hat vor allen anderen Verhinderern gesagt, dass ich nicht zu ihnen passen würde!"

„Sie haben uns nicht in den Hauptclan eingeladen. Dort sind nur Aristokraten erlaubt. Sie brauchen jedoch gewöhnliche Leute mit guten Spielfertigkeiten. Sie haben einen Unterclan, die Helden, der als Kampfeinheit fungiert. Dort nehmen sie vielversprechende neue Rekruten auf. Sie rüsten sie aus, helfen ihnen beim Leveln und geben ihnen alles, was sie brauchen, solange sie spielen. Das Gehalt beginnt bei 100.000 jährlich für alle Mitglieder unter Level 100, doch es steigt alle 100 Level."

„So viel Geld nur fürs Spielen?" Meine Mutter bekam große Augen. „Was springt für sie dabei heraus?"

„Der Clan hat ein strenges Auswahlverfahren, Frau Sheppard", erklärte Ed. „Es gibt weniger gute Spieler, als man denkt. Die Clans konkurrieren um sie. Erfolgreiche Leute kommen hauptsächlich nach *Dis*, um sich zu entspannen. Unter den anderen gibt es nur wenige, die versuchen, sich eine Karriere im Spiel aufzubauen, Fortschritte zu machen und Geld zu verdienen. Schnelle Fortschritte kosten Zeit, doch diese Leute müssen arbeiten. Nur Nicht-Bürger und Reiche sind in der Lage, den ganzen Tag in *Dis* zu verbringen.

Die Ersteren können ihre Charaktere nicht entwickeln und die zweite Gruppe hat kein Interesse an langen, langweiligen Farmsessions. 99 % der Spieler sind Gelegenheitsspieler, die nach der Arbeit nach *Disgardium* kommen, um Spaß zu haben."

„Darum wählen die Spitzenclans aussichtsreiche Noobs wie uns und investieren in sie", fügte Hung hinzu. „Langfristig zahlt sich ihre Investition aus, denn die gesamte Loot wandert in die Schatzkammer des Clans."

„Aber wir kommen vom Thema ab", sagte Ed. „Bevor wir zurückgeflogen sind, haben wir uns mit vier Spitzenclans getroffen, Alex. Der Rekrutierer der Wanderer hat gesagt, dass sie uns bessere Bedingungen bieten könnten als die Kinder von Kratos, falls wir die Fraktion wechseln würden. Der Typ von den Azurblauen Drachen hat uns weniger versprochen, doch angedeutet, dass wir einen höheren Staatsbürgerschaftsstatus bekommen könnten. Offenbar haben sie Leute, die dabei helfen können. Im Flugzeug haben wir uns mit dem Rekrutierer von Excommunicado unterhalten. Scheinbar hat uns der Colonel selbst in seine Residenz eingeladen. Außerdem haben wir noch die Wilden, Kriegsgesang und die Witwenmacher aus dem Bündnis der Verhinderer gesehen, doch statt uns anzusprechen, haben sie uns nur beobachtet."

Ich verstand nicht, was sie sagten. „Sie haben mich alle abgelehnt! Oder wollen sie nur euch?"

„Sie haben dich öffentlich abgelehnt. Dann bist du gegangen, und sie haben nach Wegen gesucht, um mit uns in Verbindung zu treten. Aber wir haben uns getrennt und sind in verschiedene Zimmer gegangen. Ähm, wir waren sehr müde, Frau Sheppard. Daher konnten die Rekrutierer uns erst am nächsten Tag kontaktieren."

„Was habt ihr ihnen geantwortet?", fragte ich.

„Wir haben ihnen gedankt, sind vor Freude in die Luft gesprungen und haben gesagt, dass wir Zeit brauchen würden, um uns alle Angebote durch den Kopf gehen zu lassen." Ed zuckte die Schultern. „Willst du sagen, dass wir hätten ablehnen sollen? Das hätte sehr verdächtig ausgesehen. Arme Jungs aus den Randgebieten der Zivilisation lehnen Hilfe ab, in die Stratosphäre zu gelangen? Wie gesagt, alles ist nach Plan verlaufen, Alex. Wir wussten, dass wir Angebote erhalten würden und wir waren bereit."

„Ja, aber noch vor wenigen Minuten habt ihr etwas ganz anders gesagt! Ihr habt davon geredet, wie mies es euch geht!", platzte ich heraus.

„Alex", beschwichtigte meine Mutter mich.

„Lass mich erklären", meldete Hung sich zu Wort. „Unser Plan steht, aber wir haben über alles nachgedacht. Tissa hat auf dem Rückweg ständig davon geredet, wie großartig es auf der Insel wäre, wo sie wohnen würde, welche Universität sie besuchen würde und so weiter. Natürlich wollen wir diese Vorteile ebenfalls haben. Im Moment ist alles unsicher. Wir wissen nicht, was der nächste Tag bringen wird. Wir haben einige legendäre Gegenstände und Geld, doch wir können nichts davon abheben."

„Es wird nicht mehr lange dauern, bis wir es abheben können. Ich habe euch doch erzählt, dass die geschlossene Auktion in Kinema heute Abend stattfindet und mein Vater bald Level 10 erreichen wird."

„Lass uns ausreden", entgegnete Hung. „Was wir sagen wollen, ist …"

„Ich werde euch allein lassen, ihr müsst euch unter vier Augen unterhalten", unterbrach meine Mutter ihn. „Ich bin in meinem Zimmer, falls ihr etwas braucht. Kein Fluchen, in Ordnung?" Sie gab Hung einen leichten Klaps auf den Kopf, sodass er errötete.

Nachdem sie die Tür hinter sich geschlossen hatte, fuhr er fort: „Legen wir alle Karten auf den Tisch: Du brauchst uns nicht, du wirst gut ohne uns fertig. Mehr noch, wir halten deine Fortschritte auf. Ed?"

„Er hat recht, Alex", bestätigte Rodriguez. „Darin sind wir uns alle einig. Du hast uns von Anfang an mitgezogen. Selbst den Verkauf von Gegenständen hast du allein bewerkstelligt – einige mit Ritas Hilfe und einige mit Hilfe der Goblins. Du hast Manny und Gyula, die sich um den Bau des Forts kümmern, und selbst Trixie ..."

„Veratrix", korrigierte ich Ed automatisch.

„Was?", fragte er verwirrt.

„Er will, dass wir ihn bei seinem vollen Namen nennen."

„Also gut. Selbst Veratrix ist eine größere Hilfe für dich als wir. Und die Situation wird sich so schnell nicht ändern. Außerdem ist da noch Crag. Hast du in letzter Zeit von ihm gehört?"

Ich war mir nicht sicher, wie viel ich ihnen verraten sollte, daher schüttelte ich den Kopf.

Ed fuhr fort: „Hoffentlich verstehst du, was wir sagen wollen. Im Moment herrscht Chaos, und wir sind für den Clan nutzlos. Unsere Situation ist äußerst unsicher, es gibt keine Stabilität. Wir haben ernsthaft über die Möglichkeit diskutiert, das Angebot eines der Clans anzunehmen. Wir könnten die Probleme unserer Familie lösen, hätten ein geregeltes Einkommen und eine Zukunft ..."

„Ihr wollt die Erwachten verlassen?", fragte ich alarmiert. „Ihr seid Untergefahren, daher braucht ihr meine Erlaubnis, aber wenn ihr es wirklich wollt, werde ich euch gehen ..."

„Nein, Kumpel", unterbrach Malik mich. „Wir wollen dich nur wissen lassen, dass wir darüber gesprochen haben."

Langsam wurde ich ärgerlich, denn ich wusste nicht, was sie mir sagen wollten. Irgendetwas ging vor sich, doch ich verstand nicht, was es war. „Spuckt es aus, Leute! Was habt ihr entschieden? Ich habe zu viel zu tun, um meine Zeit mit langwierigen Erklärungen zu vergeuden."

Hung stand auf und verschränkte die Arme. Ed und Malik stellten sich neben ihn. Alle drei hatten einen ernsten Gesichtsausdruck.

„Wir haben den Rekrutierern gesagt, dass wir zwar daran interessiert sind, uns ihren Clans anzuschließen, doch dass wir vor dem Staatsbürgerschaftstest nicht einmal an *Dis* denken können", sagte Malik.

„Wir können dich doch jetzt nicht im Stich lassen, Kumpel. Du musst ohnehin schon zu viele schwierige Aufgaben auf einmal bewältigen", fügte Hung hinzu.

„Deshalb werden wir zusammenhalten und gemeinsam kämpfen", verkündete Ed. „Wir werden es den Verhinderern zeigen, Nergals Armee vernichten, die Welt erobern, reich werden und bis an unser Lebensende glücklich und zufrieden sein."

„Trotzdem gefällt mir die Idee einer Clan-Basis in Cali Bottom", warf Hung ein. „Mit Privatwohnungen, einem Schwimmbad, einem Harem und allen anderen Vorzügen."

„Und was ist mit Alison?", erkundigte ich mich.

„Ich bezweifle, dass sie der Typ für ein Harem ist." Hung schüttelte den Kopf. „Cali Bottom würde ihr sicher auch nicht gefallen. Es sieht aus, als ob Alison ein ferner Traum bleiben muss, bis wir den Untergrund verlassen können."

„Außerdem ... Überleg' mal, Alex", sagte Ed. Ein leichtes Grinsen erschien auf seinem Gesicht. „Wir sind Untote. Sobald sie uns in ihre Clans aufnehmen würden, würden sie Fragen stellen. Warum sollen wir es riskieren, dich zu entlarven? Also reg' dich wieder ab und lass uns mit dem Planen beginnen. Ich habe mehrere Ideen, was wir als Nächstes tun sollten."

# Kapitel 12: Drei Tage bis zur Invasion

WIR HATTEN GYULA seit Stunden gelevelt. Ich hatte ihn und die Jungs an den Ort gebracht, wo ich am Tag zuvor dem Verwüster begegnet war. Dort ging das Leveln schneller, denn die Mobs waren 100 Level höher als die bei Tiamats Tempel.

Diese Entscheidung hatte nur einen Fehler: Meine untoten Schergen fehlten uns. Ich musste hin und her laufen und aufpassen, dass meine Freunde nicht durch einen zufälligen Treffer getötet wurden.

Aus irgendeinem Grund konnte *Tiefen-Teleportation* meine Schergen nicht erfassen. Entweder war mein Level zu niedrig oder es gab ein anderes Problem. Das war zu schade. Es wäre fantastisch gewesen, zum Schloss von Modus zu teleportieren und ihren berühmten *Schild der Gerechtigkeit* unter Beweis zu stellen. Dann hätte sich gezeigt, ob er Sharkon und seiner neuen Fähigkeit, auf Befehl der Wächter Tunnel zu graben, hätte standhalten können oder ob die Vorstellung vorbei gewesen wäre, wie Onkel Nick immer sagte, und meine grauenhaften Mobs das Schloss der Verhinderer Stein für Stein niedergerissen hätten. Apropos Onkel Nick: Er war wahrscheinlich bereits eingetroffen, während ich hier beschäftigt gewesen war. Ich musste mir etwas Zeit nehmen, um meine Kapsel zu verlassen.

Gyula brach beim Powerleveln alle Rekorde. Verglichen mit der gesamten Erfahrung erhielt er zwar nur kleine Krümel, aber die Mobs waren fast auf Level 600. Nur 1 % der Erfahrung war mehr als genug für unseren Bauarbeiter. Nach der ersten Mobgruppe stieg er 50 Level auf und erhielt eine Klasse, die nicht nur toll, sondern auch sehr selten war: Dämonenjäger.

Wenn man bedachte, dass Gyula noch keinen einzigen Mob, geschweige denn einen Dämon, getötet hatte, war diese Wahl der KI merkwürdig. Vielleicht hatte er die Klasse zugewiesen bekommen, weil er Kontakt mit dem Satyr und dem Sukkubus hatte.

Unter den vielen Achievements, die Gyula sich verdiente, waren *Ich bin nicht aufzuhalten!* und *Bester, gnadenlosester Giganten-Schlächter*, für das man einen Mob töten musste, der 500 Level höher war als das eigene. Das schien die Obergrenze des Achievements *Giganten-Schlächter* zu sein. Von der Belohnung war selbst ich beeindruckt: Dreifacher Schaden gegen höherlevelige Feinde.

Die Jungs bewunderten und beneideten ihn, während Gyula düster seinen Tabak der Marke *Alter Toby* kaute und Crawler die Beschreibungen vorlas. Infect hätte seinen Charakter am liebsten sofort gewechselt, um die gleichen Achievements zu bekommen, doch am Ende siegte seine Vernunft.

Von da an machten die Kämpfe mehr Spaß und waren viel effizienter. Wir setzten alle verfügbaren Buffs ein. Gyula war mit einem sehr gelegen kommenden *Ausgeruht*-Buff aus dem Fort gekommen (*für 1 Stunde +50 % auf erhaltene Erfahrung*). Wir setzten ununterbrochen *Geröstete, untote Rattenkaldaunen* ein, bis mir die Vorräte ausgingen. Wir erwogen sogar, das epische Rezept für das Raid-Gericht *Hochland-Gelage* zu benutzen, das ich für den Sieg beim Kochwettbewerb erhalten hatte (*+200 auf das höchste Hauptattribut, +50 auf alle anderen Attribute, +50 Gesundheits- und Mana-Regeneration*). Vorsorglich hatte Crawler die erforderlichen

Zutaten bereits in großen Mengen im Wert von etwa 50.000 Gold bei Rita bestellt. Es wäre Verschwendung gewesen, das Rezept für normales Leveln einzusetzen, doch bald würde *Bergland-Festgelage* uns sehr gelegen kommen.

Inzwischen war ich derart abgehärtet, dass es eine Weile dauerte, bis *Unsterblichkeit* aktiviert wurde. Erst reduzierte die Aura von *Unübertroffener Rächer* den Schaden und die Verteidigung aller Feinde in der Nähe um 25 %. Gleichzeitig setzte die aus dem Set *Unbesiegter Herold* stammende *Dornenaura* ein, die allen Feinden innerhalb von zehn Metern Reichweite alle drei Sekunden 300 % Basisschaden zufügte. Die anderen drei Set-Boni harmonierten perfekt mit *Reflexion*: −5 % auf eingehenden Schaden, 5 % Schaden wurde auf den Feind reflektiert und es gab eine Chance von 5 %, einen kompletten Angriff zu reflektieren. Dank meines unglaublichen *Glücks* wurde dieser Effekt fast bei jedem dritten Angriff aktiviert.

Vorerst war es schwer zu sagen, ob *Widerstandsfähigkeit* die Schadensreduzierung durch Ausrüstung vervielfachte oder ob sie separat einsetzten. Jedenfalls fühlte ich mich im Kampf gegen die Mobs auch ohne *Unsterblichkeit* wie ein Terminator. In dem Film vom Ende des letzten Jahrhunderts war es um einen Cyborg aus der Zukunft gegangen. Als jemand aus dieser Zukunft wusste ich, dass es *Skynet* nie gegeben hatte, doch militärische Roboter wurden weitreichend eingesetzt, und einige hießen tatsächlich „Terminatoren".

Zu schade, das Ervigot entkommen war. Es wäre großartig gewesen, solch einen Mob zu besiegen und ihn triumphierend zur Allianz mitzunehmen! Zivilisten hätten wir nicht angerührt, schließlich waren wir gute Bösewichte. Doch es hätte mir großes Vergnügen bereitet, auf dem Verwüster sitzend die gesamte Armee der Spitzenclans niederzuwalzen.

Ich hatte übrigens doch zwei Gegenstände von den Mobs erhalten, die er ausgeschaltet hatte. Der epische, eine Hellebarde ohne Levelanforderung mit durchschnittlichen Attributen, war für mich wertlos. Ich vermutete, dass er *blau* gewesen war, doch durch die Chance, verbesserte Loot zu erhalten, hatte er sich auf *lilafarben* erhöht. Ich hatte Crawler die Hellebarde zur Aufbewahrung gegeben.

Der andere, eine legendäre Schriftrolle, war etwas interessanter.

***Vom gleichen Blut***

*Legendär*

*Einzigartiger Gegenstand*

*Einmalig benutzbare Schriftrolle*

*Bei Aktivierung: Gleicht das Level deiner Tierbegleiter deinem Level an.*

*Verkaufspreis: 7.200 Goldmünzen*

*Chance, den Gegenstand nach einem Tod zu verlieren, reduziert sich um 100 %.*

Auf den ersten Blick war sie zwar nichts Besonderes, doch nachdem ich die Beschreibung gelesen hatte, war ich begeistert, dass ich Iggy, Crash und Sturm auf mein Level bringen konnte. Fast hätte ich die Rolle gleich eingesetzt, doch zum Glück war ich schlau genug, sie den Jungs zu zeigen.

„Mach keinen Unsinn, Scyth!", rief Infect. „Bevor du sie benutzt, erhöhe dein eigenes Level so weit wie möglich."

Das war ein guter Rat von unserem Barden, daher wartete die Rolle nun in meinem Inventar auf ihren Einsatz. Das war alles. Fast ein ganzer Tag des Farmens hatte mir einen kläglichen epischen und einen tollen legendären Gegenstand eingebracht. *Unsterblichkeit der Vernichtenden Seuche* war auf Level 18 gestiegen, *Seuchenzorn* war immer noch auf Level 1, doch die Fertigkeit würde sich vermutlich erhöhen, sobald die mit ihr verbundene Fähigkeit *Unsterblichkeit* zehn Level aufgestiegen war. *Seuchen-Reanimation* und *Seuchenpest* hatte ich am Vortag nicht benutzt.

Ein weiterer Bonus war, dass ich Level 244 erreicht hatte. Ich verteilte je 100 Attributpunkte auf *Stärke* und *Ausdauer* und wies den Rest *Beweglichkeit* zu.

Für die vielen Stunden, die ich auf Sturm geflogen war, erhielt ich ebenfalls eine Belohnung: *Reiten* stieg auf Level 20, sodass die Bewegungsgeschwindigkeit während des Reitens sich um 20 % erhöhte und mein Reittier nun schneller auf meine Befehle reagierte.

Außerdem hatte *Identitätsverschleierung* Level 10 erreicht, und der Beschreibung der Klassenfertigkeit war eine Zeile hinzugefügt worden: *Eine geringfügig reduzierte Chance, von Artefakten zur Identifizierung und höheren Wesen entdeckt zu werden.* Vorerst war die Chance zwar nur geringfügig reduziert, doch sobald ich die Fertigkeit leveln würde, würde sie immer weiter sinken.

Nach dem Kampf mit dem Verwüster und meinem riesigen Boost auf *Widerstandsfähigkeit* war es nun recht einfach, Mobs zu erledigen. Nur in den wenigsten Fällen musste ich *Seuchenzorn* einsetzen. Ich schoss mit meinem Bogen auf die Mobs, und sobald sie mich angriffen, starben sie durch *Reflexion.* Nur schade, dass *Widerstandsfähigkeit* sich äußerst langsam erhöhte. Nachdem ich zwei Stunden in der Wüste herumgelaufen war, war sie nur ein Level aufgestiegen. *Unbewaffneter Kampf* hatte stagniert, da ich noch keinen Ausbilder besucht hatte. Meine erste Priorität war jedoch, Gyula zu leveln und die Baumaterialien zu beschaffen.

Die Jungs hatten sich meiner und Gyulas Gruppe nicht angeschlossen, um dem Bauarbeiter keine Erfahrung zu entziehen, denn er musste unbedingt Level 100 und Rang 1 seines Handwerks erreichen. Mein Level war zwar viel höher als seins, doch viel niedriger als das der Mobs, daher verloren wir keine Erfahrung. Eine andere Sache war, dass unser Newbie den Mobs mit seiner Armbrust aus der Ferne keinen Schaden verursachen konnte, sodass ich 99 % der Erfahrung erhielt.

„Fang sie ab, Scyth!", rief Crawler von oben. Unser Magier hatte *Levitation* gelernt und schwebte nun über dem Ort des Geschehens, um nach Mobs Ausschau zu halten. „Rechts nähert sich ein Rudel Hyänen!"

*Verdammt!*, dachte ich. Die Lachenden Hyänen griffen stets den schwächsten Spieler einer Gruppe an. Das bedeutete, dass Gyula in Gefahr war. Die Aggro-Anzeige und die Sticheleien des Tanks, in diesem Fall meine, waren ihnen egal. Die Bestien waren so groß wie ein Mensch und hatten lange Schwänze mit einem Giftstachel an der Spitze.

Ich löste *Seuchenzorn* aus, erledigte die durch *Reflexion* geschwächten Mobs, gegen die ich gerade kämpfte, und lief dann auf die sich nähernden Hyänen zu. Der untote Titan Bomber, der untote Gnom Crawler und der untote Mensch Infect gaben mit dem gleichfalls untoten Bauarbeiter in der zerrissenen Leinenkleidung eines Newbies ein eindrucksvolles Bild ab.

Die Hyänen waren auf Level 570. Sie sträubten das Fell und knurrten, doch sie hatten es nicht eilig, anzugreifen. Gebrochener Fang, der Name des Alphatiers, dessen Symbol mit einer goldenen Krone markiert war, stieß einen ohrenbetäubenden Schrei aus, woraufhin das Rudel sich in zwei Gruppen mit je vier Tieren aufteilte und mich umzingelte.

„Du bist dran, Iggy!", rief ich meinem Tierbegleiter zu.

Der Sumpfstecher zirpte beim Fliegen und benutzte gleichzeitig seine Fähigkeiten, während er die linke Gruppe aus dem Weg räumte. Er würde ihnen nicht lange standhalten können, doch er konnte sie ablenken.

Überrascht stellte ich fest, dass *Grässliches Geheul* aktiviert worden war und auf eine Hyäne in der rechten Gruppe wirkte. Ich schickte meine Drachin zu ihr, doch Sturm konnte mit ihrem kläglichen Level 6 nicht viel gegen sie ausrichten. Ihre Blitze waren schwach, doch sie konnte das Team unterstützen, indem sie Feinde mit ihrem gigantischen Körper abblockte.

Bomber rannte mit einer *Attacke* an mir vorbei. Er krachte mit seiner von Plattenrüstung geschützten Schulter in die Hyäne, die vor *Angst* panisch umherlief. Der Angriff zeigte zwar keine große Wirkung, doch seine Fertigkeit hatte sich sicher verbessert. Jedes Mal, wenn er sie einsetzte, erhöhte sie sich fast um ein Level. Crawler blieb nahe beim Tank, während er drei Meter über dem Boden schwebte. Er feuerte alle verfügbaren, aus verschiedenen Bereichen der Magie stammenden Zauber ab, sobald ihre Abklingzeit abgelaufen war. Die Bücher aus der Schatzkammer des Ersten Magiers waren also doch nützlich gewesen.

Der Anführer des Rudels knurrte und kauerte im Sand nieder, um loszuspringen. Die Haare der Rückenmähne von Gebrochener Fang stellten sich auf. Begleitet von einem knallenden Ton, als ob jemand ein Gewehr geladen hätte, verwandelten sie sich in solide Rüstungsplatten. Ich schoss mehrere Pfeile mit Adamantium-Spitzen ab, die angeblich Rüstung durchbohren konnten, doch sie prallten ab und verschwanden im Sand.

*Wah-wah, Twang,* erklangen die kraftvollen Gitarrenriffs von Infect und hallten von Düne zu Düne.

Infect konnte sich leicht vor der Aggro der Mobs schützen, denn die legendären Stiefel aus der Schatzkammer hinterließen eine *Frostspur,* die alle Verfolger verlangsamte.

Da Crawler seine Luftmagie gelevelt hatte, half uns sein Buff, den Mobs zu entkommen, sie zu kiten und Kampffertigkeiten an ihnen zu üben. Infekt feuerte *Ablenken, Verzaubern, Kampfinspiration* und *Angsteinflößende Melodie* ab. Nichts davon beeinträchtigte die Mobs, doch die Fertigkeiten des Barden levelten sogar schneller als meine *Widerstandsfähigkeit,* während der Verwüster mich bespuckt hatte. Infects Musik erfüllte zwei Funktionen: Seine Verbündeten wurden mitgerissen, sodass sie schneller wurden, seine Feinde wurden geschwächt, sodass sie langsamer wurden.

Der Barde schaffte es sogar, das gesamte Rudel für den Bruchteil einer Sekunde einzufrieren. Wären sie auf seinem Level gewesen, wären sie einige Zeit eingefroren worden, bevor sie desorientiert und schwerfällig wieder zu sich gekommen wären. Doch das war egal. Die Hauptsache war, dass wir den Barden leveln konnten, denn auf Level 200 würde er einige wirkungsvolle Flächenzauber freischalten können.

Unsere Bewegungen waren ausgezeichnet aufeinander abgestimmt. Außer Gyula wussten alle, was sie zu welchem Zeitpunkt tun mussten. Der Bauarbeiter lief jedoch kopflos umher. Er hatte sich noch nicht daran gewöhnt, dass seine neue Kapsel Schmerzen abschwächte, daher konnte er sich nicht entspannen. Er hatte Angst, in sein Hinterteil gebissen zu werden, und scheute sich nicht, es alle wissen zu lassen.

Zum Glück dauerte es nicht lange, bis die Hyänen erkannten, dass ich das einzige Ziel war, das nicht davonlief, und sich auf mich konzentrierten. Gebrochener Fang hatte bereits zwei Drittel seiner Gesundheit verloren. Nun spreizte er seine Beine wie eine Spinne. Er richtete seinen drei Meter langen Schwanz mit dem glänzenden Stachel auf mich und schoss mir in den Bauch. Ich flog durch die Luft, überschlug mich und blieb gekrümmt liegen. Der Angriff war so kraftvoll, dass der Anführer der Lachenden Hyänen auf der Stelle starb. Mit der eigenen Waffe geschlagen! Das klang wie etwas, das Onkel Nick immer sagte.

Nach dem Kampf mit dem Anführer des Rudels verfügte ich über jede Menge *Seuchenenergie*. Crawler hatte die Idee, gegen die übrigen Hyänen *Sharkons Rundschild* einzusetzen, daher lud ich ihn mit *Seuchenenergie* und warf ihn wie Captain America auf die Mobs. Der Schild flog zwischen ihnen umher, verursachte mit seinen Treffern ansehnlichen Schaden und sammelte Aggro. Ich würde mich im Auktionshaus nach Edelsteinen umschauen müssen, denn er sah recht schmucklos aus.

Neben *Seuchenzorn* war der Schild eine weitere AoE- oder Flächenfähigkeit in meinem Arsenal. Er hatte nur einen Nachteil: Ich konnte ihn nicht in beengten Umgebungen werfen. Doch für den Nahkampf stand mir meine mit *Seuchenenergie* verstärkte 22-Bewegungen-*Kombo* zur Verfügung.

Nachdem der Schild die Rippen der Mobs gebrochen hatte, flog er wieder zu mir zurück. Wutentbrannt rannten die Hyänen auf mich zu, doch nur einige Minuten später hatte sich das Rudel dank *Reflexion* durch ihre eignen Bisse zur Strecke gebracht.

Gyula wurde zweimal vom Leuchten eines Levelaufstiegs umgeben. „99!", rief er und wischte sich nicht vorhandenen Schweiß von der Stirn.

„Die Mobs haben einige *Rippen der Lachenden Hyänen* gedroppt, Scyth", sagte Crawler. „Kannst du sie für ein Rezept verwenden, oder sollen wir sie Rita schicken?"

„Ich habe kein Rezept, aber ich lasse mir etwas einfallen", erwiderte ich.

„Oh, seltene Beute!", bemerkte der neue Dämonenjäger. „*Umhang aus der Haut von Gebrochener Fang*. Lieber Himmel, er erfordert Level 500!"

„Zeig mal her!", riefen die Jungs gleichzeitig.

Gyula sammelte die Loot ein, die mein *Magnetismus* zurückgelassen hatte, und gab sie meinen Freunden. Sie würden selbst entscheiden, wie sie aufgeteilt werden sollte.

Von nun an würden wir für alle Handwerkszutaten Verwendung haben. Crawler hatte neben *Alchemie* mit *Verzauberkunst* und *Kräuterkunde* begonnen, da Tissa nicht mehr bei uns war. Infect behielt *Archäologie* bei und hatte beschlossen, *Kürschnern* und *Lederverarbeitung* zu erlernen. Außer *Angeln* hatte Bomber *Bergbau* und *Schmiedehandwerk* in Angriff genommen. Es lohnte sich nicht, mehr als drei Handwerke zu wählen, denn je mehr man aufnahm, desto schwieriger war es, alle zu leveln.

Die perfekte Kombination war ein Sammelhandwerk und zwei Herstellungsberufe. Wenn man alle Handwerke wählte, lief man Gefahr, das Achievement *Dilettant* zu erhalten, sodass man keinen Beruf über Rang 0 leveln konnte und die Levelgeschwindigkeit erheblich sank.

Ich selbst wollte zusätzlich zu meinem *Kochen* noch *Inschriftenkunde* hinzunehmen. Das Handwerk passte gut zu *Kartografie*, doch das war nur ein glücklicher Zufall. Der Hauptgrund für meine Wahl war, dass ich Zauberschriftrollen für den eigenen Gebrauch würde erstellen können. Gewöhnlich nahmen Priester, Zauberer, Magier und Hexenmeister dieses Handwerk auf, denn sie hatten viele Zauber, die sie zu Pergament bringen konnten.

Mir schoss eine Idee durch den Kopf: Was wäre, wenn ich *Tiefen-Teleportation, Grässliches Geheul* und sogar *Seuchenzorn* auf eine Rolle schreiben könnte? Die Arbeiter wären mobiler, die Jungs würden eine geheime Fähigkeit erhalten, um in einer brenzligen Lage Feinde verjagen zu können, und ich würde meine ultimative Fähigkeit auf Schriftrollen bewahren und dutzendfach vervielfältigen können. Es wäre ein hervorragendes Werkzeug zur Massenablenkung!

Die von uns gewählten Handwerke waren nur ein kleiner Teil unseres Plans für die Zukunft. Um sie zu erlernen, würden wir die entsprechenden Gilden besuchen müssen, doch Darant, Kinema und Shak waren Untoten gegenüber nicht besonders freundlich gesinnt. Daher wollten wir darauf zurückkommen, nachdem wir mit dem Bau des Stützpunktes der Vernichtenden Seuche begonnen hatten.

Die Goblin-Auktion, bei der ich anwesend sein musste, würde in ein paar Stunden beginnen. Grokuszuid hatte mir Zeit und Ort in einer E-Mail mitgeteilt.

Während wir uns ausruhten und etwas tranken, flog Crawler etwa fünf Meter in die Luft und sah sich um.

„Ich sehe einen Basilisken!", rief er. „Er ist auf Level 586. Soll ich seine Aggro auf mich ziehen?"

„Ja, locke ihn zu uns", antwortete ich und erhob mich widerwillig.

Der Steinhaut-Basilisk, eine besonders unangenehme Sorte eines sechsbeinigen Wüstenkrokodils, pflügte sich seinen Weg auf den Magier zu und feuerte einen Feuerball auf ihn ab.

Ich lief von der Seite auf die Kreatur zu, um sie zuerst treffen zu können. Iggy und Sturm flogen über dem Basilisken und die anderen stellten sich im Halbkreis hinter ihm auf.

Ich warf den Schild, schoss einen Hagel Pfeile ab und führte eine *Kombo* aus. Damit entzog ich dem Mob zwar nur ein halbes Prozent Gesundheit, doch es reichte aus, um seine Aufmerksamkeit zu erregen. Als Nächstes folgte der gewöhnliche Spaß: Ich wurde ins Gesicht geschlagen, mein jämmerlicher, unzerstörbarer Körper wurde herumgeschleppt und meine Knochen brachen, bis der Basilisk schließlich an mir scheiterte und sich selbst erledigte. Er war nicht der Erste gewesen.

„Level 100! Nein, 101!", schrie Gyula begeistert und führte einen Freudentanz auf.

„Mein Level ist auch gestiegen. Ich habe 245 erreicht", sagte ich und klatschte mich mit dem Bauarbeiter ab.

Gyula durchsuchte die Leiche des Basilisken, doch er fand keine Beute. Infect kniete neben dem Mob nieder und versuchte, ihn mit den beiden Dolchen, die er aus seiner Zeit als Dieb behalten hatte, zu häuten. Einen Moment später verdüsterte sich sein Gesicht. „Es funktioniert nicht."

„Du verschwendest deine Zeit." Crawler schüttelte den Kopf. „Es gibt nur eine winzige Chance, das Handwerk auf diese Art zu erlernen. Du brauchst Lehrer oder Fertigkeitsbücher."

„Nach der Auktion werde ich bei den Gilden in Kinema vorbeischauen", erklärte ich. „Gyula benötigt ohnehin ein Buch der Baukunst für Rang 1, damit er Meister werden kann."

„Würdest du auch bei der Kriegerschule vorbeigehen?", bat Bomber. „Meine Bewegungen haben die Obergrenze erreicht, ich brauche den nächsten Rang."

„Ich ebenfalls!", fiel Infect ein. „Falls wir weiter in diesem Tempo leveln, besorge am besten gleich die Bücher für Rang 2 und 3. Es wird nicht lange dauern, bis wir sie erreichen."

Der Barde hatte zu hohe Erwartungen, wenn er dachte, dass es nicht lange dauern würde, bis er Rang 3 erreichen würde, doch ich verstand seine Logik. Ich vergaß oft, dass den Kampfbewegungen normaler Spieler ihre Klassenfertigkeiten zugrunde lagen. Das hätte ich bedenken sollen, als ich meine Freunde in Untote verwandelt hatte. Nun konnten sie keine Städte mehr besuchen. Andererseits hätten sie als Menschen – ähm, als Mensch, Gnom und Titan – niemals so schnell gelevelt.

„Kein Problem", erwiderte ich. „Falls ihr noch mehr braucht, schickt mir eine Nachricht, sonst vergesse ich es."

„Ich stelle eine Liste auf und schicke sie dir", sagte Crawler. „Die Bücher werden eine Menge Geld kosten. Es ist viel billiger, von Lehrern zu lernen. Feuermagie Rang 1 kostet etwa 20.000, Rang 2 beläuft sich auf 300.000 und Rang 3 ... Verdammt! Wer ist das?"

Wir folgten dem Blick des Magiers. Ich sah die Silhouette eines goldenen Punktes am wolkenlosen Himmel, doch er war zu weit entfernt, um Einzelheiten zu erkennen.

„Zum Fort zurück, sofort!", befahl ich. „Ich werde bleiben, um herauszufinden, wer es ist. Ich kann mich mit *Identitätsverschleierung* verbergen."

Niemand hatte Einwände. Ich warf Gyula aus meiner Gruppe und Crawler fügte ihn seiner hinzu.

„Fast hätte ich es vergessen, Scyth!", rief der Magier, während er *Tiefen-Teleportation* wirkte. „Ich habe Informationen über Yoruba gefunden. Wir reden darüber, sobald du wieder im Fort bist." Das Portal knallte und meine Freunde verschwanden. Ich hoffte, sie würden daran denken, dass wir Materialien zur Baustelle des Stützpunktes der Vernichtenden Seuche würden bringen müssen.

Ich hatte einen Ort gewählt, der in der Mitte einer gedachten Linie zwischen Vermillion und Tiamats Tempel lag.

Als der Punkt sich weit genug genähert hatte, erkannte ich, dass es ein Greif war. Ich beobachtete ihn, ohne meinen Standort zu verlassen. Bald konnte ich einen Reiter ausmachen. Es war die Gnomfrau Kitty, die hochlevelige Gnom-Forscherin der Fraktion Jäger gefährlicher Wildtiere. Ich entspannte mich etwas, doch ich ließ sie nicht aus den Augen.

Offenbar hatte ich sie ebenfalls beunruhigt, denn die Reiterin hielt an und schwebte ein paar Meter von mir entfernt in der Luft. Da ich nun wusste, mit wem ich es zu tun hatte, atmete ich erleichtert auf. Sie war ein NPC. Sich mit ihr auseinanderzusetzen wäre viel einfacher, als einen Spieler vor sich zu haben.

„Guten Tag", begrüßte sie mich. „Ich heiße Kitty Hitzkopf. Meine Kollegen und ich haben nicht weit von hier ein Lager aufgeschlagen. Ich habe eine Explosion gehört und wollte nachsehen, was passiert ist."

„Hallo, Kitty", antwortete ich und sah die Gnomfrau interessiert an. „Ich kann dir meinen Namen nicht verraten, aber du kannst mich Hammer 22 nennen. Das ist mein Rufzeichen."

„Aha. Bist du eine mechanische Kreatur? Ein Golem vielleicht? Kannst du deshalb in der Wüste überleben?" Kitty sprang von ihrem Greif ab und kam auf mich zu. Ihr Forschergeist hatte offensichtlich über ihre Vorsicht gesiegt.

*Tss, tss, Mädchen, sei vorsichtig! Ich bin ein niederträchtiger, übler Botschafter der Vernichtenden Seuche. Du könntest dich mit etwas infizieren*, dachte ich.

„Freut mich, dich kennenzulernen, Hammer 22." Kitty knickste und streckte ihre Hand aus. Sie verschwand in meiner, als ich sie vorsichtig schüttelte. Die Gnomfrau zuckte nicht einmal zusammen. „Deine Hand fühlt sich menschlich an", bemerkte sie. „Tut mir leid, ich kann nicht lange bleiben. Meine Schutzschildenergie entleert sich sehr schnell. Ich wollte dich nur fragen, was du hier draußen tust. Hast du diese armen, kleinen Kreaturen vernichtet?"

Ich schüttelte den Kopf und deutete auf die Leichen der Hyänen, eines Mortens, einiger Aasgeier und dem Basilisken. „Glaub mir, Kitty, diese kleinen Kreaturen sind alles andere als arm. Wenn man eine von ihnen in Darant freilassen würde, müssten sich die Einwohner einen neuen Ort zum Leben suchen. Sie hätten großes Glück, wenn sie nicht auf dem Friedhof landen würden."

„Das ist richtig, aber sie sind nicht in Darant, sondern in ihrem natürlichen Lebensraum", erwiderte die Gnomfrau. „Dies ist ihre Heimat. Du bist fremd hier und tötest sie."

„Wäre es dir lieber, wenn sie mich töten würden?", fragte ich.

„Sie haben ein Recht, sich zu ernähren!", rief die Verteidigerin der Natur aus. „Augenblick mal ... Bist du nicht derjenige, den ich gestern in dieser Gegend gesehen habe? Der selbstmörderische Schwachkopf, der meine Hilfe abgelehnt hat?"

Sollte ich lügen? Was sagte meine *Überzeugungskraft*?

*Direkte Lüge: Deine Gesprächspartnerin hat eine sehr hohe Chance, die Lüge zu bemerken, doch sie wird sie als Abwehrreaktion sehen und nicht beleidigt sein. Danach wird sie jedoch direkte Fragen vermeiden und stattdessen verhüllte Fragen stellen. Dein Ansehen bei der Forscherin Kitty wird sinken. Falls die Lüge unbemerkt bleibt, wird Kitty nicht länger über dieses Thema sprechen.*

*Indirekte Lüge: Deine Gesprächspartnerin hat eine sehr hohe Chance, die Lüge zu bemerken und wird beleidigt sein. Dein Ansehen bei der Forscherin Kitty wird sinken. Falls die Lüge unbemerkt bleibt, wird Kitty nicht länger über dieses Thema sprechen.*

*Wahrheit: Das Interesse der Forscherin Kitty an deinem Charakter wird erheblich steigen und sie wird dir gegenüber offener sein.*

*Ignorieren: Die Forscherin Kitty wird die Frage in der einen oder anderen Form erneut stellen, bis du eine Antwort gibst. Was erwartest du? Forscher sind neugierig!*

Die Fertigkeit informierte mich ebenfalls darüber, ob ich flirten sollte, ob Komplimente angemessen wären und in welchen Situationen man Leute entweder höflich, ungezwungen, förmlich oder scherzhaft behandeln sollte.

„Richtig, Kitty. Ich muss dich jedoch warnen: Hanzo ist nur eine Tarnung. Kann das zwischen uns bleiben?"

„Natürlich, Hammer 22."

*Bewertung von Kittys Aussage: Wahrheit*

„Darf ich fragen, was du hier tust?", erkundigte ich mich. „Wie schaffst du es, die glühende Hitze zu überleben?"

„Wir erforschen die Wüste", entgegnete sie. „Unser Lager wird von einem Kraftfeld geschützt. Wir gehen mit persönlichen, mobilen Schutzschilden auf Expeditionen und studieren die Tierwelt."

„Fürchtet ihr euch nicht vor den Aasgeiern? Sie sind aggressiv!"

„Sie jagen nur Kreaturen auf dem Boden." Kitty winkte ab, als ob es unwichtig wäre. „Wir haben eine Nether-Spalte gefunden und lange Zeit damit verbracht, sie zu beobachten. Wie du weißt, schließen sie sich früher oder später von allein. Es gibt keine besiedelten Gebiete in der Nähe, daher ist es nicht gefährlich. Die ersten Bestien aus dem Nether sind gestorben, nachdem sie einheimischen Raubtieren begegnet sind. Die nächsten sind auf die

gleiche Weise unschädlich gemacht worden, doch dann ist der
Verwüster erschienen. Du wirst dich sicher an ihn erinnern,
Hammer 22." Kitty schwieg. Sie hatte ihren Blick auf mich gerichtet
und beobachtete meine Reaktion.

„Ja, ich erinnere mich", erwiderte ich. „Er wollte mich töten."

„Eine natürliche Reaktion", sagte Kitty herablassend. „Das ist der
Sinn eines Verwüsters: zu töten und Leben zu absorbieren. Hast du
schon einmal einen Verwüster gesehen, der gerade aus dem Nether
gekommen ist? Sie sind nur so groß." Die Gnomfrau zeigte mir ihre
Faust. „Wie kleine Kätzchen. Zu schade, dass wir ihn nicht
rechtzeitig bemerkt haben." Kitty seufzte schwer.

„Warum?", wollte ich wissen.

„Wir hätten ihn fangen können. Es wäre ein einzigartiger Fall
in der Geschichte der Wissenschaft gewesen! Doch gleich nach ihm
ist eine weitere Welle von Bestien aus dem Nether gekommen. Der
Verwüster hat sie alle ausgeschaltet, sodass er gewachsen und zu stark
und gefährlich geworden ist. Nachdem er die folgenden Wellen von
Bestien ebenfalls vernichtet hatte, hat er sich auf den Weg zur Küste
gemacht und alles niedergemetzelt, was ihm über den Weg gelaufen
ist. Dadurch hat seine Stärke sich noch einmal erhöht."

„Verwüster können also nicht besiegt werden, sobald sie stark
genug geworden sind?"

„Natürlich können sie besiegt werden", erwiderte Kitty. „Du
stellst Fragen, als ob du von Geala gefallen wärst, Hammer 22. Das
weiß doch jeder! Falls ein Verwüster auftaucht, musst du es sofort
den Priestern von Nergal, Marduk oder eines anderen mächtigen
Gottes erzählen, je nachdem, in welchem Gebiet sich die Spalte
befindet. Sie geben es dem Hohepriester weiter, der den Gott um
Stärke bittet. Das dauert eine Weile. Um den Verwüster in der
Zwischenzeit aufzuhalten, stehen die stärksten Krieger der Allianz
und des Imperiums Seite an Seite, bis der Hohepriester erscheint.
Sie lenken die Bestie ab, damit sie nicht in bewohnte Gegenden

eindringt. Sobald der Hohepriester das Schlachtfeld erreicht, nutzt er die ihm vom Gott verliehene Stärke, um den Verwüster in den Nether zurückzuschicken."

„Zurückschicken? Können sie ihn nicht ausschalten?"

„Niemand hat je einen vernichtet", antwortete die Gnomfrau. „Verletzte Verwüster verschwinden einfach und tauchen an einem anderen Ort wieder auf. Übrigens, wie ist es dir gelungen, Ervigot zu vertreiben?"

*Überzeugungskraft* sagte mir, dass es besser wäre, diese Frage mit einem Scherz abzutun. „Ich habe ihm nicht geschmeckt, Kitty. Er ist ärgerlich geworden und hat sich davongemacht."

„Du bist ausgesprochen interessant, Hammer 22", sagte die Forscherin. „Ich verstehe, dass du Geheimnisse hast, und bin froh, dass du mir wegen meiner Fragen nicht den Kopf abgerissen hast. Eine Kreatur, die allein einen Verwüster vertreiben kann, ist entweder ein Gott oder ein Hohepriester. Ich weiß nicht, wer du bist, aber ich würde unser Gespräch gern unter angenehmeren Bedingungen fortsetzen, um es herauszufinden. Du bist bei den Jägern gefährlicher Wildtiere immer willkommen. Oh, verdammt! Ich muss wieder ins Lager zurückfliegen, bevor der Schutzschild zu schwach wird. Bis bald, kleiner Hammer!"

Ich erinnerte mich an die Worte von Garrison Alt, dem Anführer des Jägerlagers beim Morast, der mir etwas Ähnliches gesagt hatte. Zu der Zeit war mein Ansehen bei der Fraktion gestiegen, aber im Moment zeigten Kittys Worte keine Wirkung. Wahrscheinlich wurde die Verbesserung des Ansehens durch *Identitätsverschleierung* blockiert.

Die Gnomfrau war bereits auf ihren Greif gesprungen, als mir einfiel, dass ich sie noch etwas fragen wollte.

„He, Kitty! Hast du schon einmal etwas von Moraines Kult gehört?"

„Erwähne sie nie in guter Gesellschaft!", rief Kitty beim Abheben. „Aber wenn du wirklich etwas über sie erfahren willst, besuche das Gasthaus Krummer Speer in Shak. Sprich mit Hettran, er ist der Chef."

Kitty hatte sich mit jedem Flügelschlag ihres Greifs weiter entfernt, doch ich konnte das meiste von dem verstehen, was sie gesagt hatte. Zuerst hatte mich meine Suche nach Kinema geführt und nun würde ich Shak auf Shad'Erung, dem Kontinent der Dunklen Völker, einen Besuch abstatten müssen – vorausgesetzt, dass ich um Mitternacht nicht aus *Dis* würde herausgeworfen werden. Ich hoffte, ich hatte den Entwicklern genügend Gründe gegeben, warum ich ohne Zeitbegrenzung in *Dis* bleiben musste. Wie sonst könnten sie den großen Kreuzzug bekommen, den sie haben wollten?

# Kapitel 13: Geld wächst nicht auf Bäumen

NACH MEINER BEGEGNUNG mit der Gnom-Forscherin Kitty sprang ich nach Kinema. Ich hatte gedacht, dass ich noch genug Zeit hätte, Shak durch das permanente Portal in der Hauptstadt der Goblins zu erreichen, aber es funktionierte nicht. In Gestalt des Menschen Hanzo konnte ich nicht zum Imperium teleportieren, und die Suche nach einem zum Imitieren geeigneten Mitglied eines Dunklen Volkes dauerte zu lange.

Statt nach Moraines Kultisten zu suchen, beschloss ich, bei den Gilden und Klassenschulen vorbeizuschauen.

Bei der Gilde der Steinmetze und Bauarbeiter kaufte ich zwei Bücher für Gyula: *Rang 1 – Meister der Baukunst* und *Rang 2 – Großmeister der Baukunst*. Wenn man sie las, würden sie nicht nur den Rang des Handwerks erhöhen, sondern auch einige standardmäßige Designs lehren.

Die Bücher waren sehr kostspielig. Für das gleiche Geld hätte ich drei Flieger kaufen können, doch ich hatte das Bedürfnis, Gyula zu danken. Die paar Tausend Goldmünzen, die er pro Monat vom Clan erhielt, waren kein besonders hoher Lohn, obwohl es für ihn viel Geld war. Die Bergarbeiter erhielten einen Anteil unserer Erzverkäufe, doch die Bauarbeiter bekamen nichts dergleichen. Und sobald Gyula und seine Männer ihr Level verbessert hatten, würden sie das Clan-Fort durch Upgrades verbessern müssen.

Die Jungs gingen auch nicht leer aus. Außer den Büchern für die Handwerksberufe kaufte ich Bomber Kampf-Fertigkeitsbücher für Rang 1 und 2. Crawler und Infect erhielten die identischen Versionen für Magier und Barden. Mich selbst durfte ich auch nicht vergessen. Für Herolde war nichts verfügbar, doch dafür fiel mir ein anderes Buch ins Auge: *Rang 1 – Meisterkoch*. Nachdem ich kurz überlegt hatte, kaufte ich das Buch für Rang 2 ebenfalls.

Die Rang-2-Bücher zeichneten sich dadurch aus, dass sie aufwendig gebunden, fünfmal teurer und doppelt so umfangreich waren. Ihr Rücken war aus Gold gemacht, während der Rücken der Rang-1-Bücher aus Silber bestand. Die Einbände von Rang-3-Büchern war mit schimmerndem Diamantstaub belegt. Ihr Preis belief sich auf eine siebenstellige Summe.

Zum Glück befanden sich alle Gilden in der gleichen Straße. Nur schade, dass ich nicht mehr Zeit bei der Gilde der Inschriftenkunde verbringen konnte. Es wäre hilfreich gewesen, das Handwerk bei einem Lehrer zu lernen und etwas Übung zu bekommen, aber da ich es eilig hatte, kaufte ich die Bücher für Rang 0, 1 und 2. Außerdem erstand ich einige unbeschriebene Pergamentrollen, spezielle Stifte und Tinte, die mir eine zusätzliche Chance verliehen, erfolgreich Schriftrollen herzustellen. Ich würde jedoch bis zum nächsten Tag warten müssen, um mich mit dem Handwerk zu beschäftigen, denn die Auktion würde bald beginnen.

Ich war spät dran, darum rief ich ein Taxi. Reittiere waren in Kinema verboten und das System erlaubte es nicht, sie zu beschwören. Wir fuhren schnell wie der Wind. Zwei Reptilien, die ständig nach einander schnappten, brachten den Wagen oder die Kutsche – ich kannte mich mit Transportmitteln des Mittelalters nicht aus – zum Gebäude der Goblin-Liga.

Sobald ich das Gebäude betreten hatte, wurde ich von einer magischen Verschleierung eingehüllt. Als Teilnehmer einer geschlossenen Auktion hatte ich einen *Nebelschleier* erhalten. Interessanterweise betrachtete *Imitieren* den Zauber als Wechsel meiner Tarnung und levelte. Danach konnte ich mir nicht nur eine Charakterklasse, sondern auch einen Nicknamen, ein Level und einen Clan geben. Während ich mir innerlich die Hände rieb, blieb ich in der Mitte der Halle stehen und schaute mich um, um herauszufinden, wohin ich gehen musste.

„Wow!", sagte eine Stimme hinter mir. „Hallo, Hanzo."

Als ich mich umdrehte, sah ich einen groß gewachsenen, menschlichen Hexenmeister namens Defiler, der hinter mir eingetreten war. Es war ein Level-321-Spieler der Kinder von Kratos. Verdammt, ein Verhinderer. Es schien, als ob *Nebelschleier* noch nicht wirkte, denn Defiler kam geradewegs auf mich zu und sah meine Tarnung.

„Wo kommst du denn her?"

„Darant", antwortete ich kurz. Ich verstand seine Überraschung nicht.

„Das ist offensichtlich." Er gestikulierte ärgerlich. „Auf welchem Level bist du, Hanzo? 57? Um dir den Respekt der Liga zu verdienen, musst du mindestens auf Level 200 sein. Wie hast du es geschafft, den Spinnenboss aus dem Bergwald zu erledigen? Und erzähl' mir nicht, dass dir hochlevelige Freunde geholfen haben. Jeder weiß, dass man die Quest solo abschließen muss."

„Es ist ein Geheimnis." Das war die erste Antwort, die mir einfiel. „Ein Berufsgeheimnis. Wenn du willst, verkaufe ich es dir."

„Du hast das System überlistet?", fragte Defiler stirnrunzelnd.

Ich wusste nicht, wie unser Gespräch geendet hätte, wenn Grokuszuid nicht aus einem der hinteren Büros zu meiner Rettung gekommen wäre.

„Ah, da bist du ja." Er winkte mich zu sich. „Beeil dich!"

„Sorry, ich muss gehen." Hastig drehte ich mich um und ließ den Hexenmeister stehen.

Defiler warf uns einen Blick zu und murmelte: „Und einen persönlichen Manager hat er auch. Sehr interessant ..."

Ich konnte förmlich spüren, wie der Hexenmeister mir mit seinen Blicken folgte. Ich hoffte, dass niemand auf mich warten würde, wenn ich das Auktionshaus verließ.

Grokuszuid war geschäftsmäßig, aber auch etwas aufgeregt. Der Grund dafür war offensichtlich die Provision, die er persönlich einstreichen würde. Er zog mich in sein Büro, wo er mir klare Anweisungen und einige Empfehlungen gab.

„Einige Verkäufer nutzen die Anonymität der Auktion, um als Bieter teilzunehmen und den Preis in die Höhe zu treiben. Es beseitigt jeden Verdacht, dass sie die Verkäufer sind. Du wirst mir sicher zustimmen, dass es einen gewissen Sinn ergibt. Es ist auch schon vorgekommen, dass bestimmte einflussreiche Individuen dieser Welt Druckmittel eingesetzt haben, um andere zu nötigen, Artefakte für ein paar Kupfermünzen zu verkaufen. Wir bieten Anonymität, aber manchmal ... Nun ja, es hat Missverständnisse gegeben. Wer bei derartigen Handlungen erwischt wird, wird auf die Schwarze Liste des Auktionshauses gesetzt, falls dich das etwas beruhigt."

„Verstanden, Grokuszuid, ich werde mitbieten."

„Ich möchte dich jedoch warnen: Übertreibe es nicht. Falls dich niemand überbietet, musst du den Gegenstand selbst kaufen. Die LAUS hat strenge Regeln, und es gibt keine Sonderbehandlung. Wenn nur ein paar Leute interessiert sind, biete nur zu Beginn. Es hat Fälle gegeben, bei denen der Verkäufer den Preis in die Höhe treiben wollte und seinen eigenen Gegenstand ersteigert hat. Gewöhnlich haben diese Schlauköpfe nicht die finanziellen Mittel, um das Artefakt zu bezahlen. Weißt du, wie so etwas endet?"

„Sicher nicht gut", vermutete ich.

„Es ist eine Freude, Geschäfte mit solch einem scharfsinnigen jungen Mann zu machen!" Grokuszuid lächelte. „Durch einen Verstoß gegen die Regeln der LAUS landest du automatisch auf der Schwarzen Liste und das Auktionshaus wird nie wieder Geschäfte mit dir machen. Außerdem wird der Posten konfisziert. Verstehst du, was ich sage?"

„Ja. Vielen Dank für die Erklärungen. Ich habe nicht die Absicht, es zu übertreiben."

Der Goblin führte mich zu einer der vielen Auktionshallen. Im Interesse des magischen Schutzes befand sich jede Halle in einem eigenen niedrigen Gebäude. Ich zählte über ein Dutzend dieser Gebäude. Sie sahen aus wie fensterlose Gruften aus Granitplatten mit jeweils einer einzigen Tür. Alle Auktionshallen befanden sich im Hinterhof des Goblin-Auktionshauses. Zu jeder Halle führte ein schmaler Pfad aus Pflastersteinen, der schimmerte, als ob er mit Diamanten besetzt wäre. Soweit ich sehen konnte, passten etwa 20 bis 30 Leute in eine Halle.

Als ich eintrat, waren die meisten Bieter schon anwesend. Hinter dem *Nebelschleier* sahen alle gleich aus: rauchige, farblose Gestalten. Den Gesprächsfetzen in der Halle konnte ich entnehmen, dass die Stimmen der Teilnehmer nicht identisch waren. Sie waren zwar geschlechtslos, doch ihr Tonfall unterschied sich. Über den rauchverschleierten Silhouetten zeigte das System nur „Teilnehmer einer geschlossenen Auktion" und eine Nummer an. Ich war Nummer 9 von etwa 15 Bietern.

Offenbar war ich nicht der einzige Nachzügler, denn im nächsten Moment wurde die Tür aufgestoßen und ein weiterer Bieter betrat die Halle.

„Ha-llo, ihr Verlierer! Wie geht's euch?", rief er, bevor er sich auf den Weg in die hinterste Reihe machte.

„Es ist Mogwai. Mogwai ist hier", kam es aus allen Richtungen der Halle.

Die Leute mussten den Spieler an seinem Slogan erkannt haben. Das Flüstern verstummte, als die Tür hinter Mogwai geschlossen und mit Magie versiegelt wurde.

Ich hörte eine Fanfare, das Licht ging aus und die Bühne wurde erleuchtet. Ein fetter Goblin in einer glitzernden Jacke erschien. Er verbeugte sich wie ein erfahrener Entertainer und verkündete triumphierend: „Willkommen zu diesem Sonderverkauf der Liga! Ich kann Ihre Ungeduld verstehen, verehrte Bieter, doch bevor wir beginnen, muss ich Ihnen die Regeln des Goblin-Auktionshauses vortragen."

Nachdem er die Regeln blitzschnell heruntergerasselt hatte, ging er zu den Posten über.

„Erlauben Sie mir, Ihnen den ersten der beiden Gegenstände der heutigen Auktion zu präsentieren: *Swjatogors Kettenhemd*, ein Ausrüstungsteil aus dem legendären Set von Swjatogor dem Dunklen. Zeitalter sind vergangen, seit er gelebt hat, doch bis zum heutigen Tag erzählt man sich Legenden über Swjatogors Todesursache. Er ist weder durch die Klinge eines Feindes noch durch den Dolch eines Verräters oder einen vergifteten Kelch gestorben. Demeter, die Göttin der Erde, hat den großartigsten aller Krieger, einen Giganten, grandioser als alle die es je in *Disgardium* gegeben hat, für seine Arroganz bestraft."

Während der Präsentation des Goblins wurde Szenen aus Swjatogors Leben gezeigt.

„Er hat einmal damit geprahlt, dass, wenn Himmel und Erde mit einem Ring versehen wären, er stark genug wäre, sie zusammenzuziehen." Der Auktionator schüttelte den Kopf. „Der Pflüger und Krieger Mikula hat es gehört und Swjatogor einen Sack vor die Füße geworfen, der ‚alle irdischen Lasten' enthielt. Swjatogor hat vergebens versucht, den Sack zu bewegen. Er hat so stark gezogen, dass er bis zu den Knien in der Erde versunken ist, doch er ließ nicht nach, bis er schließlich gestorben ist. Das Kettenhemd war das einzige, noch nicht gefundene Teil von Swjatogors Rüstung. Bis jetzt galt es als verschollen, doch nun liegt es vor Ihnen!"

Schockiertes Keuchen hallte durch die Halle. Das Kettenhemd schwebte von einer Seite der Bühne zur anderen, als ob es von einer unsichtbaren Person getragen würde. Die Goblin-Liga kannte sich mit Marketing aus! Das Flüstern wurde lauter, die Bieter hielt nichts mehr auf ihren Sitzen.

„Die Versteigerung für Posten Nummer 1, *Swjatogors Kettenhemd,* ist eröffnet. Der Ausgangspreis beträgt 3 Millionen Gold."

Eine der rauchigen Silhouetten leuchtete hell auf.

„Wir haben 3 Millionen! 3 Millionen Gold zum Ersten, ... Bieter Nummer 2 – 3.1 Millionen! 3.1 Millionen Gold zum Ersten, ... Bieter Nummer 12 – 3.2 Millionen! 3.2 Millionen zum Ersten, ... Bieter Nummer ..."

$$\times$$

*GELD WÄCHST NICHT AN Bäumen!* Wie oft hatte ich diesen Satz von meinen Eltern gehört. Immer wieder hatten sie mir eingebläut, dass es harte Arbeit war, Geld zu verdienen. Offensichtlich war das nicht immer der Fall, denn ich hatte in der letzten Stunde 10 Millionen Gold verdient. Na gut, 9 Millionen, wenn man *Snowstorms* Provision abzog.

Als ich mir die Reaktion meiner Eltern vorstellte, grinste ich ungeniert.

*Woher hast du das Geld, Junge?,* würden sie fragen.

*Ich habe es entdeckt, als ich an einem Baum vorbeigekommen bin. Es ist an den Ästen gewachsen!,* würde ich antworten. *Habt ihr nicht gesagt, dass Geld nicht auf Bäumen wächst?*

Ich war fast euphorisch vor Erleichterung. Bis zum Schluss hatte ich daran gezweifelt, dass mein Plan funktionieren würde. Ich hatte die ganze Zeit mit einem Haken gerechnet, doch nun waren meine

Probleme wie von Zauberhand verschwunden, wie Onkel Nick zu sagen pflegte. Ich hatte mehrere Fliegen mit einer Klappe geschlagen und meinen inneren Hamster zum Schweigen gebracht. Das Bußgeld meiner Eltern bezahlen? Kein Problem. Geld für eine Clan-Basis im realen Leben beschaffen? Na klar. Genug Geld verdienen, um für das Studium aller Mitglieder der Erwachten zu finanzieren? Ein Leichtes. Ich hatte sogar genug Geld übrig, um die Erpresser Hairo und Big Po zu bezahlen, falls ich mich dazu entschließen sollte.

Ich nutzte den Vorteil von *Nebelschleier*, um meine Charakterinformationen noch in der Auktionshalle zu ändern, und dachte mir den Level-300-Krieger MonkeyWrench aus, denn der Verhinderer Defiler ging mir nicht aus dem Kopf.

Wie sich herausstellte, war mein Verfolgungswahn gerechtfertigt gewesen. Am Ausgang des Auktionshauses warteten einige verdächtige Gruppen vom Bündnis der Verhinderer. Sie standen herum, beobachteten den einen oder anderen Passanten und gaben vor, sich zu unterhalten. Leider erlaubte *Imitieren* mir noch nicht, mir eine Tarnung mit Rüstung auszudenken, sodass ich kurzerhand die eines Samurais imitierte, der mir begegnete. Gleichzeitig wechselte ich auch meine Klasse.

***MonkeyWrench, Ork, Level-300-Samurai***
*Clan: Cthulhus Jungs*

In dieser Tarnung machte ich mich auf den Weg zur Bank von *Disgardium*, die von der Goblin-Liga geführt wurde. Sie hatte den Ruf, die sicherste Bank des Spiels zu sein. Es gab Dutzende, wenn nicht Hunderte von Banken. Viele Spieler oder Clans eröffneten Privatbanken, die zwar weniger vertrauenswürdig waren, doch höhere Renditen und Zinsen erwirtschafteten.

Die Goblin-Bank gehörte *Snowstorm, Inc.* Sie zahlte nur geringe Zinsen und erzielte oft negative Renditen. Andererseits erstreckte sich die Zuständigkeit der Bank ins reale Leben. Das bedeutete, dass ein Konto bei der *Bank von Disgardium* wie ein reales Bankkonto behandelt wurde.

Ich war besorgt, dass *Imitieren* sich bei der Eröffnung eines Bankkontos problematisch erweisen könnte. Vielleicht würde eine Sirene ertönen, sobald ich die Bank betreten hatte, die Wachen kämen angerannt und ich wäre gezwungen, mir den Weg nach draußen freizukämpfen. Doch nichts dergleichen passierte. Alles verlief wie bei der Auktion für Sonderverkäufe: Sie identifizierten mich als Untoten, doch sie forderten mich nicht auf, meine Tarnung abzulegen. In der Lobby fragte ein höflicher, doch etwas arroganter Goblin nach dem Zweck meines Besuches und führte mich zu einem Manager.

Da ich eine solch hohe Summe einzahlen wollte, wurde mir ein leitender Manager zugewiesen. Ich hatte vor, 4 Millionen für meine Eltern und die anderen Ausgaben zurückzulegen, doch nach kurzem Überlegen beschloss ich, die Summe auf 5 Millionen zu erhöhen.

„Bei 5 Millionen und mehr erhalten Sie einen ermäßigten Gebührensatz", erklärte der Bankangestellte. „Ihre Investition wird in die Spitzenkategorie eingeordnet, die Ihnen eine Auswahl von Privilegien gibt."

Diese Privilegien gaben den Ausschlag. Ich würde mich nicht mit meinem Vater in *Dis* treffen müssen, denn er könnte bei jeder beliebigen Zweigstelle in *Dis* oder im realen Leben vorbeischauen, die Kontonummer und das Passwort angeben und sein Geld erhalten oder es überweisen, wohin er wollte.

Beim Passwort hätte es jedoch beinahe Schwierigkeiten gegeben.

„Mögen die Schlafenden Götter nie erwachen", antwortete ich, als der Manager mich danach fragte.

Er erstarrte für einen Moment. Ich hatte keine Ahnung, was die Goblins und ihre habgierigen Götter Maglubiyet und Bargrivyek von den Schlafenden Göttern hielten, aber der Geschäftsmann blieb professionell. Er nickte, murmelte so etwas wie „Möge ihr Schlaf ewig währen" und füllte die Formulare aus.

Mir fiel ein Stein vom Herzen. Alle meine Probleme und die meiner Familie waren gelöst. Nun musste mein Vater das Geld nur noch im realen Leben abheben. Und ich konnte einfach spielen. Die Erkenntnis erfüllte mich mit leichtsinniger Unbekümmertheit. Der Krieg mit den Verhinderern, die Rettung des Tempels der Schlafenden Götter, der Abschuss der Quest für die Vernichtende Seuche ... In dem Moment erschien mir alles wie ein Spiel, bei dem ich viel mehr gewinnen konnte, als ich erwartet hatte.

Nach dem Kauf der Klassen- und Handwerkshandbücher für meine Freunde hatte ich einschließlich der Summe, die ich für Big Po und die Erhöhung meines Potenzials erhalten hatte, etwa 6 Millionen übrig. Einen Teil davon wollte ich in das Identifizieren der verbleibenden Artefakte investieren. Sicher würde ich auch etwas Geld für den bevorstehenden Krieg benötigen. Den Rest wollte ich dazu verwenden, das Fort so schnell wie möglich auf Level 3 zu erhöhen, um den *Schild der Gerechtigkeit* freischalten zu können. Doch all das musste vorerst warten. Im Moment war die oberste Priorität, den Stützpunkt der Vernichtenden Seuche zu errichten.

Von der Bank teleportierte ich zum Fort. Wie immer saßen alle im Gasthaus. Trixie saß mit Gyula und seinen Männern am Tisch und aß hingebungsvoll die gebratene Keule irgendeines Vogels. Nach der Größe der Keule zu urteilen, musste er so groß wie ein Strauß gewesen sein.

Ich setzte mich zu meinen Freunden und hob die Hand, um einen Kaffee zu bestellen. Gyulas Tochter Eniko lächelte mir zu und nickte.

„Pass auf", sagte Crawler. Er schnippte die Finger, und mit einem kaum hörbaren Summen bildete sich eine *Stillekuppel* über unserem Tisch.

„Wow! Wie hast du das geschafft?", fragte ich beeindruckt.

„Luftmagie", erklärte er und grinste zufrieden. „Ich habe sie etwas gelevelt."

„Hast du bei den Wächtern vorbeigeschaut?", wollte ich wissen.

„Ja. Flaygray hat gesagt, ich sollte nicht ohne Alkohol zurückkommen. Ansonsten ist alles in Ordnung. Sie bringen deine Schergen zur Baustelle. In circa einer Stunde werden sie dort sein."

Jemand musste die Baustelle verteidigen, während ich schlief oder in der Schule war. Darum hatten Flaygray, Nega, Anf und Ripta sich dorthin auf den Weg gemacht. Ich würde warten müssen, bis sie angekommen waren, denn ich konnte Gyula nicht ungeschützt zurücklassen. Er wollte die ganze Nacht in *Dis* bleiben, Rang 1 seines Handwerks erreichen und mit dem Bau des Stützpunktes der Vernichtenden Seuche beginnen. Selbst mit einem 100 %igen Boost auf Baugeschwindigkeit durch Speisen war die Zeit knapp. Ohne den Lich Shazz und seine mächtige Armee hätte ich keine Chance gegen Nergals Streitkräfte.

Nachdem ich meinen Freunden von meinem Gespräch mit Kitty berichtet hatte, erzählte ich ihnen von meinem Erfolg bei der Auktion. Inzwischen brachte Eniko meinen Kaffee mit etwas *Mango-Konfekt* an unseren Tisch. Tante Steph hatte keine Zeit verschwendet, einige neue Gerichte erfunden und ihr Handwerk *Kochen* gelevelt.

Gyulas Tochter ging zurück zur Theke. Die Jungs bemühten sich hartnäckig, ihr nicht hinterherzuschauen, denn sie wollten den Ärger des Bauarbeiters nicht auf sich ziehen. Wir wussten nicht, wie Nicht-Bürger auf so etwas reagieren würden.

„Was ist mit euch los?" Gyula blickte zu uns herüber. „Warum seid ihr auf einmal verschlossen wie Austern?"

„Sie mögen Eniko", antwortete ich, „aber sie haben Angst vor dir."

Meine Offenheit war den Jungs peinlich. Bomber drohte mir hinter Enikos Rücken mit der Faust und Infect trat mir unter dem

Tisch gegen das Schienbein. Crawler schüttelte den Kopf und rollte mit den Augen, als ob er sagen wollte: *Musste das sein, Scyth?* Gyula runzelte die Stirn und versuchte, herauszufinden, ob wir uns einen Scherz mit ihm erlauben wollten.

Um das Thema zu wechseln, legte ich triumphierend die Bücher auf den Tisch, die ich für die Jungs und Gyula gekauft hatte. Sie pfiffen anerkennend und sahen sie sich voller Interesse an.

„Vielen Dank, Alex", sagte der Bauarbeiter überwältigt. „Rang 2 hast du auch schon gekauft? Das muss sehr teuer gewesen sein."

„Ich muss dir danken, Gyula", antwortete ich. „Dir und deinen Kollegen."

„Wir wollen uns ebenfalls bedanken", erklärte Crawler. Bomber und Infect nickten zustimmend.

„Wofür?", fragte Gyula verwirrt.

„Für eure Loyalität, eure harte Arbeit und euer Vertrauen", antwortete ich.

Der Bauarbeiter war sichtlich bewegt. „Dann möchte ich euch auch danken."

Jemand berührte mich am Arm. Als ich mich umdrehte, sah ich Trixie. Der kleine Mann hatte die ganze Zeit geschwiegen, sodass ich ihn nicht bemerkt hatte.

„Wo sind meine Bücher, Alex?", wollte er wissen.

Verdammt. Wie sollte ich ihm erklären, dass er Rang 1 nicht erreichen konnte? Sollte ich eine Wohltätigkeitsorganisation ins Leben rufen, ihm auch eine Kapsel kaufen und ihn auf 100 leveln? Als Trixie mein Zögern bemerkte, ergriff er das Wort.

„Ich brauche Bücher wirklich. Ich muss ein großer Meister des Gärtnerns werden, sonst wächst Schutzbaum nicht."

Aus seiner verwirrenden Erklärung entnahm ich, dass der Baum laut Beschreibung nur bis Level 200 wachsen würde. Um sein Level weiter zu erhöhen, würden wir Trixies Handwerk verbessern müssen.

„Also gut, Veratrix", erwiderte ich nach kurzem Überlegen. „Morgen reisen wir zusammen nach Kinema. Ich muss einige Sachen erledigen, und danach können wir die Gärtnergilde besuchen." Es sah aus, als ob ich ihm tatsächlich auch eine Kapsel würde kaufen müssen. Wie ein alter Schriftsteller einmal gesagt hatte: *Du bist zeitlebens für das verantwortlich, was du dir vertraut gemacht hast.*

„Vergiss nicht, Samen für einen Geldbaum zu kaufen, Herr Furtado", sagte Bomber und konnte sich kaum ein Lachen verkneifen. „Und halte dich von den Wachen fern. Ich habe gehört, dass sie nach dir suchen, weil sie dich für den Gründer eines Drogenkartells halten."

„Wirklich?" Trixie bekam große Augen und seine Lippen begannen zu zittern.

„Es ist nur ein Scherz, Veratrix." Ich schlug dem Krieger gegen die Schulter und trat ihm obendrein unter dem Tisch noch gegen das Schienbein. „Überlege dir, was du sagst, Herr Hung Lee!"

„Kinemas Bezirk für verbotene Freuden ist berühmt für seine Vielfalt." Infect holte seine Gitarre heraus und begann zu singen.

Trixie lächelte, als er merkte, dass die Jungs ihn nur neckten. Ihm kamen alle möglichen Ideen in den Kopf, wie er sich in der Hauptstadt der Goblins die Zeit vertreiben könnte.

Während die anderen scherzten, warf ich einen Blick auf die Uhr. Verdammt! Onkel Nick war sicher schon angekommen. Ich musste mich aus *Dis* ausloggen, doch ich konnte nicht gehen, bevor die Arbeiter mit dem Bau des Stützpunktes begonnen hatten.

„Müssen wir sie wirklich lesen?", fragte ich und nickte in Richtung der dicken Bücher, die auf dem Tisch lagen.

„Ja", erwiderte Crawler düster. „Mein Buch *Rang 1 – Meister der Alchemie* hat fast 2.000 Seiten. Kein Mensch würde es ein zweites Mal lesen." Dann sah er mich an und grinste. „Erwischt! Komm schon, Scyth. Das Spiel mag realistisch sein, aber es ist trotzdem ein Spiel. Niemand würde einen solchen Wälzer lesen! Bücher funktionieren wie Schriftrollen, nur dass die Zauberzeit – in anderen Worten, das Lesen – zehn Minuten dauert. Du kannst auch eine Pause einlegen und später an der gleichen Stelle weiterlesen."

„He, ich habe mir ein Lied ausgedacht", warf Infect ein. „Wollt ihr es hören?"

„Nein!", riefen alle gleichzeitig, aber er hatte bereits mit dem Klimpern begonnen.

„Ein hei-li-ger Kreuz-zug steeeht bevor, und die Leu-te suchen in den Dü-nen der Wü-ü-ste Schutz", heulte der Barde.

Wir brachten es nicht übers Herz, ihn niederzubrüllen. Wenn ein Mann, noch dazu ein toter, singen wollte, wie konnten wir ihn davon abhalten? Außerdem gefielen uns die Worte, und der Gesang wurde nach und nach besser. Bomber und Gyula sangen sogar mit, und Trixie fiel nach einer Weile ebenfalls ein. Der einfache, einprägsame Refrain ging einem nicht mehr aus dem Kopf.

„Es ist nur ein Lied", sagte Infect, als er geendet hatte. „Ich habe es selbst komponiert und getextet. Ich werde es an die nächste, starke Fertigkeit binden, die ich freischalte. Ich muss es jedoch kürzen, denn die Länge des Liedes beeinflusst die Zauberzeit. Aber je länger ich singe, desto länger dauern die Buffs und Debuffs an. Hmm, das muss ich mir noch besser überlegen."

„Was gibt es da zu überlegen?", fragte Bomber verwirrt. „Singe deine Lieder, solange du willst. Dein Platz in der Gruppe ist hinter uns, du hast genug Zeit."

„Ich werde übrigens morgen für die Arbeiter singen", erklärte Infect und errötete. „Eine Art Konzert, bei dem ich Erfahrung verdiene."

„Okay, Leute, ich muss mich gleich ausloggen. Lasst uns zur Sache kommen", sagte ich. „Gebt mir eure Kochzutaten. Infect, ich brauche Aasgeier-Eier. Crawler, wie steht es mit den Kaldaunen der Zombieratten?"

„Wir haben ihre Höhle erreicht. Sieht aus, als ob es dort jetzt eine Plage gibt. Alle Ratten respawnen bereits als Zombies. Wir haben jede Menge gefarmt. Hier", erwiderte der Magier und gab mir die Kaldaunen.

„Meine kannst du auch haben", verkündete Bomber.

„Hier sind noch mehr", erklärte Infect.

Die Jungs legten Stapel von Fleisch, Gedärmen und anderen Kochzutaten auf den Tisch. Ich verstaute sie in meinem Inventar, trank meinen Kaffee aus und ging in die Küche des Pfeifenden Schweins. Auf Tante Stephs Herd bereitete ich Proviant zu und erhöhte mein *Kochen* auf Level 394 des Rangs *Experte*. Danach gab ich Bomber die Raid-Nahrung zur Aufbewahrung, doch ich behielt einige Portionen der Rattenkaldaunen, um die Levelgeschwindigkeit meiner Fertigkeit zu verbessern.

Ich gab Gyula zwei Stapel des *Unglaublich köstlichen Aasgeier-Ei-Omeletts mit Käse*. Das sollte ausreichen.

Wir teleportierten vom Fort zur Baustelle. Bei der Wahl des Ortes hatte ich sichergestellt, dass der zukünftige Stützpunkt im Territorium von Crash liegen würde. Der Diamantwurm war bereits stark genug, um fast jede Art von Mob in der Wüste allein auszuschalten, und falls er den Kampf verlor, respawnte er nach einer Abklingzeit wieder.

Meine Armee von Untoten trottete ziellos auf der Baustelle herum. Auch die früheren Wächter der Schatzkammer waren dort. Neben ihnen lag ein großer Haufen von Baumaterialien wie Steine und Baumstämme sowie Fässer. Sand gab es im Überfluss um uns herum.

Die Baustelle war von Mobs befreit worden. Die Wächter hatten meine Abwesenheit genutzt, um ihr Level auf über 350 zu erhöhen. Flaygray hatte die Tatsache ausgenutzt, dass jeder Beute für sich beanspruchen konnte, die nach einer Stunde nicht eingesammelt worden war. Als wir erschienen, gab er Crawler eine Reihe verschiedener Zutaten.

„Bei der Räumung des Gebietes haben wir einige unserer treuen Soldaten verloren, Chef", berichtete Nega. „Wir brauchen neue Rekruten."

Auf Sturm flog ich los, um Verstärkung zu beschaffen. Ich zog die Aggro einiger Mobs auf mich und lockte sie zu meiner untoten Gefolgschaft. Nachdem wir sie beseitigt hatten, legten wir sie auf verschiedene Haufen und looteten sie, bevor ich meine Magie wirkte und zehn Zombies wiedererweckte. Dadurch konnte ich *Seuchen-Reanimation* auf Level 8 erhöhen. Das Limit an Schergen unter meiner Kontrolle stieg um weitere zehn, sodass ich noch einmal losfliegen und weitere Mobs aufstacheln musste.

Kurz vor Mitternacht erhielt ich eine E-Mail von *Snowstorm, Inc.* Sie hatten die Zeitbegrenzung meiner Spielsessions aufgehoben.

Ich war bereits dabei, auszuloggen, als mir etwas einfiel. „He, Jungs, ich habe eine Idee. Da die Schergen den Wächtern gehorchen, warum versuchen wir nicht, einem von euch ebenfalls Kontrolle über einige Untote zu übertragen?"

Auf den ersten Blick war nicht offensichtlich, auf welche Weise das funktionierte. Alle Schergen waren in Zehnergruppen aufgeteilt, die im Interface aufleuchteten. Es gab keine besonderen Befehle zur Übertragung ihrer Steuerung. Ich konnte die von mir wiedererweckten Mobs beliebig verschieben und ihnen einen Anführer zuweisen. Da sich die Wächter unter den Schergen befanden, war es einfach, ihnen Kontrolle zu geben.

Leider befanden meine Freunde sich nicht unter ihnen. Ich überlegte. Wir waren alle in der gleichen Gruppe und gehörten zur Fraktion der Vernichtenden Seuche. Konnte ein Botschafter seine Schergen nicht einem anderen zuweisen? Ich meinte, mich zu erinnern, dass Koshch und Shazz genau das getan hatten. Meine Clankameraden waren zwar selbst keine Botschafter, doch sie waren von mir, einem Botschafter, verwandelt worden. Ich hatte keine Ahnung, welchen Platz sie in der Hierarchie der Vernichtenden Seuche einnahmen.

Die Jungs warteten geduldig, während Gyula sein Buch der Baukunst „las". Ich prüfte mein Spiel-Interface und das Bedienfeld für die Schergen. Dann zog ich Crawlers Symbol auf eine der Gruppen wiedererweckter Mobs und ... Es funktionierte!

„Es hat geklappt!", rief Crawler. *„Du bist als Anführer der zweiten Gruppe von Scyths Schergen eingesetzt worden!* Wow, ich kann sie steuern!"

Die zehn Schergen pflügten durch den Sand, als sie seinem mentalen Befehl gehorchten und von einer Düne hinunterliefen.

„Ja, sie gehorchen mir!"

„Weißt du, was das bedeutet?", fragte Bomber aufgeregt. „Wir können jetzt allein leveln! Wir brauchen Scyth nicht mehr."

„Und wir bekommen die Erfahrung!", fügte Infect erfreut hinzu.

Ich übertrug jedem von ihnen eine Zehnergruppe. Mit 30 stöhnenden Untoten würden sie alle Mobgruppen in der Wüste aus dem Weg räumen können, solange sie nicht zu waghalsig wären.

Die übrigen 40 Zombies blieben unter dem Befehl der Wächter. Sie würden Gyula beschützen.

Meine eigenen Leibwächter Sharkon, Toothy, Kermit, Birdie und It behielt ich für mich, denn ich hatte mich an sie gewöhnt.

# Zweites Zwischenspiel: Nicholas

VOR LANGER ZEIT war sein Name Nicholas Wright gewesen. In dem Leben hatte er eine schwierige Kindheit gehabt, war ein Taschendieb gewesen, hatte einen Kumpanen hereingelegt, war unschuldig des Mordes angeklagt worden und hatte eine lange Strafe erhalten. Er hatte gedacht, dass sein Leben dort enden würde, doch dann hatte das Militär ihm ein unerwartetes Angebot gemacht. Er sollte als Versuchsperson an einem wissenschaftlichen Experiment teilnehmen. Nur für ein paar Monate, danach würde er seine Freiheit bekommen.

Diese paar Monate waren ihm wie ein ganzes Leben erschienen, doch das lag nun in der Vergangenheit. Nachdem er in die normale Welt zurückgekehrt war, war Nicholas oder Nick, wie er von seinen Freunden genannt wurde, der Abenteuer und Gefahren überdrüssig gewesen und hatte ein gewöhnliches Leben begonnen.

Es hatte jedoch nicht lange angehalten. Sein Körper hatte Herausforderungen und Adrenalin gefordert, sodass er nach oben zum Kosmos geschaut hatte. Er hatte seine Flugausbildung mit fliegenden Fahnen bestanden und ein Ausbildungsprogramm als Astronaut sowie mehrere Programme in Verbindung mit der bevorstehenden Kolonisierung des Sonnensystems abgeschlossen.

Seine jüngere Schwester Helene war ebenfalls eine aussichtsreiche Kandidatin gewesen, doch sie hatte nicht die finanziellen Mittel, um eine Universität zu besuchen. Nick hatte getan, was nötig war, um ihr zu helfen, und kurz darauf war ein großes Unternehmen ohne ersichtlichen Grund auf Helene aufmerksam geworden und hatte ihr Studium finanziert.

Sie hatten ihren Vater nicht gekannt, daher hatte Nick seine Schwester am Tag ihrer Hochzeit zum Altar geführt. Helenes Auserwählter war ein Mann namens Mark Sheppard gewesen, ein starker, sehniger Mann mittlerer Größe mit grünen Augen, dichten Augenbrauen und einem schelmischen Lächeln. Nick hatte sich Sorgen um seine Schwester gemacht, denn es war klar gewesen, dass ihr Mann ein Frauenschwarm und Playboy war. Doch der frischgebackene Ehemann war ein treuer, verlässlicher Partner geworden.

Die beiden hatten einen Sohn bekommen, Alexander. Nick hatte keine eigenen Kinder, daher hatte er seinen kleinen Neffen sehr liebgewonnen. Während seiner seltenen Besuche auf der Erde hatte Nick immer bei seiner Schwester übernachtet, Zeit mit dem Jungen verbracht und Mark und Helene in ein Restaurant eingeladen. Die beiden lebten bescheiden und widmeten all ihre Zeit ihrer Arbeit und ihrem Sohn. Um ehrlich zu sein, hatte der Junge sich zu einem Rabauken entwickelt.

Die Sheppards hatten als Architekten virtueller Welten gearbeitet, sich einen Namen gemacht und waren an der Entwicklung bestimmter Orte im Spiel *Disgardium* beteiligt gewesen, das schnell an Beliebtheit gewonnen hatte. Bis zur sogenannten Stunde X, als die Welt permanent geworden war. Von dem Moment an war der Bedarf an Spielentwicklern für *Dis* rasant gesunken. Die Welt hatte sich externen Veränderungen widersetzt und sich gemäß den im Kern festgelegten Gesetzen selbst weiterentwickelt.

Helene und Mark waren zu anderen Spielen gewechselt, und als *Dis* eine dominierende Stellung eingenommen hatte, hatten sie sich kleinen, unabhängigen Projekten wie virtuellen Geschäften oder privaten Welten für Reiche zugewandt.

Wegen des Mangels an Arbeit war Mark ins Spiel eingestiegen. Er hatte in *Dis* gelevelt, seinen eigenen Clan gegründet und es sogar bis unter die besten 10.000 der globalen Rangliste geschafft. Doch sein Erfolg im Spiel hatte sich auf sein Familienleben ausgewirkt. Helene hatte ihren Mann oft wochenlang nicht zu Gesicht bekommen, während er Tag und Nacht in *Dis* verbracht hatte. Sie hatte sich allein um den gesamten Haushalt, die Arbeitsprojekte und Alex kümmern müssen, der nun zur Schule ging. Das alles hätte sie bewältigen können, doch dann hatte Mark Geld des Familienbudgets in seinen Charakter gesteckt und gesagt, die Investition würde sich früher oder später auszahlen.

Das war eine Fehleinschätzung gewesen.

Nick hatte gedacht, dass Mark derjenige wäre, der zuerst eine Affäre haben würde, doch er hatte sich geirrt. Während ihr Mann sich in der virtuellen Realität aufhielt, hatte Helene eine Beziehung mit einem anderen Mann begonnen, die aber nur einen Monat angehalten hatte. Helene hatte sich schuldig gefühlt. Sie hatte mit jemandem sprechen wollen, um ihre Gründe zu erklären, daher hatte sie mit ihrem Bruder Nick gesprochen. Er hatte sie zwar nicht unterstützt, doch er hatte versprochen, mit Mark zu reden. Er hatte seinem Schwager angedeutet, dass er seine Frau verlieren würde, wenn er ihr nicht mehr Aufmerksamkeit schenken würde. Mark hatte auf Nick gehört und mit dem Spielen aufgehört.

Helenes Freude über die Rückkehr ihres Mannes in die reale Welt war nur von kurzer Dauer gewesen. Das Spiel hatte Mark nicht nur gefesselt, er war geradezu abhängig davon gewesen. Während Mark versucht hatte, seine Familie zu retten, war ein äußerst teurer legendärer Gegenstand von einem Raid-Boss für seinen Clan gedroppt. Ein Helm oder Schulterstücke aus einem besonderen Set. Mark hatte keine Ahnung gehabt. Die Clanmitglieder hatten den

Gegenstand verkauft und das Geld unter sich aufgeteilt, ohne ihm einen Anteil zu geben. Mark hatte nicht ertragen können, dass sie ihn betrogen hatten, und war nach *Disgardium* zurückgekehrt. Nach erfolglosen Raids war er morgens wütend und gereizt aufgetaucht. Helene hatte ihn nur ein paarmal am Tag gesehen: Im Morgengrauen, wenn er aus seiner Kapsel gestiegen war, und nach dem Mittagessen, wenn er sich schnell einen Imbiss geholt hatte, bevor er das Spiel wieder betreten hatte.

Helene hatte einen neuen Geliebten gefunden, mit dem sie mehrere Jahre zusammen gewesen war. Dieses Arrangement war beiden Seiten entgegengekommen. Sie hatten es aus verschiedenen Gründen aufrechterhalten: eine gescheiterte Ehe, ein gefühlloser Partner, ihre Kinder und ihre Familie. Es war nie eine ernsthafte Beziehung gewesen, nur seltene Treffen und kurze, leidenschaftliche Begegnungen. Danach waren sie wieder zu ihren separaten Lebensumständen zurückgekehrt. Nick hatte es später herausgefunden, nachdem seine Schwester sich den nächsten Geliebten gesucht hatte.

Nicholas war wütend gewesen. *Du hättest mir nichts davon erzählen sollen!*, hatte er Helene angeschrien. Er war hin und her gerissen gewesen zwischen seiner männlichen Solidarität mit Mark und der Loyalität gegenüber seiner Schwester. Am Ende hatte er entschieden, dass ihn die Sache nichts anging und er sich nicht einmischen würde. Sie waren beide erwachsen und würden selbst eine Lösung finden müssen.

Dieses Mal war es Helene mit der Beziehung ernst gewesen. Sie hatte sich offensichtlich verliebt und beschlossen, sich von Mark scheiden zu lassen. Nick war gegen ihre Entscheidung gewesen. Er mochte seinen Schwager, und die drohende Scheidung würde sich negativ auf die Zukunft seines Neffen auswirken. Doch er hatte nicht gewusst, wie er seine unabhängige, widerspenstige Schwester dazu bringen könnte, ihre Meinung zu ändern. Als Nick zum Mars geflogen war, hatte Helene endgültig entschlossen, die Scheidung einzureichen.

Die Kolonien benötigten mehr und mehr Ressourcen, und selbst wenn Nick zur Erde zurückgekehrt war, war er nicht auf die Oberfläche hinuntergekommen, sondern in der Umlaufbahn geblieben. Er war zum Mond-Raumhafen geflogen, hatte aufgetankt, Ressourcen geladen und war umgehend wieder zum Roten Planeten geflogen.

Diese öde Routinearbeit hatte ihn schnell gelangweilt, sodass Nicholas in den Bereich der langfristigen Expeditionen gewechselt war. Er hatte die erforderlichen Vorbereitungen getroffen, um einen Piloten versetzen zu lassen, und musste nun mithilfe einiger persönlicher Verbindungen nur noch ein paar bürokratische Probleme lösen. Gleichzeitig wollte er seine Verwandten besuchen.

Als er an die Tür der Sheppards klopfte, rechnete Nicholas damit, dass ihm Niedergeschlagenheit und Scheidungsstress entgegenschlagen würde, doch er hatte sich geirrt.

Seine Schwester öffnete guter Laune die Tür. Sie hatte sich immer gefreut, wenn er zu Besuch kam, aber die Freude war so schnell wieder verschwunden wie Wasserfarben im Regen. Dieses Mal schien Helenes Stimmung beständiger zu sein, wie in den ersten Jahren ihrer Ehe mit Mark.

Nachdem er ihr seine Neuigkeiten erzählt hatte, erkundigte Nicholas sich vorsichtig, wie es ihr und ihrer Familie ginge. Je mehr er hörte, desto angespannter wurde sein Gesichtsausdruck.

„Mark ist in seiner Kapsel und erhöht sein Level", berichtete Helene. „Es ist wichtig für uns, dass er so schnell wie möglich Level 10 erreicht."

„Für uns?", wiederholte Nicholas überrascht. Bis jetzt hatte seine Schwester immer verächtlich über die Spielleidenschaft ihres Mannes gesprochen.

„Ja." Seine Schwester nickte. „Wir sind mit einem Projekt gescheitert und haben eine Geldstrafe erhalten."

„Ist es eine hohe Summe?", erkundigte er sich.

„Sehr hoch. Über eine Million." Helene begann, den Tisch zu decken. „Bist du hungrig?"

„Wie ein Wolf. Ich habe den ganzen Tag bei verdammten Bürokraten verbracht und nicht einen Bissen gegessen." Nicholas antwortete mechanisch, während ihm bewusst wurde, was Helene gerade gesagt hatte. Über eine Million! Die Sheppards hatten noch nie viel Geld besessen, und nun dieses Bußgeld! Wie konnte Helene so ruhig darüber reden?

Er musste sie falsch verstanden haben. „Hast du ‚über eine Million' gesagt?", hakte er nach.

„Ja, es war ein großes Projekt. Der Kunde hat hohe Verluste erlitten."

„Eure Lage scheint alles andere als gut zu sein, Helene. Entschuldige, aber hast du den Verstand verloren?", fragte er unverblümt.

„Wie möchtest du dein Steak?"

„Blutig. Weiche mir nicht aus! Was geht hier vor? Hör auf, herumzulaufen, und setz dich hin! Erkläre mir, was passiert ist."

Helene atmete tief ein, legte das Messer zur Seite, mit dem sie das Fleisch geschnitten hatte, und setzte ihm gegenüber auf einen Stuhl.

„Es gibt einiges, von dem du nichts weißt", sagte sie.

„Das ist offensichtlich", entgegnete Nick.

„Alex hat in *Disgardium* unglaublich großen Erfolg gehabt. Ich kenne die Einzelheiten nicht, aber seine Leistungen sind fantastisch. Gemeinsam mit seinen Freunden ist er Champion in der Junior-Arena geworden. Außerdem hat er einige sehr wertvolle Artefakte in die Hände bekommen. Er selbst kann das Geld erst aus dem Spiel abheben, nachdem er den Staatsbürgerschaftstest abgeschlossen hat, darum levelt Mark seinen Charakter rund um die

Uhr, um Zugriff auf Alex' Konto zu bekommen. Nach ... du weißt schon, hatte er seinen alten Charakter gelöscht."

„Ja, ich erinnere mich", sagte Nicholas trocken. „Aber ich verstehe nicht, was das mit Alex zu tun hat. Ihr beide habt Mist gebaut und schuldet eurem Kunden über eine Million. Trotzdem bist du die Ruhe selbst, obwohl ihr Alex das Problem aufgeladen habt? Seid ihr nicht ganz bei Trost? Ich weiß nicht viel über das Spiel, aber ich bin schlau genug, um zu wissen, dass du mir Unsinn erzählst. Andere Leute verbringen Jahre damit, etwas in *Disgardium* zu erreichen, und mein Neffe hat die Lotterie gewonnen? Oder irgendeinen märchenhaften Schatz gefunden, der ihn unvorstellbar reich gemacht hat? Als Nächstes willst du mir wohl erzählen, dass er herausgefunden hat, wie man den Gott-Modus einschaltet, was? Das ist Unfug! Alex spielt ein Spiel, statt sich auf den Staatsbürgerschaftstest vorzubereiten, und kommt nicht einmal heraus, um seinen Onkel zu begrüßen? Weiß er überhaupt, dass ich hier bin? Hast du ihm gesagt, dass ich zu Besuch komme?"

„Natürlich, Nick. Er kommt heraus, sobald er kann." Helene war durch die Vorwürfe ihres Bruders nicht einmal zusammengezuckt. Sie sprach mit gelassener Stimme und lächelte. „Es ist alles in Ordnung, beruhige dich. Lass mich jetzt das Abendessen kochen. Mark und Alex kommen jeden Moment aus ..."

„Aus ihren Särgen!", unterbrach Nick sie.

„... aus ihren Kapseln. Dann können sie dir alles erklären. Na ja, Mark wird es erklären. Alex hat eine Geheimhaltungsvereinbarung mit *Snowstorm, Inc.*"

„Was ist mit der Scheidung?", wollte Nick wissen.

„Daran hat sich nichts geändert", erwiderte Helene. Ein Schatten fiel über ihr Gesicht.

„Ich habe eine gute Menschenkenntnis, Helene. Ich kann sehen, dass die Aussicht darauf dich nicht mehr so freut wie noch vor einem halben Jahr."

„Jetzt ist nicht der richtige Zeitpunkt, Nick", entgegnete seine Schwester.

Helene stand auf und machte sich in der Küche zu schaffen, während Nicholas über die Pläne der Regierung sprach, die erste Expedition in die Weiten des Weltraums zu einem anderen Sternensystem zu schicken. Er erzählte von seiner Arbeit auf dem Mars und verkündete, dass er Alex helfen wollte, seine Träume wahrzumachen, zur Universität zu gehen und ein Weltraum-Reiseführer zu werden. Nicholas freute sich, dass sein Neffe durch seinen Einfluss ein Interesse am Weltraum entwickelt hatte. Die routinemäßige, interplanetarische Raumfahrt war nicht besonders romantisch, doch wenn man sich vorstellte, dass das endlose Universum ein Ort war, in den die Menschheit sicher früher oder später vordringen würde ...

„Wir werden unsere Spuren auf den staubigen Pfaden ferner Planeten hinterlassen!", verkündete er triumphierend.

„Welche Art von Beruf ist Weltraum-Reiseführer eigentlich?", fragte Helene und blickte zu ihrem Bruder hinüber, der sich den Mund vollstopfte. „Ist es ernst zu nehmende Arbeit?"

„Der Weltraumtourismus nimmt ständig zu", antwortete Nicholas. „Ein vollwertiger Pilot zu werden, liegt Alex nicht, doch er liebt den Weltraum. Als Weltraum-Reiseführer braucht man vor allem Wissen. Natürlich wird er im Fliegen ausgebildet werden, doch es steht an zweiter Stelle. Nachdem er sein Studium abgeschlossen hat, kann er einen Job annehmen, um Erfahrung zu sammeln, und später sein eigenes Unternehmen gründen. Er könnte mit Touren von der Erde über den Mond zum Mars beginnen und dann schwierigere Strecken anbieten."

Mark stieg als Erster aus seiner Kapsel. Nur mit seiner Unterwäsche bekleidet ging er zum Kühlschrank. Als er den Gast aus dem Augenwinkel sah, hielt er inne und drehte den Kopf. Er begann zu lächeln und errötete.

„Nick, du interstellarer Gangster! Du bist schon angekommen!", rief er mit einem Lächeln.

Während Nicholas seinen Schwager umarmte, lachte Helene und gab ihrem Mann einen leichten Klaps. „Zieh dich an, Mark, damit du dich sehen lassen kannst."

„Ach, lass mich in Ruhe. Wir sind doch unter uns", entgegnete er, doch er tat trotzdem, was sie gesagt hatte.

Die kurze Episode zeigte Nicholas' geschultem Auge etwas, das er „Schwingungen" nannte. Es waren für das gewöhnliche Auge unsichtbare zwischenmenschliche Interaktionen, die die Wahrheit über Beziehungen enthüllten. An diesem Tag unterschieden sich die Schwingungen deutlich von denen, die er bei seinem letzten Besuch wahrgenommen hatte.

Das Abendessen fand in einer gemütlichen Atmosphäre statt, und Nicholas musste eine zweite Portion essen, um seinem aufgeregt erzählenden Schwager Gesellschaft zu leisten. Wie sich herausstellte, hatte Mark sich mit einer starken Gruppe angefreundet und eine schwierige Instanz mit ihnen abgeschlossen.

„Ein Dungeon mit besonderen Mobs und Belohnungen", erklärte er Nick, der ihn verwirrt ansah. „Ich bin auf Level 9 aufgestiegen! Wir haben nicht viel Zeit, darum werde ich eine Weile bleiben und warten, bis Alex kommt. Danach gehe ich nach *Dis* zurück."

„Mark!", sagte Helene und sah ihren Mann vorwurfsvoll an. „Nick ist nur für einen Tag hier. Du kannst später spielen."

„Du hast recht", antwortete Mark. „Lass uns ein bisschen zusammensitzen und uns über die guten alten Zeiten unterhalten."

Nach dem Abendessen machten sie es sich am künstlichen Kamin gemütlich, öffneten eine Flasche Wein und setzten ihre Unterhaltung fort, während sie auf Alex warteten.

„Kommen wir zum Thema zurück", sagte Nicholas. „Wenn ich euch richtig verstehe, hat Alex einige mächtige Artefakte erhalten, die er verkaufen kann, um eure Probleme zu lösen. Ist das richtig?" „Ja." Mark nickte begeistert. „Er hat mir Beschreibungen geschickt. Sie sind unglaublich!"

„Bitte versuche, uns zu verstehen, Nick, wir ...", begann Helene, doch Mark unterbrach sie.

„Ich weiß, was du denkst. Wir lassen uns scheiden und Alex könnte das Geld, das er uns geben will, selbst gebrauchen. Es würde ausreichen, um sein gesamtes Studium zu bezahlen, doch ..."

„Genau!", explodierte Nicholas mit einem Mal. „Was denkt ihr euch dabei, die Liebe eures Sohnes auszunutzen, um ihn auszurauben? Werdet ihr sein Leben nach dieser Sache weiterhin verpfuschen? Er besitzt ohnehin keinen Cent, und nun soll er euch beiden aus der Patsche helfen? Ihr werdet zurechtkommen, wenn ihr geschieden seid und zwangsweise umgesiedelt werdet. Aber der Junge? Du brauchst nicht mit den Augen zu rollen, Helene! Die Wahrheit tut weh, nicht wahr? Alex kann einiges, aber er ist kein Genie. Welche Kategorie werden sie ihm zuweisen? L? Wo wird er ohne Ausbildung und besonderen Fähigkeiten landen? Sie werden ihn in die hinterste Ecke der Welt schicken, wo er ein klägliches Dasein in *Dis* wird fristen müssen, satt zu studieren!"

Nicholas fuhr noch eine Weile fort, sie herunterzuputzen. Helene und Mark verstanden viele seiner farbigen Redewendungen nicht, aber sie wussten trotzdem, was er meinte. Sie wagten es nicht, ihm zu widersprechen oder ihn zu unterbrechen, doch als er geendet hatte, nahm Mark das Gespräch an der Stelle wieder auf, wo Nicholas ihn unterbrochen hatte.

„Wie ich gesagt habe, könnte Alex das Geld, das er uns geben will, selbst gebrauchen, doch die Sache ist die: Diese Artefakte sind viel wert. Unglaublich viel. Vielleicht mehrere 10 Millionen. Wenn er nur ein Artefakt hätte, würde ich dir zustimmen, doch er hat mehrere, und jedes einzelne ist mindestens eine Million wert. Die Auktion findet heute statt. Offenbar sind die Käufer verpflichtet, ihn umgehend zu bezahlen. Alex lässt zwei Posten versteigern. Nach unserer vorsichtigen Schätzung wird er mehrere Millionen für sie bekommen. Wir haben bereits besprochen, dass ich 4 Millionen erhalten werde: 1.2 Millionen, um das Bußgeld für unser gescheitertes Projekt zu bezahlen, und 2 Millionen für die Ausbildung von Alex und seinen Freunden. Die Summe geht auf ein Bankkonto und kann nicht angetastet werden. Alex wird eine Ausbildung erhalten."

„Was ist mit dem Rest?", fragte Nicholas düster.

„Alex braucht das Geld, aber er will uns nicht sagen, wofür."

„Das ist sein gutes Recht", schnaubte Nicholas. „Ich werde mit ihm reden. Gibt es keine Möglichkeit, ihn aus dem Spiel zu holen? Können wir ihm eine Nachricht schicken?"

„Von hier nicht", antwortete Mark. „Die Entwickler trennen Spieler bewusst von der realen Welt ab, um die Immersion nicht zu unterbrechen. Wenn er auf meiner Freundesliste stünde, könnte ich ihm schreiben, doch dazu müsste ich ihn erst persönlich treffen. Eine weitere Bedingung der Spielwelt."

„Was ist mit dem Notausstieg?", warf Helene ein.

„Auf keinen Fall!", erwiderte Mark. „Er könnte gerade einen Boss bekämpfen oder bei der Auktion sein. Nein, es würde sein Spiel vermasseln."

Es war kurz nach Mitternacht, als Alex erschien. Er war offensichtlich erschöpft, doch bester Laune. Als er seinen Onkel sah, umarmte er ihn vor Freude und schlug ihm freundschaftlich auf den Rücken.

*Er ist erwachsen geworden!*, dachte Nicholas stolz.

Sie öffneten eine weitere Flasche Wein, während Alex aß und sie auf den neuesten Stand brachte.

„Die Goblins haben nicht an Drohungen gespart, Paps. Nicht mir, sondern den Bietern gegenüber. Sie haben strenge Regeln, und wer gegen sie verstößt, wird auf ihre Schwarze Liste gesetzt. Außerdem sinkt das Ansehen desjenigen bei der Liga auf *Hass*. Es waren höchstens zwölf Bieter anwesend, und nicht alle waren Spieler. Ich konnte jedoch weder ihre Gesichter noch ihre Namen sehen, denn wir standen alle unter einem *Nebelschleier*-Zauber. Ich habe selbst mitgeboten. Grokuszuid, der Goblin von der Liga, hat mir geraten, ab und zu ein Gebot abzugeben, um keine Aufmerksamkeit zu erregen."

„Wow, das hört sich sehr ernst an." Helene schüttelte den Kopf.

„Wenn es um viel Geld geht, ist die Sache immer ernst", sagte Mark, als ob er jemals etwas für Millionen verkauft hätte.

„Stimmt." Alex nickte. „Das Kettenhemd aus dem Swjatogor-Set ist zuerst versteigert worden. Die Gebote sind schnell eingegangen, aber bei 5 Millionen sind alle außer zwei Bietern ausgestiegen. Am Ende ist es für 7.1 Millionen Gold verkauft worden."

Mark pfiff. Helene wäre fast ihr Glas Wein aus der Hand gefallen.

„Das *Kampfhemd von Irkuyems Zorn* hat bedeutend weniger eingebracht", fuhr Alex fort. „Ich bin sicher, dass Mogwai sich mit den anderen Bietern abgesprochen hat. Da er der Besitzer der anderen Teile des Druiden-Sets ist, gab es fast keine Gebote. Einer der NPCs hat versucht, es zu ersteigern, doch bei 7 Millionen hat er aufgehört. Insgesamt ..."

„14.2 Millionen", flüsterte Helene. „Lieber Himmel ..."

„Genauer gesagt, etwa 10 Millionen", korrigierte Alex seine Mutter. „Die Goblins ziehen eine saftige Provision für ihre Dienste ab. Trotzdem ist es eine riesige Summe."

„Das ist ein schöner Erfolg für dich, Junge, aber musst du morgen nicht in die Schule?", fragte Mark.

Alex' überraschter Blick sagte Nick, dass die Frage für seinen Neffen unerwartet kam. *Natürlich*, lachte Nicholas innerlich. *Erst hatte er Angst, dass ich seinen Sohn aus dem Spiel holen würde, doch nun will er wohl seine väterliche Fürsorge zeigen.* Es machte den Eindruck, als ob Mark bei seinem Schwager punkten wollte. Zum Teufel damit! Er sollte den Jungen etwas Zeit mit seinem Onkel verbringen lassen. Es könnte eine Weile dauern, bis sie sich das nächste Mal sehen würden.

„Ja", bestätigte Alex.

„Warum hat der Timer des Spiels dich nicht um Mitternacht hinausgeworfen?", erkundigte Mark sich erstaunt.

„Ich habe den Entwicklern eine Nachricht geschrieben, dass ich nicht genug Zeit hätte, um ..." Alex verstummte und blickte verstohlen zu seinem Onkel hinüber. „Angesicht meiner besonderen Umstände haben sie mir die Erlaubnis gegeben, ohne Zeitbegrenzung zu spielen."

Sie saßen lange zusammen, unterhielten sich über Alex' Kindheit und lachten über lustige Momente aus seinem Leben. Mark und Helene wurden nostalgisch, als sie sich daran erinnerten, wie sie sich kennengelernt hatten und zusammen ausgegangen waren.

Sie hatten fünf Flaschen Wein geleert, als Nicholas seinem Neffen zunickte. Alex verstand den Fingerzeig.

Sie ließen Mark und Helene zurück und gingen auf den Balkon, um frische Luft zu schnappen. Die holografischen Lichter der Werbung erleuchteten die Straße, als ob es helllichter Tag wäre. Die Bäume schlugen aus und die Rasen wurde grün. Frühling lag in der Luft. Lieferdrohnen flogen mit leisem Summen in die geöffneten Fenster der Wohnblocks. Die moderne Welt schlief niemals.

Nicholas zündete sich eine Zigarre an und legte den Arm um Alex Schultern. Es folgte ein langes Gespräch. Wegen der Geheimhaltungsvereinbarung konnte Alex nicht viel über das Spiel sagen, doch Nicholas hörte aufmerksam zu und vergewisserte sich, dass er alles verstand. Sein Neffe erzählte ihm von Tissa, von seinen Klassenkameraden, die ihn früher traktiert hatten, doch nun enge Freunde geworden waren, und von den Nicht-Bürgern, die, wenn nicht Freunde, so doch Verbündete waren. Alex ließ auch die eine oder andere Bemerkung über andere Clans und die Triade fallen, und Nicholas versprach, seine Verbindungen zu nutzen, falls sein Neffe in echte Schwierigkeiten geraten sollte.

Als der Morgen graute, wurde Alex müde und folgte dem Rat seines Onkels, ein paar Stunden zu schlafen.

„Falls mein Vertrag morgen unterzeichnet wird, werden wir uns lange nicht sehen", sagte Nicholas und umarmte seinen Neffen.

„Ich werde dich vermissen", entgegnete Alex.

„Ich dich auch. Ich bin stolz darauf, wie du es geschafft hast, die Probleme deiner Familie zu lösen und deine Eltern aus der Grube zu befreien, die sie sich selbst gegraben haben. Ich möchte dir einen Rat geben, bevor ich gehe. Wirst du einem alten Mann zuhören?"

Alex lachte. „Wer ist hier alt? Du siehst jünger aus als Papa."

„Schmeicheleien nützen dir nichts." Nicholas lächelte. „Es gibt keinen Grund mehr für deine Eltern, sich scheiden zu lassen."

„Hat es jemals einen gegeben?"

„Vor einiger Zeit vielleicht. Deine Mutter hat gedacht, dass sie Mark nicht mehr liebt. Sie war mit jemand anderem zusammen. Doch dieser Jemand ist aus dem Leben und dem Herzen meiner Schwester verschwunden. Ist dir nicht aufgefallen, wie deine Eltern heute miteinander gesprochen haben? Ich habe den Eindruck, dass keiner der beiden mehr eine Scheidung will. Mark wollte sich ohnehin nie trennen, doch sein Stolz verbietet ihm, den ersten Schritt zu tun."

Alex schüttelte den Kopf. „Mama wird auch nicht die Initiative ergreifen. Sie hat Papa zu viele Dinge an den Kopf geworfen. Es wird schwer für sie sein, es ..."

„Schaffe die richtigen Bedingungen für sie", unterbrach Nicholas ihn. „Falls du es dir leisten kannst, schenke ihnen einen Urlaub in einem Resort, wo sie Zeit miteinander verbringen können. Ohne Arbeit und ohne Spiel."

„Meinst du, das könnte funktionieren?"

„Vertraue einem Mann, der schon vieles gesehen hat. Wenn man zwei Leute unterschiedlichen Geschlechts in ein Hotelzimmer mit vorausbezahlter Minibar steckt ..."

„Schon gut, Onkel Nick, ich verstehe." Alex lachte. „Kennst du ein schönes Resort?"

„Ich würde Silberhafen auf dem Mond empfehlen. Wie sie den Ort eingerichtet haben, ist einfach himmlisch! Es wird deinen Eltern gut gefallen. Und die niedrige Schwerkraft hat eine interessante Wirkung auf die E..."

„Hör auf, Onkel Nick!" Alex schlug Nicholas lachend gegen die Brust.

„...rektion", beendete Nicholas den Satz. Was er begonnen hatte, brachte er auch zu Ende.

# Kapitel 14: Die Kunst der Inschriftenkunde

AM NÄCHSTEN TAG war ich so müde, dass alles andere außer unserem angeregten Frühstück, meinen gut gelaunten Eltern und dem Abschied von meinem Onkel wie im Nebel an mir vorbeizog.

Der Unterricht verging so langsam, dass ich manchmal den Eindruck hatte, die Zeit wäre stehengeblieben. Ich sah immer wieder auf die Uhr und zählte die Minuten bis zur Pause. In der letzten Stunde hatten wir Wahlunterricht, doch statt endlich meinen Roboterbegleiter fertigzustellen, an dem ich seit Beginn des Schuljahres gearbeitet hatte, wollte ich nach Hause fliegen.

„Macht, was ihr wollt", sagte ich zu den Jungs, als wir im Flieger saßen. „Ich muss jedenfalls Schlaf nachholen."

„Kein Problem, Alex", entgegnete Ed. „Wir können uns um alles kümmern. Was hast du vor, wenn du ins Spiel zurückkehrst?"

„Ich will Kinema besuchen, um den Kupferbarren des Sicherheitsmannes von Exco zu kaufen", erwiderte ich. „Ich habe Trixie versprochen, ihn mitzunehmen. Danach muss ich etwas in Shak erledigen."

Niemand sagte etwas, und ich wusste, warum. Ich hatte meine Entscheidung, den Erpresser zu bezahlen, nicht mit meinen Clankameraden besprochen. Zwar gehörten die Loot und das Geld mir, doch es wäre das Beste, ihnen meinen Entschluss zu erklären.

„Ich habe eine Idee, und falls sie funktioniert, werde ich es euch erzählen. Doch falls nicht, werde ich der Einzige sein, der etwas verliert."

„Wir erheben keinen Anspruch auf dein Gold", sagte Ed. „Aber du weißt, wie es ist: Ein Kopf ist gut, aber vier ..."

„Es ist meine Verantwortung, Ed. Bald wird es hart auf hart kommen, und wir werden herausfinden, ob es sich gelohnt hat. Aber vor dem Krieg kann ich mir keine Probleme mit Excommunicado leisten. Es ist ein Clan von Kriminellen. Sie haben einen schlechten Ruf."

„Stimmt. Ursprünglich sind sie vom Cali-Kartel finanziert worden", bestätigte Hung. „Das haben mir meine Freunde aus der Triade erzählt. Na ja, Freunde von Freunden. Ich bin deiner Meinung, Alex. Solche Probleme können wir im Moment nicht gebrauchen."

„Ganz richtig", sagte Infect.

„Ihr redet, als ob ich dagegen wäre!", schnaubte Ed. „So habe ich es nicht gemeint. Aber ... Hung nicht mitgerechnet, könnten wir die dreifache analytische Leistung erbringen. Wir könnten die Info schneller verarbeiten." Er tippte sich an den Kopf. „Versteht ihr, was ich meine?"

„Sicher", murrte Hung. „Du sagst, dass ich ein Trottel bin."

„Du sagst doch selbst immer, dass dein Gehirn beim Football gelitten hat und du nicht so schnell denken kannst", entgegnete Ed.

„Kommt schon, Jungs", griff ich ein, um den sich zusammenbrauenden Streit zu verhindern. „Hung hat schon oft bewiesen, dass er genauso schnell Lösungen finden kann wie wir. Es war falsch von mir, euch nicht zu konsultieren, aber fürs Erste ist es besser, dass ihr die Details nicht kennt. Falls die Sache klappen sollte, werden wir alle profitieren. Falls nicht, erzähle ich euch, was und warum ich es unternommen habe. Einverstanden?"

Die Jungs nickten.

„Okay. Was das Grinden betrifft, seid ihr sicher, dass ihr es allein schafft?"

„Falls einer von uns von einem Mob gefressen wird, ist es kein Drama", sagte Hung. „Ruh dich aus. Bald werden wir keine Zeit mehr zum Schlafen haben."

„Ja, wir leveln heute allein. Dabei schlagen wir zwei Fliegen mit einer Klappe: Wir helfen den Wächtern, Gyula zu schützen, und lernen, die Schergen zu steuern. Ohne dich verdienen wir viel mehr Erfahrung", erläuterte Ed.

„Das müssen wir noch überprüfen", wandte ich ein.

„Wir haben es gestern bereits überprüft. Ich habe vergessen, es dir zu sagen", bemerkte Ed. „Nachdem du dich ausgeloggt hattest, haben wir die Schergen gegen Mobs kämpfen lassen. Die Spielmechanik ist etwas eigenartig. Da es deine Schergen sind, solltest du die Erfahrung erhalten, doch wenn du nicht in der Nähe bist, bekommen deine hirnlosen Jungs keine Erfahrungspunkte. Die Wächter haben gestern bewiesen, dass in dem Fall die Erfahrung stattdessen an die Leute geht, die die Schergen steuern."

Soweit ich wusste, levelte Shazz seine Armee nicht durch das Vernichten von Feinden. Auf der Insel Kharinza gab es außer dem Montosaurus ohnehin keine Mobs, und er war entkommen. Daher musste der Lich seine Untoten durch eine Art von Ritual oder besonderen Zauber leveln, mit dessen Hilfe er uralten sterblichen Überresten Todesenergie entzog. Vielleicht war das der Grund, warum der Lich sich dort aufhielt.

„Lasst euch nicht ablenken. Gyula muss ständig beschützt werden", sagte ich übermüdet. „Die Wächter sind NPCs. Wer weiß, auf welche Ideen sie kommen, vor allem, wenn sie zu viel getrunken haben. Wir müssen uns mit dem Bau des Stützpunktes beeilen."

Ich gähnte herzhaft und schloss die Augen, doch bevor ich einschlafen konnte, tippte Ed mir auf die Schulter und sagte: „He,

Alex, beinahe hätte ich es vergessen. Ich habe Informationen über Yoruba gefunden."

„Was hast du in Erfahrung gebracht?"

„Es ist ein seltsamer Clan, der aus ein paar verrückten Leuten zu bestehen scheint", antwortete Ed. „Sie waren immer am unteren Ende der Rangliste, doch irgendwann sind der Clan und seine Mitglieder plötzlich aufgestiegen. Sie machen keine auffallend schnellen Fortschritte, doch sie liegen höher als der globale Durchschnitt. Viel höher."

„*Staatsbürgerschaft?*", fragte ich und benutzte damit das Codewort für „Gefahr".

„Ja, es ist der Anführer", erklärte Ed. „Die anderen sind wahrscheinlich ‚Unter-Bürger' wie wir. Verdammt, wir müssen vorsichtiger sein, wenn wir uns über diese Sachen unterhalten. Lass uns darüber sprechen, nachdem wir gelandet sind."

Bei meinem Wohnblock angekommen, gingen wir hinein und setzten das Gespräch im Flur des obersten Stockwerks fort, wo niemand uns belauschen konnte.

„Was meinst du, welche Art von Gefahr es ist?", wollte Ed wissen.

„Ich wette eine Million Gold, dass sie etwas mit der riesigen Schlange zu tun hat", sagte Malik. „Ich frage mich, worum es sich bei der Kreatur handelt."

„Es muss eine Gottheit sein. Ein Bestiengott", antwortete ich. „Wir müssen ihnen einen Besuch abstatten und ihr Schloss in Schutt und Asche legen."

„Warum?", fragte Ed überrascht. „Wir könnten es ‚zerlegen' und die Ressourcen nutzen oder es verkaufen."

„Um es verkaufen zu können, müssen wir es verteidigen. Willst du, dass ich dort festsitze und nicht in der Lage bin, es zu verlassen?", fragte ich.

„Natürlich nicht. Aber du hast doch jetzt Freunde unter den Goblins. Wickle die Sache über sie ab. Sie stellen das Schloss unter ihren Schutz und versteigern es. Falls niemand es kauft, behalten sie es. Sie werden es billig anbieten, doch beim Verkauf erhältst du das Geld umgehend. Ich habe gehört, dass Angreifer ein Schloss ‚wie gesehen' einschließlich des Inhalts der Schatzkammern verkaufen, wenn sie es eilig haben."

„Und die früheren Schlossbesitzer sehen einfach dabei zu?"

„Was können sie dagegen tun? Sobald die kleinen, grünen Kerle etwas in die Finger bekommen, behalten sie es. Sie könnten vermutlich darum kämpfen, es zurückzubekommen, doch wer will schon sein Ansehen bei den Typen ruinieren, die alle Transport- und Finanzmärkte kontrollieren?"

„Also habe ich zwei Möglichkeiten: Das Schloss einnehmen oder zu einer Einigung kommen", schlussfolgerte ich.

„Über was?", fragte Malik verwirrt. „Und mit wem? Den Goblins?"

„Wir brauchen Verbündete", antwortet Ed an meiner Stelle. „Alex schlägt eine Partnerschaft mit Yoruba vor, stimmt's?"

„So etwas Ähnliches. Bevor ich sie verlassen habe, hat ihr Anführer Yemi gesagt, dass sie meinem Ruf folgen würden. Mal sehen, ob er die Wahrheit gesagt hat."

„Was zum Teufel hätten sie davon?", wollte Malik wissen.

„Sie würden zu Untoten werden und könnten den Ursay-Dschungel farmen. Das wäre der erste Vorteil", erläuterte ich. „Zweitens könnten sie an einem interessanten Ereignis auf der Seite der Vernichtenden Seuche teilnehmen. Drittens hätten sie die Möglichkeit, Anhänger der Schlafenden Götter zu werden, doch das funktioniert erst, nachdem wir einen zweiten Tempel errichtet haben."

„Du hast vergessen, zu erwähnen, dass sie ihr Clan-Schloss behalten könnten", fügte Hung hinzu.

„Richtig. Das wäre wahrscheinlich der größte Vorteil für sie", stimmte ich ihm zu. „Aber vorerst beschäftigt mich etwas anderes.

Wir müssen einen Weg finden, um schneller zu leveln. Wir müssen Mogwai überholen und die Spitze der Rangliste erreichen, um wirklich eine Chance zu haben."

„Das wird auch Zeit!", rief Hung, und Infect ergänzte: „Ja, lasst uns die Ghule mit einem Treffer erledigen!"

„Tut mir leid, dass ich dich auf den Boden der Tatsachen zurückholen muss, aber die Ghule sind wir selbst. Oder zumindest Untote", erwiderte ich. „Lasst uns jetzt die Einzelheiten besprechen. Heute folgen wir dem Plan, doch ich denke, es ist besser, wenn wir morgen einen anderen Ort aufsuchen."

„Was schlägst du vor?", erkundigte Ed sich.

„Wie wäre es mit Holdest?"

„Holdest?", wiederholte Malik aufgeregt.

„Nicht so laut!", wies Hung ihn zurecht.

„Bist du sicher?", fragte Ed zweifelnd. „Wie sollen wir die dortigen Mobs ausschalten? Unser Schaden ist nicht hoch genug, selbst wenn wir deine Schergen mitnehmen würden. Was könnten sie gegen Mobs ausrichten, die mehrere Hundert Level höher sind als sie?"

„Nichts", pflichtete ich ihm bei. „Doch für den Fall, dass ihr es vergessen haben solltet: Ich hätte fast einen Verwüster solo niedergemäht. Die Bestien auf Holdest sind sicher nicht viel stärker."

„Natürlich! Deine *Reflexion*!" Ed rieb sich die Hände. „Worauf warten wir dann noch? Warum gehen wir nicht schon heute?"

„Ich muss heute noch eine Menge erledigen und Yoruba einen Besuch abstatten", entgegnete ich. „Wir haben noch ein paar Tage Zeit. Morgen sollten wir die letzten Unterrichtstunden schwänzen und nach Holdest teleportieren. Levelt bis dahin so hoch wie möglich. Verzettelt euch nicht und konzentriert euch auf eure wichtigsten Kampffertigkeiten."

„Verstanden", sagte Ed.

„Du auch, Infect", verlangte ich. „Für Konzerte hast du später noch genug Zeit. Der Krieg steht kurz bevor."

„Ich wollte aber meine *Archäologie* leveln!", beschwerte der Barde sich. „Als wir auf dem Drachen geflogen sind, habe ich jede Menge *Ausgrabungsplätze* gesehen. Im Gegensatz zur Sandbox kann man in der Lakharianischen Wüste wertvolle Sachen finden."

„Falls du in der Nähe deines Farmortes einen entdeckst, kannst du gern graben, aber verschwende nicht zu viel Zeit. Also gut, Leute, ich muss jetzt schlafen gehen. Eine weitere durchgearbeitete Nacht überlebe ich nicht."

Die Jungs stiegen in den Flieger und machten sich auf den Weg. Mein Gefühl sagte mir, dass sie heute großen Spaß haben würden.

NACHDEM ICH ZWEI STUNDEN geschlafen hatte, duschte ich und aß etwas. In der Küche beklagten meine Eltern sich über ihren Kater. Mein Vater würde trotzdem in *Dis* leveln müssen. Nach dem schnellen Imbiss stieg ich wieder in die Kapsel.

Ich materialisierte im Gasthaus des Clans, wo ich meinen Charakter am Tag zuvor zurückgelassen hatte. Nachdem meine Augen sich an den dunklen Raum gewöhnt hatten, entdeckte ich Trixie am Nachbartisch.

„Ich begleite dich!", rief er, als er mich sah. „Habe schon gewartet."

Der Gärtner blickte mich erwartungsvoll an. Sein Gesichtsausdruck war der eines aufgeregten Kindes, doch seine buschigen Augenbrauen verrieten sein Alter. Ich hatte ihm versprochen, ihn mitzunehmen, doch nun kamen mir Zweifel. Wenn schon der niedriglevelige Hanzo bei den Verhinderern Verdacht erregt hatte, wie würden sie dann auf einen Nicht-Bürger reagieren? Nicht-Bürger hatten keinen Zugang zu Bakabba. Die Goblins kamen ohne billige Arbeitskräfte aus. Und ich hatte keine

Möglichkeit, Trixies auffallende Erscheinung zu verändern: Ein buckliger, kleiner Mann, der sich wie ein Kind benahm. Nein, es war keine gute Idee.

„Es könnte gefährlich sein, Veratrix. Nicht nur für dich, sondern für den gesamten Clan", versuchte ich, ihn umzustimmen.

„Alex hat es versprochen!", heulte er.

„Das stimmt, aber als ich noch einmal darüber nachgedacht habe, ist mir klargeworden, wie gefährlich es ist", erklärte ich.

„Du hast es versprochen! Versprochen!"

Trixie war bereit. Er hatte die Kleidung angezogen, die er in Darant gekauft hatte, sein strubbeliges Haar gekämmt und sich sogar rasiert. Im Gegensatz zu gewöhnlichen Kapseln übertrugen die Kapseln von Nicht-Bürgern das reale Aussehen des Spielers ins Spiel. Der Gärtner hatte viel Zeit darauf verwendet, sich in der realen Welt herauszuputzen. Nun traten ihm Tränen in die Augen.

„Du hast es aber versprochen!", wiederholte er.

Was sollte ich tun? *Frauen und Kinder darf man nicht enttäuschen*, sagte Onkel Nick immer. Ich wusste nicht, warum er Männer oder alte Leute nicht einbezog. Es musste ein ungeschriebenes Gesetz für ihn sein. Jedenfalls war Trixie auf dem geistigen Niveau eines Kindes.

„Also gut, Veratrix. Ich nehme dich mit. Aber falls etwas passiert, musst du *Dis* sofort verlassen und wirst für sehr lange Zeit nur nach Kharinza gehen können. Verstanden?"

Trixie bekam vor Aufregung einen Schluckauf und lächelte. Hat er überhaupt gehört, was ich gesagt hatte? Ich beschloss, besondere Vorsicht walten zu lassen. Schnell teleportierte ich zum Auktionshaus von Darant und kaufte einen Stapel *Schriftrollen der Verhüllung*. Sie waren nicht so gut wie *Identitätsverschleierung*, doch sie würden vorübergehend alle Charakterinformationen löschen.

„Du bist zurück!" Trixie grinste breit.

„Ich bin zurück. Nimm diese Rollen. Jede von ihnen hält eine Stunde an. Du darfst nicht vergessen, sie zu aktualisieren. Alles klar?"

„Ja, ich aktualisiere sie." Die Schriftrollen verschwanden im Inventar des kleinen Mannes. Einen Augenblick später demonstrierte er, dass er sie benutzen konnte. Alle Informationen über seinem Kopf verschwanden. „Willst du dir zuerst den Baum ansehen?"

„Natürlich." Ich war erleichtert, dass ich das Problem gelöst hatte.

Trixie zog mich aus dem Gasthaus und bestürmte mich mit Fragen darüber, was wir in Kinema tun würden und ob er die Nacht dort verbringen könnte.

Der *Fleischfressende Schutzbaum* war 15 Meter gewachsen. Sein Aggro-Radius umfasste den Platz vor den Tempelruinen, das Hauptquartier, den Clanspeicher und einen Teil der Straße. Der Kobold-Schamane Ryg'har stand unter dem Baum und rauchte eine selbstgedrehte Zigarette, die nach verbrannten Lumpen roch.

„Sei gegrüßt, Geistersprecher", sagte ich.

„Mögen die Schlafenden Götter nie erwachen, Auserwählter", antwortete der Schamane murmelnd.

„Möge ihr Schlaf ewig währen", erwiderte ich, während ich dachte: *Oh, jetzt bin ich also der Auserwählte!*

Der Stammeshäuptling Grog'hyr gesellte sich ebenfalls zu uns. Ich erkundigte mich, ob sie etwas bräuchten, doch der Häuptling sagte, dass sie alles Notwendige hätten. Nur die untoten Schergen, die jenseits der Grenze umherstreiften, würden die Kinder ängstigen.

„Kinder?", fragte ich erstaunt.

„Ja, Auserwählter. Der Stamm hat an diesem Ort Frieden und Schutz gefunden. Unsere jungen Krieger konnten Zeit mit ihren Frauen verbringen."

Wie war das möglich? Sie waren erst seit zwei Wochen hier – zu kurz, um Kinder auszutragen. Und wie konnten die Kinder bereits groß genug sein, um Angst vor Untoten zu haben?

Als der Schamane meine Verwirrung bemerkte, erklärte er: „Wir haben es dem Schutzbaum zu verdanken, der zur Spezies der Großen Lebensbäume gehört. Unter seinen Ästen gedeiht alles Leben."

Wie es seine Gewohnheit war, holte Ryg'har zu einem langen Monolog aus. Ich öffnete unterdessen das Bedienfeld des Forts.

***Willkommen beim Bedienfeld des Kharinza-Forts, Scyth!***

*Besitzer: Clan der Erwachten*

*Level: 1*

*Einwohner: 45/100*

*Gebäude: Hauptquartier, Schatzkammer, Gasthaus, Ställe, Baracken, Häuser, Friedhof, Händlerstände ...*

Was, schon 45 Einwohner? Ich traute meinen Augen nicht. Als ich dem Stamm zum ersten Mal begegnet war und alle Mitglieder zu Anhängern der Schlafenden Götter gemacht hatte, waren es nur 13 Kobolde gewesen. Tissa und Infect hatten alle 13 zum Fort gebracht und nun hatte das Fort bereits 45 Einwohner. Wow! Bei dem Tempo würden wir es innerhalb einer Woche upgraden können.

„*Wir nähern uns Level 200, Scythy!*", schrieb Crawler im Clan-Chat. Ich antwortete, dass sie mich ja nicht überholen sollten, sonst würde ich ihnen die Schergen wieder abnehmen. Die Nachricht meines Freundes erinnerte mich daran, dass die Zeit verflog und ich mich beeilen musste, doch dann fiel mir *Inschriftenkunde* ein. Es würde am besten sein, mich in aller Ruhe mit dem Handwerk vertraut zu machen.

„Lass uns noch einmal zum Gasthaus zurückgehen, Veratrix", sagte ich zu dem Gärtner, der bereits vor Ungeduld platzte. Er konnte es nicht erwarten, die Goblin-Hauptstadt zu sehen. „Ich muss noch etwas erledigen."

Ich zog Trixie mit mir ins Pfeifende Schwein, ohne auf seinen Protest zu achten. Dort bestellte ich einen Kaffee und holte ein dünnes, ledergebundenes Buch mit dem Titel *ABC des Schreibens* heraus.

**Möchtest du dieses Buch lesen und die Grundlagen des Handwerks Inschriftenkunde erlernen?**

*Beschränkung: Alle zehn Level nicht mehr als ein Handwerk.*

*Warnung: Je mehr Handwerke du erlernst, desto langsamer wirst du Fortschritte mit ihnen machen.*

Als ich akzeptierte, öffnete sich das Buch. Aus den Seiten kamen Lichtstrahlen und ein Zauberzähler erschien vor mir. *Lernfortschritt: 1 %.* Die Zahl stieg schnell, und 20 Sekunden später schlug das Buch zu und verschwand.

**Handwerk Inschriftenkunde freigeschaltet!**

*Du besitzt jetzt die Fähigkeit, Symbole und Verstärkungsrunen zu erstellen, deine eigenen Zauber und magischen Fertigkeiten auf Schriftrollen zu übertragen und unabhängig geografische Karten zu kopieren.*

*Die von dir kreierten Symbole können von anderen aktiviert werden, um ihre Klassenfähigkeiten und -fertigkeiten zu erhöhen. Schwache Symbole stärken Rang-1-Fertigkeiten, starke Symbole stärken Fertigkeiten auf jedem Rang. Es gibt Beschränkungen für die Anzahl der Symbole, die gleichzeitig benutzt werden können.*

*Verstärkungsrunen erhöhen Haupt- und Nebenattribute, wenn sie auf Ausrüstungsteile gewirkt werden. Nur eine Rune pro Gegenstand!*

*Zum Kopieren geografischer Karten ist die Fertigkeit Kartografie erforderlich. Je höher das Level, desto besser wird die Qualität der kopierten Karten.*

*Das Erstellen von Schriftrollen für Zauber und magischen Fertigkeiten ist auf jedem Level des Handwerks verfügbar, doch die Erfolgsrate für das Übertragen eines Zaubers auf eine Rolle hängt von deinem Level in Inschriftenkunde und der Stärke des Zaubers ab.*

*Zum Schreiben benötigst du in der Regel unbeschriebene Pergamentrollen, einen Stift und Tinte.*

*Derzeitiger Rang: Schüler*

*Chance, erfolgreich ein bekanntes schwaches Symbol zu erstellen: 50 %*

*Chance, erfolgreich ein bekanntes starkes Symbol zu erstellen: 0,5 %*

*Chance, erfolgreich eine bekannte Verstärkungsrune zu erstellen: 50 %*

*Chance, eine Schriftrolle für einen Zauber oder eine magische Fertigkeit zu erstellen: abhängig vom Zauber oder dem Rang der magischen Fertigkeit und des Handwerks.*

**Hinzugefügte kleinere Symbole:** *Feuerball, Angriff, Verblassen, Schnellschuss*

**Hinzugefügte Verstärkungsrunen:** *Geringe Stärke, Geringe Beweglichkeit, Geringe Ausdauer, Geringe Intelligenz*

*Perfektioniere dein Handwerk: Kreiere Symbole, Verstärkungsrunen, Rollen mit Zaubern und magischen Fertigkeiten sowie Karten. Experimentiere mit Tinte, um neue Effekte von den dir bekannten Symbolen und Runen zu bekommen.*

**Erhaltene Erfahrungspunkte für das Erlernen eines neuen Handwerks: 500.000**

*Erfahrungspunkte auf derzeitigem Level (245): 534.993 Mio./1.330 Mrd.*

Nachdem ich alles gelesen hatte, schwirrte mir vor Begeisterung der Kopf. Ich hatte einige Symbole und Runen für jede Klasse und jedes Standardattribut erhalten. Die übrigen musste ich selbst erfinden oder sie bei einer Gilde oder dem Auktionshaus kaufen.

Im Moment hatte ich nicht vor, mich näher mit dem Handwerk zu beschäftigen. Mein Level war inzwischen so hoch, dass ich mich für jedes neue Level schinden und Zeit investieren musste, um ausgefeilte Pläne für die Jagd nach zusätzlichen Schadenspunkten auf der DPS-Anzeige zu machen. Große Runen verliehen zum Beispiel +100 auf Attribute. Wenn man auf jedes Ausrüstungsteil eine Rune wirkte, würde man +1.600 erhalten! Aber für solche Rezepte würde sicher Tinte wie *Goldblaues Drachenblut* nötig sein, und diese Zutat droppte nur einmal im Jahr von einem äußerst seltenen Mob.

In meiner Lage war es ohnehin wichtiger, mich auf das Erhöhen meines Charakterlevels zu konzentrieren, statt zu versuchen, mein Handwerk zu leveln, um die besten Verstärkungsrunen zu erhalten. Daher beschloss ich, *Inschriftenkunde* zu dem Zweck einzusetzen, für den ich das Handwerk ursprünglich gewählt hatte.

Ich holte eine unbeschriebene Schriftrolle, ein Fläschchen mit *blauer* Tinte (+5 % *Chance, erfolgreich eine Schriftrolle herzustellen*) und einen epischen *Eleganten Stift des Schreibers* (+15 % *Chance, erfolgreich eine Schriftrolle herzustellen*) aus meinem Inventar.

Ich aktivierte *Schriftrolle erstellen* und erhielt eine Liste von verfügbaren Fertigkeiten zum Niederschreiben.

**Tiefen-Teleportation**
*Chance, erfolgreich eine Schriftrolle zu erstellen: 0,01 %*
**Grässliches Geheul**
*Chance, erfolgreich eine Schriftrolle zu erstellen: 0,01 %*
...
**Seuchenzorn**
*Chance, erfolgreich eine Schriftrolle zu erstellen: 0,001 %*

Als ich die Chancen sah, wurde mir klar, dass die Kobolde die Einzigen waren, die sich hier schnell vermehren würden. Meine Idee, 100 maximal aufgeladene *Seuchenzorn-Schriftrollen* zu produzieren, war nicht schlecht gewesen, doch sie umzusetzen, würde viel Arbeit erfordern. Ich würde das Handwerk also doch leveln müssen. Ich hatte gehofft, dass es einfach sein würde, meine – wie sollte ich es ausdrücken? – „ranglosen" Fertigkeiten auf Pergament zu übertragen, aber die KI war nicht dumm.

Also gut, dann würde ich *Inschriftenkunde* eben leveln. Das ganze Leben war eine einzige Schinderei. Zuerst musste man die Fertigkeit leveln, den Kopf zu halten und zu krabbeln, danach levelte man das Sprechen und Schreiben. Das Rezept für *Seuchenzorn*-Bomben niederzuschreiben, war lediglich ein weiteres Level.

„Hier ist dein Kaffee, Scyth." Enikos Stimme lenkte mich davon ab, das Interface zu prüfen. Sie stellte eine Tasse des heißen Getränks auf den Tisch. Den Schaum hatte sie mit einem Smiley verziert.

„Danke, Ennie." Ich lächelte. „Aber ich habe keinen ..."

„Freunde helfen dir, ohne, dass du sie darum bitten musst", antwortete sie geheimnisvoll, bevor sie mit wiegenden Hüften den Tisch verließ.

Ich schüttelte den Kopf. Alles zu seiner Zeit. *Atme tief durch, Scyth. Reiß dich zusammen und starre ihr nicht hinterher.*

Ich hatte mich gerade wieder unter Kontrolle bekommen, als Trixie erschien.

„Komm schon, Alex! Lass uns aufbrechen", quengelte er. Aus dem Mund eines erwachsenen, wenn auch kleinen Mannes klang das Jammern kläglich. Hartnäckig zog er an meiner Armschiene, doch ich schüttelte den Kopf.

„Verdammt! Setz dich noch einen Moment hin, Veratrix! Ich muss noch etwas abschließen."

Oh je, nun hatte ich doch die Geduld mit ihm verloren. Trixie zog beleidigt ab und ging zu Patrick hinüber, der mit dem Gesicht auf dem Tisch lag. Dieses wandelnde Problem, das altehrwürdige Maskottchen des Clans, war mehrere Tage lang verschwunden gewesen und erst vor einigen Stunden wieder aufgetaucht. Ich hatte noch nicht mit ihm gesprochen, denn es war unmöglich, sich mit jemandem zu unterhalten, der im Vollrausch war oder tief und fest schlief. Doch ich hatte aus dem Clan-Chat erfahren, was ich wissen musste. Patrick hatte die Jungs gebeten, ihn zur Stadt Glendale zu bringen, weil er eine „Luftveränderung" bräuchte. Dort hatte er die Trauer über seine unerwiderte Liebe für Tante Steph im Alkohol ertränkt und war schließlich zurückgekehrt.

Als Trixie Patrick an den Schultern schüttelte, regte er sich.

Ich hatte langsam das Gefühl, im Kindergarten zu sein. Um mich herum amüsierten sich alle wie Erwachsene, doch sie verhielten sich wie verantwortungslose Kinder. Der Satyr und der Sukkubus tranken ununterbrochen, und Ripta schien auch auf den Geschmack gekommen zu sein. Der Insektoid Anf hatte mit dem Rauchen begonnen. Einer der Jungs musste Zigaretten von der Insel für ihn eingeschmuggelt haben. Trixie hatte nur Sex im Kopf. Genau wie in Darant, würde er auch in Kinema sein gesamtes Geld im Bezirk für verbotene Freuden verprassen wollen, um die ganze nächste Woche mit seinen Abenteuern anzugeben. Und Patrick ... Ich wusste beim besten Willen nicht, was ich mit dem Ehrenbürger von Tristad tun sollte. Er war völlig nutzlos, murrte nur herum und war ständig betrunken.

*„Gib dem alten Onkel Patrick eine Kupfermünze!"*

Dann waren da noch Ed, Hung und Malik und ihre Abenteuer in Dubai. Ich wusste genau, dass sie ihre Geschichten abgeschwächt hatten und weitaus betrunkener gewesen waren, als sie zugegeben hatten. Ich hätte den Clan „Kindergarten" nennen und meine Eltern ebenfalls aufnehmen sollen. Sie würden gut zu den anderen Mitgliedern passen.

Verärgert begann ich, *Inschriftenkunde* zu leveln. Ich erstellte schwache Symbole und die einfachsten Runen, doch ihre Vorteile waren nicht der Mühe wert. *Geringe Stärke* verlieh dem Attribut nur einen jämmerlichen Punkt. Anderseits konnten die Bergarbeiter jede noch so kleine Erhöhung gebrauchen.

Eine halbe Stunde später, nachdem ich einen Stapel Schriftrollen ruiniert und ein Fläschchen Tinte geleert hatte, erreichte ich die erste Verbesserung.

**Du hast die Verstärkungsrune „Geringe Ausdauer" erstellt.**

*Die Rune Geringe Ausdauer (1) wurde deinem Inventar hinzugefügt.*

**Handwerk Inschriftenkunde: +1**

**Derzeitiger Rang: Schüler (100/100)**

*Erfahrung für Fortschritte im Handwerk: +1.000*

**Dein Rang im Handwerk Inschriftenkunde hat sich auf „Geselle" erhöht.**

*Derzeitiger Rang: Geselle (0/250)*

Das Buch umfasste das gesamte Wissen des Handwerks auf Rang 0, daher brauchte ich keinen Lehrer. Unter dem Tab *Inschriftenkunde* waren jedoch alle schwachen Symbole und geringen Runen ausgegraut, sodass ich sie nicht mehr benutzen konnte, um das Handwerk zu leveln. Ich würde neue Rezepte bei der Gilde kaufen müssen, und das bedeutete, dass ich nach Kinema reisen musste.

„Manny!" Ich winkte den Bergarbeiter zu mir, der gerade das Gasthaus betreten hatte. „Wie geht es dir?"

Manny kam an meinen Tisch. „Alles bestens, Alex. Habe gerade eine Schicht beendet. Wie ich höre, läuft es gut für Gyula. Ich freue mich für ihn."

„Meinst du die Kapsel?"

„Ja. Meine Jungs wollen jetzt auch für eine bessere Kapsel sparen, denn wir haben alle die Obergrenze erreicht. Wir haben zwar Arbeit, doch wir können unsere Handwerke nicht weiter erhöhen. Es ist eine reiche Mine, aber uns fehlt der Rang, um die Bodenschätze abzubauen."

Seine Worte machten mich nachdenklich. Was wäre, wenn ich so etwas wie ein Clan-Kreditsystem organisieren würde, anstatt den Arbeitern selbst Kapseln zu kaufen? Das Ernten unserer Ressourcen würde sich verbessern, die Bergarbeiter könnten ihre Attribute leveln und schneller arbeiten … Ich würde mit Ed sprechen müssen und vielleicht sogar Rita einbeziehen. Doch das musste warten. Fürs Erste könnte ich sie mit etwas anderem unterstützen.

„Hier, gib sie deinen Männern." Ich legte alle Symbole und Verstärkungsrunen, die ich hergestellt hatte, auf den Tisch: runde, einmalig verwendbare Pergamentstücke. „Die Symbole wirkt ihr auf euch selbst, die Runen auf eure Ausrüstung. Später werden wir sehen, wie sich das Problem mit den Kapseln lösen lässt."

Manny sah mir verblüfft an, während ich Trixie zu mir rief. Er konnte sich kaum von Patrick befreien, der „die Hauptstadt dieser stinkenden, kleinen Kreaturen" auch gern persönlich gesehen hätte. Gemeinsam teleportierten wir nach Kinema.

# Kapitel 15: Das kurze Leben und die Abenteuer von MonkeyWrench

IN KINEMA GAB es keine Stadtbesichtigung für Trixie. Wir schauten bei der Gärtnergilde vorbei, um einige Samen und die Bücher für Rang 1 und 2 des Handwerks zu kaufen. Die lokale Gilde bot eine viel größere Auswahl von Waren an als die Gilde in Darant, einschließlich exotischer Pflanzen von Shad'Erung und Bakabba. Trixie bekam große Augen und wählte alle möglichen Obst- und Gemüsesorten. Ich musste ihn zurückhalten, sonst hätten all meine Millionen Gold nicht ausgereicht, um die Waren zu bezahlen.

Innerlich rechnete ich zusammen, wie viel Geld ich bereits für Trixie ausgegeben hatte. Einschließlich seiner neuen Kapsel kam ich auf eine sechsstellige Summe. Es waren jedoch notwendige Ausgaben gewesen, denn ein hochleveliger Gärtner war ein großer Vorteil für den Clan. Wir würden über seltene Handwerkszutaten, Schutz und Buffs für das Fort verfügen.

Was Trixies Pläne im Hinblick auf seine Unterhaltung betraf, wurde der kleine Mann jedoch enttäuscht. Einheiten von Verhinderern patrouillierten in Kinema und überprüften verdächtige Personen. Selbst für mich sah der gebeugte, kleine Mann, der eine *Schriftrolle der Verhüllung* auf sich gewirkt hatte, verdächtig aus.

Daher kehrten wir zum Fort zurück, sobald wir das Gildengebäude verlassen hatten. Trixie blickte sich verwirrt um, und als er erkannte, dass er wieder auf Kharinza war, rief er erbost: „Nein, nein! Alex ist gemein! Ich habe die Stadt nicht gesehen!"

„Es ist nicht der richtige Zeitpunkt für eine Stadtbesichtigung. Ich habe dir doch erklärt, dass es zu gefährlich ist. Wir werden es später nachholen."

„Ich will jetzt gehen!" Trixie ließ sich auf die Knie fallen und schlug mit den Fäusten auf den Boden. Die Arbeiter waren noch nicht von ihrer Schicht zurückgekehrt, sodass nur Patrick Zeuge dieses lächerlichen Ausbruchs wurde.

„Weswegen jammerst du, buckliger Mann?", fragte er.

„Ich bin nicht bucklig", protestierte Trixie unter Tränen. Dann erklärte er: „Ist eine Krümmung der Wirbelsäule."

„Freut mich für dich." Patrick lachte leise. „Warum jammerst du? Haben die kleinen, grünen Männer dich hinausgeworfen?"

Trixie schluckte die Tränen hinunter und warf mir einen düsteren Blick zu, bevor er Patrick berichtete, wie sein kurzer Besuch in Kinema abgelaufen war. Nachdem Patrick gehört hatte, was geschehen war, versuchte er, den Gärtner auf die einzige Art zu trösten, die er kannte: Er bot ihm an, ihm ein Glas Bier zu spendieren. Trixie war kein großer Fan von Alkohol, doch er nahm das Angebot an. Nachdem er mich noch einmal missbilligend angesehen hatte, begleitete er Patrick ins Gasthaus. Als er an mir vorbeiging, verkündete er, dass er nie wieder mit mir reden würde. Ich war gespannt, wie lange er seinen Boykott aufrechterhalten würde.

Nachdem die Abklingzeit von *Tiefen-Teleportation* abgelaufen war, kehrte ich nach Kinema zurück. Zuerst besuchte ich das Goblin-Auktionshaus, wo ich den Kupferbarren von Hairo Morales kaufte. Ich hängte der Überweisung eine Nachricht an. Meine weiteren Pläne hingen davon ab, wie er darauf reagieren würde. Ich hoffte, mich mit ihm einigen zu können. Ed hatte herausgefunden, dass Sicherheitsoffiziere in den Spitzenclans nicht viel verdienten, etwa 120.000 pro Jahr. Vielleicht könnte ich Hairo auf meine Seite locken, indem ich ihm ein höheres Gehalt anbot.

Als Nächstes rief ich ein Taxi zum stationären Portal, das nach Shak führte. Unterwegs sah ich die magischen Lichter der Werbespots für den Grünen Jahrmarkt, der nicht weit von Kinema stattfand. Es war ein Ereignis, das jedes Jahr nach Distival veranstaltet wurde. Intelligente Kreaturen aus der ganzen Welt besuchten den Jahrmarkt. Er dauerte drei Tage, und heute war der letzte Tag.

Nachdem ich einen Moment überlegt hatte, beschloss ich, ihn mir für eine Stunde anzuschauen. Der Bau des Stützpunktes war im Gange und die Jungs farmten. Außer den Yoruba-Clan einzuschüchtern und zu rekrutieren und Moraine zu finden, blieb nicht mehr viel für mich zu tun. Ich hatte also etwas Zeit und die Werbung hatte mich neugierig gemacht. Es hieß, dass man auf dem Jahrmarkt seltene Handwerkszutaten bekommen könnte, die sonst nirgends erhältlich wären.

„Planänderung", sagte ich zu dem Fahrer, einem grauhaarigen Goblin. „Bringen Sie mich bitte zum Grünen Jahrmarkt."

„Das kostet 70 Gold extra", antwortete der Goblin, ohne mit der Wimper zu zucken. Nachdem ich den Preis akzeptiert hatte, ließ er seine Eidechsen wenden.

Unterwegs ging ein tropischer Regen nieder, doch der Wind blies den Dunst schnell fort. Es dauerte nicht lange, bis die Sonne wieder durch die Wolken brach. Der schneebedeckte Gipfel des höchsten Berges auf Bakabba glitzerte im Sonnenlicht.

Der Fahrer ließ mich am Rand des Waldes aussteigen, in dem der Jahrmarkt stattfand. Ich folgte einem breiten Weg zu einer Brücke über einer Schlucht. Laut der magischen Schilder würde sie mich zum Jahrmarkt führen. Spieler und NPCs wurden von Taxis gebracht und abgeholt. Obwohl wir außerhalb der Stadtgrenzen waren, waren Reittiere auch hier verboten. Die Goblin nutzten jede Gelegenheit, um Geld zu verdienen.

Sobald ich einen Fuß auf die Brücke gesetzt hatte, rief jemand hinter mir: „He, MonkeyWrench! Warte!"

Verflucht! Ich erkannte die unangenehme Stimme von Defiler, dem Hexenmeister, der am Tag zuvor meine Tarnung als Hanzo durchschaut hatte. Ein reicher Mistkerl der Kinder von Kratos.

Neben ihm galoppierte ein Dämon. Ein natürlicher Dämon, schwarz wie Teer mit einem Maul voller Zähne, Hörnern und Hufen. Er sah aus wie eine kleinere Ausgabe von Flaygray. Als er seine Ohren wie Satellitenschüsseln schwenkte, erinnerte er mich an einen bestimmten Jedi. In den Augen der Bestie glühte ein leuchtend gelbes Feuer und seine rechte Faust war in Höllenflammen gehüllt. Er war vermutlich einer der Typen, die meinen Freund den Satyr vor langer Zeit überzeugt hatten, die Schatzkammer auszurauben.

Ich hielt inne. Unter keinen Umständen durfte ich ihnen zu nahe kommen. In dieser Zone wimmelte es vor Mitgliedern der Kinder von Kratos, nachdem Defiler mich am Vortag in Gestalt des niedrigleveligen Hanzo im Auktionshaus gesehen und offenbar Gerüchte verbreitet hatte, dass es in Kinema eine Gefahr gäbe.

Ohne zu zögern begann ich, *Tiefen-Teleportation* zu wirken, um unbequemen Fragen aus dem Weg zu gehen. Ich würde ohne die seltenen Zutaten vom Jahrmarkt auskommen müssen.

Defiler pfiff einen Befehl, woraufhin sein Dämon einen winzigen Feuerball aus der Hand feuerte. Er verursachte zwar keinen Schaden, doch er unterbrach meinen Zauber.

***Tiefen-Teleportation unterbrochen!***

„Nicht so schnell, MonkeyWrench", sagte Defiler drohend. „Erst will ich dir ein paar Fragen stellen."

Düster starrte ich den sich nähernden Verhinderer und seinen Familiar an. Ein paar betrunkene NPC-Zwerge torkelten an uns vorbei. Auf ihrem Weg in den Wald sangen sie aus vollem Hals. Der Hexenmeister ließ sie vorbeigehen und hielt einen Meter vor mir an. Sein Dämon konnte nicht stillstehen. Er sprang umher, jonglierte Feuerbälle und betrachtete mich neugierig.

„Was ist los? Warum hast du mich angegriffen?", fragte ich.

„Nichts ist los", antwortete Defiler. „Nur eine Routinekontrolle."

„Wir sind auf Bakabba. Hier herrscht die Liga der Goblins, und ich bin durch ihre Sicherheitschecks gekommen."

„Aber nicht durch meine", erwiderte er grinsend.

„Du siehst nicht wie ein Goblin aus." Ich blickte zu dem Dämon namens Shuutz'Utz und fuhr fort: „Oder sieht er für dich wie ein Goblin aus, Shuutz'Utz?"

Der Dämon gackerte. Ich hatte gehört, dass die Familiare ihre Meister hassten und ihnen mit Vergnügen die Kehle durchschneiden würden, wenn sie Gelegenheit dazu hätten. Der Hexenmeister warf einen verärgerten Blick auf den Dämon und schlug ihm gegen den Kopf.

„Also gut, Witzbold", sagte Defiler. „Du bist also MonkeyWrench vom Clan Cthulhus Jungs, richtig? Ich habe noch nie von dem Clan gehört."

„Das kommt vor." Ich zuckte gleichgültig mit den Schultern. „Dein Dämon hat mich in einer kampffreien Zone angegriffen. Ich könnte mich beschweren."

„Beschwere dich, bei wem du willst!", spottete er. „Gestern wurde eine verdächtige Person in Kinema gesehen. Höchstwahrscheinlich handelt es sich um eine Gefahr. Darum muss ich dich überprüfen."

„Warum mich? Hier laufen noch viele andere Leute herum."

„Dein Gesicht sieht verdächtig aus. Ich traue dir nicht. Du bist vorlaut. Zeige dein Handgelenk zur Überprüfung."

Defiler sah wie ein typischer Aristokrat aus: Hohe Wangenknochen, helle Haut, eine schmale, krumme Nase, einen Schnurrbart und Spitzbart sowie schwarze, durchdringende Augen.

Nun verzog er seine Lippen zu einem höhnischen Grinsen. Er glaubte, das Sagen zu haben, weil er nicht nur die Macht der Spitzenclans, sondern auch unglaublich viel Geld hinter sich hatte. Ich wollte ihm zu gern eine Lektion erteilen. Alle Verhinderer waren arrogant, doch die Selbstherrlichkeit der Mitglieder des Bündnisses, insbesondere der Kinder von Kratos, übertraf alles.

„Geh zum Nether!" Mir wurde klar, dass ich würde kämpfen, der Zielerfassung seines Dämons entkommen und fliehen müssen. „Dein Gesicht sieht nicht nur verdächtig aus, dir steht auch ‚Schwachkopf' auf der Stirn geschrieben."

„Was hast du gesagt?" Der Hexenmeister erstarrte. Selbst der Dämon blieb schockiert stehen und hörte auf, mit seinen Feuerbällen zu spielen. „Sag' das noch mal!"

„Geh zum Nether, Trottel."

„Jetzt bist du zu weit gegangen", erwiderte er. Geräuschlos flüsterte er einen Zauber.

Im Straßenstaub vor meinen Füßen leuchtete ein Pentagramm auf. Gebrochene schwarze Strahlen drangen nach oben und machten mich bewegungsunfähig, doch *Befreiung* löste sie auf. Ich ließ es mir jedoch nicht anmerken, sondern erstarrte auf der Stelle. Das Pentagramm verschwand.

Defiler holte eine Fackel heraus und aktivierte sie. Die *Flamme der Wahrheit* flackerte auf.

Ich wartete nicht, bis der Hexenmeister mein Handgelenk prüfen würde. Er stand in einer günstigen, leicht nach vorn gebeugten Haltung. Ich ballte meine Hand zur Faust, und sie wurde zur *Hammerfaust* – besser gesagt, zu mehreren *Hammerfäusten* in einer *Kombo*-Reihe mit *Betäubenden Kicks der Gerechtigkeit*.

Ich benötigte nicht alle 22 Bewegungen. Defiler taumelte durch den Überraschungsangriff. Sein Kopf flog von einer Seite zur anderen, sein Körper krümmte sich und er hustete blutigen Dunst.

Die nächste *Hammerfaust* schickte den Hexenmeister zum Spawnpunkt zurück.

Der Dämon hatte einen Feuerball abgefeuert, als ich seinen Meister angegriffen hatte. Der Bonus meines Sets *Unbesiegter Herold* (*5 %ige Chance, den gesamten erlittenen Schaden auf den Feind zu reflektieren*) war zuerst aktiviert worden. Doch obwohl der Schaden schon zurückgeworfen worden war, setzte *Reflexion* ebenfalls ein. Der Dämon wäre durch den Doppeltreffer fast gestorben. Er wurde in die Schlucht geschleudert und blökte klagend von tief unten.

Ich war überrascht, dass der Familiar nach dem Tod seines Meisters nicht verschwunden war, doch ich hatte nicht vor, ihn am Leben zu lassen. Ich holte meinen Bogen heraus, fügte etwas *Seuchenenergie* hinzu und zielte auf die kleine Gestalt. Der Abgesandte des Infernos hob seine kurzen Arme.

„Gnade!", blökte der Dämon mit gebrochener Stimme.

„Tut mir leid", erwiderte ich, bevor ich den Pfeil abschoss.

Der Dämon ging in Flammen auf und verbrannte. Außer einem Haufen Asche blieb nichts von ihm übrig. Seltsame bunte Vögel flogen aus den Bäumen.

Ich sah mich um, um sicherzugehen, dass unser kurzer Kampf keine Aufmerksamkeit erregt hatte. Dann beugte ich mich über Defilers Leiche, um die Loot zu überprüfen. Ich fand Trinkets und Souvenirs vom Jahrmarkt, *Explosive Lollis* mit zufälligen Effekten und mehrere Stapel verschiedener Tränke. Der wertvollste Gegenstand war ein Stapel kontinentweiter Teleportationsrollen. Nicht schlecht.

*Zisch!* Der Körper des Hexenmeisters verschwand und ließ eine glänzende, faustgroße Kugel zurück.

**Kugel des glücklichen Zufalls, Level 320**
*Questgegenstand*
*Fügt beim Aufnehmen 320 Glücklicher Zufall hinzu.*

Als ich meine Hand auf die Kugel legte, sog sie sich knisternd in meine Handfläche. Vor mir erschien eine Meldung.

**Glücklicher Zufall: +320**

**Gesammelter Glücklicher Zufall: 320/1.000.000**

Offenbar entsprach die von Spielern gedroppte Menge von Glücklicher Zufall ihrem Level. Ich würde also etwa 5.000 Level-200-Spieler aus dem Weg schaffen müssen, um Fortunas Quest abzuschließen. All die Kugeln mit der Hand aufzusammeln, wäre mühselig, daher öffnete ich die Einstellungen von *Magnetismus* und fügte der Liste Questgegenstände hinzu.

Einschließlich der Beseitigung des Dämons hatte der Zwischenfall etwa 30 Sekunden gedauert. Ich bezweifelte, dass Defiler zurückkehren würde, bevor ich den Jahrmarkt verlassen hätte, doch er hatte scheinbar Alarm geschlagen, ehe er mich angesprochen hatte.

Aus dem Wald stürmte eine Gruppe hochleveliger Spieler mit dem goldenen Wappen der Kinder von Kratos hervor. Ihren Gesichtern nach zu urteilen, waren sie nicht zum Scherzen aufgelegt. Sie waren gekommen, um jemanden auszuschalten – und dieser Jemand war ich.

Noch im Laufen begannen sie, auf mich zu schießen, sodass ich wieder nicht entkommen konnte, denn ein *Frostpfeil*, der mich in die Schulter traf, unterbrach *Tiefen-Teleportation*. Ich würde kämpfen müssen.

Es war eine vollständige Fünfer-Einheit: zwei Nahkämpfer, zwei Fernkämpfer und eine Heilerin, alle über Level 300. Ihr Anführer schien ein Magier zu sein. Er bellte einen Befehl, woraufhin ein Jäger und ein Priester sich neben ihn stellten. Die Gruppe arbeitete offensichtlich öfter zusammen, denn die beiden reagierten schnell.

Ein Paladin mit einer schwarzen Brustplatte und langem Haar schloss den mehrere Meter weiten Abstand zwischen uns mit einem Sprung. Er hätte mich zertrampelt, wenn ich nicht zur Seite gesprungen wäre. Die Erde bebte so stark, dass ich mich kaum auf den Beinen halten konnte. Inzwischen verschwand das fünfte Mitglied, ein Meuchelmörder, und tauchte hinter mir wieder auf, um mir zwei vergiftete Dolche in den Rücken zu stoßen. Gleichzeitig griffen der Magier und der Jäger mich mit *Astraler Pfeil* und *Verlangsamungsschuss* an. Danach achtete ich nicht mehr darauf, was sie abfeuerten.

Meine Aura von *Unübertroffener Rächer* reduzierte den Schaden um 25 % und *Schlafende Unverwundbarkeit* absorbierte weitere 20 %. Um den Rest kümmerten sich meine Rüstung, die Set-Effekte und *Widerstandsfähigkeit*, die vom 5 %-Bonus des Achievements *Die Todgeweihten grüßen dich!*, verstärkt wurde, das ich für meinen Sieg in der Junior-Arena erhalten hatte. Nur etwa 2 oder 3 % des Pfeilhagels und der tödlichen Zauber trafen mich.

Die vielfache Menge des mir verursachten Schadens reflektierte jedoch auf die Angreifer. Insgesamt wurde 28 % plus 5 % Schaden vom Set zurückgeworfen, der zusätzlich durch 10 % vom Bonus von *Mächtiger Bestrafer* erhöht wurde. *Dornenaura* tickte ebenfalls vor sich hin.

Kurz gesagt: Während ich den Meuchelmörder mit einer *Kombo* außer Gefecht setzte, tötete der Magier sich selbst. Die Heilerin bemerkte zu spät, dass die Nahkämpfer nicht die Einzigen waren, auf die sie sich konzentrieren musste. Als Nächstes räumte ich den Paladin aus dem Weg. Na ja, fast. Er schaffte es gerade noch rechtzeitig, sich hinter einem Schutzschild zu verstecken. Anschließend wandte ich mich der Heilerin zu, einer Priesterin von Nergal. Da meine Geschwindigkeit zu hoch war, hatte sie keine Chance, zu entkommen oder mich zu kiten. Sie war die Dritte, die ich eliminierte.

Der Paladin verbarg sich immer noch hinter seinem *Göttlichen Schild*, sodass ich mir den Jäger vornahm. Ihn auszuschalten dauerte etwas länger, vielleicht 20 Sekunden. Er nutzte seine Beweglichkeit, um fortzuspringen, sich rückwärts zu überschlagen und dabei *Frostfallen* zu hinterlassen.

Meine Gesundheit war der orangefarbenen Zone gefährlich nahe, doch ich wollte ohne *Unsterblichkeit der Vernichtenden Seuche* auskommen. Also holte ich meinen Bogen heraus und schoss dem Jäger aus zehn Schritten Entfernung einen Pfeil in die Genitalien, während er auf mich zu kam. Es spielte keine Rolle, wo ich traf, da ich einen Seuchenpfeil mit explosiver Spitze benutzte. Der Verhinderer stieß einen fürchterlichen Schrei aus, bevor er verstummte. Er war erledigt.

Der einzige, noch kampffähige Spieler war der Paladin, und er war nun wieder verwundbar. Er hatte es nicht eilig, sich ins Gemetzel zu stürzen. Stattdessen schrie er in sein Signalamulett, um Verstärkung anzufordern. Ich rannte zu ihm und rammte ihm das Amulett mit dem ersten Schlag meines Schlagring-Plattenhandschuhs in die Kehle. Bumm! Bumm! Bumm! Seine legendäre Brustplatte zerbrach unter meinen Faustschlägen. Ich drehte mich und führte einen kraftvollen *Betäubenden Kick* aus, sodass der Paladin nach hinten flog.

Als dem Verhinderer klar wurde, dass die Sache schlecht für ihn stand, holte er einen Schild heraus und versteckte sich dahinter. Ich zerdrückte ihn wie eine Aluminiumdose, und der Paladin fiel auf den Rücken. Es gelang ihm jedoch, mich mit einem besonderen Schwertschlag zu treffen. Er bedeutete sein Ende.

*Glücklicher Zufall: +1.864*
*Gesammelter Glücklicher Zufall: 2.184/1.000.000*

„Er ist eine Gefahr", hörte ich die Leute um mich herum flüstern. Ich hatte keine Zeit zum Nachdenken, denn eine Schar Neugieriger kam bereits näher. Schnell sammelte ich die *Kugeln des Glücklichen Zufalls* ein und ergriff eine epische Kette für Zauberwirker sowie den legendären Schild, den ich zerbrochen hatte. Nun war es Zeit, mich aus dem Staub zu machen.

Das war jedoch nicht so einfach, denn auf Bakabba gab es nur hochlevelige Spieler. Die Schaulustigen hatten ihre Überraschung schnell überwunden, versammelten sich zu einer Raidgruppe und rückten näher. Einige Massenkontrollfähigkeiten hielten mich auf der Stelle fest. Als Untoter war ich gegen Betäubungseffekte immun, doch wenn ich körperlich gefesselt wurde, konnten Volksfähigkeiten nicht helfen. Sie warfen ein Netz über mich, Wurzeln kamen aus dem Boden, um mich festzuhalten, und ein Eisblock ließ mich gefrieren. Meine *Tiefen-Teleportation* wurde erneut unterbrochen und die Angreifer frohlockten.

„Fangt den Mistkerl!", rief ein riesiger, rothäutiger Ork, der herbeilief, um mich zu tanken.

Während ich meine Augen vor den Pfeilen und der Magie schützte, blickte ich auf die aufgeregte Menge. Mitglieder der Allianz standen Schulter an Schulter mit denen des Imperiums. *Fangt ihn, fangt ihn!*, hörte ich immer wieder. Die Angreifer stellten sich auf, als ob sie gegen einen globalen Boss vor sich hätten.

Pfeile, Bolzen und Zauber hagelten auf mich nieder. In der Hitze des Gefechts bemerkten die Spieler zunächst nicht, dass sie ebenfalls Schaden erlitten. *Reflexion* verursachte vermutlich keine unangenehmen Empfindungen beim Zufügen von Schaden. Natürlich betrug die durchschnittliche Gesundheit von Level-300-Spielern 1.5 bis 2 Millionen, einschließlich der Verteidigung durch ihre Ausrüstung. Tanks hatten sogar noch mehr, doch selbst sie verloren nun ein Drittel.

Das Netz fiel von mir ab und verschwand. Der Eisblock, der meine Füße bewegungsunfähig gemacht hatte, schmolz und die Wurzeln vertrockneten. Ich war wieder frei.

Während ich eine Reihe von Schlägen ausführte, die den Ork, einen Titanen und einen Minotaurus zurückwarfen, machte ich einige Schritte in Richtung der Zauberer und Bogenschützen, doch ich ging kein Risiko ein. Sobald die Feinde meine Bewegungen bemerkten, warfen sie erneut Netze und Fesseln auf mich. Frische Wurzeln wuchsen aus dem Boden und schlangen sich um meine Füße. Als alle Angreifer sich in Reichweite meiner Fähigkeit befanden, löste ich *Seuchenzorn* aus.

Die gewaltige Explosion verschlang alles im Umkreis von zehn Metern in einem riesigen, tödlichen Feuerball, der gleich darauf wieder erlosch.

Pflanzen, Insekten, vorbeilaufende Eidechsen, die Wagen zogen, die Passagiere in den Wagen und alle angreifenden Spieler starben auf der Stelle. Fast alle, denn am Rand der Druckwelle, in deren Mitte ich stand, regte sich etwas. Vier durch Artefakte oder Spezialfähigkeiten geschützte Spieler hatten die Explosion überlebt, doch nun zerbrachen ihre persönlichen Schilde mit einem klirrenden Geräusch wie zersplitterndes Glas.

*Du hast gelevelt! ...*
*Du hast gelevelt! ...*
*Du hast gelevelt! Derzeitiges Level: 248*
*15 freie Attributpunkte verfügbar!*

Ohne meinen Feinden die Möglichkeit zu geben, sich zu erholen, stürzte ich mich mit meinen Fäusten und Füßen auf sie. Blut floss aus gebrochenen Nasen, Schädel, Rippen und Schlüsselbeine brachen und epische Rüstung zersprang unter *Zerschmetternden Hammerfäusten der Gerechtigkeit*. Die Fertigkeit auf höchstem Level durchbrach alle Verteidigungen.

Mit Vergnügen absorbierte ich ihre Angriffe und füllte meinen Vorrat an *Seuchenenergie* wieder auf. Dann feuerte ich *Schlafende Verteidigung* und die angesammelte Energie mit einer erneuten *Seuchenzorn*-Explosion ab. Dieses Mal gab es keine Überlebenden. Meine Tasche wurde merklich schwerer, als *Magnetismus* die Loot hineinzog.

*Glücklicher Zufall: +16.078*
*Gesammelter Glücklicher Zufall: 18.262/1.000.000*

Ich wollte gerade *Tiefen-Teleportation* wirkten, als ich das Ploppen von Portalen hörte. Zehn Fünfer-Einheiten der Kinder von Kratos auf einmal! Unter ihrem Anführer Defiler wollten sie Rache nehmen. Statt seines einfachen Dämons hatte er nun einen *Nether-Dämon* an seiner Seite.

„Du bist eine Leiche, MonkeyWrench von Cthulhus Jungs", stieß der Hexenmeister hervor und wirkte *Angst*.

Technisch gesehen hatte er nicht unrecht – ich war eine lebende Leiche. Aus eben diesem Grund hatte sein Massenkontrolleffekt keine Wirkung auf mich. Ich gab jedoch vor, dass er wirken würde, und rannte umher, als ob ich meinen Körper nicht kontrollieren könnte. Da seine *Angst* auf einem hohen Level war, musste ich mindestens 30 Sekunden herumlaufen. Ans Entkommen dachte ich nicht mehr, denn *Tiefen-Teleportation* wäre nur wieder unterbrochen worden.

Die Kinder von Kratos, die sich für diese Operation eilig versammelt hatten, hatten offenbar den Ausgang des vorigen Kampfes nicht beobachtet. Während ich umherlief und panisch die Arme schwenkte, feuerten sie mit ihren kraftvollsten Fähigkeiten so viel Schaden wie sie konnten auf mich, wodurch mein *Seuchenspeicher* sich füllte. Auch sie bemerkten zuerst nicht, was sie taten. Dank der hohen Umwandlungsrate sammelte sich meine *Seuchenenergie* schnell an. 19 % war bedeutend mehr als nur 1 %. Nun brauchte es keinen Verwüster mehr, um meine Vorräte aufzufüllen.

Meine Gesundheit, die ohnehin bereits in den roten Bereich gesunken war, ging zu Ende. Dadurch wurde *Diamanthaut der Gerechtigkeit* aktiviert. Optisch veränderte sich nichts, doch kurz darauf hatte ich allen Grund zum Feiern.

**Die Fertigkeit „Widerstandsfähigkeit" (Rang 2) hat sich erhöht: +1**

**Derzeitiges Level: 29**

Während ich immer noch so tat, als ob ich unter dem Einfluss von *Angst* stünde, schätzte ich die Entfernung zu meinen Feinden ab und lief mit vor Schreck wedelnden Armen auf sie zu. Sobald ich nahe genug an sie herangekommen war, detonierte ich *Seuchenzorn*. „Für Cthulhu!", brüllte ich triumphierend im Zentrum der Explosion. „Für den Großen Alten!"

Einen Moment später versperrten mehrere Meldungen meine Sicht.

*Die Fertigkeit „Unsterblichkeit der Vernichtenden Seuche" hat sich erhöht: +1*

*Derzeitiges Level: 20*

*Wenn du in einem Gebiet der einzige Repräsentant der Vernichtenden Seuche bist, erhältst du vorübergehende Unsterblichkeit, falls du tödlichen Schaden erleidest: 100 % des gesamten nachfolgenden Schadens wird absorbiert, 20 % wird in Seuchenenergie verwandelt und in einem Speicher aufbewahrt.*

*Der Effekt dauert an, bis deine Gesundheit vollständig wiederhergestellt ist.*

*Seuchenspeicherkapazität erhöht sich um: +100.000*

*Derzeitige Kapazität: 2.000.000*

*Die Fähigkeit „Seuchenzorn" hat sich erhöht: +1*

*Derzeitiges Level: 2*

*Seuchenzorn*

*Level 2*

*Du kannst vor Zorn explodieren und deine gesamte angesammelte Seuchenenergie verbrennen, indem du sie im Umkreis von 20 Metern freisetzt. Alle Feinde innerhalb des Wirkungsbereiches werden vollen Schaden in Höhe der dreifachen Menge der verbrannten Seuchenenergie erleiden.*

*Es besteht eine Chance von 20 %, dass ein getöteter Gegner sich in einen Untoten verwandelt und dein Scherge wird.*

Ich hatte keine Zeit, die Meldungen zu Ende zu lesen. Alles, was ich wissen musste, war, dass *Seuchenzorn* im Umkreis von 20 Metern den dreifachen Schaden verursachen würde.

Meinen Erwartungen zum Trotz starb niemand, obwohl meine Feinde stark geschwächt waren. Die mobilen Schilde der Kinder hielten zwar nicht mehr als einer Million Schaden stand, doch jedes Mitglied hatte seinen eigenen.

Nach der Explosion stellten die Gegner ihre Angriffe ein. Die Kinder organisierten sich neu.

Einen Augenblick später erschien ein Baum vor mir, ein drei Meter hoher Druiden-Ent mit prächtigen Ästen und einem in den Stamm geschnitzten Gesicht. Ich vermutete eine Falle, daher holte ich schnell meinen Bogen heraus und legte einen Pfeil ein, doch ich hatte keine Zeit mehr, ihn abzuschießen, denn der Druide hatte bereits seine Ast-Arme erhoben und einen schnellen Zauber gewirkt. Bewegliche, starke Zweige wickelten sich um meinen Hals.

„Eine Fackel!", kommandierte der Druide. „Gebt mir eine Fackel!"

Nach meinem Abenteuer im Schloss der Yoruba war ich in solchen Situationen viel ruhiger. Sie würden mich körperlich nicht töten können und mich daher als Gefahr nicht eliminieren können. Obwohl ... Falls die Fackel der *Flamme der Wahrheit* mein *Imitieren* durchbrechen könnte, würden sie meinen Namen erfahren!

Da hörte ich eine Reihe krachender Geräusche, die wie Schüsse eines Maschinengewehrs klangen.

„Was zum ...?" Der Druide, der mit der Fackel auf mich zu gekommen war, hielt inne und blickte an mir vorbei in den Wald.

Ich drehte mich um, doch alles, was ich durch die dicken, um meinen Kopf gewickelten Zweige erkennen konnte, waren mehrere vage Silhouetten.

Dann brach die Hölle los.

Ich hatte etwas Ähnliches erlebt, als ich die Yoruba besucht hatte, doch dieses Schauspiel war weitaus ernster. Die lebenden Äste, die mich gefangen hielten, explodierten, zersplitterten und verbrannten in einer Mischung aus Säure, Feuer und Magie.

Ich rollte aus der Schusslinie und beobachtete, wer sich dem Kampf angeschlossen hatte. Überall öffneten sich Portale, aus denen Hunderte von Kriegern aller Clans des Bündnisses der Verhinderer stürzten.

Offenbar hatten die Kinder von Kratos diese Operation zunächst vor ihren Partnern aus dem Bündnis geheim gehalten, doch nachdem sie feststellen mussten, dass sie alles verlieren könnten, hatten sie sie zur Hilfe gerufen.

Durch den zu mir strömenden Schaden wurde mein Seuchenspeicher komplett gefüllt und ich hielt mich nicht zurück.

„Für Cthulhu!", rief ich erneut vor der Explosion.

Der Blitz der Flamme des Todes blendete die Angreifer. *Magnetismus* zog alle Gegenstände in seiner Reichweite in mein Inventar, während ich *Tiefen-Teleportation* wirkte. Mein Balken für *Glücklicher Zufall* stieg erheblich an.

*Glücklicher Zufall: +98.946*
*Gesammelter Glücklicher Zufall: 117.208/1.000.000*
*Du hast gelevelt! ...*
*Du hast gelevelt! ...*
*...*
*Du hast gelevelt! ...*
*Du hast gelevelt! Derzeitiges Level: 256*
*55 freie Attributpunkte verfügbar!*

Widersprüchliche Meldungen erschienen vor meinen Augen und informierten mich, dass mein Ansehen bei der Allianz, dem Imperium und den Neutralen sich geändert hatte: Pluspunkte für das Töten von Spielern aus dem feindlichen Lager, Minuspunkte für das Töten ihrer eigenen Mitglieder.

*Achtung! Das Achievement ist zu Unbeugsamer Bestrafer verbessert worden!*

*Du hast **500** Spieler einer feindlichen Fraktion eliminiert, die auf einem bedeutend höheren Level waren als du (50 Level oder mehr).*

***Belohnung:** Titel **Unbeugsamer Bestrafer**, +25 % auf Schaden gegen andere Spieler*

***Allererstes freigeschaltetes Achievement: Unbeugsamer Bestrafer***

*Du hast das Achievement Unbeugsamer Bestrafer zum ersten Mal in der Geschichte von Disgardium erhalten!*

***Belohnung:** das vollständige Rüstungsset **Kaltblütiger Bestrafer***

***Hoch lebe der Held!***

*Möchtest du deinen Namen veröffentlichen? Du erhältst dafür +500 Ansehen bei allen Hauptfraktionen der Welt und +1.000 Ruhm.*

Einige Spieler hatten überlebt und sahen sich fassungslos um. Ich entdeckte Horvac, Hinterleaf und Yary unter ihnen. Mir fiel unser Treffen beim Distival wieder ein.

„Vergesst MonkeyWrench nicht!", konnte ich noch rufen, ehe ich durch die Tiefen reiste. „Er hat ein kurzes, doch ehrenwertes Leben geführt! Wir sehen uns in der Wüste!"

# Kapitel 16: Kaltblütiger Bestrafer

ZUM VIERTEN MAL AN diesem Tag war ich wieder auf Kharinza.

Als Erstes schrieb ich den Jungs, dass sie alles stehen und liegen lassen und zum Fort teleportieren sollten. Mein Inventar war prallvoll, und ich hatte weder die Zeit noch das Verlangen, sie allein zu prüfen. Nur die Schlafenden Götter wussten, wie viel fantastische, legendäre Loot ich auf dem Schlachtfeld hatte zurücklassen müssen.

Infect antwortete, dass sie mit einer großen Mobgruppe beschäftigt wären und kommen würden, sobald sie sie aus dem Weg geräumt hätten.

Ich ging ins Gasthaus und stieg die Treppe zum zweiten Stock hinauf. Patrick und Trixie heulten in der Gaststube irgendein Lied und die Kobolde Grog'hyr und Ryg'har betätigten sich als Background-Sänger.

Den Kupferbarren, den ich für eine Million von Hairo Morales gekauft hatte, legte ich in das Regal meines Zimmers. Er sollte mich daran erinnern, wie wichtig es war, die Konsequenzen meiner Handlungen zu bedenken und mich nicht von Gefühlen überwältigen zu lassen. Doch um Onkel Nick zu zitieren: *Wenn das Leben dir einen sauren Apfel gibt, mach Most draus.* Mal sehen, welche Getränke ich zubereiten könnte.

Während ich auf die Jungs wartete, warf ich einen ersten Blick auf die Loot. Alles, was *Magnetismus* in mein Inventar gezogen hatte, war beeindruckend. Wenn ich die Gegenstände hinzurechnete, die ich vor Distival im Schloss von Yoruba und in Vermillion erhalten hatte, konnte ich voller Überzeugung sagen, dass unser Clan reich war. Dieses Mal bestand die Beute größtenteils aus hochleveligen epischen Gegenständen, doch einige goldfarbene legendäre befanden sich ebenfalls darunter.

Ich legte die Souvenirs vom Grünen Jahrmarkt, die ich Defiler abgenommen hatte, auf einen Stapel, um sie Tante Steph zu geben. Sie würde sie als Dekoration für das Gasthaus benutzen können.

Außerdem fand ich jede Menge *Explosive Lollis*. Defiler musste eine Schwäche für Süßes haben. Ich steckte einen in den Mund, um ihn zu probieren. Der Geschmack „explodierte" förmlich im Mund und veränderte sich ständig von süß zu sauer, von Sahne zu Pfirsich. Das Vergnügen dauerte etwa zehn Sekunden.

**Du hast einen Explosiven Lolli gegessen.**

*Erhaltener zufälliger Buff: Du bist für 30 Sekunden leichter und kannst dreimal so hoch springen wie gewöhnlich.*

Die Versuchung war zu groß, ich musste es einfach ausprobieren. Die Decke des Gasthauses war ziemlich hoch, doch leider nicht hoch genug. Ich stieß mir beim Springen den Kopf so heftig, dass Staub von der Decke fiel. Sogar meine *Widerstandsfähigkeit* stieg ein wenig an.

Ich beschloss, die Lollis für mich zu behalten. Sie waren köstlich und der Buff machte Spaß. Sie erinnerten mich an das Bonbon *Süße Freude*, den Rita mir einmal gegeben hatte. Es war an dem Tag gewesen, an dem ich eine Gefahr geworden war. Das rief mir schmerzlich in Erinnerung, was als Nächstes passiert war ... Tissa! Ich vermisste meine Freundin. Ich wusste noch gut, wie ihre Lippen geschmeckt hatten. Ich hatte sie an diesem Morgen auf dem Weg zur Schule angerufen, doch sie hatte mich gebeten, ihr Zeit zu geben, sich an ihr neues Zuhause und die neue Schule zu gewöhnen. Ich fragte mich, wie es ihr ging. *Vielleicht sollte ich einen Blick in ihre sozialen Netzwerke werfen, um zu sehen, was sie so macht ...*

Während meine Gedanken bei Tissa weilten, holte ich nach und nach die Loot aus meiner Tasche und teilte die legendären Gegenstände in zwei Stapel auf: Solche, die wir brauchten, und solche, die nutzlos für uns waren. Klassengegenstände, die niemand von den Erwachten nutzen konnte, landeten auf dem zweiten Stapel. Die epischen Gegenstände kamen auf einen dritten Stapel, der am größten wurde.

Beim Sortieren fand ich etwas, das ich zunächst für eine merkwürdige Beute von meinen Feinden hielt. Wie sich herausstellte, war es die Belohnung für mein Achievement.

**Kaltblütiger Bestrafer**

*Seelengebunden an Scyth*

*Legendär*

*Skalierbar*

*Gebrauch: Verwandelt sich in eine vollständige Plattenrüstung, die den gesamten Körper bedeckt.*

Nachdem ich meine Überraschung überwunden hatte, legte ich schnell das Set des *Unbesiegten Herolds* ab. Dann holte ich den *Kaltblütigen Bestrafer* heraus – eine kleine, dicke Scheibe, die halb so groß war wie eine Hand. Sie bestand aus mattem Silber und hatte einen roten, aus einem anderen Metall bestehenden Rand. Auf beiden Seiten befanden sich in der Mitte Vertiefungen. Intuitiv hielt ich die Scheibe, indem ich den Daumen und Zeigefinger in die jeweilige Aussparung legte.

**Willst du Kaltblütiger Bestrafer benutzen?**

Ja!

Im nächsten Moment erhitzte die Scheibe sich und begann zu schmelzen. Wie ein geschuppter, silberner Handschuh zog sich das Metall über meine Hand und umhüllte meinen Arm, bis es meine

Schulter erreicht hatte. Der feine, fast drahtähnliche, schwarze *Ausgleicher* verschwand unter dem neuen Panzerhandschuh.

Tausende von Nadeln stachen mich unter dem Metall und bewegten sich unter der fließenden Rüstung über meinen Körper. Ich befürchtete, Beweglichkeit zu verlieren, doch die Rüstung war geschmeidig. Als sie meine Kehle erreichte und sich über meinen Kopf legte, bildete sich ein Helm, der mein Gesicht vollständig bedeckte und sich verhärtete. Erstaunlicherweise wurde meine Sicht durch ihn nicht eingeschränkt. Das Metall vor meinen Augen schien halb transparent zu sein wie getöntes Glas.

Der ganze Vorgang dauerte 20 Sekunden. Ich vermutete, dass es so etwas wie eine erste Konfiguration gewesen war und deshalb etwas länger gedauert hatte.

Ich entfernte meine Tarnung als MonkeyWrench, öffnete das Interface-Fenster und bewunderte das Modell meines Charakters. Die Rüstung lag eng an meinem Körper an und bildete dicke Platten an verwundbaren Stellen, sodass ich nicht wie ein Zirkusakrobat aussah.

Die Farbe der Rüstung wechselte ständig, als ob sie in der Sonne brennen würde. Der silberne Ton des Metalls war fast vollständig verschwunden, und je länger ich auf der Stelle stand, desto stärker unterschieden sich die Farben. Sie waren ungleich verteilt: hier heller, dort dunkler. Als die Rüstung kurz darauf von Flecken übersät war, verstand ich, was vor sich ging. Sie passte sich der Umgebung an! In der Gegenstandsbeschreibung hatte nichts über Camouflage gestanden, aber meine Augen trogen mich nicht: Mein Arm war halb transparent geworden und hatte sich dem Boden perfekt angepasst. Die Rüstung wechselte die Farbe also auch je nach Lichteinfall? Unglaublich!

Um es zu testen, näherte ich mich der Wand und legte die Hand auf das Bild einer Herde von Pferden, die auf einer blühenden Ebene grasten. 30 Sekunden später hatte sich mein Handgelenk der pastoralen Szene angepasst. Die Beschreibung der Rüstung hatte sich ebenfalls verändert.

*Kaltblütiger Bestrafer*
*Seelengebunden an Scyth*
*Legendär*
*Skalierbar*
*Vollständiges Rüstungsset*
*Diese Rüstung ist nicht von dieser Welt. Das haben jene gesagt, die die Ehre hatten, sie tragen zu dürfen. Das mag übertrieben gewesen sein, aber wie man sich erzählt, war es die letzte Erfindung des Ersten Magiers. Wie immer liegt die Wahrheit irgendwo dazwischen.*
*Rüstung: 25.600*
*+512 auf alle Hauptattribute*
**Sondereffekt:** *Grausamkeit des Bestrafers (Jede im Kampf verbrachte Minute erhöht den Schaden, den du verursachst, um 1 %.)*
*Haltbarkeit: Unzerstörbar*
*Verkaufspreis: Unverkäuflich*
*Chance, den Gegenstand nach einem Tod zu verlieren, reduziert sich um 100 %.*

Wahnsinn! Ich war durch eine Flut von epischen und legendären Gegenständen verwöhnt, doch kein anderer Gegenstand hatte mich bisher so sehr begeistert. Außer mir vor Freude begann ich zu tanzen. Obwohl ich es bedauerte, die Effekte des Sets des *Unbesiegten Herolds* zu verlieren, bestand kein Zweifel, dass die Boni von *Kaltblütiger Bestrafer* bedeutend größer waren. Von meinem alten Set konnte ich nur den Ring, das Armband, den Ohrring, die Kette, den Bogen, das Kettenhemd und den Schlagring-Plattenhandschuh benutzen. Alle anderen Plätze wurden von meiner neuen, soliden Rüstung belegt. Dadurch konnte ich die beiden Set-Boni *Erlittener Schaden wird um 5 % reduziert* und *5 % des Schadens wird auf den Feind reflektiert* behalten. Außerdem trug ich einen Ring für *Beweglichkeit*, der zu keinem Set gehörte, und einen Ohrring für

*Stärke.* Beide legendären Gegenstände hatte ich vom Clan Yoruba gelootet. Sie verliehen mir Boni auf *Ausdauer, Zielgenauigkeit* und *Kritischen Schaden.* Der perfekte Zeitpunkt war gekommen, um mein Profil zu prüfen. Ich hatte mir meine Statistik schon ewig nicht mehr angesehen.

**Scyth, Level 150, Untoter (verborgen)**

*Rang: Junior-Gladiator, Unübertroffener Rächer, Unbeugsamer Bestrafer (alle verborgen)*

*Clan: Die Erwachten (verborgen)*

*Realer Name: Alex Sheppard (verborgen)*

*Reales Alter: 16 (verborgen)*

*Charakterklasse: Herold (verborgen)*

**Hauptattribute**

*Stärke: 354 (+652)*

*Wahrnehmung: 256 (+512)*

*Ausdauer: 518 (+672)*

*Charisma: 345 (+1.265)*

*Intelligenz: 142 (+512)*

*Beweglichkeit: 288 (+794)*

*Glück: 1.311 (+1.272)*

**Nebenattribute**

*Gesundheitspunkte: 716.083*

*Manapunkte: 98.150*

*Verteidigungspunkte: 169.000*

*Seuchenenergiepunkte: 2.000.000*

*Glücklicher Zufall: 117.208/1.000.000*

*Wiederherstellungsgeschwindigkeit: 68.290 Gesundheit pro Minute*

*Basisschaden: 1.163*

*Zielgenauigkeit: 1.458 %*

*Chance, einzigartige Quests zu erhalten: +30 % (Maximalwert erreicht)*

*Chance, verbesserte Beute zu erhalten: +30 % (Maximalwert erreicht)*

*Chance, Feinde zu betäuben: +5 %*

*Bonus auf kritischen Schaden: 699 %*

*Schaden in Kämpfen gegen Spieler: +30 %*

*Schadenresistenz gegen Insektoide: +50 %*

*Schadenresistenz gegen Gifte: +100 %*

*Ausweichchance: +483 %*

*Bonus auf Zauberkraft: 180 %*

*Bonus auf Bewegungsgeschwindigkeit: 169 %*

*Fernschaden: +140 %*

*Widerstandsfähigkeit in Kämpfen gegen Spieler: +30 %*

*Tragfähigkeit: 2.991 kg*

*Chance, kritischen Schaden zu vermeiden: +5 %*

*Chance, Unsichtbarkeit zu entdecken: +5 %*

*Chance auf kritischen Schaden: +100 %*

*Rabatt bei Händlern: 50 % (Maximalwert erreicht)*

**Ruhm:** *455*

**Fertigkeiten:**

*Bogenschießen (kein Rang): 96*

*Schlagwaffen (kein Rang): 42*

*Kartografie (kein Rang): 9*

*Dolche (kein Rang): 57*

*Nachtsicht (kein Rang): 81*

*Einhändige Schwerter (kein Rang): 43*

*Überzeugungskraft, Rang 1: 2*

*Widerstandsfähigkeit, Rang 2 (Pfad der Gerechtigkeit und Pfad der Reflexion): 29*

*Reiten (kein Rang): 20*

*Speere (kein Rang): 18*

*Tarnung (kein Rang): 90*
*Schwimmen (kein Rang): 66*
*Zweihändige Streitkolben (kein Rang): 11*
*Zweihändige Schwerter (kein Rang): 11*
*Unbewaffneter Kampf, Rang 1 (Pfad der Gerechtigkeit): 100*
**Handwerke und Berufe:**
*Kochen: Experte (394/500)*
*Inschriftenkunde: Geselle (0/250)*
**Spezialfertigkeiten und -fähigkeiten:**
*Tiefen-Teleportation: 14*
*Unsterblichkeit der Vernichtenden Seuche: 20*
*Grässliches Geheul: 27*
*Seuchenzorn: 2*
*Seuchenpest: 4*
*Seuchen-Reanimation: 8*
*Zweites Leben (spontan)*
**Klassenfertigkeiten:**
*Identitätsverschleierung: 12*
*Göttliche Offenbarung (spontan)*
*Imitieren: 11*
*Lethargie: 6*
*Befreiung: 30*
**Göttliche Fähigkeiten:**
*Schlafende Unverwundbarkeit: 1*
*Schlafende Verteidigung: 1*
*Berührung der Schlafenden Götter*
*Einheit*
**Auren**
*Unübertroffener Rächer: −25 % auf Schaden und Verteidigung aller Feinde in der Nähe*
**Achievements:**
*Entdecker − 1*

*Erster Abschluss: Schatzkammer des Ersten Magiers*
*Allererster Unbeugsamer Bestrafer*
*Allererster Unübertroffener Rächer*
*Erster Kill: Chuff, Königin der Sumpfstecher*
*Erster Kill: Crusher*
*Erster Kill: Mok'Rhyssa, Felsenkönigin*
*Erster Kill: Murkiss*
*Erster Kill: Unterirdischer Schrecken Sharkon*
*Erster Kill: Shog'rassar, Gott der Sarantapods*
*Ich kam, sah und siegte – 1!*
*Ich kam, sah und siegte – 2!*
*Ich habe Distival 2075 überlebt!*
*Ich bin nicht aufzuhalten! An mir führt kein Weg vorbei!*
*Es ist ein guter Tag zum Sterben!*
*Unbeugsamer Bestrafer*
*Die Todgeweihten grüßen dich – 1!*
*Unübertroffener Rächer*
*Das ist unmöglich!*
*Der Lich ist tot! Lang lebe der neue Lich!*
**Göttliche Embleme:**
*Shog'rassars Schutz*
**Tierbegleiter:**
*Iggy, Level-198-Sumpfstecher*
*Crash, Level-114-Diamantwurm*
*Sturm, Level-27-Sturmdrache*
**Verborgener Status:** *Gefahr der Klasse* **K** *mit Potenzial für Klasse*
*A*
**Verborgener Status:** *Apostel der Schlafenden Götter*
**Verborgener Status:** *Botschafter der Vernichtenden Seuche*
**Geld:** *4.428.591 Gold, 99 Silber, 18 Kupfer*
**Marke der Tapferen:** *10*

Noch vor einem halben Jahr hatte ich mit Eve O'Sullivan die vorgeschriebene Stunde im Spiel gelangweilt auf der Bank gegenüber des Sprudelnden Krugs verbracht. Wenn mir zu der Zeit jemand gesagt hätte, dass ich mich zu dem Spieler entwickeln würde, der ich nun war, hätte ich ihm geantwortet, dass er den Verstand verloren hätte.

$$\times$$

DRAUSSEN ERTÖNTEN DREI Knalle. Wie aus dem Nichts erschienen Infect, Bomber und Crawler vor dem Gasthaus. Sie sahen lädiert aus, wobei ich nicht ihre untote Erscheinung, sondern ihre Rüstung meinte. Offenbar hatten sie Prügel einstecken müssen.

Da traf es mich wie ein Blitz: Was war aus den Verhinderern geworden, die ich ausgeschaltet hatte? Es bestand eine 25 %ige Chance, dass alle, die durch *Seuchenzorn* gestorben waren, als Untote respawnen würden!

Ich versuchte, mich zu erinnern, was ich auf dem Grünen Jahrmarkt gesehen hatte. Defiler war als Erster gestorben, doch er war nicht als Untoter zurückgekehrt. Danach war die Fünfer-Einheit der Kinder von Kratos erschienen, um ihm zu helfen. Sie hatte ich als Nächstes aus dem Weg geräumt. Anschließend hatte der PUG-Raid angegriffen, den die Schaulustigen spontan gebildet hatten. Dabei waren jede Menge Leute beseitigt worden, aber soweit ich mich erinnern konnte, war niemand wiederauferstanden. Augenblick mal ... Konnte es vielleicht etwas mit meiner Obergrenze für Schergen zu tun haben, die einschließlich meiner Wächter bei 80 lag?

Aber es gab noch eine weitere Erklärung. Soweit ich wusste, infizierte *Seuchenpest* die Lebenden, hatte jedoch keine Wirkung auf Spieler. Daher war es unwahrscheinlich, dass die Nachwirkung von *Seuchenzorn* einen Effekt auf sie haben würde. Doch wie hatte es Big Po dann geschafft, in Tristad Spieler zu infizieren? Gab es dafür eine Quest? Es würde sich lohnen, mich mit Wesley zu treffen, um es herauszufinden. Ich musste ihm ohnehin das Erpressungsgeld bezahlen. Für dieses Treffen würde ich jedoch erst nach dem Ereignis Zeit haben.

Die Jungs waren nirgends zu sehen. Sie waren vermutlich ins Gasthaus gegangen, konnten mich jedoch nicht finden. Persönliche Zimmer waren wie Instanzen: Fremde konnten sie nur mit Erlaubnis des Besitzers betreten. Sobald ich die Tür öffnete, kamen die herein. Bomber musste sich bücken. Die Titanen waren berühmt für ihre Größe und Stärke. Meine Clankameraden konnten ihren Blick nicht von meiner neuen Rüstung abwenden. Sie schüttelten ungläubig die Köpfe und berührten sie ehrfürchtig.

„Ich bin sprachlos", flüsterte Infect. „Die Attribute sind einfach unglaublich!"

„Und sie werden sich erhöhen", fügte Crawler hinzu. „Die Rüstung basiert auf deinem Level multipliziert mit 100. Die Attributboni sind doppelt so hoch wie dein Level. Du hast das große Los gezogen, Scyth! Erzähl uns, wo du sie bekommen hast."

Bomber zeigte mir verlegen einen epischen Schild.

„Ist gerade erst gedroppt. Ich wollte damit angeben, aber ..." Er blickte auf die Loot in der Mitte des Zimmers. „Verglichen mit deiner Beute ist er nicht der Rede wert."

Wir stellten uns um die Stapel herum. Bomber holte Bier aus seinem Inventar und gab jedem eine Flasche. Er winkte ab, als er meinen fragenden Blick bemerkte. „Wenn das kein Grund zum Feiern ist, weiß ich es auch nicht."

„Du hast dein Zimmer ganz nett eingerichtet", bemerkte Infect. „Bist du jetzt auch unter die Raumgestalter gegangen?"

„Sobald wir das Schloss gebaut haben, kannst du dir dein eigenes Zimmer cool einrichten." Crawler setzte sich im Schneidersitz auf den Boden, trank einen Schluck Bier und fuhr fort: „Es wäre töricht, jetzt Geld dafür zu verschwenden."

„Lasst Scyth endlich erzählen, was passiert ist, Leute!", rief Bomber.

Während sie meiner Geschichte zuhörten, reagierten die Jungs unterschiedlich. Bomber und Infect waren begeistert, doch Crawler schüttelte den Kopf und biss sich auf die Lippe.

„Ich weiß nicht, was ich dazu sagen soll", erklärte er, nachdem ich geendet hatte. „Du bist ein großes Risiko eingegangen. Achievements und neue Level sind klasse, dreifacher Schaden durch *Seuchenzorn* genauso. Aber du hast dir in die Karten gucken lassen, Scyth! Jetzt wissen sie, worauf sie sich vorbereiten müssen."

„Ich habe es nicht mit Absicht getan. Meinst du vielleicht, ich wollte gegen eine solche Horde kämpfen? Es war nicht genug Zeit, um zu entkommen."

„Warum zum Teufel warst du überhaupt auf dem Jahrmarkt?", fragte Crawler.

„Ich hatte etwas Zeit und war neugierig", gab ich zurück. „In den Werbespots haben sie erwähnt, dass auf dem Jahrmarkt äußerst seltene Handwerkszutaten erhältlich wären. Davor habe ich in Darant und Kinema einige Sachen erledigt. Nachdem wir hier alles besprochen haben, werde ich wieder nach Kinema zurückkehren. Ich habe keine andere Wahl, als Risiken einzugehen, sonst werden sie uns überwältigen. Aber keine Sorge, wir haben so viel Loot hier, dass wir bis zum Ende unserer Tage genug Geld haben sollten. Von jetzt an können wir nur zum Vergnügen spielen."

„Zu schade, dass wir noch nichts davon verkaufen können", entgegnete Crawler. „Wenn wir Gegenstände über Schwergewicht bei der Auktion der Allianz anbieten würden, würde sie die Aufmerksamkeit der falschen Leute auf sich ziehen. Irgendjemand würde sicher seine Ausrüstungsteile erkennen und sie unter Druck setzen. Wir können schließlich nicht die Geschichte jedes einzelnen Gegenstands löschen."

„Und die Goblin-Auktion?", fragte ich.

„Die Verluste wären zu hoch", stellte Crawler heraus. „Aber da wir ohnehin Beute über die Liga werden verkaufen müssen, wird es das Beste sein, auf Rita zu warten. Es dauert nicht mehr lange, bis sie die Sandbox verlässt. Dann kannst du sie nach Kinema mitnehmen und 10 % der Provision sparen. Vielleicht sogar mehr."

Alle waren einverstanden, die Loot im Clanspeicher aufzubewahren, bis Rita sich darum kümmern könnte. Zum Glück war der Speicher groß genug. Wir hatten Rita übrigens noch nicht im Clan aufgenommen. Ich wollte mich mit ihr treffen und die Sache besprechen, sobald ich Zeit hätte. Wir hatten auf dem Rückweg vom Distival miteinander telefoniert. Ich hatte gefragt, wie es ihr ginge, und sie hatte geantwortet, dass alles in Ordnung wäre, doch dass es ihr noch besser ginge, wenn ich mich öfter melden würde. Ich konnte nicht sagen, ob Rita scherzte oder ob sie tatsächlich in mich verliebt war.

„Die Transportwege sind völlig überlastet", verkündete Crawler, um das Thema zu wechseln. „Während du deinen Schönheitsschlaf gehalten hast, haben wir uns die Livestreams angesehen. Alle drängen an die Grenze, um an dem Ereignis teilzunehmen. Die Schlangen vor den stationären Portalen in Darant und Shak sind mehrere Kilometer lang. Viele Leute sind sogar bereit, einen Flug mit dem Luftschiff zu bezahlen. Die Tickets sind drei Tage im Voraus ausverkauft."

„Haben sie das Portal in Vermillion repariert?", erkundigte ich mich.

„Ja", antwortete Bomber an Crawlers Stelle. „Aber wage es ja nicht, deinen Trick zu wiederholen. Die Magier haben dem geschützten Bereich *Licht der Wahrheit* hinzugefügt. Es wirkt wie *Flamme der Wahrheit*, nur in der ganzen Stadt. Du würdest dir die Finger verbrennen."

„Es gibt noch etwas, das ich mit euch besprechen will." Ich holte einige unbeschriebene Pergamentrollen heraus. „Meine

*Inschriftenkunde* levelt schnell. Sobald ich die Angelegenheit mit Moraine und Yoruba geregelt habe, werde ich sie bis zur Obergrenze leveln. Ich weiß nicht, wie viele *Seuchenzorn-Schriftrollen* ich werde herstellen können, doch selbst eine oder zwei könnten den Ausgang eines Kampfes ändern."

„Stimmt", erwiderte Crawler. „Während des Ereignisses werden viele Leute die Forts an der Grenze als ihre Spawnpunkte einstellen. Aber man muss in der Nähe sein, um die Rollen ..."

„Wenn ich noch ein Dieb wäre, könnte ich mich hineinschleichen und alle in die Luft jagen!", unterbrach Infect ihn.

Mir lag auf der Zunge, ihm zu sagen, dass seine niedriglevelige Tarnung ihn ziemlich schnell verraten hätte, doch dann warf ich einen Blick auf das Level der Jungs. Sie hatte keine Zeit verschwendet. Nach nur ein paar Stunden des Farmens hatten sie alle Level 180 erreicht. Ihre harte Arbeit hatte sich gelohnt!

„Du kannst sie mit deinen Liedern einschläfern", erwiderte Bomber. „Und ihre Ohren werden von ganz allein explodieren."

„Bist du sicher, dass du ein Football-Spieler werden willst, Bomb?", fragte Infect. „Ich finde, du solltest es stattdessen mit Stand-up-Comedy versuchen. Deine Witze sind urkomisch, du bist ein echtes Genie ..."

„Hat jemand von euch mit Tissa gesprochen?", fragte ich, um einen Streit zu verhindern.

„Ja, ähm ...", antwortete Bomber zögernd. „Es geht ihr gut."

„Fast zu gut", fügte Infect hinzu. Als er Crawlers gerunzelte Stirn sah, fuhr er fort: „Sie ist in Ordnung, mach dir keine Sorgen."

„Es geht ihr so gut, dass ich nicht weiß, ob wir sie zu den Weißen Amazonen gehen lassen sollten", ergänzte Crawler düster.

„Spuckt es schon aus. Was ist los?", wollte ich wissen.

„Hast du ihre Posts nicht verfolgt?", fragte der Barde.

„Dazu hatte ich wohl kaum Zeit", brummte ich.

„Du hast nichts verpasst." Bomber setzte sich neben mich. „Es ist nichts von Bedeutung. Nur Bilder von der Insel, der Schule, ihrem Haus, Blumen, neuer Kleidung ... Du brauchst dir keinen Stress zu machen."

„Ich bin nicht gestresst, ich mache mir Sorgen um sie", sagte ich.

„Sorgen brauchst du dir auch nicht zu machen", murmelte der Krieger.

„Wie geht es unserem Freund?", erkundigte Crawler sich.

„Crag? Keine Ahnung", entgegnete ich. „Er ist spurlos verschwunden. Loggt sich nicht in *Dis* ein und beantwortet im realen Leben nicht das Telefon."

„Ich habe ein ungutes Gefühl", sagte Bomber. „Wir sollten so schnell wie möglich zum Fernunterricht wechseln, um unbemerkt zu bleiben. Hat dein Vater schon das nötige Level erreicht?"

„Fast. Er sollte das Geld morgen abheben können. Etwas davon legen wir für die Clan-Basis im realen Leben zurück. Mein Vater wird es in Dunkle Phönix wechseln und es Manny schicken. Nicht die gesamte Summe, sondern in Raten. Immer dann, wenn er es braucht."

„Wer wird den Mietvertrag für das Gebäude unterschreiben?", fragte Crawler. „Die Nicht-Bürger oder du?"

„Wie ich bereits gesagt habe: Entweder du vertraust jemanden vollkommen oder gar nicht", erwiderte ich. „Die Nicht-Bürger werden den Mietvertrag für das dreistöckige Haus in Cali Bottom unterschreiben. Auch wenn ich ihn selbst unterzeichnen würde, könnten sie uns hinauswerfen, wenn es ihre Absicht wäre. Deswegen mache ich mir keine Sorgen. Außerdem haben wir ja nicht vor, uns für immer zu verstecken, oder? Die ganze Geschichte mit meinem Gefahrenstatus könnte in einer Woche zu Ende sein. Übrigens, habt ihr etwas von Big Po gehört?"

„Rita ist seinem neuen Charakter schon oft in Tristad begegnet. Er sitzt seine Zeit im Sprudelnden Krug ab, ohne zu leveln oder

Quests abzuschließen. Wahrscheinlich wartete er darauf, dass wir ...“ Crawler blickte auf seinen Bildschirm und rief: „He, Crag ist online!“

Ich prüfte den Clan-Chat. Unter der Zeile „Tobias ist online“ erschien eine weitere.

*16.4.2075, 20:36 – Der Spieler Crag, untoter Level-102-Krieger, hat die Erwachten verlassen.*

„Mist!“ stieß Bomber hervor. „Crag hat sich abgesetzt. Ich habe doch gesagt, dass wir ihn beim Tempel hätten eliminieren sollen!“

„Wo ist er?“ Crawler öffnete die Karte und suchte nach Crags Markierung.

„Er muss an dem Ort sein, wo er sich aus *Dis* ausgeloggt hat“, antwortete ich. „Neben Tiamats Tempel.“

Ohne Zeit zu verlieren, lud Crawler mich in seine Gruppe ein, und sobald ich akzeptiert hatte, teleportierte er uns zum Tempel.

„Warte, Toby!“, riefen wir, als wir den Krieger entdeckten.

Crag wirkte Teleportation, doch wohin? Als er uns sah, zuckte er mit den Schultern. „Macht's gut.“ Er winkte uns zu und verschwand.

„Wie ist das möglich?“, fragten Bomber und ich gleichzeitig.

„Vielleicht hatte er eine Portalrolle“, mutmaßte Infect.

„Woher denn? Er war immer mit uns zusammen und hat das Fort nicht verlassen“, rief ich.

„Er hätte sie sich per Mail schicken lassen können“, entgegnete der Barde.

Inzwischen prüfte Crawler seine Freundesliste und fluchte: „Zum Nether! Er hat mich entfernt!“

„Mich auch!“, riefen Infect und ich.

„Und mich auch.“ Bomber seufzte traurig. „Verdammt, der Typ ist total daneben.“

# Kapitel 17: Neue Verbündete

NACHDEM ICH MICH von meinen Freunden verabschiedet hatte, benutzte ich *Identitätsverschleierung* und kehrte nach Kinema zurück. Dort fand ich einen hochmütigen Elf des Imperiums, der sich gut zum Imitieren eignete. Kurz darauf war MonkeyWrench von den Cthulhus Jungs verschwunden, und ich hatte die Gestalt des Dunkelelfen Lalanos angenommen, eines Level-309-Bogenschützen. Ich ging zur Gilde für Inschriftenkunde und kaufte so viele Rezepte wie ich konnte. Danach begab ich mich zu den Hallen, in denen sich die Transportportale befanden, besorgte mir ein Ticket nach Shak und reiste ohne Probleme durch das Portal.

In Shak angekommen, konnte ich den Aufruhr, der sich wegen des bevorstehenden Ereignisses in der Wüste zusammenbraute, mit eigenen Augen sehen. Während ich den Hauptplatz gegenüber des imperialen Palastes überquerte, sah ich eine große Gruppe hochleveliger Spieler sowohl der Dunklen Völker als auch der Neutralen. Die Schlangen vor den Hallen der Abreiseportale erstreckten sich über ganze Stadtteile. Die Transportgilde hatte für das gesamte Imperium Strecken zur Allianz geöffnet. Offenbar bildete sich dort eine Armee, die größer war als alles bisher Dagewesene. Bevor sie Tiamats Tempel erreichen würden, würden sie sich jedoch den aggressiven Wüsten-Mobs stellen müssen, die die

Spitzenspieler um mindestens 100 Level übertrafen. Das war das Einzige, das mich etwas aufmunterte.

Shak zog den Besucher mit seiner überwältigenden Finsternis in den Bann. Die Stadt war von dicken, hoch aufragenden Mauern umgeben, die gegen Titanen oder noch größere Kreaturen Schutz bieten sollten. Durch ihre ebenso gewaltigen Stadttore strömten Massen von Orks, Trollen, Minotauren, Ogern, Dunkelelfen, Drachen, Vampiren und anderen Dunklen Kreaturen. Sie alle waren unter der eisernen Faust von Imperator Kragosh vereint worden. Der Herrscher war für seine gigantische Gestalt bekannt. Manche behaupteten, dass in Kragoshs Adern nicht nur das Blut von Orks, sondern auch das von Riesen rann. Andere führten seine mächtige Statur auf einen Urgroßvater zurück, der ein Oger gewesen war. Wie auch immer, die Dunklen Völker hatten sich beim Bau der Hauptstadt des Imperiums seine Größe zum Vorbild genommen. Mit ihrem monumentalen Ausmaß überstieg sie alle Vorstellungskraft.

Das Gasthaus Krummer Speer war wegen Shaks Architektur nicht einfach zu finden. Die Stadt unterschied sich auch in dieser Hinsicht von allem, was ich kannte und bisher gesehen hatte. Es schien, als ob die Orks eine starke Abneigung gegen gerade Linien hätten, denn in Shak gab es keine Straßen. Die Stadt bestand aus einem Mischmasch von Tausenden Gebäuden, die ohne einen Funken Logik errichtet worden waren. Die hohen, aus Stein, Holz oder anderen verfügbaren Materialien gebauten Häuser waren alle mehrstöckig. Zwischen ihnen erstreckten sich eine Reihe von Brücken, von denen einige aus Seilen konstruiert worden waren. Nicht alle konnte man als waagerecht bezeichnen.

Ein Mitglied der Stadtwache kam mir zur Hilfe. Es war ein Ork in einer schwarzen Rüstung, der mit seinem Lindwurm neben mir landete. Die Kreatur erinnerte an einen kleinen Drachen, doch sie besaß nur Hinterbeine. Anstelle von Vorderbeinen hatte sie Flügel, die denen einer gigantischen Fledermaus ähnelten. Der Ork knurrte etwas auf Orkisch, doch als er bemerkte, dass ich ihn nicht verstand, wechselte er zur Einheitssprache, in der er sich jedoch nur gebrochen verständlich machen konnte.

„Mich kennt vier Gasthäuser mit dem Namen. Wen du suchst, Vagabund?"

„Ich will Hettran treffen."

„Kenne ich nicht. Ich zeige Weg zu vier Gasthäusern."

Nachdem der Wächter mir die verschiedenen Strecken beschrieben hatte, erschienen vier Markierungen auf meiner Minikarte. Wie sich herausstellte, war es leichter als gedacht, das richtige Gasthaus zu finden. Da der Ork Probleme hatte, die Einheitssprache zu verstehen, hatte er mir den Weg zum Zerbrochenen Speer, Fliegenden Speer, Krummen Speer und einem Restaurant namens Zwei Verbogene Speere gewiesen. Die Vorliebe der Orks für Speere erstaunte mich immer wieder.

Ich machte mich auf den Weg zum richtigen Gasthaus, dem Krummen Speer. Da niemand meinen legendären Drachen sehen sollte und Sturm ohnehin nicht genug Platz gehabt hätte, um ihre Flügel auszubreiten, benutzte ich meinen Mech-Strauß, um nicht zu Fuß gehen zu müssen.

Der Krumme Speer befand sich in den Slums auf Shaks dritter Ebene. Der Weg dorthin war mit einer dicken Schicht von Mist, Schmutz und Müll bedeckt. Niemand außer mir und ein paar schmuddeligen Ork-Waisen, Trollen und Oger-ähnlichen Jugendlichen riskierte es, dort entlangzugehen. Unter ihnen war ein zweiköpfiger junger Oger mit einem Buch. Ich musste zweimal hinsehen, um zu glauben, was ich sah: Er saß in einer Ecke und las mit einem Kopf, während er mit dem anderen den Kindern beim Spielen zuschaute. Ich wusste nicht, was mich mehr überraschte: die zwei Köpfe oder das Buch. Das eisige Glänzen eines Zaubers schimmerte in der Hand des jungen Ogers.

Niemand beachtete mich, als ich das Gasthaus betrat. Es sah genauso aus wie die Gasthäuser in Darant oder Kinema, nur die Kundschaft und die Auswahl der Getränke waren unterschiedlich. Oh, und die Decke war doppelt so hoch, um großen Trollen, gehörnten Minotauren und bulligen Ogern entgegenzukommen. Die Gäste unterhielten sich, stießen mit ihren Bechern an, kauten geräuschvoll und brüllten vor Lachen. Sie übertönten die Rhythmen eines einsamen Troll-Schlagzeugers, der auf der Bühne saß und hingebungsvoll trommelte. Er war vom grauen Rauch der langen Zigarre eingehüllt, die zwischen seinen rasiermesserscharfen Zähnen steckte.

Ich bemühte mich, die unbekannten Gesichter nicht anzusehen. Nachdem ich über ausgestreckte Beine und auf dem Boden liegende Körper von Betrunkenen gestolpert war, die mit dem Gesicht nach unten im Müll lagen, erreichte ich eine Serviererin. Die heruntergekommene, brutal aussehende Orkfrau war an den Schläfen tätowiert und trug einen Ring in der Nase. Ich erkundigte mich, ob sie Hettran kennen würde. Falls die Gnomfrau Kitty die Wahrheit gesagt hatte, war Hettran derjenige, der mich mit Moraines Kultisten in Verbindung bringen könnte.

Über den Lärm hinweg schrie die Orkfrau aus vollem Hals: „Camrode!"

„Ich suche Hettran", wiederholte ich etwas lauter.

„Camrode Hettran", knurrte die Orkfrau. „Du kennst nicht den Namen desjenigen, den du suchst?"

Von den Gästen reagierte niemand auf das Rufen der Serviererin, doch ein stämmiger, älterer Ork kam hinter der Theke hervor. Er musste einige Leute aus dem Weg schieben, um uns zu erreichen. Die Orkfrau nickte, zeigte mit einem kurzen, dicken Finger auf mich und entfernte sich. Hettran betrachtete mich stirnrunzelnd und deutete mir mit einer Geste an, dass ich ihm folgen sollte. Wir gingen nach draußen und bogen in eine nach unten führende, dunkle Gasse.

„Bist du Hettran?", vergewisserte ich mich.

„Alle nennen mich Camrode", antwortete er mürrisch. „Aber die Verbannten kennen mich unter dem Namen, den du benutzt hast. Du suchst nach ihnen, richtig?"

„Welche Verbannten?", wollte ich wissen.

„Diejenigen, die mit dem Tod im Bunde sind", erwiderte er.

Wir bogen aus der sich windenden Gasse ab und gingen einen mit Flechten bedeckten Hang hinunter. Der Dreck reichte uns bis zu den Knien. Unten angekommen, hielt der Ork an, schob einige Pflanzen zur Seite, sah sich vorsichtig um und zog dann an einem Metallring. Ich stellte keine Fragen.

Ein weiterer Weg nach unten führte uns in einen Keller. Hettran zündete eine Fackel an, sodass ich einen engen Gang erkennen konnte. Nachdem wir dreimal die Richtung gewechselt hatten, blieb der Ork vor den Gitterstäben einer Zelle stehen und lauschte für einen Moment. Alles war ruhig. Er rasselte mit einem Schlüsselbund und öffnete die Tür.

„Tritt ein."

Ich trat über die Schwelle, doch Hettran folgte mir nicht. Die Tür schloss sich quietschend.

„Bleib hier und gib dich nicht zu erkennen", befahl Hettran.

Er ließ die Tür unverschlossen und ging davon. Ich musste lange warten. Um die Zeit zu nutzen, studierte ich die Rezepte für Symbole und Verstärkungsrunen, die ich gekauft hatte, und levelte *Inschriftenkunde*. Bis ich endlich Schritte hörte, hatte mein Rang Geselle sich fast auf Level 100 von 250 erhöht.

Zwei Gestalten hielten vor den Stäben an. Eine war Hettran. Sein Begleiter war groß gewachsen und hielt den Kopf gebeugt, um sein Gesicht unter der Kapuze seines Umhangs zu verstecken.

„Hier ist er", sagte der Ork unterwürfig.

„Lass uns allein", zischte sein Begleiter.

Hettran gab ihm die Schlüssel und zog sich zurück. Die andere Gestalt betrat die Zelle und verschloss die Tür. Die Systemkennzeichnung über seinem Kopf informierte mich, dass er Ranakotz hieß und ein Halb-Ork war. Sein Level oder seine Fraktion wurde nicht angezeigt. Nur „Ranakotz, Halb-Ork". Falls er ein Kultist war, überraschte es mich nicht, dass er es verbarg. Die Magie der Toten war in dieser Welt nicht gerade beliebt.

„Du bist also nicht weggelaufen", stellte er fest. Er näherte sich mir bis auf einen Meter, warf einen Blick auf die unbeschriebenen Schriftrollen auf dem Boden und blickte finster drein. „Du bist ein Schreiber?"

„Gewissermaßen. Bist du Ranakotz von Moraines Kult?"

„Schschsch!", zischte er erneut, sodass ich eine Gänsehaut bekam.

Ich hätte schwören können, dass er sich keinen Zentimeter bewegt hatte, doch plötzlich sah ich sein grinsendes Gesicht mit den geschwärzten Zähnen und leeren Augenhöhlen dicht vor mir.

Er verzog seine blassen, dünnen Lippen. „Wer bist du, dass du zu fragen wagst, Lalanos? Seit wann sind die Spitzohren an der Unerbittlichen interessiert?"

Ich sammelte die Rollen ein und legte sie in mein Inventar zurück. Dann stellte ich mich vor ihn hin und antwortete: „Ich kann nicht für die Elfen sprechen, da ich nicht zu dem Waldvolk gehöre."

Falls er gedacht hatte, dass er einem Untoten Angst machen könnte, hatte er sich geirrt. Ich entfernte *Imitieren*, weil *Überzeugungskraft* mir sagte, dass weder Witze noch Einschüchterungen oder Respekt funktionieren würden.

Ich hatte gedacht, wenn er mich als toten Mann sehen würde, würde er mich nicht mehr verdächtigen, von jemandem geschickt worden zu sein. Zumindest hätte es sein professionelles Interesse wecken und ihm zeigen sollen, warum ich Moraine treffen wollte, doch das war nicht der Fall.

Ranakotz sprang zurück, doch er erholte sich schnell von dem Schock. Er streckte eine Hand aus und hielt die Handfläche in meine Richtung. Eilig las er eine Art von Gebet oder Zauber, bis feine Silberfäden aus seinen Fingerspitzen schossen und sich um meine Arme, Beine und meinen Kopf legten. Er bewegte seine Finger wie ein Puppenspieler, als er versuchte, mich unter seine Kontrolle zu bringen.

Kurz davor hatte ich die Berührung von etwas Kaltem, Klebrigen gespürt. Es hatte weniger als eine Sekunde angehalten, als ich die Erklärung sah.

*Freigeschaltete Fähigkeit: Immunität der Vernichtenden Seuche*

*Immunität der Vernichtenden Seuche*
*Du bist gegen die Magie der Toten immun.*

*Ranakotz hat „Untote versklaven" auf dich gewirkt.*

*Effekt blockiert (Immunität der Vernichtenden Seuche)*

Ich wedelte mit dem Arm, um die Fäden des Zaubers zu zerreißen. Erschrocken warf Ranakotz den Kopf zurück. Die Kapuze fiel herunter und enthüllte einen kahlen, knubbligen Schädel. Er öffnete den Mund und stieß einen tonlosen Schrei aus. Eine Säule schwarzen Nebels stieß an die Decke und verschwand.

Ich ergriff Ranakotz bei der Schulter und ließ *Seuchenenergie* in ihn hineinfließen. Das System verzeichnete es als Angriff und die Gesundheit des Kultisten sank langsam. Ich brachte mein Gesicht näher und sagte: „Ich muss Moraine treffen. Ich will ihr ein Geschäft vorschlagen."

„Nur die Würdigen dürfen die Unerbittliche erblicken", keuchte er. Schreckerfüllt bewegte er sich rückwärts zur Tür. „Habe Erbarmen ... ich bitte dich ..."

„Ich muss Moraine treffen", wiederholte ich.

„Nur die Würdigen ..." Er hustete, als ich fester zufasste.

*Starrköpfig*, dachte ich. *Oder er hat Angst. Vielleicht verbietet ihm ein göttliches Edikt, mich zu Moraine zu führen. Ich muss anders vorgehen.*

„Was war das für ein schwarzes Zeug, das aus deinem Mund gekommen ist, Ranakotz?", fragte ich.

Der Kultist holte etwas hervor, das wie eine gelbe Tablette aussah, zerrieb es mit den Fingern zu Pulver und zog es in die Nase. Unter seiner Haut entstanden dunkle, sich verzweigende Bahnen. Seine Augenhöhlen füllten sich für einen Moment mit Dunst, der sich schnell auflöste.

„Das wirst du gleich herausfinden!", verkündete Ranakotz triumphierend mit lauter, selbstsicherer Stimme.

Ohne das Gesicht von mir abzuwenden, trat er zurück und öffnete die Tür. Ich hörte Schritte im Gang. Es waren ganz sicher mehr als drei Leute, die gerannt kamen. Der Kultist hatte also Verstärkung gerufen. In Kinema hatte ich den Schild, den ich für Sharkon erhalten hatte, nicht gezeigt, doch hier gab es niemanden, vor dem ich ihn hätte verbergen müssen. Da Ranakotz ein NPC von einem unterirdischen Kult war, war seine Verstärkung es vermutlich ebenfalls. Wenn ich sie töten würde, würde ich Moraine nie finden. Ich musste mich mit ihnen verständigen.

Während ich noch überlegte, wurde es eng in der Zelle. Einschließlich des Halb-Orks waren es sechs Gegner. Sowohl ihre Namen als auch ihr Status und Level waren verborgen. Ranakotz trug nur leichte Rüstung, doch seine Verstärkung war bis an die Zähne bewaffnet. Es waren praktizierende Nekromanten, und nach seiner kurzen, vergifteten Klinge und der Knochenrüstung unter seinem Umhang zu urteilen, war ihr Anführer im Kampf auf engstem Raum geübt.

Als sie mich in meiner wahren Gestalt sahen, griffen sie auf der Stelle an. Meine Protokolle füllten sich mit Meldungen über blockierte Zauber der Unterwerfung und untoten Entfleischung.

Damit würden sie bei einem Botschafter der Vernichtenden Seuche nicht weit kommen.

„Hört zu, ich bin nicht gekommen, um zu kämpfen. Beruhigt euch und lasst uns über die Sache reden." Ich vergewisserte mich, dass ich ihre Aufmerksamkeit hatte, bevor ich fortfuhr. Dabei betonte ich jedes Wort einzeln. „Ich. Muss. Moraine. Treffen." Sie sahen mich überrascht an. Ein sprechender Zombie! Dann wirkten sie wieder einen Zauber. Der Kultisten-Anführer erhob seine Klinge, murmelte einen Zauber und stieß zu. Die Schneide der Klinge sprühte Funken und traf meinen Schild, doch *Reflexion* wurde trotzdem aktiviert. Der Nekromant brach zusammen und fiel zu Boden.

Die Kultisten wurden zornig und wirkten ihre Zauber mit noch größerem Eifer.

„Nein!", rief Ranakotz und hob die Hand. „Gewöhnliche Unterwerfungszauber haben keine Wirkung auf ihn. Bildet einen Kreis!"

*Ist das dein Ernst?*, dachte ich. Innerlich musste ich grinsen.

Die Kultisten ergriffen mich bei den Armen, hoben mich über ihre Köpfe und stimmten einen düsteren Gesang an, von dem ich kein Wort verstand. Ich hatte jedoch nicht vor, tatenlos zuzusehen.

Den ersten Nekromanten zerschmetterte ich mit einer sauberen *Hammerfaust* ohne *Seuchenenergie*. Die namenlose Kultistin schrie auf, wurde zurückgeworfen und schlug gegen die Eisenstäbe der Tür. Der Schlag war so stark, dass sie ihren Nachbarn mit sich riss. Der Gesundheitsbalken, der über ihrem Kopf erschien, fiel auf fast 40 %. *Einen zweiten Treffer wird sie nicht überleben,* dachte ich. *Ich muss mit meinen neuen Verbündeten vorsichtig umgehen. Sie müssen mich unterstützen und gegen Nergals Streitkräfte kämpfen.* Ich versetzte jedem von ihnen einen Schlag und wiederholte jedes Mal: „Ich muss Moraine treffen."

Ich schätzte, dass keiner der Kultisten auf einem höheren Level als 200 war. Ich hoffte, dass sie nur das Fußvolk waren, denn sonst würde es sinnlos sein, ein Bündnis mit ihnen einzugehen. Würde die Göttin Moraine persönlich kämpfen? Meines Wissens nach hatten Gottheiten weder das Recht noch die Fähigkeit dazu. Sterbliche zu manipulieren war eine Sache, direkt einzugreifen war eine völlig andere. Außerdem konnten sie ihre Angelegenheiten im Himmel unter sich ausmachen.

„Wer bist du?", ächzte Ranakotz, während ich ihn gegen die Steinwand drückte.

„Der Nukleus hat mich geschickt. Ich bin ein Botschafter der Vernichtenden Seuche. Und ich muss Moraine treffen."

„Nur die Würdigen dürfen die Unerbittliche erblicken", wiederholte er erneut. „Sobald du bewiesen hast, dass du würdig bist, wirst du sie treffen."

ENTWEDER WUSSTEN DIE Kultisten nichts von der Vernichtenden Seuche und dem Nukleus oder sie waren kein bisschen von ihnen beeindruckt. Ich erklärte mich einverstanden, zu „beweisen", dass ich würdig wäre, Moraine persönlich zu treffen. Sobald ihr Anführer, der alte, glotzäugige Troll Dekotra, mühsam aufgestanden war, versammelte er die anderen um mich herum und begann zu singen.

Etwas später erfuhr ich von Ranakotz, dass die Kultisten auf diese Art teleportierten. Es war ein langer Zauber, für den mehrere Leute gleichzeitig erforderlich waren. Sie durften beim Sprechen des Zaubers keinen Fehler machen, sonst wirkte er nicht. Sie konnten jedoch jeden beliebigen Ort in *Dis* als Ziel wählen. Die Kultisten stellten sich den Ort vor, an den sie reisen wollten, und riefen Moraine an. Falls die Göttin in der richtigen Stimmung war, wurden die Sänger und jeder andere, der in ihrem Kreis stand, teleportiert.

Nachdem wir in einer dunklen Höhle mit hoher Decke gelandet waren, entspannten die Kultisten sich ein wenig. Vermutlich fühlten sie sich in ihrem Versteck sicher oder waren dort stärker. Ranakotz beantwortete bereitwillig meine Fragen, und sobald ich ihn davon überzeugt hatte, dass ich eine intelligente Kreatur wäre, wollte er wissen, wie ich unter die lebenden Toten geraten war. Ich antwortete geheimnisvoll, dass Moraine ihnen nach unserem Treffen alles erzählen würde, falls sie es für nötig hielte.

Inzwischen waren die anderen Anhänger der Göttin des Todes in den Gängen verschwunden und kamen mit verschiedenen lebenden Wesen zurück. Einer zog eine blökende, widerspenstige Ziege hinter sich her, ein anderer trug einen schwarzen Hahn unter dem Arm, der ein ohrenbetäubendes „Kikeriki!" krähte.

Der Troll Dekotra stand am Opferaltar, auf dem ein dickes Buch lag, das geöffnet war. Rillen im Steinboden führten vom Altar weg.

„Bringt ihr ein Opfer dar?", fragte ich.

„Mehrere Opfer. Wir brauchen viel lebendes Blut, um die Barriere durchbrechen zu können", erwiderte Ranakotz.

„Die Barriere?", hakte ich nach.

Der Halb-Ork sah mich überrascht an, bevor er antwortete: „Die Barriere zwischen den Ebenen. Um zu beweisen, dass du würdig bist, Moraine zu erblicken, musst du die Barriere überschreiten. Falls du lebendig zurückkehrst ... ähm ... Ich meine, falls du überhaupt zurückkehrst, hast du den Beweis erbracht."

Dekotra schnitt den Opfertieren mit geübter Hand die Kehle durch. Das Blut floss in die Rillen auf dem Boden, die das Symbol eines gleichschenkligen Dreiecks bildeten, in dem sich ein Kreis befand. Von seiner Mitte gingen drei Strahlen aus. Als die Blutströme sich trafen, leuchtete das Symbol rot auf. Purpurrote Lichtstreifen strahlten aus den Rillen. Die Kultisten hielten sich bei den Händen und stellten sich an den Rand des Kreises. Wie immer, wenn sie einen Zauber wirkten, stimmten sie einen Chorgesang an. Infect wäre ein hervorragender Hintergrundsänger gewesen.

In einer Wand öffnete sich ein Loch und bildete einen dunkelroten Torbogen. Der Gang wurde von einem durchsichtigen Nebelschleier verdeckt, der durch die Blutadern im Boden gespeist wurde.

„Geh", sagte Dekotra. Als er mein Zögern bemerkte, knurrte er noch einmal: „Geh schon!"

Blut rann aus allen Poren seines und der Körper der anderen Kultisten. Ich musste mich beeilen, bevor meine potenziellen Verbündeten zu Wurmfutter werden würden. Das Symbol auf dem Boden flackerte und verlor an Stärke. Ich rannte los und passierte das Portal.

Sobald ich den Nebelschleier berührt hatte, löste er sich auf. Mein Fuß fand keinen Halt, sodass ich fiel. In einem undurchdringlichen Dunst flog ich nach unten.

Die Systemuhr des Interfaces zeigte an, dass der Fall sechs Sekunden dauerte, doch für mich fühlten sie sich wie Stunden an. Ich befürchtete sogar, dass es ein Bug war und ich mit *Tiefen-Teleportation* würde entkommen müssen, doch die Fertigkeit war deaktiviert!

Schließlich landete ich auf einer merkwürdigen weichen Substanz, die Gelee ähnelte. Immer noch war Dunst um mich herum. Als die Kultisten mir gesagt hatten, dass ich mich einer Herausforderung würde stellen müssen, hatte ich an einen Kampf gedacht. Ich hatte nicht damit gerechnet, in einen Sumpf geworfen zu werden und bis zum Kopf in weichem, saugendem Schlick zu versinken. Ich konnte nichts sehen. Auf der Minikarte befand sich meine Markierung mitten in einer vollständigen Schwärze, sodass ich nicht herausfinden konnte, wo ich war. Die Protokolle meldeten nichts, die Umgebung war nicht aggressiv.

Mir wurde klar, dass ich nicht mehr in *Disgardium* war. Selbst als ich den Nukleus der Vernichtenden Seuche getroffen hatte, hatte ich sehen können, dass ich mich tief unter dem Kontinent Holdest befunden hatte.

Ich musste mich beruhigen und abwarten. Mein Gefühl sagte mir, dass ich immer noch sank. Worum handelte es sich bei dem verdammten Test? Dann wurde mir etwas klar: Die Umgebung war mir gegenüber nicht aggressiv, weil ich ein Untoter war! Die Kultisten, die hier gelandet waren, waren vermutlich gestorben und hatten damit bewiesen, dass sie bereit waren, sich Moraines Willen zu unterwerfen. Danach hatte sie sie wiedererweckt. Doch warum an diesem Ort? War Moraines Macht hier größer?

Das würde Sinn ergeben. Die Todesgöttin gehörte zu den alten Göttern, die ihre Macht verloren hatten und ihre wenigen Anhänger eifersüchtig hüteten. Doch um ihnen mehr Fähigkeiten zu geben, benötigte sie mehr *Glaube*. Diejenigen, die für sie gestorben und wiedererweckt worden waren, waren wahrscheinlich derart fanatisch, dass sie sie mit einer erheblich größeren Menge der Ressource versorgten, als ein einziger Anhänger der neuen Götter. In Moraines Namen zu sterben, war weitaus ernster, als sich beim Tempel von Nergal aufzuhalten, um einen Buff zu erhalten.

Was sollte ich tun? Durch meine *Immunität* und *Unsterblichkeit der Vernichtenden Seuche* konnte ich nicht sterben. Ich konnte mich nicht einmal selbst ausschalten. Sollte ich *Seuchenzorn* explodieren lassen? Allerdings hatte ich meine gesamte *Seuchenenergie* in Kinema verbrannt. Es würde ohnehin nicht funktionieren. Im Moment ging es mir gut und ich war entspannt. Ruhig streckte ich Arme und Beine aus, schloss die Augen und ließ mich treiben.

„Das reicht", flüsterte eine Frauenstimme.

Das mich umgebende Gelee verschwand. Ich fiel, zog die Beine an und landete mit den Füßen auf einem Steinboden.

DAN SUGRALINOV

Nach der absoluten Dunkelheit empfing mich nun gedämpftes Licht. Blinzelnd sah ich mich um. Ich stand bei einem Altar in einem Tempel. Was ich zuerst für Steinmauern gehalten hatte, erwies sich als Bäume. Die geraden Stämme standen dicht zusammen und erweckten den Eindruck einer soliden Fläche. Ab und zu brachen rote Sonnenstrahlen wie kleine, flackernde Kerzenflammen durch die Blätter.

Nachdem meine Augen sich angepasst hatten, erblickte ich sie: die Unerbittliche. Als ich den Nukleus der Vernichtenden Seuche gesehen hatte, hatte ich nichts Göttliches an ihm entdecken können. Ich hatte Behemoth, Tiamat und Fortuna gesehen, doch sie hatten mir nur ihre Avatare gezeigt, Inkarnationen in unserer Realität. Moraine stand jedoch persönlich vor mir. Von mir selbst überrascht kniete ich nieder und neigte den Kopf. Sie anzusehen, verursachte Schmerzen – körperliche Schmerzen, als ob ich in die Sonne blicken würde.

Zeitalter zogen an meinen Augen vorüber, Tausende Generationen intelligenter Kreaturen, die ihren Weg auf der Erde gingen und in den letzten Momenten ihres Lebens Moraines Aufmerksamkeit erhielten.

„Dein Geist ist in deinem Körper verschlossen, fixiert durch mir bekannte Bande", sagte die Göttin, während sie näher kam und eine Hand auf meinen Kopf legte. „Oh ... Du bist von den alten Schlafenden Göttern gekennzeichnet worden, junger Scyth. Du bist ihr Auserwählter!"

„Sie waren es nicht, die mich geschickt haben."

„Das überrascht mich nicht. Sie haben mich nie gemocht. Wer sonst ...? Das flatterhafte Mädchen Fortuna. Sie versucht immer, sich Vorteile zu verschaffen, indem sie den ausgewählten Soldaten des Göttlichen Schutz anbietet. Wer noch?" Moraine lachte leise. „Aha, ein schwacher, kleiner Gott aus einer anderen Welt."

„Meinst du die Vernichtende Seuche?", fragte ich.

„Die Vernichtende Seuche?", wiederholte die Göttin überrascht. „Davon habe ich noch nie gehört. Nein, ich sehe das Mal von Shog'rassar. Ich erinnere mich an einen Magier dieses Namens, der vor grauer Urzeit hinter die Barriere verbannt wurde. Das bedeutet, dass er ein Gott geworden und dir in die Hände gefallen ist."

Sie beugte sich vor, nahm meinen Kopf in beide Hände, schloss die Augen und schwieg. Ich fühlte, wie mein Gehirn und mein Körper gescannt wurden und wie Moraine bebte.

Erneut versuchte ich, sie anzusehen. Eine menschliche Gestalt mit einem Gesicht, das nichts Menschliches an sich hatte. Es war schwer zu erklären. Zwei Augen, eine Nase, volle Lippen, lange, schwarze Haare, doch gleichzeitig *andersartig*, nicht von dieser Welt. Etwas Mächtiges von merkwürdiger, infernaler Schönheit. Etwas, das selbst die Mutigsten erstarren und ihren Blick abwenden ließ. Etwas, das mich an die alte Frau aus meinem Albtraum erinnerte.

„Er ist es", flüsterte Moraine erschrocken. „Er ist es! Und doch ist er es nicht. Nicht der gleiche ..."

„Von wem sprichst du?", wollte ich wissen.

„Wie hast du die Kreatur genannt, die deinen Körper und deine Seele verbunden hat?"

„Meinst du die Vernichtende Seuche?"

„Ich kann es nicht herausfinden", sagte Moraine. Sie war auf eine sehr menschliche Weise sichtlich bestürzt. „Es ist eindeutig das Mal von jemandem, den ich unter einem anderen Namen kannte. Er und ich sind gemeinsam mit den ersten intelligenten Kreaturen in der Welt von *Disgardium* gewandelt. Sein Name war Seelenernter. Ich habe die Toten auf der Schwelle zwischen den Welten empfangen und er hat ihre Seelen gesammelt. Er war mein Auserwählter."

Sie schwieg. Moraine und Fortuna waren beide alte Göttinnen, doch offenbar hatte die Göttin des Glücks sich im Gegensatz zu der Todesgöttin einen Platz in der Ruhmeshalle der neuen Götter ...

„Ja, du hast recht." Moraine hatte meine Gedanken gelesen. „Seelenernter und ich konnten keinen Platz in der neuen Welt finden. Unsere Tempel wurden zerstört, und an ihrer Stelle haben die Sterblichen Altäre für die neuen, jungen Götter gebaut, die hungrig, überheblich und launenhaft waren. Sie waren sich nicht zu schade, die Sterblichen zu bestechen, indem sie ihnen Kräfte versprachen, von denen sie nur träumen konnten. Zu dem Zeitpunkt kam Magie in die Welt. Seelenernter hatte es schwerer als ich. Marduk, der neue Gott, der mit ihm um die Geister der Toten konkurrierte, hat meinen Geliebten besiegt. Mein verwundeter Seelenernter ist verschwunden und ich habe mich versteckt."

„Könnten Seelenernter und die Vernichtende Seuche ein und derselbe sind?", fragte ich.

„Ja und nein. Du hast eindeutig seine Macht in dir. Das habe ich bei deiner Ankunft sofort gefühlt. Aber ich kann auch eine erhebliche Dosis des Nethers und von etwas anderem spüren, das ich nicht identifizieren kann. Das Geflecht ist mir nicht bekannt." Sie stöhnte und sprang zurück, als ob sie einen elektrischen Schlag erhalten hätte. „Nein, ich kann es nicht identifizieren. Es tut weh. Doch ein Teil davon stammt ganz bestimmt von Seelenernter."

„Jetzt verstehe ich, warum die Vernichtende Seuche mich zu dir geschickt hat."

„Sie hat dich zu mir geschickt?" Moraine keuchte. „Wiederhole genau, was sie gesagt hat."

„Lass mich überlegen." Ich versuchte, mich zu erinnern. „Sie hat gesagt, falls es mir gelingen würde, Spuren von Moraine zu finden, sollte ich sie aufsuchen. Sie würde meine Verbündete sein."

„Deine Verbündete gegen wen?"

„Gegen die neuen Götter, doch zunächst gegen die Sterblichen, die dem Aufruf Nergals des Leuchtenden zum Kreuzzug gefolgt sind." Ich verschwieg ihr, dass Nergal nicht zum Krieg gegen die

Vernichtende Seuche, sondern gegen die Schlafenden Götter aufgerufen hatte.

„Meine neuen Anhänger und ich werden dir helfen. Sie sind nicht so stark wie du, junger Scyth, aber sie können im Kreis arbeiten. Im Kreis wird die Kraft von Zaubern erheblich vervielfacht. Wann beginnt der Kampf?"

„Übermorgen. Meine Leute bauen einen Stützpunkt der Vernichtenden Seuche. Ich werde ein Portal zu den untoten Streitkräften in der Lakharianischen Wüste öffnen."

„Meine Anhänger und ein paar andere werden dort sein", antwortete Moraine.

„Und du?", erkundigte ich mich.

„Für mich gibt es keinen Weg zu deiner Ebene der Existenz, solange die neuen Götter sie beherrschen. Aber ich werde ebenfalls helfen. Ich werde sofort damit beginnen." Sie streckte ihre Hände mit erhobenen Handflächen in meine Richtung, bis sich etwas darin materialisierte. „*Seelenernters Sense*. Ein Geschenk von meinem Geliebten. Ich kann sie nicht gebrauchen, doch für dich wird sie vielleicht hilfreich sein."

Die Melodie einer abgeschlossenen Quest ertönte und eine Meldung erschien.

**Die verborgene Quest „Suche nach Moraine" ist abgeschlossen.**

*Die alten Götter haben den Kampf mit den neuen Göttern um die Seelen der Toten verloren. Einige sind verschwunden, während andere ein elendiges Dasein fristen. Die alte Todesgöttin Moraine hält sich hinter der Barriere versteckt, der Grenze zwischen den Welten. Sie war einst mächtig und wandelte gemeinsam mit Seelenernter, einem anderen alten Gott und Verschlinger unreiner Seelen, doch nun ist Moraine schwach und kann nur dank eines kleinen, weltweit verfolgten Kults überleben.*

*Du hast Moraine, die alte Göttin des Todes, nicht nur ausfindig gemacht, sondern sie auch davon überzeugt, sich auf deine Seite zu schlagen. Sie hat etwas in dir gesehen, das ihr helfen kann, wenn auch nicht ihren früheren Ruhm zurückzubekommen, so doch zumindest Rache an den neuen Göttern zu nehmen.*

**Belohnung:** *die göttliche Waffe „Seelenernters Sense"*
**Erhaltene Erfahrungspunkte: +150 Mio.**

*Erfahrungspunkte auf derzeitigem Level (256): 943.18 Mio./1.622 Mrd.*

**Dein Ansehen bei Moraine, der Göttin des Todes, hat sich um +1.000 Punkte erhöht.**

*Derzeitiges Ansehen: Vertrauen*

Ich überflog den Text mit großen Augen. Etwas war merkwürdig: Der Nukleus hatte mich gebeten, Moraine zu finden, aber seine Bitte war keine Quest geworden. Nun sah es so aus, als ob es von Anfang an der Wunsch der alten Göttin des Todes gewesen wäre, die geduldig neben mir stand und darauf wartete, dass ich ihr Geschenk, die Questbelohnung, annehmen würde.

Die Sense sah nicht nach einer besonders gefährlichen Waffe aus: Ein langer Holzstiel mit einer halbmondförmigen, gezahnten Klinge am unteren Ende und einem rechtwinklig abstehenden, kurzen Griff in der Mitte. Sie hätte aus einem Film über das Landleben stammen können.

„Vielen Dank, Moraine." Ich verbeugte mich und nahm die göttliche Waffe an. „Zu schade, dass ich den Faustkampf vorziehe."

„Junger Scyth!", rief Moraine. „Die Sense ist nur ein Symbol. Die Waffe kann jede beliebige Form annehmen. Stelle dir die Form vor, in der du sie sehen möchtest."

Ich malte mir aus, in der Hitze des Gefechts zu sein. Ich führte eine *Hammerfaust* aus, war den Angriffen feindlicher Klingen, Krallen und Zähnen ausgesetzt, blockierte, setzte eine *Kombo* ein. Ich umklammerte die Schlagringe. Von meinen Unterarmen erstreckten sich gebogene Klingen, die ich sehr gut gegen Leute einsetzen konnte, die mich von hinten oder von der Seite angriffen.

Vor meinen Augen teilte *Seelenernters Sense* sich. Der Holzstiel wurde geschmeidig und überzog meine Fäuste. Das Metall der Klinge legte sich darüber und umhüllte meine Arme bis zu den Ellbogen wie verlängerte Plattenhandschuhe. Aus meinen Fingerknöcheln wuchsen vier Klingen, die an die Krallen von Wolverine erinnerten, und an meinen Ellbogen ragte eine weitere Klinge hervor.

*Seelenernters Sensen, Level 1*
*Seelengebunden an Scyth*
*Göttlich*
*Skalierbar*
*Einzigartiger Gegenstand*
*Zweifaustwaffe*
*Schaden: 1.536-2.304*
*Bonusschaden: 154-230*
*Seelenernter, einer der mächtigen, alten Götter, hat diese Waffe zum Ernten unreiner Seelen mit eigenen Händen aus himmlischem Metall gegossen. Ihr Stiel besteht aus dem ersten Ast des Ur-Baums des Lebens.*

*Die in ihr eingeschlossen Geister haben die eigene Intelligenz der Waffe geweckt.*

*+10 % Chance, tödlichen Schaden zu vermeiden*

*Sondereffekt: Der in der Waffe eingeschlossene Rest des Lebens jener, die von ihr getötet worden sind, erhöht den Schaden pro Level der Sensen des Seelenernters um 10 %.*

*Eingeschlossene Leben für das nächste Level: 0/100*
*Haltbarkeit: Unzerstörbar*
*Verkaufspreis: Unverkäuflich*
*Chance, den Gegenstand nach einem Tod zu verlieren, reduziert sich um 100 %.*

Mir schwirrten viele Gedanken durch den Kopf. Natürlich freute ich mich über die imba Waffe, die nicht nur mit mir, sondern auch selbstständig leveln würde. Doch da ich das unschätzbare Geschenk so kurz nach der Rüstung *Kaltblütiger Bestrafer* erhalten hatte, fragte ich mich, ob mir von jemandem geholfen worden war.

In Anbetracht der hochleveligen Spieler, die hinter mir her waren, ergab die Belohnung Sinn. Aber wer hatte mich zu Moraine geschickt? Zuerst hatte der Nukleus sie erwähnt, doch dann hatte Kiran Jackson von *Snowstorm, Inc.* mich ebenfalls auf sie hingewiesen. Als sie feststellten, dass ich es nicht eilig hatte, die Göttin des Todes ausfindig zu machen, war der Verwüster aus dem Nether in der Lakharianischen Wüste aufgetaucht. Kurz danach war Kitty wie aus dem Nichts am gleichen Ort erschienen. Wenn Kiran wollte, dass ich den Verhinderern die Hölle heißmachen sollte, würde ich ihn nicht enttäuschen. Doch entgegen unserer Übereinkunft deutete alles darauf hin, dass Scyth diese neuen Geschenke nach dem Ereignis verlieren würde, denn Kiran hatte nicht davon gesprochen, dass ich mich als Gefahr eliminieren lassen sollte. Er hatte mich aufgefordert, meinen Charakter komplett zu löschen.

Das würde ich jedoch unter keinen Umständen tun. Die fünf Schlafenden Götter, die drei alten Götter, mein Clan, die Nicht-Bürger, die Kobolde, Patrick, Trixie – sie alle waren davon abhängig, dass Scyth am Leben blieb und spielte. Darum würde ich spielen.

„Wie ich sehe, bist du voller Entschlossenheit", bemerkte Moraine lächelnd. Sie hatte meine Gedanken erneut gelesen.

„Wie nie zuvor", entgegnete ich ebenfalls lächelnd. „Kannst du mich zurückschicken oder an einen anderen Ort bringen?"

„Es ist nicht nötig, dass du zu den Kultisten zurückkehrst. Ich werde selbst mit meinen Anhängern sprechen. Stelle dir den Ort vor, an den du gehen willst."

Ich aktivierte *Identitätsverschleierung* und stellte mir den Innenhof des Yoruba-Schlosses und den Altar der Weißen Schlange vor.

„Bis zu unserem nächsten Wiedersehen in ferner Zukunft, junger Scyth!", hörte ich die Göttin sagen, während ich durch die Barriere fiel.

✕

DIE NPC-BOGENSCHÜTZEN auf den Mauern des Yoruba-Schlosses reagierten auf der Stelle. Während ich noch mit den Kopfschmerzen zu tun hatte, die offenbar eine Nebenwirkung von Moraines göttlicher Teleportation waren, trafen mich vier Pfeile. Elfische Spitzen, besonders die von Dunkelelfen, waren lang, schwer und hatten Widerhaken und Stachel. Die Pfeile durchbohrten mich und einer brach sogar mein Rückgrat.

Aus irgendeinem Grund war ich ohne Rüstung im Innenhof des Schlosses aufgetaucht. Meine Waffen und Artefakte befanden sich ebenfalls in meinem Inventar. Ich legte meine Ausrüstung an und bewaffnete mich mit *Seelenernters Sensen*. Sobald sich die Rüstung um meinen Körper legte – dieses Mal ohne Verzögerung und Sondereffekte –, fielen die Pfeilspitzen ab. Ich konnte mir nicht erklären, warum meine Ausrüstung während der Teleportation entfernt worden war. War es vielleicht notwendig, um die Barriere durchqueren zu können? Es war jedenfalls sehr merkwürdig.

Die Warnglocke läutete und alarmierte den Clan, dass eine Invasion im Anzug war. Knisternd vor Energie bildete sich ein schützendes Kraftfeld um das Schloss. Ich stand mit ausgebreiteten Armen am Altar von Apophis der Weißen Schlange, um zu zeigen, dass ich in friedlicher Absicht gekommen war. Die Leiche einer übereifrigen Wache fiel von den Festungsmauern.

„Stellt das Feuer ein!", rief eine Frau aus einem Schlossfenster.

Im nächsten Moment stand sie vor mir. Sie hatte *Blinzeln* benutzt, eine Magier-Teleportation für kurze Strecken. Die Level-357-Vampir-Kampfmagierin Francesca sah mich nervös an. Sie war groß und sah wie eine Amazone aus. Ihr indigoblauer Umhang sprühte elektrische Funken und ihre geschwärzte Brustplatte trat so weit hervor, dass der Umhang auseinanderklaffte. Die Stiefel reichten ihr bis zu den Oberschenkeln ihrer kräftigen Beine. In der Hand hielt sie einen Stab, an deren Spitze ein Kugelblitz leuchtete.

Sie starrte mich durchdringend an. „Wer bist du und wie bist du hier hereingekommen?"

„Ich will mit Yemi sprechen, Francesca."

„Yemi wird nicht mit dir sprechen", erwiderte sie ärgerlich.

Ich bemerkte, dass sie mich erkannt hatte, und ich wusste ebenfalls, wer sie war: Sie hatte die Stücke meines Herzens an ihre Clanmitglieder verteilt.

„Doch, das wird er. Ich habe nicht viel Zeit, und ich habe dir noch nicht verziehen, dass du mich gekidnappt hast und mich töten wolltest. Du hast zehn Minuten, um Yemi zu mir zu bringen."

„Wir haben uns vorbereitet", entgegnete sie drohend. „Wir wussten, dass du zurückkehren würdest. Dieses Mal wirst du nicht entkommen, Gefahr!"

„Neun Minuten und 48 Sekunden. Danach töte ich euch alle, übernehme euer Schloss und verkaufe es an die Liga."

„Träum weiter!"

Francesca schien zu den Leuten zu gehören, die immer das letzte Wort haben mussten, aber für das Spielchen war ich nicht in der Stimmung. Ich holte eine Handvoll *Explosive Lollis* heraus und steckte einen in den Mund. Dann setzte ich mich auf den Boden und wartete. Die Kampfmagierin flüsterte etwas in ihr Signalamulett.

Ich verbrachte die Wartezeit damit, noch einmal zu überlegen, was ich von dem Dunklen Clan wollte. Mein ursprünglicher Plan war gewesen, alle Mitglieder von Yoruba in Untote zu verwandeln und durch Ian Mitchell verbreiten zu lassen, dass ich Verbündete für die Vernichtende Seuche suchte und alle, die sich anschließen wollten, willkommen wären. Doch das hätte bedeutet, mich persönlich mit unbekannten Spielern treffen zu müssen. Dazu hatte ich jedoch keine Zeit, und die Gefahr, in eine Falle zu tappen, wäre zu groß.

Daher änderte ich meine Meinung. Ich würde Yoruba die Karotte, sprich: sie in Untote zu verwandeln, zwar zeigen, aber noch etwas damit warten, sie ihnen zu geben. Vorerst brauchte ich sie lebend.

Acht Minuten später erschien Yemi. Er war vermutlich offline oder in einer Instanz gewesen. Der Zauberwirker trat aus dem Schloss heraus und kam auf mich zu. An seiner Seite stampfte ein drei Meter großer Oger namens Babangida. Aus der Stirn des Ogers ragte ein knöcherner Auswuchs, der dem Horn eines Nashorns ähnelte. Selbst ein großer Ork wie Yemi sah neben seinem Begleiter klein aus. Der Oger hielt einen riesigen Hammer in der Hand, dessen Griff man als Strommast hätte benutzen können.

Francesca schloss sich den beiden an. Flankiert von seinen Clankameraden bleib Yemi vor mir stehen, betrachtete mich einen Moment und fragte dann: „Was habe ich als Letztes zu dir gesagt?"

„Dass du, Yemi Iwobi, und der gesamte Yoruba-Clan mir zu Diensten sein würden und ich euch nur zu rufen bräuchte."

Der Schamane nickte und legte seine Waffe demonstrativ in sein Inventar zurück. Francesca und Babangida taten das Gleiche. Aus allen Richtungen erschienen Clanmitglieder, doch sie wagten es nicht, sich mehr als 20 Schritte zu nähern. Im Clan herrschte eisenharte Disziplin.

„Vergib mir, Meister, aber ich musste mich vergewissern, dass du derjenige bist, der du vorgibst, zu sein", sagte Yemi. „Erlaube mir, dich in unser Schloss einzuladen und dir ..."

„Ich habe keine Zeit, mich mit euch zusammenzusetzen", unterbrach ich ihn. „Und nenne mich Botschafter."

„Wie du wünschst, Botschafter", entgegnete Yemi. „Dies sind meine Offiziere. Ich habe keine Geheimnisse vor ihnen."

Ich nickte und fragte: „Was habt ihr über Nergals Kreuzzug gehört?"

„Alle zivilisierten Völker vereinigen sich unter dem Banner des Leuchtenden, um den Tempel der grauenhaften Schlafenden Götter im Sand der Wüste zu begraben", antwortete er. „Gestattest du mir, zu fragen, ob dieser Tempel ..."

„Es hat keine Bedeutung für das Angebot, das ich dir machen will. Ich bin der Botschafter der Vernichtenden Seuche. Die Fähigkeiten, die du gesehen hast, sind mir vom Nukleus verliehen worden. Es liegt in meiner Macht, euch in Untote zu verwandeln."

„Du willst uns unsterblich machen?", fragte Francesca begierig.

„So wie du, Botschafter?

„Nicht ganz, aber ihr werdet gegen extreme klimatische Einflüsse immun sein. Sobald Nergals Ereignis endet, wird auch die Immunität gegen Hitze enden. Zusätzlich werde ich euch die Fähigkeit verleihen, an Orten zu jagen, die andere nicht erreichen können. Den Ursay-Dschungel, die Lakharianische Wüste und vielleicht Holdest. Für Meaz und Terrastera seid ihr vorerst noch zu schwach, doch das dortige Klima würde euch ebenfalls nicht töten."

„Ich verstehe nicht, was die Schlafenden Götter mit all dem zu tun haben", warf Babangida ein. Er hatte eine dünne, hohe Stimme wie die eines Cartoon-Charakters. „Wenn du nicht von den Schlafenden Göttern geschickt worden bist, was sollen wir dann für dich tun?"

„Ihr sollt euch meiner Armee der Untoten anschließen. Wir werden alle aus dem Weg räumen, die in die Wüste eindringen, und jede Menge Loot sammeln. Ihr könnt im Kampf gegen die Kreaturen der Wüste schnell leveln und …" Ich verstummte, denn ich wollte die Boni der Schlafenden Götter zunächst nicht erwähnen.

Yemi bemerkte, dass ich etwas verschwieg. „Darf ich etwas unter vier Augen mit dir besprechen, Botschafter?" Er nickte seinen Offizieren zu, die sich daraufhin widerwillig entfernten. Nachdem er eine *Stillekuppel* über uns gewirkt hatte, fuhr fort: „Potenzial A?"

„Ja", erwiderte ich kurz.

„Ich bin ebenfalls eine Gefahr", bekannte er.

„Ich weiß", gab ich zurück.

„Du meinst wohl, dass du es erraten hast. Ich habe nur Potenzial T. Ich bin stark, weil ich der erste Priester von Apophis bin. Die Weiße Schlange kann erscheinen, wo immer sie will." Er blickte sich um, bevor er näher kam und flüsterte: „Ich bin bereits auf Terrastera gewesen."

Selbst *Identitätsverschleierung* konnte meine Überraschung nicht verbergen. „Wirklich? Wie lange hast du überlebt?"

„Zwei Sekunden."

„Hast du es noch einmal versucht?"

„Es ist schwierig. Die Schlange ist unersättlich. Sie verlangt für die Erfüllung des gleichen Wunsches jedes Mal die dreifache Menge an Opfern."

„Worauf willst du hinaus, Yemi?", wollte ich wissen.

Der Schamane beugte sich zu mir und flüsterte fieberhaft: „Wir müssen zusammen nach Terrastera reisen. Die Kreaturen dort sind auf Level 1.000!"

Ich schüttelte den Kopf. „Es ist sinnlos. Ihr könnt den Säureregen überstehen, aber …"

„Du bist unsterblich!"

„Ja, ich werde überleben, aber ihr nicht. Lass uns später darauf zurückkommen."

„Gut, ich verstehe." Yemi nickte, sodass sein dünner Kinnbart wackelte. „Wir müssen uns dein Vertrauen verdienen. Was sollen wir tun? Wie können wir dir beweisen, dass wir für dich und deinen Meister von Nutzen sind?"

„Ich habe keine Zeit, euch in Untote zu verwandeln, Yemi. Die Charaktergenerierung dauert einen ganzen Tag. Ich werde es zu gegebener Zeit tun."

„Was dann?"

„Ich will, dass ihr euch Nergals verbündeter Armee anschließt", verkündete ich.

Der Schamane bekam vor Überraschung große Augen, doch gleich darauf verzog er die Lippen zu einem räuberischen Grinsen.

„Sabotage", sagte er und grinste noch breiter, sodass ich seine Reißzähne sehen konnte. „Oh ja, sie werden es bedauern."

Offenbar hatte der Orkschamane der Juju-Klasse ebenfalls eine Rechnung mit dem Bündnis der Verhinderer offen.

# Drittes Zwischenspiel: Hung

HUNG LEE HATTE sein Auge in der Kindheit verloren. Es war während eines Kampfes mit seinem Cousin Mickey passiert. Hung hatte viele Cousins und alle waren gute Kämpfer, doch Mickey war zu der Zeit schon der Beste gewesen. Außerdem war er zwei Jahre älter und hatte Hung nicht leiden können, weil seine Mutter Schwedin war. Deshalb hatte Mickey sich bei dem Lotustritt auch nicht zurückgehalten. Ein Tritt aus einer 360-Grad-Drehung. Hung war zur Seite geflogen und mit dem Gesicht voran gegen einen Baum geprallt. Ein stechender Schmerz in seinem Auge, Blut, ein Rettungsflieger. Sein Auge hatte stark geblutet und die Ärzte hatten Implantate vorgeschlagen: neu gewachsenes Gewebe oder ein bionisches Auge. Die erste Option wäre nicht von der Versicherung bezahlt worden. Die zweite war zwar billiger gewesen, doch Familie Lee hatte den Gürtel für die nächsten drei Jahre trotzdem enger schnallen müssen.

Hung hatte seine Eltern nicht oft gesehen. Sie arbeiteten die meiste Zeit auf Unterwasserfarmen im Pazifischen Ozean. Er war von seinem Großvater großgezogen worden, dem Vater seiner Mutter. Er war ein strenger, manchmal grausamer Mann, der seinem Enkelsohn gegenüber keine Gnade gezeigt hatte, sodass Hung so wenig Zeit wie möglich zu Hause verbracht hatte. Der wissbegierige

Teenager hatte mehr gebraucht, als unter den wachsamen Augen seines Großvaters endlos Hausarbeiten zu erledigen.

Vor vier Jahren hatte sein Freund Ed einen harten Schicksalsschlag erlitten. Edward Rodriguez' Eltern waren unter den Ersten gewesen, die sich in Afrika mit dem Rock-Virus infiziert hatten. Die Krankheit hatte ihre gesunden Zellen verrotten lassen, während sie noch am Leben gewesen waren. Es hatte Gerüchte gegeben, dass der Virus aus einem unterirdischen Genlabor entwichen wäre. Obwohl es nicht lange gedauert hatte, bis man einen Impfstoff gefunden hatte, war es für Eds Eltern trotzdem nicht schnell genug gewesen. Ed hatte eine jüngere Adoptivschwester, Pollyanna, die er von ganzem Herzen liebte. Darum hatte er akzeptieren müssen, dass seine Kindheit vorüber war, und war von einem Tag auf den anderen erwachsen geworden.

Hung und Ed hatten sich in der dritten Klasse kennengelernt. Sie hatten aus irgendeinem Grund zusammen nachsitzen müssen und waren danach schnell Freunde geworden. Ihre Freundschaft hatte sich noch vertieft, als beide Mitglied der Football-Mannschaft geworden waren.

Durch den Tod seiner Eltern hatte sich Eds Lebenseinstellung geändert. Er hatte begonnen, sich Gedanken um seine Zukunft zu machen, denn er würde sich um seine kranke Großmutter und seine Schwester kümmern müssen.

Hung war kerngesund, stark und ein schneller Läufer gewesen. Seine Familie hatte nie viel Geld gehabt, daher hatte er gehofft, dass sein Talent als Football-Spieler ihm helfen würde, eine Ausbildung zu bekommen. Doch in der siebten Klasse hatte er sich beim Freilaufen am Knie verletzt und seine Schnelligkeit eingebüßt. Auf Schulebene hatte er weiterhin gut gespielt, doch für die Oberliga war er nicht mehr schnell genug gewesen. Da er sich keine teure Operation hatte leisten können, hatte er seine Pläne begraben müssen.

Dann hatte Ed vorgeschlagen, Karriere in *Disgardium* zu machen.

„Es wird Jahre dauern, bis wir es zu etwas bringen", hatte Hung skeptisch gesagt.

„Je früher wir beginnen, desto schneller werden wir Geld verdienen", hatte Ed geantwortet. „Wir müssen in der Sandbox beginnen. Während die anderen herumspielen, werden wir leveln. Nachdem wir die Schule abgeschlossen haben, werden wir stark genug sein, um sofort in *Dis* verdienen zu können."

Es hatte eine Weile gedauert, doch schließlich hatte Hung sich mit Eds Idee angefreundet. Sein Freund, den viele als Rowdy betrachteten, war intelligenter, als alle dachten. Nach dem Tod seiner Eltern hatte Ed die Schule zurückgestellt. Hung war sicher gewesen, dass Ed keine schlechten Vorschläge machen würde. Darüber hinaus war die Idee, *Dis* professionell zu spielen, überraschend gut bei seinem Großvater angekommen. Er war der Meinung gewesen, dass nichts zu schlecht für seinen Enkel wäre, solange es nicht illegal wäre. In *Dis* zu arbeiten, wäre weitaus besser als eine erfolgreiche, doch vermutlich kurze Karriere als Krimineller in der Triade.

Hung und Ed hatten sich nach gleichgesinnten Mitspielern umgesehen. Ed hatte gesagt, dass sie eine koordinierte Fünfer-Gruppe brauchen würden, um schnell leveln zu können – perfekt aufeinander eingespielte, erprobte Leute, um Instanzen zu farmen. Hung hatte sich die Rolle des Tanks gesichert. Nach seiner Zeit als Football-Spieler war es gewohnt gewesen, Schläge einzustecken und nicht unter ihnen zusammenzubrechen. Ed hatte ein Ranger werden wollen, da es leichter war, das Tempo des Kampfes aus der Ferne zu kontrollieren. Sie hatten noch einen Heiler, einen Nahkämpfer und einen zweiten Schadensverursacher gebraucht.

„Ich werde mich ‚Bomber' nennen", hatte Hung erklärt.

„Dämlicher Nickname", hatte Ed entgegnet und gelacht. „Ich habe mich für ‚Nagvalle' entschieden."

„Was bedeutet das?", hatte Hung wissen wollen.

„Meine Azteken-Vorfahren haben an Schutzgeister geglaubt, die Nagvalles heißen. Die Schamanen haben sich ebenfalls so genannt", hatte sein Freund erklärt.

Kurz danach hatte Malik sich der Gruppe angeschlossen. Seine Familie stammte aus dem Mittleren Osten. Wegen seiner Hautfarbe, seines kleinen Körperwuchses und dem dunklen, lockigen Haar war er in der Schule ausgelacht und schikaniert worden. Eines Tages hatte er sich in ein Gespräch zwischen Ed und Hung über *Disgardium* eingemischt und Ed wegen eines Details korrigiert.

„Das geht nicht", hatte er gesagt.

„Was geht nicht?", hatte Ed überrascht gefragt. „Mach, dass du verschwindest."

„Warte", hatte Hung seinen Freund beschwichtigt. Er hatte sich an Malik gewandt: „Was meinst du, Kleiner?"

„Du kannst Angriffs- und Verteidigungsfertigkeiten nicht gleichzeitig leveln, Hung. Dadurch reduziert sich deine Chance, die Klasse Tank zu erhalten. Du willst doch ein Tank sein, oder?" Malik hatte breit gelächelt.

Bei der folgenden Unterhaltung hatte sich herausgestellt, dass ihr Klassenkamerad eine wahre Fundgrube an Informationen über *Dis* war. Von dem Tag an hatte Malik sich sicher gefühlt und Ed und Hung hatten einen gleichgesinnten Verbündeten gefunden – einen zukünftigen Meister der Tarnung und der versteckten Angriffe.

Später hatte Hung erkannt, dass Maliks schneeweißes Lächeln seine am höchsten gelevelte Fähigkeit war. „Entwaffnend", wie Tissa es später nennen würde. Zu der Zeit hatten jedoch weder Hung noch Ed etwas davon gewusst, obwohl sie Malik seit der ersten Klasse gekannt hatten, denn gewöhnlich hatte Malik sie nicht angelächelt. Im Gegenteil, oft hatte er geweint, nachdem er in der Schulkantine über Eds ausgestreckten Fuß gestolpert und das Essenstablett hatte fallen lassen oder beschämt am Spielfeld gestanden hatte, nachdem Hung ihm die Hose heruntergezogen hatte. Zu dem Zeitpunkt hatten sie diese Sachen noch für lustig gehalten.

Nach Malik war Melissa zu ihnen gestoßen und alle drei hatten sich in sie verliebt. Sie hatten ihre Klassenkameradin schon immer gemocht, und da sie nun zusammen spielten, war sie noch interessanter geworden.

Tissa hatte Ed und Hung den Kopf zurechtgerückt, indem sie ihnen erklärt hatte, dass die Opfer ihrer „harmlosen" Späßchen es kein bisschen komisch fänden. Es hatte eine Weile gedauert, bis die Jungs es verstanden und sich nicht länger wie Idioten benommen hatten. Ihr letztes Opfer war Alex Sheppard gewesen, der wegen einer falschen Antwort von Hung gelacht hatte. Als Sheppard sein Schließfach geöffnet hatte, war nicht abwaschbare Farbe explodiert. Zwei Wochen lang war er mit einem blauen Gesicht herumgelaufen. Sheppards Wut hätte Jupiter explodieren lassen können.

Doch nun waren sie Freunde. Das Leben war eben voller Überraschungen.

Die Erinnerungen kamen zurück, während Bomber mechanisch seine Fertigkeiten-Rotation durchlaufen ließ.

Ein mächtiger Skorpion auf beinahe Level 500 setzte seine Klauen, seinen Schwanz und den enormen Stachel gleichzeitig ein, sodass Bomber von der Seite angreifen musste. Seine zehn Untoten – na ja, es waren nur noch acht – rissen den Skorpion voller Enthusiasmus, doch planlos in Stücke. Scyth hatte Hung, Ed und Malik gewöhnliche Zombies zugewiesen, die keine ihrer Fähigkeiten aus dem Leben beibehalten hatten, sodass ihr Schaden recht niedrig war. Ihre Stärke lag in ihrer Anzahl. Crawler und Infect standen in sicherer Entfernung. Der Magier wirkte Zauber und der Barde spielte auf seiner Gitarre, um die Gruppe und ihre Schergen anzuspornen.

„Meint ihr, wir haben noch Zeit für das Rudel?" Infects Stimme brachte Bomber wieder zurück in die Realität.

„Wir haben nur noch 30 Minuten, das reicht nicht aus", antwortete Crawler. „Wir müssen die Untoten noch zu Gyula zurückbringen. Lasst uns die Loot einsammeln und uns auf den Weg machen."

„Igitt", sagte Infect angewidert, als er den Skorpion lootete. „Noch mehr Gedärme und Beißzangen."

Bomber grinste. „Gib sie Scyth. Vielleicht kann er ein neues Supergericht erfinden."

„Welche Art von Gericht?", fragte Infect und hielt die Gedärme hoch. Der Barde hatte sich inzwischen an Bombers Witze gewöhnt, auch wenn sie nicht immer gutmütig waren.

„Hat er doch bereits gesagt, ein Gericht der Superklasse", antwortete Crawler an Bombers Stelle. „Los, steigt auf eure Mech-Strauße."

Sie hätten fast Level 200 erreicht, wenn nicht acht ihrer Schergen vernichtet worden wären. Sie würden vorsichtiger sein müssen. Um einen Mob auszuschalten, blieben drei untote Schergen auf ähnlichem Level auf der Strecke. Außerdem mussten sie die Gesundheit der Untoten im Auge behalten und sicherstellen, dass die „gesündesten" die Aggro zogen. Die Schergen erholten sich recht schnell, doch nur außerhalb des Kampfes.

„Ich verstehe immer noch nicht, warum Scyth nicht mehr dazu gesagt hat", bemerkte Infekt über das Geräusch der Mech-Strauße hinweg, deren Beine in gleichmäßigem Rhythmus über den Sand klapperten.

„Sprichst du schon wieder von Crag?", wollte Crawler wissen.

„Ja! Meint ihr, dass ‚Zum Nether mit ihm' eine normale Reaktion des Anführers ist, wenn eine Person den Clan verlässt?"

„Ein Zwerg", verbesserte Crawler ihn.

„Na gut, ein Zwerg!", rief Infect ärgerlich und zog hart an den Zügeln seines Reittieres. Bomber und Crawler sowie die drei Gruppen der Untoten hielten ebenfalls an.

„Ein verdammter untoter Zwerg mit der Gefahrenklasse D verlässt unseren Clan", fuhr Infect fort. „Er weiß alles über uns! Er weiß sogar, wo Sheppard im realen Leben wohnt, denn er war bei ihm zu Besuch! Und wie reagiert Alex? ‚Zum Nether mit ihm', das ist alles. Stört es ihn wirklich nicht? Habe ich etwas verpasst?"

„Wir waren alle dabei", erwiderte Crawler seufzend. „Wenn Scyth nicht besorgt ist, bin ich es auch nicht. Hast du dich immer noch nicht daran gewöhnt, dass wir nicht alles sofort von ihm erfahren?"

„Crawler hat hundertprozentig recht", pflichtete Bomber seinem Freund bei. „Die beiden haben sicher irgendeine Abmachung getroffen und uns nichts davon erzählt. Wie Scyth gesagt hat: Entweder wir vertrauen unseren Freuden oder nicht. Es ist sinnlos, jemandem nur halb zu vertrauen. Also beruhige dich und konzentriere dich auf deine Aufgaben."

Den Rest des Weges legten sie schweigend zurück. Gyula war nicht auf der Baustelle des Stützpunktes. Offenbar machte er eine Pause. Nachdem sie ihren Schergen befohlen hatten, zu „schlafen", teleportierten die drei zum Fort und setzten sich ins Gasthaus, sodass ihre Charaktere sich erholen konnten und den Buff *Ausgeruht* erhielten (+*50 % Erfahrungsgewinn für 1 Stunde*). Sie blieben, bis sie gezwungen waren, sich aus *Dis* auszuloggen, levelten ihre Handwerke, tauschten Neuigkeiten mit den Arbeitern aus und flirteten mit Eniko.

Hungs Wecker klingelte um 5:45 Uhr am nächsten Morgen. Er stand nicht gleich auf, aber schließlich schob er die Idee beiseite, noch eine Stunde zu schlafen, und sprang aus dem Bett. Er streckte sich, wusch sich und trank eine Tasse Kaffee, bevor er in seine Kapsel stieg. Die von der Schule vorgeschriebene Nachtruhe dauerte von

Mitternacht bis 6 Uhr morgens. Wenn er etwas früher aufstand, konnte er Sachen leveln, für die kein Gruppenspiel erforderlich war. Alle Erwachten wussten das, doch Ed und Malik schliefen lieber eine zusätzliche Stunde und Alex hatte es geschafft, die Erlaubnis zu bekommen, unbegrenzt lange spielen zu dürfen.

In *Dis* angekommen, schaute Bomber sich um. Auf Kharinza war es noch Nacht. Das Gasthaus war leer. Eine von Tante Stephs Serviererinnen schlief hinter dem Tresen. Leider war es nicht Eniko. Er bestieg seinen Mech-Strauß und machte sich auf den Weg zum Ozean.

Der Weg führte ihn an der untoten Armee des Lichs Shazz vorbei. Der Lich schlief niemals. Sobald er den Tempelturm errichtet hatte, hatte er mit dem Graben begonnen. Seine Mobs hatten im Umkreis eines Kilometers alle Bäume des Dschungels herausgerissen. Danach hatten sie auf Shazz' Befehl einen tiefen Graben ausgehoben. Drei Knochenhunde patrouillierten oben, während Skelette, Zombies, Widerliche Verrottete und Faulige Gräuel an seinem Boden Wache hielten.

Ohne Zeit zu verlieren, ritt Hung auf drei *Heulende Banshee-Leutnantinnen* zu. Sie griffen ihn nicht an, weil sie ihn für einen der ihren hielten. Hung ritt näher an den Graben heran. Irgendetwas ging dort unten vor sich. Shazz schwebte über einem riesigen Knochenhaufen. Mit einer Hand entzog er einem Rudel Verrotteter Energie, mit der anderen ließ er *Unleben* oder *Seuchenenergie*, wie Scyth gesagt hätte, in die Knochen strömen. Jeder Knochen war so dick wie Bomber, und über ihnen schwebte die Beschreibung *Überreste der Fortgegangenen*.

Wie gebannt hielt Bomber den Mech-Strauß an und nahm einige Bilder auf, um sie Alex zu zeigen. *Was ist das?*, fragte er sich. Der Lich hätte ihm nicht geantwortet, wenn er gefragt hätte. Er redete nur mit Scyth, dem anderen Botschafter der Vernichtenden Seuche.

In dem Moment erhielt er eine Nachricht von Infect. „He, Bomb! Bist du wach? Ich möchte *Archäologie* leveln. Willst du mich in die Wüste begleiten?"

„Guten Morgen, Kumpel. Ich will *Angeln* leveln, und in der Wüste gibt es keine Fische", antwortete Bomber. „Bis später."

Sie hofften beide, etwas Besonderes von ihren Handwerken zu erhalten. Sowohl *Angeln* als auch *Archäologie* gab einem Spieler die Chance, ein Artefakt oder ein göttliches Ausrüstungsteil zu fangen oder auszugraben, ganz zu schweigen von legendären oder epischen Gegenständen – besonders in hochleveligen Zonen wie der Lakharianischen Wüste oder der Insel Kharinza. Infect hatte am Tag zuvor am Fuß einer Düne Ruinen gefunden, doch er hatte keine Zeit gehabt, sie sich näher anzusehen. Offensichtlich hatte ihm der Fund keine Ruhe gelassen, sodass er in aller Frühe aufgestanden war.

Bomber angelte bereits den dritten Morgen in Folge. Die Untoten ließen ihn in Ruhe und der Montosaurus war verschwunden. Nichts hinderte ihn daran, mit seinem *Anglerhut*, der ihm +15 auf das Handwerkslevel gab, an der Küste zu sitzen und die Angel auszuwerfen. Er benutzte oft niedriglevelige Krabben als Köder. Am Strand wimmelte es nur so von diesen hirnlosen Kreaturen.

Nachdem er einige von ihnen erledigt hatte, sammelte Bomber das gedroppte *Krabbenfleisch* ein und legte es in sein Inventar, denn an diesem Morgen wollte er einen anderen ausgezeichneten Köder zubereiten: eine Mischung aus *Zerdrückten Muscheln* und *Käsebrot*. Kleine Fische reagierten auf den Geruch und lockten gleichzeitig die großen Fische an. Danach holte er seine Angel heraus.

Bombers Level im *Angeln* war nicht hoch genug, um jeden Fisch an Land zu ziehen. Viele befreiten sich und schwammen davon. Doch dank der schwierigen Umgebung erhöhte das Level sich schnell. Am Tag zuvor hatte er dank der Angler-Handbücher, die Scyth ihm gekauft hatte, die Schwelle von Rang 0 zu Rang 1 überschritten. Daher hoffte er an diesem Morgen auf einen guten Fang.

Er warf die Angel aus und wartete schweigend. Manchmal biss sofort ein Fisch an, manchmal musste er sein Glück mehrmals versuchen. Die Berggipfel leuchteten pink, als die Sonne langsam hinter ihnen aufging.

Bei Tagesanbruch war der Ozean gewöhnlich ruhig. Warme Wellen umspülten Hungs nackte Füße. Wenn er nicht gewusst hätte, dass Shazz' Armee von Zombies in der Nähe herumwanderte, hätte er sich wie im Himmel gefühlt. Eine leichte Brise blies durch die Blätter der Palmen hinter ihm. Die Meeresluft war berauschend. Er schloss die Augen und hing seinen Tagträumen nach.

Ein Biss folgte dem nächsten. Bomber hatte kaum Zeit, sich über einen gefangenen Fisch zu freuen, bevor der nächste bereits am Haken hing. Einen Teil seines Fangs wollte er Tante Steph geben, sodass sie Mittag- und Abendessen für die Arbeiter zubereiten konnte. Einen weiteren Teil sollte Scyth erhalten.

Im nächsten Moment hörte er, wie sich der Sand hinter ihm bewegte. Bomber drehte sich um und befand sich sofort im Kampfmodus. Er warf seine Angel fort und legte seine Kampfausrüstung an. Innerlich dankte er den Entwicklern für die Funktion, die gesamte Ausrüstung mit dem Druck einer Taste ändern zu können. Er ging in Verteidigungsposition und hockte sich hinter seinen Schild, doch als er sich den Feind genauer anschaute, lachte er.

***Flektor, Level 3***
*Krabbe*
Flektor war etwa zehnmal so groß wie gewöhnliche Krabben, gerade groß genug, um dem Titanen Bomber bis ans Knie zu reichen. Offenbar hob der Mob sich wegen seiner Aggressivität von seinen friedlichen Artgenossen ab und hatte deshalb einen Namen bekommen. Möglicherweise war er ein Kannibale.

Bomber betrachtete die große Krabbe interessiert. Sie schnappte mit ihren Zangen und versuchte vergeblich, durch den körpergroßen Adamantium-Schild des Kriegers zu dringen. Immer wieder schwang sie die Zangen von einer Seite zur anderen, als ob sie versuchen würde, in Bombers Fleisch hinter dem Schild zu beißen. Während die Krabbe wütete, markierte sie ihren Pfad mit übel riechenden Haufen ihrer Exkremente. Entweder war es eine spezielle Kampfbewegung oder der Nebeneffekt ihrer blinden Wut. Nachdem Bomber sich davon überzeugt hatte, dass nichts Interessantes passieren würde, brachte er den Mob mit einem einzigen Schwertschlag zur Strecke. Er lootete ihn und erhielt gewöhnliches *Krabbenfleisch*, doch zu Bombers Überraschung war das nicht alles. *Flektors gebogene Schere*, eine Kochzutat, droppte ebenfalls, und sie war *blau*!

*Scyth wird sich freuen*, dachte Bomber. Er hängte einen neuen Köder an den Angelhaken, denn der vorige war während seines „Kampfes" mit Flektor gefressen worden. Dann dachte er: *Was wäre, wenn …?* Viele Probleme in Hungs Leben begannen mit dieser Frage. Was wäre, wenn er einen Stein durch das Schulfester werfen würde? Was wäre, wenn er dem gemeinen Mädchen an den Po fassen würde? Was wäre, wenn er den restlichen Alkohol in der Flasche seines Großvaters trinken würde?

Was wäre, wenn er *Flektors gebogene Schere* als Köder verwenden würde? Seine Hände waren schneller als seine Gedanken. Er holte die Loot aus seinem Inventar und befestigte sie am Haken. Begeistert von der Idee, einen *blauen* Köder zu verwenden, ging er weiter in den Ozean hinein, bis ihm das Wasser bis zur Hüfte stand. Er warf die Angel aus und wischte den Timer weg, den er eingestellt hatte, um ihm zu sagen, wann es Zeit war, sich für die Schule fertig zu machen. Die Schnur spulte sich immer weiter ab. Offensichtlich hatte der Köder den Meeresgrund noch nicht erreicht. Etwa zehn Meter von Hung entfernt sank sie tief nach unten.

Bomber machte sich bereits Sorgen, dass die Schnur nicht lang genug sein würde, als die Spule aufhörte, sich zu drehen. Er versuchte, die Schnur etwas einzuholen, doch die Spule bewegte sich nicht weiter als eine halbe Umdrehung. Etwas hielt den Haken fest. Mit einem Mal spannte die starke, aus gewebten Steindrachen-Gedärmen hergestellte Angelschnur sich und vibrierte wie eine Gitarrensaite. Die Rute bog sich. Bomber hätte die Schnur gern noch etwas länger ausgerollt, doch es war keine mehr übrig. Im nächsten Moment brach die Rute und die Schnur surrte mit der Frequenz von Schallwellen und riss. Der bedauernswerte Angler fiel hinten über ins Wasser. Während er fiel, sah Bomber, wie das ruhige Wasser zu sprudeln begann. Gleich darauf brach ein monströser Körper an die Oberfläche.

***Orthokon, Level ???***
*Uralter Kraken*
*Globaler Boss*

Der langgezogene Körper des Bosses versperrte ihm den Blick auf den Himmel. Bomber schob sich im Sand mit den Füßen zurück und versuchte, so schnell wie möglich davonzukriechen. In seiner Panik fiel ihm nicht ein, aufzustehen und zu laufen. Beim Auftauchen aus den dunklen Tiefen hatte der Krake eine riesige Welle ausgelöst, die über Bomber hinweg spülte und ihn unter Wasser zog. Als das Wasser abflaute, sah er hoch über sich ein gigantisches, nichtmenschliches Auge. Mächtige, mindestens 30 Meter lange Tentakel bewegten sich aus allen Richtungen auf ihn zu. Jeder einzelne Saugnapf an den Tentakeln hätte das gesamte Gasthaus verschlingen können.

Das Auge starrte den Krieger voller Heimtücke an. *Das ist ein Wipe*, dachte Bomber. Fieberhaft legte er seine Ausrüstung ab, sodass die Bestie sie nicht beschädigen und er sie nach dem Tod nicht verlieren würde. Er bereitete sich darauf vor, ausradiert zu werden.

Das widerwärtige Gesicht des Kraken kam näher. Als der mächtige Schnabel des Bosses Bombers Brust berührte, hatte er das Gefühl, unter die Schaufel eines Baggers geraten zu sein.

Fünf Sekunden später war der schreckerfüllte Krieger immer noch am Leben. *Vielleicht frisst er keine Untoten*, dachte er. Ganz langsam griff er in sein Inventar und holte den größten Fisch heraus, den er gefangen hatte. Vorsichtig hielt er den ein Meter langen Snack vor den Schnabel des Bosses.

Der Krake öffnete sein Maul und verschlang die Opfergabe. *Nichts weiter als ein Krümel*, dachte Bomber.

***Dein Ansehen bei Orthokon dem Uralten Kraken hat sich um 1 Punkt erhöht.***

*Derzeitiges Ansehen: Misstrauen*

Hungs Herz schlug bis zum Hals. Er holte einen weiteren Fisch heraus und verfütterte ihn an den Kraken. Daraufhin erhielt er einen weiteren Punkt und nach einigen kleineren Fischen noch zwei Punkte. Vorsichtig stand Bomber auf und wagte es, Orthokons Schnabel zu streicheln, während er ihm die nächsten Fische zu fressen gab.

*Misstrauen* wurde zu *Gleichgültig*, doch bald war nichts mehr von seinem Fang übrig. Bomber versuchte, dem Kraken Kochzutaten von den Wüstenmobs zu geben. Manche von ihnen lehnte die Bestie ab, manche – wie das *Herz der Lakharianischen Schlange* – verschlang sie und spuckte sie gleich darauf wieder aus. Die Aasgeier-Eier vertilgte sie mit solcher Begeisterung, dass Bomber für jedes Ei drei Ansehenspunkte erhielt. Nach dem letzten Ei änderte sich sein Ansehen bei dem Bestiengott erneut.

***Dein Ansehen bei Orthokon dem Uralten Kraken hat sich um 1 Punkt erhöht.***

*Derzeitiges Ansehen: Zuneigung*

„Mehr habe ich nicht, Orthokon", sagte Bomber und streckte dem Kraken seine leeren Hände entgegen. „Aber ich kann heute Abend zurückkommen."

Er hatte bereits beschlossen, Schwergewichts Händlerrabatt zu nutzen und im Auktionshaus alle verfügbaren Fische zu kaufen. Eine gute Beziehung zu einem Bestiengott zu haben, bedeutete ... Ein Gedanke nach dem anderen schoss durch Hungs Kopf, und jeder war fantastischer als der nächste. Doch alle seine Träume zerplatzten, als der Krake merkte, dass er nichts mehr für ihn zu fressen hatte. Die Bestie bespuckte den Krieger mit Strömen schmutzigen Wassers und verschwand im Ozean. Einige Sekunden später war außer den Spuren der Tentakel und ein paar großen Wellen nichts mehr von dem Bestiengott zu sehen. Enttäuscht legte Hung seine zerbrochene Angel in sein Inventar. Er musste seinen Charakter im Fort zurücklassen, denn es wurde höchste Zeit für die Schule. Bevor er sich auf den Weg machte, warf er noch einen letzten Blick auf den Ozean.

Da sah er etwas im Sand schimmern, das die Wellen an den Strand getragen hatten. Hung beugte sich hinunter und hob eine Perlmuttmuschel auf. Ein nutzloses Trinket. Er hob den Arm, um sie ins Meer zurückzuwerfen, doch gleich darauf bemerkte er, dass der Name des Gegenstands rot war.

***Orthokons Ruf***
*Seelengebunden an Bomber*
*Göttlich* `
*Zubehör*
*Gebrauch: Beschwört Orthokon den Uralten Kraken, wenn der Beschwörer sich auf dem Meer befindet.*

Eine Fanfare erklang und eine globale Meldung erschien: Es gab eine neue Gefahr mit der potenziellen Klasse O in *Disgardium*.

# Kapitel 18: Eiskalter Holdest

HUNG STRAHLTE DEN ganzen Morgen, ohne uns zu sagen, warum. Er bewahrte sein Geheimnis während Algebra und Moderner Geschichte, doch in der Pause hielt er es nicht länger aus.

„Es ist etwas passiert", sagte er.

Ed grinste und Malik bekam große Augen in Erwartung dessen, um was er seinen Freund würde beneiden müssen.

„Ich bin heute Morgen zum Angeln gegangen und ...", fuhr Hung fort.

„Ja, ja, das hast du erwähnt", unterbrach Malik ungeduldig. „Ich habe nichts ausgegraben, aber ich habe *Archäologie* auf Level 14 erhöht. Hast du etwas Besonderes gefangen?"

„Ja", erwiderte Hung. „Das kann man wohl sagen."

„Was ist es?"

„Ich kann es euch nicht verraten, aber Alex wird es sehen, sobald er sich in *Dis* einloggt."

„Was zum Teufel hast du gefangen? Sag schon!", drängte Ed.

„Etwas Großartiges. Etwas richtig Großartiges!"

„Was ist es?" Malik schrie beinahe.

Doch Hung antwortete weder in der Pause noch später, obwohl Malik ihm unaufhörlich mit Fragen in den Ohren lag.

„Ist es göttliche Ausrüstung?"

„Ich sage nichts."

„Ein Artefakt?"

„Ich sage nichts."

„Argh!", knurrte Malik wütend.

Ed ging dann wohl ein Licht auf, doch er sprach es nicht aus. Ich versuchte gar nicht erst, es herauszufinden, denn meine Gedanken kreisten um etwas anderes. Ich machte mir Sorgen, ob ich Zeit genug haben würde, alle Aufgaben zu erledigen. Gyula würde den Stützpunkt voraussichtlich am Abend fertigstellen. Danach hatte ich eine schlaflose Nacht vor mir, um alle restlichen Dinge zu erledigen, bevor Nergals Ereignis beginnen würde.

In der Pause las ich die Nachrichten vom Vortag und war ein wenig schockiert, als ich eine Pressemitteilung der Kinder von Kratos entdeckte. *4.8 Millionen Phönix. Das ist unserer Schätzung nach der finanzielle Schaden, den wir erlitten haben. Wir und unsere Kollegen vom Bündnis der Verhinderer bereiten eine Sammelklage gegen Snowstorm, Inc. sowie den Spieler hinter dem Pseudonym MonkeyWrench vor und fordern eine Entschädigung von über 100 Millionen ...*

Ich beeilte mich, eine Nachricht an den Tech-Support zu schicken, die zusammengefasst etwa *Was zur Hölle tun diese Typen?* lautete. Die Antwort ließ etwas auf sich warten, doch am Ende des Unterrichts meldete mein Kommunikator, dass eine Nachricht von einem unbekannten Absender eingegangen wäre. Dieses Mal nannte der geheimnisvolle hochrangige Angestellte von *Snowstorm* sich Erron Black – Kiran? – und versicherte mir, dass ich keinen Grund zur Beunruhigung hätte , da alles, was ich getan hätte, innerhalb der Regeln des Gameplays läge.

Ich war erleichtert, als ich mit meinen Freunden in einen Flieger stieg. Unsere Klassenkameraden machten Pläne, was sie tun würden, um Spaß zu haben, während wir überlegten, wie wir die verbleibenden Stunden am besten nutzen könnten, bevor Horden von Spielern unter dem Banner von Nergal dem Leuchtenden in die

Lakharianische Wüste einfallen würden. Ich blickte zu dem leeren Sitz hinüber, wo Tissa immer gesessen hatte. Das machte mich traurig.

Malik löcherte Hung während des ganzen Rückflugs mit Fragen, doch unser Krieger verriet sein Geheimnis nicht. Es machte ihm sogar Spaß, seinen Freund zu peinigen. Schließlich wurde Malik ärgerlich und sagte, falls er einen guten Gegenstand finden würde, würde er es auch niemandem erzählen.

„Er würde es nicht eine Stunde aushalten", bemerkte Ed abwesend.

„Nicht mal zehn Minuten", warf Hung ein.

„Alex!", beschwerte Malik sich. „Diese Typen machen mich wütend! Sag es ihnen!"

„Was soll ich ihnen sagen?", fragte ich.

Er stöhnte erneut und lehnte sich mit der Stirn gegen das Fenster des Fliegers. Hung lächelte zufrieden.

Um die Stimmung zu heben, las Ed einige Kommentare aus den Foren zu meinem Kampf mit den Verhinderern in Kinema, doch er wurde durch das Piepen meines Kommunikators unterbrochen. Als Rita Woods Hologramm erschien, schaltete ich den Lautsprecher an.

„Hallo, Rita!"

„He, Schwergewicht!", riefen die Jungs lachend.

„Hallo, Alex." Sie nickte lächelnd. „Hallo, idiotische Freunde von Alex. Wie geht es euch? Ihr habt gesagt, dass viele interessante Sachen in *Dis* passieren. Ich habe die Nachrichten gelesen und kann mir vorstellen, dass ihr sehr beschäftigt seid. Ich überlege bereits, wie ich die Handelsgeschäfte des Clans am besten regeln werde." Sie hielt einen Moment inne, bevor sie fortfuhr: „Aber Karina geht mir auf die Nerven."

„Äh ... Karina?" Ich wusste nicht gleich, wen sie meinte.

„Erinnerst du dich nicht an Gänsehaut? Wir sind zusammen nach Glastonbury geflogen."

„Ja, natürlich. Jetzt weiß ich, von wem du sprichst. Warum nervt sie dich?", erkundigte ich mich.

„Hör zu, Sheppard", sagte Rita. Sie sprach schnell, als ob sie die Sache so schnell wie möglich hinter sich bringen wollte. „Unter uns gesagt, dieses Mädchen ist verrückt nach dir. Sie will sich unbedingt mit dir treffen. Ich habe ihr erklärt, dass du eine Freundin hast, aber das ist ihr egal."

„Warum ruft sie mich nicht selbst an?", fragte ich.

„Sie ist zu schüchtern. Sie will, dass ich euch irgendwohin einlade und dann nicht auftauche, sodass ihr allein seid. Die Idee gefällt mir nicht. Du kannst dir sicher denken, aus welchem Grund. Aber sie hat es geschafft, mir das Versprechen abzuringen, dich zu fragen." Rita atmete tief ein. „Aus dem Grund rufe ich an." Sie senkte den Blick.

Ich überlegte einen Moment. Ich hatte zwar nicht vor, mit Karina auszugehen, doch ich fühlte mich trotzdem geschmeichelt. Tissa war weit weg, und nachdem sie gegangen war, ohne sich zu verabschieden ... Vielleicht standen mir diese Gedanken auf dem Gesicht geschrieben, denn Rita fragte eindringlich: „Alex?"

„Ja, ja. Ich habe nur nachgedacht. Willst du, dass ich ja sage?"

„Ehrlich gesagt, nein. Aber ..."

„Dann sage ihr, dass ich sie anrufe, wenn ich Zeit habe." Mir fiel wieder ein, dass der gesamte Clan es kaum erwarten konnte, bis Schwergewicht endlich ins große *Dis* wechseln würde, und fragte mechanisch: „Ist sie noch in der Sandbox?"

„Falls du wissen willst, ob sie schon 16 ist", entgegnete Rita schmollend, „ja, seit Anfang des Jahres. Karina Rasmussen ist offiziell volljährig."

„Und du?", wollte ich wissen.

„Mein Geburtstag ist am 25. April", erwiderte sie. „Also gut, Alex, ich sage Gänsehaut Bescheid. Mach's gut."

„Warte! Wir ..."

Aber Rita war verschwunden, bevor ich den Satz hatte beenden können. Meine Freunde lachten leise. Was ich hatte sagen wollen, war: *Wenn ich Zeit habe, werde ich sie anrufen, aber das bedeutet nicht, dass ich mich mit ihr treffen werde. Ich weiß immer noch nicht, was mit Tissa wird. Außerdem würde ich viel lieber mit dir ausgehen.* Aber Rita hatte meine Worte auf ihre Art interpretiert und war offenbar ärgerlich geworden.

„Warte etwas, bevor du sie anrufst", riet Hung mir, als er sah, dass ich auf meinen Kommunikator blickte. „Gib ihr etwas Zeit, sich zu beruhigen."

Ich befolgte den Rat meines Freundes.

Als der Flieger landete, winkte Ed mir zu. „Bis später."

Ich nickte und verabschiedete mich von meinen Freunden. Zu Hause warf ich meine Tasche auf den Boden und setzte mich an den Tisch. Vor meiner langen Immersion wollte ich noch etwas essen. Während meine Mutter das Essen aufwärmte, erzählte ich Neuigkeiten aus der Schule.

„Wo ist Papa?"

„Auf der Bank", antwortete meine Mutter kurz.

Zuerst bemerkte ich nicht, dass es ungewöhnlich still war. Meine Mutter sagte nichts und gab einsilbige Antworten. Als sie den Teller mit Nudelsalat auf den Tisch stellte, klapperte das Besteck. Erst da sah ich, dass ihre Hände zitterten.

Wahrscheinlich hatten meine Eltern sich wieder gestritten. Ich schlang die Nudeln hinunter, um so schnell wie möglich wieder nach *Dis* zurückkehren zu können. Kurze Zeit später kam mein Vater in die Küche, setzte sich wortlos hin und seufzte schwer. Das tat er immer, wenn er etwas Wichtiges sagen wollte, doch ich kam ihm zuvor.

„Hallo, Paps. In der Schule und im Spiel ist alles in Ordnung. Ich habe große Pläne für heute und ..."

„Wir haben ein Problem, Alex", unterbrach er mich. „Sie haben den Geldtransfer abgelehnt."

Ich ließ die volle Gabel, die ich bereits halbwegs zum Mund geführt hatte, langsam auf den Teller sinken. „Das verstehe ich nicht. Ist das Geld auf dem Konto?"

„Ja, das ist nicht das Problem. Aber sie haben es eingefroren. Weder du noch ich oder irgendjemand anders kann es abheben, bevor du den Staatsbürgerschaftstest erfolgreich abgeschlossen hast."

„Wir haben noch drei Tage, Mark!", rief meine Mutter nervös.

„Nein, jetzt sind es nur noch zwei. Übermorgen läuft die letzte Frist für eine außergerichtliche Einigung mit dem Kunden ab. Du hast gesagt, es wäre nur ein Missverständnis und du könntest es in Ordnung bringen."

„Keine Angst, Mama." Ich legte meine Hand auf ihre. „Erzähl mir, was passiert ist, Papa. Obwohl das Geld auf meinem Konto ist und jeder, der die Nummer und das Passwort hat, Geld abheben kann, gibt es Einschränkungen?"

Mein Vater nickte zögernd.

„Okay. Steig in deine Kapsel, Paps. Bist du in Darant?"

„Ja, ich bin gestern angekommen", antwortete er.

„Ausgezeichnet. Wir treffen uns bei der Bank, und ich gebe dir Gold und einige noch nicht identifizierte, legendäre Gegenstände, die du selbst verkaufen kannst. Dann kannst du das Geld wie geplant abheben."

„Hoffentlich macht uns dieses Mal keiner einen Strich durch die Rechnung", entgegnete mein Vater erschöpft. „Gib mir fünf Minuten Zeit, um schnell etwas zu essen."

Während mein Vater aß, ging ich in mein Zimmer, um mir Tissas sozialen Netzwerke anzusehen. Auf dem neuesten Foto umarmte sie einen Typ, der mir bekannt war. Der verdammte Liam, Neffe von Elizabeth, der Anführerin der Weißen Amazonen! Er hatte beim Distival mit meiner Freundin geflirtet. Das war erst letzte

Woche gewesen, doch es schien bereits eine Ewigkeit her zu sein. Liam hielt Tissa im Arm und blickte in die Kamera. Sie blickte ihn an und lächelte, wie sie mich immer angelächelt hatte. Ich hatte das Gefühl, mein Herz würde zerbrechen. Die Leere in mir fühlte sich an, als ob ich ein großes Loch in der Brust hätte. Ich scrollte durch den Feed. Die meisten Fotos zeigten Tissa vor irgendwelchen lokalen Sehenswürdigkeiten, doch eines, auf dem sie mit einem Mädchen und Liam am Tisch saß, gefiel mir ganz und gar nicht. Es war ein gewöhnlicher Schnappschuss, außer dass Tissa und Liam Händchen hielten.

Wütend zog ich meinen Kommunikator vom Handgelenk und holte aus, um ihn an die Wand zu werfen. Doch dann änderte ich meine Meinung. Ich atmete tief durch, wie Onkel Nick es mir beigebracht hatte, und rief Tissa an. Es wäre besser, sie zu fragen, als mir Sachen einzubilden. Solange ich nicht zu viel sagte. *Eifersucht vergiftet*, hatte mein Onkel gesagt. *Sie macht dich blind und zerstört alles Gute.* Diese Worte waren zwar an meinen Vater gerichtet gewesen, doch ich hatte sie ebenfalls gehört.

„Hallo", meldete Tissa sich. Hinter ihr war der ruhige Indische Ozean zu sehen. Sie trug einen Badeanzug und ihr Haar war nass. „Wie geht es dir?"

„Oh, ausgezeichnet", gab ich zurück.

Ein Volleyball flog an ihr vorbei und jemand rief: „Tissa, wir warten!" Sie lachte und antwortete, dass sie gleich zurück wäre.

„Babe, sie warten auf mich. Gibt es ein Problem?"

„Nein ... ja. Ich habe mir gerade deine Seite angesehen und ... Ich habe ein Foto von dir und Liam gesehen. Bist du noch meine Freundin?"

Ich wartete und hoffte, dass sie ja sagen, lachen und mich wegen meiner Eifersucht necken würde. Dann könnte ich mich beruhigt in *Dis* einloggen.

Die Tür wurde geöffnet und mein Vater blickte ins Zimmer. „Ich kehre wieder ins Spiel zurück, Alex."

Ich nickte und wandte mich wieder Tissa zu. Sie biss sich auf die Lippe und sah mich zögernd an. „Ich wollte nichts sagen, weil ich selbst nicht sicher bin, was vor sich geht. Du musst mich verstehen!"

„Ich verstehe."

„Du bist weit weg, Alex, und ich habe hier ein neues Leben. Ich vermisse dich, wirklich! Aber ..."

„Beantworte einfach meine Frage."

„Ja, ich bin noch deine Freundin", sagte sie. „Es ist nicht ernst zwischen Liam und mir. Er ist süß, freundlich, witzig ... Aber ich ... ich ..."

„Ich habe dich lieb", sagte ich.

„Ich habe dich auch lieb! Aber ... ach, zum Nether!" Tissa ging langsam am Strand entlang. Ungeduldige Rufe folgten ihr, doch sie achtete nicht darauf. „Ich wusste nicht, wie ich es dir sagen sollte, aber ich ... Ich möchte, dass wir uns eine Auszeit nehmen. Ich brauche Zeit, um mir über einiges klar zu werden."

„Eine Auszeit? Wie soll das funktionieren?"

„Jeder von uns lebt sein eigenes Leben", sagte Tissa. „Du lebst dein Leben und ich lebe meins. Ich werde vor dem Staatsbürgerschaftstest meinen Vater besuchen. Dann können wir uns treffen und alles klären. Aber vorerst ..."

„Wir sind kein Paar mehr?"

„Nein, Alex", entgegnete sie traurig, ohne mich anzusehen.

„Keine Sorge, ich werde deine Geheimnisse nicht verraten. Ich bin kein Dummkopf."

„Darüber mache ich mir keine Sorgen. Aber ..."

„Ich muss jetzt Schluss machen", fiel Tissa mir barsch ins Wort. „Mach's gut."

Nun fühlte sich das Loch in meiner Brust so groß an wie die Lakharianische Wüste. Ich wusste, dass diese „Auszeit" nur eine

Entschuldigung war. Eine Möglichkeit, die Dinge nicht endgültig oder auf weniger schmerzvolle Weise zu beenden. Doch gleichzeitig hoffte ich, dass die Auszeit nur vorübergehend wäre und wir über alles reden würden, wenn Tissa nach Hause käme. Dann würde sicher alles wieder in Ordnung kommen. Falls jemand Alex Sheppard einen naiven Dummkopf genannt hätte, hätte ich ihm zugestimmt. Doch es machte die Dinge einfacher für mich.

Ich hatte das Bedürfnis, meine Sachen zu packen und zu Tissa zu fliegen. Während ein Teil meines Gehirns fieberhaft überlegte, wie ich die private Insel der Staatsbürger mit hoher Kategorie erreichen könnte, brachte ein anderer Teil mich dazu, mich mechanisch auszuziehen, in meine Kapsel zu steigen und mich in *Dis* einzuloggen.

Sobald ich im Spiel war, verstand ich, warum Hung seinem Freund Malik nichts erzählt hatte. Er war eine Gefahr geworden und durfte es niemandem verraten.

ICH SAH MICH IN DER Schatzkammer des Clans um und wählte einige der legendären Gegenstände aus der Schatzkammer des Ersten Magiers, die Crawler für überflüssig hielt. Leider konnten wir keine Ausrüstungsteile von den Verhinderern verkaufen, sonst wäre mein Vater in Schwierigkeiten geraten. Ich erklärte den Jungs die Situation und bat sie, auf mich zu warten. In der Zwischenzeit diskutierten meine Freunde aufgeregt über Bombers neuen Status.

Ich teleportierte nach Darant und gab mir den Namen Sheppard. Ich hatte mich als einer der Arbeiter tarnen müssen, die noch menschlich waren. Nach kurzer Überlegung beschloss ich, das Konto bei der Goblin-Bank nicht anzurühren. Stattdessen gab ich meinem Vater 2 Millionen des Goldes, das von der Auktion übrig war, und die legendären Gegenstände. Bei unserem Treffen fiel mir auf, dass er eine sehr ungewöhnliche Klasse erhalten hatte.

*Glexen, Mensch, Level-10-Armbrustschütze*

„Viel Glück, Junge", sagte er, nachdem wir uns zum Abschied umarmt hatten.

Er musste sich darum kümmern, das Bußgeld zu bezahlen, während ich ohne weitere Verzögerung zu Gyula auf die Baustelle des Stützpunktes teleportierte, wo gerade ein Kampf im Gange war. Als der Bauarbeiter mich entdeckte, eilte er auf mich zu. Seine Füße versanken im Sand, doch das Leveln hatte ihn gestärkt. Er bewegte sich weitaus selbstsicherer als am Anfang auf Level 1.

„Du kommst gerade rechtzeitig, Chef!", rief er in mein Ohr, um den Kampflärm zu übertönen.

Offenbar war ein seltener Mob an der Baustelle vorbeigekommen. Es handelte sich um den gigantischen Neratakon, einen Sandgolem auf Level 560.

Flaygray, Nega, Anf und Ripta brachen bei meinem Anblick in triumphierendes Geschrei und Zirpen aus. Der Sandgolem machte ihnen zu schaffen. Ob durch den seltenen Mob oder die Unvorsichtigkeit der Wächter – jedenfalls hatten wir zusätzlich die Aggro dreier Rudel von Aasgeiern und einem waghalsigen Morten auf uns gezogen. Die Vögel mähten meine Untoten nieder und die Gesundheit unseres Tanks Sharkon war unter 30 % gesunken. Crash kroch hin und her, doch auch sein Diamantbohrer konnte dem Golem nichts anhaben. Der Wurm war noch zu jung.

Schnell erfasste ich die Situation und gruppierte meine Streitkräfte um. Dann schickte ich meine reduzierte Einheit von Schergen sowie Iggy und Sturm los, um die Aasgeier und den Morten anzugreifen, bevor ich mich selbst in den Kampf gegen den seltenen Mob stürzte.

Mein legendärer Rundschild flog in weitem Bogen und prallte an den Mobs in seiner Reichweite ab, während ich das Bein des Golems mit einer *Kombo*-Reihe bearbeitete. Es war der erste Test für den *Kaltblütigen Bestrafer* und *Seelenernters Sensen*.

Ich verursachte unglaublich hohen Schaden. Sand und Steine flogen von der Bestie, als ob sie von einem Vorschlaghammer getroffen worden wäre. Das Bein des Golems brach, sodass der Boss unter seinem eigenen Gewicht zusammenbrach und auf die Seite fiel. Er verlor Gesundheit, obwohl sein Level doppelt so hoch war wie meins.

Mein Angriff katapultierte mich an die Spitze seiner Bedrohungsanzeige. Der Boss schlug mit seinen tonnenschweren Händen nicht mehr auf Sharkon ein, sondern wandte sich mir zu. Eine kolossale, zimmergroße Faust sauste auf mich herab und brach meine Knochen und mein Rückgrat. Ich wurde schlichtweg zermalmt und überlebte nur, weil *Diamanthaut der Gerechtigkeit* aktiviert wurde. Die Gesundheit des Bosses reduziert sich durch seinen eigenen Schlag um 20 %.

Die Symbole meiner untoten Schergen auf dem Interface wurden rot. Einige wurden durch Totenschädel überdeckt, doch die überlebenden Zombies schafften es, die Aasgeier zu überrennen. Während Flaygray Azmodans Hintern und Belials Bart verfluchte, feuerte er Feuerbälle und verbrannte die Aasgeier mit *Feuersbrunst*, doch gegen den Golem war Magie nutzlos. Die anderen Wächter, die Nahkämpfer waren, ließen Vorsicht walten. Ich hatte ihnen befohlen, sich nur in Gefahr zu begeben, wenn es unbedingt notwendig wäre.

Ich fiel auf die Knie und beantwortete die herabsausende Faust des seltenen Mobs dieses Mal mit meiner eigenen, durch *Seuchenenergie* gestärkten *Hammerfaust*. Die Steinfaust zersprang in tausend Stücke – und der Boss ebenso.

**Der Sandgolem Neratakon ist gestorben.**

Die Aasgeier auszuschalten, war kein Problem. Meine Verbündeten wurden von Lichtsäulen umgeben. Nicht nur Gyula, sondern auch die Wächter levelten. Nega hatte fast Level 400 erreicht, und die anderen waren nicht mehr weit davon entfernt.

Ich selbst hatte nicht so viel Glück.

*Erhaltene Erfahrungspunkte: +390.448 Mio.*

*Erfahrungspunkte auf derzeitigem Level (256): 1.325 Mrd./1.622 Mrd.*

**Du hast Neratakons Essenz erhalten.**

Obwohl ich durch den seltenen Mob sehr viel Erfahrung verdient hatte, reichte sie nicht für einen Levelaufstieg aus.

„Seht euch das an!", rief Gyula. „Alex, ich habe ein Achievement erhalten und bin auf Level 125 aufgestiegen!"

**Freigeschaltetes Achievement: Erster Kill: Sandgolem Neratakon**

*Du bist der Erste der Welt, der den lokalen Boss **Sandgolem Neratakon** getötet hat. Der böse Geist Neratakon hat einen Sandgolem übernommen und an Stärke gewonnen, doch für die Verschmelzung der beiden Kreaturen war so viel Mana nötig, dass Neratakon den größten Teil seines Lebens unbeweglich verbracht hat. Viele Jahre lang hat er winzige Partikel magischer Energie gesammelt und aufbewahrt, um eines Tages erwachen und der Oberherr der Wüste werden zu können. Doch dann ist er dir begegnet.*

**Belohnung:** *Inaktiver Verstärkungsstein*

*Magnetismus* hatte die Loot bereits in mein Inventar gezogen. Ich öffnete meine Tasche, um sie zu prüfen.

**Neratakons Essenz**

*Legendär*

*Essenz*

*Alchemistische Zutat*

*Die wandernde Essenz eines entfleischten alten Gottes. In der gesamten Geschichte von Disgardium sind nur wenige alchemistische Zutaten wie diese entdeckt worden. Niemand weiß, wie sie benutzt werden.*

*Verkaufspreis: 9.000 Goldmünzen*

*Chance, den Gegenstand nach einem Tod zu verlieren, reduziert sich um 100 %.*

**Inaktiver Verstärkungsstein**
*Legendär*
*Baumaterial*
*Alchemistische Zutat*
*Die alten Handwerker und Steinmetze wussten, dass ein Gebäude, bei dem sie diesen Stein verwendeten, von keinem Sterblichen abgerissen werden konnte.*
*Verkaufspreis: 6.000 Goldmünzen*
*Chance, den Gegenstand nach einem Tod zu verlieren, reduziert sich um 100 %.*

Beide Handwerksressourcen waren eindrucksvoll. Die Essenz würde ich Crawler geben und den Verstärkungsstein würde Gyula für den Aufbau von Behemoths Tempel erhalten. Ich wollte dem Baumeister den Stein gleich geben, doch eine letzte Meldung erschien vor meinen Augen und versperrte mir den Blick.

**Hoch lebe der Held!**
*Möchtest du deinen Namen veröffentlichen? Du erhältst dafür +150 Ansehen bei allen globalen Hauptfraktionen und +750 Ruhm.*

Automatisch lehnte ich ab und wischte den Text fort, doch dann fiel mir ein, dass ich nicht allein war.

„Gyula, warte!", rief ich.

„Was ist?" Der Bauarbeiter hob den Kopf. Gleich darauf passierte es.

**Hoch sollen die Helden leben!**
**Gyula dem Dämonenjäger und einem Spieler, der namenlos bleiben möchte,** *ist im Gebiet der Verbrannten Erde der Lakharianischen Wüste auf Latteria der Erste Kill des lokalen Bosses* **Sandgolem Neratakon** *gelungen! Einwohner von Disgardium!*
*Glückwunsch an* **Gyula und einen Spieler, der namenlos bleiben**

*möchte! Hoch sollen die Helden leben! Hoch sollen **Gyula und ein Spieler, der namenlos bleiben möchte,** leben!*

*Verdammt noch mal,* fluchte ich innerlich. Dann verwünschte ich Azmodans Hintern, Belials Bart, Gyula und vor allem den schwachköpfigen Spieler, der namenlos bleiben wollte: Mich selbst.

NACH DEM UNERWARTETEN Kampf mit dem seltenen Mob Neratakon stockte ich meine untote Armee mit 20 Zombie-Aasgeiern wieder auf volle 80 Zombies auf. Einige von ihnen behielten die Fähigkeit, zu fliegen. Meine toten Walküren! Leider konnte ich den Boss nicht wiedererwecken, da *Seuchen-Reanimation* bei Golems nicht wirkte.

Als Nächstes stärkte ich unsere Verteidigung, indem ich um die Baustelle herum Untote aufstellte. Ich befahl den Wächtern, die Augen aufzuhalten und sich unter keinen Umständen zu betrinken. Falls alles gut ging, würden sie bei Nachteinbruch wieder in ihrem geliebten Gasthaus sein. Nachdem ich geschätzt hatte, wie lange es dauern würde, den Bau des Stützpunktes zu beenden, kehrte ich ins Fort zurück, um etwas mit den Jungs zu besprechen.

„Es ergibt keinen Sinn, weiterhin in der Wüste zu leveln. Ich habe gerade einen seltenen Mob auf Level 560 beseitigt, doch er war nicht stark genug, um mein Level zu erhöhen. Seid ihr bereit, Holdest auszuprobieren?"

Die Jungs unterhielten sich immer noch über Bombers Gefahrenstatus, obwohl sie das Thema bereits bis ins kleinste Detail besprochen hatte. Daher achteten sie nicht darauf, was ich sagte.

„Auf keinen Fall, Bomb!", rief Infect. „Es kommt nicht darauf an, wie viel Nahrung du opferst, es geht darum, wie selten sie ist."

Ich setzte mich an den Tisch, bestellte einen Kaffee und beschloss, zuzuhören. Die Jungs waren einer Meinung, dass es großartig war, eine weitere Gefahr im Clan zu haben. Allerdings wusste niemand, was wir tun sollten. Sollten wir einen Altar für den Bestiengott errichten? Ihm weiterhin Nahrung bringen und darauf warten, dass Bombers Ansehen sich verbesserte? Welche Nahrung wollte die Bestie haben? Gab es eine Obergrenze für die Menge der Nahrung, die wir dem Kraken pro Tag anbieten konnten? Schließlich beschlossen sie, dass Bomber sich bis zum Ende von Nergals Kreuzzug weiterhin morgens in *Dis* einloggen und den Kraken füttern sollte, da die Abklingzeit des Beschwörungsartefaktes genau einen Tag dauerte. Das hatten sie durch Experimentieren herausgefunden. Möglicherweise würde die Abklingzeit kürzer werden, sobald sein Ansehen bei Orthokon sich erhöhte.

„Findet ihr es nicht merkwürdig, dass der Name Orthokon ähnlich klingt wie Neratakon?", fragte ich.

Meine Freunde schwiegen und sahen mich verwirrt an.

„Wovon sprichst du?", wollte Crawler wissen.

Nun fiel mir wieder ein, dass sie noch nichts von dem Kampf in der Wüste wussten, weil sie nicht zugehört hatten. Daher setzte ich erneut an.

„Nach Darant bin ich zu Gyula teleportiert, um zu prüfen, wie der Bau vorangeht. Als ich angekommen bin, haben sie gerade gegen einen Boss namens Neratakon gekämpft, einen Sandgolem von der Größe eines Wolkenkratzers. Na ja, nicht ganz so groß, aber er war gigantisch. Ich habe ihn erledigt, doch ich bin kein einziges Level aufgestiegen. Darum schlage ich vor, dass wir jetzt gleich den *Portalschlüssel* benutzen und Mobs auf Holdest farmen."

Infect hatte einen seltsamen Ausdruck auf dem Gesicht. Es war ein Tag voller schmerzhafter Nachrichten für ihn. Hung war zu einer Gefahr geworden und ich hatte fast zufällig einen *Ersten Kill* eingesteckt.

„Was hast du bekommen?", fragte er düster.

„Es wird dich vielleicht etwas trösten." Ich holte die legendäre Essenz aus meinem Inventar. „Ich glaube, sie ist für dich, Crawler."

Während der Zwerg die Beschreibung der alchemistischen Zutat las, wurden seine Augen immer größer. Es war immer noch merkwürdig, den ehemaligen Anführer der Dementoren in diesem kleinen Körper zu sehen. Im realen Leben war er genauso groß wie Hung, wenn auch nicht so füllig.

„Ich weiß nicht, wie ich die Essenz einsetzen kann, und ich habe Angst, sie zu vergeuden", murmelte er. „Ich werde sie erst anrühren, wenn ich mindestens Rang 3 erreicht habe."

Crawler rannte zu seinem persönlichen Zimmer, um die unschätzbare Zutat in seiner Truhe zu verstauen. Danach verließen wir das Gasthaus, denn wir wussten nicht, welche Wirkung der Effekt des Portalschlüssels haben würde. Ich vergewisserte mich, dass die Jungs alle in meiner Gruppe waren, und entfernte den Helden Gyula. Dann holte ich den Portalschlüssel heraus und aktivierte ihn.

Lichtringe erschienen um uns herum und drehten sich schneller, je weiter der Zauber voranschritt. Kurz darauf stiegen sie auf in Richtung des Himmels und ...

Nur einen Moment später befanden wir uns auf einer schneebedeckten Ebene.

Bevor ich die Möglichkeit hatte, mich auf dem unerforschten Kontinent umzusehen, erschien die Meldung.

*__Freigeschaltetes Achievement: Pionier__*

*Ihr seid die ersten Spieler, die den Kontinent Holdest je betreten haben. Er ist der geheimnisvollste und fremdartigste Kontinent des Planeten: eine prachtvolle Schneewüste und der kälteste Ort in Disgardium. In seinen Tiefen liegt der Südpol. Was erwartet intelligentes Leben auf diesem Kontinent? Einzigartige Umweltbedingungen, die es nirgendwo sonst gibt, unbekannte Pflanzen und Tiere, tödliche Mobs und wer weiß, was noch alles. Großartige Schätze? Leblose Einöden? Tod und Vergessen?*

*Belohnung: Titel Pionier, passive Aura Pionier (+100 Meter auf Sichtradius, +10 % auf Bewegungsgeschwindigkeit auf einem Reittier).*

Während die Freudenschreie meiner Freunde durch das neue Land hallten, lachte ich vor Begeisterung. Ich war schon einmal auf dem Kontinent gewesen – oder, besser gesagt, in seinen Tiefen –, als ich den Nukleus der Vernichtenden Seuche getroffen hatte, doch zu der Zeit hatte ich kein Achievement erhalten. Vielleicht hatte das System die Höhle des Nukleus nicht als Teil von Holdest angesehen.

Durch die Entdeckung dieser neuen Zone und denen in der Lakharianischen Wüste verbesserte sich mein Achievement Entdecker.

***Achtung! Das Achievement ist zu Entdecker 2 verbessert worden!***

*Du hast 5 Zonen entdeckt, in der noch kein anderer Spieler gewesen ist.*

***Belohnung: +100 Wahrnehmung***

***Du hast das Recht, dieser neuen Zone einen Namen zu geben, Scyth!***

*Du kannst ihren alten Namen beibehalten (Eisküste) oder dir einen neuen einfallen lassen.*

Der Name gefiel mir, daher behielt ich ihn bei. Hatte ich das Angebot als Einziger erhalten, weil nur ich ein Kartograf war oder weil ich der Gruppenanführer war?

„...!", fluchte Bomber auf einmal. „Im Ernst?"

Als wir die pelzigen, weißen Level-2-Hasen sahen, stießen wir innerlich ein paar Flüche aus. Infect sprach aus, was alle dachten.

„Zum Nether! Da stimmt etwas nicht. Ist das eine Art von Lotterie?"

„Nein", antwortete Crawler. „Holdest ist ein großer Kontinent. Latteria hat ebenfalls niedriglevelige Zonen, doch es gibt auch die Lakharianische Wüste. Wir müssen nur eine Zone mit stärkeren Mobs finden."

„Es wird zu lange dauern, über den ganzen Kontinent zu fliegen", wandte ich ein. „Falls die Hochrechnung ..."

„Die was?", unterbrach Bomber mich.

„Die Hochrechnung ...", wiederholte ich. „Ich glaube, dass Holdest grundsätzlich die gleiche Verteilung von Mobs hat wie Latteria und Shad'Erung. Falls *Snowstorm* die Untoten als vollwertige Fraktion geplant hat und Holdest ihr Kontinent ist, dann werden die Mobs hier ebenfalls auf Level 1 bis über 500 sein. Darum bringt es nichts, hier nach Mobs auf Level 500 zu suchen, wenn wir sie in der Wüste ganz in der Nähe haben. Lasst uns trotzdem ein bisschen umherfliegen und uns den Kontinent ansehen."

Ich beschwor meine Drachin. Während Sturm langsam landete, lösten die Schläge ihrer mächtigen Flügel einen kleinen Schneesturm aus. Bomber schaltete einige Hasen aus, lootete sie und zeigte mir, was er erbeutet hatte.

„*Schneehasenfleisch*! Du könntest ein völlig neues Gericht erfinden, Scyth! Oder wir könnten mit einzigartigen Zutaten Geld verdienen."

„Er hat noch jede Menge Ressourcen von den Wüstenmobs", murmelte Infect. „Ich schleppe sie schon die ganze Zeit mit mir herum."

„Was ist mit dem *Portalschlüssel*?", erkundigte Crawler sich. Nachdenklich beobachtete er einen Glücklichen Pinguin auf Level 5, der fieberhaft mit seinen kleinen Flossen schlug, um sich so weit wie möglich von uns zu entfernen.

Ich warf einen Blick in mein Inventar und vergewisserte mich, dass der Portalschlüssel noch da war, denn er war mehrmals verwendbar.

„Er befindet sich sicher in meiner Tasche. Da er nicht seelengebunden ist, könnte ..."

„Du könntest ihn verkaufen", beendete Crawler meinen Gedanken. „Wir brauchen ihn nicht mehr, denn wir haben

*Tiefen-Teleportation* und können jederzeit zurückkommen. Wir müssten uns nur weit genug von hier entfernen, um dem potenziellen Käufer nicht zu begegnen. Könnt ihr euch vorstellen, wie viel wir dafür bekommen könnten? Mindestens 100 Millionen. Damit könnten wir uns unsere eigene Insel kaufen und wie Tissa leben."

„Für eine Insel werden 100 Millionen wahrscheinlich nicht reichen, aber wir könnten die Summe als Ausgangspreis festlegen", bemerkte ich. „Wer weiß, wie hoch sie steigen würde? Wenn die Clans des Bündnisses ihre Ressourcen zusammenlegen würden, hätten sie sicher bis zu einer halben Milliarde zur Verfügung."

Crawler grinste breit und hob die Hand. Bomber und Infect klatschten ihn ab. Ich folgte automatisch ihrem Beispiel. Allen schien die Idee zu gefallen, doch irgendetwas störte mich.

„Die Verhinderer wissen nicht, welche Mobs es hier gibt", fuhr der Magier fort. „Sie werden denken, Holdest ist ebenso hochlevelig wie Meaz oder Terrastera. Was meinst du, Scyth?"

„Ich finde, wir sollten aufsitzen und uns etwas umsehen." Der Gedanke, dass ich etwas Wichtiges vergessen hatte, ließ mich nicht los. Ich grübelte, bis es mir auf einmal wieder einfiel. „Wartet! Wir können den *Portalschlüssel* nicht verkaufen."

„Warum?", fragten die Jungs gleichzeitig.

„Weil es auf Holdest eine Stätte der Macht gibt!", erwiderte ich. „Außerdem habt ihr die *Ersten Kills* vergessen. Sicher wird es hier jede Menge unentdeckte Instanzen geben. Sollen wir sie einfach den Verhinderern überlassen?"

Ich öffnete die Karte und wählte Behemoths Quest, einen zweiten Tempel zu bauen, die ich noch nicht abgeschlossen hatte. Daraufhin erschien mitten in Holdest eine gelbe Markierung – ein geeigneter Ort für einen Tempel der Schlafenden Götter.

„Seht her." Ich nahm Crawlers Zauberstab und zeichnete eine Karte von *Disgardium* in den Schnee. „Hier ist Kharinza, da ist der

Tempel auf Latteria und dort im Ursay-Dschungel auf Shad'Erung befindet sich eine weitere Stätte der Macht. Außerdem gibt es eine auf Meaz, auf Terrastera und am Äquator im Bodenlosen Ozean. Die letzte Stätte ist hier auf Holdest."

„Ist es weit von hier?", wollte Crawler wissen.

„Wir sind praktisch am Rand von Holdest. Die Stätte der Macht liegt am Südpol. Es wird mindestens zehn Stunden dauern, dorthin zu fliegen. Wenn wir jetzt versuchen, sie zu erreichen, haben wir keine Zeit mehr für irgendetwas anderes."

*Iiii!* Ein Hase quiekte, als er durch einen Feuerball von Crawler starb. Der Magier lootete seine Leiche und hielt uns eine *Hasenpfote* vor die Nase.

„Eine alchemistische Zutat, Leute!", verkündete er aufgeregt. „Vielleicht hat Scyth recht und wir sollten diesen Ort für uns behalten. Kommt, wir sollten uns ein wenig umschauen."

Ich nickte und bestieg die Drachin. Meine Freunde saßen hinter mir auf. Als wir abhoben, bemerkte ich, dass Sturm ungewöhnlich langsam mit den Flügeln schlug. Was zum Teufel ...?

Beim Aufsteigen brüllte sie und krümmte ihren Körper. Neben dem Symbol meines Reittieres erschien ein blauer Totenschädel.

*Tödlicher Frost 1*

*−50 % auf Gesundheitsregeneration, Mana, Bewegungsgeschwindigkeit und Lebensenergie*

*−5 % Gesundheit pro Stunde*

„Wir haben ein Problem, Jungs. Sturm hat einen Frost-Debuff."

„Was? Wie ist das möglich?", fragte Crawler verwirrt. „In der Wüste hatte sie keine Probleme."

„Das ist merkwürdig", grübelte ich.

„Es dauert mindestens eine Woche, die Stätte der Macht zu Fuß zu erreichen", sagte Infect. „Dabei sind die Kämpfe noch nicht eingerechnet."

„Stimmt. Haltet die Augen auf, während ich überprüfe, was mit meinem Reittier los ist", entgegnete ich. Ich lenkte Sturm in Richtung des Südpols, bevor ich ihr Profil öffnete.

Das Rätsel hatte eine einfache Lösung. Da die Drachin eine Kreatur der Wüste war, konnte sie die Hitze gut aushalten. Doch sie war äußerst empfindlich gegen Kälte, was der sich schnell erhöhende Debuff bestätigte.

*Tödlicher Frost 2*
*−75 % auf Gesundheitsregeneration, Mana, Bewegungsgeschwindigkeit und Lebensenergie*
*−10 % Gesundheit pro Stunde*

Es war, als ob wir in ein Luftloch gefallen wären. Sturm brüllte erneut, atmete eine elektrische Entladung aus, die eine unter uns liegende Schneewehe schmolz, und begann zu sinken. Ihre Flügel konnten uns kaum in der Luft halten.

„Die Verhinderer würden hier gar nichts finden", keuchte Bomber. Er saß ganz hinten und schaffte es nur mit Anstrengung, sich an dem Reittier festzuhalten. „Sie würden höchstens ein paar Hasen farmen und sich den Hintern abfrieren. Ich bezweifle, dass sie über die Startzone hinauskommen würden."

Der Debuff wurde so stark, dass Sturm nach unten fiel. Kurz bevor sie auf den Boden aufgeschlagen wäre, deaktivierte ich die Drachin, um zu verhindern, dass sie sterben würde. Unsere Gruppe fiel ohne Reittier in den Schnee. Ein Schneehase quiekte, als er unter dem Körper des Titanen zerquetscht wurde.

Ich spuckte Schnee aus. „Bomber hat hundertprozentig recht", verkündete ich. „Lasst uns den verdammten *Portalschlüssel* verkaufen."

„Einverstanden", sagte Crawler, als er sich aus dem Schnee grub. „Der Handel wird vermutlich der größte Betrug sein, der je in *Dis* vorgekommen ist."

# Kapitel 19: Der Stützpunkt der Vernichtenden Seuche

✕

EINIGE STUNDEN LANG lief ich in der Wüste umher, lockte eine lange Schlange von Mobs an und ließ sie mir folgen. Bomber, Infect und Crawler ritten in einiger Entfernung neben mir auf ihren Mech-Straußen.

Ab und zu hielt ich an, sodass die Mobs aufholen konnten, und führte immer die gleiche Routine aus: Ich warf meinen Schild, und während es alle Mobs in seiner Reichweite traf und meine Aggro stärker wurde, griff ich den Mob-Anführer mit einer *Kombo* an. Ich war angenehm überrascht, als ich feststellte, dass *Seelenernters Sensen*, die eigentlich Faustwaffen waren, sehr gut mit *Unbewaffneter Kampf* harmonisierten, sodass ich mit den gewohnten Bewegungen kämpfen konnte. Die Waffe kümmerte sich nicht darum, wessen unverbrauchtes Leben sie verschlang, sodass sie schnell levelte. Selbst nicht-intelligente Mobs zählten.

*Seelenernters Sensen, Level 3*
*Seelengebunden an Scyth*
*Göttlich*
*Skalierbar*
*Einzigartiger Gegenstand*
*Zweifaustwaffe*
*Schaden: 1.668-2.502*

*Bonusschaden: 500-750*

*Seelenernter, einer der mächtigen, alten Götter, hat diese Waffe zum Ernten unreiner Seelen mit eigenen Händen aus himmlischem Metall gegossen. Ihr Stiel besteht aus dem ersten Ast des Ur-Baums des Lebens. Die in ihr eingeschlossen Geister haben die eigene Intelligenz der Waffe geweckt.*

*+10 % Chance, tödlichen Schaden zu vermeiden*

**Sondereffekt:** *Der in der Waffe eingeschlossene Rest des Lebens jener, die von ihr getötet worden sind, erhöht den Schaden pro Level der Sensen des Seelernters um 10 %.*

*Eingeschlossene Leben für das nächste Level: 18/300*

Jedes Mal, wenn ich einen Kampf begann, stiegen die Jungs ab und griffen die Mobs aus der Ferne an, um wenigstens auf ihrer Bedrohungsanzeige zu erscheinen. Wir hätten separat Erfahrung farmen können, aber ich wollte sie so hoch wie möglich leveln, nur für den Fall, dass ich eliminiert werden würde. Trotz der Strafen auf Erfahrung levelten die Erwachten schneller mit mir als ohne mich.

Zuerst leistete Crash uns Gesellschaft, doch als wir uns aus seinem Territorium entfernten, ließen wir den Diamantwurm hinter uns. Die Sumpfstecher Iggy, Dingsda, Kleiner Rüssel und Alien waren gestorben, wiederauferstanden und erneut gestorben. Die untote Armee und die Wächter hatten wir bei der Baustelle zurückgelassen, damit sie uns nicht aufhalten würden.

Unsere neue Grinding-Methode funktionierte ausgezeichnet. *Reflexion* kombiniert mit *Seuchenzorn* ersparte uns viel Zeit. Ich versammelte einen Tross von mehreren Dutzend Mobs, die sich durch ihre Angriffe selbst ausschalteten und in einer Explosion verbrannten, die keine Wirkung auf Untote hatte. Die Jungs wurden daher nicht verletzt. Nachdem ich *Seuchenzorn* detoniert hatte, brachte ich die Überlebenden zur Strecke und rannte in einer gedachten Spirale weiter. Mit jeder Wende entfernte ich mich weiter von der Baustelle des Stützpunktes.

Wir wollten mit dieser äußerst effektiven Methode leveln, bis der Stützpunkt fertiggestellt war. Das Ziel war, so viele Mobs wie möglich zu versammeln, sie aus dem Weg zu räumen und das Ganze zu wiederholen.

Zuerst ritt ich auf meinem Mech-Strauß, um die Rudel schneller zu sammeln, doch sie konnten nicht mit mir Schritt halten. Sie fielen zu weit zurück und verloren das Interesse. Daraufhin deaktivierte ich mein Reittier und lief selbst. Meine Freunde taten das Gleiche.

Die Strategie war riskant, es lief nicht immer reibungslos ab. Einmal wurden Infect und Bomber vom Hieb eines Basilisken getroffen, dessen Aggro sie auf sich gezogen hatten. Ich verstand, dass Bomber sich in den Kampf stürzte, um seine Krieger-Fertigkeiten zu leveln, aber was dachte Infect sich dabei, dem Kampfgeschehen so nahe zu kommen? Waren die Erinnerungen an seine Vergangenheit als Dieb mit ihm durchgegangen? Jedenfalls wurde der Barde ausgeschaltet. Bomber hatte Glück. Sein legendärer Ring wurde aktiviert und verhinderte seinen Tod. Wir mussten jedoch nicht lange auf Infect warten. Er erstand auf Kharinza wieder auf und teleportierte zu uns zurück. Ein anderes Mal konfrontierte Crawler versehentlich ein Rudel, während ich unter einem Haufen Mobs lag und nicht entkommen konnte. Ohne *Levitation* wäre er erledigt gewesen.

Ich war so sehr in der Routine gefangen, dass ich fast den Moment verpasst hätte, als ich eine Achievement-Verbesserung erhielt.

***Achtung! Das Achievement ist zu „Der Tag ist zu gut zum Sterben" verbessert worden!***

*Du hast Level 250 erreicht, ohne ein einziges Mal zu sterben. Dein Name wird erneut in die Geschichte von Disgardium eingehen!*

*Belohnung: Die Chance auf Aktivierung der passiven Fertigkeit* **Zweites Leben** *erhöht sich auf 50 %.*

Im Moment war die Belohnung nutzlos. *Zweites Leben* wäre hilfreich, wenn ich sterben würde, doch darum brauchte ich mir keine Sorgen zu machen.

Leider begegneten wir keinen seltenen Mobs. Monotone Kämpfe, blinkende Symbole der getöteten Feinde und Meldungen über neue Level wiederholten sich. Einmal mussten die Jungs zum Fort teleportieren, um Platz in ihren Taschen zu machen. Sie beschwerten sich darüber, während ihrer Abwesenheit Beute zu versäumen. Ich wünschte mir, eines Tages Zeit zu haben, mein Handwerk *Kochen* zu leveln. *Inschriftenkunde* levelte langsam, aber stetig, sodass ich mich bald Rang 1 näherte. Sobald ich ihn erreicht hätte, würde ich versuchen, *Seuchenzorn* aufs Pergament zu bringen.

„Eine weitere Markierung!", rief Infect, während wir liefen und einen weiteren langen Zug von Mobs im Schlepptau hatten. „Kann ich es mir ansehen, Scyth?"

Es war die dritte archäologische Markierung, die an diesem Tag auf seiner Karte erschienen war. Sie tauchten auf, sobald ein Archäologe in der Nähe war. Wir hatten die ersten beiden ignoriert, um keine Zeit zu verschwenden. Die Markierungen umfassten ein Gebiet von etwa 500 Quadratmetern, in dem Archäologen eine Chance hatten, etwas zu finden.

In *Dis* funktionierte *Ausgrabung* folgendermaßen: Infect holte eine Schaufel heraus und begann, an der markierten Stelle zu graben. 99 % dieser Versuche führten zu nichts, sodass er an einer anderen Stelle graben musste, auf die mit einem Pfeil hingewiesen wurde. Jede Suche dauerte circa fünf Minuten. Dabei erinnerte Infect mich an Gyula, als er die Ruinen von Behemoths Tempel zerlegt hatte.

Kurz gesagt: Das Graben nahm Zeit in Anspruch. Ich wollte jedoch, dass Malik sich wieder besser fühlte. „Natürlich, unser singender Archäologe! Nachdem wir diese Mobs zur Strecke gebracht haben, kannst du mit dem Graben loslegen. Wir anderen werden eine Pause machen."

Eine Viertelstunde später verstärkte Infect sein Handwerk mit meinem *Unglaublich köstlichen Aasgeier-Ei-Omelett mit Käse* und machte sich an die Arbeit. Nach vier erfolglosen Versuchen murrte Bomber, dass wir Zeit verschwenden würden, doch wenige Augenblicke später kam Infects Stimme durch unsere Signalamulette.

„Ich hab's gefunden!"

Bomber vergaß, dass er sich eben noch beschwert hatte und uns überzeugen wollte, dass Malik nichts finden würde. So schnell er konnte rannte er zu Malik. Der Archäologe befand sich am Fuß einer Düne, winkte uns zu und führte einen Freudentanz auf. Dann nahm er seine Gitarre und spielte ein mitreißendes Lied, mit dem er die Aggro eines Sandwurms zog. Crawler und ich grinsten uns an und liefen los, um Infect zu retten. Bomber blieb stehen. Er machte sich bereit, die Aggro zu übernehmen, denn er wusste, dass Infect an diesem Tag kein zweites Mal sterben durfte, doch mein Schild war schneller. Es flog an ihm vorbei, und der Wurm wechselte schnell sein Ziel. Er hielt jedoch nicht lange aus. Er versuchte, mich zu verschlingen, doch je härter er seine Kiefer zusammenbiss, desto schneller starb er.

Infect hatte den Eingang zu einer Instanz freigelegt. Der schimmernde Schleier eines Portals erstreckte sich über einen engen, steinigen Gang, der halb mit Sand gefüllt war. Die drei früheren Dementoren schrien aus vollem Hals: „Instanz! Jaaa!"

Ich war ebenso begeistert. Wir hatten gedacht, dass es in der Lakharianischen Wüste keine Dungeons gäbe, doch Infect hatte gerade das Gegenteil bewiesen und ließ sich nun gebührend feiern. Wir umarmten ihn so fest, dass ich befürchtete, wir würden ihm die Rippen brechen. Nachdem wir uns etwas beruhigt hatten, näherte ich mich dem Eingang. Als ich einen Teil des Sandes zur Seite wischte, fand ich eine Steintafel, auf der ein Name erschien, als ich sie berührte.

*Verschollenes Heiligtum von Lavack*
*Raid-Dungeon*
*Empfohlenes Level: 500*
*Achtung! Um den Dungeon zu betreten, ist Lavacks Herz erforderlich.*

Mein Seufzer der Enttäuschung war so laut, dass die Jungs sofort aufmerksam wurden.

„Stimmt etwas nicht?", erkundigte Infect sich. Er kam näher und berührte die Tafel. „Nether! Wir benötigen einen Schlüssel und müssen auf Level 500 sein."

„Level 500 wird empfohlen", entgegnete ich. „Aber wir könnten es sicher schaffen, sie abzuschließen. Zu schade, dass wir den Schlüssel nicht haben."

„Wo können wir ihn finden?", fragte Infect ratlos. Er war niedergeschlagen. Wenn Untote hätten weinen können, wären ihm die Tränen gekommen.

„Wer weiß, Kumpel, wer weiß."

✕

*ER IST FERTIG.* Gyulas Nachricht erreichte mich mitten im Kampf.

Endlich! Ich machte mir nicht die Mühe, *Seuchenzorn* zu detonieren, sondern stand wie ein Trainingsdummy da und wartete darauf, dass *Reflexion* die Mobs erledigen würde. Ich benutzte nicht einmal meine Fäuste, denn *Unbewaffneter Kampf* hatte die Obergrenze erreicht und *Seelenernters Sensen* würden ohnehin ihre Ernte einbringen. Der Schaden, den die Mobs sich selbst zufügten, wurde schließlich als meiner angesehen.

Der letzte lebende Mob war ein Eremit auf Level 503, ein Verwandter meines Tiergefährten Toothy. Er war eine Mischung aus einer Katze und einem Rochen von der Größe eines Tigers. Die Kreatur sprang hinter mich und vergrub ihre schrecklichen Krallen in meinem Rücken. Der Schaden reflektierte und gab ihr den Rest. Meine Freunde gingen auf die vielen Leichen zu, die um mich herum lagen. Sie wunderten sich, dass ich nicht losrannte, um weitere Mobs anzulocken.

„Alles in Ordnung, Scyth?", fragte Infect.

Ich überprüfte das Level meiner Clankameraden. Alle hatten 200 überschritten. Der Zwerg Crawler hatte dank des Boosts, den er nach der Eliminierung seines ersten Charakters Nagvalle erhalten hatte, einen kleinen Vorsprung. Und was für ein Zufall: Gyula hatte den Bau des Stützpunktes genau zu dem Zeitpunkt beendet, als ich Level 300 erreicht hatte.

„Der Stützpunkt ist fertiggestellt. Lasst uns zu Gyula teleportieren und danach zum Fort."

⤨

DER BAUARBEITER UND die Wächter warteten am Fuß des neuen Bauwerks auf mich. Der Stützpunkt der Vernichtenden Seuche erinnerte an die Tempeltürme, die der Lich Shazz auf Kharinza gebaut hatte, doch er war dreimal so hoch. Das monolithische, schwarze Gebäude mit seinen mehrfarbigen Adern schien zu atmen, doch das täuschte. Der Stützpunkt war noch nicht aktiv, sodass der gigantische Portalbogen leer war. Von allen vier Seiten führten breite Stufen nach oben. Ich stellte mir die stöhnenden Horden von Untoten vor, die von dort herunterströmen würden, und für einen Moment wurde ich von einem Gefühl des Triumphes überwältigt – nicht mein eigenes, sondern ein mir auferlegtes.

Die Jungs starrten auf das Bauwerk und schüttelten die Köpfe. Ich verteilte die Gruppen von Schergen neu und gab meinen

Freunden eine Einheit von Aasgeiern, bevor ich mich dem Stützpunkt näherte.

Als die Wächter mich sahen, erhoben sie sich, doch Gyula blieb sitzen. Er schien Tagträumen nachzuhängen.

„Sind wir hier fertig, Chef?", fragte Nega mit gelangweilter Stimme. Sie rümpfte die Nase. „Ich will nach Hause."

Anf zirpte etwas, Ripta übersetzte und fügte noch etwas hinzu, bevor Flaygray alles, was sie gesagt hatten, für mich übersetzte.

„Bist du sicher, dass du weißt, was du tust, Chef? Es geht uns natürlich nichts an, aber ich würde nicht in einer Welt leben wollen, in der alle so sind wie wir."

„Ich kann nichts fühlen, Scyth", beschwerte Nega sich. „Rein *gar nichts*, wenn du weißt, was ich meine."

„Habt Geduld. Haltet noch etwas länger durch." Ich hob mein Signalamulett an den Mund und sagte: „Kann einer von euch die Wächter ins Fort zurückschicken?"

„Ich kümmere mich darum, Scyth", antwortete Bomber.

Freudig erregt liefen die Wächter zu dem Titanen und ließen mich mit dem Bauarbeiter zurück. Ich berührte ihn an der Schulter und fragte: „Wie geht es dir, Gyula?"

Ich hatte mich zwar geärgert, dass er beim *Ersten Kill* für den Sandgolem seinen Namen hatte veröffentlichen lassen, aber er hatte keinen wirklich verhängnisvollen Fehler begangen. Wie bei den Jungs und allen Arbeitern auf Kharinza waren auch seine Informationen verborgen. Die Erwachten lehnten *Ruhm* ab, weil die anderen Spieler uns aus der Arena kannten. Scyth, Tissa, Crawler, Infect und Bomber waren die Sieger der Junior-Arena! Falls diese Namen in einer globalen Meldung über einen *Ersten Kill* erscheinen würden, würden sie uns sofort erkennen, und unsere realen Namen waren allen bekannt. Doch der Name Gyula war in *Disgardium* weit verbreitet, niemand würde ihn mit uns in Verbindung bringen.

„Ich bin müde", erwiderte der Bauarbeiter. Er wischte sich mit seinen schwieligen Händen über die Augen. „Habe ich es rechtzeitig geschafft?"

„Das hast du, mein Freund. Vielen Dank."

„Du musst *Bau fertigstellen* aktivieren", erklärte er. „Ich kann es nicht tun, die Taste ist deaktiviert. Das Bedienfeld für den Stützpunkt befindet sich im Inneren. Die letzten paar Tage haben mich ausgelaugt, Alex. Wenn du mich nicht mehr brauchst, würde ich mich gern ausruhen."

„Im Moment kann ich dich entbehren. Falls ich recht habe, wird es morgen keine Untoten mehr auf Kharinza geben. Du hast dir etwas Ruhe verdient. Schlaf dich gut aus und beginne morgen mit dem Wiederaufbau von Behemoths Tempel. Gibt es eine Möglichkeit, die Arbeit zu beschleunigen?"

„Es wird nicht lange dauern", antwortete der Bauarbeiter und gähnte herzhaft. „Ich benötige nur die Materialien."

„Da fällt mir etwas ein." Ich gab ihm den Verstärkungsstein. „Teste ihn und berichte mir, welche Wirkung er hat. Was die Materialien angeht, können Manny und seine Leute helfen?"

„Normalerweise schon, doch im Moment ist Almeida keine große Hilfe", entgegnete Gyula.

„Was ist los? Ist mit Manuel etwas nicht in Ordnung?", wollte ich wissen.

„Er muss sich um die Familie seines Bruders Hank kümmern. Ich glaube, du kennst Hank, nicht wahr? Er ist krank geworden. Ist übergeschnappt. Sie haben ihn abgeholt."

Hank hatte den Boss in der Instanz des Stadtgefängnisses von Tristad kontrolliert. Er hatte mich den Verhinderern übergeben wollen, doch als er erfahren hatte, dass ich seinen Bruder Manny gegen Crag verteidigt hatte, hatte er seine Meinung geändert. Das war alles schon so lange her!

Es war seltsam, dass Mannys Bruder kein Anhänger der Schlafenden Götter geworden war. Er hätte mehr Geld verdient, als in einem Dungeon einen schwachen Boss zu spielen.

„Er ist übergeschnappt? Was ist passiert?", hakte ich nach.

„Mit Hank? Keine Ahnung. Wie gesagt, sie haben ihn abgeholt."

„In einem Krankenwagen?", bohrte ich weiter.

„Nein, Krankenwagen kommen nicht in unsere Bezirke. Die Leute sagen, sie haben einen Flieger von *Snowstorm* gesehen. Hank war schon seit einiger Zeit nicht mehr er selbst. Niemand weiß, was er in *Dis* gemacht hat. Manny schweigt sich aus und behauptet, nichts darüber zu wissen. Jedenfalls hat sein Bruder den Verstand verloren. Er konnte die Welten nicht mehr auseinanderhalten. Sie haben gesagt, er hätte stundenlang an einer Wand gestanden, wäre hin und her geschwankt und hätte versucht, etwas aus der Luft zu greifen. Er hat seine Frau für jemand anderen gehalten, hat ein Schwert ergriffen und sie damit bedroht. Sie ist weggelaufen, aber er hat noch lange im Flur gestanden und gegen einen unsichtbaren Feind gekämpft. Offenbar hat er gewonnen." Gyula lachte bitter.

Die Experimente des Unternehmens waren nicht gerade ein durchschlagender Erfolg. Trixie hatte in dem gleichen Dungeon einen Minotaurus gesteuert. Zum Glück hatte er gerade noch rechtzeitig das Handwerk gewechselt.

„Hat es in eurem Bezirk noch weitere solcher Fälle gegeben?", fragte ich.

„Nicht dieser Art", gab Gyula zurück. „Aber die Dinge stehen schlecht, nicht nur bei unseren Leuten. Seit Beginn des Jahres sterben die Leute wie die Fliegen. Zwei Familien in der Nachbarschaft haben sich mit dem Rock-Virus infiziert. Sogar die Kinder sind erkrankt. Den Schlafenden Göttern sei Dank, dass wir uns nicht angesteckt haben. Mein alter Freund Louis ist angeblich in seiner Kapsel gestorben. IDE, heißt es. Instant Death Effect.

Seraphim, Abdul und Pietro soll das Gleiche zugestoßen sein", sagte der Bauarbeiter.

„Sie sind in ihrer Kapsel gestorben? Haben sie alle in *Dis* gearbeitet?"

„Nicht alle sind in der Kapsel gestorben, aber sie haben alle hier gearbeitet", erwiderte er.

„Als Bergarbeiter?"

„Ich glaube, ja." Gyula biss sich auf die Lippe. „Nein, warte mal ... Bei den anderen weiß ich es nicht, aber Seraphim und Louis, die im letzten Sommer etwa um die gleiche Zeit verschwunden sind, haben auf einem Bauernhof gearbeitet."

Der Bauarbeiter wurde von seinen traurigen Erinnerungen eingeholt. Eine hohe Sterblichkeit unter Nicht-Bürgern war nichts Neues, doch wenn selbst Gyula durch die Vorfälle beunruhigt war ...

„Was ist mit unseren Leuten? Besonders diejenigen, die wie du zu Untoten geworden sind. Sind sie noch krank?", erkundigte ich mich.

„Sie haben sich erholt, nachdem du ihnen geraten hattest, sich nicht in *Dis* einzuloggen. Ich verbringe die meiste Zeit hier, daher höre ich nicht viele Neuigkeiten. Also gut, ich muss jetzt gehen."

„Lass uns zum Fort teleportieren, Gyula. Du kannst dich dort ausloggen", schlug ich vor.

Es dauerte nicht einmal eine Minute, bis ich das Portal aktiviert hatte. Ich schloss die Prüfung ab, bestätigte meinen Status als Botschafter der Vernichtenden Seuche und zog an einem imaginären Hebel. Der Stützpunkt erbebte. Ein dumpfes Knirschen ertönte tief unter dem Fundament.

Ich lief nach draußen. Der Sand um den Stützpunkt herum wurde schwarz und sogleich mit zähem Schleim überzogen – der gleiche klebrige Ruß, den ich in Shazz' Lager gesehen hatte.

Crawler und Infect liefen entsetzt von dem Bauwerk weg. Alles um es herum schien augenblicklich zu sterben, sogar die Luft. Das Seuchenportal sog Leben in sich hinein. Das Beben wurde stärker.

Einige Aasgeier gerieten in den sich ausbreitenden Seuchenschleim und fielen leblos zu Boden. Ihre Körper schienen zu schmelzen und in die Erde zu fließen, sodass nur noch ihre Skelette übrigblieben, doch dann verschlang der Schleim die Knochen ebenfalls.

*Die Quest der Vernichtenden Seuche „Stützpunkt der Vernichtenden Seuche" ist abgeschlossen.*

*Du hast es geschafft, auf dem Kontinent Latteria einen Stützpunkt zu bauen und ein Großes Seuchenportal zu errichten. Es wird für Legionen von Untoten den Weg in Gebiete von Disgardium freischalten, die von intelligenten Kreaturen bewohnt werden.*

*Berichte dem Nukleus der Vernichtenden Seuche von deinem Erfolg, um deine Belohnungen zu erhalten:*

*– 200.000.000 Erfahrung*

*– +1.000 Ansehen bei der Fraktion der Vernichtenden Seuche*

*– +500 Ansehen bei dem Verfluchten Lich Shazz*

*– Krone des Botschafters, ein Gegenstand aus dem legendären Ausrüstungsset „Vernichtende Seuche"*

*– Fähigkeiten: Gedanken unterwerfen, Seuchen-Boost*

Gyula und ich liefen zu den Jungs. Infect aktivierte *Tiefen-Teleportation*, und ein paar Schläge unserer toten Herzen später waren wir auf Kharinza.

Das Erste, was ich dort in der Abenddämmerung sah, war eine grüne Lichtsäule, die aus Shazz' Lager in den Himmel schoss. Aus ihr entsprangen kurze Blitze, die sich verzweigten und auf der Erde einschlugen.

Wir sahen dem Spektakel vom Eingang des Pfeifenden Schweins aus zu. Hinter uns wurde die Tür aufgestoßen und Bomber kam herausgerannt.

„Heiliges Kanonenrohr!", rief er, als er die Lichtsäule sah. „Hat der Stützpunkt etwas damit zu tun?"

Meine Freunde sahen mich fragend an.

„Vermutlich", antwortete ich. „Es hat begonnen, nun gibt es kein Zurück mehr. Ich muss mich auf den Weg machen."

„Was ist mit uns?", wollte Crawler wissen.

„Haltet euch an den Plan. Seht euch auf Holdest um und sucht nach Dungeons. Sammelt alles, was ihr unterwegs bekommen könnt. Wir sehen es uns später an."

„Hast du etwas dagegen, wenn wir einige Schergen mitnehmen und uns die Instanz noch einmal ansehen, die wir gefunden haben?" Crawler grinste. „Ich habe die eine oder andere Idee, wo sich der Schlüssel befinden könnte."

„Nein, das ist in Ordnung. Was hast du dir überlegt?"

„Wir haben heute zwei weitere Ausgrabungsstätten gesehen. Erinnerst du dich noch an die Raid-Instanz Goro-Schlucht in der Sandbox, die voller Oger war? Um sie betreten zu können, mussten wir zuerst die Gnoll-Steinbrüche abschließen, wo der letzte Boss den Schlüssel gedroppt hat."

„Und du meinst, dass ihr eine weitere Instanz finden werdet?" Crawlers Idee gefiel mir.

„Wer weiß, Kumpel, wer weiß." Er lächelte, als er mich zitierte. „Jedenfalls müssen wir die Ausgrabungsstätten überprüfen. Danach machen wir uns auf den Weg nach Holdest. Falls wir dort eine Instanz finden, rufen wir dich an."

Aus verständlichen Gründen würden meine Freunde mir während des Ereignisses nicht helfen können. Ich könnte die Gestalt von jemand anderem annehmen oder mich mit *Identitätsverschleierung* verstecken, doch sie hatten diese Möglichkeiten nicht. Sie würden ohnehin nicht viel tun können. Es war wichtiger, dass sie stattdessen den finanziellen Erfolg des Clans und unsere Zukunft sicherten. Das wäre eine Sorge weniger für mich.

„Komm her." Bomber umarmte mich. „Mach sie fertig! Ich nehme an, du wirst morgen nicht zur Schule kommen, oder?"

„Nein. Ich habe Herrn Kovacs Bescheid gesagt. Die Entschuldigung, die meine Eltern mir geschrieben haben, hat geholfen. Bis zum Ende der Woche bin ich vom Unterricht befreit."

„Viel Glück, Scyth", sagte Infect und umarmte mich ebenfalls. „Wir drücken dir die Daumen."

„Kommt schon, Jungs. Es ist ja nicht so, als ob ich in den Krieg ziehen würde."

„Doch, das tust du, Kumpel." Bomber lachte leise.

„Also gut, genug mit dem Geheule", sagte Crawler und hielt mir die Faust hin. „Bist du sicher, dass du diese Sache ohne uns erledigen willst?"

„Ja. Ich kann mich verstecken, ihr nicht", gab ich zurück. „Verschwendet keine Zeit. Der gesamte Clan verlässt sich auf euch."

„Hast du Zeit gehabt, im Hinblick auf die Arbeiter eine Entscheidung zu treffen?", fragte er.

„Wir werden sie im Clan aufnehmen, neue Verträge abschließen ... All das überlasse ich euch."

„Den schwierigsten Teil, wie immer. Während du den ganzen Spaß hast!", rief Crawler lachend.

„Genau. Ich habe die einfachen Sachen für mich reserviert. Alles, was ich tun muss, ist, den Tempel gegen alle Spitzenspieler aus *Dis* zu verteidigen."

Nach dem Abschied von meinen Freunden beschwor ich Sturm und flog zum Lager der Untoten, das sich nun über mehrere Kilometer erstreckte. Das bedeutete, dass der Lich weit vom Fort entfernt war. Mein innerer Timer zählte die letzten Stunden vor der Invasion der Armee des Lichts herunter. Ich hatte immer noch viel zu tun.

Unter den kreischenden Schreien der *Banshee-Leutnantinnen* stellten Shazz' wandelnde Tote und grauenhafte Kadaver sich in Formation auf. Es waren jedoch nicht die zahlreichen Untoten, die mich überraschten. Nahe am Dschungel stand die kolossale Gestalt eines Mobs über einer gigantischen Grube. Er stellte selbst den Montosaurus in den Schatten. Es war ein mächtiges Skelett, an dem hier und da Fleischfetzen herunterhingen. Jede einzelne seiner Rippen hätte das ganze Fort unter sich begraben können. Das Skelett besaß vier säulenartige Beine, einen enormen Oberkörper und einen länglichen Krokodilschädel. Der Mob sah aus wie ein AT-AT-Läufer aus Star Wars.

Ich flog um die gewaltige Bestie herum. Ihre Größe und Kraft überwältigte mich.

***Deznafar, Kampfgefährte der Fortgegangenen, Level 750***
*Untoter*
*Shazz' Scherge*

Der Nukleus hatte einmal erwähnt, dass es während der Zeit der Fortgegangenen viele Tote auf Kharinza gegeben hätte und Shazz einen von ihnen würde wiedererwecken können – einen, der für die Lebenden eine große Gefahr sein würde.

Deznafar beachtete mich nicht. Ich zählte neun Augen in seinem Schädel: drei an jeder Seite, zwei vorne und eins am Hinterkopf. Der Kampfgefährte der Fortgegangenen wurde von Strömen toter *Seuchenenergie* versorgt, die von einem Tempelturm zu ihm flossen. Ich richtete Sturm auf Shazz aus, dessen stechenden Blick ich auf meinem Rücken spüren konnte.

Nachdem ich meine Drachin gelandet hatte und abgestiegen war, begrüßte ich den Lich.

„Das Leben ist der Tod, Botschafter!"

„Im Dienst der Vernichtenden Seuche gibt es keinen Tod", gab der Lich zurück und erhob seine drei knochigen mittleren Finger, die mit verschiedenen Ringen geschmückt waren.

„Ich habe die Quest des Nukleus abgeschlossen und in der Lakharianischen Wüste auf Latteria ein Großes Seuchenportal geöffnet", erklärte ich. „Noch gibt es dort keine intelligenten Kreaturen. Du wirst Zeit haben, stärker zu werden. Doch die

Streitkräfte von Nergal dem Leuchtenden werden morgen um diese Zeit angreifen. Er ist der Gott des Lichts."

„Ich weiß, wer Nergal ist", zischte Shazz. Seine Kiefer klapperten vor Ärger. „Was du getan hast, ist ein bedeutsamer Beitrag zur Macht der Vernichtenden Seuche, Botschafter. Wir sollten umgehend den Nukleus informieren. Ich muss erst den Prozess des Entfleischens einleiten, dann werden wir gehen. Da der Weg jetzt offen ist, kann uns niemand mehr aufhalten!"

Der Lich flog einige Meter in die Luft und streckte seine Arme in Richtung von Deznafar aus. Die Ströme der *Seuchenenergie* hörten auf zu fließen. Das Fleisch fiel von dem Mob ab und das Skelett brach zusammen.

„Warum tust du das?", fragte ich.

„Deznafar wird nicht durch das Portal passen. Meine Schergen werden seine Gebeine tragen, sodass ich ihn auf der anderen Seite wiedererwecken kann. Es ist vollbracht. Der Prozess hat begonnen. Folge mir, Botschafter!"

Ich entließ Sturm und folgte dem Lich. Während ich die vielen Hundert hochleveligen Mobs betrachtete – weder ein Skelett noch ein Zombie befand sich unter ihnen –, empfand ich Stolz. Shazz' Armee bestand aus grauenvollen Bestien, die alle mindestens auf Level 500 waren.

Knochengolems, Knochenhunde und Knochen-Gargoyles klapperten umher. Seuchenrülpser, die wie gigantische tote Sonnenblumen aussahen, spuckten ihre pestartigen Pollen in die Luft. Fleischsammler, Bösartige Zombies, Leichenfresser und Seuchenspucker schwankten hin und her, während sie auf ihre Befehle warteten. Die Frontlinie bestand aus Fauligen Gräueln, Widerlichen Verrotteten und den dünnen, spitzknochigen Verhungernden Leichen. Aasfresser und Zerstörerwürmer schützten die Flanken. Die Horde verfügte über alles von Tanks, Kämpfern, Luftangriffseinheiten und Artillerie mit Flächenangriffen bis zu

Lootern, die das Ausgangsmaterial zum Auffüllen ihrer Reihen sammelten. Wenn Deznafar sich der Armee anschließen würde, könnte er bis nach Darant marschieren, solange er einen ständigen Vorrat an frischen Leichen hätte.

Verglichen mit Shazz' Streitkräften hätte meine Armee von Untoten ärmlich ausgesehen. Doch wir alle – meine Schergen und ich sowie Shazz' schreckenerregende Soldaten und der Lich selbst – waren die Vernichtende Seuche.

„Das Leben ist der Tod, Botschafter", hörte ich, bevor wir das Portal betraten.

„Doch im Dienst der Vernichtenden Seuche gibt es keinen Tod", antwortete ich erneut.

„Ja", stimmte Shazz mir zu. Er berührte mich mit seiner knochigen Hand und sagte aufgeregt, als ob er zu einem Freund sprechen würde: „Lass uns gehen, du, der mit dem Nukleus spricht! Er hat lange genug gewartet."

Bisher hatte ich nichts als Gleichgültigkeit in der Stimme des Lichs gehört. Dieses Mal klang sie euphorisch.

# Kapitel 20: Marionette

DIE GROSSE HÖHLE des Nukleus war zum Leben erwacht und stärker geworden – entweder durch den Stützpunkt oder die Zeit, die seit unserem letzten Treffen vergangen war. Giftgrüne Adern verliefen über ihre gesamte Oberfläche. Sie pulsierten, während sie *Seuchenenergie* in konzentrierter Form transportierten. Die Wände und der Boden summten und sangen wie Hochspannungsleitungen im Wind. Ich hörte das gleiche Knirschen, dass unter dem Stützpunkt zu hören gewesen war. Shazz und ich gingen als Ebenbürtige in die Höhle des Nukleus. Obwohl ich die Quest noch nicht abgegeben und meine Beziehung zum Lich sich nicht verändert hatte, behandelte er mich viel besser als sonst. Er füllte meinen Seuchenspeicher auf und erzählte mir sogar seine Geschichte. Vor vielen Tausend Jahren hatte es einen jungen Elf namens Shazzdari gegeben, der ein talentierter Magier gewesen war. Er hatte begonnen, sich für Dunkle Energie zu interessieren und war in seinen Experimenten weiter gegangen, als erlaubt gewesen war. Er hatte Nekromantie praktiziert und Macht und Unsterblichkeit gewonnen, doch er war zu einem Ausgestoßenen geworden. Da man ihn nicht hatte töten können, war er in anti-magische Ketten gelegt und auf den Grund des Ozeans verbannt worden. Dort hatte er ein ganzes Zeitalter verbracht und fast den Verstand verloren, bis der Nukleus ihn schließlich gespürt und zu sich gerufen hatte. Shazzdari hatte sich der Vernichtenden Seuche angeschlossen und war zu Shazz geworden.

„Sei gegrüßt, Botschafter!" Die Stimme des Nukleus in meinem Kopf war genauso leidenschaftslos wie immer, doch weitaus lauter. „Du hast es geschafft. Der Stützpunkt, den du errichtet hast, hat unsere Kraft vervielfacht."

„Ja, mein Gebieter." Hartnäckig verdrängte ich meine Gedanken an Behemoth und dachte nur an die Herrlichkeit der Vernichtenden Seuche. „Der Stützpunkt in der Lakharianischen Wüste ist fertiggestellt. Zurzeit haben die Sterblichen keine Möglichkeit, ihn zu erreichen, doch morgen werden sie gegen die Hitze immun sein. Die stärksten, Nergal bekannten Krieger von *Disgardium* ..."

„Was der Botschafter weiß, weiß auch der Nukleus. Botschafter Shazz, du weißt, was zu tun ist."

Die Stimme verstummte. Für einen Beobachter sah es aus, als ob Shazz erstarrt wäre, doch er und der Nukleus führten eine Unterhaltung, die ich nicht hören konnte. Sie dauerte mehrere Sekunden, danach regte der Lich sich wieder und zischte fieberhaft: „Wie du befiehlst, Herrscher!"

Ohne sich von mir zu verabschieden, schwebte Shazz auf das Portal zu. Der Nukleus wandte sich wieder mir zu.

„Tritt näher, mein Botschafter."

Ich ging zum Rand des Seuchenbeckens, in dessen Mitte sich der Nukleus befand, und blieb stehen. Da ich bereits wusste, was passieren würde, war ich nicht überrascht, als die teerartigen Tentakel aus dem schwarzen Schleim schossen. Sie schienen dicker und massiver zu sein als beim letzten Mal.

Ohne Widerstand zu leisten, ließ ich mich von den Tentakeln in das Becken ziehen. Augenblicklich sank der Schleim in meine Haut und lief mir in Nase und Mund – ich wurde ein Teil des Seuchenbeckens und dann der Vernichtenden Seuche selbst. Verseuchte Adern erstreckten sich überall in der Höhle in Millionen von Tentakeln – nach oben und unten, von einer Seite zur anderen. Sie verbanden sich in einer zentralen Masse, ergossen sich in den Nukleus und strömten aus ihm heraus. Ich entdeckte eine sehr dicke Ader – unsichtbar, doch spürbar – die sich über den Ozean zur Lakharianischen Wüste erstreckte. Von dort strömte Energie zurück und speiste den Nukleus sowie die gesamte Vernichtende Seuche.

*Die Quest der Vernichtenden Seuche „Stützpunkt der Vernichtenden Seuche" ist abgeschlossen.*

*Belohnungen:*
*– Fähigkeiten: Gedanken unterwerfen, Seuchen-Boost*
*Erhaltene Erfahrungspunkte: +200 Mio.*
*Erfahrungspunkte auf derzeitigem Level (300): 1.947 Mrd./3.876 Mrd.*
*Dein Ansehen bei der Fraktion der Vernichtenden Seuche hat sich um +1.000 Punkte erhöht.*

*Derzeitiges Ansehen: Vertrauen*
*Dein Ansehen beim Verfluchten Lich Shazz hat sich um +500 Punkte erhöht.*

*Derzeitiges Ansehen: Freundschaft*
*Freigeschaltete Fähigkeit: Gedanken unterwerfen*
*Gedanken unterwerfen, Level 1*
*Du kannst die Gedanken jeder intelligenten Kreatur deinem Willen unterwerfen. Doch je mehr sie dir überlegen sind, desto größer ist die Chance, dass sie sich deinem Versuch, sie zu kontrollieren, widersetzen. Wirkt nicht bei Kreaturen ohne Ich-Bewusstsein oder freien Willen.*
*Nutzungspreis: 1.000 Seuchenenergie pro Level des Ziels und Minute*

*Freigeschaltete Fähigkeit: Seuchen-Boost*
*Seuchen-Boost, Level 1*
*Im Dienst der Vernichtenden Seuche gibt es keinen Tod! Falls einer der Schergen des Botschafters vernichtet wird, stärkt er den Rest der*

*Gruppe, indem er ihnen 10 % seiner gesamten verdienten Erfahrung verleiht.*

*Ein Botschafter mit Seuchen-Boost absorbiert 10 % der gesamten von anderen getöteten Botschaftern verdienten Erfahrung, falls sie sich in der gleichen Zone befinden.*

**Nutzungspreis:** *Diese passive Fähigkeit erfordert 1.000 Seuchenenergie pro absorbiertem Charakterlevel eines vernichteten Schergen oder Botschafters.*

*Du hast Krone des Botschafters erhalten.*

**Krone des Botschafters**
*Göttlich*
*Helm*
*Rüstung: 12.000*
*+100 % auf Seuchenspeicherkapazität*
*+3 auf das Level aller Fähigkeiten der Vernichten Seuche*
*Haltbarkeit: Unzerstörbar*
*Verkaufspreis: Unverkäuflich*
*Chance, den Gegenstand nach einem Tod zu verlieren, reduziert sich um 100 %.*

*Nur nutzbar, wenn du den Titel Botschafter der Vernichtenden Seuche hast.*

**Aktuelle Gefahrenklasse hat sich erhöht auf: I!**

Mein reales Herz auf der Erde im Jahr 2075 schlug mir bis zum Hals und pumpte mit Hormonen angereichertes Blut durch meine Adern. Mein innerer Hamster Pepper fiel auf die Knie und pries den Nukleus für seine Großzügigkeit.

Es war für lange Zeit still, während ich meine Gaben prüfte. Mit einem Mal hörte ich eine bekannte Stimme in meinem Kopf. Ich erschrak.

*Strecke deine rechte Hand aus, Apostel.*

Etwas stach mir in den Finger und gelangte in meinen Blutkreislauf. Behemoth! Ausgesprochen schlechtes Timing.

Da ich nun gesehen hatte, wie großzügig der Nukleus seine Botschafter belohnte, beschloss ich, die Schlafenden Götter aufzugeben und mich ausschließlich auf die Vernichtende Seuche zu konzentrieren. Ich wurde auch so stark, indem ich sowohl der Vernichtenden Seuche als auch *Snowstorm, Inc.* half. Warum sollte ich mir die Probleme mit den Schlafenden Göttern aufladen? Außerdem hatte Kiran gesagt, dass das Szenario für die alten, grausamen Götter zu nichts Gutem führen würde. In der Fraktion der Vernichtenden Seuche zu spielen, machte Spaß. Die Belohnungen waren besser, und die Aussicht auf die vielen Möglichkeiten verschlug mir den Atem! Wir würden in den Ursay-Dschungel gehen und uns alle Achievements holen. Gewöhnliche Spieler hatten dort keine Immunität, sodass es dort jede Menge unentdeckter Instanzen gab. Danach würden wir uns Holdest zuwenden und von dort ...

Ich könnte Yemi befehlen, uns einen Weg nach Terrastera zu öffnen. Nach Meaz könnten wir sogar selbst segeln, falls es Bomber gelingen würde, den Kraken zu zähmen. Aber wozu brauchte ich Bomber überhaupt? Er und die anderen waren nur eine Belastung für mich. Wie Flöhe auf einem Hund. Parasiten. Wenn sie nicht so viel von meiner Zeit beansprucht hätten, wäre ich sicher schon auf Level 500. Nein, Level 1.000!

Mein Schicksal war an die Vernichtende Seuche gebunden. Alles, was ich erreicht hatte, hatte sie mir gegeben. Außerdem war ich es leid, mich verstecken zu müssen. Ich wollte wie der Verwüster durch Latteria ziehen, ohne meine wahre Gestalt verbergen zu müssen. Diese lächerlichen kleinen Menschen, Gnome, Elfen und bärtigen Zwerge sollten sich vor ihrem wahren Herrscher verbeugen! Vielleicht sollte ich sogar König Bastian den Ersten stürzen und seinen Thron einnehmen. Danach könnte ich mit Imperator Kragosh das Gleiche tun ...

*Hör auf, Apostel,* sagte Behemoth drohend. *Sonst ...*

*Sonst was? Was kannst du mir schon anhaben, kleiner Wurm?*
Ich lachte geräuschlos, doch gleich darauf ... verlor ich die Kontrolle über mich. Der winzige Tropfen des Schlafenden Gottes hatte sich irgendwo in mir versteckt und nun entwickelte mein Körper ein Eigenleben.

„Scyth" legte seine Rüstung *Kaltblütiger Bestrafer* ab, warf die Rüstungsscheibe fort und setzte sich triumphierend die *Krone des Botschafters* auf. Hatte er den Verstand verloren? Ich versuchte, mich wieder so weit unter Kontrolle zu bekommen, dass ich wenigstens nach meiner Rüstung greifen konnte, die wie ein Stein auf den Grund des Seuchenbeckens fiel, doch es funktionierte nicht. Ich hatte ein vollständiges skalierbares, legendäres Set verloren!

Verzweifelt rief ich mental nach Behemoth, betete um Gnade und bat den Schlafenden Gott, den Eindringling aus meinem Körper zu verjagen, doch es war umsonst. Offenbar hatte er beschlossen, mir eine Lektion zu erteilen, und hatte den mentalen Schutz vor der Vernichtenden Seuchen entfernt, sodass ich die Kontrolle verloren hatte.

Oder hatte ich etwa für immer die Kontrolle über meinen Charakter verloren?

Inzwischen fand ein stiller Dialog zwischen dem Schwachkopf in mir und dem Nukleus statt. Ich konnte jedes Wort verstehen. Es war, als würde ich neben Scyth stehen und ihn von außen beobachten. Die KI hatte meinen Charakter übernommen.

„Moraine ist auf unserer Seite", berichtete Scyth. Ich hörte mich reden, doch es war jemand anders, der sprach. Die KI hatte meinen Charakter übernommen. Selbst seine Stimme hatte sich verändert. Sie war härter und rauer geworden und klang ebenso emotionslos wie die des Lichs. „Ihre intelligenten Schergen werden morgen das Fort erreichen."

„Wir brauchen von der Barriere gestärkte Leichen, die von unseren eliminierten Botschaftern übernommen werden können.

Infiziere sie mit der Vernichtenden Seuche und übertrage Shazz die Kontrolle über sie."

„Ich werde alles nach deinem Willen erledigen, mein Gebieter."

„Gewinne Moraines Vertrauen und locke sie aus ihrem Versteck. Danach werde ich mich um sie kümmern."

„Ich verbeuge mich vor deiner Heimtücke, Herrscher."

„Erdreiste dich nicht, mir zu schmeicheln, Botschafter", sagte der Nukleus mit verzerrter Stimme. „Wir brauchen mehr Leute wie dich. Wähle die stärksten intelligenten Kreaturen und verwandle sie ebenfalls."

„Wie du wünschst, mein Gebieter."

„Du bist noch nicht stark genug, um meine Pläne auszuführen. Nimm meine Gabe an, Botschafter."

Der Schleim um mich herum wurde dicker. Unzählige feine Strähnen schossen heraus und durchbohrten Scyths Körper. Zeilen sausten vorbei, die mich informierten, dass meine Fähigkeiten gelevelt hatten, doch sie verschwanden so schnell wieder, dass ich sie nicht lesen konnte. Die KI, die meinen Körper übernommen hatte, brauchte Systemmeldungen keine Beachtung zu schenken. Das verdammte Ding war schließlich Teil des Systems.

Ich konzentrierte mich auf die Protokolle und holte die Meldungen zurück.

*Die Fähigkeit „Seuchenpest" hat sich erhöht: +1*
*Derzeitiges Level: 5*
*Infiziert lebende Spieler und NPC-Charaktere mit der Vernichtenden Seuche. Nach dem Tod stehen die Infizierten wieder auf und gehorchen demjenigen, der sie infiziert hat. Der Nukleus der Vernichtenden Seuche könnte eine dieser intelligenten, von den Toten wiedererweckten Kreaturen als würdig erachten, den Rang des Botschafters zu erhalten. In dem Fall erhält der Nukleus die Kontrolle über diese Kreatur.*
*Funktioniert nur, wenn das Opfer körperlich berührt wird.*

*Nutzungspreis: 10.000 Seuchenenergie*

Spieler infizieren! Das würde das Szenario, ein neues Volk und eine neue Fraktion freizuschalten, wirklich in Bewegung setzen! Ich ging zur zweiten Systemmeldung über.

**Die Fähigkeit „Seuchen-Reanimation" hat sich erhöht: +2**
**Derzeitiges Level: 10**
*Im Dienst der Vernichtenden Seuche gibt es keinen Tod! Du kannst toten Spielern Unleben einhauchen. Reanimierte Skelette und Zombies werden Teil der Vernichtenden Seuche und dienen dem Botschafter oder dem Nukleus, falls sie es beschließt.*
**Chance, im Leben besessene Fertigkeiten und Kampffähigkeiten beizubehalten:** *10 % für NPCs, 100 % für Spieler.*
**Beschränkungen:** *auf dem derzeitigen Fähigkeitslevel bis zu 100 Diener*
**Nutzungspreis:** *Für NPCs: 1.000 Seuchenenergie plus 1.000 pro Tag, um Reanimation aufrechtzuerhalten. Für Spieler: 10.000 Seuchenenergie.*

Es war klar, dass diese Fähigkeiten ebenfalls dazu vorgesehen waren, das neue Szenario voranzutreiben.

Der Nukleus fuhr fort, vom bevorstehenden Ruhm zu flüstern, und Scyth antwortete wie ein Hausroboter, der von einem größenwahnsinnigen Besitzer programmiert worden war: „Wie du wünschst", „Ich werde alles nach deinem Willen erledigen" und „Dein Wunsch ist mir Befehl, Herrscher". Schließlich zogen die teerartigen Tentakel meinen Charakter aus dem Becken.

Während Scyth seine Füße mechanisch bewegte und zum Portal ging, hatte ich Zeit, mir die neue Quest vom Nukleus anzusehen.

**Mehr Botschafter!**
*Der Nukleus der Vernichtenden Seuche verlangt nach mehr Botschaftern, um seine Legionen von Untoten anzuführen. Identifiziere die neun stärksten intelligenten Kreaturen in Disgardium und verwandle sie in Untote.*

*Belohnungen:*
*- 90 Mrd. Erfahrung*
*_ +2.000 Ansehen bei der Fraktion der Vernichtenden Seuche*
*- Stab des Botschafters, Teil des legendären Ausrüstungssets der Vernichtenden Seuche*
*- Fähigkeiten: Seuchenauswahl, Seuchenkreuzung*

Als ich wieder auf der anderen Seite angekommen war, las ich die Liste der Belohnungen für die nächste Quest des Nukleus. Der nackte Scyth mit seiner lächerlichen Krone auf dem Kopf stand wie eine Statue in Kharinzas Mine. Ich bewegte meine Finger, meine Arme und sprang in die Luft. Ich hatte wieder Kontrolle über meinen Charakter.

*Bringe mich zur Stätte der Macht, Apostel!*, hörte ich Behemoths eindringliche Stimme in meinem Kopf. *Es wird Zeit, dass wir ein ernstes Gespräch führen.*

*Natürlich. Gib mir einen Moment Zeit*, antwortete ich.

Zuerst wollte ich noch einmal durch das Portal gehen, um mir meine verlorene Rüstung *Kaltblütiger Bestrafer* zurückzuholen, doch der Schleier ließ mich nicht hinein. Ich wurde mehrmals zurückgeworfen. Offensichtlich wollte der Nukleus mich erst wieder treffen, nachdem ich seine neue Quest abgeschlossen hatte. *Na gut, wenn er mich nicht durch die Tür lässt, steige ich eben durchs Fenster ein*, beschloss ich und aktivierte *Tiefen-Teleportation*. Die Höhle des Nukleus befand sich jedoch nicht auf der Liste der verfügbaren Zonen.

Mir blieb nichts anderes übrig, als die Mine zu verlassen. Die Bergarbeiter, denen ich begegnete, begrüßten mich freundlich. Entgegen Behemoths Wunsch ging ich allerdings nicht zu den Ruinen seines Tempels, sondern zu Shazz.

In seinem Lager sah ich zu, wie Kolonnen von Untoten in einem Portal verschwanden. Die Banshee-Leutnantinnen trieben die Schergen des Lichs mit durchdringenden, wie Peitschenknall klingenden Schreien an, während Shazz über ihnen schwebte und sie beobachtete, als ob er seine Herde zählen würde. Die Bewohner unseres Forts hatten sich an Abgrenzung versammelt und beobachteten mit großen Augen den Abzug der untoten Truppen. „Wir müssen uns unterhalten, Botschafter", wandte ich mich an Shazz.

Der Lich nickte, schwebte zu mir hinab und begrüßte mich, als ob wir uns nicht erst vor einer halben Stunde gesehen hätten. „Das Leben ist der Tod. Sprich, Botschafter Scyth."

„Ich werde es dir am besten zeigen." Ich holte eine Karte der Lakharianischen Wüste ohne die Markierung von Tiamats Tempel heraus. „Hier ist der Stützpunkt. Morgen werden unsere Feinde von hier vorrücken." Ich zeigte mit dem Finger auf Vermillion. „Diese Linie hier nennen sie die Grenze. Vor morgen früh wird sich niemand weiter südlich wagen. Nordwestlich von dieser Linie befindet sich die Allianz."

„Danke, deine Informationen sind hilfreich. Die Welt hat sich seit meiner Zeit verändert. Was schlägst du vor?"

„Weißt du, wer die Unsterblichen sind?", fragte ich.

„Fremde aus einer anderen Welt. Wie du." Shazz' schwarze Augen blickten mich unverwandt an. Er wartete darauf, dass ich seine Äußerung bestätigte.

„Ja, wie ich. Wir sterben nicht für immer. Wenn wir das erste Mal am Tag getötet werden, verschwinden wir für zehn Sekunden. Beim zweiten Mal ist es eine Stunde und beim dritten Mal kehren wir erst am nächsten Tag zurück. Doch wir kommen immer wieder."

„Wenn das der Fall ist, wie kann man euch besiegen?", fragte der Lich verwirrt. „Wie können jene besiegt werden, die immer zurückkommen?"

„Das Leben ist nur für Sterbliche der Tod, mein Freund", erklärte ich. „Für die einheimischen Bewohner von *Disgardium*. Die Unsterblichen werden wiedergeboren und werden dabei jedes Mal etwas schwächer. Sie erscheinen nicht dort, wo sie getötet wurden, sondern auf dem Friedhof des Ortes, mit dem sie ihren Geist verbinden."

„Ich verstehe", erwiderte der Lich interessiert. „Wenn man sie beseitigt, kehren sie zwar zurück, doch nicht sofort?"

„Richtig. Aus diesem Grund sollten wir sie nicht sofort angreifen. Stattdessen sollten wir sie so weit wie möglich in die Wüste hineinkommen lassen. Der beste Ort, um gegen sie zu kämpfen, ist am Stützpunkt, den sie in ein paar Tagen erreichen werden. Wenn wir es schaffen, den Kern ihrer Armee zu vernichten, werden die übrigen, schlechter organisierten Unsterblichen leichte Beute für unsere Truppen sein."

„Der Nukleus hat dich nicht umsonst zu einem Botschafter gemacht, Scyth. Wirst du mit uns kämpfen?"

„Natürlich. Doch zuerst muss ich noch einige Dinge auf dieser Seite erledigen. Ich werde gegen Mittag dort sein", entgegnete ich. Dabei bezog ich mich auf die Ortszeit der Wüste. Mittag in der Lakharianischen Wüste war im realen Leben am Morgen. Dann würde Nergals Ereignis beginnen.

Nachdem Shazz und ich die seltsame Geste der drei ausgestreckten mittleren Finger ausgetauscht hatten, bestieg ich Sturm und machte mich auf den Weg zum Fort.

BEHEMOTHS LEKTION HATTE mich ernüchtert. Er hatte mir erklärt, dass die Gedanken, die ich im Seuchenbecken gehabt hatte, zwar meine eigenen gewesen wären, doch dass ich sie ohne den Einfluss des Nukleus nicht gedacht hätte. Wie war das möglich? Die Antwort war einfach. Wenn Alkohol Leute aus der Rolle fallen ließ, und bestimmte Drogen die Realität veränderten und moralische Grundsätze auf den Kopf stellten, wozu wäre wohl eine Kapsel in der Lage, die nicht nur das Gehirn eines Spielers, sondern die gesamte

Biochemie seines Körpers kontrollierte? Sobald die Signale unterbrochen wurden, die Neuronen in dem für Freundschaft und Nähe zuständigen Teil des Gehirns miteinander austauschten, verliefen die Gedanken einer Person in anderen Bahnen. Selbst wenn ihr Charakter ein Untoter war.

In der Schule hatten wir besprochen, dass Spaß und Abenteuer in virtuellen Welten bei den Menschen immer beliebter wurden. Sicherer Konsum von Alkohol und Drogen sowie sexuelle Vergnügungen – all das war lebendiger, erfüllender und hatte keinerlei Konsequenzen. Kein Wunder, dass ein Urlaub auf Perfetto weitaus größeren Neid erregte als ein Urlaub in irgendeinem beliebigen Resort auf der Erde.

Virtualität interagierte mit dem Gehirn auf direktem Weg. Daher war sie lebendiger als die Realität. Spieler mit einer fortschrittlichen Kapsel brauchten weder Nikotin, Ethanol oder Cannabinoide, um die rechte Gehirnhälfte zu stimulieren. Die VR-Architekten stellten realistische Umgebungen bereit und die Wahrnehmung passte sich in nur 12 Sekunden an. So schnell konnte der Verstand davon überzeugt werden, dass alles um ihn herum real war.

Daher gelang es Einheiten wie Nergal, Behemoth und dem Nukleus der Vernichtenden Seuche ohne Schwierigkeiten, religiöse Ekstase, Todesangst und Selbstgerechtigkeit zu wecken. Sie mussten nur die richtigen Signale senden. Wäre Behemoth nicht gewesen, wäre ich mit der Vernichtenden Seuche verschmolzen und hätte die Kontrolle über mich verloren. Ich hätte nicht gezögert, im Namen meines höheren Zwecks alle, die mir vertrauten, zu verraten.

Ich entließ Sturm und setzte mich zwischen die Tempelruinen. Geala stand im Zenit und warf ein silbernes Leuchten über den Dschungel. Die grüne Lichtsäule in Shazz' Lager war verblasst, doch die Feuer über dem Portal brannten hell. Der Wind trug das Kreischen der Banshees zu mir herüber. Die Bäume auf dieser Seite des Forts hatten die Blätter verloren. Ihre Äste bewegten sich nicht länger in der Brise. Es war, als ob sie zu Stein geworden wären.

Ich fühlte, dass ich etwas verloren hatte: Ein stecknadelkopfgroßer Tropfen Protoplasma hatte sich von meiner Brust gelöst und schimmerte in Gealas Schein. Behemoth war zwar bedeutend kleiner, doch seine Stimme war klar und deutlich.

„Das Leben ist der Tod, Apostel. Oder wäre es dir lieber, wenn ich dich Botschafter nenne?" Er lachte leise. „Die Vernichtende Seuche ist überhaupt kein Leben. Ihre Diener existieren, doch sie leben nicht. Sie haben keinen freien Willen. Alles verschwindet in der Vernichtenden Seuche und, ja, in ihrem Dienst gibt es keinen Tod … solange sie existiert."

„Schön, dich wiederzusehen, Schlafender Gott", antwortete ich. „Entschuldige meinen verwirrten Verstand von vorhin. Das war nicht ich."

„Das warst du, Apostel. Versuche nicht, dich herauszuwinden."

Er war zwar nur ein Tropfen Protoplasma, aber ich wusste, dass er mich ansah und traurig den Kopf schüttelte. Behemoths Avatar war so schwach, dass ich ihn hätte ignorieren können. Doch er war der einzige Grund, dass Alex Sheppard seinen Charakter Scyth noch unter Kontrolle hatte. Ich hatte meine Lektion gelernt. Ich würde nicht mit ihm streiten oder mich herauswinden.

„Verstanden, Schlafender Gott. Was konntest du in Erfahrung bringen?"

„Wir können den Nukleus nicht zerstören", antwortete er. „Wenigstens noch nicht gleich."

Ich wartete darauf, dass Behemoth fortfuhr, doch er schwieg.

„Welche Art von Wesen ist er?", fragte ich ihn.

„Er ist die Essenz eines alten Gottes, der vom Nether verdorben wurde. Eine Marionette, die nach Macht hungert. Der Marionettenspieler ist ein neuer Gott, der als Nergal der Leuchtende bekannt ist."

„Was?" Ich sprang auf. „Wie ist das möglich?"

„Das müssen wir herausfinden, Apostel", erwiderte Behemoth. „Ich konnte nicht in die Gedanken des Parasiten eindringen, und unsere Situation ist zu prekär, um uns der wachsenden Stärke dieser Ausgeburt des Nethers zu widersetzen. Es ist mir nicht gelungen, den Strang zu durchtrennen, der den Nukleus mit Ausströmungen des Nethers speist, und selbst wenn ich irgendwann stark genug sein werde, werde ich es nicht tun. Die Kreatur ist ein Teil allen Seins. Seine bösartigen Tentakel erstrecken sich über ganz *Disgardium*. Falls ich den Strang durchtrenne und den Nukleus töte, wird die ganze Welt zerstört werden."

„Morgen wird sein Botschafter die stärksten Krieger der Welt auf die Seite der Vernichtenden Seuche ziehen, sodass der Nukleus noch stärker werden wird. Besonders, falls Nergal ihn kontrolliert. Übrigens, warum ...?"

„Die Vernichtende Seuche ist zwar Nergals Kreatur, eine Schöpfung seiner leuchtenden Hände, doch er kontrolliert den Nukleus nicht. Dennoch hat er dafür gesorgt, dass nur er und seine Anhänger sich den Kreationen der Vernichtenden Seuche durch Lichtmagie widersetzen können. Dessen bin ich mir sicher."

Das war es! Die Untoten hatten Strafen auf Lichtmagie! Durch die Schöpfung eines Monsters wie die Vernichtende Seuche konnte Nergal mit einem massenhaften Zustrom von Gläubigen rechnen. Die Anhänger der anderen Götter waren sicher nicht mit Immunität gesegnet worden. Selbst die Völker des Imperiums würden gezwungen sein, zu Nergal zu beten. Wer würde sich schon die Chance entgehen lassen, mit Boosts und Buffs vom Leuchtenden Gott in der Lakharianischen Wüste Mobs zu farmen? All das passte perfekt zum Plan von *Snowstorm, Inc.*, das Gameplay noch spannender zu machen. Eine neue, starke Fraktion, endlose Kriege um Länder und Ressourcen, eine Erhöhung des Durchschnittslevels der Spieler – die Gebühren würden garantieren, dass das Geld für

*Snowstorm* in Strömen fließen würde. Handwerker würden ihre Ränge erhöhen, und es würde möglich werden, erst das Land jenseits der Grenze, dann den Ursay-Dschungel und danach den nächsten Kontinent zu erobern. Wie zu der Zeit, als Horvac das Ereignis zum Freischalten der Dunklen Völker in Bewegung gesetzt hatte.

„Wir können also nichts unternehmen, um die Vernichtende Seuche aufzuhalten, und müssen akzeptieren, dass sie stärker wird? Was soll ich tun? Tiamats Tempel wird die Angriffe ganz sicher nicht überstehen. Entweder die Spieler oder die Legionen von Untoten werden ihn zerstören. Ich bezweifle, dass ich mich gegen die anderen Botschafter werde behaupten können, die die Vernichtenden Seuche rekrutieren wird."

„Wie schreitet der Bau meines Tempels voran?", erkundigte Behemoth sich, statt meine Fragen zu beantworten.

„Wir beginnen morgen mit dem Wiederaufbau. Doch der Pfad zum Nukleus führt über die Insel. Falls der Lich dort vorbeikommt, wird er den Tempel entdecken und erneut zerstören."

„Sobald sich uns mehr Anhänger anschließen, können Tiamat und ich uns etwas überlegen."

„Darüber habe ich bereits nachgedacht. In der Steinrippe lebt ein Stamm von über 1.000 Ausgestoßenen. Es sind Troggs, die in Abwasserkanälen leben. Sie wollen Anhänger werden und ..."

„Troggs!" Behemoth lachte. „Der erfolglose Versuch eines der alten Götter, aus Stein Leben zu kreieren. Ich war derjenige, der darauf gedrungen hat, das Experiment einzustellen. Offenbar war es vergebens. Die Kreaturen hatten keinerlei Wissensdurst. Sie waren träge und konnten nicht denken. Sie wollen sich uns anschließen? Das ist amüsant. Nun gut, in unserer Situation haben wir keine Wahl. Falls sie Anhänger werden, wird Tiamat stark genug sein, um den untoten Fluch von dir und deinen Verbündeten zu entfernen. Doch bis dahin ..."

„Bis dahin soll ich tun, was der Nukleus will?"

„Ich weiß, was er will. Falls du ihm gehorchst, kann er nicht aufgehalten werden."

Die Schreie der Banshees verstummten. Die grünen Feuer über dem Lager der Untoten waren verloschen und das Portal war verschwunden.

„Führe aus, was du geplant hast, Apostel. Nutze die Kraft, die der Nukleus dir verliehen hat, um Nergals Armee aufzuhalten und Zeit zu gewinnen. Baue meinen Tempel wieder auf und rekrutiere neue Anhänger. Lass dir von Tiamat neue Kräfte geben und kehre zu deiner menschlichen Gestalt zurück. Falls du den morgigen Tag überlebst, nachdem du alles, was du planst, erledigt hast, werden wir uns erneut unterhalten und entscheiden, was als Nächstes zu tun ist. Geh jetzt."

Ich hatte geplant, die Nacht damit zu verbringen, *Inschriftenkunde* zu leveln, *Seuchenzorn* auf Schriftrollen niederzuschreiben und die Ränge der Feinde zu sabotieren. Yemi und seine Leute warteten auf die Rollen, um die Raidgruppen infiltrieren zu können. Wir benötigten eine große Anzahl davon, daher würde ich viele Stunden in der Wüste mit Farmen zubringen müssen, um genug *Seuchenenergie* anzusammeln.

Doch dann kam etwas dazwischen.

Donnernde Schritte eines gigantischen Dinosauriers ertönten aus dem Dschungel. Sie ließen die Baumkronen beben. Ein trompetenähnliches Gebrüll hallte über die Insel und warnte uns, dass ihr Meister unterwegs war.

Der Montosaurus war zurückgekehrt.

# Kapitel 21: Knochennagender Gott

„GEH!", RIEF BEHEMOTH.

Der quecksilberne Tropfen des intelligenten Protoplasmas rollte unter einen Stein, und ich beschwor Sturm. Der Schlafende Gott blieb zurück, um auf seinen Tempel zu warten, während ich mich in Bewegung setzte.

Ich flog zum Gasthaus, deaktivierte mein Reittier und landete vor der Tür auf meinen Füßen. Eilig betrat ich das Pfeifende Schwein und ging an einem verwirrten Trixie vorbei, der versuchte, etwas zu sagen – es klang wie „Entschuldigung". Ohne jemanden eines Wortes zu würdigen, rannte ich die Treppe hinauf und schloss mich in mein Zimmer ein.

Eine Stunde und einen Stapel geschriebener und ruinierter Schriftrollen später rieb ich mir die Augen und seufzte schwer. Virtuell war ich erschöpfter als ich mich real fühlte.

*Es ist dir gelungen, die Verstärkungsrune „Große Ausdauer" zu erstellen.*

*Die Rune Große Ausdauer (1) wurde deinem Inventar hinzugefügt.*

***Handwerk Inschriftenkunde: +1***

***Derzeitiges Level: Experte (1.000/1.000)***

*Erfahrung für Fortschritte im Handwerk: +100.000*

*Gratulation! Du hast den nächsten Rang im Handwerk Inschriftenkunde freigeschaltet.*

*Besuche einen Lehrer oder lies ein Inschriftenkunde-Fertigkeitsbuch für Rang 1, um Rang 1 freizuschalten.*

Ich holte das Buch heraus und las es für ein paar Minuten. Danach erhielt ich eine weitere Meldung.

**Du hast Rang 1 von Inschriftenkunde erreicht.**

**Dein Rang im Handwerk Inschriftenkunde hat sich auf „Meister" erhöht.**

*Derzeitiger Rang: Meister (0/250)*

Ich holte ein unbeschriebenes Pergamentblatt hervor und aktivierte zum tausendsten Mal an diesem Abend *Schriftrolle erstellen.*

**Tiefen-Teleportation**

*Chance, erfolgreich eine Schriftrolle zu erstellen: 60 %*

**Grässliches Geheul**

*Chance, erfolgreich eine Schriftrolle zu erstellen: 75 %*

...

**Seuchenzorn**

*Chance, erfolgreich eine Schriftrolle zu erstellen: 30 %*

Nun würde die Arbeit einfacher sein. Die Erfolgschancen erhöhten sich mit jedem Rang, doch bis zum nächsten Rang Großmeister musste ich noch weitere 10.000 Symbole und Verstärkungsrunen erstellen, von denen jeder Versuch erfolgreich sein musste. Außerdem waren alle mir bekannten Rezepte bereits ausgegraut, da sie zu einfach waren und meinen Handwerksrang nicht erhöhen würden. Sollte ich nach Kinema teleportieren, neue kaufen und schreiben, bis mir die Augen aus dem Kopf fielen? Nein, dazu hatte ich nicht genug Zeit. Ich musste mich mit den Chancen begnügen, die ich hatte.

Ich nahm ein besonderes Fläschchen Tinte aus meinem Inventar, das ich aufgehoben hatte (*+25 % Chance, erfolgreich eine Schriftrolle* *herzustellen*). Dann schickte ich ein Stoßgebet zu den Schlafenden Göttern und begann mit meiner ersten Zauberschriftrolle. Es dauerte quälend lange, bis der Zauberbalken sich gefüllt hatte, doch als der Prozess abgeschlossen war, hatte ich Grund, einen triumphierenden Schrei auszustoßen.

*Es ist dir gelungen, eine Zauberschriftrolle zu erstellen:* **Seuchenzorn**
*Die Zauberschriftrolle Seuchenzorn (1) wurde deinem Inventar hinzugefügt.*

Ungeduldig öffnete ich mein Inventar und überprüfte die Eigenschaften der Rolle. Sie funktionierte genau so, wie ich erwartet hatte. Mein Seuchenspeicher, dessen Inhalt sich dank der *Krone des Botschafters* verdoppelt hatte, war nun fast erschöpft. Ich hatte gerade noch genug *Seuchenenergie*, um die Reanimation meiner Schergen aufrechtzuerhalten.

Darüber hinaus hatte die *Krone des Botschafters* meinen *Seuchenzorn* auf Level 5 erhöht. Das bedeutete, dass die Rolle das Sechsfache meines Seuchenspeichers absorbiert hatte: sie würde im Umkreis von 50 Metern fast 24 Millionen Schaden verursachen. Multiplizierte man Pi mit dem quadrierten Radius, ergab sich ein Wirkungsbereich von fast 7.800 Metern. Wie viele Spieler würden in diesen Bereich passen? Wenn sie zu Fuß wären, keine Reittiere oder Tierbegleiter bei sich hätten und nicht zu dicht beieinanderstehen würden, wären es ungefähr 3.000. Doch da sich alle Spieler innerhalb der Reichweite von Heilfähigkeiten befinden mussten, würden sie dicht beisammen bleiben. Das bedeutete, dass eine einzige Explosion etwa 1.000 Spieler würde ausschalten können. Einige würden durch Ausrüstung, die tödlichen Schaden verhinderte, überleben, doch sie würden aus dem Weg geräumt werden, sobald ein Yoruba-Spion *Seuchenzorn* wirken würde. Ich fragte mich, ob der Zauberwirker überleben würde. Wir würden es in einem Testkampf herausfinden müssen.

Ich hatte mindestens 200 Spione. Einschließlich niedrigleveliger Spieler hatte der afrikanische Clan fast 500 Mitglieder. Doch falls Yoruba mich verraten würden ... Nein, das würden sie nicht tun. Ich rechnete allerdings damit, dass sie in Versuchung kommen würden, die Rollen für andere Zwecke zu verwenden oder sie im Auktionshaus zu verkaufen. Zum Teufel damit! Auch ohne Drohungen sollten sie wegen der Beute an meiner Seite bleiben wollen. Meine Verbündeten würden reich werden! Unglaubliche Achievements, massenweise Erfahrung für die einzelnen Spieler und den Clan sowie jede Menge fantastische Loot. Um den Verkauf würden sie sich selbst kümmern müssen, doch Yemi hatte sich bereiterklärt, mir die Hälfte ihres Profits zu überlassen.

Nun musste ich nur noch diese verdammten Rollen schreiben. Weil ich mich nicht konzentrierte, ruinierte ich zwei weitere Schriftrollen. Bei der ersten machte ich einen Fehler beim Niederschreiben und dann erstellte ich eine *Seuchenzorn-Schriftrolle* mit null Schaden.

Es wurde Zeit, meinen Seuchenspeicher aufzufüllen. Ich rüstete mein *Set Unbesiegter Herold* aus, setzte eine Verstärkungsrune *Hohe Stärke* ein (*+10 Stärke*), räumte mein Schreibwerkzeug vom Tisch und ging nach unten.

„Trixie!" Ich winkte den Gärtner zu mir herüber. Ich holte einen Stapel Verstärkungsrunen und Große Symbole für die Krieger-, Barden-, Magier- und Dämonenjäger-Klasse aus meinem Inventar. „Verteile die Runen an die Bergarbeiter und gib Crawler die Symbole, sobald er auftaucht. Für dich wird er auch etwas haben. Verstanden?"

„Das tut Veratrix." Der kleine Mann seufzte laut. „Du bist nicht mehr ärgerlich, Alex, oder?"

„Du warst ärgerlich, nicht ich. Ich muss jetzt gehen", erwiderte ich.

„Warte! Der Montosaurus ist zurück."

„Ich weiß. Ich werde mich um ihn kümmern."

Draußen beschwor ich Sturm und flog los. Es dauerte nicht lange, bis ich den Bestiengott gefunden hatte. Ein durch den Dschungel führender Pfad der Verwüstung zeigte mir seinen Weg von der Bergschlucht im Norden der Insel bis zu Shazz' Lager. Der Dinosaurier stand an der Grenze von Leben und Tod und brüllte wütend. Falls er beschlossen hatte, gegen den Lich zu kämpfen, war er zu spät gekommen.

**Montosaurus, Level ???**

*Uraltes Reptil*

*Globaler Boss*

Nachdem ich nicht weit von dem Dinosaurier gelandet war, entließ ich mein Reittier und legte *Seelenernters Sensen* ab. Ich spielte kurz mit dem Gedanken, den *Ausgleicher* gegen den Montosaurus einzusetzen und das Problem für immer aus der Welt zu schaffen, doch es wäre nicht fair gewesen, es ohne meine Freunde zu tun. Der ganze Clan sollte von der Beute, der Erfahrung und den Achievements profitieren. Außerdem würde Rita Woods in wenigen Tagen auf Kharinza ankommen. Sie würde ein Achievement gut gebrauchen können. Ja, ich betrachtete sie bereits als Mitglied der Erwachten.

Jetzt musste ich nur verhindern, dass der Dinosaurier sich durch meine *Reflexion* nicht selbst zur Strecke bringen würde, denn solange er mich angriff, würde ich große Mengen *Seuchenenergie* ansammeln, um Rollen zu schreiben. Ich überlegte, während ich ein Fläschchen Tinte, einen Stift und eine unbeschriebene Rolle in den Händen hielt. Der Montosaurus stand am Rand des klebrigen Rußes, der die Erde von Shazz' verlassenem Lager bedeckte, und atmete laut ein.

„He, Monty! Lange nicht gesehen!", rief ich, als ich mich dem Dinosaurier näherte. Er drehte seinen riesigen Kopf abrupt in meine Richtung und legte ihn schief, wie ein Vogel es tat.

„Falls du denkst, dass du wieder der Boss dieser Insel bist, weil der Lich verschwunden ist, hast du dich ..."

Ein markerschütterndes Gebrüll unterbrach mich. Der Dinosaurier machte drei Schritte auf mich zu und senkte den Kopf. Sein riesiges Maul war geöffnet. Ich rollte mich zusammen und presste mein Schreibwerkzeug an die Brust, während einer seiner Zähne mich durchbohrte und mich am Boden festhielt. Trotzdem fand ich die Stärke, über eine verrückte Idee zu lachen: Ich könnte versuchen, auf dem Zahn zu schreiben. Aber das hätte nicht funktioniert, denn in *Dis* musste ich alles, was ich zum Erstellen einer Schriftrolle brauchte, in meinem Inventar haben.

Hoher Schaden strömte in beide Richtungen. Ich fand es etwas übertrieben, Spielern, die einschließlich Buffs nicht mehr als 5 oder 6 Millionen Gesundheit hatten, 20 Millionen Schaden zuzufügen.

Ich schrieb Rollen und wartete ungeduldig darauf, dass sich mein Seuchenspeicher wieder füllte, während der Dinosaurier – eine Mischung aus einem Tyrannosaurus Rex und Godzilla – hartnäckig seine Kiefer arbeiten ließ, um mich in Stücke zu reißen.

Einige Versuche des Dinosauriers, die Kiefer zu schließen – ein Zauber – eine Rolle war fertiggestellt. Manche Schriftrollen gelangen auch nicht. In dem Fall behielt ich die *Seuchenenergie* und konnte sie in den neuen Zauber investieren. Wenn ich eine Rolle neu schreiben musste, enthielt sie mehr Energie, etwa 7 bis 8 Millionen. Manchmal unterbrach der Schaden den Zauber, manchmal war ich erfolgreich. Alles lief wie geplant. Ich dankte den Göttern, dass ich nicht riechen konnte, denn im Maul des Montosaurus stank es sicher übler als in einer Kloake.

*Reflexion* erfüllt ihre Aufgabe, und trotz der unglaublich hohen Regenerationsgeschwindigkeit des Bosses sank seine Gesundheit langsam, aber sicher in den gelben Bereich.

***Du hast dem Montosaurus Schaden zugefügt: 1.84 Mio.***
*Gesundheitspunkte: 48.48 Mio./60 Mio.*

Nachdem der Dinosaurier etwa die Hälfte seiner Gesundheit verloren hatte, verhielt er sich wie Ervigot der Verwüster. Er versuchte, mich zu zerquetschen, zu zertrampeln und bespuckte mich mit Spucke-Fontänen, doch die Todesmagie hielt meinen Körper zusammen. Die Spielbedingungen erlaubten mir weiterhin, Rollen zu schreiben, während der Montosaurus sich langsam selbst vernichtete. Seine Gesundheit war bereits in den orangefarbenen Bereich gesunken. Ich hatte mehr als 50 *Seuchenzorn-Schriftrollen* angesammelt, als die Folterung meines Charakters aufhörte. Da der Dinosaurier mich in den Schlamm gestampft hatte, hatte ich nicht bemerkt, dass er sich zurückgezogen hatte.

Seine Schritte verhallten. *Unmöglich!*, dachte ich wutentbrannt. Ich beschwor Sturm und flog dem Montosaurus hinterher, doch ich schaffte es nicht, ihn einzuholen. Der verdammte Dinosaurier war erneut verschwunden. Er war der feigste Bestiengott, der mir je begegnet war.

# Kapitel 22: Insider

DREI STUNDEN. Das war die Zeit, die ich zum Schlafen eingeplant hatte. Ich stieg aus der Kapsel und überlegte, ob ich gleich duschen oder es bis zum Morgen aufschieben sollte. Meine Faulheit gewann, und ich beschloss, schlafen zu gehen.

Bevor ich mich ins Bett legte, prüfte ich auf meinen Kommunikator, was online über die morgige Invasion gesagt wurde. Dabei fand ich einige Nachrichten, die ich verpasst hatte. Als ich die erste öffnete, erschien Pipers Hologramm auf meinem Kommunikator. Sie hatte mich beim Distival Sergei Polotsky vorgestellt, der Oligarch, den Hinterleaf betrogen hatte.

Piper hatte einen ernsten Gesichtsausdruck, als sie sagte: „Hallo, Alex. Ich mache es kurz. Petscheneg will sich mit dir in seinem Schloss treffen. Er hat wichtige Informationen für dich. Ruf mich zurück."

Ich wünschte nichts mehr, als meinen Kommunikator schließen und schlafen zu können, doch nach dem, was der alte Mann mir bei unserem ersten Gespräch erzählt hatte, wusste ich, dass er sich nicht wegen einer Belanglosigkeit mit mir in Verbindung setzen würde. Vielleicht hatte er tatsächlich etwas Wichtiges herausgefunden. Oder es war eine Falle. Es gab noch andere Möglichkeiten, doch diese beiden waren die wahrscheinlichsten. Außerhalb der Lakharianischen Wüste, von Shazz entfernt, konnte ich nicht getötet werden, daher beschloss ich, mir anzuhören, was Piper zu sagen hatte. Als ich zurückrief, erschien sie sofort.

„Hallo! Ich habe deine Kontaktinformationen in *Dis* nicht. Ich habe vermutet, dass du im Spiel feststeckst."

„Tut mir leid", antwortete ich. „Worüber will Petscheneg mit mir reden?"

„Das hat er mir nicht verraten. Er hat mich gebeten, dich zu seinem Schloss zu bringen."

„Warum dorthin? Ist es ein Hinterhalt? Es gibt jede Menge Orte in *Dis*, wo wir reden können. Wie wäre es mit Kinema?"

„Ich bin nur die Mittelsfrau, Alex", entgegnete Piper. „Ich weiß nicht, was er will, aber ich glaube, du solltest zu ihm gehen. Er würde die Dinge nicht ohne guten Grund verkomplizieren. Bist du bereit, dich mit ihm zu treffen?"

„Also gut. Wo bist du?", erkundigte ich mich.

„Ich werde im Gefüllten Lamm in Darant auf dich warten. Ich reserviere dir einen Platz an der Theke. Du wirst ein, ähm, anderer Charakter sein, nicht wahr?" Sie sprach von meiner Tarnung, ohne sie direkt anzusprechen.

„Für eine 16-Jährige bist du sehr scharfsinnig."

Sie lachte. „Ich bin 22, du Witzbold. Wenn du sagst: ‚He, Piper! Ich kann mich nicht von dir losreißen.', weiß ich, dass du es bist."

„Verstanden." Ich legte meinen Kommunikator zur Seite und stieg wieder in die Kapsel. Drei Minuten später war ich in Darant, sattelte meinen Mech-Strauß und brach zum Gasthaus auf. Unterwegs tauschte ich meine Tarnung als Bergarbeiter gegen einen vorzeigbareren Paladin auf Level 360 aus und nannte mich MacDonagh.

Die voll ausgerüstete Elfenschönheit saß in der Nähe der Theke. Ihr Anblick löste unangemessene Gedanken bei mir aus. Ich betrachtete ihren Charakter. Ihrer Rüstung nach zu urteilen war sie eine auf Heilen ausgerichtete Druidin. Level 243 – ein großartiger

Fortschritt. Piper musste seit ihrem 14. Geburtstag praktisch in *Dis* gelebt haben.

Ihre Beine steckten in kniehohen Lederstiefeln. Ihr Ketten-Minirock sah zu kurz aus, um Rüstung zu sein. Ich bezweifelte, dass er effektiven Schutz bieten könnte, doch vielleicht verfügte er über fantastische Boni. Das erinnerte mich an meine mega-verwandlungsfähige Rüstung, die ich wahrscheinlich für immer verloren hatte. Aus Verärgerung darüber klang meine Stimme barsch.

„He, Piper! Ich kann mich nicht von dir losreißen."

„Was?" Sie sah mich verwirrt an. Dann fragte sie: „Welche Farbe hat mein Haar?"

„Ich weiß nicht, welche Farbe es im Moment hat, aber es war blau. Oder cyanfarben, schwer zu sagen."

„Akzeptiere die Einladung in meine Gruppe, MacDonagh", flüsterte sie.

Ich vergewisserte mich, dass meine Einstellungen alle Informationen über meinen realen Charakter vor der Gruppenanführerin verbargen, bevor ich akzeptierte. Piper nahm meine Hand und wirkte eine Gruppen-Teleportation.

Ein paar Sekunden und einen weißen Blitz später erschien der Portalplatz des Taipan-Clans im Norden der Allianz vor mir. Überall schimmerte weißer Schnee. Außerhalb der Schlossmauern wiegten sich die Äste der Kiefern im Wind. Es war ein vollwertiges Schloss, auf das jeder Verhinderer-Clan hätte stolz sein können. Petscheneg hatte nicht gelogen, als er von seinem Reichtum durch das Verdorbene Adamantium erzählt hatte.

Wir wurden bereits erwartet. Offenbar hatte Piper Petscheneg informiert, dass wir unterwegs wären. Polotskys Ingame-Erscheinung unterschied sich sehr von seinem realen Aussehen. Hier war er ein junger, großgewachsener Barbar von stattlicher Figur mit ausdrucksvollen Augenbrauen, einem eckigen Kinn und Bürstenhaarschnitt.

*Petscheneg, Mensch, Level-365-Barbar*
*Clan: Taipan*

„Was haben Sie getrunken, als wir uns das erste Mal getroffen haben?", fragte ich, um ihn auf die gleiche primitive Weise zu testen, wie Yemi und Piper mich getestet hatten.

Petscheneg lachte. „Einen guten Tropfen, mein Freund."

„Was war es?", hakte ich nach.

„Wodka. Ich habe Wodka getrunken, Alex. Du bist Alex, oder? Unter welchem Namen habe ich mich dir vorgestellt?"

In diesen Tagen misstraute jeder jedem. Ich war bereit, sowohl *Seuchenzorn* als auch *Tiefen-Teleportation* zu wirken. Ich erwog sogar, *Gedanken unterwerfen* einzusetzen, doch fürs Erste hatte ich noch keinen Grund dazu.

„Sergei. Sergei Polotsky."

Petschenegs Gesichtsausdruck entspannte sich. Er reichte mir seine breite, schaufelähnliche Hand und grinste. „Schön, dich zu sehen, Alex. Vielen Dank für dein Vertrauen. Möchtest du in deine wahre Gestalt wechseln?"

„Auf keinen Fall."

„Wie du willst. Dann schlage ich vor, dass wir hineingehen. Ich habe dir viel zu erzählen und zu zeigen."

Er pfiff, und gleich darauf tauchten vier Fünfer-Einheiten furchterregender Gestalten um mich herum auf, ausgerüstet mit Klingen, Speeren und einsatzbereiten Zaubern. Sie waren bis jetzt unter einem Schleier verborgen gewesen. Unter ihnen befanden sich Menschen, Gnome, Zwerge, Titanen und sogar einen Elefantenmann. Keiner von ihnen war unter Level 350.

Neben Petscheneg erschienen zwei fast zwei Meter große, weiße Panther. Einer allein hätte Bomber in Stücke reißen können.

Mein erster Gedanke war *Hinterhalt! Zeit, sich aus dem Staub zu machen.* Petschenegs nächste Worte hielten mich jedoch davon ab.

„Das ist Alex, Leute. Er ist der Dorn im Auge der Verhinderer. Ich hoffe, ihr kommt miteinander aus."

Wir schüttelten uns die Hände, sie klopften mir auf die Schulter und fanden Worte der Unterstützung. Die Krieger stellten sich vor, doch ich konnte mir ihre Namen nicht merken. Ein flüchtiger Blick auf ihre Ausrüstung genügte, um zu sehen, dass sie ausschließlich aus legendären Gegenständen bestand. Taipan war ein kleiner, doch sehr gut bewaffneter Clan.

Nur ein Flügel des Schlosses war bewohnt. Petscheneg erklärte nicht, wozu der andere Flügel benutzt wurde. Er erwähnte lediglich, dass es leider zu teuer wäre, für den Bau eines Schlosses ein einzigartiges Design zu verwenden, und ein Standardgebäude auf diesem Level für 1.200 Bewohner konzipiert wäre. So viele Spieler hatte der alte Mann nicht in seinem Clan. Wie sich herausstellte, waren die meisten Wächter angeheuerte NPCs.

Petscheneg brachte mich zu seinem Hauptquartier, wo eine detaillierte Karte von *Disgardium* eine halbe Wand bedeckte. Er lud keinen der Taipan-Offiziere ein, einzutreten. Er, Piper und ich setzten uns an einen Tisch. Nachdem wir uns ein wenig unterhalten hatten, brachten einige tüchtige NPCs uns köstliche Appetithappen, die ich jedoch nicht anrührte – weniger aus Angst, vergiftet oder durch einen Trank gesprächig gemacht zu werden, denn ich war ja untot. Vielmehr verdarb die Spannung mir den Appetit.

Als wir wieder unter uns waren, stand Petscheneg auf und ging zu der Karte.

„Vermillion." Er zeigte mit dem Finger auf einen Punkt an der Grenze. Dann bewegte er ihn zum nächsten, 100 Kilometer entfernten Punkt. „Bridger. Das Bündnis der Verhinderer wird von diesen beiden Forts vorrücken. Eine dritte Gruppe wird aus Fort Smith losmarschieren, doch das liegt 300 Kilometer weiter nördlich.

Darüber reden wir später. Das Ereignis beginnt um 6 Uhr morgens nordamerikanischer Ostküstenzeit, doch zuerst werden Nergals Hohepriester Massensegnungen für diejenigen abhalten, die dem Heiligen Ruf gefolgt sind. Das wird einige Zeit dauern. Es gibt lange Schlangen, die Segnungen werden länger als einen Tag hinziehen, doch die Leute des Bündnisses werden als Erste gesegnet werden und einen Buff mit voller Resistenz gegen die Hitze der Lakharianischen Wüste erhalten."

„Bis jetzt haben Sie mir nichts Neues erzählt", bemerkte ich.

„Der Punkt ist, dass der größte Teil der Leute, die an dem Ereignis teilnehmen wollen, dich nicht erreichen werden. Die meisten von ihnen, werden damit zufrieden sein, in der Wüste zu leveln, Erfahrung und seltene Ressourcen zu farmen oder nach neuen Dungeons zu suchen. Sie werden alles tun, um so viel wie möglich von dem Buff zu profitieren. Alle wissen, dass das Ereignis nicht lange dauern wird. Wie stark du auch sein magst, du kannst dich nicht gegen die kollektive Macht Hunderttausender Spieler zur Wehr setzen. Es sei denn, du hast ein paar Tricks in der Hinterhand, die wir noch nicht gesehen haben."

Mir fiel Deznafar ein, der Kampfgefährte der Fortgegangenen auf Level 750. Ich schüttelte den Kopf. „Ich habe nichts in der Hinterhand."

„Ich verstehe." Petscheneg lachte leise. Hier in *Dis* war er jung und aktiv. Er gestikulierte lebhaft, war ständig in Bewegung und sprach schnell. Es gab kein Anzeichen für sein Alter oder seinen Zustand im realen Leben. Einige Gewohnheiten hatte er allerdings beibehalten. Mit großem Vergnügen rauchte er die *Disgardium*-Version einer Zigarre, wobei er blauen, würzigen Rauch in die Luft blies. Und es dauerte nicht lange, bis er an den Tisch trat, um sich einen starken Zwergen-Brandy einzuschenken. Er trank ihn aus, wischte sich über die Lippen und kehrte zu der Karte zurück.

„Das Bündnis hat seine eigenen Pläne. Keiner will Nergals Belohnungen teilen und, glaub mir, sie werden fantastisch sein. Natürlich wird niemand, der an der Zerstörung eines Tempels der Schlafenden Götter beteiligt ist, leer ausgehen, doch die erstklassigsten Belohnungen werden nur an die zehn besten Spieler gehen."

„Die zehn besten Spieler nach welchen Kriterien?", fragte ich.

„Sie werden jede Menge Nebenquests haben: Triff als Erster den Tempel, verursache den meisten Schaden, töte alle Kultisten der Schlafenden Götter und so weiter. Doch vor allem: Baue an dem Ort einen Tempel für Nergal. Es wird also einen Konkurrenzkampf unter ihnen geben. Unter diesen Bedingungen ist Zeit der kritische Faktor. Die Anführer des Bündnisses haben sich widerwillig bereiterklärt, mit vereinten Kräften einen *Großen, tragbaren Altar* herzustellen und mitzunehmen. Dieser Gegenstand ist unglaublich teuer und sehr groß. Er wird von 300 der stärksten Schlepper des Volkes der Riesen getragen werden. Sie haben hohe Ausdauer, und die Transportgilde hat den Preis für ihre Dienste rasant in die Höhe getrieben."

„Ein mobiler Altar hört sich nicht besonders selten an", warf ich ein.

„Im Gegensatz zu gewöhnlichen Altären kann man einen *Großen, tragbaren Altar* als Heimatort einstellen", erläuterte Petscheneg. „Die Verhinderer werden also einen mobilen Spawnpunkt haben. Es kostet sie eine wahnsinnig hohe Summe. Ich weiß, dass Hinterleaf eine göttliche Zutat dafür geopfert hat, die er von Nergal persönlich erhalten hat."

„Kann der Altar zerstört werden?"

„Er hat 300 Millionen Haltbarkeit und aktiven Schutz", führte Petscheneg aus. „Wer ihn angreift, trifft *Glanz*, eine Aura von tödlichem Licht. In einer anderen Welt würde man es Strahlung nennen. 200 Grays.[4] Der Tod tritt fast unverzüglich ein."

„Was bedeutet das?", wollte ich wissen.

„Der Schaden erhöht sich exponentiell mit einem Multiplikator von über zwei. Diese Informationen sind verlässlich, die Verhinderer haben Experimente ausgeführt. Wie gut bist du in Mathematik? 200.000, 400.000, 800.000, 1.6 Millionen, 3.2 Millionen ... und das Spiel ist aus. Du bist eine Leiche. Mit zwei multiplizierter Schaden ist das günstigste Szenario. Tickt jede Sekunde."

„Das sind hilfreiche Informationen", gab ich zu. „Vielen Dank."

„Das war erst der Anfang, Alex." Petscheneg lachte leise. „Gehen wir jetzt zu den Neuigkeiten über. Du kennst sicher einen gewissen Tobias Asser aka Crag, eine Gefahr der Klasse D."

Ich nickte und lehnte mich nach vorn, bereit für schlechte Nachrichten.

„Der Junge ist zu Modus übergelaufen. Nicht zum gesamten Bündnis, sondern gezielt zu Modus. Soweit ich weiß, können sie ihn nicht im Clan aufnehmen, aber sie haben beschlossen, ihn wegen seiner Fähigkeiten nicht zu eliminieren. Kennst du seine besondere Kraft?"

„Ja." Ich hatte bereits auf so etwas gewartet, doch es war trotzdem eine unangenehme Überraschung.

„Dann verstehst du sicher, warum Otto Hinterleaf die Gefahr am Leben gelassen hat. Die anderen Clans des Bündnisses wissen nichts davon. Eines muss man Crag lassen: Er hat nichts über dich verraten und streitet jegliche Verbindung zu dir ab. Er hat ihnen die Lügengeschichte aufgetischt, dass Nergal persönlich erschienen und ihn im Schloss von Modus aus den Händen der Verhinderer befreit hätte. Ich zitiere: ‚Geheiligt sei sein Name bis in alle Ewigkeit. Amen.'" Petscheneg grinste. „Ist er religiös?"

„Kein Kommentar."

„Wie du willst. Jedenfalls hat er sich gut bezahlen lassen. Er hat sie dazu gebracht, einigen Bedingungen zuzustimmen: Behandlung für seinen kranken Vater, verbesserte Lebensbedingungen, gutes

Geld und einen Anteil an der Beute. Gestern ist Tobias in das Gebiet von Modus gezogen und hat eine erstklassige Wohnung erhalten."

Petscheneg sah mich erneut durchdringend an, doch ich reagierte nicht. Dann hob er sein Signalamulett und sagte: „Komm herein."

Schnell stand ich auf, weil ich einen Angriff erwartete. Im Schloss war *Tiefen-Teleportation* blockiert, doch mit meinen 50 *Seuchenzorn-Schriftrollen* fühlte ich mich sicher. Magische Fähigkeiten konnten blockiert werden, doch Rollen funktionierten immer, und meine waren Instant-Zauber.

Die Tür öffnete sich. Ein Mädchen mit einem bekannten Nicknamen betrat den Konferenzraum. Sie trug die gleiche Kleidung wie an dem Tag, als ich sie zum ersten Mal gesehen hatte – der Tag, an dem ich Crag aus dem Modus-Schloss bereit hatte: Lederrüstung, eine kurze Armbrust auf dem Rücken, eine eng anliegende Hose und geflügelte Stiefel.

**Blackberry, Elfe, Level-378-Dämonenjäger**
*Clan: Modus*

„Alex, darf ich dir Blackberry vorstellen, eine leitende Offizierin bei Modus."

Das Mädchen oder, nach ihrem Level zu urteilen, die Frau mittleren Alters, betrachtete mich von oben bis unten. Sie bekam große Augen.

„Vollständige Imitierung einer anderen Gestalt! Unglaublich." Schnell durchquerte sie den Raum und reichte mir die Hand. „Freut mich, dich kennenzulernen, Alex. Ich bin ein großer Fan."

Zögernd schüttelte ich ihre Hand. Ich war bereit, beim ersten Anzeichen von *Flamme der Wahrheit* einen *Seuchenzorn* zu detonieren. Wegen des Gefahr-Brandzeichens an meinem Handgelenk konnte es ernste Konsequenzen haben, jemandem die Hand zu geben.

„Ich kann nicht das Gleiche behaupten, Blackberry." Dann blickte ich zu dem Barbaren hinüber. „Du hättest mich warnen können, Petscheneg. Ich bin etwas nervös, wenn du weißt, was ich meine."

„Ja, *Nukleare Explosion*." Er nickte. „Ich habe befürchtet, dass du dich weigern würdest, Blackberry zu treffen. Daher habe ich beschlossen, sie dir als Überraschung zu präsentieren. Ich versichere dir, dass es in deinem eigenen Interesse ist. Die Verhinderer zerbrechen sich die Köpfe über deinen Schadenstyp. Was sie in den Protokollen gesehen haben, ist völliger Unsinn. Deine Explosion ist als *Stellarer Wirbelwind* aufgezeichnet worden."

„Der Flächenzauber eines Samurais", erläuterte Blackberry. „MonkeyWrench war ein Samurai, stimmt's? Das ist fantastisch. Ich wiederhole mich, nicht wahr? Entschuldige. Andere Gestalten zu imitieren ist zwar ungewöhnlich in *Dis*, doch die Fähigkeit ist nicht unbekannt. Hochlevelige Meuchelmörder besitzen Fähigkeiten, mit denen sie einen Doppelgänger des gewählten Ziels erstellen können, der all ihre Handlungen kopiert. Der Sukkubus eines hochleveligen Hexenmeisters kann den Verstand derjenigen verwirren, die sich in seinem Umkreis befinden, sodass sie das Aussehen seines Meisters anders wahrnehmen, als es tatsächlich ist. Verwandlungsmagier können andere Gestalten annehmen, doch nur für fünf Minuten und nur auf dem höchsten Fertigkeitslevel. Es gibt einen Verwandlungstrank, der ebenfalls nur für einige Minuten funktioniert. Du bist etwas Besonderes, Alex. Selbst das System tut alles, um sich dir anzupassen, und imitiert sogar die Fähigkeiten der Klasse, die du wählst!"

„Wie hat mein *Stellarer Wirbelwind* ausgesehen?" Ich bereute, mir die Protokolle des Kampfes nicht angesehen zu haben.

„Wie ein *Stellarer Wirbelwind*", meldete Piper sich zu Wort. „Aber es hat nur so *ausgesehen*. Diese Samurai-Fähigkeit hat eine Reichweite von acht Metern. Ein Samurai wirft Klingen wie einen

Fächer um sich herum, genau wie ein verdammter Ninja Wurfsterne schleudert. Im Gegensatz dazu hat deiner einen Krater mit gläsernem Boden hinterlassen und die Überlebenden haben brennende Leichen gesehen. Bumm! Wie nach einer nuklearen Explosion."

„Der Krater war 20 Meter groß", bestätigte Blackberry. „Niemand im Bündnis wird nach deiner Solo-Vorstellung in Kinema eine Gruppe bilden wollen. Sie haben einen guten Eindruck von deiner Stärke bekommen. Ich habe die Kampfstrategie für die Gefahr persönlich geschrieben. Petscheneg wird sie dir später zeigen. Im Moment ist sie nicht so wichtig."

„Ich sollte mich wohl bedanken, aber es fällt mir schwer", erklärte ich. „Tut mir leid, Blackberry. Ich kenne dich nicht, daher vertraue ich dir nicht. Was meine ‚Solo-Vorstellung' angeht, ich rechne nicht damit, dass ihr in Zukunft einen plötzlichen Anfall von Idiotie und Amnesie haben werdet. Ich hatte keine Wahl."

„Du hast also etwas anderes in der Hinterhand. Das ist ausgezeichnet!" Blackberry rieb sich die Hände. „Dann werde ich jetzt sagen, weswegen ich gekommen bin. Alle glauben, dass du dich nicht auf einen direkten Kampf einlassen wirst. Deine Fähigkeiten sind bekannt: untote Schergen und eine nukleare Bombe. Vermutlich nicht sehr viele Schergen, oder? Eine Analyse des letzten Kampfes in Kinema hat uns ermöglicht, die Abklingzeit deiner Fähigkeit zu bestimmen. Für eine solche Super-Fähigkeit ist sie lächerlich niedrig! Wir glauben, dass du sie noch levelst, und dass die Reichweite der Explosion sich bis zu den entscheidenden Kämpfen auf 30 Meter erhöht haben wird."

Ich verschwieg ihr, dass meine Reichweite mithilfe der *Krone des Botschafters* bereits 50 Meter erreicht hatte.

„Wir bereiten uns auf den schlimmsten Fall vor", fuhr Blackberry fort. „Darauf werden die Formationen ausgerichtet sein. Fast alle Mitglieder des Bündnisses werden als letzte Chance über Schutz verfügen, der tödlichen Schaden verhindert. Darum verlasse dich nicht darauf, deinen Trick von Kinema wiederholen zu können."

„Verstanden. Werde ich nicht." Ich konnte ihr nicht sagen, dass es mich in den Fingern juckte, alle mit Seuchenpest zu infizieren. Dann würde ihnen kein Altar helfen können. Sie würden als Untote respawnen.

„Du wirst was nicht?"

„Meinen Trick wiederholen", antwortete ich.

„Oh, entschuldige. Ich bin etwas nervös", entgegnete Blackberry. „Sie könnten bemerken, dass ich nicht da bin. Alle machen sich bereit, jeden Moment auszurücken, daher werde ich mich kurz fassen. Wir glauben, dass du einen Guerillakrieg führen wirst. Das heißt, dass du deine Gestalt ändern, Raidgruppen infiltrieren und sie von innen vernichten wirst. Dadurch wird bei vielen Spielern der Enthusiasmus gedämpft werden. Sobald sie Erfahrung und ihr bevorzugtes legendäres Ausrüstungsteil verloren haben, werden einige von ihnen einpacken und nach Hause gehen."

„Es wird sicher nicht viele geben, die aussteigen werden."

„Ist dir bewusst, dass alle Spieler bei deiner Explosion ihre Rüstungen verloren haben? Du hast sie in tausend verdammte Stücke zerschmettert!" Blackberry hustete verlegen und fügte hinzu: „Das sind nicht meine Worte, sondern die unseres Schamanen. Er war in der Explosion und hat nicht überlebt."

„Hätte zu Hause bleiben sollen. Da wäre er sicherer gewesen", murrte ich.

„Genau! In ein paar Tagen werden viele Spieler zu dieser Schlussfolgerung kommen. Du bist schließlich nicht die einzige gefährliche Kreatur in der Wüste. Sie werden auch starken Mobs begegnen. Die Clans des Bündnisses werden unterwegs unabhängig voneinander in ihren eigenen Raidgruppen leveln. Es gibt eine Vereinbarung, nach der sie sich nicht untereinander informieren müssen, wenn sie Instanzen finden. Niemand wird es eilig haben. Alle wollen so viel Beute wie möglich machen."

Damit widersprach Blackberry Petschenegs Einschätzung. Er glaubte, dass der Widerstand schnell vorbei sein würde. Vielleicht war das Bündnis in einem Zwiespalt: Auf der einen Seite lockten die Belohnungen für die Zerstörung des Tempels, auf der anderen die Schätze der Wüste.

„Nergal hat keinen bestimmten Termin festgesetzt", fuhr Blackberry fort. „Vielleicht hat er gehofft, dass die Teilnehmer untereinander konkurrieren würden, wer den Tempel als Erster erreicht. Es ist schwierig, mit menschlicher Logik das Denken einer KI nachzuvollziehen. Nach den Hauptraids aus Fort Smith wird eine aus Mitgliedern aller Clans des Bündnisses bestehende Gruppe vorrücken. Sie soll den Altar transportieren und schützen. Natürlich werden Dutzende von Kundschaftern auf fliegenden Reittieren das Gebiet um den Tempel der Schlafenden Götter beobachten."

Mein Plan schien auseinanderzufallen. Offenbar bestand die Möglichkeit, dass es keinen großen Kampf geben würde. Während Shazz und ich mit Scharmützeln aufgehalten würden, würden ihre einzelnen Gruppen direkt zu Tiamats Tempel fliegen und ihn zerstören. Zum Nether! Ich setzte alle meine Hoffnungen auf die Aasgeier, die am Himmel über der Wüste Wache flogen.

Blackberry genehmigte sich lässig ein Glas Brandy. „Das Bündnis wird immer vor den PUGs bleiben. Im Moment befinden sich 300.000 Spieler an der Grenze. Viele zweitklassige Clans haben ebenfalls vorübergehende Bündnisse geschlossen und denken, dass sie uns überlaufen können. Sie werden sich wundern! Sie werden nicht in der Lage sein, es mit Level-500-Mobs aufzunehmen. Es wird Wipes, verlorene Ausrüstung, Skandale und Vorwürfe geben. Unsere Analytiker sagen voraus, dass nicht mehr als 3 % der Teilnehmer den Tempel erreichen werden, und das ist eine optimistische Prognose. Ist der Himmel über der Wüste klar?"

„Keine einzige Wolke in Sicht. Aber falls du Mobs meinst, davon gibt es mehr als genug", antwortete ich.

Piper lachte. Petscheneg musste grinsen. Blackberry schien den Witz nicht zu verstehen.

„Das ist gut", sagte sie. „Selbst Mogwai wird einem direkten Angriff einer Level-500-Kreatur nicht standhalten können. Fen Xiaoguang und seine Eliten denken darüber nach, sich dem Bündnis anzuschließen. Die Anführer werden ihn selbstverständlich nicht ablehnen. Sie werden sich einmal pro Tag in ihrem zentralen Hauptquartier am Altar treffen und die neuesten Informationen austauschen. Yary, Hinterleaf und ich werden Modus' Repräsentanten sein."

„Wie soll mir das helfen?", fragte ich.

„Damit sind wir auf den Punkt gekommen." Sie wandte sich an Petscheneg. „Hast du es?"

Der Barbar nickte. „Ich habe sie über der Karte aufgehängt. Alex, kommst du bitte herüber?"

An der Wand hing eine *Fackel der Flamme der Wahrheit*. Sie war als eine der zahlreichen gewöhnlichen magischen Wandleuchten mit marmorähnlichem Schirm getarnt worden, die im Raum brannten. Ich erkannte ihre wahre Form erst, als ich meinen Blick auf die Lichtquelle konzentrierte.

„Nein."

„Hör zu, wir geben uns die größte Mühe, dir zu helfen!", rief Blackberry. „Wir wissen, dass du Scyth bist. Wir kennen zwar deine wahre Klasse oder dein Level nicht, aber du bist ganz sicher kein Bogenschütze. Wir sind uns sicher, dass du bereits andere Charaktere imitieren konntest, als du dich für die Junior-Arena registriert hast."

„Wer ist ‚wir'? Modus?", wollte ich wissen.

„Modus, Petscheneg und ich", erwiderte die Elfe. „Was glaubst du wohl, wie er von dir erfahren hat? Ich habe es ihm erzählt. Was die

Situation mit dem Gefahrenstatus angeht, trennen sich Hinterleafs und mein Weg. Ich verdanke Petscheneg sehr viel. Meine gesamte Familie wird für immer in seiner Schuld stehen. Wenn du ihm vertraust, kannst du auch mir vertrauen. Das Bündnis hat eine neue Art der *Flamme der Wahrheit* hergestellt, die serienmäßig produziert werden kann. Sie unterscheidet sich von der ursprünglichen Flamme durch einen größeren Wirkungsbereich. Du wirst dich niemandem nähern können, deine Tarnung wird in einem Umkreis von 30 Metern auffliegen. Das ist das Limit deines Explosionsradius, richtig?"

„Worauf willst du hinaus?"

„Wir wollen eine Theorie testen. Es hat bei anderen Zaubern funktioniert, die mit dem Wechsel und dem Kopieren von Gestalten zu tun haben. Wenn du dich unter die Flamme stellst, werden wir wissen, was die Verhinderer sehen werden."

Obwohl ich jeden Moment mit Lähmungszaubern und einer in den Raum stürmenden Kampfeinheit von Modus rechnete, bewegte ich mich langsam auf die Karte zu. Mein Verstand schrie, dass ich einen Fehler beging, doch mein Bauchgefühl sagte mir, dass keine Gefahr bestand. Als ich unter der Flamme stand und mich umdrehte, hörte ich fassungslose Rufe.

„Nergal der Allmächtige!", keuchte Piper.

„Heiliger ...!", rief Petscheneg, bekreuzigte sich und trank einen großen Schluck Zwergenbier.

„Jetzt verstehe ich gar nichts mehr", sagte Blackberry verwirrt. „Wir waren alle überzeugt, dass du mit den Schlafenden Göttern verbunden bist! Zwar haben alle gesehen, dass du die Untoten kontrollieren und möglicherweise Kreaturen in Untote verwandeln kannst, aber warum bist du selbst untot? Hat es etwas damit zu tun, dass du dich Botschafter der Vernichtenden Seuche nennst?"

Die Offizierin von Modus erinnerte mich an die Worte, die ich in Vermillion geäußert hatte, nachdem ich das stationäre Portal zerstört hatte. Sie schenkte sich ebenfalls ein Glas Zwergenbier ein und trank es in einem Zug aus, bevor sie fortfuhr: „Die Flamme enthüllt deine Erscheinung, so viel steht fest. Dein Name, Clan und deine Klasse sind jedoch nach wie vor verborgen. Sieht aus, als ob es auf Systemebene festgelegt worden ist. Hast du die Informationen in deinem Profil verborgen, Alex?"

„Ja. Lass mich etwas anderes ausprobieren." Ich aktivierte *Identitätsverschleierung*. „Wie ist es jetzt?"

„Keine Veränderung", antwortete Piper. „Die Verschleierung ist halbdurchsichtig wie Rauch, aber man kann alles durch sie hindurch sehen. Du bist untot, Alex! Ich hatte gehofft, dass wir uns irgendwann küssen würden, aber auf keinen Fall in *Dis*! Keine Chance."

„Ähm, ich hatte nicht ..."

„Ja, ja", unterbrach Blackberry mich. „Wir wissen alles über dich, Sheppard. Piper ist dein Typ. Sowohl ihr Aussehen als auch ihre Persönlichkeit gefallen dir."

„Schon gut, vielleicht hätte ich sie geküsst. Aber kommen wir wieder zur Sache. Gibt es einen besonderen Grund, warum ihr euch über einen armen, einsamen Zombie lustig macht?"

„Könntest du mich imitieren?", fragte Blackberry.

„Ohne Schwierigkeiten."

„Okay." Die Dämonenjägerin kam näher, legte eine Hand auf meine Schulter und verkündete feierlich: „Ich, Blackberry, beschwöre einen Schlichter, um diesen Handel zu bestätigen."

Die Luft knisterte vor Elektrizität, als ein glühendes blaues Auge neben uns erschien.

„Gegenstand des Handels?"

„Ich, Blackberry, gebe Scyth freiwillig und ohne Zwang das Recht, meine Gestalt anzunehmen und meinen Namen für seine Zwecke zu benutzen."

„Die Übertragung des Rechts auf den Namen und die Gestalt von Blackberry hat begonnen. Preis für das Recht?"

„Eine Goldmünze."

„Dauer des Handels?"

„Einen Monat."

„Scyth, akzeptierst die die Bedingungen des Handels?"

„Ja, ich akzeptiere."

„Handel abgeschlossen. Scyth, der Preis für das Recht wird von deinem Konto abgezogen und der hier anwesenden Blackberry überwiesen. Viel Glück."

Der Schlichter verschwand so schnell wie er erschienen war.

„Imitiere mich!", rief Blackberry ungeduldig, während ihre Hand noch auf meiner Schulter lag. Sie atmete schwer und errötete aus irgendeinem Grund. „Falls es funktioniert, kannst du meine Gestalt dauerhaft annehmen, auch wenn ich nicht in der Nähe bin. Mein Name sollte auf der Liste der Möglichkeiten bleiben."

*Elfe Blackberry, Level-378-Dämonenjägerin, imitieren?*

„Ja", sagte ich laut.

Für einen Moment schwiegen wir alle. Dann durchbrach Petschenegs zufriedene Stimme die Stille.

„Verdammt, es hat funktioniert! Wir haben es geschafft! Jetzt werden sie Scyth nie erkennen."

„Und es gibt zwei Blackberrys", flüsterte Piper. „Sogar die Armbrust ist identisch."

# Kapitel 23: Erfolgreiche Jagd!

ICH STAND AUF der Straße vor dem Pfeifenden Schwein und lauschte. Die Sonne war noch nicht aufgegangen, doch die Sterne leuchteten kaum noch. Durch die offenen Fenster war das Geräusch fließenden Wassers und klappernden Geschirrs zu hören. Eine Grille zirpte in den Büschen, die Trixie im Hinterhof gepflanzt hatte.

Sonst war alles still. Der Montosaurus hatte sich verzogen. Selbst der ruhelose Wind war zu einer Brise abgeflaut, die sanft durch die Farne und Palmen strich.

Mein Treffen mit Petscheneg und Blackberry hatte mich mit gemischten Gefühlen zurückgelassen. Was im Schloss passiert war, passte zu Petschenegs Geschichte und seinem Verlangen, Rache an Hinterleaf zu nehmen. Es hörte sich jedoch belanglos an. Selbst wenn ich alle Mitglieder von Modus zehnmal zum Spawnpunkt schicken würde, würde es den Clan nicht vernichten. Seit sie begonnen hatten, sich in den besten Raid-Dungeons allererste Achievements zu holen, waren ihnen Wipes sicher nichts Neues.

Mein vages Unbehagen entwickelte sich zu realistischem Misstrauen. Außer dem Sand, den sie mir in die Augen gestreut hatten, hatte ich nichts erhalten. Ich hatte ihnen jedoch bestätigt, dass Alex Sheppard alias Scyth höchstwahrscheinlich eine Gefahr der Klasse A war. Außerdem hatte ich meine wahre Gestalt enthüllt und bewiesen, dass *Flamme der Wahrheit* mich leicht preisgeben könnte. Verdammt. Ich hatte mich um den kleinen Fingern wickeln und von einer langbeinigen Frau von Modus ködern lassen! Arrrrrgh! Mein Gesicht wurde rot vor Scham. Während ich die Augen schloss, um nichts sehen zu müssen, schlug ich aus Ärger über mich selbst so fest wie möglich gegen die Wand des Gasthauses. Ich haderte mit meiner naiven Dummheit, an die gute Seite der Menschen zu glauben, und der Fähigkeit – ja, die *Fähigkeit*, wie Onkel Nick immer behauptete –, Menschen zu vertrauen. Bald würde sich herausstellen, ob ich den falschen Leuten vertraut hatte.

„Ähm ... Alex?"

Ich schüttelte den Kopf und öffnete die Augen. Meine Faust hatte ein Loch in die Wand geschlagen. Eine verängstigte Tante Steph steckte den Kopf aus dem Fenster.

„Ja, ich bin's." Für unsere Leute sah ich immer wie Scyth aus, egal, welche Gestalt ich angenommen hatte. Doch manchmal, besonders in schwachem Licht, konnten sie das Flimmern der imitierten Gestalt um mich herum sehen. „Entschuldigung."

„Ist alles in Ordnung?", fragte sie.

„Ja, Steph." Ich zwang mich zu einem Lächeln. Außer Millionen von Problemen war alles in Ordnung. „Kannst du Gyula bitten, die Wand zu reparieren?"

„Natürlich, Alex. Mach dir keine Gedanken. Soll ich dir eine Tasse heißen Kakao machen? Komm herein und setzt dich. Ich werde mich beeilen." Die Gastwirtin lief in die Küche.

Ich ging hinein und schaute mich um. Die Gaststube war leer.

„Wo sind denn alle?", fragte ich Tante Steph.

„Die Nachtschicht ist noch in der Mine und die Tagesschicht ist noch nicht da. Patrick und die Höllenbestien schlafen oben." So nannte sie den Satyr und den Sukkubus. „Der Insektoid und der Raptor bewachen die Bergarbeiter. Ihnen gefällt es besser unter der Erde."

Nach einem Becher heißen Kakaos mit Zimt und Honig fühlte ich mich etwas besser. Mein Misstrauen war nicht verschwunden, doch es war nicht mehr so stark. Eine Frage blieb jedoch bestehen: Was sollte ich in Anbetracht der neuen Informationen vom Nukleus, von Shazz, Behemoth, Petscheneg und Blackberry jetzt tun?

Ich zerbrach mir den Kopf darüber, welche Strategie ich in diesem Krieg verfolgen sollte. Zusammen mit Shazz könnte ich die Verhinderer vernichten, indem ich ihren *Großen, tragbaren Altar* zerstören und die Frontlinien zurückdrängen würde. Danach könnten wir in das Gebiet der Allianz einmarschieren. Doch wer würde dann den Tempel schützen? Was wäre, wenn jemand durchbrechen würde, und nur Crash dort wäre, um ihn zu verteidigen? Er war ein robuster kleiner Wurm, doch er hatte gerade mal Level 200 erreicht.

Oder sollte ich tun, was der Nukleus verlangte? Es wäre nicht schwer, die neun stärksten Spieler aus *Dis* im Hauptquartier des Bündnisses der Verhinderer zu finden. Falls sie Mogwai rekrutiert hatten, wäre er einer von ihnen. Ich würde die Anführer des Bündnisses mit *Seuchenpest* infizieren und die Quest des Nukleus wäre abgeschlossen! Die dafür erhaltene Erfahrung würde mich fast 20 Level aufsteigen lassen, doch vor allem könnte ich die Rüstung *Kaltblütiger Bestrafer* zurückbekommen.

Nein, das würde nicht funktionieren. Falls die Anführer der Verhinderer-Clans zu Untoten oder sogar zu Botschaftern würden, würden sie ihre Leute ebenfalls verwandeln, sodass mehrere Tausend hochlevelige Untote auf Kharinza einfallen würden. Das musste ich unter allen Umständen verhindern!

Aber wie? Behemoth hatte mir befohlen, stärker zu werden und Zeit zu gewinnen. Das bedeutete, dass ich den *Großen, tragbaren Altar* der Verhinderer würde zertrümmern und Nergals Truppen ohne Shazz würde angreifen müssen, denn sonst würde der Lich sie selbst infizieren und mein Spiel wäre aus. Ich wäre zwar der stärkste

Botschafter der Vernichtenden Seuche, doch ich würde
*Unsterblichkeit* verlieren, weil sie nur funktionierte, wenn keine
anderen Botschafter in der Nähe waren. Dann könnte ich getötet
und als Gefahr eliminiert werden.

Ich würde meine Pläne ändern und ein Risiko eingehen müssen.
Ich könnte versuchen, meine Schergen zu stärken, doch auf welche
Art?

Tante Steph unterbrach die Stille im Gasthaus und meine
Gedanken.

„Möchtest du noch mehr?" Sie blickte auf meinen leeren Becher.

„Ja, bitte."

Bis ich den zweiten Becher ausgetrunken hatte, war mein Plan
fertig. Er war nicht besonders ausgereift oder verlässlich, doch er
könnte funktionieren. Ich nahm meinen Mut zusammen, wünschte
Tante Steph einen schönen Tag und wollte gerade in die Wüste
teleportieren, als ich eine Nachricht vom Goblin-Auktionshaus
erhielt.

Sie schickten mir die Antwort von Hairo Morales, dem Offizier
von Excommunicado.

*Dein Vorschlag ist interessant. Ich bin bereit, mich mit dir darüber
zu unterhalten. Im realen Leben, einem Sicherheitsraum, in Dis – es
ist mir egal. Du kannst Zeit und Ort wählen. Hairo.*

Ich konnte das Gespräch nicht lange hinausschieben, doch
würde es sich lohnen, mich an diesem Tag mit ihm zu treffen? Ich
würde abwarten, wie der Tag endete, und dann entscheiden, wo,
wann oder ob ich mich überhaupt mit ihm treffen wollte.

$$\times$$

„DAS LEBEN IST DER Tod, Botschafter!", begrüßte Shazz mich
beim Stützpunkt.

Ich war noch in Blackberrys Gestalt, doch der Lich konnte
immer sehen, dass ich es war, Botschafter Scyth. Nachdem ich mit

der standardmäßigen Begrüßung geantwortet hatte, deutete er auf die Reihen neuer Untoter.

„Jeder Moment deiner Anwesenheit hier erhöht die Macht der Vernichtenden Seuche."

Im Gegensatz zu mir erweckte er die erschlagenen Wüstenmobs nicht nur wieder, sondern verwandelte sie in neue Arten. Es wimmelte nur so vor diesen neuen Untoten, die darauf warteten, endlich zum Einsatz zu kommen. Die Albtraumhaften Ekel und Schauderhaften Grauen bestanden aus nichtmenschlichem Fleisch. Sie waren zwischen sieben und neun Metern groß, hatten sechs Beine, zusätzliche Panzerplatten, lange, segmentierte Skorpionschwänze und Tentakel mit Klauen. Doch selbst diese neuen Mobs sahen gegen den gigantischen Deznafar wie Ungeziefer aus.

„Diese Gebiete sind wahrlich eine großartige Entdeckung", gratulierte der Lich mir. „Der Nukleus hat dich richtig eingeschätzt. Was konntest du in Erfahrung bringen?"

Nergals Ereignis würde jeden Moment beginnen. Yemi wartete bereits am abgesprochenen Ort an der Grenze auf mich. *Alle warten darauf, dass Nergals Hohepriester eintreffen,* hatte er geschrieben. *Es ist der perfekte Zeitpunkt für den Weißen Blitz.* Das war sein Name für *Seuchenzorn.* Damit deutete er an, dass wir die Explosion während der Massensegnungen für die Immunität gegen Hitze aktivieren sollten. Er und die Mitglieder von Yoruba würden sich den Raidgruppen des Bündnisses nicht nähern dürfen, doch ich hoffte, dass sie das Blut mehrerer PUGs würden vergießen können. Um ehrlich zu sein, hatte ich Angst, dass meine eigenen Verbündeten mich hassen würden, falls ich *Seuchenzorn* detonieren würde. Andererseits bezweifelte ich, dass ich unter denjenigen, die Nergals Ruf gefolgt waren, Verbündete hatte.

Blackberry hatte gesagt, dass die Verhinderer die neuen Gebiete langsam und gründlich durchkämmen würden. Dadurch würden sie

Loot und Erfahrung erhalten, vielleicht sogar neue Achievements. Shazz und ich würden ebenfalls farmen, doch ich konnte nicht am gleichen Ort sein wie der Lich, sonst würde *Unsterblichkeit* nicht funktionieren. Also musste ich ihn davon überzeugen, sich von der Frontlinie fernzuhalten.

„Hunderttausende von Sterblichen werden kommen, Shazz", sagte ich. „Die Stärksten werden zuerst eintreffen. Ihre fliegenden Kundschafter werden noch früher hier sein, vermutlich bei Anbruch der Nacht. Kannst du dich um sie kümmern?"

„Meine Seuchenrülpser können ihre Ladungen durch die Wolken feuern. Niemand wird über uns fliegen", erwiderte er.

„Aber vergiss nicht, dass sie unsterblich sind. Sie werden berichten, was sie gesehen haben, sodass andere sich hierher auf den Weg machen werden", warnte ich ihn.

„Mehr Fleisch, Blut und Knochen für meine Legionen", antwortete Shazz.

„Unterschätze sie nicht. Sie werden von Nergal geführt, und wir sind durch Lichtmagie verletzbar", gab ich zu bedenken.

„Du machst dir umsonst Sorgen, Botschafter. Sterbliches Fleisch ist verletzbarer durch *Seuchenenergie* als wir durch Licht. Doch du hast recht. Mir darf kein Fehler unterlaufen. Ich werde die Zeit nutzen, um meine Legionen zu verstärken."

*Bumm-bumm-bumm!* Unsichtbare Trommeln erklangen, Fanfaren spielten und riesige Buchstaben erschienen vor meinen Augen.

### DAS EREIGNIS „NERGALS KREUZZUG" HAT BEGONNEN!

„Es geht los." Ich atmete tief durch. Mein Herz schlug mir bis zum Hals und Adrenalin schoss durch meinen realen Körper.

Shazz hörte etwas. „Ja. Das Gewebe der Ebene bebt. Krieg steht bevor!"

Im nächsten Moment riss der Raum um uns herum auf und Gestalten in schwarzen Mänteln erschienen aus dem Nichts. Am Anfang zählte ich nur zehn oder 20, doch am Ende waren etwa 600 von Moraines Kultisten vor dem Stützpunkt erschienen. Sie tauchten in konzentrischen Kreisen auf, beginnend mit dem innersten, und hielten einander bei den Händen.

Als die Teleportation abgeschlossen war, hoben die Kultisten ihre gebeugten Köpfe und sahen sich um. Entweder Moraines Schutz oder ein Zauber schützte sie vor der tödlichen Aura des Stützpunktes, doch sie fühlten sich unbehaglich. Als sie Deznafar entdeckten, stießen sie erschrockene Schreie aus. Einige stimmten leise Gebetsgesänge an.

Ich aktivierte *Identitätsverschleierung* und ging auf sie zu. Zwei mir bekannte Kultisten kamen auf mich zu: der Troll Dekotra und der Halb-Ork Ranakotz.

„Wir sind eingetroffen", erklärte der Troll. „Wie die Unerbittliche verlangt hat."

Der Nukleus hatte verlangt, dass ich sie mit der Vernichtenden Seuche infizieren und Shazz übergeben sollte. Er würde die Geister der toten Lichs in einige ihrer Körper übertragen. Doch zur Hölle damit! Ich brachte es nicht fertig. Es war eine Sache, meine Freunde in Untote zu verwandeln, für die *Dis* nur ein Spiel war, doch es war eine ganz andere, diese seltsamen, amateurhaften Nekromanten auszunutzen.

„Versteht ihr, was vor euch liegt?", fragte ich.

„Was immer uns auch erwartet, wir sind dankbar, dass wir der Unerbittlichen dienen können", antwortete Ranakotz.

„Ich werdet zu Untoten", sagte ich eindringlich.

„So die Unerbittliche will."

„Einige von euch werden den Morgen nicht erleben. Andere Kreaturen werden eure Körper übernehmen", beharrte ich.

„Wenn das unser Weg in diesem Leben ist, so sei es." Dekotra zuckte mit den Schultern.

„Wartet hier." Ich ging zu Shazz zurück, denn ich brachte es nicht über mich, diese demütigen Kultisten selbst zu verwandeln. Der Lich war mit seinen Schergen beschäftigt und hatte den Neuankömmlingen keine Beachtung geschenkt. Ich musste ihn auf sie aufmerksam machen.

„Die Leute von Moraines Kult sind eingetroffen", erklärte ich. „Der Nukleus hat mir befohlen, sie mit der Vernichtenden Seuche zu infizieren und sie dir zu übergeben."

„Wie ich sehe, hast du sie noch nicht verwandelt."

„Kannst du es machen?", fragte ich.

„Jeder erfüllt seine Pflicht, Botschafter", entgegnete der Lich. „Nachdem du deine erledigt hast, werde ich mich um sie kümmern."

Shazz hatte mir geholfen, meine Entscheidung zu treffen. Auf keinen Fall würde ich die Kultisten verwandeln, denn danach würde es statt einem Lich neun Lichs geben. In der Quest des Nukleus wurde die Verwandlung der Kultisten nicht erwähnt, darum würde ich den Auftrag des Nukleus ignorieren.

Ich kehrte zu den Kultisten zurück und war fest entschlossen, sie weit wegzuschicken.

„Was genau hat Moraine euch befohlen?", wollte ich wissen.

„Wir sollen uns unter den Befehl des intelligenten Untoten namens Scyth stellen", antwortete Dekotra. „Wir sollen alles tun, war er befiehlt, ihm helfen und im Kampf keine Gnade zeigen."

„Kannst du sehen, wer ich bin?", fragte ich.

„Natürlich, Scyth. Die Unerbittliche hat uns besondere Sehfähigkeiten verliehen, bevor sie uns an diesen Ort geschickt hat."

„Also gut. Siehst du die Tore dort?" Ich deutete auf den Stützpunkt, in dem der Schleier eines Portals schimmerte. „Geht hinein. Auf der anderen Seite befindet sich mein Territorium. Ihr werdet dort Tempeltürme, seltsame Torbögen und Bauwerke vorfinden, unter denen sich die gleiche tote Erde befindet wie hier. Zerstört sie. Könnt ihr das tun?"

„So die Unerbittliche ...", begann Dekotra seine standardmäßige Antwort, doch Ranakotz unterbrach ihn.

„Wir werden es tun, Auserwählter der Unerbittlichen."

„Hinter einer Umzäunung liegt ein Fort, das mir gehört. Meine Leute leben dort zusammen mit Kobolden, Untoten, einem Satyr, einem Raptor, einem Sukkubus, einem Insektoid ... Außerdem steht dort der Tempel eines alten Gottes, dessen Autorität selbst Moraine anerkennt. Wir sind alle seine Anhänger."

„Darf ich fragen ...?" Dekotra warf einen kurzen Blick auf Shazz und flüsterte: „Vergib mir meine unangemessene Neugier, aber sollten wir dir nicht im Kampf gegen die neuen Götter helfen?"

„Genau das tut ihr", erwiderte ich. „Zusammen werden wir die alten Götter zurückbringen. Und weißt du was, Dekotra? Du gefällst mir besser, wenn du Fragen stellst. Hab' keine Scheu."

„Wir haben uns auf einen Krieg vorbereitet!"

„Der Krieg wird überall sein", entgegnete ich. „Euer Kampf ist im Moment jedoch nicht hier. Der Lich und sein Meister wollen nicht, dass ihr für sie kämpft. Sie wollen nur eure Körper. Sie wollen Moraine."

„Sind wir auf ihrer Seite oder auf deiner? Wer bist du, Auserwählter der Unerbittlichen?"

„Du hast deine eigene Frage beantwortet, Dekotra. Ich bin Moraines Auserwählter. Und der Apostel der Schlafenden Götter. Offenbar bin ich ebenfalls Fortunas Günstling und ein Botschafter der Vernichtenden Seuche. Geht jetzt. Meine Verbündeten werden euch alles erklären."

Nachdem ich mich vergewissert hatte, dass die Kultisten problemlos durch das Seuchenportal gereist waren – glücklicherweise konnten meine Mitstreiter es ebenfalls benutzen –, überprüfte ich, wer online war.

Obwohl es früh am Morgen war, hatte Crawler sich bereits in *Dis* eingeloggt. Ich schickte ihm eine Nachricht und bat ihn, sich zu Shazz' früherem Lager zu begeben, unsere neuen Verbündeten zu begrüßen und sie im Fort unterzubringen. Ich fügte hinzu, dass unsere Wächter bei Tiamats Tempel gebraucht würden, um Crash zu unterstützen. *Betrachte es als erledigt, Scyth*, antwortete Crawler. Er stellte keine Fragen, wofür ich ihm sehr dankbar war. Die Neugier musste eine Tortur für ihn sein.

Ich versammelte alle meine Untoten und schickte sie nach Norden an einen Standort zwischen dem Stützpunkt und Fort Bridger. Danach reiste ich an die Grenze, doch nicht nach Vermillion, sondern etwas weiter nördlich zu den Singenden Dünen, bei denen ich mich mit Yemi treffen wollte.

Der Anführer des Yoruba-Clans lag unter einem Schirm der Unsichtbarkeit. Nachdem ich im Chat bestätigt hatte, dass ich es war, stand er auf und zeigte sich. Er schüttelte den Sand ab und sah mich eindringlich an.

„Ist alles bereit, Yemi?", erkundigte ich mich.

„Ja, Botschafter. Die Leute sind in Position. Sie warten nur noch auf die Nachricht. Die Clan-Mail wird schnell sein. In Vermillion, Bridger und Fort Smith haben die Massensegnungen bereits begonnen. Mir wurde berichtet, dass Nergals Hohepriester rund um die Uhr arbeiten."

„In Ordnung. Greift auf meinen Befehl an. Ich brauche Chaos, wenn ich mit meinem Plan beginne. Hier, nimm diese Rollen."

Ich zog fast alle meine Schriftrollen in das Handelsfenster. Für alle Fälle behielt ich sieben für mich selbst zurück.

„45 Rollen?" Yemi bekam große Augen. „Sollen wir sie alle gleichzeitig detonieren lassen?"

„Diese sind stärker als diejenigen, die du gesehen hast", erklärte ich. „Ihr Wirkungsbereich beträgt 50 Meter. Der Schaden ist unterschiedlich, doch jede Rolle wird mindestens 6 Millionen verursachen."

„Verstanden. Ich werde Leute um die Plätze vor allen Tempeln Nergals aufstellen. Sprengen wir die Tempel ebenfalls in die Luft?"

„Unbedingt", erwiderte ich. „Es ist nicht nötig, alles gleichzeitig in die Luft zu jagen, aber ich gebe dir alle nötigen Rollen. Versucht, die stationären Portale zu zerstören."

„Was passiert mit den Personen, die die Schriftrolle aktivieren?", wollte Yemi wissen. „Werden sie überleben?"

„Ich weiß es nicht. Das müssen wir testen", antwortete ich.

„Na gut. Ich werde für alle Fälle eine Gruppe außerhalb der Reichweite der Explosion positionieren, sodass jemand da ist, der sich die Loot holen kann", entschied Yemi. „Meine Leute werden unter *Schriftrollen der Verhüllung* sein, doch sie können trotzdem entdeckt werden. Augenblick ..." Seine Augen wurden glasig. „Ein Kundschafter in Fort Smith hat mir gerade mitgeteilt, dass eine Karawane von Verhinderern in die Wüste gezogen ist. Zwei vollständige Raidgruppen mit jeweils 100 intelligenten Kreaturen und 300 NPC-Schleppern. Jeder von ihnen verfügt über 20 Millionen Gesundheit. Ihr Auftrag lautet außerdem, die Fracht zu schützen. Nimm dich also in Acht."

„Du auch", erwiderte ich.

Ein Spieler auf einem Greif flog über uns hinweg. Wahrscheinlich handelte es sich um einen Kundschafter der Verhinderer. Er bewegte sich zu weit oben, um ihn erkennen zu können, daher bezweifelte ich, dass er uns entdecken könnte. Yemi folgte dem Reiter mit dem Blick, bevor er sich zu mir umwandte und eine Faust erhob.

„Erfolgreiche Jagd, Botschafter! Und für uns alle eine fette Beute!"

# Kapitel 24: E2-E4 – Schnelle Kampferöffnung

ICH FÜHRTE DIE Untoten zu der Karawane, die den *Großen, tragbaren Altar* begleitete. Dank der *Krone des Botschafters* wurden meine Fertigkeiten drei Level höher gerechnet, sodass ich meine Schergen mit einem Level-4-*Seuchen-Boost* stärken konnte.

Als ich eine Mobgruppe entdeckte, schickte ich meinen schwächsten Schergen in einen ungleichen Kampf. 25 % der gesamten verdienten Erfahrung des toten Mobs wurde unter den anderen aufgeteilt. Je mehr hirnlose Untote starben, desto stärker wurden der ehemalige Boss Sharkon, der zerlumpte Eremit Toothy, der Zombie-Morten Kermit, der Skelett-Aasgeier Birdie und der tote Steppenläufer It.

Als ich nur noch 15 Schergen übrig hatte, hatte meine Fähigkeit dreimal gelevelt.

*Die Fähigkeit „Seuchen-Boost" hat sich erhöht: +1*
*Derzeitiges Level: 4*
*Im Dienst der Vernichtenden Seuche gibt es keinen Tod! Falls einer der Schergen des Botschafters vernichtet wird, stärkt er den Rest der Gruppe, indem er ihnen 25 % seiner gesamten verdienten Erfahrung verleiht.*

Mithilfe der *Krone des Botschafters* erreichte die Fähigkeit Level 7 und 40 % der Erfahrung wurde verteilt. Shazz konzentrierte sich auf Quantität, während ich auf Qualität setzte. Dadurch würde ich zwar weniger Schergen haben, doch sie würden ihre Fähigkeiten aus dem Leben beibehalten und ein außerordentlich hohes Level haben. Zuerst floss nur wenig Erfahrung herein, die verschwand, als sie unter den Schergen aufgeteilt wurde. Doch als die Zahl meiner Schergen sank, stiegen ihre Level sprunghaft an. Sharkon erreichte Level 530 und die übrigen Leibwächter näherten sich Level 500. Als nur noch sie übrig waren, erweckte ich das letzte niedergemetzelte Rudel Mobs wieder und der Grind ging weiter. Drei Stunden später, als das Level aller Leibwächter 500 überschritten und Sharkon Level 540 erreicht hatte, hörten wir auf. Dank meiner hohen *Wahrnehmung* hatte ich die Karawane der Verhinderer entdeckt, die sich auf ihrem Weg durch die Wüste dunkel vor dem Hintergrund des blendend weißen Sandes abhob. Es hätte natürlich eine andere Karawane sein können, doch ich war sicher, dass ich mein erstes Ziel des Tages gefunden hatte. Ich schätze die Richtung, in die die Karawane zog, und zeigte auf eine Sanddüne, auf die Nergals Anhänger sich zu bewegten. Dann befahl ich: „Grabe, Sharkon!"

Ich wusste nicht, wie *Snowstorm, Inc.* diese Fähigkeit des Mobs implementiert hatte. Es gab keine Taste im Bedienfeld des Schergen. Konnte die Bestie meine Gedanken lesen oder verstehen, was ich gesagt hatte? Jedenfalls senkte der Boss seine stumpfe, haifischähnliche Schnauze und bohrte sie in den Sand. In wenigen Sekunden hatte er über 20 Meter tief gegraben.

Auf mein Kommando stürmten die anderen vier Leibwächter in Richtung der Karawane. Der Sand flog unter ihren Füßen auf. Der Eremit und der Morten stürzten sich als Erste in den Kampf. Der Steppenläufer von der Größe einer Hütte folgte ihnen. Der Aasgeier schlug mit seinen knochigen Flügeln und erreichte die Karawane zuletzt. Es war ihm nicht gelungen, abzuheben, doch er kompensierte diese Schwäche durch seinen tödlichen Fähigkeiten einschließlich seines Kreischens, das alle Feinde in der Nähe auf der Stelle erstarren ließ.

Ich bestieg meinen Mech-Strauß und galoppierte in den von Sharkon gegrabenen, weiträumigen Tunnel. Bald leuchteten die Symbole der Leibwächter rot auf. Sie wurden angegriffen. Ich hielt neben Sharkon an und warf einen Blick auf die Minikarte. Die Markierungen meiner Schergen waren 100 Meter von mir entfernt. Die Karawane hatte die Stelle, an der wir uns befanden, noch nicht erreicht.

„Grabe in dieser Richtung", befahl ich Sharkon.

Während ich dem Tunnel folgte, behielt ich die Symbole meiner Leibwächter im Auge. Sie leuchteten ständig rot auf, doch ihre Gesundheit sank nur langsam. Ich kam zu einem hoffnungsvollen Schluss: 200 Verhinderer hatten im Kampf mit vier Schergen große Schwierigkeiten, und Sharkon war noch nicht einmal dabei.

Bumm! Bumm! Erfahrung von zwei Kills gleichzeitig strömte herein. Dann sechsmal ein „Bumm!" Eine Reihe von Schlägen wie Maschinengewehrsalven – Kermit und Toothy rissen Feinde in Stücke, die von Birdie gelähmt worden waren. Der Steppenläufer It verschlang Gegner und verdaute sie bei lebendigem Leib. Ich hatte erlebt, wie schrecklich dieser Tod war. Er nahm die ersten drei Plätze auf der Liste der schlimmsten Empfindungen ein.

Neun Verhinderer waren aus dem Weg geräumt worden. Meine Tasche raschelte: Jemand hatte einen epischen Gegenstand gedroppt. Meine erste Loot, seit der Heilige Kreuzzug offiziell begonnen hatte.

Ich feuerte meine Schergen mental an, während ich in die Dunkelheit starrte und auf meinen Moment wartete. Sharkon hielt neben mir an. *Nachtsicht* erhöhte sich um zwei Level.

Die Verhinderer verloren vier weitere Kämpfer, doch danach schienen sie eine Strategie gefunden zu haben. Die Tanks zogen die Aggro auf sich und schlugen einen neuen Kurs ein. Kermits

Gesundheit sank in den gelben Bereich und den anderen erging es nicht viel besser. Es wurde Zeit, meinen gepanzerten Landhai einzusetzen.

„Grabe, Sharkon!", befahl ich erneut und deutete nach oben. Von meiner Position unter der Erde konnte ich nicht sehen, welche Wirkung Sharkons Erscheinen hatte, doch es musste eindrucksvoll sein. Der ehemalige Boss bohrte sich buchstäblich wie ein Korkenzieher aus dem Sand und stürzte sich ins Gefecht. Ich wartete drei Sekunden, bevor ich hinter ihm aus dem losen Sand kletterte und Ziele auswählte. Ohne die Tanks zu beachten, folgte Sharkon meinem Befehl und pflügte in eine Gruppe von Magiern, um eine Runde Verstecken und Vernichten mit ihnen zu spielen. Sie wollten nicht mitspielen, doch fanden schnell heraus, dass sie keine Wahl hatten. Die Stoffies wurden durch zwei, drei Angriffe des Bosses ausgeschaltet. Ich imitierte die Gestalt eines der Magier und behielt *Identitätsverschleierung* bei.

Schreie hallten durch die Dünen, als der Boss Tod und Zerstörung brachte. „Sharkon! Es ist Sharkon! Nergal hilf uns!"

*Seelenernters Sensen* umhüllten meine Hände und pfiffen durch die Luft, während ich eine Serie von Angriffen ausführte und durch die Masse der Nahkämpfer fegte. Kämpfer umzingelten meine Leibwächter und fügten ihnen Schaden zu. Professionell rotierende Tanks versperrten ihnen den Weg und schützten die Schadensverursacher. Die ausgeklügelte Taktik der Raid-Mitglieder wurde jedoch nutzlos, als ich eine *Seuchenzorn-Schriftrolle* in ihrer Mitte detonieren ließ. Ich beschloss, keine zweite einzusetzen, um fürs Erste die Vermutung der Verhinderer aufrechtzuerhalten, dass sie eine lange Abklingzeit hätte.

Hysterische Schreie und das Stöhnen der Sterbenden erfüllten die Wüste. Ich hörte immer wieder das Wort „Gefahr". Spieler forderten über ihr Signalamulett Hilfe an. Meine Leibwächter hatten ihre ersten Ziele bereits beseitigt und suchten sich gemäß ihrer Aggro-Tabelle neue Feinde. Ich legte die Reihenfolge der Angriffe fest: erst die überlebenden Raid-Anführer, dann die verbleibenden Magier und Fernkämpfer. Danach lief ich zu der wertvollen Fracht der Verhinderer. Die Karawane erstreckte sich über etwa 200 Meter und ich musste an ihr Ende gelangen. Im hinteren Teil befanden sich keine Spieler, denn sie hatten sich den anderen angeschlossen, um meine Leibwächter abzuwehren.

Schlepper-Riesen standen um einen gigantischen Wagen von der Größe eines zweistöckigen Hauses herum. Er war von einer segeltuchartigen Plane bedeckt, die von glänzenden magischen Fäden gewoben worden war. Über ihm befand sich eine mobile Kraftfeld-Kuppel. Das Kraftfeld schimmerte im Sonnenlicht.

30 Meter vom Wagen entfernt bleib ich stehen. Um mein Ansehen bei der Schleppergilde nicht zu ruinieren, beschloss ich , einem Kampf aus dem Weg zu gehen. Daher konzentrierte ich mich auf den Schlepper-Vorarbeiter – er war der gewaltigste unter den Riesen, ein fünf Meter großer, zerlumpter, bärtiger Koloss in einer Gilden-Uniform – und aktivierte *Gedanken unterwerfen.*

Mein Sichtfeld teilte sich in zwei getrennte Bilder. Ich sah alles als Scyth, doch gleichzeitig konnte ich die Welt durch die Augen des Riesen betrachten. Mir drehte sich der Kopf, aber ich gewöhnte mich schnell daran und wechselte zum Sichtfeld des Schlepper-Vorarbeiter. Ein Teil meines Gehirns steuerte Scyth, während der andere mit dem Riesen beschäftigt war.

„Lasst uns gehen, Jungs!", polterte der Vorarbeiter mit einer markerschütternden Bassstimme. „Die Gilde hat den Auftrag annulliert."

Die Schlepper waren langsame Denker, doch sobald sie eine Entscheidung getroffen hatten, verschwendeten sie keinen weiteren Gedanken an die Sache. Als sie sahen, dass ihr Vorarbeiter sich vom Wagen entfernte, ließen sie ihre Fracht fallen und eilten ihm hinterher.

Die Schlepper folgten meinem Vorarbeiter-Ich, während sich hinter dem Scyth-Ich die überlebenden Verhinderer zerstreuten. Einer von ihnen, ein verprügelter Magier, starrte mich schockiert an, streckte einen Arm aus und feuerte einen *Frostblitz* ab. *Befreiung* reflektierte den Frostzauber und der Magier erstarrte, als er von Eis eingehüllt wurde.

Ich verbrauchte ständig *Seuchenenergie*, um *Gedanken unterwerfen* aufrechterhalten zu können, doch ich vertraute darauf, dass es in den nächsten Sekunden zu keinem schwerwiegenden Mangel kommen würde. Also machte ich mich an die Arbeit. Zuerst zerschmetterte ich das Kraftfeld des Altars mit einer durch *Seuchenenergie* verstärkten *Kombo*. Die Zeit wurde knapp, die Hauptstreitkräfte der Verhinderer könnten jeden Moment eintreffen.

„Alle auf die Gefahr!", schrie jemand hinter mir.

Mein Körper zitterte unter den Angriffen der Verhinderer. Ein langer Speer mit einer gezahnten Klinge durchbohrte mich und hielt mich für kurze Zeit am Wagen fest. In meinem Rücken steckten Pfeile, Armbrust-Bolzen und Wurfpfeile.

*Ich sehe aus wie ein Stachelschwein*, dachte ich.

Im nächsten Moment explodierte mein Körper durch eine *Höllenflamme*, mein verkohltes Fleisch fiel langsam von mir ab und meine Knochen zischten, als sie mit der Säure in Kontakt kamen. Einige rasiermesserscharfe Klingen sausten durch die Luft und durchschnitten meine Kehle, sodass mein Schädel zur Seite herunterhing. Nur weil ich untot war, fiel er nicht ab.

Es waren noch über 100 Verhinderer übrig. Sie kreisten mich ein und konzentrierten ihre Angriffe auf mich. Ein *Seuchenzorn* würde nicht ausreichen, um sie aus dem Weg zu räumen. Ich bemühte mich, mich nicht ablenken zu lassen. Als der Buff von *Diamanthaut der Gerechtigkeit* endete, wurde er durch *Unsterblichkeit* ersetzt, und *Reflexion* erfüllte ebenfalls ihre Aufgabe.

Die Kraftfeld-Kuppel flackerte unter meinen Angriffen. Eine weitere *Kombo* war nötig, um die schadenabsorbierende Plane zu durchdringen. Als ihre Magie schwand, verwandelte sie sich in einen gewöhnlichen Lumpen. Ich zog ihn zur Seite.

Hinter mir herrschte Chaos. Irgendwie hatten die Verhinderer es geschafft, Sharkon festzuhalten, und beschossen ihn nun mit Pfeilen, ohne dass er sich wehren konnte. Der Steppenläufer It starb, bevor er sein letztes Opfer verdauen konnte. Birdie wurde von einem kleinen Meteoriten – einer leichten Variante von *Armageddon* – aus der Luft geschossen. Kermit verbrachte ebenfalls seine letzten Momente. Toothy hielt noch durch und levelte gerade rechtzeitig und erhielt etwas Gesundheit, als die anderen Leibwächter starben. Es war zu schade, dass die Gesundheit der Schergen sich nach einem Levelaufstieg nicht vollständig regenerierte. Mein Gehirn vermerkte diese Details wie aus der Entfernung oder im Vorbeigehen.

Der Wagen brach in Stücke. Nergals Altar – mehrere übereinandergestapelte monolithische Blöcke und eine Platte, in die das Gesicht des Leuchtenden Gottes eingehauen worden war – fiel zu Boden, blitzte mit kaltem Licht auf und ließ den Sand auffliegen.

*Der Große, tragbare Altar von Nergal dem Leuchtenden hat dir Schaden zugefügt (Glanz): 30.000*

*Du hast dem Großen, tragbaren Altar von Nergal dem Leuchtenden Schaden zugefügt (Reflexion): 90.000*

*Haltbarkeit: 299.910.000/300.000.000*

Ich stand still und absorbierte die Strahlung des aktiven Schutzes des Altars. Petscheneg hatte sich geirrt. Der Schadensmultiplikator des Altars war höher als zwei. Nach sieben Ticks war ich für 220 Millionen Schaden verbrannt. *Widerstandsfähigkeit* reduzierte ihn auf 22 Millionen. 66 Millionen gingen an den Altar zurück.

Der neunte Tick war der letzte für das Bauwerk. Auf seiner Oberfläche breiteten sich immer größer werdende Risse wie Adern aus. Kaum wahrnehmbar zog der Altar sich zusammen, verdichtete sich und explodierte in Tausende Stücke.

Es dauerte einen Moment, bis ich das fassungslose „Nein!" der überlebenden Verhinderer hörte.

Ein wütender göttlicher Aufschrei ertönte vom Himmel. Ein Blitz zog über den Himmel wie eine kosmische Klinge, die durch das Gewebe des Raums fuhr. Die Energie des Altars strömte nach oben wie Rauch, der in einen Ventilator gezogen wurde.

Ich hatte es geschafft. Der Rest würde einfach sein.

Zuerst entfernte ich *Gedanken unterwerfen* von dem armen Schlepper-Vorarbeiter, der immer weiter gerannt war, ohne sich umzusehen, und dabei die Aggro von ein paar ärgerlichen Eremiten auf sich gezogen hatte. Er blutete, doch ich hoffte, dass er überleben würde.

Danach half ich dem einzigen überlebenden Leibwächter Sharkon, die Verhinderer zu erledigen. Nach der Zerstörung ihres Altars waren sie demoralisiert, sodass einige durch Portale flohen und andere auf ihren Reittieren davongaloppierten. Ich machte mir nicht die Mühe, ihnen zu folgen. Der Plan war gelungen – wenigstens der erste Teil davon.

Ich nutzte die Pause aus, um mein Inventar zu überprüfen. *Magnetismus* hatte zwar eine Menge Beute hineingezogen, doch es war trotzdem weniger, als ich mir erhofft hatte. Vielleicht hatten die Verhinderer sich einen Trick einfallen lassen, um weniger Ausrüstung zu verlieren.

Anschließend schickte ich Sharkon zu Tiamats Tempel. Es war nicht das erste Mal, dass er eine solche Entfernung ohne mich zurücklegen würde, obwohl die anderen Leibwächter ihn sonst immer begleitet hatten. Es spielte keine Rolle, er würde es auch allein schaffen.

Als Nächstes las ich einige Zeilen von Blackberry. Sie informierte mich, dass es bald so weit sein würde. Ich antwortete ihr, dass ich dort sein würde.

Kurz darauf erhielt ich eine Benachrichtigung. Mein Vater hatte sich in *Dis* eingeloggt und mir sofort geschrieben. *Es hat funktioniert, Junge! Ich habe das Geld abgehoben, das Bußgeld bezahlt und der Kunde hat einen Haftungsverzicht unterschieben! Es ist endlich vorbei!*

*Für mich fängt erst alles an,* antwortete ich. *Und ich hoffe, für Mama und dich auch. Was hältst du davon, mit ihr zu einem Mond-Resort zu fahren? Onkel Nick hat Silberhafen vorgeschlagen. Nehmt euch etwas von meinem Geld und macht euch eine schöne Zeit.*

*Das hört sich gut an,* schrieb er zurück. *Danke, Alex! Wir sind sehr stolz auf dich.* Er beendete die Nachricht mit mehreren Emojis. Jede seiner Nachrichten enthielt zahlreiche Smileys. Einen Moment lang wollte ich mich ausloggen und meine Eltern umarmen, doch dafür würde ich später noch Zeit haben.

*Wir befinden uns 40 Kilometer südlich von Vermillion und warten auf die anderen. Das größte Zelt gehört Hinterleaf. Viel Glück,* schrieb Blackberry.

Ich beschwor Sturm, hob ab und machte mich auf den Weg zum Lager des Bündnisses der Verhinderer. Nachdem sie einen kleinen Bereich der Wüste hinter sich gebracht hatten, wollten sie laut Blackberry kurz einen Kriegsrat abhalten, um ihre Fortschritte zu analysieren. Unterwegs aktivierte ich meine Tarnung als Blackberry und entfernte *Identitätsverschleierung*. Sturm strotzte vor Energie. Für die anderen war sie nicht länger ein Sturmdrache, sondern ein Purpurner Ursay-Drachenfalke, das legendäre Reittier der Offizierin von Modus.

Es dauerte etwa 40 Minuten, bis ich mein Ziel erreicht hatte. Kundschafter und Patrouillen auf fliegenden Reittieren flogen über dem Lager. Im Lager selbst herrschte eine Aktivität wie auf dem

Goblin-Basar. Spitzenspieler tauschten sich über ihre Eindrücke der ersten Stunden des Ereignisses aus und warteten ungeduldig darauf, dass der Feldzug weitergehen würde.

Ich schrieb Yemi eine Nachricht und gab ihm Bescheid, zu beginnen.

*Verstanden,* bestätigte der Zauberwirker umgehend.

Ich landete neben dem größten Zelt und ging selbstsicher darauf zu.

„Das ging ja schnell, Blackberry", sagte ein namenloser Elf, der am Eingang stand.

Ich nickte nur, weil ich nicht wusste, wie ich ihm antworten sollte, und wollte an ihm vorbeigehen, als er meinen Ellbogen ergriff und flüsterte: „Schön, dich zu sehen, toter Mann." Nur seine nächsten Worte retteten ihn vor dem sofortigen Tod in den Flammen von *Seuchenzorn.* „Ich bin's. Crag. Ich habe langsam keine Lust mehr, Verwandlungstränke zu trinken. Modus will mich vor den anderen Verhinderern verheimlichen. Der Trank wirkt nur für 30 Minuten."

„Woher ...?", fragte ich vage, aber Crag verstand mich.

„Sie erwarten dich. Sie haben Blackberry beobachtet und wissen, dass sie Informationen weitergegeben hat. Was auch immer dein Plan ist, sie sind vorbereitet. Ich habe es selbst gerade erst herausgefunden und wollte dich warnen. Sie erzählen mir solche Sachen nicht, ich habe sie belauscht." Crags Flüstern wurde noch leiser, bis er verstummte.

Etwas ging vor sich. Die Stimmen im Zelt wurden lauter. Ich bemerkte, dass niemand mehr am Himmel patrouillierte. Alle Wachen waren gelandet. Die chaotisch herumlaufende Menge näherte sich bedrohlich der Mitte des Lagers. Obwohl die Verhinderer scheinbar ziellos umherliefen, als ob sie ihren Beschäftigungen nachgehen würden, kamen sie auf das Zelt zu. Auf mich.

„Verschwinde, Scyth!", flüsterte der Elf, der mein Freund Crag war, kaum hörbar.

„Tut mir leid, Kumpel", erwiderte ich und brachte seine Gedanken unter meine Kontrolle. Als der Lich Shazz es während des Angriffs auf Kharinza getan hatte, war Crag aus meiner Gruppe geworfen worden. Ich hoffte, nun würde das Gleiche passieren.

Ich lud das Crag-Ich in meine Gruppe ein, und er akzeptierte die Einladung. Es funktionierte!

Aus dem Zelt erklang Horvacs Stimme: „Bist du sicher, dass er es ist? Sieht mehr nach ‚ihr' aus."

„Hundertprozentig sicher!", rief Hinterleaf. „*Sie* ist im Moment in Petschenegs Schloss. Ich wusste, dass sie mit dem dickköpfigen alten Mann unter einer Decke steckt. Sie trägt mein astrales Mal. Und *er* ist in ihrer Gestalt."

Da ich jetzt ein klares Bild hatte, aktivierte ich *Tiefen-Teleportation*. Plötzlich wurde es vollkommen still. Die Stimmen verstummten, das Gebrüll der Reittiere und Kampf-Tiergefährten verebbte. Ich erstarrte auf der Stelle und konnte nicht einmal zwinkern. Alle meine Interface-Tasten wurden grau und waren deaktiviert.

**Astrale Falle!**

*Deine Seele ist deinem Körper entzogen worden und wandert auf der Astralen Ebene umher.*

*Dauer: Bis du Schaden erleidest.*

Die Zeltklappe öffnete sich und Hinterleaf und Horvac erschienen.

„Ein Kinderspiel", erklärte der Anführer von Modus mit einem selbstgefälligen Lächeln auf dem Gesicht. „Die *Flamme der Wahrheit* enthüllt ihn nicht. Blackberry selbst muss ihm die Erlaubnis gegeben haben. Aber das ist eine Familienangelegenheit, darum werde ich mich später kümmern. Es hat funktioniert, oder?"

„Ja, auf die altmodische Weise. Hahaha!" Horvac schlug Hinterleaf auf die Schulter und lachte.

Hinter ihnen traten alle anderen aus dem Zelt. Nacheinander erschienen die stärksten Spieler aus *Dis*: Yary, Joshua von den Kindern von Kratos, Colonel und Glyph. Hinter ihnen tauchte Yagami auf. Er musste sich mit seinem Clan ebenfalls dem Bündnis angeschlossen haben. Unter ihnen waren Menschen, Orks, Elfen, Minotauren, Gnome, Trolle, Zwerge und Titanen.

Als Nächstes kamen unbekannte Anführer der Clans des Imperiums heraus: ein Vampir, ein Oger und ein Dunkelelf. Ihnen folgten die Anführer der neutralen Clans: die Dryade Adda von den Scharfen Klingen und der Gnoll Fang von den Wilden.

Alle lachten und machten Witze. Die Luft summte laut von den konzentrierten Auren der legendären Rüstungen und magischen Verbesserungen.

Als Letzter erschien Mogwai. Während er sich näherte, verwandelte der Anführer der Eliten sich in einen gigantischen Bären.

„Hallo, Klasse-A-Gefahr!", sprach Hinterleaf mich an. „Dieses Mal wirst du nicht entkommen. Überall im Lager gibt es Portalblocker. Wie hat dir meine Idee mit dem falschen Altar gefallen? Ich muss zugeben, dass ich Blackberry seit Langem verdächtigt habe, ein doppeltes Spiel zu spielen. Endlich hatte ich die Möglichkeit, ihre Treue zu testen. Ha! Horvac und Joshua haben nicht geglaubt, dass du den Köder schlucken würdest."

„Mein Fehler", brummte der Ork Horvac. „Ich habe ihn überschätzt."

„Ich auch", gab Joshua zu und grinste. „Ich habe die Wette verloren und du erhältst dein *Regenbogen-Artefakt*, Otto."

Der Goliath Colonel, Anführer von Excommunicado, kam auf mich zu, beugte sich zu mir hinunter und knurrte mir ins Gesicht:

„Du wirst niemanden mehr mit einer nuklearen Explosion ausschalten. Wir sind nicht so dumm wie die PUGs in Kinema!"

„Immer mit der Ruhe, Cäsar", beruhigte Hinterleaf den Mann. Dann wandte er sich an mich.

„Vergib meinem Freund seinen Mangel an Unbeherrschtheit. Er hat in Kinema etwas Wertvolles verloren. Aber dafür, dass wir dich jetzt überlistet haben, hat es sich gelohnt, meinst du nicht?"

„Er hat Narren aus uns gemacht! Das kann nur mit Blut wiedergutgemacht werden!", grunzte Colonel.

„Hältst dich für den Auserwählten, was?", fragte Yagami und verzog verächtlich die Mundwinkel. Er spuckte auf den Boden und tauschte einen Blick mit Glyph aus.

Die anderen schlossen sich Colonels wütenden Äußerungen an. Hinterleaf erhob die Hand und bat um Ruhe, bevor er fortfuhr, doch dieses Mal war seine Stimmer weitaus harscher. Der kleine Gnom sah mich mit funkelnden Augen an und zischte: „Hör gut zu. Wenn du es uns leicht machst, werden wir deinen nächsten Charakter rekrutieren. Das jährliche Gehalt ..."

Während der Verhinderer sein Angebot herunterleierte, versuchte ich einschließlich ausloggen alles Mögliche, um zu entkommen, doch es war umsonst. Als mir die Lösung endlich einfiel, schlug ich mir mental vor den Kopf. Ich hatte die Sache komplizierter gemacht, als sie war. Crag-Ich erschien hinter den ach so wichtigtuerischen und selbstherrlichen Spitzenspielern und warf ein Messer auf Scyth-Ich. Ich erlitt Schaden und die *Astrale Falle* wurde deaktiviert.

Hinterleaf bemerkte es nicht, weil er kurz mit Glyph und Horvac geredet hatte. Nun wandte er sich wieder zu mir um und sagte drohend: „Solltest du auch nur daran denken, Widerstand zu leisten ..." Der Gnom breitete theatralisch seine Hände aus. „Glaubst du wirklich, dass du eine Chance hättest?"

Scyth-Ich hob die Schultern und lächelte.

„Natürlich", erwiderte ich und feuerte eine *Hammersense* in das selbstzufriedene Gesicht des Gnoms.

Die nächsten Sekunden prägten sich in einzelnen Bildern in mein Gedächtnis ein: Hinterleaf flog mit blutender Nase durch die Luft. Die übrigen Anführer des Bündnisses standen mit offenen Mündern da. Ich nutzte den Schwung und holte erneut aus. Und dann traten sie in Aktion.

„Genug geredet, alter Mann!", brüllte der Bär Mogwai. Er wich dem fliegenden Körper des Gnoms aus, stellte sich auf die Hinterbeine und sprang auf mich zu.

Seine monströse Gestalt war mit einem leuchtenden Regenbogen-Manaschild umgeben, als sie auf mir landete und mich in den Sand presste. Er zerkratzte mir mit seinen 20 Zentimeter langen Krallen das Gesicht, das sich gerade erst vom Kampf bei dem Altar erholt hatte.

„Explosion in Vermillion bei Nergals Tempel!", schrie Yary auf einmal. „Er ist nicht die Gefahr!"

Ich widersprach ihm, indem ich meine erste Rolle aktivierte. Alles um mich herum wurde durch einen Blitz erleuchtet.

Als das helle Licht der Explosion nachließ, konnte ich Figuren mit glänzenden Kraftschilden durch den Rauch erkennen. Alle hatten überlebt und kamen nun brüllend auf mich zu. Selbst mit meiner *Widerstandskraft* an der Obergrenze sank meine Gesundheit durch den vereinten Schaden der Verhinderer auf 10 %, sodass *Diamanthaut der Gerechtigkeit* aktiviert wurde. *Reflexion* setzte ebenfalls ein, doch die Heiler des Bündnisses waren vorsichtig.

Mogwai hielt mich am Boden fest, zerfleischte mich und schüttelte mich wie eine Stoffpuppe. *Der Pfad der Gelassenheit!* schoss es mir durch den Kopf. Meiner Schätzung nach gab dieser Pfad von *Widerstandsfähigkeit* zu Beginn eines Kampfes 120 Sekunden vollständiger Unverwundbarkeit. Ich versuchte, dem Bär keine Beachtung zu schenken, was mir nach Ervigot und dem

Montosaurus nicht schwerfiel, und wartete 30 Sekunden unter einem Hagel von Angriffen, bis die Schilde der übrigen Anführer verschwanden. Dann aktivierte ich meine zweite *Seuchenzorn-Schriftrolle.*

Nach der ersten Explosion war die Abklingzeit ihrer Schutzamulette und -fertigkeiten, die sie aktiviert hatten, um tödlichen Schaden zu verhindern, noch nicht abgelaufen. Die zweite Detonation verbrannte die Erde und alle Spieler zu Asche. Sie waren der von Blackberry entwickelten Strategie nicht gefolgt, sondern hatten sich wie Schafe versammelt, um einen Blick auf die Gefahr zu werfen und an ihrer Eliminierung teilzunehmen.

Mogwai überlebte durch die Unverwundbarkeit vom Pfad der Gelassenheit. Darüber hinaus hatte er wahrscheinlich einen Manaschild, der stark genug war, um 5 Millionen Schaden zu absorbieren, Heilung für 90 % Schaden – ich hoffte, sie würde nicht unmittelbar wirken – und zusätzlich +9 Millionen Gesundheit. Ein mächtiger Tank im vollständigen Set *Gewänder von Irkuyems Zorn,* das seinen eingehenden Schaden um die Menge der von ihm verlorenen Gesundheit reduzierte. Unser Kampf würde lange dauern.

„Halte ihn noch zwei Minuten länger am Boden, Mogwai! Die Wurzeln sind in Abklingzeit!", ertönte Hinterleafs Stimme irgendwo rechts von uns.

Der Modus-Anführer hatte auch die zweite Explosion überlebt. Durch Crags Augen, der ebenfalls überlebt hatte, sah ich, dass auch Horvac noch da war. Starrköpfige Mistkerle.

„Kein Problem!", brüllte der Bär, während er mit seinen riesigen Krallen über mein Gesicht kratzte.

*Diamanthaut der Gerechtigkeit* wurde durch *Unsterblichkeit* ersetzt. Der unverwundbare Mogwai hielt meine Arme fest, sodass ich keine einzige Bewegung ausführen konnte.

Mehrere Tonnen schreckenerregender Masse lagen auf mir. *Grässliches Geheul* hatte keine Wirkung. Ich entfernte *Gedanken unterwerfen* von Crag und wirkte es auf Mogwai. Es war jedoch möglich, dass der Levelunterschied zu groß wäre. Könnte ich vielleicht einige der Toten wiedererwecken, um mir mit *Seuchen-Reanimation* zu helfen? Sollte ich Mogwai mit *Seuchenpest* infizieren? Nein, es war nicht der richtige Zeitpunkt.

„Noch eine Minute!", kam Hinterleafs Stimme aus Mogwais Signalamulett.

Als ich meinen Kopf drehte, erkannte ich den Gnom und den Ork in einiger Entfernung. Sie hatten ihren Fehler erkannt und die Reichweite von *Seuchenzorn* herausgefunden. Kurz darauf löste sich der Unverwundbarkeitsschild vom Pfad der Gelassenheit auf. Mogwai bearbeitete mich immer noch mit seinen Krallen und verwandelte meinen Oberkörper und Kopf zu Hackfleisch. Doch nun konnte *Reflexion* einsetzen und begann, seinen Manaschild zu zerstören. Dann würde ich endlich zurückschlagen können.

Bumm! Bumm! Bumm! Ich ließ *Reflexion* eine *Kombo* folgen, und nach drei Treffern war der Manaschild verschwunden. Crags göttliche Fähigkeit funktionierte. Meine Attribute verzwanzigfachten sich, und nachdem der Manaschild sich aufgelöst hatte, wurde der Druide so hart von einer weiteren Serie von *Hammersensen* getroffen, dass sein gigantischer Körper zur Seite flog. Ein weiterer Schild leuchtete auf. Mogwai war fast tot, aber irgendein Artefakt hatte ihn vor tödlichem Schaden gerettet.

Es gelang mir, aufzustehen und mich umzuschauen. Crag war am Leben, doch er stellte sich unter einem Haufen Asche tot. Mogwai hatte sich in einen Ent verwandelt, bevor er auf dem Boden aufschlug, und wirkte eine Reihe von *Heilungen* auf sich. Gleichzeitig bedeckte er den Bereich um sich herum mit *Regen des Wohlergehens*. Aus dem Augenwinkel sah ich, dass Horvac in meine

Richtung lief. Sein Mund war zu einem Lähmungsschrei verzerrt, den meine *Befreiung* auf ihn zurückreflektierte.

Inzwischen stürzte ich mich auf Hinterleaf, denn er schien der gefährlichste Gegner zu sein. Obwohl sehr viel gleichzeitig passierte, fiel mir ein, dass ich *Lethargie* in meinem Arsenal hatte. Zu meiner Überraschung wirkte der Zauber und ließ den Ent-Mogwai einschlafen. Der gelähmte Horvac war ebenfalls keine Hilfe, sodass Hinterleaf die Flucht ergriff.

„Du bist erledigt!", rief der Gnom. „Du bist eine Leiche, Gefahr!"

Er war nicht so schnell wie ich, daher wäre es nicht schwer gewesen, ihn einzuholen, doch es wurde noch einfacher, als mein Wurfschild ihn lähmte. Der Effekt hatte eine 5 %ige Chance, ausgelöst zu werden. In all dem Chaos hatte ich vergessen, den Schild mit *Seuchenenergie* aufzuladen, daher verstärkte ich meine *Kombo*, während ich mich dem Gnom näherte, und schlug ihm die Zähne ein. Er überraschte mich erneut, als er auch diesen Angriff überlebte. Er musste über etwas verfügen, das ihn nicht sterben ließ.

Sein Gesicht war blutig, sein Kiefer gebrochen und ein Auge hing aus der Augenhöhle. Er sagte etwas, das ich nicht verstehen konnte, doch im nächsten Moment vervielfachte er sich. Er erstellte zehn Kopien von sich, die alle mit einem Zauber auf mich zielten.

Der Ork-Anführer Horvac konnte sich ebenfalls wieder bewegen und ließ seinen gewaltigen Hammer auf meinen Kopf niedersausen. Hinterleaf schrie: „*Astrale Wur...!*", doch bevor er den Zauber vollständig aussprechen konnte, detonierte ich meinen dritten *Seuchenzorn* mit vollen 27 Millionen Schaden. Ich wusste nicht, was Beobachter sahen – vielleicht eine von Blackberrys Flächenfähigkeiten –, aber für mich war es, als ob ich im Epizentrum der Explosion einer Atombombe stehen würde.

Sowohl Hinterleaf als auch sein verdammter Freund Horvac und der immer noch schlafende Mogwai starben. Die Schockwelle trug den nun schildlosen Ent wie eine Feder davon. Von seinem Körper blieben nur die Knochen übrig, und sobald sie auf dem Boden gelandet waren, zerfielen sie zu Asche. So viel zu seiner Rang-3-*Widerstandsfähigkeit*.

Am Rand meines Sichtfeldes liefen die Protokolle so schnell, dass ich nur die letzten Zeilen erfassen konnte.

*Glücklicher Zufall: +1.191*

*Gesammelter Glücklicher Zufall: 564.610/1.000.000*

*Du hast gelevelt! Derzeitiges Level: 309*

*45 freie Attributpunkte verfügbar!*

Ich hatte Schwierigkeiten, aufzustehen, denn mein Inventar war überladen. *Seelenernters Sensen* vibrierten, während sie all das unverbrauchte Leben absorbierten, und erhöhten ihr Level auf 5. Niemand war mehr am Leben. Von dem Zelt war nichts weiter übrig als ein kreisrunder Haufen Asche.

In meiner Nähe bewegte sich etwas, und ich konnte staunend zusehen, wie ein untoter Zwerg sich hustend erhob. Crag hatte überlebt. Er verlor keine Zeit und leerte einen Trank, um sich wieder in einen Elf zu verwandeln.

„Verschwinde von hier, Scyth." Ein Lächeln erschien auf dem schmutzigen Gesicht des Elfen. „Du hast den falschen Altar zerschmettert. Sie werden bald zurückkommen."

„Verstanden." Ich lächelte zurück. „Wie geht es deinen Eltern?"

„Sie gehen jeden Tag in die Kirche und danken Gott", erklärte Crag. „Mein Vater ist in ärztlicher Behandlung. Sie haben ihn sogar etwas verjüngt. Sie haben genug Geld und Hinterleaf hat ihnen eine neue Wohnung gekauft. Sie sind aber immer noch der Meinung, dass *Dis* das Werk des Teufels ist. Sie bitten mich ständig, das Spiel aufzugeben und in den Schoß der Kirche zurückzukehren."

„Was wirst du jetzt tun? Was passiert, falls jemand sieht, dass du mit mir sprichst?"

„Ich werde ihren Analytikern einen Screenshot der Protokolle schicken. Du hast mich unter deine Kontrolle gebracht. Jetzt solltest du aber wirklich gehen." Crag stellte sich dicht vor mich. „Schlag zu. Alle sind tot und ich will keine Ausnahme sein."

„Wir sehen uns wieder, wenn alles vorüber ist", sagte ich und holte aus.

Meine Serie von Faustschlägen ließ die Gesundheit meines Freundes schnell sinken, doch Crag hatte noch Zeit, zu flüstern: „Wir sehen uns, wenn alles vorüber ist, mein Freund."

*Oder wenn alles neu beginnt*, dachte ich und verschwand mit *Tiefen-Teleportation*.

$$\times$$

IM FORT WAR ES LEBENDIG. Die Arbeiter unterhielten sich mit Moraines Kultisten, deren Anführer Dekotra ein scheinbar wichtiges Gespräch mit Trixie und dem Kobold-Schamanen Ryg'har führte. Auf der einzigen Straße des Forts spielten die Kobold-Kinder.

Das entfernte, ohrenbetäubende Gebrüll des zurückgekehrten Montosaurus verstärkte das Gefühl der Lebendigkeit noch.

Der Klang eines auf Stein schlagenden Hammers hallte durch das Fort: Gyula hatte mit dem Wiederaufbau von Behemoths Tempel begonnen. Außerdem hatte er das Loch in der Wand des Gasthauses repariert.

„Du siehst schlecht aus", bemerkte Patrick, der auf der Bank vor dem Pfeifenden Schwein saß. Tristads Ehrenbürger und Veteran sowohl des Dritten Weltkriegs als auch des Kriegs des Zweiten Schwarms bohrte mit einem Zahnstocher in den Zähnen, während er fortfuhr: „Du solltest dich etwas ausruhen, Junge."

Patrick O'Grady hatte selten recht, aber dieses Mal hatte er den Nagel auf den Kopf getroffen.

# Epilog: Omar

GROSS ZU SEIN, hatte viele Vorteile. Das war dem kleingewachsenen Omar schon in der Schule klar gewesen. Die Mädchen in seiner Klasse waren nach den Sommerferien stets größer gewesen. Die Jungen waren zunächst hinterhergehinkt, aber hatten die Mädchen schließlich doch überholt. Nur Omar, den sie in der Schule Kiddo nannten, war klein geblieben.

Voll ausgewachsen war Omar 1,50 Meter groß. In der zweiten Hälfte des 20. Jahrhunderts konnten solch triviale Probleme leicht durch Genom-Editierung, biochemische Rekonstruktion oder einfache Wachstumshormone behoben werden, doch selbst die billigsten synthetischen Hormone kosteten Geld, das er nicht hatte.

Aus diesem Grund hatte Omar bei der Erstellung seines Charakters Babangida weder auf Volksboni noch auf Aussehen geachtet. Er war nur an Größe interessiert, und die größten unter den Völkern des Imperiums waren die Oger. Dass sie gleichzeitig die Stärksten waren, war ein netter Bonus.

Seine Familie hatte am Rande von Lagos gelebt, einer Stadt mit mehreren Millionen Einwohnern. In seiner Kindheit hatte Omar Nährstoffriegel hinuntergewürgt und sich im Traum nicht vorgestellt, dass er eines Tages die Welt sehen, in teuren Hotels leben und seinen eigenen Sportflieger fliegen würde. Diese Chance wurde ihm durch *Dis*, Yemi Iwobi und seinen Clan eröffnet, der zu seiner zweiten Familie geworden war.

Deswegen war Omar einverstanden gewesen, als Yemi dem gesamten Clan von den Offizieren bis zu den Rekruten erklärt hatte, dass sie sich auf die Seite der Klasse-A-Gefahr stellen und gemeinsam mit ihr kämpfen würden. Omar war es egal, gegen wen er kämpfte, solange er kämpfen konnte.

„Wer auch nur ein einziges Wort darüber nach außen verlauten lässt, dem werde ich persönlich seine faulende Zunge herausreißen", hatte Yemi in einem Ton gesagt, als ob er über das Wetter sprechen würde. „Und danach schneide ich ihm den Kopf ab."

Babangida war davon überzeugt, dass es keine Verräter im Clan gab, doch es gab jede Menge Dummköpfe. Daher billigte er die Drohung seines Anführers. Alle wussten, dass Yemi nie Witze machte und seine Versprechen immer hielt.

Yemi hatte dem Botschafter – so wollte die Gefahr angeredet werden – versprochen, dass Yoruba zur Stelle sein würde, sobald er ihnen Bescheid gäbe. Das hatte der Botschafter getan, und nun war der Zeitpunkt gekommen, das Versprechen zu halten.

Babangida stand in einer bunt gemischten Menge und wartete auf den Beginn des Ereignisses. Jedes einzelne Volk aus *Disgardium* schien hier vertreten zu sein. Links neben ihm keuchte ein kleiner, stämmiger Zwerg. Hinter ihm saßen zwei Gnome auf den Schultern eines Goliaths und unterhielten sich mit piepsender Stimme. Auf seiner rechten Seite schwebte mit flatternden Flügeln eine Fee. Ein imperialer Minotaurus besprach etwas mit einem Elefantenmann der Allianz und ein Dunkelelf plauderte mit seinem entfernten Wald-Cousin. Alle warteten mit Spannung auf Nergals Hohepriester. Es gab mehrere davon in *Dis*, denn einer reichte Nergal nicht aus. Es waren nur noch Sekunden, bevor das Ereignis beginnen würde, und die Menge zählte herunter: „Drei! Zwei! Eins!"

*DAS EREIGNIS „NERGALS KREUZZUG" HAT BEGONNEN!*
Ein allgemeiner Seufzer der Erleichterung hallte über den Platz vor dem Tempel von Nergal dem Leuchtenden. Gleich darauf erschien der Hohepriester des Gottes auf dem Hauptbalkon. Er trug eine schneeweiße, leuchtende Soutane und eine Krone mit drei aus konzentriertem Licht hergestellten Kristallen. In der rechten Hand hielt er einen Stab, auf dessen Spitze eine kleine Sonne prangte. Hinter ihm stand eine Reihe von Priestern niedrigerer Ränge.

Auf dem Platz wurde es still. Die Segnungen von Nergals Kriegern begann, doch es gab noch immer keine Nachricht von Yemi.

Babangida hatte sich so weit wie möglich nach vorn an den Tempel gedrängt und wurde gegen die Wachen an der Absperrung gedrückt. Er war etwa 30 Meter vom Balkon entfernt – die perfekte Position. Der Weiße Blitz würde den Tempel, die Priester und die Spieler treffen. Wie geplant hatten sich sechs weitere Clanmitglieder auf dem Platz verteilt. Sieben Explosionen sollten für den Tempelplatz und die aufgeregte Menge ausreichen.

Lange erwartungsvolle Minuten gingen vorbei. Omar verlor langsam die Geduld und befürchtete, dass der Plan wohlmöglich gestrichen worden wäre. Er schaute sich um. Seine Clankameraden waren noch in Position.

Endlich hörte er das Rascheln von Papier, das den Eingang einer Nachricht signalisierte. Babangida öffnete sie und entdeckte einen Anhang: *Seuchenzorn-Schriftrolle*. Der Weiße Blitz! Er hatte ihn schon einmal in Aktion gesehen, daher trat er vor Aufregung von einem Fuß auf den anderen. Der kleine Zwerg neben ihm schrie auf, als die Ferse des Ogers auf seinem Fuß landete.

Jetzt brauchte Babangida nur noch auf das Signal zu warten. Die Zeit zog sich hin. Die Leute auf dem Platz wechselten mehrmals, bevor die ersehnte Nachricht endlich eintraf: *Beginnt mit dem Angriff!*

Mit einer gewissen kindlichen Freude aktivierte Omar die Rolle. Mehrere Sekunden lang verschwand der gesamte Platz in gleißendem Licht. Zeilen liefen über sein Sichtfeld und informierten ihn über verdiente Kills, Erfahrung, Achievements und sein ruiniertes Ansehen bei allen möglichen Fraktionen.

Babangida starb ebenfalls, doch während der zehn Sekunden bis zum Respawnen sah er, dass der Tempel und Nergals Priester unversehrt geblieben waren. In der Totenstille konnte Babangida hören, wie der Hohepriester mit seinem Stab auf den Boden klopfte und rief: „Im Namen des Lichts und aller lebenden Dinge flehe ich dich, Nergal den Leuchtenden, an, deine Söhne und Töchter vor blasphemischer Magie zu schützen!"

Gleich darauf wurde der Himmel von einer Supernova-Explosion erleuchtet und eine markerschütternde Stimme donnerte von oben: „Allen, die meinem Ruf gefolgt sind, wird Schutz gewährt!"

## *Ende von Buch 4*
### *Krieg der Götter (Disgardium Buch #5): LitRPG-Serie*

# Nachwort des Autors

$$\times$$

ICH SCHREIBE DIESE Zeilen während der vierten Woche einer globalen Quarantäne. Niemand weiß, wie die Coronavirus-Pandemie enden wird, aber ich hoffe inständig, dass unsere Heiler (das Gesundheitssystem) ihre Ränge weit genug erhöhen können, um neue Zauber mit Resistenzen gegen das Coronavirus zu lernen und genügend Mana zu beschaffen, um uns alle zu heilen.

Genau wie ihr mache ich mir Sorgen um die Zukunft meiner Familie und der gesamten Menschheit, doch genau wie meine Charaktere bleibe ich immer optimistisch. Ich bin überzeugt, dass wir diese Herausforderung – nicht nur das Virus, sondern auch die wirtschaftlichen Konsequenzen – mutig bewältigen werden. Ich glaube, dass wir etwas aus dieser Erfahrung lernen können. Wie auch immer, wenn ihr diese Zeilen lest und wegen der Pandemie immer noch zu Hause im Lockdown sitzt, möchte ich euch um einen Gefallen bitten: Bitte seid vorsichtig und passt gut auf euch auf!

Dieses Buch sollte den Titel *Krieg der Götter* tragen. Russische Leser haben es zuerst unter dem Titel *Heiliger Krieg* gelesen, doch dann ist alles anders gekommen. ☺

Ich wollte Scyth und den Erwachten genug Zeit geben, sich auf den Krieg vorzubereiten, daher erweiterte sich die geplante Handlung des Buches um unverhältnismäßig viele Ereignisse. Ich hatte zwei Möglichkeiten: zusätzliche Handlungsstränge herauszunehmen, die Szenen zu reduzieren und alles in ein Buch zu packen oder *Krieg der Götter* in zwei Bücher aufzuteilen. Natürlich wollte ich die ganze Geschichte erzählen, doch ich konnte mich nicht entscheiden. Schließlich habe ich meine Leser befragt, und über 90 % von ihnen stimmten dafür, nichts wegzulassen.

Also wurde *Krieg der Götter* in zwei Teile aufgeteilt. Mein Verleger riet mir davon ab, die Leser durch Titel wie „Buch 4: Teil 1" zu verwirren und stattdessen die begonnene Reihenfolge fortzusetzen.

Die wörtliche Übersetzung des russischen Titels 'Призыв Нергала' (Prizyv Nergala, Nergals Gerufene) hat zwei Bedeutungen: Nergal wird gerufen und Nergal der Leuchtende ruft seine Anhänger. Ich glaube, die letzten beiden Zeilen des Epilogs werden dem Titel gerecht. Da der Titel der englischen Version *Widerstand* jedoch bereits beschlossen worden war, entschieden wir, ihn beizubehalten.

Deswegen werdet ihr *Krieg der Götter* als fünftes Buch der Reihe etwas später lesen können. Es ist bereits geschrieben, und wenn ihr diese Zeilen lest, wird es vermutlich schon übersetzt werden.

Eines steht jedoch fest: Die Würfel sind gefallen und einige Wendungen in der Handlung werdet ihr nie erraten. Wir sehen uns in der Lakharianischen Wüste!

# Danksagung

GANZ HERZLICH BEDANKEN möchte ich mich noch einmal bei allen, die die vorigen Bücher dieser Reihe rezensiert haben, auch wenn sie kritische Anmerkungen hatten. Für einen Autor ist das Feedback der Leser unentbehrlich.

Besonderer Dank gilt meinem engagierten Übersetzer Alix Merlin Williamson. Alix ist erst seit Buch 3 dabei, daher gab es ein paar kleinere Abweichungen bei den Namen von Charakteren und Fähigkeiten. Ein großes Dankeschön an meinen Agenten Alex Bobl, mit dessen Hilfe wir die Sache in Ordnung gebracht haben.

Ich danke dem gesamten Team von Magic Dome Books, insbesondere Simon Vale.

Besonders weiß ich die Beiträge von Ramon Mejia, Paul Bellow und Ian Mitchell in der LitRPG-Community zu schätzen. Ian, ein besonderer Dank geht an dich, weil du mir erlaubt hast, dich als Vorlage für den Charakter des Reporters in *Disgardium* zu benutzen.

Bedanken möchte ich mich ebenfalls bei meinen Kollegen Vasily Mahanenko, Michael Atamanov und Alexey Osadchuk für ihre großartigen Bücher, die mich vor vier Jahren inspiriert haben, selbst mit dem Schreiben zu beginnen.

Die Bedeutung, die die folgenden Menschen für mich haben, kann ich nicht genug betonen. In Liebe bedanke ich mich bei:

Meinen Söhnen, dem 16-jährigen Artemy, auf dem Alex Sheppard beruht, und dem neunjährigen Kenes, der jede Menge Videospiele mit mir gespielt hat. Ich schreibe gern in Kennys Zimmer, während er auf seiner PlayStation eine weitere Skyrim-Quest abschließt oder bei dem nächsten Boss aus Final Fantasy steckenbleibt. Manchmal gebe ich ihm Tipps und manchmal übernehme ich den Controller. Artemy bevorzugt übrigens World of Warcraft.

Meiner geliebten Lena, weil sie an mich glaubt und für die fantastische Umschlaggestaltung der russischen Ausgaben.

Meinen Eltern, die mich gelehrt haben, das Lesen zu lieben.

*Laden Sie unseren KOSTENLOSEN Verlagskatalog herunter:*

**Geschichten voller Wunder und Abenteuer: Das Beste aus LitRPG, Fantasy und Science-Fiction (Verlagskatalog)**

Deutsche LitRPG Books News auf FB liken: facebook.com/groups/DeutscheLitRPG[1]

---

1. https://www.facebook.com/groups/DeutscheLitRPG

Vielen Dank, dass du *Disgardium* gelesen hast!
Weitere deutsche Übersetzungen unserer LitRPG-Bücher werden
schon bald folgen!
Auf unserer offiziellen Webseite[2] erfährst du mehr darüber.
Bitte vergiss nicht, unseren Newsletter zu abonnieren:
http://eepurl.com/dOTLd1
UM WEITERE BÜCHER DIESER Reihe schneller übersetzen zu
können, brauchen wir deine Unterstützung! Bitte schreibe eine
Rezension oder empfiehl *Disgardium* deinen Freunden, indem du
den Link in sozialen Netzwerken wie Facebook[3] teilst. Je mehr Leute
das Buch kaufen, desto schneller sind wir in der Lage, weitere
Übersetzungen in Auftrag geben und veröffentlichen zu können.
Vielen Dank!
Gehöre zu den Ersten, die von neuen LitRPG-Veröffentlichungen
erfahren!
Besuche unsere englischsprachigen Twitter[4]- und Facebook
LitRPG-Seiten[5] und triff dort neue sowie bekannte
LitRPG-Autoren.
Erzähle uns mehr über dich und deine Lieblingsbücher, schau dir
die neuesten Bücher an und vernetze dich mit anderen
LitRPG-Fans.Bis bald!

---

2. http://md-books.com/

3. https://www.facebook.com/groups/DeutscheLitRPG

4. https://twitter.com/MagicDomeBooks

5. https://www.facebook.com/groups/LitRPG.books/

# Über den Autor

DAN SUGRALINOV WUCHS in einer kleinen Arbeiterstadt in Kasachstan nahe der russischen Grenze auf. Es grenzt an ein Wunder, dass er die Versteckspiele, die er als Kind mit seinen Freunden auf den umliegenden Baustellen zwischen gefahrvollen Betonstahlbauten und vollgelaufenen Baugruben spielte, überlebt hat.

Im Alter von fünf Jahren lernte er das Lesen und verschlang von da an jedes Buch, das ihm in die Hände fiel. Um nicht als eingebildeter Streber zu gelten, begann er Fußball zu spielen und freundete sich so mit den härtesten Jugendlichen der Kleinstadt an.

1995 machte er seinen Schulabschluss mit Auszeichnung und setzte seine Ausbildung auf der Akademie für Ingenieur- und Wirtschaftswissenschaften in St. Petersburg fort.

---

[1] PUG oder PUGs (Pickup Group): Eine aus Spielern verschiedener Clans bestehende Gruppe. Mitglieder solcher Gruppen nennt man auch „Pugger".

[2] Aristokraten, Bürger mit einer Staatsbürgerschaftskategorie über C.

[3] Die Petschenegen waren ein halbnomadisches Turkvolk aus Zentralasien. Außerdem ist das *Petscheneg* ein leichtes russisches Maschinengewehr des Kalibers 7,62 x 54 mm R.

[4] Das Gray ist die Maßeinheit der durch ionisierende Strahlung verursachten Energiedosis und beschreibt die pro Masse absorbierte Energie. (Seite „Gray". In: Wikipedia, Die freie Enzyklopädie. Bearbeitungsstand: 25. April 2021.)

9 798201 479930